U0127333

# 戲曲經眼錄

曾永義◆著

財團法人中華民俗藝術基金會◆出版

封面題字◆孔德成

內頁題字◆薛平南

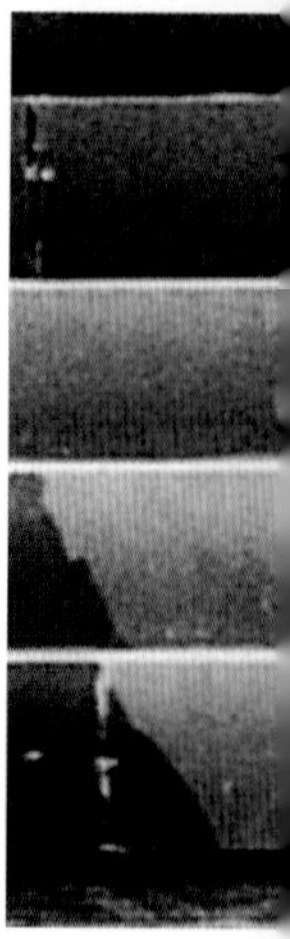

# 浩浩心胸蕩蕩開

## 柯序

向以酒党党魁之姿、瀟灑豪邁之情縱橫學術、藝文界的曾教授，是一位令人欽佩和喜愛的學者與前輩。想起我第一次看到他，是初到文建會任職，他正從文建會三樓搭電梯要離開，同事跟我説那就是曾永義教授，那時正在幫三處籌辦「民間劇場」。在電梯關門前一剎那，他給我很深刻的印象——方正的臉，厚實的嘴唇、魁梧的身材，一副才高八斗的異相。果然，後來交往日深，知道曾教授在少年時即享有盛名。他治學嚴謹，國學涵養深厚，無論是詩學、俗文學或是戲曲，均有所長，不僅才情洋溢，著作等身，而且桃李天下。尤其難得的是心胸開闊，不遺餘力地提攜後進，充滿長者風範。曾教授的學術成就已成一家之言，但具有真性情的他卻不喜歡拘泥於世俗，往往一杯黃湯下肚，高唱人間愉快，笑談人生歡樂，無處不顯露著豪爽之氣魄與豁達之境界。我在民國八十四年初離開文建會到教育部籌組國光劇團及接掌藝校，當時人力物力均有未逮，幸賴學者專家全力支持，曾教授除擔任發展委員，並於我推動京劇本土化，計畫以本地的民間傳奇、歷史故事等為題材，推出台灣三部曲，洽詢編寫《鄭成功與臺灣》京劇劇本時，原以為會以沒寫過而推卻，沒想到很快的回應「有何不可」，此後又有《牛郎織女天狼星》巨作產生。在編寫過程中，我也領教到他做事嚴謹的一面，劇本初稿完成，他會以此初稿不厭其煩與劇家前輩、演員諸角反覆討論，文本不斷更動，更與編腔人員細細推敲，一點也不馬虎，大異於其在酒党場合中飛揚跋扈、傲然一世的風格。

曾教授多年來也是傳藝中心的重要顧問與夥伴。早在民國七十五年由他主持規劃的「台灣南部民俗技藝園計畫」，無論對於「東北部民俗技藝園籌設計畫」以及後來調整轉型成為「國立傳統藝術中心」，均有深遠的影響。我於八十七年回到文建會並兼任傳統藝術中心籌備處主任，當時曾教授已是「民間藝術保存傳習計畫」諮詢委員，一路走來，曾教授提供中心許多真誠寶貴的建言，使中心在傳統藝術領域逐漸成長茁壯；此外，曾教授雖然身為傳統戲曲界的大老，卻先後投入執行許多中心的計畫與活動，包括「兩岸地方戲曲大展」、「兩岸小戲大展暨學術研討會」、「布袋戲黃海岱技藝保存」、「台南縣車鼓陣調查研究」等等，均賴曾教授的悉心統籌與策劃，中心因此增添許多風華，研究成果亦得以逐年累積豐碩。

我個人年少在基層也有輕狂一面，好與三朋五友豁拳論酒，雖每回皆贏酒不贏拳，卻也因而博得「好角」之名。曾老師亦有此性情，聚會在意豪性與爽情，因此每每提及人間愉快，久之，「人間愉快」也是好「酒」「党」同者之理念，事實上講求人間愉快也是他的真性情。我最欣賞他在酒酣耳熱之際，信手一首七言絕句，像「無邊無盡看滄海，浩浩心胸蕩蕩開」，文華無飾，才情、性情不言而喻。

很高興曾教授即將出版《戲曲經眼錄》大作，書中涵蓋莆仙戲、梨園戲、崑劇、京戲、歌仔戲、採茶戲、偶戲、現代戲、民俗技藝以及文化評論等等不同主題，議題廣泛多元，論述由淺入深，不僅可作為傳統戲曲的入門導讀，亦是精鑽研究的重要案頭書，更難得的是，書中反映了文化戲曲環境，呈現了當代戲曲藝術面貌，我不僅要代表傳藝中心向曾教授多年來的努力與支持表達感謝之意，更要對曾教授在傳統藝術學術研究的成就與貢獻再次舉杯喝采！

國立傳統藝術中心主任

柯基良

# 台灣戲曲的推手

## 林序

認識永義兄已有三十多年了。回想起來，那真是雄姿英發的年華。他任教台大我輔大，邂逅的場合是在一次學術研討會，正式交往則是在飛揚跋扈的酒會中。

在專業領域上，他的功夫扎實，思路清楚，發表的觀點往往成一家之言，新人耳目。這之外，他嗜好飲酒，喜歡熱鬧，經常以酒會友，追求人間愉快。二十年前，他與好友創立酒党，擔任党魁，逐漸營建了多采多姿的酒文化，為學界增添不少的情趣與話題。

儘管我們都在中文學界，不過，治學範疇，一戲曲一文學，是有些差別的。然而，二十三年前，因緣際會，拉近彼此的距離，讓我走進民俗藝術的領域。當時，他帶我拜會中華民俗藝術基金會執行長許常惠教授，並極力推薦我加入董事會。

從此，我們在「執行長」的角色上交棒、接力，為鄉土藝術打拼。目前，永義兄是基金會董事長，我為執行長。「我個性剛烈你溫和，剛柔並濟，可以為民俗藝術的研究與維護發揮一些作用。」他如是說。的確，我們在這方面有相當的共識，如過河卒子；並且期許：為台灣民俗藝術繳交一份亮麗的成績單。

就個人長期的接觸、了解，我發現永義兄是以「台大教授」為榮的，他任教台大中文系三十多年，師承鄭因百、張清徽先生，專攻戲曲，教學研究並行，逐漸開闢一片天地，締造學術氣象。之外，還有一個偉大的夢想：撰寫《中國戲曲史》與《台灣百年歌仔戲》。前者是他的願景，在《戲曲源流新論．緒論》他曾為此一「經典之作」宣示：

「戲曲史」可以說是戲曲研究集大成的論著。由於「戲曲」既是文學的，又是藝術的，而且具有綜合性、整體性與有機性，所關涉的問題千頭萬緒，實在難於掌控。因此如果不事先對關鍵性、根本性的問題徹底加以解決，便很難入手，又不免事倍功半；如果不能操持正確的步驟方法，建立周延稹密的組織架構，便容易雜亂無章，不得要領，難於引人入勝。坊間出版之《中國戲曲史》類型之著作，尚難有堪稱「經典」者，因立志欲通過研究以新觀念、新方法撰寫《中國戲曲史》，作為個人研究戲曲之總成果。

至於後者，是對本土劇種作系統、深化的研究，以正本清源，方便入門。

為了落實上述夢想，他展開二十年的實證歷程：跨出學院，走進田野；關心民俗技藝研究，致力文化交流；推動學術通俗化與戲曲精緻化。長期以來，不但累積深厚的戲曲經驗，也開出學術路向。他運用微觀、宏觀，兼顧文獻田調。在戲曲學界，他集讀者、觀眾、創作者與批評家於一身，《戲曲經眼錄》便是最好的見證。

這本巨著聚集許多因緣，包括：多年來，他閱歷戲曲，以流暢行文，記錄所見所聞與所感，為文化活動與藝術展演造勢，鑑賞戲曲心得，以及推介戲曲專著。

劉勰《文心雕龍．知音》云：「凡操千曲而後曉聲，觀千劍而後識器；故圓照之象，務先博觀。」此一觀點似乎也可以從永義兄得到例證，他浸淫戲曲三十多年，著作二十幾本，研究之餘，將見聞形諸文章，其識照自是卓絕，尤其在台灣或兩岸的戲曲活動，以及藝術文化若干現象的解讀上，言人之所未言，發人之所未發。這本書不僅詮釋了藝術文化與生活的密不可分，也揭示了學術通俗化的可能性。然而，本書涵蓋三十年，工程浩大，動用不少人力，身為執行長，我義不容辭投入編校，細讀之後，漸漸體會並歸納若干意義：

一、豐富多元的戲曲經驗：本書為全彩、十六開、四百六十四頁，圖文映襯，美編大方，堪稱典藏之作。內容十類，即：（一）、小戲、古老劇種——莆仙戲、梨園戲；（二）、崑劇；（三）、京戲；（四）、歌仔戲；（五）、地方戲；（六）、偶戲；（七）、現代歌劇及其他；（八）、序言；（九）、民俗技藝；（十）、文化評論。共一百六十二篇。其中關於中國戲曲三十篇、台灣歌仔戲二十六篇，佔有相當的比例與份量。長期的經營，無非是為實踐夢想鋪路。

二、跨出學院，走入民間，為戲曲研究開拓視野：二十多年來，台灣學術界有關戲曲的研究，蔚為風氣，其原因可說是相當複雜，但重要關鍵在於七〇年代「鄉土文學」論戰，引發出來的文化自主、多元文化的反思。有些學者重新思考民俗文化的學術價值，走入民間，尋找人文活化石，進行訪談、記錄、錄音與錄影，成果豐碩，也打開了學術研究的新視野。在戲曲田調上，永義兄是先驅者，我們可從系列的文章得到答案。

三、戲曲文化交流與文化輸出：永義兄有鑑於本土戲曲的困境，一方面呼籲維護、保存與創新，一方面進行兩岸戲曲交流，藉著觀摩，思索路向，特別是精緻歌仔戲的催生，為本土劇種立下新的里程碑。至於文化輸出，更是全力以赴，他擔任藝團領隊二十多次，經歷五大洲二十幾國，既證明了文化的力量，也突顯了文化台灣的圖像。

四、台灣戲曲的推手：為覓尋台灣戲曲的生機，他強調學術研究與藝術表演並重的觀念，甚至身體力行，創作歌劇。在推介戲曲專著的序言共有五十二篇，對象有朋友與學生，涵蓋海內外，其人脈之廣、影響之大，於此可見。值得注意的是自序十九篇，是他的學術進程的記錄，也是戲曲生命的心聲。

近年來，兩岸戲曲界，多音交響，在表演與研究上，儼然是顯學。這是學者、專家、劇團共同努力的結果，不過，其中，永義兄的投入具有一定的影響力，他或策劃或推動或介紹或創作，推波助瀾，《戲曲經眼錄》如實呈現這些經驗。說他是台灣戲曲的推手，當非過譽之論。

中華民俗藝術基金會　執行長

林明德

# 劇場巡守

## 陳序

同樣屬蛇，長我一輪，我有時稱他「曾老師」。

其實學校不同，我並未受業於他，稱呼老師，是對他學養的敬畏。三十歲獲國家文學博士學位，六十歲膺任台灣大學講座教授，期間平均一年半完成一本專著，戲曲研究不斷，創作亦兼擅；奉獻於社會公眾事務不斷，整合學府與民間力量，獎掖新銳更不斷。涵泳陶養於文學藝術的天地，他是趣味寬廣的知識分子，一位磊落灑脫的讀書人。

身為酒党党員，我也常稱他「党魁」，全世界最大党的党魁。沒有人挑戰他的領袖地位，他於海峽兩岸再三宣示的「人間愉快」四字，就是党訓。十年前我從党員晉升中常委，有不少機會在圍酒而坐的宴席上，體會人間愉快的真諦。鄙視權力政治，盡棄酬酢語言，圍成圓圈的酒桌，像一座人人都在台前的劇場，以豪氣掩住蒼涼，以酒氣襯出豪氣，共看「人間愉快」的主人，展露飛揚曠逸的神采！

二十年來，台灣（甚至及於對岸）戲劇界的展演、研究、會談，他幾乎無役不與，是真正的博士！巡行梨園戲、崑劇、京戲、歌仔戲、客家採茶戲、偶戲等大大小小的戲台，走筆成文，曾永義先生的《戲曲經眼錄》堪稱劇場大觀，勝似君王巡守。

聯合報副刊主任 陳義芝

二〇〇二年七月二十三日

# 人間愉快走江湖

## 自序

今年四月我進入六十二歲，不能不説已過了大半生。這大半生扣除讀書求學的三十年不算，也已「工作」三十一年。這三十一年如果論「工作」成績，除了教書外，還寫了二十幾本書，兩百多篇和藝術文化有關的文章。

這兩百多篇和藝術文化有關的文章，是民國七十一年以後開始寫的。因為那時我走出校園，參與民俗技藝的維護和發揚「運動」。這樣的機緣，有以下三個因由：其一，民國六十七年度我在美國哈佛大學為訪問學人，受到美國人把台灣視作文化殖民地的刺激，對此我在《説民藝》一書中的〈自序〉已説得很清楚；其二，後來我稱作「許大哥」的許常惠教授引我進入中華民俗藝術基金會擔任董事，作為工作伙伴，那時是民國七十年。其三，同年文建會成立，聘我為文化資產和民俗技藝的委員。

由於這樣的機緣，加上我深深體認到，民俗技藝是民族文化最基本最具體的表徵，一個民族如果不重視自己的傳統和鄉土藝術文化，任其衰颯失落，終將成為無根的民族，便難於立足今日之世界。而鴉片戰爭以後，國人頹喪民族自尊心，長久面臨無根的窘境。其挽救之道固然多方，但維護發揚民俗技藝，從而喚起民族意識、思想和情感，畢竟是最為可行的路途。於是我抱著書生報國的信念，結合同好，以基金會為後盾，為文建會執行製作一連四屆「廣場奏技、百藝競陳」堪為「暫時性動態文化櫥窗」的「民間劇場」，規畫迄未實現的「高雄市民俗技藝園」和「中國文化園區」，主持多項民俗技藝的保存、傳習、展演和學術會議。主張「以民俗技藝作文化輸出」，乃身體力行，率領表演藝術團隊從事兩岸和國際交流；提出「文化輸血論」和「毛桃接水蜜桃」藝術現代化的理念，或積極推動精緻歌仔戲進入國家劇院，或編寫劇本，參與「現代劇場京劇」和「中國現代歌劇」的實驗。其間林林總總，無不盡心竭智以赴，雖非事事如意、件件完成，但所遇所感，無不快然於心。

我的愉快來自同仁的共識，來自團隊的合作，來自完成後那分學術見解付諸實現的感覺；更來自田野調查、來自藝術交流。二十餘年來，我和朋友、學生，為了充分了解台灣民俗技藝狀況和大陸戲曲的生態，雖未能全省走透透，踏遍每一寸大陸山河，但深入訪談、記錄、錄音、錄影，所接觸的藝人，學者和藝團已難計其數；即就藝術交流而言，由本人擔任藝團領隊的已二十有六次，經歷歐亞美非澳五大洲二十五國。凡此「工作」俱屬動態，從中自然獲得許多經驗和見識，從中自然閱歷山川風物名都大城，人雖在「江湖」行走，而一路走來，人間溫馨，處處滿懷。若此，豈不是「人間愉快走江湖」。

而在「走江湖」之際，我喜歡由心經手的記下所見所聞所感，用的是舊詩和散文；我又好與人為善，也藏不住自己的看法。因此每碰到有意義的文化活動和藝術展演，我常會為團體寫文章，而主要係屬民俗技藝，尤其是有關戲曲；如此加上推介戲曲專著和一些觀劇心得的文章，我「走江湖」的「人間愉快」所得，便以戲曲為主體。現在把它們結集成書，就題作《戲曲經眼錄》。

《戲曲經眼錄》按理應有兩百十二篇，但其中五十篇早已被收入拙著《說民藝》和戲曲論文集或散文集之中，所以這裡所收的止一百六十二篇。雖然如此，「圖文並茂」也覺得洋洋灑灑，而韶華流年就在其間悄悄消逝。

這些文章都相當膚淺，若論學術自然不值一讀，但其一得之愚，多少可以看出台灣或兩岸的戲曲活動，乃至藝術文化的一些現象。很感謝交通部觀光局不以為譾陋，補助中華民俗藝術基金會出版；也感謝我的兩位徒兒李佳蓮、李相美，在台大中研所煩重的博士班課業之餘，校對此書；更感謝孔師達生（德成）賜與署端，老友們林明德、柯基良、陳義芝賜序，薛平南題字，他們都使本書增加許多光彩；而海內外博雅君子如有以教我，則更使我感激不盡。

曾永義

民國九十一年七月八日序於台大長興街宿舍

# 目錄 Contents

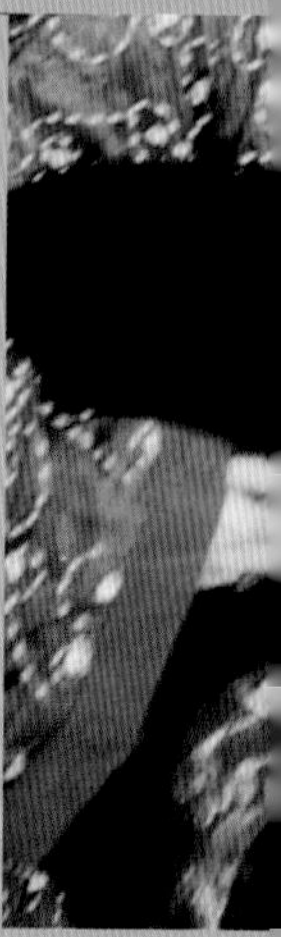

## 【崑劇】



## 【京戲】

Contents

# Contents

Contents

Contents



## 【民俗技藝・燈會】

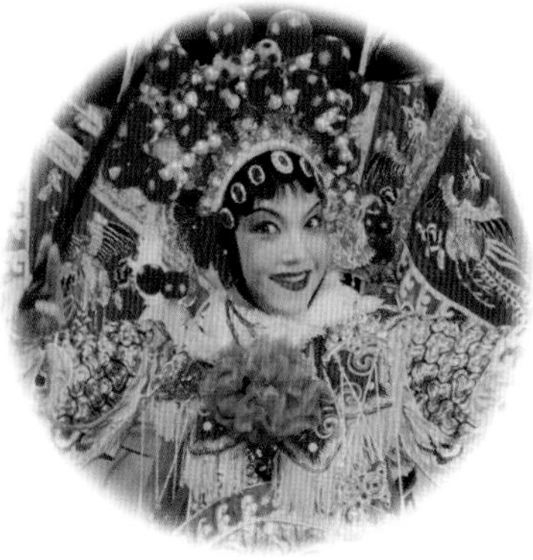

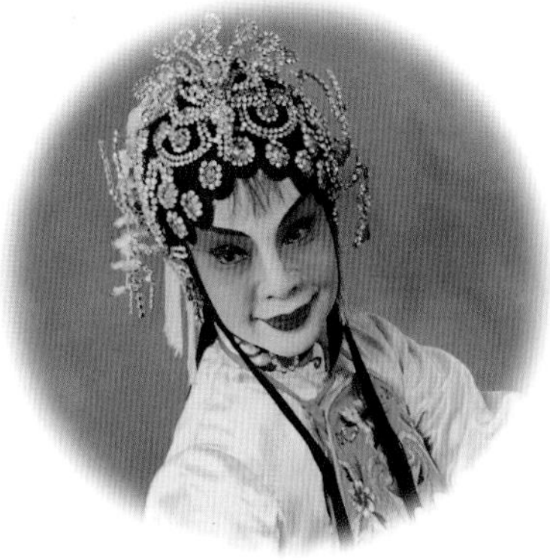

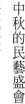

# Contents

# 小戲、古老劇種

## 莆仙戲、梨園戲

# 戲曲雛型．藝術根源

## 寫在「兩岸小戲大展暨學術會議」之前

### 釐清戲曲史的關鍵在「小戲」

筆者在台大中研所開有「戲曲史專題」課程，深感戲曲史研究中尚存在許多根本且主要之問題，譬如：戲曲如何淵源與形成，又如何發展？南戲如何淵源與形成，又如何流播？北劇如何淵源與形成，又如何流播？這三個問題類型相同，都是研究戲曲史不能不涉及與不能不設法解決的問題。但就已出版之戲曲史論著來觀察，則或避而不論，或語焉不詳不知所云，或設想為說、各持己見爭論不休。筆者觀察所以如此，就首要問題「戲曲之淵源形成與發展」而言，有以下八點緣故：

（一）何謂「戲劇」，何謂「戲曲」，未有明確之界義。

（二）未明「戲曲」有小戲、大戲之別，小戲為戲曲之雛型，大戲為戲曲形成之面貌。

（三）對於「小戲」和「大戲」未有明確之界義。

（四）未明「小戲」已為多元因素構成之綜合藝術。

（五）誤以孕育小戲之溫床為戲曲之淵源。

（六）誤以構成小戲之主要因素為戲曲之淵源。

（七）誤以淵源為形成，或誤以形成為淵源。

（八）未明大戲之發展，實由其腔調劇種之流播為主要，亦可通過其體製劇種之文化而產生。

以上這八點如果不辨明清楚，便會產生錯誤的論斷而不自知；而今絕大多數之戲曲史學者卻每每陷落於此，以致戲曲史之最根本主要之問題迄未有被公認的解決。而就此八點來觀察，其中「小戲」實為關鍵所在，因為只要弄清楚小戲，那麼大戲乃至戲曲的發展就容易順理推得。

## 小戲的研究在過去並未被重視

有關小戲的研究，在大陸著為專書者只有張紫晨《中國民間小戲》，余從《戲曲聲腔劇種研究》收有〈民間小戲〉一篇，其餘如莊永平《戲曲音樂史概述》、廖奔《中國戲曲聲腔源流史》、周妙中《清代戲曲史》等，均止緣文涉及，未能深論。可見小戲研究尚未被重視。而張氏之書雖力求周延與深入，但對於所謂「小戲」未有謹嚴明確之界義，以故將木偶戲、皮影戲和少數民族之戲劇亦編列其中，便很有問題；又小戲形成之基礎與途徑、小戲發展的進程

◎湖南花鼓戲——劉海砍樵

◎漳州大車鼓——昭君出塞

和方式，也有許多可商榷和補充的地方。余氏的見解固然有許多可取，不過也未明確說明什麼是小戲，小戲相關的問題也有不少未討論到。

## 集合兩岸學者之力

也因此筆者認為對小戲進一步而全面深入的探討，不止可以擴展戲曲研究的園地，就戲曲史的基礎研究而言，更是刻不容緩。於是在民國八十七學年度的「戲曲史專題」課，便以小戲作為主要專題，同時指導在課堂上旁聽的台灣藝術學院施德玉教授撰著《中國地方小戲之研究》，並就專題擬具十四個供作講授和討論的綱領，其目如下：

（一）什麼是「小戲」？其界義如何？

（二）小戲是如何淵源形成的？

（三）南戲北劇成立之前文獻上有那些小戲？

（四）小戲如何融入大戲，起了什麼作用？

（五）中國現在有那些小戲？

（六）小戲發展的徑路如何？

（七）小戲的藝術特性如何？

（八）小戲的文學價值如何？對現代文學有何意義？

（九）小戲的音樂有何特色？對現代音樂有何意義？

（十）小戲的表演有何特色？對現代表演藝術有何意義？

（一一）小戲的題材有何特色？

（一二）小戲所表現的思想情感有何特色？

（一三）古人如何對待小戲？

（一四）現在國人應如何對待小戲？

筆者認為透過這十四個綱領的探討，對小戲研究才算較為全面而深入。但由於所關涉的層面相當廣闊，材料更加繁多，課堂上一年，要使之盡善盡美，不太可能。為此，已經旁聽我兩年課的台灣戲專游素凰主任向我建議舉辦學術會議的可能性，而為了與學術會議相得益彰，配合小戲展演也有其必要。我很贊成她的看法，希望結合兩岸學者之力，集思廣益，獲得更多更準確的學術觀點和結論。

## 「戲曲」一詞始於宋代

據筆者初步研究所得，「戲劇」一詞在中國原為滑稽諧笑之義，專指今之所謂「小戲」；明人王驥德約取「南戲北劇」為「戲劇」，而今較傳統之所謂「戲劇」，則舉凡「真人或偶人演故事」皆是。因此戲曲、偶戲、話劇、歌劇、舞劇、默劇、電影、電視劇等都屬戲劇。「戲曲」一詞始於宋代，原是「戲文」的別稱，王國維始用為中國古典戲劇的總稱，舉凡「演員合歌舞以代言演故事」皆是。因此歷代劇種：先秦巫戲之《九歌》、漢角觝戲之《東海黃公》、唐歌舞戲之《踏謠娘》、唐參軍戲、宋雜劇、金院本、宋元南曲戲文、金元北曲雜劇、明清傳奇、清代京劇，以及近代地方戲和少數民族戲劇都屬戲曲。

「演員合歌舞以代言演故事」，細繹其所包涵之元素有演員、歌唱、舞蹈、代言、故事、表演和未見諸文字的表演場所等七項，而事實上這七項元素雖是構成戲曲的必備條件，但止能形成戲曲的雛型，也就是「小戲」，亦即上文所舉「金院本」以上歷代諸劇種，明代宮廷過錦戲和近代地方戲曲如秧歌戲、花鼓戲、花燈戲、採茶戲、山歌戲、竹馬戲、二人轉等都是小戲。

## 「小戲」是實質的戲曲源頭

「小戲」已屬綜合性藝術，而若論其成立，必以一二元素為主要，由此再結合或吸納其他元素而形成合乎上述命義之藝術有機體。而由於「小戲」構成之主要元素可以不相同，所以宋代以前見諸文獻的「小戲」，成於先秦之《九歌》，在宗教場合中以巫覡之歌舞為基礎；成於西漢武帝時之《東海黃公》在御前百戲競奏中以藝人雜技為基礎；成於後趙之「參軍戲」在宮廷君王娛樂中以俳優散說為基礎；成於北齊之《踏謠娘》在

◎榮興客家採茶戲團——桃花過渡

鄉土群眾歡笑中以歌舞為基礎。可見「小戲」可以異時異地在不同孕育場所中，以不同之主要元素形成特質各殊的「小戲」。它們各領「風騷」，因其源生有別，便很難譜寫其間之血源。這樣的「小戲」才是實質的戲曲之源頭，而如果以文獻出現之早晚為論據，那麼《九歌》諸篇，尤其是〈山鬼〉，應當是中國戲曲的第一個「雛型」，第一個「小戲」，亦即中國戲曲以此為「源頭」。

## 現代文學與藝術從中獲取養分

以宗教儀式為孕育場合所形成的小戲，其巫覡自然發揮宗教功能；以宮廷宴樂為孕育場合所形成的小戲，其俳優除歌舞諧詼娛樂人主外，或兼具諷諫旨趣。然而古今小戲，大多數孕育自鄉土，廣大群眾，或以雜技，或以歌謠，或以曲藝為其基礎，而莫不以方言為腔調，以俗語作機趣，以鄉土生活瑣事為素材，以鄉土思想情感為懷抱，展演於廣場之上。其藝術主體不過踏謠，其砌末不過巾扇，其行頭不過醜扮，初時往往男扮女妝，而莫不融入生活，反映生活，滿心而發、肆口而成的流露人們的心聲，人們用此娛樂歡欣，也用此消愁解悶。也就是說小戲可以「囊括」和「滋潤」人們的整個心靈，它甚至於可以說是一個民族文化最基本最具體的表徵。

再進一步觀察，小戲不止是大戲的雛型，而且或夾入其中，或融入其中，以插科打諢、滑稽詼諧的面貌為大戲調劑排場。其運用手法如果不落入庸俗，實可借供現代喜劇做為滋養。其語言極為真切自然，是俗語、諺語、歇後語、慣用語、民間成語、江湖隱語生發和實用的大載體；現代文學講究新語彙新技巧，何嘗不可從中獲得啟示，從中有所汲取。而若就現代音樂和舞蹈而言，小戲音樂之體式、調式、旋律、節奏、唱腔，乃至許多襯字虛詞所構成的大量泛聲，都造就了其直接感人的力量，由此而激起脈動最具自然韻律的形形色色的肢體語言，則現代音樂和舞蹈是否也同樣可以從中師法從中發明呢？總而言之，現代的文學和藝術是可以扎根於小戲之中，從而獲取珍貴的養分的；而若能如此，現代的文學和藝術也才不會失去傳統優美的民族性格和鄉土性格。

## 應視爲民族藝術文化重要的一環

由以上筆者對小戲粗淺的探索，即可見小戲實為我國戲曲的雛型、民族藝術的根源。所以我們不能像古人那樣，只因為不合乎禮教規範而生動活潑的表達愛情，便將小戲斥為「淫戲」；我們現在不止要正面的肯定小戲，視之為民族藝術文化重要的一環，而且要積極的維護它研究它，使它仍舊可以豐富我們的生活，並充分發揮它具有的功能。也因此，這次兩岸小戲學術會議就顯得特別有意義。

而近十年來的戲曲學術會議「配套」舉行，似乎成了慣例。譬如在台北舉行的國際湯顯祖、關漢卿、偶戲等學術會議，兩岸歌仔戲、梨園戲等學術會議；在瀋陽舉辦的兩岸戲曲的回顧與前瞻研討會，在蘇州舉辦的國際南戲學術會議，都配合相關的戲曲演出，使會議倍添生色，理論與實務也獲得相互印證的效果。有此好處，這次小戲學術會議自不能「免俗」，何況當今國人不知小戲為何物者已大有人在，則配合小戲演出亦可藉此使年長者「重溫往日情懷」，年少者認識此一藝術之重要文化資產，實是一舉兩得的事。所以我們在「小戲學術會議」之上便冠以「小戲大展」，頗有用廣招徠之意。

## 兩岸劇團共演「小戲大展」

「小戲大展」，我們安排山西秧歌、江西採茶、雲南花燈、湖南花鼓、漳州車鼓等五個大陸小戲劇種，新營竹馬、六甲車鼓、宜蘭老歌仔、苗栗採茶等四個台灣小戲劇種。大陸、台灣每一劇種一個劇團，共九個劇團。這九個劇團所演出的小戲，有四層意義：其一，小戲劇種的主要系統已概見於此，含華北之秧歌，長江流域之花鼓，東南丘陵之採茶，西南邊陲之花燈。其二，六甲車鼓之與漳州車鼓，苗栗採茶之與江西採茶，可以見出兩岸藝術文化之傳承與變異。其三，新營竹馬戲雖傳自漳州東山，但扮飾十二生肖輪番演出，其形式奇特，似為兩岸所僅有，很值得深入探討。其四，宜蘭老歌仔戲為歌仔小戲之「活標本」，可以由此看出現今所謂「精緻歌仔戲」之源頭雛型為何物，而若兩相比較，則其間之差別，真是何等的不可以道里計。

這次小戲的大展與會議，十二月七日下午九個小戲劇團將在戲專內湖校區亮相各作十分鐘表演。大陸五團八日晚上將在木柵校區演藝中心、九日下午在大安森林公園野台演出。十一日上午九時學術會議在台大總圖書館開幕之前，將沿台大椰林大道作踩街式和就地式的表演，十一日至十三日夜晚則九團輪流假南海路台灣藝術教育館作免費演出。十四日上午大陸五團分往政大、師大、中央和關渡、板橋兩藝術學院作示範教學，然後十六日南下彰化加入布馬陣，由台灣五團和大陸五團，分下午和夜晚在南北戲曲音樂館作圓滿結束的公演。如此再加上三天學術會議，集兩岸學者數百人，針對上述提出之綱領發表二十五篇學術論文，應當也算兩岸的一件藝文盛事，而其大展與會議相得之美，促使小戲獲得在藝術文化上應有的地位，從而發揮其對現代文學和藝術的功能，則是我們最大的期望。

（原載《聯合報》副刊民國八十九年十二月六、七日）

# 梨園樂舞艷歌行

南管音樂和梨園戲曲，起碼在康熙年間就已隨著移民風靡台灣，數百年來滋潤著人們的生活和心靈。民國七十年年底許常惠教授深感其隨著社會急遽變遷而衰颯頹靡，乃舉辦國際學術會議以彰顯其歷史地位與藝術價值。其後筆著亦在《聯副》發表文章，從套曲結構、宮調板眼、身段做表、咬字吐音、演出劇目等論斷南管音樂具有唐宋大曲的遺響，梨園戲曲宛然有宋元南戲的面目。民國七十七年中國大陸學者在泉州的「南戲會議」，大抵亦有相近的結論，並將梨園戲稱之為南戲的「活化石」。

而今台灣南管界中，最令人刮目相看的是漢唐樂府創辦人陳美娥小姐，她矢志「嫁給南管」，二十年來鍥而不捨的從事學習研究和推展發揚，獲得金鼎獎、薪傳獎等諸多榮譽；更以之為民族藝術作文化輸出，列國巡演，幾遍寰宇，贏得名副其實的「國際性演藝團隊」。近日漢唐又成立「梨園舞坊」，推出一系列樂舞節目，觀賞的藝文界人士，莫不讚嘆不已。

「梨園舞坊」所以使人讚嘆的是創意出人意表，取材結撰妙於巧思，融會古今天衣無縫。

我很欽佩陳美娥能從南管上下四管指譜曲的歌樂中，和梨園戲糕人身三節手四顧眼垂手行的科步裡，取其菁華，輸入現代藝術的新血，從而開出這樣一朵藝壇奇葩。

我很欣賞吳素君以一位現代舞名家，能沈潛於南管，能將晉代傅玄〈艷歌行〉的詩意，運用梨園戲小旦婀娜嬌俏的身段來描述秀麗佳人踏青嬉春的萬種風情。

我也欣賞藝術學院剛畢業的幾位舞者，跨海到泉州去苦學南管和梨園戲的各種技能，而且融會了現代舞的功底，

◎漢唐樂府「梨園舞坊」之南管排場

使得優雅柔媚中充溢著引人入勝的神采。

而最令現場觀眾屏氣凝神的一場，則莫過於《夜未央》。王心心一襲仿唐古裝，彩麗耀眼，懷中的琵琶唱出了《高文舉》一劇玉貞的閨怨與尋夫的苦楚。而《玉真行》最能表現梨園樂舞沈斂溫柔、古雅細緻之美，我在泉州看過旦腳在數尺見方的小舞台上，姿態曼妙之極；而眼前舞蹈的秀蓉、蔓菁，猶能相彷彿的與王心心的歌聲相得益彰，也難怪在柔和的燈光下，全場止迴盪在一個旋律裡。

此外，「梨園舞坊」的這次演出，在在都教人看出用心用力的地方。不必說仿唐古裝的華美、燈光營造的得體，即使是起於〈西江月〉、終於〈滿堂春〉的節目安排，都不失南管樂次；而以「艷歌行」為創團公演之名，也是有意的取其古樂府首段之義；所以漢唐這次「壯舉」，自然是要有口皆碑的。

最後我有一點感想，我常說藝術文化融會古今中外的創新，有如輸血，有如毛桃接水蜜桃，其間最重要的是一雙靈妙的手，才能有所生發、有所開創。而今可喜的是，這雙靈妙的手，出諸陳美娥，出諸吳素君，所以我們有福觀賞到從千年古樂、千年古劇的根土中重新綻開的現代藝術花朵。而在「梨園樂舞艷歌行」裡，我們也看到了許多藝文名家凝聚的心血，更看到了文建會大力扶持的成果。凡此都是令人感佩的。

（原載《聯合報》副刊八十五年一月十九日）

# 宋元南戲的「活標本」

如果要從我國現存兩百數十種大戲劇種中，舉出歷史地位最為崇高、藝術價值極其貴重的，那麼就是福建泉州的「梨園戲」，因為它簡直是「宋元南戲的活標本」。

梨園戲的古樂古劇成分，可以從其曲牌結構、套數組織、管門板眼、樂隊形制，以及劇目、腳色、身段等很具體的看出來。即就其樂器而言，琵琶是橫彈的南琶，與唐制相仿；二弦乃晉代奚琴遺制；洞簫即唐之尺八；打擊樂以南鼓（俗稱壓腳鼓）為主，其打法獨特，在戲曲中絕無僅有。

若論梨園戲的淵源與形成，則鄙意以為：南宋光宗紹熙間（一一九〇～九四）在浙江形成的「溫州戲文」，「戲路隨商路」傳入福建泉州。其流入泉州城中者，保持本來面目較多，稱為「上路」，劇目多夫妻離合、忠孝節義，腔調多哀怨悲涼、古樸蒼勁，所以腳色以生、旦、淨、丑為「四大柱」。其流入泉州農村者，與鄉土小戲結合，稱作「下南」，題材偏重生活情節、忠奸鬥爭，腔調偏重豪邁粗獷、明快爽利，所以腳色以淨、末、外、丑為「四大柱」。另有一支則與泉州傀儡戲中的「肉傀儡」結合，演員為十五歲以下的孩童，稱為「七子班」，內容皆為青年男女波瀾曲折的戀愛故事，腔調風格較為纏綿悱惻而華麗，所以腳色以生、旦、貼、丑為「四大柱」。到了明代宣德年間，由於禁用官妓，社會產生「孌童妝旦」的風氣，「七子班」因而也以優童男扮女妝。

梨園戲之命名在中國戲曲劇種中較為特別。「梨園」一詞的來源，自然是取自唐明皇選坐部伎子弟三百人教於梨園，稱「皇帝梨園弟子」。又民間傳說其戲神田都元帥死後，唐明皇封為「天下梨園都總管」，大概因此就以「梨園」做為劇種名稱。至於「上路」，乃指明其來自上面的省分（宋代的「路」有如今之「省」）；「下南」則因為漳、泉二

◎梨園戲《李亞仙》

郡位居福建南部，又以其存土語土調為多，故云；「七子班」即因其腳色有生、旦、貼、丑、淨、外、末七種，但是「上路」、「下南」的腳色同樣是七行，何以它獨以「七子」為名？那是因為它的來源與「肉傀儡」有密切關係，傀儡為「戲祖」，最為古老；又因它每「應官身」，所以地位較二派為高，故獨以「七子」稱班。「七子班」因係童伶搬演，故亦有「小梨園」和「戲仔」之稱；相對的，「上路」和「下南」便因係成人搬演而合稱「大梨園」。

傳到臺灣的梨園戲，其相關者有七子班（亦稱囝仔戲）、南管戲、白字戲等名稱，而無一作梨園戲。清康熙間郁永河《臺海竹枝詞》已有詩歌詠七子班的演出，七子班所以又稱「囝仔戲」，因為閩南方言「囝仔」即孩童之意。至於「白字戲」原本是用來指稱以方言演出的戲曲，是對「正字戲」（又稱「官音戲」）而言的。由於梨園戲是用泉州方言演出，所以當地人乃稱之為「白字戲」；傳到漳州和臺灣因語音相近，亦沿襲其名稱。而臺灣以南管伴奏的所謂「南管戲」，是以伴奏音樂命名的，因為梨園戲的音樂在泉州稱南音、南樂、絃管或郎君樂，傳到臺灣，相對於北管，只稱南管。因此臺灣的「南管戲」，除七子班、白字戲外，尚有高甲戲。高甲戲是以梨園戲為基礎吸收宋江戲的武打成分的新劇種，其音樂仍以南管為主，所以仍屬南管戲的範圍。

以上所以不惜篇幅，對梨園戲形成及其相關的名稱作說明。因為那是長久以來容易被誤傳和混淆的問題，所以不揣譾陋，稍作釐清。而即此也可以看出梨園戲的古老性和海峽兩岸傳承的關係。

有關梨園戲的文獻記載不止非常少而且非常簡略，人們視為地方戲曲，學者亦未暇措意於此。直到一九五四年才有陳嘯高、顧曼莊合撰〈福建的梨園戲〉作較詳細的介紹，而一九八一年許常惠在鹿港召開的「國際南管學術會議」，用以探討南管音樂和戲曲的歷史地位和藝術價值，才使之成為學術研究的課題。緊隨其後，臺大中研所的沈冬和師大音研所的呂鍾寬分立專題，以之作為碩士論文。一九八八年、九一年、九六年都在泉州舉辦「國際南戲研討會」，梨園戲連類相及，研究論文接踵而發，吳捷秋更著為專書，幾乎使之成為顯學；但是梨園戲所保存的劇本相當的多，其相關未解決的問題尚有不少。國家兩廳院有鑒於此，乃在邀請「福建梨園戲實驗劇團」公演之前，委託歷史文學學會先行舉辦「海峽兩岸梨園戲學術研討會」，務使學術與藝術相得益彰，期使國人對此「藝術文化瑰寶」能有更深切的認識和欣賞。

而梨園戲這次在國家劇院所要演出的劇目，是劇團團長張文輝和筆者磋商選定的，共三種全本戲、五出折子戲。其中《節婦吟》是編劇王仁傑的成名作，對禮教與人性的衝突和無奈作極深入的刻畫；《李亞仙》是不同於明傳奇《繡襦記》的古劇，保留的是宋元戲文的藝術風格；最可注意的是南管名曲「三千兩金」和「鵝毛雪」，以及「踢球」和「拍胸」等古老的民間舞蹈。《陳三五娘》則是小梨園的傳統劇目，有資料可稽者，此劇自明嘉靖以來，就在閩南歷演不衰。該團也因為演出此劇迭獲大獎。另外五段折子戲〈士久弄〉、〈玉真行〉、〈過橋〉、〈摘花〉、〈壽昌尋母〉，都極為傳統，極有戲文的韻味。〈士久弄〉更有唐宋小戲的風情；其餘四出，則宋元以來家樂氍毹演出的面貌宛然可睹；〈壽昌尋母〉，則只見於梨園戲，不見於古今任何劇種。凡此皆可見其具有不同凡響的藝術文化地位和價值。

像這樣不同凡響的梨園戲，在我們臺灣不只久見凋零，即在泉州亦只存留政府維繫的一個實驗劇團；所幸有此一團，四十五年來堅持作為「宋元戲文的活標本」，努力彰顯民族古老傳承的優秀藝術，實在是令人無限欽佩的。而今更跨海東來，使國人能親聆那唐宋大曲遺響，能親睹那宋元戲文面目，是藝術文化的一件大事，更是一次難得的機會。

（原載《中央日報》副刊八十六年八月九日）

# 古老的劇種・亮麗的表演

一九九三年六月中旬，我在福建泉州觀賞「天下第一團」匯演，首度看到徽劇，那次安徽省徽劇團演出的劇目是本劇《情義千秋》，又名《曹操、關羽、貂蟬》。所以稱作「天下第一團」，是因為中國現存四百多個戲曲劇種中，有許多已成為「稀有劇種」，所屬劇團只剩一個，自然「天下第一」了。可見徽劇今日也同遭沒落的命運，但是它過去的歷史極為輝煌，具有貴重的藝術價值。

乾隆五十五年（一七九〇年）徽班名藝人高朗亭率三慶徽入京，這是中國戲曲史上的大事，從此而有「四大徽班」，而徽漢合流，於道光間變「諸腔雜陳」為「以皮黃為主」的新劇種，所謂「皮黃戲」、「京戲」於焉誕生。所以近代執中國劇壇之牛耳的京戲，其母體實為徽劇。

徽劇在清代利用兩淮鹽務中的徽籍官員，和行腳遍及天下的徽商，將所屬的石牌腔、安慶梆子、二黃調等傳布到蘇、廣、閩、浙、蜀、雲、貴、秦、鄂、贛、湘、魯等省，而在流布中，又與崑腔、京腔、秦腔、弋陽腔、楚腔等相為融合，同時更汲取各地方言曲調，從而促成一批新興地方戲曲劇種的形成和發展。可見徽劇生命力之強大，及其對近代地方戲曲的重大影響。

在徽劇的腔調中，青陽腔與徽州腔都繼承了弋陽腔「一唱眾和，其節以鼓，其調喧」的特質，形成了「滾調」；又其崑弋腔既能演唱長短句的曲牌，也能演唱以七字句、十字句為主的詩讚唱詞，可以看出曲牌系音樂過渡到腔板系音樂的情況。凡此都極具藝術文化的意義。

就表演方面而言，徽劇講究群歌齊舞，注重高台平台的武術技巧。旦角早期無水袖，故有很多指法。淨角亮相時雙手過頂，似舉千刀，五指岔開，形如虎爪，用「滾喉」喑嗚叱咤，輔之以頓足，表現憤怒之情，顯得粗獷激越。此外尚有許多「絕技」，如頂燈、矮步、辮子功、甩念珠、打紅拳、三變臉等，也都可以看出其藝術特色。

由以上幾方面觀察，已足以顯現徽劇在藝術文化上的重要性。而如果從明萬曆三十八年（一六一〇年）被譽為「天下時尚」的「南北徽池雅調」算起，徽劇也已經有三、四百年的歷史，算是古老的劇種。雖然徽劇近年遭遇不偶，現存的唯一劇團在文革之後才恢復建制，但經二十年的不斷努力，相信該團有足以展現徽劇特色的能力，我們對於該團這次來臺演出，自是給予熱烈期盼和刮目相看。

（原載《中國時報》文化藝術八十六年十二月十九日）

◎1993年6月徽劇在泉州參加「天下第一團」匯演，著者率隊錄影，並作訪問，與該團團員合影。中坐者為著者

# 認識最古老的劇種

## 與泉州梨園戲同為宋元南戲活標本的「莆仙戲」將在國家劇院演出

### 梨園戲和莆仙戲具有崇高的歷史地位、貴重的藝術價值

我國現在所稱的「戲曲劇種」，一般以方言所生發的「腔調」作為分野的基礎，約有小戲六十種，大戲三百種、偶戲百種，合計四百數十種，就中福建泉州「梨園戲」和莆田、仙游「莆仙戲」，學者共同認為是宋元南戲的「活標本」。也因此，我國不止是戲劇大國，也與希臘悲劇、印度梵劇並稱為三大戲劇古國。

被稱為宋元南戲「活標本」的梨園戲和莆仙戲，自然具有崇高的歷史地位和貴重的藝術價值，只是由於它們僻處福建海隅，國人對之頗感生疏。就以閩台關係之密切而言，雖然梨園戲曾以七子班、白字戲、南管戲之名流傳台灣，莆仙戲也在清末民初渡海公演；但是時過境遷、社會變化匆遽，今日在台灣亦同感陌生。也因此國家兩廳院，既於去年八月間邀請梨園戲演出，並舉辦「海峽兩岸梨園戲學術研討會」，又將於今年十月九日至十一日與文建會傳藝中心共同主辦「海峽兩岸莆仙戲學術座談會」，並公演莆仙戲。目的是希望國人認識我國現存最古老之劇種，了解我國藝術文化的源遠流長與博大精深，從而對當前之戲劇藝術，有所省思，有所扎根和開創。

### 莆仙戲兼具宋代雜劇和宋元南戲的許多成分

也許有人要問：何以我國最古老的劇種留存在福建？那是歷史上晉室東遷、唐宋亂離、趙宋南渡，士大夫避居福

建，中原文化流入，使得福建在南宋就有「海濱鄒魯」之稱。加上福建三面山一面海，流入的藝術文化易於保存，往往可以「禮失而求諸野」。我曾經考述過福建的樂舞雜技和戲曲，結論是唐五代間已經有相當的基礎，南宋更可見各式各樣的樂器，官府中的衙鼓、福州歌、福清歌、吳歌楚謠和迎神賽會的村樂俗曲、小兒隊舞、鬥雞、弄猢猻、打毬、走繩等雜技，以及打夜狐、傀儡戲、雜劇、戲曲等劇種，真是到了「百藝競陳」的盛況。

在南宋既已「百藝競陳」的福建，就莆田、仙游而言，迄今尚流傳的莆仙戲，以其作為「活標本」的內涵意義，實在兼具宋代雜劇和宋元南戲的許多成分。

我有一篇文章專論南戲的淵源、形成與流播，大意是：「鶻伶聲嗽」是在浙江永嘉（溫州）初起時，以鄉土踏謠為基礎所形成的「小戲」名稱，時間約在北宋徽宗宣和間（一一一九～一一二五）。「永嘉雜劇」或「溫州雜劇」是「鶻伶聲嗽」吸收流入民間的「官本雜劇」所形成，樂曲是里巷歌謠和詞調，時間約在南渡之際（一一二七），這時福建應當也有「莆仙雜劇」、「漳泉雜劇」。「戲文」或「戲曲」是「永嘉雜劇」又吸收說唱文學，以豐富其故事和音樂乃至曲調聯綴方法，從而壯大為「大戲」的名稱，時間約為宋光宗紹熙間（一一九〇～一一九四）。「永嘉戲曲」表示其向外流播，文獻可徵者，宋度宗咸淳間（一二六五～一二七四），已流播至杭州和江西南豐；江蘇吳中也約在其時。又從朱熹、陳淳、真德秀之主張禁戲的資料推測，福建莆仙和漳泉也應當在光宗朝就已流入戲文。

就因為莆仙戲有過「雜劇」和「戲文」兩個階段，所以非常難得的也保留了這兩階段的面貌。這裡指的「雜劇」是宋代雜劇，不是元代的北曲雜劇；這裡指的「戲文」是與北曲雜劇對稱的南曲戲文，簡稱「南戲」。

◎於國家戲劇院召開的「海峽兩岸莆仙戲學術座談會」，主講人為著者

## 莆仙戲之「古老性」實有過於梨園戲

莆仙戲的演出形式，若與周密《武林舊事》、陶宗儀《輟耕錄》所記比對，不難看出許多宋代雜劇的遺規和現象。譬如開台的鑼鼓、打和，收場後的斷送、打散，乃至於正戲的艷段、正雜劇、雜扮，以及「淨」腳之稱「靚粧」，都是顯而易見的具體證據。即此而言，莆仙戲之「古老性」實有過於梨園戲。那麼若以莆仙戲為現存中國最古老的劇種，可以說是「當仁不讓」。

至於以莆仙戲為宋元南戲「活標本」，也可以從以下三方面印證。其一，南戲劇本今知其名目者有二百四十餘，莆仙戲與之相同或相類者八十有一；其二，莆仙戲保存南戲大量的稀有曲牌，其聯綴法則、演唱之形式與表現之情趣，主要樂器篳篥（笛管），用石獅壓鼓，以及「三板」、沙鑼和擊打技藝等，都明顯源於南戲遺制；其三，莆仙戲的身段、台步、手勢都有特殊程式，基本功在腳、手、肩，並講求身、腰、頭的相應；既有統一科範，又按腳色細分；這應當也是南戲表演藝術上的特色。

像這樣具有宋代雜劇、戲文遺規遺制的莆仙戲，怎能說不是我民族藝術文化的「瑰寶」。我們實在不能錯過這次甚具意義的座談會和經典劇目的演出。

這次「莆仙戲學術座談會」所要探討的問題，包括莆仙戲之淵源形成、歷史地位、藝術成就，乃至兩岸現況、薪傳教育、劇團營運等等，誠如我所製的對聯：「華堂暢論春風生滿座，藝苑新培古劇綻奇葩。」相信會令人感到油然心喜。

這次所要公演的兩齣經典劇目，一是陳仁鑒的《團圓之後》，一是鄭懷興的《晉宮寒月》，兩位名編劇家所撰作的兩齣名劇已經享譽多年，譬如《團》劇被認為「列入世界悲劇之林毫無愧色」；《晉》劇在北京「鄭懷興劇作研討會」上受到很高的評價。這兩齣戲都從傳統中創新，給與中國戲曲現代化立下良好的典範；也就是說我們不僅從中可以欣賞到莆仙戲千百年來的藝術菁華和特質，同時也可以欣賞到調適現代劇場後所展現的藝術新貌，這包括情節的緊湊、排場的新穎、人物的鮮明，尤其是主題思想的耐人省思。所以說這兩齣莆仙戲堪稱「古今合璧」。

我常慶幸自己生活在台灣，可以享受「天下」各種美味；而自海峽開放後，又可以享受「天下」各種藝術。這是大陸任何地方難於兼有的，重要的是我們不要輕易錯過。對於這次莆仙戲的來臺公演，也應當如此看待才是。

（原載《聯合報》副刊八十七年十月九日）

# 不可錯過「梨園盛筵」

## 寫在福建省梨園戲實驗劇團二度來台公演之前

我一再說過，從我國現存兩三百大戲劇種中，欲舉出歷史地位最為崇高，藝術價值極其貴重的，就是福建泉州的「梨園戲」，它簡直是「宋元南戲的活標本」。也因此，民國七十年許常惠在鹿港召開的「國際南管學術會議」，我發表一篇〈南管中古樂與古劇的成分〉，首先揭櫫上述的觀念。民國八十六年國家兩廳院亦有鑒於此，乃邀請泉州福省梨園戲實驗劇團首度來台公演，並委託本人主持「兩岸梨園戲學術研討會」，期使國人對此「藝術文化瑰寶」能有更深切的認識和欣賞；本人乃踵繼前文更作〈梨園戲之淵源與形成〉，以澄清梨園三派的來龍去脈。而在演出的三場裡，一場勝似一場，觀眾由認識了解到欣賞共鳴，終於給予至高的肯定。或有聞風而至不及「與饗盛筵」者，莫不期盼機會再來。

◎泉州梨園戲名旦角曾靜萍——〈董生與李氏〉

近年主編《雅韻》雜誌的賈馨園小姐，於民族藝術的倡導不遺餘力，尤其用心於戲曲；而既知梨園戲之「不同凡響」，乃「鼓其餘勇」，不計利益成本，以私人之力再度邀請僅存之梨園劇團，於本月九日至十二日，假「新舞台」作四天五場的演出。

賈小姐親赴泉州選擇劇目，欲藉此呈現古今面貌之異同，並彰顯上路、下南、七子班梨園三派之內容特質。而據筆者考查，南宋光宗紹熙年間，在浙江溫州形成的戲文，「戲路隨商路」傳入泉州。其流入城中者，保持本來面目較多，以其來自上面之「路」（猶今之省），乃稱為「上路」；劇目多夫妻離合、忠孝節義，腔調多哀怨悲涼、古樸蒼勁。其流入農村者，與鄉土小戲結合，保持福建南部土語土腔之特色。謂之「下南」，題材以生活情節、忠奸鬥爭為主，腔調偏重豪邁粗獷、明快爽利。而另與「肉傀儡」結合者，因模擬傀儡動作為身段；以其每應官身，兼以傀儡為「戲祖」，故獨得戲文腳色生旦貼淨丑外末七色為名；號稱「七子班」，內容皆為青年男女波瀾曲折的戀愛故事，腔調則極盡纏綿悱惻、縟麗紛華。七子班因係男童搬演，故有「小梨園」和「戲仔」之稱；上路、下南因係成人搬演而合稱「大梨園」。

梨園戲傳到台灣因與北管戲對稱而為「南管戲」，包括七子班（亦稱囝仔戲）、白字戲和高甲戲。高甲戲為清代以上路為基礎結合宋江戲形成的新劇種，白字戲即下南的俗稱。只有七子班仍其本名。可見閩台藝文關係密切，只是，「南管戲」近年在台灣已幾近於絕響，所幸梨園戲尚在泉州一脈相傳。

由於小梨園、七子班明代以後最為發達，藝術科步最為細膩，所以賈小姐特別安排折子七齣：有出自《高文舉》的〈玉真行〉、〈冷房會〉，出自《荔鏡記》的〈賞花〉，出自《呂蒙正》的〈打趕〉、〈入窯〉，見於《朱弁》的〈裁衣〉，見於《郭華》的〈買胭脂〉。凡此均為小梨園之經典劇目，其歌舞樂已融而為一，其古樸之特色尤見於傀儡化之科步。而〈玉真行〉之「一句曲一步科」，唱做細膩，為旦行所必修；其傳諸高甲戲中，亦自可觀。其它若〈賞花〉之見閨門旦功底，〈打趕〉之跌宕，〈入窯〉之詼諧，〈裁衣〉之高雅，〈買胭脂〉之纏綿，無不以特殊風調引人入勝。

◎曾靜萍、黃炳銅——〈蘇秦〉

◎泉州梨園戲實驗劇團〈十朋猜〉

此外賈小姐還安排〈十朋猜〉（出自《王十朋》）和〈太平錢〉（出自《朱文》）兩齣上路折子和兩場本戲《蘇秦》、《董生與李氏》。〈十朋猜〉情節關鍵全劇，是為「劇眼」，有精彩而高難度的表演；〈太平錢〉為新發現古老劇目，保持宋元南戲的面貌，甚為珍貴。《蘇秦》與元末明初蘇復之《金印記》相似，為上路、下南大梨園之代表劇目；至於《董生與李氏》，則為福建才子屢獲大獎之王仁杰新編。仁杰與我係多年好友，常感嘆自己「有色心無色膽」，書房署為「三畏齋」，取孔子「君子有三畏：畏天命、畏大人、畏賢人之言」命義。而其劇中之董生乃名「四畏」，謂「三畏」之外多一畏為「畏婦人」，我看此劇實為仁杰現身說法，自我寫照，所以順手拈來，天衣無縫，文采煥然而機趣橫生，允為壓軸好戲。

最後要提醒讀者的是：泉州福建省梨園戲實驗劇團已合梨園三派為一爐，是碩果僅存的梨園戲劇團，成立四十八年來無論保存薪傳與創發，成績甚為斐然，早已蜚聲海內外，而今二度前來，必卯足全力展現菁華；我們從中不止可以看到宋元舊篇的千年風貌，也可以看到梨園三派的不同韻格，更可以看到才人新編的傑作，若此「梨園盛筵」，我們怎可輕易錯過！

（原載《民生報》文化風信八十九年十一月八日）

小戲、古老劇種（莆仙戲、梨園戲）

# 水榭舞影・樓臺戲夢

## 寫在江之翠劇場林家花園演出之前

「水榭舞影・樓臺戲夢。」這是多麼古典，多麼曼妙，多麼引人入勝而又多麼迷離恍惚的情境！這種情況，對於困居在水泥叢林的現代人來說，是多麼的遙遠，好像只有在書本裡的李唐苑囿、趙宋園林，才有那樣的情境可尋。然而今年暑假裡，從七月四日至十三日，「江之翠劇場」將假板橋林家花園演出十場《後花園絮語》，以南管樂舞戲曲再現唐宋風華。屆時水榭舞影婆娑、樓臺戲夢飄揚，將使你我身臨其境，直為唐宋間人。

我們知道南管音樂戲曲是中國藝術文化的瑰寶。個人曾從曲牌結構、套曲聯合、管門板眼和樂器形製、樂隊組織等方面考察，在在都可以證明南管音樂是唐宋大曲的遺響；也從劇目、曲調、腳色、聯套和咬字吐音、身段動作等方面論證，在在都可說明南管戲曲保留許多宋元戲曲的面貌。它比起崑腔曲劇來，起碼要早過六七百年。它其實是中國現存最古老的音樂和戲曲，是人類共有的藝術文化資產，非常值得我們重視和保存！

但是像南管曲劇這樣貴重的藝術文化瑰寶，近世以來，兩岸卻任其凋零。直到民國七十年九月主持中華民俗藝術基金會的許常惠教授，在泉州移民的薈萃之鄉鹿港，舉行一連四天「國際南管學術會議」，才確立了南管曲劇歷史地位和藝術價值，才將之躋入學術殿堂之中。此後我也協助許教授「彰顯南管」，兩度舉辦巡迴示範講座，並指導研究生從事研究。一九八八年，大陸開始舉辦「南戲學術研討會」，迄今已歷三屆，南管曲劇的研究也連類相及的成了「顯學」。可喜的是兩岸的看法和結論相一致，泉州因此正以「南音之都」自期。

而今南管曲劇既已受肯定而逐漸蜚聲海內外，為之從事維護和發揚的有志之士亦漸有其人。就中論學養之兼具古

◎江之翠劇場《後花園絮語》（劉振祥／攝影）

今，融通中外，為南管曲劇指出向上之路，從而扎根傳統以創新，希企使南管曲劇再度融入人們生活之中，藉以提昇國民素質的，則是「江之翠」的周逸昌先生。

周逸昌先生臺大畢業，到法國巴黎法蘭西電影學院研究導演和剪接，返國後擔任「當代台北劇場實驗室」召集人和「零場121.25實驗劇場」團長，堪稱是八〇年代台灣小劇場運動的先驅之一。而像他這種現代劇場的藝術鬥士，居然「有感於傳統藝術內蘊精神之豐富，決心以南管現代化及傳統藝術之承傳為目標」，從而創立了「江之翠實驗劇場」。這其間的道理，不正因為古今血脈可相關連，中外氣息可相通達嗎？難道不正因為新時代必須要有新的藝術文化，而「傳統藝術結合現代劇場」所產生的新藝術文化，才真正有根有本能為廣大群眾所欣然接受嗎？而我們也知道，周逸昌先生之所以從南管入手，正由於他慧眼獨具，深知南管之「不同凡響」。

「江之翠」成立已過九年，除了培養新秀外，在堅持方向和旨趣的前題下所製作的海內外多場演出，都獲得美好的批評；文建會更評定為受扶植團隊中成績最傑出者。凡此皆可見在周先生的領導下，已經著有可觀的成績。但是他們不以此為滿足，更群策群力，百尺竿頭欲再進一步。乃於七月間假板橋林家「方鑑齋」、「來青閣」等蘇州式庭園做為演出舞臺，打破鏡框式架構，使樓臺水榭與歌舞交錯輝映，使梨園雅樂之美與古蹟園林之美相得益彰。而倘使你我於被時亦身歷其情境，置身其中，豈非可以使時光倒流，共享唐宋風雅。

「江之翠」此次演出，集合名家共襄盛舉。有資深舞蹈家吳素君、燈光舞臺美術大師林克華、時尚界專家康延齡等，他們要和周逸昌先生聯手打造，要將南管曲劇在現代社會裡打出精光四射的新火花，打出燦爛耀眼的新作品來！請讓我們拭目以待吧！

（原載《中央日報・游於藝》九十一年七月四日）

◎江之翠劇場《後花園絮語》（劉振祥／攝影）

# 兩岸戲曲大展

## 國立傳統藝術中心開園之慶

「兩岸戲曲大展」是文建會傳統傳藝中心七月間慶祝宜蘭開園的盛大活動，有多采多姿的綵街、開幕儀式、園遊會、戲曲展演，還有戲曲音樂會、戲曲研習營、兩岸戲曲學術研討會，其在藝術文化上的意義是非常重大的。

◎山東省呂劇院演出《姊妹易嫁》

### 什麼是戲曲

戲曲是這次文化活動的主軸，那麼什麼是「戲曲」呢？「戲曲」和「戲文」一樣，原是用指南宋光宗紹熙間（一一九〇～一一九四）在浙江溫州（永嘉）發展形成的大戲。到元代與北方大戲「北曲雜劇」對稱叫「南曲戲文」，彼此簡稱為「北雜劇」、「南戲文」或「北劇」、「南戲」。南宋度宗咸淳間（一二六五～一三六八）戲文流播到江西南豐，被稱為「永嘉戲曲」。但是現代所謂「戲曲」，則自王國維《宋元戲曲考》之後，一般被看作中國古典戲劇。

戲曲就其藝術而言，可大別為人演的「小戲」、「大戲」和操作偶人演的「偶戲」三大類。又以體製和腔調為基準而分為各種體製劇種和腔調劇種。像北劇、南戲、傳奇、南雜劇乃因其體製規律不同而分；像梆子戲、皮黃戲、崑劇、高腔戲乃因用以演唱的腔調不同而分。現在地方戲，主要用腔調來分野。

這次邀請來展的大陸地方戲曲劇種，考量以下條件：在藝術上有卓著成就的，可做為劇種之代表性的，劇團未曾來台演出，以大戲折子為主而兼顧本戲與小戲。如此一來，可以取其多樣性和「新鮮性」。

我們請來的劇團有大陸七團，本地四團。它們是：

◎臺灣戲曲專科學校音樂科

1. 陝西省戲曲研究院秦腔劇團：演出折子戲五折，小戲二折。
2. 湖南省湘劇院：演出本戲四本，折子戲七折。
3. 江蘇省錫劇團：演出小戲三折，折子戲一折。
4. 江蘇省蘇劇團：演出小戲一折，折子戲二折。
5. 浙江省婺劇團：演出小戲二折，折子戲三折。
6. 浙江省紹劇團：演出小戲五折。
7. 山東省呂劇團：演出小戲二折，折子戲二折。
8. 宜蘭壯三新涼樂團：演出本戲《呂蒙正》。
9. 漢陽北管劇團：演出本戲《出京都》。
10. 榮興採茶劇團：演出本戲《老樹開花》。
11. 台灣戲專歌仔戲科：演出本戲《薛丁山與樊梨花》。

以上十一個劇團演出十個劇種，劇目四十二，含小戲十目、大戲折子二十四目本戲八目；所用腔調有梆子腔、高腔、彈腔。亂彈腔（二凡、三五七）、灘簧腔、揚琴腔、歌仔調、西皮腔、福路腔、採茶調等十一種。秦腔、錫劇、蘇劇、呂劇、歌仔戲、採茶戲等皆為單腔調劇種；湘劇實際上包含高腔、低牌子、崑腔、彈腔，婺劇包含高腔、崑腔、亂彈、灘簧、時調，紹劇包含亂彈、調腔、崑腔、俗曲，北管包含西皮、二黃、福路、幼曲，則皆為多腔調劇種。一般說來，多腔調劇種多流行在人文或商賈薈萃之地。

從兩岸這些地方戲曲的演出，我們可以認知以下所呈現的藝術文化現象：

其一，可以認知小戲與大戲的差別。小戲演員少至一人或三兩人，妝扮簡陋、故事簡單，藝術形式尚未脫離鄉土「踏謠」。大戲演員足以充任各門腳色扮飾各種人物，情節曲折複雜足以反映社會人生，藝術形式已屬綜合完整乃至精緻。小戲可說是戲曲的雛型，大戲則是戲曲藝術完成的形式。小戲以單出為慣例。大戲以全本為完整，也有出以連本者；其為折子則以情節段落為單元，用以呈顯腳色藝術之特殊修為。以上所舉劇團中，如秦腔〈頂燈台〉，小丑光著頭頂熱油燈前後左右挪動翻滾，最後將自己頭上油燈吹熄，在滑稽的動作中，同時還要配搭幽默的賓白和詼諧的唱腔，充分顯現了以小丑為主腳的小戲藝術特質。又如湘劇《白兔記》〈打獵〉、〈回家〉二折是娃娃生重頭戲，其優美的高腔唱腔、繁重的身段和翎子、打帶的功夫，皆用以展現娃娃生的藝術修為。

其二，腔調是方音憑藉方言所產生的語言旋律而方音方言既然各有殊異，其產生的腔調也自然各有特質。腔調在源生地只稱「土腔」，「土腔」一經流傳，如果較流傳地腔調強勢，便被冠上源生地作為名稱。腔調變化的原因相當複雜，其命名方式也不止一端；但無論如何，它是構成戲曲音樂的主體，目前戲曲劇種的分野，即以腔調的不同為主要基礎，因為不同的腔調就會具有各自的音樂品味。譬如清康熙間張潮稱讚秦腔說：「聽抑揚抗墜之妙，不覺色飛眉舞也。」而只有打擊樂，台上一人獨唱，台後眾人幫和，音調極高亢而富有朗誦意味的腔調便被稱做「高腔」。而紹劇亂彈中的二凡腔據說源於「西秦腔二犯」，腔調激昂悲壯，自然宜於激烈衝突的場合；其另一種三五七腔則是由曲牌體向板式變化體過渡的吹腔，乃宜於抒情敘事。即此已可知欣賞戲曲音樂，不能不留意其腔調之特質。

其三，戲曲的種類雖然繁多，但其藝術原理不外「虛擬、象徵、程式」六字，因為虛擬象徵，所以戲曲劇場裝置簡單，表演時，時間空間可以自由流轉；因為程式，所以妝扮、音樂、表演有一定規範可循，演員與觀眾間可以溝通自如。今日戲曲講究現代化，乃時代之自然趨勢，但務必百變不離其宗，倘若忤逆「六字真言」，則必斵喪戲曲之本質。譬如舞臺喜用臺階，表現時焉能「無動不舞」？又如不識曲牌格律、不明腔調特質，則新製之戲曲音樂焉能不「荒腔走板」？凡此也都可從此次「兩岸戲曲大展」中驗證得知。

中國是一個戲曲的國家，中華民族是一個戲曲的民族。若論「演故事」之中國戲劇，則周初的《大武》之樂，距今已三千一百年；若論「合歌舞以代言演故事」的中國戲曲，則戰國荊楚的《九歌》，距今也已兩千數百年；而今中國尚有三四百種的戲曲，且戲曲是最綜合最具體的文化之表徵，則只要身上薰染有中華文化的人，焉能不觀賞戲曲、認知戲曲！而這也正是我們之所以以「兩岸戲曲大展」作為國立傳統藝術中心開園之盛大活動的緣故。

## 戲曲學術會議

「兩岸戲曲大展」重要的另一面就是「兩岸戲曲學術研討會」。

兩岸戲曲同根並蒂，有其傳承關係；但兩岸曾經隔絕數十年，也各自發展出某些特色和形式，而今在時代及價值觀的轉變下，如何延續戲曲藝術文化，培養專業人才，已是不容忽視的重要課題。因之配合兩岸戲曲盛大的展演，乃邀請兩岸專精戲曲的學者各十一人，針對戲曲形成發展和藝術文學特色提供論述，並就戲曲現今面臨的問題和未來的前途加以探討，期望兩岸戲曲能有更長遠的發展。但為了有別於以往的戲曲學術會議，乃將論題集中在地方戲曲尤其是地方大戲之上。

為此，筆者為研討會擬就參考議題：地方戲曲如何形成，南戲北劇如何在地方流播發展，腔調如何形成，腔系如何形成，地方戲曲的藝術特色如何，地方戲曲的文學價值如何，地方戲曲發展的途徑如何，地方戲曲的音樂有何特色，板腔體和曲牌體音樂如何形成、有何異同，地方戲曲的題材有何特色，地方戲曲的思想情感有何特色，兩岸地方戲曲有何異同。現在兩岸學者所提出的論文也大抵不出這些議題的範圍。而為了一場座談會，筆者另外擬了以下五個議題：國人如何對待地方戲曲，地方戲曲在現代社會有何意義價值，如何維護和發揚地方戲曲，如何在現代劇場呈現地方戲曲，地方戲曲面臨那些迫切的問題。希望藉此討論出共識，使地方戲曲的未來能走上康莊大道。

## 戲曲音樂會

而誠如上文所云，腔調是戲曲音樂的主體，是所以展現睛睬的靈魂。如果能將腔調「現代化」，經由名家編曲、行家歌唱，而以大型國樂團伴奏，未嘗不能別開境界。國立實驗國樂團有見於此，為「兩岸戲曲大展」共襄盛舉，乃特製作「地方戲曲之夜音樂會」，選取本地北管、大陸蒲劇、越劇、滬劇等地方戲曲著名唱段，邀請名家景建樹、劉學軒、瞿春泉、周以謙編曲，由各劇種最具知名度的藝人潘玉嬌、任跟心、單仰萍、茅善玉獻唱所屬劇種唱段，另外樂團還委請梁銘越先生創作「南管隨想曲」，同時於此作世界首演；希望在現代國樂團的大型樂隊襯托下，能營造豐富多變的音色，產生厚實沉穩的樂風，以期在清淡雋永之間顯現精練絕美，在氣勢磅礡之中不失細緻靈動，能為戲曲音樂的新舞臺開創無限的可能。

## 綵街開盛大活動

實驗國樂團的「地方戲曲之夜音樂會」，將於七月六日假國家音樂廳舉行，作為「兩岸戲曲大展」暖身的前奏曲。而「大展」則於十三日上午在宜蘭的綵街和開園儀式揭開序幕之後展開：是日下午舉行學術研討會，十五日下午結束，共五場。

戲曲展演則提早於十一日開始，至二十一日結束，分三個劇場演出。其在國家劇院者：十一日至十四日由新象承辦之秦腔劇團演出，十五日至十六日由我們所邀請之呂劇、蘇劇、錫劇、紹劇、婺劇等五劇團輪番上演，十八日至二十一日由傳大承辦之湘劇團演出。其在宜蘭傳藝中心者：十二日下午彩排記者會開始，至十八日止，大陸五劇團和本地四劇團共演出十二場。其在台北中山堂者，十七、十八兩個夜晚，亦由五劇團配搭演出。這次「戲曲大展」的盛大演出總計十一天，日夜二十四場，劇目皆係代表作，演員皆為劇團首選，堪稱琳瑯滿目，熱鬧滾滾，但也機會難得。希望國人不要錯過這樣的藝文盛事，這樣的戲曲饗宴。

◎江蘇省婺劇團演出《轅門斬子》，其穆桂英一角

而我們之所以用九十分鐘的綵街活動作傳藝開園的前導，並在園區舉辦一連七天的民俗技藝和小吃的園遊會，是因為國立傳統藝術中心之正式成立，不止是全國文化建設要務，更是宜蘭文化史上的大事，所有宜蘭人都應該感到光榮。傳藝中心毗鄰冬山河遊憩帶，除了提供國民休閒娛樂之外，也將成為國民認識和體驗傳統藝術文化的重要「景點」，所以我們認為，開園慶祝活動應結合宜蘭當地表演藝術團隊與具有新興活力之民俗文化園體參與，並將活動範圍透過綵街，擴大到宜蘭縣內，藉此鞺鞳聲喧，宣示傳藝中心於宜蘭之正式成立，也為傳藝中心與宜蘭在地民俗藝術資源的結合，開啟長期互動的先河。而進入園區的國民，此時也有民俗技藝可以摩挲，可以觀賞，也有民俗小吃可以品嘗，由此而「窺豹一斑，嘗一臠以知全鼎」，可以預知將來園區的風貌。

寫這篇文章的時候，我們全體工作人員都已「進入戰鬥崗位」，各司所職，全心全力以赴。承辦策畫整個活動的中華民俗藝術基金會，午夜猶然燈火通明。當我面對著「龐大」的工作同仁，每喜歡說：「我們從事文化活動，總不免『好大喜功』之癖，為此多受辛苦；希望大家當作『書生報國』，盡其在我，無愧無憾的做出好成績來。」我們又認為，一人之力，成就不了大事；必須團體合作，才能克竟膚功。而這也正是我們所以「好大喜功」的緣故。

譬如這次，「兩岸戲曲大展」，只因為認為國立傳統藝術中心成立，於傳統藝術文化是何等大事，何等重要；只因為有感於中心柯基良主任之為人與擔當，應該好好為他效勞。乃在政府預算之外，又結合中正文化中心國家兩廳院，國立實驗國樂團、新象和傳大兩藝術傳播公司、臺北市立國樂團，他們或免費提供場地、或慷慨解囊來共同協辦；因此此次「兩岸戲曲大展」，才別有國家劇院、國家音樂廳和中山堂的展演場地，才別有難得一聞一見的地方戲曲之夜音樂會和秦腔和湘劇的精采演出。而臺灣戲曲專科學校負責戲曲研習營和整個展演節目，不知動員多少師生；臺灣大學中文系負責學術研討會，規畫執行，極為縝密周詳；臺灣藝術大學負責學者接待事宜，中研院文哲所負責學術論文集編輯，皆不厭其煩；宜蘭縣政府也以地主竭盡支援之所能，凡此都不是「感謝」二字所能盡其心意的。

然而近日更忽有可感可喜之事，那就是遠在高雄市的「太一鼓樂」「聞風響應」，欲在開園迎賓之際，獻上〈獅鼓〉與〈黃河激浪〉二首鼓樂，將震撼式的歡樂推向最高潮。這兩首鼓樂，前者是團長施德華以民間獅鼓，融合傳統的大曲結構和三通鼓概念而成，後者是安志順先生從〈黃河大合唱〉擷取靈感，以展現浩壯的氣局。兩首都屬創作，他們聲言分文不取，我不知如何形容感激之情。

而傳藝中心柯主任說：「為了擴展和延伸兩岸戲曲大展的效能，中心接續舉辦布袋戲匯演和假日劇場，邀請國內傑出布袋戲團、歌仔戲團、北管戲團和京劇團來一起大展身手，因為戲曲實在是傳統藝術中的翹楚，也是綜合的菁華。展演延長一個月，至八月十八日方才結束。」聽了這樣的話語，請讓我們預祝「兩岸戲曲大展」果然圓滿成功！

（原載《聯合報》副刊二〇〇二年七月六日）

# 梨園夜宴・幽夢艷歌

## 為漢唐樂府二十周年慶而寫

認識陳守俊、陳美娥兄妹已經二十年，他們從高雄到台北來「闖天下」創立「漢唐樂府、南管古樂團」也已經二十年。初相識時陳守俊尚「混跡江湖」，陳美娥被臺南南聲社視為「叛徒」，我則和許常惠透過學術在建立南管的歷史地位並彰顯其藝術價值。

陳家兄妹有一段不堪回首的悲涼歲月。兄妹重逢時，陳守俊已頗具貲財，決意完成妹妹「嫁給南管」的心願，一起到臺北開創南管事業，自己也從此脫離風浪險惡的生活。

南管音樂和它演唱的梨園戲曲，起碼在清康熙年間就隨著移民自泉州傳到台灣，數百年來雖然滋潤著人們的生活和心靈，但民國七十年年底許常惠教授已警覺於其隨著社會急遽變遷而衰颯頹靡，乃在鹿港舉辦南管國際學術會議以喚起國人的注意和重視。我亦在《聯副》發表文章，從套曲結構、宮調板眼、樂隊組織、身段做表、咬字吐音、演出劇目等論斷南管音樂具有唐宋大曲的遺響，梨園戲曲宛然有宋元南戲的面目。民國七十七年中國大陸學者在泉州的「南戲會議」，也有相近似的結論，並將梨園戲稱之為宋元南戲的「活化石」。

◎漢唐樂府《韓熙載夜宴圖》（劉振祥／攝影）

就因為南管曲劇是我藝術文化的瑰寶，所以許常惠和我假中華民俗藝術基金會大力倡導，對於陳家兄妹所努力的「南管事業」自然極盡鼓勵支持之能事，而且彼此之間也建立了極為深厚的友誼。

陳家兄妹的「南管事業」開始在基隆路二段一棟橘黃色的公寓裏，定期會集絃友切磋技藝，運用陳美娥所體悟出來的新方法培植後進。慢慢的漢唐樂府也成為藝文界雅集的地方，優雅的布置中懸掛著余承堯老先生的一副對聯：「漢房中魏清商五音十二律至今絃管依舊，唐法曲宋詞調六代一千年從此雅流重新。」

余承堯老先生是泉州耆宿，壯年官拜陸軍中將，風骨嶙峋。因不合當道，自行棄官，五十年間以南管書畫自娛，開啟南管學術研究之先河，晚年出其不意，以山水畫享譽國際。而陳美娥自具慧眼，在余老寡居窮巷落寞之時，拜他為師，奉養於漢唐樂府之上。美娥也因此進入古樂的研究，有皇皇二十餘萬言的鉅著。

守俊和美娥的深厚手足之情，表現在他們合作的南管事業之上。守俊對美娥幾近於「縱容」，讓她肆意的發揮她的才情，達成她的理想，他只是大把大把的付出鈔票，殷之勤之的接待綜理與南管有關的人物和事務。於是漢唐樂府蒸蒸日上，聲名越來越大，對藝術文化的貢獻也越來越多。新聞局的「金鼎獎」、教育部的「薪傳獎」接續連連，乃進一步成立「漢唐樂府藝文中心」；而海內外的演出檔期也越來越有應接不暇之感，而無不在重要場合，無不載譽滿滿，尤其在民國八十四年底成立「梨園舞坊」之後，更是如此。

如果要說「漢唐樂府與我」，那麼也有幾件事值得記載：

其一是通宵達旦祭軒轅：那是民國七十八年八、九月間，漢唐樂府組織了「南管晉謁黃陵訪問團」，名義上由我「領隊」，跨越海峽到北京、西安、黃陵、廈門、泉州、福州等地去作「音樂之旅」。而訪問團既以「晉謁黃陵」為名，則此行主要目的自在拜祭中華民族共同祖先黃帝，以對黃帝的崇敬和追思來激發民族思想和情感。

由西安北上黃陵縣是一段坎坷顛越的路途，我們到達黃陵時已是黃昏，而群情熱切的衝著夜幕和涼意，拾階踏級的登上黃陵，虔誠的致了最敬禮。然後準備祭品和儀仗來到軒轅廟。

軒轅廟在黃陵山腳下，我們到達時一片漆黑。當地人幫我們臨時裝設電燈，而一再故障，勞動臨近數縣的電力人員，方才發出一百燭的光明。漢唐樂府的團員換上仿唐古裝，葉圭安擺上生薑為「山珍」，以白鹽為「海味」兼具「五行」的祭品，陳美娥則陳列了宮扇宮燈香斗等儀仗，在這個吉日良辰民國七十八年九月九日子夜十一時，由軒轅廟大門揚起優雅樸厚的南管樂音，款款的一進門又一進門的走向供奉黃帝壁雕石像的大廳。我行禮如儀的也換上古裝，在大廳門外將一派莊嚴肅穆的隊伍引上廳堂，以主祭者的身分向軒轅黃帝行三獻之禮。此時此際，我內心油然升起一股濃烈的民族意識，全身血脈不禁僨張起來。獻禮之後，陳美娥以南管譜就的音韻歌唱了余承堯老先生撰寫的頌詞，接著漢唐樂府十幾位團員輪番上場，以「上四管」演奏指譜樂曲，「絲竹更相和，執節者歌。」悠悠揚揚的將這千年古樂，迴繞了軒轅廟的梁柱，充滿了軒轅廟的古柏庭院，盤旋了黃陵山上的蕭蕭風木，傳遍了夜空籠罩下的原野。隨著抑揚頓挫的樂音，夜更深更涼了；隨著細膩柔遠的旋律，雞鳴天曙了。

其二是民國八十年八月間澳洲東南亞巡迴演出，訪問香港、馬來西亞、新加坡、印尼僑社和澳洲雪梨、昆士蘭大學，我再度擔任領隊。在東南亞的每一個僑社都受到熱烈的歡迎和殷勤的款待，而我致詞時無不疾呼南管音樂對於維繫僑社族群文化的重要，因為僑社子弟多數「數典忘祖」了，我們不禁有一些無奈的惆悵。但可喜的是我們在雪梨大學的一次演出。

美娥和我首先在大學的音樂科系裏作示範講演，由我說明南管的歷史地位和藝術價值，美娥則講解技法和演奏歌唱。這樣的「合作」，後來在琉球的大學，也同樣有良好的效果。那天晚上我們正式演出時，寒雨飄蕭，而偌大的廳堂裏坐滿了聽眾。美娥率領漢唐的團員，一襲盛唐梨園妝扮，手捧爐香，旗帳前導，播弄細十番，然後以優雅長曳的身影立定排場；僅止於此就使滿場奪魂攝魄，更不必說往下節節的狂熱迴響、歡聲雷動了。也因此散場之後，漢唐的團員，仍被熱情的包圍著。

其三是民國八十二年六月間，大陸有所謂「天下第一團」，意指稀有劇種，一個劇種只剩一個劇團，其「南方片」二十一個劇種的團隊在泉州會演，陳耀圻和我組成攝影隊趕往錄製。漢唐樂府也組團前往觀劇。

那時陳守俊對於泉州之花獲得南管銀瓶獎的王心心小姐非常心儀，已經用盡各種方法，展開熱誠的追求。有個夜晚，泉州南管界盛大演出，王心心的節目在其中。而等到王心心就快出場時。我從貴賓席中回顧，竟然不見守俊蹤影。我心中有數，馬上三步作兩步，以半跑的方式到旅館，硬將垂頭喪氣的守俊拖返會場，王心心正在台上自彈自唱，一曲「與君有約」，令人蕩氣迴腸。我對守俊說：「她正在對你傾訴呢！」散場後，我請心心過來，拉她和守俊一起為他們拍了好幾種姿勢的合照。那晚守俊勇敢的向心心「表態」，於是「一帆風順」，不久就結婚了，我也理所當然的成為「介紹人」。而其實真正的介紹人是陳美娥，因為美娥製造許多機會給守俊，而且兄妹聯手追求；我不過是「臨門一腳」而已。

由以上這三件「往事」已可見我和漢唐陳家兄妹的交情不可謂不深。雖然民國八十五年以後，我就不再追隨他們行走三江五湖、周遊列國。但親眼目睹他們推出《梨園樂舞艷歌行》和《韓熙載夜宴圖》的成功演出，前者是漢唐樂府由樂團提升為舞坊的力作；後者則為紀念漢唐樂府二十周年的特別演出，實質上已屬戲劇形式；而其間亦有轟動歐洲各國的《梨園幽夢》。凡此，皆使得我中華民族藝術在國際重要藝術場合裏博得一致的認定和激賞。而若論其事其功之艱且偉，則何下於大將軍之南征北討。所以如果總結漢唐樂府這二十年的勞績，在發揚南管音樂的前提下，實可以「梨園夜宴，幽夢艷歌」一言以蔽之。

我在觀賞《艷歌行》首演之後，有這樣的讚嘆：我很欽佩陳美娥從南管上下四管指譜曲的歌樂中，和梨園戲糕人身三節手四顧眼垂手行的科步裏，取其菁華，輸入現代藝術的新血，從而開出這樣一朵藝壇奇葩。我很欣賞吳素君以一位現代舞名家，能沈潛於南管，能將晉代傅玄〈艷歌行〉的詩意，運用梨園戲小旦婀娜嬌俏的身段來描述秀麗佳人踏青嬉春的萬種風情。我也欣賞藝術學院剛畢業的幾位舞者，到泉州去苦學南管和梨園戲的各種技能，而且融會了現代舞的功底，使得優雅柔媚中充溢著引人入勝的神采。而最令現場觀眾屏氣凝神的一場，則莫過於〈夜未央〉。王心心仿唐古裝，彩麗耀眼，懷抱中的琵琶彈唱出了《高文舉》一齣玉真的閨怨與尋夫的苦楚。而〈玉真行〉最能表現梨園樂舞沈斂溫柔、古雅細緻之美，我在泉州看過旦腳於數尺見方的小舞台上，姿態曼妙之極；而眼前舞蹈的秀蓉、蔓菁，猶能相彷彿的與心心的歌聲相得益彰，也難怪在柔和的燈光下，全場止迴盪在一個旋律裡。

我常說藝術文化融會古今中外的創新，有如「輸血」，有如「毛桃接水蜜桃」，其間最重要的是要有一雙靈妙的手，才能有所生發，有所開創。而今可喜的是，這雙靈妙的手，出諸陳美娥，乃能從千年古樂、千年古劇的根土中重新綻開現代藝術的花朵；我也常說藝術的創作，必須要有團隊的精神，才能集思廣益，成就偉大的事功；我們不止在《艷歌行》裏，也在《梨園幽夢》裏，更在《韓熙載夜宴圖》裏，看到許多藝文名家的心血，也看到文建會大力扶持的成果。這些都是令人感佩的。

最後我要強調的是陳守俊和陳美娥兄妹的手足情深，尤其是他們執著理想鍥而不舍的精神；他們雖出身寒門、學歷低微，但是他們秉持這樣的深情和精神，主導南管藝術文化的向上之路，即使高才厚學者亦樂於為之效勞，而成就今日蜚聲海內外的藝術事功，則若以「豪傑」視之，誰曰不宜？我以此賀漢唐二十周年，也以此期望漢唐持之以恆。

（原載《聯合報》副刊民國九十一年九月）

# 崑劇

# 釵不單分盒永完

## 上崑全本《長生殿》觀後

如果要選一部詞律並美、排場無懈可擊、案頭場上皆宜、堪稱集中國戲曲文學藝術之大成的巨製，那麼非清代洪昇的《長生殿》莫屬。但是《長生殿》拘守傳奇體例，上下本各二十五齣，必須銖兩悉稱；而下本楊妃已死，多憑空結撰，其中關目有些可以刪除。因之洪昇友人徐麟便有節為二十八齣，以便場上搬演的本子。

而上海崑劇團在國父紀念館連演兩場的全本《長生殿》，更改編為八齣，在兩小時之內，首尾俱備，一氣演完。所演的八齣依次是：〈定情〉、〈絮閣〉、〈托情〉、〈密誓〉、〈起兵〉、〈驚變〉、〈埋玉〉、〈雨夢〉。將原著前半濃縮為七齣，後半僅保留一齣，使劇情十分緊湊，以應現代舞台和觀眾的需求。改編手法之高妙，處處見其匠心獨運。

譬如〈定情〉一齣，既作帝妃釵盒情緣之始，亦藉冊妃歌舞之盛，使劇中重要人物一一在場；〈托情〉更將原著〈賄權〉、〈獻髮〉、〈復召〉三齣之菁華薈萃一起；〈雨夢〉則取元劇白樸《梧桐雨》全篇作結之手法，而鎔鑄原著後半死生惆悵情懷於一爐，而使之餘情浩渺、纏綿不盡。

洪昇《長生殿》所講求的「釵盒姻緣」，是「情比堅金」、「釵不單分盒永完」，是「萬里何愁南共北，兩心那論生和死」的至性至情；因之以「釵盒」為梭，安置關目，編織全篇。上崑所演八齣亦能完全發揮原著主題，以「釵盒」作為始終，並以此作頓挫而將感情推向高潮，使全劇頗有一氣呵成之感。

我們都知道，崑劇是我國最精緻最高雅的戲曲文學和藝術，歌舞樂融合無間。一個成功的演員必須集戲劇家、歌唱家、舞蹈家於一身；必須完全領會曲詞，將其意義情境，透過肢體語言和音樂旋律的詮釋與襯托，在虛擬、象徵、誇張的表現程式中，同時完全展現出來，而令我們擊節嘆賞的是，腳色行當齊全、均屬首選的上崑，真是名不虛傳。

◎長生殿——〈定情〉，蔡正仁飾唐明皇，張靜嫻飾楊貴妃

以《長生殿》而言，扮飾唐明皇的蔡正仁、楊貴妃的張靜嫻、高力士的劉異龍，所屬的行當分別是生、旦、丑，他們將腳色人物的性情和技藝發揮得淋漓盡致，可以說均屬集三家於一身的傑出演員。而上崑為調適現代劇場所精心製作的舞台裝置燈光布景，壯大的樂隊陣容，乃至於省略許多的「戲場慣例」以及分幕處理，不止免除了傳統戲曲藝術中的累贅，而且都有強化戲劇效果的功能，以此而使崑劇再走入群眾、再融入生活，都是令人可喜而可以肯定的。

只是咬字吐音頗有京劇化的現象，雖因此趨於通俗可以招攬更多的觀眾，但也因此使得崑曲婉柔曲折的韻致多少有所減損，不知上崑諸君子以為然否？

（原載《聯合報》文化廣場八十一年十月三十一日）

# 千秋舞霓裳

## 崑曲的薪傳與維護工作

在我們中華民族藝術中，如果要舉出最傳統的音樂和最古老的戲曲，那麼應當是南管和以南管為樂曲的梨園戲；而具有南管血源和梨園戲所屬的戲文脈絡，同時與文學融合，境界最優雅最精緻的音樂和戲曲，則是崑曲和崑劇。崑曲從明嘉靖間魏良輔等人以「崑山土腔」為基礎，集諸腔之長創「水磨調」算起，崑劇自同時梁辰魚作《浣紗記》開始，迄今已歷四百四十餘年，其間雖有盛衰，但一線不墜，英才輩出，使中國歌舞樂為一體之文學藝術登峰造極。我們中國人擁有如此珍貴的文化資產，實在是非常幸運的事。

但是再珍貴的文化資產，也無法擋住近代民族自尊的頹喪和歐風美雨的侵襲以及社會急遽的變遷。就崑腔曲劇在今日海峽兩岸而言：崑劇團已久絕於台灣，偶然的崑劇演出，不過是大專學生的玩票性質，難於論及藝術；即使崑曲清唱，也只是極少數人的雅集，難於言及歌館樓台。大陸在文革十年摧殘之後，似乎積極於傳統藝術文化的維護保存，江浙一帶，各城鎮皆有崑曲社，我曾經在揚州瘦西湖邊的清晨公園看到老曲師橫笛按板在傳藝女弟子；而崑劇藝術，則政策性的維繫在六大院團之中，即上海崑劇團、浙江崑劇團（杭州）、蘇州崑劇團、江蘇崑劇院（南京）、湖南崑劇團（郴州）、北方崑劇院（北京）。它們各有特色，各有名腳，既維護傳統又能創新，所搬演的尚有不少令人擊節嘆賞的戲齣。但是它們共同的感慨，那就是知音難得，觀眾零落，年輕人甚至於視為「畏途」。

民國七十九年七月間，酷愛崑曲的賈馨園小姐，舉辦「崑曲之旅」集合同好到上崑觀賞演出，洪惟助教授和我也

◎《崑劇選輯》錄影，沈傳芷示範《賣興》

參加。在五個夜晚裡，我們觀賞了近二十齣戲，戲齣包含各門腳色的絕活，我第一次看到如此古雅優美的舞台藝術。在激賞感佩之餘，我們在筵席間與上崑的成員座談。其中好幾位得過「梅花獎」的一級演員，都說已年近半百，藝術已到個人頂點，往後只有「每下愈況」，不可能再有突破和提昇。而他們的「藝能」無法像博物館中的「展品」，不得已只能錄影保存，可惜計畫未擬，經費無著，徒喚奈何。

聽了這一番話，我們不禁也有點黯然。因為像這樣精美絕倫的民族藝術，理當世世代代相傳，雖難於再度融入民眾生活，起碼也應當像日本能樂、歌舞伎那樣作「文化標本」活躍於國家藝術殿堂之中；而對於那些身懷絕技的藝人，更應當及時「搶救」他們的絕活，使之薪傳不輟，使之透過鏡頭永垂人間。有見及此，我們返台之後，就積極進行兩件事，一是成立研習班，一是錄影工作，都由中華民俗藝術基金會籌劃和執行，文建會則支持經費和驗收成果。

崑曲研習班於民國八十年三月成立。起先擔心報名不夠踴躍，因為就所知，目前國內「崑曲人口」只數十人而已。沒想經報紙一披露，就招收了高級班二十餘名、初級班百餘名，笛子班二十餘名。每星期日上午分別教授研習，每月舉辦講座一次；地點先後在僑光堂和中央大學台北辦事處。我是掛名的主持人，實際班務由洪惟助教授和三位助理呂榮華、蔡欣欣、卓小芬負責。我們幾乎是竭盡所能的設法將崑曲名家恭請出來，而許聞佩女士、田士林教授也都義不容辭；甚至於香港的顧鐵華先生、楊世彭教授，乃至於上崑笛王顧兆琪先生也都渡海共襄盛舉；加上多位「義工」的熱心照顧；所以成員無論研習技藝或汲取學養，都能維持高昂的興趣。我每次到研習班，聽到那悠悠揚揚的笛聲曲韻，心中也不禁悠然揚起一股歷史的情懷。

去年寒假，基金會以研習班為基礎，又舉辦一次「崑曲之旅」，可喜的是四十三名團員中大部分是大專學生，他們在上海、杭州、南京、蘇州也同樣觀摩了許多精彩的演出，他們和心儀已久的崑劇名角打成一片，真正「親炙」了崑劇精湛的藝術。

崑曲研習班第一期在去年二月結業，我們在社教館舉辦發表會，請文建會卓處長和黃科長來「驗收成果」。那天整個表演場坐滿了人，唱曲的，吹笛的，都由學員輪番上台，儘管他們的年齡大小不同，但曲齡則在「伯仲之間」，我們都很驚訝，他們無論吹的唱的，都有模有樣，有板有眼。也因此文建會對研習班很有信心，同意繼續舉辦。我們也在八月間開始第二期的研習，我們不止維持原有的師資陣容，連到美國去探望兒孫的許聞佩女士也被我們又請了回來，我們也特別設法延長華文漪、史潔華兩位崑劇名旦的旅台時間，請她們為學員講授唱曲和身段，而名老生計鎮

◎首居崑劇藝術節台灣聯合崑劇團演出《跪池》，孫麗虹飾陳季常，郭勝芳飾柳氏

華、名花旦梁谷音、名武旦王芝泉等也將在我們邀請下陸續來研習班授課。

至於錄影計畫，我們也在去年六月完成首期計畫，錄有二十九劇六十三齣「經典名作」，包括上崑四十齣，浙崑十五齣和蘇州崑劇傳習所傳字輩年登耄耋的沈傳芷先生的示範表演八齣，我們運用三機作業，請上崑導演周志剛先生剪輯並配上唱詞字幕，使之成為可供觀賞和教學的影帶。我們完成後把影帶運回台北向文建會繳驗成果，方才鬆了一口大氣。回顧錄製過程，真是千折百回、艱苦備嘗。光配合大陸相關機構就不知費去多少心血，由溝通到互相了解以至首肯，真是一言難盡。而這些極其煩瑣困頓的工作，如果沒有賈馨園小姐為崑劇所發出的異乎尋常的熱情和耐力，是根本無法達成的，她不止到處奔走而且有時「長駐」上海以監督工作使之順利進行。我這個號稱主持人的，要在這裡特別感謝她。而令我們感到愉快的是，上崑、浙崑的朋友們，他們的敬業精神和超軼絕倫的技藝，使我這個在二月天抱著重感冒的觀眾，在錄影機下，也捨不得離開一步。

我們對辛苦錄製的成果是無愧於心的，文建會在檢視之後，也認為極具藝術文化的價值。於是我建議在藝術文化的前提下，當發揮這六十三齣錄影帶的功能，希望能有後續推廣計畫，文建會也從善如流。我們中華民俗藝術基金會為此承當這個工作，複製一百部以便文建會分贈相關的大專院校科系和文化機構。

崑曲在徐炎之先生伉儷逝世後，於此地較諸以往更加的沈寂。而這兩年，有心人士「忽然」熱切起來了。除了我們基金會略盡棉薄之外，中央大學更有洪惟助教授主持的「崑曲研究室」正張羅編輯崑曲辭典的大計，而國家劇院也於去年九月初演出以華文漪和高蕙蘭擔綱的本戲《牡丹亭》，並舉辦國際崑曲學術會議，上海崑劇團一行數十人也在新象藝術公司安排下，於十月間在國父紀念館、國軍文藝中心，並巡迴台中、台南等地演出本戲《長生殿》和《爛柯山》以及〈活捉〉、〈擋馬〉、〈寄子〉、〈寫狀〉、〈鍾馗嫁妹〉等多齣折子戲，都獲得一致的好評，觀眾如潮，將崑劇藝術營造成政府遷台數十年來未曾有過的盛況。

上面說過，崑劇是我國現存最精緻最高雅的戲曲文學和藝術，其歌舞樂完全融合無間。一個成功的演員必須集戲劇家、歌唱家、舞蹈家於一身；必須深切領會曲詞，將其意義情境，透過肢體語言和音樂旋律的詮釋與襯托，在虛擬、象徵、誇張的表現程式中，同時淋漓盡致的展演出來。這樣的藝術，比起日本人視為「國寶」，在台北風光一時的板東玉三郎的「歌舞伎」，論其層次與難度，不知要高出多少。遺憾的是國人昧於自我民族藝術的優美成就，而盲目的崇洋和受媒體的誤導而不自知。也因此，今日對民族藝術的認識宣導與維護發揚，實是刻不容緩的事。

我們中華民俗藝基金會既然已從事崑曲藝術的薪傳與維護工作，我們自然會繼續結合同好，使成績更為卓著，我們希望將來能培養出一個像樣的崑劇團，我們希望其他崑劇團的「經典戲齣」也能夠錄製完成，我們要使崑劇完美的藝術「千秋舞霓裳」，永遠薪火相傳。相信每一位關心民族藝術的國人，都會支持我們！

（原載《聯合報》副刊八十二年一月十八日）

◎《玉簪記・琴挑》，岳美緹飾潘必正，張靜嫻飾陳妙常

# 上崑與我

我們中國人喜好戲曲，就小戲與偶戲而言，已有兩千數百年；就大戲而言，也有八百餘年，現今尚有三百數十劇種。發展完成的大戲，可以說是綜合的文學和藝術。而其中若要舉出最優雅最精緻的戲曲，則非崑劇莫屬。

這種集中國歌舞樂為一體最優雅最精緻的文學和藝術，是以歌詞的意義情境為中心，透過樂音的襯托、渲染，而由演員的歌聲與舞容詮釋，展現出來。其間的聲情與詞情，可謂音樂旋律和語言旋律的完全融合與相得益彰，而詞情與舞容，則是演員經由肢體語言所傳達的體悟和虛擬。所以一位傑出的崑劇演員，必然兼具音樂家、歌唱家、舞蹈家的修為，其藝術造詣，豈是西方歌劇或日本歌舞伎演員所能望其項背。

可惜這樣精妙絕倫的民族藝術，在台灣幾於絕響；所幸大陸在政策性的維繫下，尚有六大崑劇團，分布於上海、杭州、蘇州、南京、郴州、北京等地。就中論腳色行當之齊備、演員陣容之堅強，以及開發戲齣之繁多、薪傳工作之妥善，則首推上海崑劇團。而我對於崑劇藝術的領略和推崇，也來自上崑。

民國七十九年七月間，洪惟助教授和我參加賈馨園小姐所舉辦的「崑曲之旅」，到上海觀賞上崑演出。我們在五個夜晚裡，觀賞了近二十齣戲，包括各門腳色的拿手戲。我第一次因為看戲而非常感動非常激賞，認為上崑真正呈現了中國最優雅最精緻的戲曲文學和藝術。於是我們在筵席間與上崑成員座談，其中好幾位得過「梅花獎」的一級演員，都說在表演藝術上雖已獲得至高榮譽，但年過半百，如果不能及時將「絕活」錄影保存，往後「每下愈況」，終於會與身俱滅。

聽了這一番話，我們不禁也感到黯然。因為這樣精美的民族藝術，理當世代相傳，雖難於再度融入民眾生活，起

◎著者與上崑演員攝於台大校園，自右依次為林逢源、岳美緹、梁谷音、曾永義、王芝泉、張靜嫻

碼也應當像日本能樂、歌舞伎那樣作「文化標本」活躍於國家藝術殿堂之中；而對於那些身懷絕技的藝人，更應當及時「搶救」他們的絕活，使之薪傳不輟，使之透露鏡頭永垂人間。

有見及此，我們返台之後，就積極進行兩件事，一是成立研習班，一是錄影工作，都由中華民俗藝術基金會籌劃和執行，文建會則支持經費和驗收成果。

幾年下來，我們已舉辦兩屆研習班，使崑曲生根於同好之中，結業學員達百數十人，現在第三屆即將開始，有越來越盛之勢。上崑計鎮華、梁谷音、張靜嫻、顧兆琪等都曾來班傳習，這次我們也擬請蔡正仁、王芝泉來班授課。名師出高徒，我們相信研習班的學員都有模有樣的登台串演，為崑劇在台灣奠下良好的基礎。

至於錄影工作，我們也在民國八十一年六月完成首期計畫，所錄的二十九劇六十三齣「經典名作」，上崑即占有四十齣。我們運用三機作業，請上崑導演周志剛先生剪輯並配上唱詞字幕，使之成為可供觀賞和教學的影帶。對於這六十三齣「崑劇選輯」，高友工教授在「中國戲曲美典初論——兼談『崑劇』」一文中說其「造福全世界的戲曲研究者，貢獻可以說是永垂不朽的了」。並說他「這篇文章若沒有這套崑劇選輯，顯然是無法完成」。因此他又說：「我們現在則屏息以待其二集、三集的出現，並盼望能更注重保存舊有的折子戲，以及遍及其他崑劇團如蘇崑和北崑的演出。」只是我們後續要完成的計畫儘管已經提出多時，六大崑劇團也要充分配合，無奈文建會未再資助，迄今猶然「懸絕」，恐怕要使高教授失望了。

由於基金會承辦傳習和錄影工作，我這個號稱執行長的，自然與上崑多所接觸，除了因之結交許多朋友，吸收不

◎著者與大陸崑劇界名角侯少奎、張靜嫻、計鎮華，及台灣名票朱惠良、詹媛等合影；手搭著者之肩者為沈毅

少「酒党党員」外，對於他們的藝術也因此更加能心領神會，也為之佩服萬分。

上崑前年十月首度來台，是傳統戲曲第一個「登台」的劇團。我曾因為岳美緹以具有政協身分不能來台，為她打抱不平，在新聞媒體引起一點波瀾。上崑為此雖然不得不臨場換將，更改劇目，但是在國父紀念館演出，仍可謂一日盛似一日，以致一票難求。足見其藝術能深中久未被崑劇薰陶的人心，而結果獲得最熱切的肯定。此次上崑更以完整的陣容，排出另一波拿手的好戲，在完善的國家劇院連演六天，相信此地觀眾，又將「大快朵頤」，享有他們專誠奉上的最優雅最精緻的藝術文學之盛宴。

（原載《聯合報》副刊八十三年十一月七日）

# 崑劇校園扎根

崑劇是我國現存最精緻最優美的戲曲，是文學和藝術最巧妙的融合。但是在我們臺灣，未曾有過職業崑劇團，偶然的崑劇演出，不過是大專學生的玩票性質，難於論及藝術；即使崑曲清唱，長年以來，雖有蓬瀛、水磨、大同期等曲會，但也只是極少數人的雅集，難於言及歌館樓台。也就是說崑腔曲劇在臺灣，不過點綴餘緒而已。

然而海峽兩岸溝通以後，中華民俗藝術基金會和國際新象文教基金會，有鑑於崑腔曲劇崇高的歷史地位和藝術文化價值，乃不約而同的運用大陸「資源」，從事扎根和推動工作。

民俗基金會在文建會資助下，積極進行兩項工作，其一，「崑曲研習班」已進入第三屆，參與學員達數百人。上崑計鎮華、梁谷音、張靜嫻、顧兆琪，浙崑王奉梅、汪世瑜和來自美國的華文漪、史潔華都已來班傳習，上崑蔡正仁、王芝泉和北崑蔡瑤銑也都即將加入陣容；其二，「崑劇選粹錄影工作」，在民國八十一年六月完成前期計畫，錄有上崑、浙崑、傳字輩老藝人之絕活二十九劇六十三齣「經典名作」，使用三機作業，經過剪輯，配上唱詞字

◎台灣崑曲界的前輩徐炎之（右一）、張善薌（左四），最左為賴橋本

◎上海崑劇團《吃糠》，張靜嫻、張銘榮

幕和劇情說明，使之成為可供觀賞和教學的影帶。今年暑假，我們更將賡續後期計畫，完成另外七十齣名劇，庶幾傳諸久遠，「千秋舞霓裳」。

新象基金會則於民國八十一年十月使上崑成為第一個「登臺」的傳統戲曲劇團，於國父紀念館演出；翌年浙崑亦獲來臺，去年上崑更再度來訪，均在國家劇院連演六天。其所造成的熱烈迴響，是有目共睹的；足見其藝術能深中久未被崑劇感染薰陶的人心，而結果獲得最誠摯的肯定。

去年十一月間，上崑來臺公演的時候，新象基金會認為應當趁機將崑劇藝術向校園扎根，所以做了一件嘗試的工作，那就是組成一個「隊伍」，到東海岸去實驗。因為東海岸是文化藝術較偏僻的地方。我有幸被邀為「領隊」，隊員包括上崑團長蔡正仁，老生計鎮華、正旦張靜嫻、武丑張銘榮、司笛顧兆琪，以及新象工作人員和記者先生小姐。

我們先到花蓮中學，由我對花蓮市的高中國文老師講崑劇的歷史和藝術特質，並即席座談，供老師們質疑問難。隨後訪問四維中學，再到花蓮女中的大禮堂。

大禮堂上下坐滿花蓮市的高三學生，數千人的場面看起來實在盛大。在我作了二十分鐘的引言，導入所要表演的《琵琶記・吃糠》之後，上崑演員即開始彩演。我們所以選擇〈吃糠〉這齣戲作為示範演出，主要因為那是高三國文所必讀的課目。也由於學生們對曲文耳熟能詳，因而對計鎮華等人的絕妙唱工和做表，能充分心領神會，產生莫大的共鳴。在演出過程中，我看到全體師生屏氣凝神，卻是如醉如癡；演後的問答，更是爭先恐後，隨時引起如響斯應的掌聲和笑聲，而那掌聲和笑聲是多麼的熱烈和愉快。結束散場時，上崑的演員，則一個個被意興不盡的「學生潮」團團的包圍著，爭著簽名，爭著合影，爭著問這問那，久久不可開交。如果不是教官以半請求的口吻「說明疏導」，他們恐怕難出「重圍」。但是滿頭大汗的上崑演員卻非常興奮的說，他們的感動無法形容，他們從未有過這樣有意義的演出，他們將永生難忘。

我看到了這種由藝術感染所引發的熱情澎湃，也不禁油然心動。心想：新象的這次實驗無疑是成功的，如果將這種模式帶到其他學校，豈不是會使更多的青少年，具體真切的領會到文學與藝術結合的優雅與精美！那麼崑劇的根柢豈不就可以扎在青少年的心田之上！於是我把這個擴大巡迴各中學示範演出的想法告訴蔡正仁和新象負責人樊曼儂，他們都很贊同。而既贊同就馬上擬定計畫，由我所主持的民俗基金會負責學術講解部分，由新象基金會負責示範演出部分，向省教育廳申請補助。

我們就所獲得的經費，已安排上崑的朋友，於五月五日開始，到臺北、基隆、板橋三地的高中聯合示範教學，並由此而及於臺中曉明女中、高雄中學、嘉義中學、文藻語專、高雄女中、薇閣高中等校，至五月十七日為止。我們同時邀請花蓮師院李殿魁教授、師範大學賴橋本教授、中央大學洪惟助教授、高雄師大汪志勇教授、清華大學王安祈教授、淡江大學林鶴宜教授等作領隊並演說崑劇之美與解答相關

◎著者與崑曲研習班學員合影

的問題。我們所提供的這份「藝術文學的饗宴」，所以如此安排，是因為經驗告訴我們：使青少年對崑劇經由認識、了解，才能有能力欣賞；既能欣賞，也才能引發共鳴和迴響，從而肯定和愛好。也只有如此，才能真正在青少年的心田上，扎下崑劇藝術的根苗。

其實要在一個人的心田上扎下藝術的根苗，其道其法何止崑劇應當如此，其對象何止青少年應當如此！個人從事民族藝術之維護與發揚工作有年，曾因製作「民間劇場」而推介各種鄉土表演藝術，使民間藝人「現身說法」於大學講堂之中；也因此使多所大專院校興起模倣製作小型「民間劇場」的熱潮，並成立諸如舞獅、布袋戲、歌仔戲的學生社團。而今我們所以選擇高三學生為對象，演出〈吃糠、遺囑〉，不過欲就其學習的課文，因勢利導而已。如果經費人力充實，何妨從小學至於大學一併扎根！

大家都知道民族藝術是民族文化可感可受的表徵，文化工作不能立竿見影，文化建設不能一蹴可幾，從事文化工作更必須有「傻勁」。而我們是一群有「傻勁」的人，既已體認崑劇在民族藝術文化上的地位和價值，值此雅音式微淪落之日，自當竭盡棉薄以維繫一線於不墜，我們會執此以往，努力前進。而我們也多麼希望，鼓起同好來共襄盛舉，我們熱切的期盼著！

（原載《中央日報》副刊八十四年五月一日）

# 一笛橫吹八十年

## 寫在水磨曲集「紀念徐炎之、張善薌伉儷」崑劇演出之前

我曾在一篇題作〈傻子做傻事〉的文章裡說道：世俗把不聰明的人叫「傻子」，傻子做出來的事也盡是聰明的人不做的事，所以俗語才會說「傻子做傻事」。更因為舉世充滿聰明之人，所以傻子越來越少，必須「披沙撿金」那樣的「篩選」才可以獲得；尤其今日「衣冠之徒」，要找個傻子，其比在礦脈中要找顆鑽石還難。也因此傻子當今之世，實在「物以稀為貴」。每當我發現一個傻子，我就高興異常，簡直要為之頂禮膜拜。

打從民國四十八年我上大學，就知道有位徐炎之先生，三十幾年來對他了解越來越多，不禁喟然而嘆：他真是個十足的傻子，為崑曲崑劇充滿十足的傻勁，做了十足的傻事。他一騎單車，懷抱崑笛崑譜，在北一女、台大、政大、文化、東吳、中央、中興、藝專、銘傳、西湖、復興、華岡等校園中，無阻風雨、來往奔波。只因為他篤定的認為：崑曲崑劇是我國現存最精緻最高雅的音樂和戲曲。其歌舞樂完全融合無間的戲曲藝術，更使得一個成功的演員必須集戲劇家、

◎徐炎之、張善薌伉儷

歌唱家、舞蹈家於一身；必須深切領會曲詞，將其意義情境，透過肢體語言和音樂歌聲的詮釋與襯托，在虛擬、象徵、誇張的表演程式中，同時淋漓盡致的展現出來。日本之「歌舞伎」，乃至西方之「歌劇」，何能望其項背。遺憾的是，國人昧於此而盲目的崇外。於是徐先生與志同道合的夫人張善薌女士，乃矢志為崑曲崑劇的薪傳奉獻全心全力。夫人出身酷愛崑劇的名門，擅長身段做表，傳情達意，絲絲入扣，收放自如；徐先生的笛藝，於十歲時即得之母舅傾囊相授，運轉音色、掌握風味，終無出其右，因有「笛王」之譽。於是乎賢伉儷不計名尤不計利，學校之外，踵其門而受教者不知凡幾。其循循善誘，使弟子不止視之為師傅，亦奉之如父母。於是乎崑曲崑劇一脈東傳，而有「崑曲同期」清唱雅集迄今一千一百餘期，而有「水磨曲集」業餘劇團時作演出。所栽培之弟子，以笛名者有蕭本耀、林逢源，登上舞台可觀可賞者有陳彬、詹媛、周蕙蘋、朱惠良、張惠新、張啟超。他們不止成為台灣崑曲界的中堅，而且在中華民俗藝術基金會的「崑曲傳習班」秉承他們老師、師母的遺志，繼續薪傳。

徐先生享年逾於耄耋，而逝世已屆六年，其夫人更早十年仙逝。賢伉儷一生不以蝸居斗室為苦，只為崑曲崑劇之薪傳孜孜矻矻，四十年不稍衰，其較之滔滔者欲一夜成名、一日致富，何啻天壤！若此，豈非是十足的「傻子做傻事」！然而他夫妻倆為人所不欲為，為人所不能為，其德澤風範畢竟永在其門徒心目之中。而今其弟子徒孫為紀念他們的老師和師母，將於四月十一、十二兩天，假南海路藝術教育館公演他們老師和師母所口傳親授的崑劇名篇，相信他們的老師和師母會含笑九泉。而此時此際，我卻恍然目睹著徐老先生清癯的身影，猶然橫笛在手，高吟著：「一笛橫吹八十年，繁華如夢了如煙」那樣的詩句。

（原載《聯合報》副刊八十五年四月十日）

# 霓裳續曲舞千秋

## 為《崑劇選輯》說幾句話

崑劇是我國四百多年來最精緻最優美的戲曲，是文學和藝術最高妙的融合，直到現在還是地方戲曲之母；也就是說任何戲曲劇種只要向它學習，從中取得滋養便可豐富和提升自己，包括有國劇之稱的京戲也如此。

台灣的戲曲劇種，除歌仔戲、採茶戲外，都來自大陸。崑劇之傳入台灣，洪惟助教授謂根據蘇州〈翼宿神祠碑〉文，乾隆之時台灣已有崑劇班社的跡象；但其後文獻無徵，顯然未曾在台灣生根。即政府遷台之後，也未曾有過職業崑劇團，偶然的崑劇演出，不過是大專學生的玩票性質，難於論及藝術；而崑曲清唱，雖有水磨、蓬瀛、大同期等曲會，也只是極少數人的雅集，難於言及歌館樓台。可見今日崑腔曲劇在台灣，不過點綴餘緒而已。

然而海峽兩岸一旦溝通，中華民俗藝術基金會和國際新象文教基金會，有鑑於崑腔曲劇崇高的歷史地位和藝術文化價值，乃不約而同的運用大陸「資源」，從事扎根和推動工作。

◎著者與崑曲研習班授課老師蔡正仁（中）、蔡瑤銑（右五）、貢敏（左四）、洪惟助（左二）等人及研習班學員合影

民俗基金會在文建會資助下，積極進行兩項工作：其一，「崑曲研習班」已完成三屆，參與學員達數百人，分初高級唱曲班和笛子斑，唱曲並兼習身段。上崑計鎮華、梁谷音、張靜嫻、顧兆琪、蔡正仁、王芝泉，浙崑王奉梅、汪世瑜，北崑侯少奎、蔡瑤銑和來自美國的華文漪、史潔華都已來班傳習。去年更進入第四屆，除了保持原有規模外，更結合國光、復興兩劇校，選拔優秀演員，招考研習有成者作為師資班，希望藉此而為業餘劇團，而終為職業劇團。其二，「崑劇選輯錄影工作」，在民國八十一年六月已完成前期計畫，錄有上崑、浙崑、傳字輩老藝人之絕活二十九劇六十三齣，使用三機作業，經過剪輯，配上唱詞字幕和劇情說明，使之成為可供觀賞、教學和研究的影帶。後期計畫則在民國八十四年開始執行，現在也已全部完成，共錄製江蘇省崑劇院、江蘇省蘇崑劇團、浙江崑劇團、湖南崑劇團與北方崑曲劇院的代表性劇目計四十五劇七十二齣。兩次錄製工作都備嘗艱難，而比較起來，上次是開創之難，這次則是波折之苦。

上次錄製的開創之難，我已在首輯的序言說過；這次的波折之苦，一方面是由於近年本土意識高漲，崑劇被視為外來劇種，於是在推拖拉之下延宕，所幸吾等持以堅忍，俟其峰迴路轉，乃能底於完成；另方面則是六大崑劇團分布大江南北，路途迢遙，又時值寒冬，為節

◎蘇州崑劇團《相約討釵》，陶紅珍、龔繼香

◎江蘇省崑劇院《白羅衫》，石小梅飾徐繼祖，黃小午飾奶公，王維艱飾老婦

省開銷，或徹夜於汽車之上，或連宵於火車之中。而每至一地，則下午至深夜持續錄製，如此前後十二日，結果工作人員無不抱病而返。我們雖飽嘗勞頓之苦，但心情則頗為愉悅，因為我們為我國的藝術文化，做了極有意義和價值的工作。

這次所錄製的七十二齣劇目，在洪惟助教授和賈馨園小姐精挑細選之下，和上次一樣，仍是各劇團的代表性劇目，能充分顯現各劇團的藝術風格。我國的聲腔劇種一經傳布，便會結合當地的語言和藝術內涵，從而有了地方性的特色，六大崑劇團散布的地點不同，自然也不能免於此。譬如北崑在長期崑弋合流、同台並演的情況下，發展出許多武戲劇目，如所錄之《通天犀・坐山》、《麒麟閣・出潼關》等；也有可供演員展現特技的，如所錄之《義俠記・打虎遊街》的武松和武大郎及《虎囊彈・醉打山門》的魯智深等；有的則是承襲老藝人的獨門造詣，如所錄之蘇崑《燕子箋・狗洞》為徐凌雲、薛傳鋼所傳授，《漁家樂・賣書納姻》為倪傳鉞所傳授，北崑《天下樂・鍾馗嫁妹》為侯玉山親授，《昭君出塞》為馬祥麟親授，《西遊記・胖姑學舌》為韓世昌傳授而由其弟子林萍指導。像這樣的劇目於觀摩教學的意義之外，更具有學術研究的價值。

我們所錄製的這七十二齣戲中，有些劇目是重複的，如江蘇省崑劇院和北方崑曲劇院都錄有《鐵冠圖・刺虎》，那是因為南崑和北崑的表演，風格不同；又如上次曾錄製上崑蔡正仁的《荊釵記・見娘》，這次還錄了蘇崑尹建民和湘崑張富光的，因為他們在表演上各有千秋。凡此，正如洪教授所主張的：可供有心人去窺探各劇團的特色；而我也認為藉此可以看出以演員為中心的中國戲曲，其藝術創發的空間是多麼的廣闊。

而為了精益求精，我們這次錄製時，不止請專家現場導播，後續的剪輯作業，為了進一步發揮教學的功能，將所有的念白與曲文都配上字幕。這份工作真是繁重非常，因為劇本與演出差異很大，必須費時耐心去仔細辨正，尤其分量不輕的蘇白和電腦字體的欠缺，使得工作變得十分細瑣，真是難為了陳彬、賈馨園、王璦玲，折煞了蔡欣欣、杜昭容。而欣欣為了使《崑劇選輯》第二輯更加的完好，比照首輯，又編輯製作了說明手冊，對所錄製的劇團和劇目作介紹解說，並配合精彩劇照，以使在觀賞影帶之前，能對六大崑劇團的藝術和影帶中每一齣戲的劇情有所了解。

在《崑劇選粹》第一輯完成之後，我們又執行了文建會「崑劇錄影帶推廣計畫」，製作拷貝，推廣到國內縣市立文化中心，各級學校和文化藝術相關團體，也接受愛好者的申請和函購，獲得海內外熱烈的好評與迴響。美國普林斯頓大學高友工教授在他的一篇文章〈中國戲曲美典初論——兼談「崑劇」〉裡，有這樣的話語：「崑劇錄像計畫，首集共十七卷記錄了上崑和浙崑演出六十三齣崑曲折子戲，造福全世界的戲曲研究者，貢獻可以說是永垂不朽的了。我們現在則屏息以待其二集、三集的出現，並盼望能更注重保存舊有的折子戲，以及遍及其他崑劇團（如蘇崑和北崑）的演出。」高教授還謙虛的說，他這篇文章「若沒有這套《崑劇選輯》，顯然是無法完成」。而今我們在文建會支持和高教授鼓勵之下，畢竟完成了第二輯，希望文建會辦理的推廣工作，更能造福廣遠。

我一再說過，中國戲曲藝術，講求歌舞樂配合無間，一個成功的演員必須集戲劇家、歌唱家、舞蹈家於一身，必須深切領會曲詞，將其意義情境，透過肢體語言和音樂旋律的詮釋與襯托，在象徵、虛擬、誇張的表現程式中，同時的展現出來。請問這樣的藝術修為，豈是西方歌劇和東洋歌舞伎的演員所能望其項背的，而何況崑劇之為中國最優雅最精緻的戲曲藝術呢，也因此，我們熱切的維護和發揚崑腔曲劇的藝術，實為使我國藝術文化的精華垂於永恆。在《崑劇選輯》第一輯完成時，我曾說那是「千秋舞霓裳」的專業，那麼現在第二輯公之於世就應當是「霓裳續曲舞千秋」了。

（原載《聯合報》副刊八十六年一月三十一日）

# 情緣無奈《釵頭鳳》

我深深感受到，人世間最哀惋欲絕、悽楚難當的情感，莫過於明知其欲如何而竟無可如何的無奈。而這種無奈，如果出自琴瑟和諧、海誓山盟、死生相許的佳偶終不得不仳離，則其憾恨更將不知如何底止。每一次讀起陸游和唐琬的〈釵頭鳳〉，莫不教我低徊不已、惆悵無邊。

陸游是南宋詩詞大家，他二十歲時娶唐琬為妻，恩愛情深，但唐氏卻不得他母親的歡心，他縱使多方回護，可是終於擋不住《禮記・內則》的教條「子甚宜其妻，父母不悅，出。」而殘忍的分離了。他另娶王氏，唐氏則改嫁趙士程。他們離異十年後的一個春日，陸游在家鄉山陰城南禹跡寺附近的沈園，與偕夫同遊的唐氏邂逅相遇，唐氏遣致酒肴，聊表故舊之情。陸游見前妻、感往事，乘醉吟賦，信筆題於沈園壁上，即是有名的〈釵頭鳳〉詞，唐氏見詞後，也以一闋〈釵頭鳳〉相答，而她不久就在纏綿悱惻中抑鬱悲憤地死去了。他們唱和的〈釵頭鳳〉是：

紅酥手，黃滕酒。滿城春色宮牆柳。東風惡，歡情薄，一懷愁緒，幾年離索。錯錯錯。　春如舊，人空瘦。
淚痕紅浥鮫綃透。桃花落，閒池閣。山盟雖在，錦書難托。莫莫莫。

世情薄，人情惡。雨送黃昏花易落。曉風乾，淚痕殘，欲箋心事，獨語斜闌。難難難。　人成各，今非昨。
病魂常似秋千索。角聲寒，夜闌珊。怕人尋問，咽淚裝歡。瞞瞞瞞。

◎高蕙蘭與華文漪在國家劇院演出《釵頭鳳》

這兩闋詞所以全文抄出來，實在是百讀不厭，感人無限。陸游的悔恨全從「錯錯錯」三字激迸出來，而其無奈也從「莫莫莫」三字發出極沈痛的喟嘆。同樣的，唐琬的千種愁恨、萬般委屈，也盡在「難難難」三字中發抒。試想：做人實難，做禮教之下的女人更難，而更何況做一個被休改嫁的女人面對著心愛的前夫又是何等的難啊！而她必須咽下淚水，強顏歡笑，將對陸游的思念和熱愛藏於心底，不止在趙士程面前要裝作若無其事，在家人面前也不能露出痕跡，在親友應對之中更不可絲毫破綻，這樣的瞞！瞞！瞞！是何等的煎熬啊！雖然陸游「山盟雖在，錦書難托」的悽苦不下於唐琬「欲箋心事，獨語斜闌」的悲涼；雖然兩人的孤獨寂寞、咫尺天涯的相思之痛同樣啃噬著心靈，但唐琬的自怨自泣、千絞百結、無可告訴的情懷是超過陸游許多的，也因此她拋棄了綺年玉貌，悲悲鬱鬱的為情而死，將滿腔的憾恨還諸天地、託諸空茫。

而紹興三年（一一九二），陸游六十八歲時又到沈園，而慶元五年（一一九九），陸游已是七十五歲的老人，他又到沈園。此時距離與唐琬、趙士程在沈園相遇已四十四年，不止沈園已數度易主，眼前更是物非人也非，而往事既長駐心頭，勾起的自是無限的悲傷。詩人於是作了〈沈園〉七絕二首：

城上斜陽畫角哀，
沈園非復舊亭台；
傷心橋下春波綠，
曾是驚鴻照影來。

夢斷香銷四十年，
沈園柳老不吹綿。
此身行作稽山土，
猶弔遺蹤一泫然。

沈園之所以讓陸游那麼的眷戀流連，因為那是見唐琬最後一面的地方。從這兩首七絕，我們不難想像，一位踽踽獨行，體衰貌癯的老人，在沈園裡檢點讓他刻骨銘心的一草一木、一亭一台，而斜陽畫角、老柳殘垣，徒增他無盡悽涼；而橋下的春波綠水，豈不是曾經照映著與他並肩而立的倩影，那正是如同驚鴻翩然而起的輕盈姿韻啊！只今獨自憑弔，但餘一顆傷痛的心而已。而那四十四年前的往事，儘管伊人已香銷玉殞，連夢魂晤言也已渺然，卻何嘗一刻忘懷呢？他自己雖則殘年衰朽，很快的就會化作稽山上的泥土，但歷歷在目的陳年蹤跡，猶然使他老淚縱橫，無法自已。

陸游就因為在晚年裡尚能有〈沈園〉這兩首七絕，才更加顯現他對唐琬始終如一的永恆深情和厚愛。而他們之間的百般無奈，也因為有彼此唱答的〈釵頭鳳〉詞而成為感人千百年的淒美。

像這樣存在於大詩人有如陸放翁夫妻的無奈之情，自然可以入詩入詞入戲曲。若就戲曲而言，則有「辭賦別體」之稱的清人雜劇，如桂馥的《題園壁》、姚錫鈞的《沈園恨》、吳梅的《陸務觀寄怨釵鳳詞》等，便都用清雅之詞來唱嘆他們無奈的憾恨、無奈的纏綿。而近代京劇荀慧生的《釵頭鳳》，不知賺取多少人眼淚；越劇和蘇劇也同樣有《釵頭鳳》，電影更以《風流千古》為名，使得陸唐戀情簡直家喻戶曉。

而本地編劇名家貢敏，在民國七十九年初也編了《新釵頭鳳》，由國立藝專戲劇科師生於教育部的戲劇季中演出。而今國光劇團更將於五月九日至十一日假國家劇院演出崑劇《釵頭鳳》，用曼妙細膩的歌舞，再度詮釋陸游、唐琬的無奈之情。

對於崑劇，我一再說過，它是我國現存最精緻最高雅的戲曲文學和藝術，其歌舞樂完全融合無間。一個成功的演員必須集戲劇家、歌唱家、舞蹈家、音樂家於一身；必須深切領會曲詞，將其意義情境，透過肢體語言和音樂旋律的詮釋與襯托，在虛擬、象徵、誇張的表現程式中，同時淋漓盡致的表現出來。像這樣的藝術，真是舉世無雙，也難怪崑劇要成為中國近世戲曲之母。

國光這次要演出的崑劇《釵頭鳳》，是已故劇作家鄭拾風十年前為有「崑劇皇后」之譽的華文漪編寫的。他以愛國激情和伉儷情深兩條線索貫穿始末，將個人際遇與國家安危緊密關連在一起，分為〈菊宴〉、〈釵禍〉、〈逼休〉、〈別盟〉、〈園逢〉、〈遺釵〉、〈弔園〉等七場，因此其旨趣情調即不同於《梁祝》，也不同於《孔雀東南飛》。而華文漪說，作曲的辛文華，每譜一曲就要熱淚盈眶；當年的許多觀眾也淚流滿腮。

而華文漪在十年之後，又應國光之邀，和國光的當家小生高蕙蘭擔綱演出。高蕙蘭近年勤習崑劇作為根柢，曾和徐露合演崑劇《遊園驚夢》，也和華文漪演過崑劇《牡丹亭》，表現普獲好評，相當傑出。國光也特聘上海崑劇團的沈斌來和朱錦榮共同導演。沈先生的〈導演總體創作構思〉，我非常的欣賞，他把握主題、分析人物、確定每場基調與變化，從唱腔配曲配器、舞台美術燈光、服裝設計，道具使用等方面以顯現全劇藝術特色及風格，如此再加上唐文華、汪勝光、李光玉等名角的合作，相信這次的演出必能令人刮目相看。

最後要特別指出的是，京劇劇團的「國光」，何以要演出崑劇呢？國光團長柯基良說：國光團員，原是三軍國劇隊的菁英，傳統戲曲素有「京崑一家」之說，所以許多京劇界的佼佼者都具備崑劇的實力，國光藝術總監貢敏更說，以國光京劇演員來演出崑劇《釵頭鳳》是要藉此向「戲曲尋根」。

我非常敬佩國光領導人的觀念和做法，這也是這些年來洪惟助教授和我努力於崑腔曲劇傳習和錄影保存，甚至於將之「輸入」國光、復興兩校團的原因。因為我們認為：具有崑劇根柢的京劇演員是可以提升其原有的功力和境界的。

## 後記

陸游和唐琬一般都以為是以「姑表關係」親上加親結為夫妻，那是根據宋末元初周密《齊東野語》的記載；但是最早記述《釵頭鳳》本事的是南宋陳鵠的《耆舊續聞》，其後也見於劉克莊的《後村詩話》，他們都沒有言及陸、唐是姑表關係。近人已考證，那是周密由劉克莊「某氏改適某官，與陸氏有中外」一語誤會而來，其實說的是唐琬與趙士程有姻婭關係。

◎國立國光劇團〈釵頭鳳〉，高蕙蘭飾陸游，華文漪飾唐琬

又唐琬的〈釵頭鳳〉詞，陳鵠《耆舊續聞》只記開頭兩句，並說：「惜不得其全闋，」其全闋則始見於明代卓人月《古今詞統》，亦見清代沈辰垣《歷代詩餘》。故俞平伯疑為後人依殘句補擬。但我們相信，若無唐琬之明慧、遭遇與性情，是寫不出如此與陸游匹敵應和的斷腸之詞的。

（原載《聯合報》副刊八十六年五月九日）

# 崑劇在臺灣生根

## 從五大崑劇團來臺公演說起

中國大陸的五大崑劇團上崑、浙崑、蘇崑、湘崑、北崑一行九十人，包括生旦淨末丑最傑出的行當腳色和一流的鼓師笛師，聯袂翩然而至，從十一月二十七日開始，一連十一天，在國家劇院演出十四場，有五本濃縮改編的經典名劇《琵琶》、《西廂》、《還魂》、《義俠》、《玉簪》作全場演出，更多的是品味雜陳，各極其致的折子，凡四十二齣。這真是戲劇界的大事，也是藝術文化的盛事。

像這樣的大事和盛事，其實是其來有自的。我常說，中國戲曲藝術，講求歌舞樂融合無間，一個成功的演員必須集戲劇家、歌唱家、舞蹈家於一身，必須深切領會曲詞，將其意義情境，透過肢體語言和音樂旋律的詮釋與襯托，在象徵、虛擬、誇張的表現程式中同時展現出來。像這樣的藝術修為，豈是西方歌劇和東洋歌舞伎的演員所能望其項背。而就中國戲曲劇種中，崑劇實是四百多年來最精緻、最優美的戲曲，是文學和藝術最高妙的融合，直到現在還是地方戲曲之母；也就是說任何戲曲劇種只要向它學習，從中汲取滋養便可豐富和提升自己，包括有國劇之稱的京戲也如此。

然而崑劇在臺灣，原來的情況是：偶然的演出，不過是大專學生的玩票性

◎第五居崑曲傳習計畫，浙崑林為林傳授《探莊》

◎《繡襦記・剔目》，陳彬飾鄭元和（右），詹媛飾李亞仙（左）

質，難以論及藝術；崑曲清唱，雖有蓬瀛、水磨、大小同期等曲會，也只是極少數人的雅集，難以言及歌館樓臺。即使如此妝點餘緒，仍有賴於前輩耆宿如徐炎之、張善薌伉儷等的殷勤傳授、不遺餘力，始克於此。

然而崑劇在臺灣，目前則庶幾可以宣稱生根而且開啟花朵了。這是海峽開放以後，兩岸交流和藝文界合作的「業績」。

首先是中華民俗藝術基金會，有感於崑腔曲劇實為我國藝術文化的瑰寶，當使之垂於永恆。乃在文建會支持之下，結合同好，自民國八十一年開始，舉辦四屆崑曲研習班，並錄製《崑劇選粹》兩輯。

《崑劇選粹》以三機作業，經導播剪輯錄存大陸六大崑劇團之菁華，配上唱詞字幕與簡介說明，可作觀賞、教學、維護之用，首輯六十三齣、次輯七十二齣，凡百三十五齣，為目前崑劇最大之寶庫。

崑曲研習班分初高級唱曲班和笛子班，高級班兼習身段表演。學員皆具高等學歷，結業者約有三百數十人。師資除本地者外，聘自大陸名角者，已有三十餘人。

其次新象公司屢次邀請上崑、浙崑來臺公演，假藉藝術殿堂，展現劇藝絕活，使愛好者雀躍歡呼，使見識者耳目一新，無形中培養了許多崑劇的觀眾。

而去年以來，國光、復興兩京劇團，更加入研習，培育師資，經甄試招訓的表演人才，均為一時之選；使得大陸名師讚歎之餘，傾囊相授。從而更使得兩平劇團演出時添加了崑劇劇目；上月研習班在國光劇場的「成果展」，也博得滿堂采。學員所展演的〈遊園〉、〈驚夢〉、〈尋夢〉、〈逼休〉、〈贈劍〉、〈南浦〉、〈琴挑〉、〈拾畫〉、〈叫畫〉等，無論扮相表情、咬字吐音、身段舉止，莫不中規中矩，韻味十足。我感動之餘，不禁當眾宣稱：崑劇在臺灣已經生了根，而且開了花朵。

而今新象公司在臺灣目前已有的崑劇基礎之上，踵繼前修更以大手筆籌畫經年，合五大崑劇團，展現戲曲史上鮮有乃至未嘗有的盛事，我們能不拭目以待，能不醒目以觀之賞之嗎？

（原載《中國時報》人間副刊八十六年十一月二十六日）

# 崑劇大匯演平議

◎北方崑曲劇院〈昭君出塞〉，劉靜飾王昭君

崑劇被認為是四百年來中國最優雅最精緻的戲曲文學和藝術，迄今仍是地方戲曲之母。但是也因為它的優雅和精緻，不免陽春白雪，曲高和寡，如果不是一九五六年浙崑以一本《十五貫》轟動海內，崑

劇恐難於起死回生；如果不是文革浩劫之後，六大崑劇團在政府扶持之下，重拾舊業、培植新秀，崑劇恐怕也已成餘燼殘灰。然而何以崑劇界要說「今日崑劇演員在大陸，觀眾在臺灣」呢？這是因為崑劇的發祥地和流播地本來就在大陸，長年的人才培養自然產生出類拔萃的菁英；可是改革開放以後，大陸受到外來文化的衝激，一般人騖新好奇，有如從前的臺灣那樣漠視傳統，所以像崑劇這樣的藝術瑰寶也不免要流失大量觀眾。反觀臺灣，以閩粵文化為傳統的主體，崑劇難於在臺灣生根；然而在經濟發達之後，國民有所餘裕，乃講求藝術文化的陶冶，加上有識之士的鼓吹和推行，崑劇在臺灣不僅生了根而且開了花，其藝術人口自然與日俱增，終於有五大崑劇團在臺北連演十一天、十四場的盛大場面，而我要說的是，崑劇在今日之臺灣，所以有如此可喜的情況，雖是許多人共同努力的成果，但最令人感佩的應屬新象文教基金會負責人樊曼儂，因為有誰敢不計貲財，一賠再賠仍鍥而不捨的要誘導國民摩挲這文化之寶、觀賞這藝術之花呢？

這次大匯演的劇目，五場濃縮本戲《琵琶》、《西廂》、《還魂》、《義俠》、《玉簪》和四十齣折子戲，可以看出是精挑細選而自來膾炙人口的，它們不止以「經典」之尊展現在觀眾眼前，而且也能以此凸顯各劇團的特長和各名角的絕活，當我們看到〈拾畫、叫畫〉、〈迎像、哭像〉場面那麼冷的戲，被岳美緹、蔡正仁獨自唱得那麼癡、那麼熱、那麼高潮得教人屏氣凝神，你能否認歌舞樂融為一體的戲曲藝術是何等感人嗎？當我們看到計鎮華、張靜嫻演〈吃糠、遺囑〉時，你能想像得到被選作中學國文教材的《琵琶記》竟是如此的詞情、聲情、舞容相激相蕩、相煥相發，以致使人感動欲狂、淚眼難抑嗎？而年逾花甲的侯少奎，居然猶唱《單刀會》，「大江東去浪千疊」，慷慨悲歌，聲徹遶梁，你能說這般英雄「寶刀已老」嗎？而谷好好的〈出塞〉，將昭君的幽怨、沙漠的坎坷，盡從繁複激烈高難度的身段功底流露，你能說天下第一武旦王芝泉尚沒有傳人嗎？而劉異龍、方洋、張銘榮、蔡瑤銑、周萬江、王奉梅、王世瑤等各具修為的演員一出場，觀眾即報以掌聲相迎，只因他們各懷絕技、各競擅場。我們也從像林為林、張志紅、陶鐵斧、陶紅珍、侯哲那樣的青年演員看到崑劇藝術已在他們身上發光，足以獨當一面。而更難得的是，五大崑劇團的演員和文武場，能不分彼此的互相搭配，天衣無縫地充分顯現團隊一體、合作無間的精神，這一點也是很令人可以敬禮的。

只是在掌聲喝采之餘，我想提出一些供參考的小看法，其一是崑腔源自吳儂軟語，昔人稱其特質是「聲則平上去入之婉協，字則頭腹尾音之畢勻，功深鎔琢，氣無煙火，啟口輕圓，收音純細。」雖然此次公演，能具此造詣者不乏其人；但可能京化稍過，或有入聲失去頓挫、頭腹尾囫圇一音的現象，不免失去崑腔咬字吐音的韻味。其二是曲中有正字襯字，句中有音步停頓，襯字聲情輕快，音步停頓有長短，再加上詞情之感染力有強弱，如此所形成之語言旋律必與音樂歌聲相得益彰，方能合乎唱曲的原理。此次公演，或有襯字作正字唱，或有非音步字展轉其音，或有韻腳字輕滑而過。凡此或因製譜者未盡諳明曲理，演員乃不得不依樣畫葫蘆。其三崑劇文字高雅，倘詞義曲境未盡了然，必將妨礙歌聲舞容的相為生發，年輕演員似宜從細讀劇本入手。其四是古典戲曲之演出亦應充分運用現代劇場之功能。此次公演所用之二道幕，明顯是為轉場和省去撿場人或腳色上場之便，但其妨礙觀瞻與排場之流轉莫此為甚，倘能稍加發揮國家劇院光影設備之功能，即可避免此病。這四點意見，也許要貽笑大方，但知無不言，也是對崑劇的愛護。

總體說來，這次五大崑劇團匯演臺北，實是戲曲界的大事，也是文化上的盛事。令人感到高興的是：久被忽略的崑劇，終於被當作瑰寶，滿場滿座，而傳統藝術中心踵繼前修，擇要錄製此次公演之劇目，以補《崑劇選輯》百三十五齣之所無；若此，也是令人感佩不置的，我們更相信，經此大匯演，加上各界的共同努力，崑劇藝術在臺灣必然有燦爛的前途。

（原載《聯合報》副刊八十六年十二月十四日）

◎北方崑曲劇院《夜奔》，侯少奎飾演林沖

# 蘇崑首度來臺

這些年來，我為崑曲和崑劇做了些事。若論其源頭則是賈馨園小姐，若論其動力則是崑腔曲劇本身的優美。如果不是民國七十九年七月間賈馨園帶我們到上海作「崑曲之旅」，我們就不可能在讚嘆之餘投入維護保存的工作，那麼今天就不會有崑曲研習班，也不會有一百三十五齣崑劇選輯。

我常說，崑劇是現

◎江蘇省崑劇院《爛柯山》，張繼青飾演崔氏

存最精緻最高雅的藝術和文學，是人類極珍貴的文化資產。其歌舞樂的完全融合無間，使一個成功的演員，必須集戲劇家、歌唱家、舞蹈家於一身；必須深切領會曲詞，將其意義情境，透過肢體語言和音樂歌聲的詮釋與襯托，在虛擬、象徵、誇張的表演程式中，同時淋漓盡致的展現出來。像這樣的藝術之美，自從樊曼儂引進上崑之後，國人緊接著又在浙崑乃至於五大崑劇團的饜飫之下，已皆能含茹其英華，只是就中仍有些許遺憾，因為蘇崑一直沒有機會來臺大展絕活。

如眾所周知，崑腔源生於崑山，吳門是其家鄉，水磨調是魏良輔等大音樂家的心血結晶，如果不是吳儂軟語，就難於流露「水磨」的清俏柔遠。也就是說，蘇崑才是水磨調的真正嫡裔，咬字吐音才具有字頭字腹字尾、平上去入陰陽的原味。

賈馨園小姐有見於蘇崑的歷史地位和藝術特質，本著一向對崑劇不遺餘力的精神，終於將蘇崑引到國人的面前，而且擺出來的劇目，真有如帝王宴饗，令人「大快朵頤」。因為十一月十一日至十八日在臺北新舞台的十場演出裡，我們不止可以欣賞到盼望已久的一流名家像張繼青、張寄蝶、胡錦芳、石小梅等的舞台丰采；而且三十七齣戲中，有十八個劇目在臺北未曾搬演。蘇崑的這次來臺，實在是戲曲和文化上的大事，我們不應輕易錯過。

（原載《中央日報》副刊八十七年十月二十四日）

# 崑劇已在臺灣奠立

## 寫在「臺灣聯合崑劇團」赴蘇州匯演之前

這些年來政府倡導傳統和鄉土藝術文化的維護和發揚，就中崑腔曲劇可以說已經開花結果，而且崑劇藝術也可以宣布已在台灣奠立。

我常說崑劇是我國最優雅文學和最精緻藝術的結合，其歌舞樂融而為一體的密切無間，絕非其他表演藝術所能比擬。也因此一個傑出的崑劇演員，必須集戲劇家、歌唱家、舞蹈家於一身，也不是西方歌劇、日本歌舞伎演員所能望其項背。如果說崑劇是我國傳統藝能之最為瑰寶，也當之無愧。

中華民俗藝術基金會有見及此，乃在文建會資助下，於民國八十年三月成立「崑曲研習班」，聘請兩岸名師傳藝。十年來由基金會而國光劇校而戲曲專科學校，辦理六屆，學員數百人，其劇藝被大陸名師讚賞者十餘人，認為根柢扎實，臺風翩然。洪惟助教授乃以此為班底，組成「臺灣崑劇團」，希望藉此展現研習成果。

崑劇若以梁辰魚的《浣紗記》為起點，迄今將近四百五十年，

◎「台灣聯合崑劇團」在蘇州演出後與著者合影，後排左起孫麗虹、洪惟助、吳瑞泉、著者、陳金泉、林清涼

大陸尚有上崑、浙崑、蘇崑、北崑、湘崑、滇崑、永嘉崑等劇團，堪稱一脈衍派，流播廣遠。而今年三月卅一日至四月六日，上述崑劇團將匯演於蘇州，主其事者熱誠邀請此間崑劇界組團參加演出，互相觀摩。於是在傳藝中心補助下，將此間崑劇界的四重心：水磨曲集劇團、臺灣崑劇團、國光劇團、戲專劇團，從中取其菁英，組成「臺灣聯合崑劇團」，擇定《玉簪記・琴挑》、《紅梨記・亭會》、《獅吼記・跪池》、《孽海記・下山》、《牡丹亭・拾畫叫畫》、《牡丹亭・遊園驚夢》、《連環記・小宴》等戲齣以共襄盛舉。

「臺灣聯合崑劇團」看似雜牌軍，難以和大陸專業劇團相提並論；但以「水磨」師承崑曲前輩徐炎之伉儷，較諸大陸京崑雜糅，更加本色傳統；其他出自三團者，則亦能汲取大陸名師絕藝於一爐：如此加上年輕與高學歷之涵養，相信應有特色可觀。其特色雖然不敢說「桐花萬里丹山路，雛鳳清於老鳳聲」，但其熔鑄之功加上性情襟抱的陶冶，自然別具華彩。

中國戲曲以曲文為核心，通過歌聲舞影加以詮釋。亦即曲文所表達的意義思想情感，演員要運用切合語言旋律的歌聲和相應的肢體語言來加以傳達。因此如果沒能讀懂曲文，便難有美妙的歌舞。譬如〈遊園〉一齣，杜麗娘說她「出落得裙衫兒茜」，如果教她穿粉紅色的裙子，就覺得礙眼。她唱著「裊晴絲吹來閒庭院，搖漾

◎「台灣聯合崑劇團」在蘇州演出《風箏誤・婚鬧》

春如線。」倘若教她做出拈絲纏線的動作，就不倫不類；同樣的，當她唱著「迤逗得彩雲偏」時，卻仰頭看天空，更要難於忍受。而以上三例，都是我親眼目睹名家表演過的。所以我希望我們的演員第一要用功的是：把所要演出的曲文完全弄清楚，才能真切感人的做表唱念出來。

這次參加演出的大陸崑劇團，看來都要卯足全力，其所推出的劇目也都是各團最拿手的好戲。譬如上崑上中下三本《牡丹亭》，江蘇崑《桃花扇》、《看錢奴》，蘇州崑《釧釵記》、《長生殿》，湘崑《荊釵記》，北崑《琵琶記》，浙崑《西園記》，而永嘉崑更新譜南宋戲文《張協狀元》，凡此均為古典菁華名劇，都很值得去觀賞和琢磨。相信我們團員又可以從中學到許多。

崑劇團已久絕於臺灣，往年偶然的崑劇演出，不過是大專學生的玩票性質，難於論及藝術；即使崑曲清唱，也是極少數人的雅集，難於言及歌館樓臺。所幸兩岸交流，有心人士倡導鼓吹，崑腔曲劇由唱曲而演戲，由研習班而成立劇團，不止可以粉墨登場，亦可以管絃伴奏。充任生旦淨末丑雜者，吹笛擊鼓敲鑼彈琴者，皆為青年學子。則崑腔曲劇在臺灣，誠如上文所云，蓋可以宣稱奠立矣。而此行參加蘇州匯演，雖主要在「跨海求經」，但亦有宣示同道之意，相信我們會圓滿成功。

（原載《聯合報》副刊八十九年三月三十日）

◎「台灣聯合崑劇團」在蘇州演出《連環記・小宴》

# 跨世紀全球崑劇大展

我想任何人看到「跨世紀全球崑劇大展」這樣的題目，都會詫異，認為像談天衍那樣，大而無當，似河漢之渺無極。可是這次由新象舉辦的崑劇菁英匯演，論匯演時間，自今年十二月十一日始至明年一月十四日止，誰說不是「跨世紀」？論演出團體，固有大陸上崑、浙崑、蘇崑、永崑，也有本地台崑、水磨，更有遠自西半球的紐崑，包羅當今世界能演出崑劇的著名劇團，誰說稱不得「全球」？而其演出者，莫不是各團台柱；其劇目，莫不是各團拿手好戲，含全本與折子共五十有餘，誰說夠不上「大展」？今年三月底四月初，兩岸崑劇在蘇州輪番切磋，已屬未曾有之盛事，但若比起這次「大展」，則蘇州匯演就要「瞠乎後矣」。所以這次「大展」實在值得大書特書。

也許有人要問，何以崑劇演出要如此大張旗鼓呢?這應當有以下四點理由：

其一，崑劇是我國現存最精緻的戲曲，是文學和藝術最高度最縝密的融合。如追溯其歷史，則宋末張炎《山中白雲詞》所云

◎上海崑劇團演出《十五貫・訪鼠測字》

之吳中《韞玉傳奇》實已肇其端，元末顧堅又「善發其奧」，明嘉靖間魏良輔更結合同好，「盡洗乖聲，別開奧堂。」創為「水磨調」，「聲則平上去入之婉協，字則頭腹尾音之畢勻。功深鎔琢，氣無煙火，啟口輕圓，收音純細。」其後再經張鳳翼、梁辰魚、張新、鄭全拙等人的進一步發揚，乃蔚為大國，一脈相傳，流派至今。所以言其古老，可與被視為「南戲活標本」之福建莆仙戲、梨園戲相伯仲；若言其藝術境界，則較之豈止高出一頭地。因為崑劇之文學藝術，經歷代名家之創發累積，實已達到歌舞樂融而為一的至境。一個成功的崑劇演員，必須集戲劇家、音樂家、歌唱家、舞蹈家於一身；必須深切領會曲詞，將其意義情境，透過肢體語言和音樂旋律的詮釋與襯托，在虛擬、象徵、誇張的表現程式中，同時淋漓盡致的表現出來。這樣的藝術，比起東方視為國寶的「歌舞伎」和西方作為文學菁粹的「歌劇」，不知要艱難多少高出多少，所以國人不可等閒視之，應當要珍之重之，甚至要刮目相看。

其二，崑劇有「戲曲之母」的稱號，也就是說中國的地方戲曲劇種如果要壯大成長，要提升藝術水準，就得向崑劇「汲取奶水」，即使是民國二十年以後被視作「國劇」的「京戲」，亦不能免俗。然而我更要說，「扎根傳統以創新」是建立現代藝術的不二法門，因為不向傳統不從本土汲取滋養的新文化新藝術，如何能湧動於具有民族歷史特質賡續不絕的藝文長河。若此，則崑劇自然可以做為現代戲劇的根源，可以從中取其優良的美質，融入新觀念新技法，調適現代化劇場，庶幾豐富現代人生活，進而美化國人品質。那麼，準此以類推，現代音樂、現代舞蹈、現代歌唱的藝術工作者，又何嘗不能從崑劇扎根以創新呢?所以「崑劇」之為用，真是「大矣哉」，豈止供觀賞而已?

其三，現在崑劇界都認為，崑劇的老師在大陸，崑劇的學生、觀眾，乃至崑劇的錄影保存和崑劇的前途都在台灣。如眾所周知，大陸上海、杭州、蘇州、南京、郴州、北京等六大崑劇團，各具特色，各有名腳，其技藝之精湛，有口皆碑。就中不少具有傳藝熱誠的名師，不辭辛勞，跨海授徒。自民國八十年以來·中華民俗藝術基金會、國光劇團和台灣藝專在文建會支持下，已舉辦六屆崑曲與崑劇的傳習計畫，培育崑腔曲劇之文武場、唱曲和演出人員數百人，其可粉墨登場令大陸名師稱讚之演員及其文武場樂師即有數十人之多，為此洪惟助教授乃於去年成立「台灣崑劇團」，今年春天在蘇州初展頭角，當地行家即譽之為「雛鳳清啼」。民國八十一年和八十四年，筆者和惟助兩度率隊到大江南北用三機作業，錄製《崑劇選輯》，凡一百三十五齣，無不是六大崑劇團的代表性劇目。另外傳藝中心和雅韻也趁大陸崑劇團來臺演出之便，錄製數十齣；若此，現存臺灣的崑劇經典劇目，堪稱舉世無雙。而在新象樊曼儂女士的魄力推動之下，崑劇幾乎年年來臺演出，雅韻賈馨園女士又助其波瀾，於是崑劇人口越來越多，國家戲劇院賣座率

◎浙江崑劇團演出《遊園驚夢》，張志紅飾演杜麗娘

也逐漸看好，觀眾對崑劇很熱愛，對演員很敬重，不像大陸觀眾那樣冷漠。難怪大陸崑劇界面對這種情況要說：崑劇的觀眾在臺灣，薪傳在臺灣，前途也在臺灣。

其四，這次「大展」對於劇目的安排煞費苦心，產生前所未有的特色，譬如以洪昇鉅著《長生殿》打頭陣，以湯顯祖傑作《牡丹亭》為壓軸，希望有良好的開始，有美滿的結束。近代曲學名家王季烈說：「古今傳奇，詞采、結構、排場並勝，而又宮調合律、賓白工整，眾美悉具，一無可議者，莫過於《長生殿》。」可見《長生殿》是集戲曲文學和藝術的大成，而上崑又能擷菁取華，各門身懷絕活的腳色都參與演出，自然不同凡響，使人有鳳頭引勝之感。而樊曼儂說，湯顯祖的愛情觀比莎士比亞高出許多，他要柳夢梅與杜麗娘無論死生都必欲達成愛情，較諸莎氏但因無法抗拒殘酷之現實就教羅蜜歐和茱麗葉殉情，要來得積極而深邃；所以湯氏「生者可以死，死者可以生」的理念更加深中人心，而《牡丹亭》之膾炙人口，即近年而言，不止各崑團皆演，上崑在紐約更演出五十五折全本，亦有上中下的改編本；浙崑此次推出的，則更別出心裁的強化生腳柳夢梅的表演技藝和人物形象，其「另有看頭」是可以預期的。其次，不經常演出的崑劇佳製，如《竇娥冤》、《照鏡》、《吟詩脫靴》等，也特別選列，以新觀眾眼目；而石小梅之《白羅衫》、林繼凡之《看錢奴》、張繼青之《朱買臣休妻》等，則皆因人設戲，以其精湛不作第二人想；其他如「林為林特輯」、「梅花獎特輯」，則以專長和榮銜吸引人。至於永嘉崑之《張協狀元》，一方面以南戲之發祥地和最早劇目為「號召」，一方面也由於其挾在蘇州會演時出類拔萃，人人稱讚的聲勢，特予演出兩場。因為永嘉崑的功力在化繁為簡，以極經濟之舞台裝置和少數演員，建構一台原本數十出的大戲，既能發揮南宋戲文詼諧的本色，又能在現代劇場理念中呈現其濃厚的鄉土性格；其編導與製曲配腔均有獨到之處，所以不止可供觀賞，亦可供學習。此外如紐崑之〈癡訴點香〉，水磨之〈蓮花剃目〉，台崑之〈小宴〉、〈藏舟〉等等，也莫不兢兢業業的要以最佳的表現來贏得觀眾的喜愛。總體看來，這次「大展」的劇目堪稱繁花似錦，各呈其妍、各盡其態了。

由以上四點可見崑劇在我國藝術文化上的地位和價值極為崇高極為貴重，且其為用大矣哉，若稱之為表演藝術中最為瑰寶，亦當之無愧。而今臺灣由於運會所趨，已成為崑劇重心，新秀迭出，觀眾擁護，資源無匱。以此際遇與條件而「大張旗鼓」，以新象從事兩岸與國際藝術演出之經驗，來舉辦「跨世紀全球崑劇大展」，薈萃傑出藝師，呈現如名酒佳餚，快人朵頤之劇目，藉此振興崑劇，為臺灣崑劇展開遠大之前途，誰曰不宜？

而誠如上文所云，《長生殿》是集我國戲曲文學藝術大成的曠世名作，以《長生殿》為範本，即可了解我國戲曲文學之美與藝術之美如何的相得益彰。為此中央研究院文哲研究所乃於十二月十日「大展」之前一日上午，假國家戲劇院交誼廳，舉辦「《長生殿》研討座談會」，以共襄盛舉。由華瑋、王瑷玲主持，安排本人主講「《長生殿》在戲曲文學與藝術上之成就」，《崑劇發展史》著者胡忌教授與上崑《長生殿》編劇唐葆祥先生對談，並請上崑飾唐明皇、楊貴妃之著名演員蔡正仁、張靜嫻示範，藉此以助長國人對崑劇文學藝術之了解與欣賞，是非常有意義的事。

像這樣的「崑劇大展」和與之配合的「研討座談會」，跨世紀年尾接年頭，集全球菁英於臺北，無疑的是臺灣前所未有的藝文大事，相信將來崑劇史上也是重要一章；而我們何其有幸的巧逢相值，則焉能輕易放過？因此，我呼籲愛好戲劇、音樂、歌唱、舞蹈的朋友共同來欣賞，來共同汲取，從中獲得更深切的省思和更豐厚的創發。

（原載《中國時報》人間副刊八十九年十二月七、八日）

◎上海崑劇團《思凡》，梁谷音與劉異龍

# 真個「姹紫嫣紅開遍」

自從《紅樓夢》寫林黛玉因〈牡丹亭艷曲警芳心〉唱道「原來是姹紫嫣紅開遍」之後，《牡丹亭》便成了明清傳奇的代表，「姹紫嫣紅」也成了崑曲的象徵。是的！在戲曲的苑囿裡，融最優雅之文學與最精緻之藝術為一體而為百戲之母的，自非崑劇莫屬；而四百四十年來，佳作迭出，奇花異葩，燦然如錦，也真個恰似「姹紫嫣紅開遍」！即使今日而言，崑劇不止是我國藝術文化的瑰寶，更是經聯合國教科文組織選定的「人類口述和非物質遺產代表作」之一，已經成為舉世必須保存的共同文化遺產，則我們對崑劇焉能不倍加珍惜！

賈馨園小姐有見於此，除了費貲創辦《大雅》雜誌，為戲曲文獻與藝術作保存弘揚之努力外，又踵繼樊曼儂女士之前修，多次邀請大陸重要崑劇團來台演出經典劇目，將崑劇菁華推展進入國人的生活之中；而今更「上窮碧落下黃泉」，經年累月的，鍥而不舍的，由兩岸而歐美而遍及寰宇的為崑劇蒐覓珍貴的圖片，並加以整理編輯說明彙集成書，題作《姹紫嫣紅

◎姹紫嫣紅崑劇展「堂名擔」

◎姹紫嫣紅崑劇展覽，四大名旦演《牡丹亭》

崑劇圖錄》。希望藉由圖片使崑劇為自己說話，說名家手采、說腳色格範、說氍毹搬演、說絕代風華、說逸聞韻事，而崑劇歌舞樂之美自在其中；雖「不為崑劇寫史」，而崑劇具體演進之現象亦自在其中。其對崑劇貢獻之方式真個前所未有；而其內容之琳瑯滿目，也真個恰似「姹紫嫣紅開遍」。

我們知道崑腔曲劇在魏良輔、梁辰魚等人的改革創發為水磨調曲劇之後，經歷不同時空，難免有所發展、變化或衰落。但以今日大陸而言，其以「水磨調」（一般仍稱作崑腔）為單腔調劇種者，仍有江南蘇州、南京、上海、杭州的「南崑」，北京和河北的「北崑」，浙江溫州的「永嘉崑」，浙江金華的「草崑」，湖南郴州的「湘崑」；其以之結合其他腔調而為多腔調劇種者，則有四川的川劇，湖南的衡陽湘劇、祁陽戲、辰河劇、武陵戲、荊河戲、巴陵戲，山西中路、蒲州、北路、上黨等四大梆子，江西贛劇、廣東粵劇、正字戲，浙江婺劇等劇種中所具有的崑腔，以及京劇中崑曲；可見崑腔尚能與高腔、梆子腔、皮黃腔三腔並立為我國近現代四大腔系。而當前大陸六大崑劇團衣缽已渡海東傳，崑劇在臺灣已扎根播種成立劇團，有「水磨劇團」、「臺灣崑劇團」，近日戲曲與文學推廣協會所演出的崑劇也頗受好評。如此再加上由文建會所委託錄製的崑劇數百出和賈馨園小姐苦心經營的這本鉅著《姹紫嫣紅崑劇圖錄》，相信崑劇在臺灣的前途必然是「康莊大道」！我在此為熱愛崑劇的朋友們祝福，更向賈馨園小姐致以崇高的敬意。

（原載《聯合報》文化廣場九十年十一月十六日）

# 燕歌吳歈

## 北崑首度來臺公演

中國由於長江天塹分成南北，江南江北，無論人文自然，皆大異其趣；其在文學藝術，自古以來也就有燕趙悲歌、吳儂軟語，如陰似陽、一雄一雌般的相映相襯，相顧相成。

我們都知道，中國戲曲文學藝術，在明世宗嘉靖晚葉（一五五九～一五六六）魏良輔、梁辰魚等人改良崑山腔為水磨調，使「崑劇」結合中國最精緻的歌曲和最優雅的文學為一體，流傳至今四百幾十年。以今日中國而言，其以水磨調為單腔調劇種者，仍有江南蘇州、南京、上海、杭州的「南崑」，北京和河北的「北崑」，以及溫州「永嘉崑」、金華「草崑」和郴州「湘崑」。這是因為腔調劇種一經流播，多與流播地土腔融合，原腔不免或多或少發生質變，從而帶上地方性的風味。

一般被習稱為「崑腔」的「水磨調」，在明神宗萬曆年間就已傳入北京承應宮廷，入清以後，更與弋陽腔，梆子腔，皮黃腔或合流或同台，流播冀中，於是汲取北國風華，以《中原音韻》為基準，其聲口漸近國語；更從而熔燕歌吳歈於一爐，使慷慨悲涼與纏綿柔膩相得而並美。也因此「北崑」較諸「南崑」自有其獨特的風格，其演出之劇目也自有其獨門絕活。

北崑在一九五七年乘著浙崑《十五貫》一齣戲救活一個劇種的風潮之下成立，迄今四十五年，老幹新枝蔚為大觀。這次首度來台，三月十六日至二十日在台北新舞台演出六場，自是卯足全力，精銳盡出，所選之劇目，唯展現北崑特色是務。因之有「中國第一紅淨」之稱的侯少奎將高唱「大江東去浪千疊」，刻畫關羽的形象，重現關漢卿（單刀會》的莽爽。有「北崑旦腳台柱」之譽的楊鳳一也將以《天罡陣》、《百花贈劍》描摹巾幗英雄的威武與嬌媚。而傳字輩老藝人親授的串本《琵琶記》更將由師傅輩的一級演員、獲得梅花獎的蔡瑤銑和王振義擔綱。此外如《貨郎旦・女彈》、《竇娥冤》皆具元人風範，《金不換，守歲，侍酒》、《千鍾祿・奏朝草詔》、《風雲會・千里送京娘》等等也都難得一見。

這些年來崑劇在臺灣由於政府、學界和熱心人士的推展，已經培養許多觀眾，水磨劇團之外，也成立臺灣崑劇團。往年上崑、浙崑、蘇崑、江蘇崑諸團乃至永嘉崑、湘崑都來臺公演過，這次北崑跨海，使得崑劇流派，終於能完全的呈現於臺灣，是戲劇界極盛大之事，喜愛戲曲的朋友應當不會錯過才是。

（原載《自由時報》自由副刊九十一年三月十六日）

# 京戲

# 風流才子笑姻緣

## 大鵬國劇隊老戲新詮釋

唐伯虎點秋香「三笑姻緣」是家喻戶曉的故事，本《涇林雜記》，《今古奇觀》〈唐解元玩世出奇〉，以及題名為《九美圖》的長篇彈詞，和長篇小說《唐祝文周》中都有這段情節。雖然學者認為這風流韻事，其實應當別屬一個叫吉道人的，而元雜劇石君寶《金錢記》、明雜劇葉憲祖《碧蓮繡符》早有類似的情節；但是唐伯虎既自詡「江南第一風流才子」，文詞敏快，善書法，尤以繪畫冠絕當世，則為他添加「艷事」一樁，至多不過像天下滑稽皆屬東方朔、古今疑案盡歸包拯而已。也因此明人孟稱舜《花前一笑》、卓人月《花舫緣》，都已把它演為雜劇，教人們去艷羨唐伯虎了。

「三笑姻緣」之所以膾炙人口，因為其中有士子的傲骨、文人的俊雅，更有世間至情的癡迷；如此而以少女的嬌嗔矜持、天真純潔相為映襯，自然趣味橫生了。試想以伯虎不世出之才藝與聲名，為追求心目中之至美，乃不惜喬裝委身，為傭為奴於豪門，不止無視於秋香身分，更不顧自身何許人。像這樣的「癡絕」，豈不是人間的「大奇」，而唯能秉癡絕之心行大奇之事的人，也才是至性至情的人。

大鵬國劇隊這次在國家劇院所推出的《風流才子》，就是在傳統的基礎上，根據這樣的理念，將全劇於序幕〈路遇〉外，分為〈驚艷〉、〈追笑〉、〈賣身〉、〈誑約〉、〈鬧園〉、〈賞畫〉、〈點秋〉等七場，用此來展現伯虎、秋香的俊雅風流，同時以華太師的癡子怨媳為點染，更添加許多滑稽詼諧的笑聲。所以它是一本宜觀宜賞的喜劇，對於心靈日趨困迫的現代人，無疑是一服清涼劑。

對於這次公演，大鵬非常慎重，可以說卯足了全力，排出了最堅強的陣容。以劇藝、唱表、扮相、武工四者均衡突出的著名坤生高蕙蘭扮演唐伯虎，以嗓音寬亮遏雲裂帛、連連得獎、素有梨園「千面女郎」之譽的王鳳雲扮演秋香，再加上菊壇泰斗李寶春、馬元亮的藝術指導和排場處理，相信必能令人刮目相看。

我曾經向高、王兩人說，先要認清所扮飾人物的風格品味，先要了解每句唱詞、每句賓白的意義情境，然後忘此身之有我的融入人物之中，用語音、歌聲、身段將文字、情節詮釋出來，那麼以她們的功力涵養，庶幾可以純青於爐火矣。我長年教書，病在好為人師，見笑方家，在所難免；但是對於大鵬必將有優異的表現，我是極為肯定和極有信心的。

（原載《聯合報》文化廣場八十三年三月十三日）

# 一個女人與四個男人

## 復興劇團演出新編國劇《潘金蓮》

幾年前我編寫中國現代歌劇劇本《霸王虞姬》時，曾想到在項羽烏江自刎之後，另起餘波，以一場〈霸亭秋賽〉，透過才子佳人、和尚道士、英雄豪傑、三家村老、碩儒耆宿、農夫田婦等各色人物在烏江霸亭廟秋祭項王、虞姬，賽願酬神之際，借著他們的「眼光」來看項羽一生的是非功過。我之所以想要這麼編寫，是因為項羽的性行功業，千百年爭論不休，所以跳開項羽的時空，揣想不同層面的人物來重新觀照項羽。只是幾位朋友都認為，這樣會「尾大不掉」，妨礙戲劇張力，我也從善如流，予以作罷。

而今我讀了魏明倫先生新編國劇《潘金蓮》，不禁大為驚奇，覺得魏先生除了在觀念上和我有點不謀而合之外，其設想之巧妙、手法之新奇，直為傳統國劇別開境界。

魏先生在觀念上和我有點不謀而合的是，儘管潘金蓮在小說戲曲早已被定型為淫蕩惡毒的婦女，民間更以之為符號性人物，但是他相信透過古今中外不同的類型人物，諸如武則天、上官婉兒、賈寶玉、安娜•卡列尼娜、阿飛、芝麻官、導演等的觀點，對於潘金蓮必然有較諸原著者施耐庵相異的看法。而施耐庵竟也因此成為貫串全劇，堅持傳統觀點的「小丑人物」。所以魏先生自己說：「新編潘金蓮，手法荒誕，意識超前。特邀請古聖先賢、當代法官、國外怨女、國中奇男，組成劇中評判團，評點論斷，各抒己見，不分貴賤，暢所欲言。」

就因為魏先生在劇中為潘金蓮組了一個「評判團」，成員兼含古今中外，以之作劇外人物，又要與劇中人物、媒介人物交錯疊現，所以其時空處理自然要「跨越朝代」、「跨國越州」，流傳之自由與快速，簡直像宇宙未開，渾沌一片。而其觀點之因人生發，彼此之衝突輝映，則有如殞星亂流。所幸，魏先生以潘金蓮的第一個男人張大戶，來表現

◎復興國劇團《潘金蓮》，朱民玲、曹復永、張宇橋、丁揚士等人主演

她少女對淫威的反抗，以第二個男人武大郎，描述她婚後對命運的委曲，以第三個男人武松，敘說她對愛情油然的追求。以第四個男人西門慶敷演她迷亂於情慾的沉淪，場次分明，而能運用中國虛擬象徵劇場的特質，使排場結構亂中有序，起伏有致而冷熱相劑。所以表面看似「手法荒誕、意識超前」。但其實是在中國戲曲的基本原理上，加上現代的技法、作巧妙的運轉。

中國傳統戲曲千百年來已形成一套嚴謹的表演程式，只是這套嚴謹的表演程式，今日未必為一般人所能完全了解，而文學藝術是與時俱進的，尤其現代劇場設備迥異從前，如何調適與充份運用，更是不可忽略的課題。因此對傳統戲曲有所扎根有所創新，應當是使民族劇藝生生不息的不二法門。然而創新之中即使或見人見智，或有所偏有所好，但勇於嘗試，則終必能聚其精爽，開創出正確可循的途徑來。

復興國劇團這次在國家劇院的公演，即要充份發揮最現代化劇場的藝術功能，以戲中戲、戲外戲、戲中戲外之仲介三者，將劇場分作三區同時展演，用此來呈現就現代女性觀點，所欲重新審視的潘金蓮之一生，凡此都是別出心裁，可以刮目相看的努力。

此外，復興劇團更有意的起用後起之秀，以朱民玲演潘金蓮，以張宇橋演武大郎、以丁揚士演武松，而將腳色易以大花臉，已經成名的葉復潤演張大戶，曹復永則演西門慶。即此亦可見其提攜後進，全團薪火相傳，從而發為輝煌的用心。而在曹復永、鍾傳幸的精心導演，以及蜚聲兩岸的余笑予先生的傾囊相授之下，我相信，這次通力合作的演出成果，將可以為傳統國劇，開啟一扇現代之門。

（原載《中央日報》副刊八十三年十二月十四日）

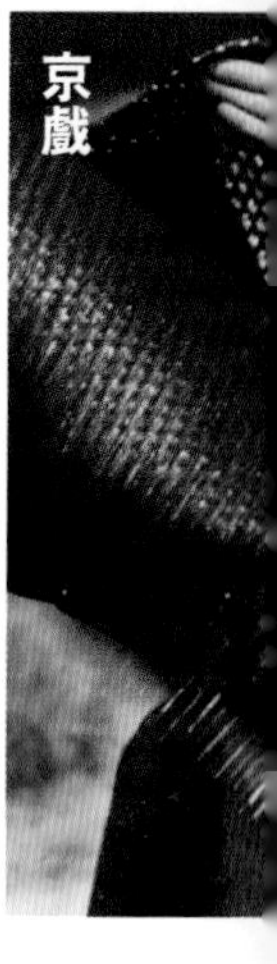


# 《貍貓換太子》的來龍去脈

九月二十九日起，上海京劇院將以強大陣容，在國家劇院演出上、中、下三集的連本戲《貍貓換太子》。《貍貓換太子》是家喻戶曉的故事，事關歷史，但絕不是歷史，若論其源頭，應當是元代無名氏《抱妝盒》，明人傳奇《金丸記》又有所增飾。到了小說《三俠五義》、京戲《陳琳與寇珠》、《游宮打御》、《宋宮奇冤》等把故事轉至包公，尤其海派京戲衍為連台本戲多至三十六本，機關布景，轟動一時，就更加多采多姿了。

讀過《宋史・后妃傳》的人都知道，劉后很賢明，一點也不陰毒，宸妃李氏原是劉氏的侍兒，死時四十六歲，劉后聽宰相呂夷簡的話，以后服殯殮宸妃，還在棺木加水銀，不止沒有寇承御、沒有陳琳，就連在嘉祐元年權開封府尹的包公也根本與之無關，因為那時劉后起碼已死了二十年。

但是戲曲小說為什麼會顛倒黑白、無中生有，有如我們今日津津樂道的「貍貓換太子」呢？我想其中還是有蛛絲馬跡可循的。那是，宮中的鬥爭一向甚為慘烈，其殘忍陰惡，往往非民間所能想像。恰好劉后、李妃、仁宗之間存在這樣的事實。仁宗實為李妃所生，劉后養為己子，終劉后之世，無人敢說出這「祕密」，李妃也寂寞的過她的一生，於是李妃以「弱者」，自然容易受人同情；劉后一點自私占人子為己子，便也有被人醜化的因素。何況劉后死後，燕王就向仁宗告知生母為宸妃，還說：「妃死以非命。」使得仁宗「號慟瀕毀，不視朝累日，下哀痛之詔自責。」並且到洪福寺去開棺驗屍。所幸劉后聽呂夷簡的話未用官人禮來殯殮她，才使得仁宗說：「人言不可信如此。」

像這樣的故實，其實也暗藏許多可以生發的因素，這些因素都往醜化劉后方面去附會妝點延伸，於是郭槐這樣的幫兇出現了，明代太監的惡形惡狀，都由他去承擔；寇珠、陳琳這樣集忠義於一身的人物，也非出現不可了，因為那是廣大群眾所要呼應、悲憫和敬禮的對象。

至於其後加入的包公，那是因為我國自從元代那樣的黑暗社會之後，清官難求，而包公既有「鐵面無私」、「笑比黃河清」、「苞苴不到有閻羅包老」之譽，人們焉不奉他為典型為象徵；那麼在宋史本傳所記的審牛舌案之外，像「箭垛」那樣的多送他幾個古今疑案有何不可？

然而當我們觀賞上海京劇院的演出時，何須管那「貍貓換太子」的歷史故實，但管那絲絲相扣的情節和引人入勝的做表就夠了；因為上京又卯足全力的發揮了海派京戲的特色和絕活。

（原載《聯合報》文化廣場八十七年九月二十八日）

# 缺憾還諸天地

## 我編寫京劇劇本《鄭成功》

鄭成功，是影響臺灣極大的英雄人物。連他一生所反抗的滿清政府，都於光緒元年（一八七五）在臺南為他建立延平郡王祠，並諡「忠節」，每年春秋舉行祭奠。當時的兩江總督兼南洋通商大臣沈葆楨，為祠堂正殿所撰寫的對聯是：

開萬古得未曾有之奇，洪荒留此山川，作遺民世界；
極一生無可如何之遇，缺憾還諸天地，是創格完人。

沈氏在氣勢渾雄的筆墨之中，對於鄭成功的一生，給予極公正、極崇高的評價。甲午戰爭（一八九四），舉兵抗日稱「義軍大將軍」的丘逢甲，也為鄭成功撰寫這樣的對聯：

由秀才封王，拄持半壁舊山河，為天下讀書人別開生面；
驅外夷出境，開闢千秋新世界，願中國有志者再鼓雄風。

丘氏雖然有藉鄭成功以因緣時勢之意，但是很切合鄭氏生平，也能彰顯其精神；所以辛亥革命時，他的對聯每被引用。以激勵士氣、鼓舞人心。丘氏這有一首七絕歌詠鄭成功：

誰能赤手斬長鯨，
不愧英雄傳里名；
撐起東南天半壁，
人間還有鄭延平。

此詩以「真英雄」來看待他。此外像劉銘傳，說他「永矢孤忠，千秋大節，創業在山窮水盡。」王凱泰說他「忠節感穹蒼，經綸開運會。」周懋琦說他「獨奉勝朝朔，來開盤古荒。」陳謨說他「仿箕子，比田橫，志士苦心。」凡此都可以看出鄭成功已被論定為忠節義士，創格完人，是開闢遺民新世界的民族英雄。也因此，臺灣的民眾感念他的功業，為他立廟，尊為「開山王」；繼承他的精神，將之傳播久遠而融入語言和民俗生活之中。

但是就鄭成功而言，誠如沈葆楨說的，他一生的遭遇，是有許多無可如何的；他無可告訴的缺憾，也瀰漫得只能傾諸天地。鄭成功的事功昭昭在目。但鄭成功的心靈卻深邃幽微得必須加以探索。

我稱為大哥的許常惠教授，對鄭成功非常景仰，認為是臺灣精神的象徵，很想為他譜寫歌劇，乃在文建會委託下，把編劇的責任交給我。我們商量的結果，認為鄭成功一生雖短，事跡則很多，要在兩小時演完，只能就其大筋大節著眼，其間則以說唱方式作為結合和交代。為此也就定了歌劇藝術和說唱藝術結合的寫作方針。

民國八十五年五月間，我把劇本交給許大哥譜曲。也正在此時，國光劇團團長柯基良先生，希望我趁著熱頭勁頭再編寫京劇，與《媽祖》、《廖添丁》合為國光「臺灣三部曲」。我因為那年暑假要攜妻帶子到美國史丹佛大學訪問，比較自由多閒，便一口答應下來。

在臺大我雖然講授了二十五年的戲曲，但那是「紙上談兵」，就編劇而言，我只嘗試過馬水龍教授譜曲的歌劇《霸王虞姬》（劇本已在七十七年六月間聯副連載，八十六年五月十八日在基隆文化中心「亞太藝術節」首演）和許

◎國立國光劇團《鄭成功與臺灣》，唐文華飾演鄭成功，劉海苑飾演董氏夫人

◎國立國光劇團《鄭成功與臺灣》

常惠教授譜曲的《國姓爺鄭成功》（預定八十八年歲末在國家劇院首演），實在尚屬生手。而國光是集名角於一爐的國立劇團，怎可輕易？為此我先將分場大綱和一些基本想法向劇團的藝術總監貢敏先生請教，他是我欽佩的劇曲名家。他把意見電傳到史丹佛給我，希望我能以史為經，戲為緯；既見英雄，也勿忘兒女；要使劇情和主題有古今觀照的意義。這些提示真是「英雄所見」，自然成為我編劇的指南。

未到史丹佛之前，我也曾和貢先生討論過編寫的主要內容。而作為歌劇既已寫其一生，則京劇何不專為其征臺開臺與治臺，如此也與國光「臺灣三部曲」的旨趣相合。因為鄭成功從起兵到去世前後十七年，雖然有十五、六年在東南沿海使清廷不得安席，克復臺灣不過一年有餘；但前者鄭成功是全力在盡其「忠節」，時過境遷，其現實意義即容易消逝，而後者則兼具民族大業與開創事功，其影響卻是永恆的。為此乃於〈序曲〉、〈尾聲〉之外，編為〈兵進鹿耳〉、〈揆一頑抗〉、〈紅毛向義〉、〈臺灣光復〉、〈寓兵於農〉、〈族群協合〉、〈望海興教〉、〈積憤成疾〉、〈英雄千古〉等九場。

對於「歷史劇」，我的看法是：古人可以「貍貓換太子」那樣的荒謬，可以「滿村聽唱蔡中郎」那樣的顛倒；但是今日則不可。因為現在民智大開，不像往昔之閉塞，過分扭曲和改變歷史情節和人物形象，必造成讀者和觀眾很大的衝激和排斥。試想：史冊具在，怎能令你胡天胡地？所以儘管歷史劇不等於歷史，歷史人物不等同劇中人物；編寫劇本時，也只能對歷史事件和人物作適度的剪裁佈置和渲染襯托，從而發揮所要表達的旨趣和寄託的思想。然而這種旨趣和思想總要從歷史事實和人物性格中流出方才自然而動人，如果專為某種目的而造作，尤其是政治的企圖，那就要淪為「工具」了。所謂「君子不器」，一個人被當作工具，固然可恥；文學藝術被用作工具也同樣可悲。個人認為這是要大大忌諱的。

在這樣的前提之下，我編寫歌劇和京劇《鄭成功》。而我要補充說明的是，研究臺灣史的朋友如蒙賜覽，請毋須和我計較，譬如董氏夫人，因鄭經通乳母生子，鄭成功責其治家不嚴，派兵部都事黃毓帶劍到廈門去，要將她與鄭經等一併斬首；怎會幫助鄭成功征臺、開臺與治臺呢？如果要計較，那我只能回答：根據史料，我們所看到的董夫人是：「方正端雅」、「勤儉恭謹」、「日率姬妾婢婦為紡績及製甲冑諸物佐勞軍」，「辛卯（永曆五年，一六五一），馬得功入島（廈門），妃（董夫人）獨懷其姑木主以行。賜姓（鄭成功）嘉其誠大義。」「（董氏）並預兵旅事。」「（永曆十一年六月）派定出征居守水陸官兵並船隻，入宴賞在州各文武官並將領，令國母（董夫人）分作七程……將士歡騰，感激益奮。」「凡海上（成功軍）所至，禁姦止殺，董亦有力焉。」類此皆可見董氏夫人的明慧、賢德，乃至於英勇有識略；所以我甚至於教她著戎裝以激勵鄭成功「高揭義旗」，而她如果能隨鄭成功東征，焉不能幫助「開闢臺灣」，使「族群協臺」？如此一來，戲就有女主角可演，觀眾也有戲可看了。（雖然隨侍鄭成功在臺的有曾蔡二姬，但她們事跡不明，分量也不足。）

而若就史實的分量來說，我所編的，京劇要比歌劇弱些。因為鄭成功由征臺到逝世，不過一年三個月，所需要的點染多些；但其點染無不在歷史經脈中，就其事之可能與必然，予以結撰和落實，至於無傷大雅的錯置時空，或集中事實，或借用人物，則都是為使頭緒明淨、關目靈動的技法，應當無須苛責。

對於劇本的初步完成，我認為有待於編劇、導演、編曲、演員、舞美的互相琢磨和認可，才能首演於觀眾之前；所以其必經討論和一修再改是當然的事。而既經演出，除了觀眾的反應外，編劇等也自然會有切身的體驗和發明，而這種反應、體驗和發明是每演出一場都會發生，而且是有所不同的。所以劇本的真正完成、求其無懈可擊，嚴格說來是很難有日可期的。

也因此，我將鄭成功編為京劇，在史料、詩文、傳說的基礎上所編出如前述九場戲的劇本，不過是個「初胚」而已。這就好像我要擺出一桌酒席端上九道菜，我不過先到菜市場選購每道菜的上好材料，至於如何運刀、如何調配，用什麼火候來烹煎煮炒滷燜，則我必須先開好聯合廚師會議，作最佳的共識，使九道菜各具風味，依序而上又能相得益彰。然後我才勇於寫下一道一道菜的菜譜。

就因為有這樣的理念，貢總監在今年九月五日率領我們一行六人，包括製作經理朱芳慧、策劃蔡欣欣、主演唐文華、導演朱錦榮和我，到上海去和編曲朱紹玉以及另一位導演盧昂會合，在旅館裡，費了三天兩夜，以密集的方式，逐字逐句的討論劇本。就我立場而言，既要集思廣益，便要接受每一個好意見；但若與我編劇旨趣衝突時，我即詳為說明，以免歧異。為此，在導演對每場戲情境的營造主張之下，在編曲為音樂唱腔的構思希求之中，乃至於為演員發揮所長而考量，我重新將劇本理過一次。其中〈寓兵於農〉一場，併入〈族群協臺〉之中，〈望海興教〉則予以刪去。這兩場戲，原本我認為對鄭成功開臺、治臺很重要，而且我也把明室遺老的麥秀黍離之悲，藉著望海亭寄寓其中。但大家認為情節稍冷，我只好從善如流。大家又認為鄭成功征臺受阻於揆一的猛砲堅城之際，應當安排一場讓主演發揮，以見其遭遇艱難時的心境和謀略，我因此加入一齣〈帷幄情懷〉。而關心京劇的人都知道，國光當家小生高惠蘭，大病初癒。而她居然也要加入演出，我感動之餘，就在「陳永華」這人物上，為她安排相當的戲分，好教她一展所長。而朱紹玉先生在編曲時，一有想法，無論清晨或子夜就掛電話和我商量唱詞的調適，或和主持國樂伴奏的施德玉教授討論主題曲的構思。

對於歌樂的融合我一向很重視。傳統的京劇唱詞屬「詩讚」系，亦即不是七言句就是十言句。七言、十言的音節形式基本上作４３和３３４，但也可以作３４和３４３。作４３和３４３的是單式音節，聲情「健捷激裊」；作３４和３３４的是雙式音節，聲情「平穩舒徐」。至於押的韻則是所謂「十三道轍」，句句要押韻，出句仄聲，對句平聲。

我在唱詞格式和聲韻方面，雖然也大體步武前賢，但總覺得「晚節漸於詩律細」的詩聖杜甫都會有變體的律絕，「曲中縛不住」的蘇軾和「拗折天下人嗓子」的湯顯祖，其實無不洞曉音律。他們只是不屑於斤斤拘守人為的三尺之法，而無不恣縱於自然冥合的玄妙之中。也因此，在我編寫的唱詞裡，就有或七言十言雜用，或單雙式並用，或七言十言與單雙式混用，甚至於有如古體樂府詩那樣雜言而單雙交錯的情況。其目的無非要變化刻板，使之自然靈活。而押韻方面，則斟酌於曲韻、十三道轍和中華新韻之間，務使其守自然之音、通天下之語；也因此，如道轍之併真文、庚青、侵尋為人辰，則有所不取，而改為真文、侵尋為一類，庚青為一類，各自分協。凡此皆出諸個人的實驗，尚有待同好的體會和認可，尤其是編曲朱紹玉先生的諒解和配合。

另外尚有三件事值得一提。其一是戲曲受說唱文學影響很深，自報家門與上下場程式每使情節冗煩拖沓；現在幻燈片或電腦字幕可以標明人物姓名身分，劇場設備很容易處理排場轉移；我自然運用「現代化」使節奏緊湊明快。其二是舞臺美術方面，我們和聶光炎先生的看法完全相同，那就是以虛為主以實為輔，虛實映發自然。在強化劇情、描摹氣氛的同時，也要兼顧時空流轉的自如。其三是劇目命名方面，我請教過好些藝文界朋友，終於決定用《鄭成功與臺灣》，因為中國傳統劇目都很切實，本劇只寫鄭成功征臺、開臺、治臺，並非實其一生，所以不能用《鄭成功》為題；何況以「臺灣」與「鄭成功」並舉，除了彰顯人傑地靈外，也說明了其間極密切的「形神相親」，其樸實厚重所呈現的雄渾氣象也自在其中。基於這樣的考量，那麼像「國姓爺」、「延平郡王」、「開山王」、「海國英雄」、「開臺英雄」等等命名便只好割愛。

而我要特別強調的是，《鄭成功與臺灣》的初步完成，雖然是基於我的編劇理念，但其實是由我執筆的共同創作。如果「瑜不掩瑕」，那是我才情功力不足，無能承載大家的智慧，而將之作最好的表達。我只有更加鞭策自己，力求進步。

寫到這裡，忽然想起在史丹佛大學為《鄭》劇擬就「初胚」時，不禁趁筆寫下的一首七絕：

停思置筆彩雲飛，
可奈英雄竟勢微；
忠義滿腔餘缺憾，
但將尊酒酹斜暉。

鄭成功遭世不偶、英年早逝、壯志未酬，有許多的無奈。我研究他不得不如此的「無奈」，在劇中連用了十二個「可奈何」來抒發他的悲

◎國立國光劇團《鄭成功與臺灣》，左起：唐文華（飾鄭成功）、朱安麗（飾揆一妻）與朱錦榮（飾揆一）

情。也因此，他死時是不能瞑目的，他果然如沈葆楨所說的，懷抱的是無窮的缺憾。而這無窮的缺憾卻與滿腔忠義相激相盪，煎煎熬熬沸沸騰騰，又如何能訴諸人間？假若不嘶其聲竭其氣以嘯諸天地、託諸空茫，又當如何呢？然而鄭成功畢竟是開闢洪荒的民族英雄，秉持大義的仁人志士。他的百般無奈，卻使他更加堅毅，知其不可為而為；他的無窮缺憾，則使人千古同悲，流恨綿綿而彌加仰望。人們仰望他的是悲情中的大無畏，所散發出來的浩然正氣；這充塞蒼冥的浩然正氣，迄今尚引導我們蓬萊之島的子民勇往前進。然而細繹鄭成功的無奈與缺憾，難道純然的緣其「一生之遇」嗎？還是他的性情襟抱也多少有所使然呢？我不敢責備賢者，請從劇中揣摩。而我希望三復吟詠的，則是作為〈序曲〉和〈尾聲〉的一首詩：

四百年來赤嵌樓，
登臨每教望神州。
延平德澤流蓬島。
清室皇陵成古丘。
開闢至今傳足跡，
公忠自是作宏猷。
壯志未酬身先死，
長使英雄淚滿流。

（原載《中國時報》八十七年十二月二十九日）

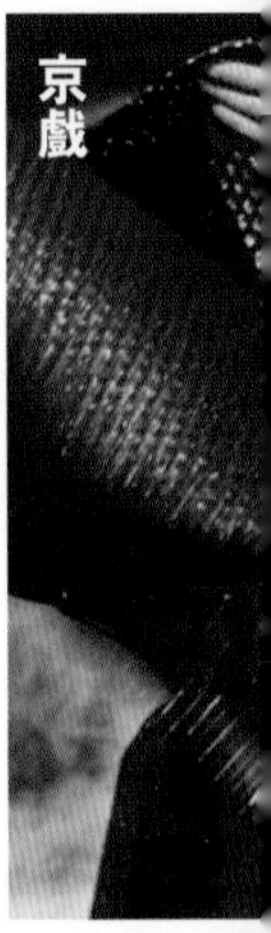



# 現代國立傳統劇團

國光菊部頭，藝苑著千秋；
典範垂傳統，開新創偉猷。
飛龍姿矯健，翥鳳韻韶修；
中外蜚聲譽，風華自廣流。

這首五律是我為國立國光劇團而題的，國光由三軍國劇隊擇其菁英所合併，同時將原為海軍陸戰隊的飛馬豫劇隊附屬於劇團，已經五年。五年來國光的努力和成就有目共睹，自是可欣可賀，有如拙詩所言，毋庸我在這裡更贊一詞，我只想藉此團慶之日，將個人的某些看法，提供國光的朋友們參考，也算盡我做為國光之友的責任。

國光現在包含京劇和豫劇兩個劇種，將來即使又有所附屬，也應是屬於傳統戲曲。所以作為「傳統劇團」是國光的本分和職責，而國光既身為「國立」，則顧名思義，作為國家傳統戲曲的代表性劇團也是理所當然。只是國光面臨「現代」，現代觀眾，現代劇場，現代戲劇理念和技法也不能不有所顧及。則國光就必須以「現代國立傳統劇團」自期。

「戲曲」一詞自從王國維《宋元戲曲考》以後，就被作為「中國傳統戲劇」的代稱，我們所熟知的崑劇、京戲、歌仔戲、豫劇莫不屬於戲曲。戲曲自有其顛撲不破的藝術原理和美質，譬如歌舞樂的融合無間、虛擬象徵程式的舞台

◎國立國光劇團演出《風火小子紅孩兒》

◎國立國光劇團五周年團慶，劉萬航、柯基良、李殿魁、戴綺霞、陳兆虎等人合影

展現，從而運用場與場的流轉以突破時空的限制，便使得中國戲曲與希臘悲劇、印度梵劇鼎足而三，同時也充分顯示我國戲曲藝術的獨特性格，其為我民族文化之瑰寶自是不待言，也因此國光劇團就有義務和責任「拘守傳統」，演員之訓練要從「傳統」入手，演員的藝術修為也要以「傳統」論高下。所謂「傳統」是指傳統劇目和傳統技法，如此的「固本扎根」，才能為戲曲保持不墜之「動態藝術標本」，我們的子孫才能看到傳統戲曲之「原貌」。因為那「原貌」所代表的是發展完成而「登峰造極」的那個時代的戲曲情況，自有其歷史地位和藝術價值，是很值得後人觀照和省思的。

但是藝術文化是與時空相推移的，任何停滯不前不變的藝術文化、便很難為廣大的群眾所接納，也自然不能融入當代人的生活。所以就國光而言，固然要一方面堅守傳統，一方面也要知道如何扎根傳統以創新，而創新的第一要件是要有慧眼和魄力守住傳統的美質、割捨傳統的糟粕，其次是善於運用和調適現代化劇場，藉此以講求深刻不俗的主題思想、安排緊湊明快的情節，處理醒目可觀的排場，使語言肖似口吻機趣橫生，使音樂曲調多元而悅耳，使演員技藝精湛不停汲取不停生發。若此必能為現代觀眾所欣賞，從中提升國民的生活品質，發揚民族的藝術文化。

為現代觀眾所欣賞，又能呈現戲曲的典範，如果就一般傳統劇團而言，庶幾已有口皆碑，無須再予以苛求。但國光既擎著國家劇團的招牌，則尚有所不足，也就是要達到國家代表劇團的職分才能名實相稱。為此就要具備以下幾個起碼的條件。

第一要有上下一體的團隊情神。人人以身在國光為榮，發揮所長、竭盡所能；事事以國光為優先，互相扶持合作，總以創作或演出無懈可擊的經典劇目為共同的目標。

第二要有時時進修、處處充實的努力。不止演員要精益求精的淬礪技藝，使之既有傳統的厚實又有現代的意義；就是領導階層亦應對戲曲具有周全的認知，對現代劇場明其因應之道，對兩岸戲曲辨識其所長短。凡此都要日常不停的學習，才能豐厚應有的涵養。

第三要健全行當，勇於提拔俊秀與延聘人才。一個劇團如果第一流的行當不健全，便很難承當經典名劇，更難於叫座又叫好。國光雖然集時下戲曲之佼佼者，但並非每門行當均足以當家；因之如後起者具有充分之潛力，當盡力予以培植給予機會，如尚須求助於團外，則何論兩岸，總以需求為考量。

第四要建立大型新戲展演的嚴謹程序。國光要進入國家藝術殿堂展演新編力作，可以說是年度盛事。對此，理應邀請名家委託創作。但無論如何，新編大戲的成功與否，並非任何一人或少數人所能企及。必須集思廣益、按部就班、團隊一體乃能達成。於是委託之名家編劇初稿既成，則當召開製作群會議，各就所見提出旨趣之見解與編劇家商榷。商榷之後既獲共識，編劇家當有雅量與主見，重新修訂為二稿，然後付與導演排演、編曲者亦據以譜曲。導演與編曲於選角、排練、譜曲時，如尚有意見以臻其更為完好時，則編劇亦當三稿四稿以相為切磋相為應和。也因此，製作一本新編大型戲曲，應當要有充分時間倒數計時以底於完成；否則草率將就，各行其是，必然貽笑大方，而我所說的製作群，起碼包括編劇、導演、編曲、主演、藝術總監、舞台美術、製作經理等。

具備以上四個條件之後，如果能再體認什麼是真正的「臺灣精神」而有所琢磨和發揮，那麼國光就兼有鄉土和傳統的特色與菁華，自然更令人刮目相看，而其為「現代國立傳統劇團」也更加當之無愧了。

我雖然長年從事戲曲教學，但對於劇團經營其實所知有限。這篇文章只是一己之見，希望戲曲界的先進，尤其是國光的朋友能體諒我的獻曝之忱，不至於多所見笑才好。

（原載《聯合報》副刊八十九年六月二十六日）

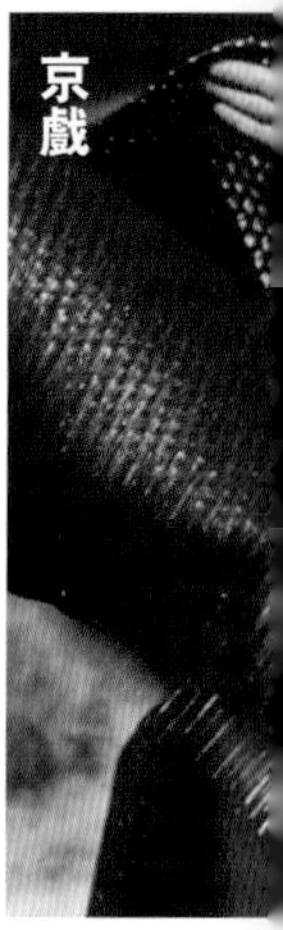

# 劇種匯演說古今

、小咪、魏海敏、孫麗虹、蕭揚玲，後排鍾任璧

國立國光劇團二月二十二日起一連三天在新舞台，將運用京劇、歌仔戲、豫劇、布袋戲同台匯演《再生緣》。序場〈平寇凱旋〉由鍾任璧「新興閣」掌中劇團操作戲偶舖陳驚天動地戰爭場面。首場〈班師重逢〉由國光京劇隊青衣魏海敏飾女扮男妝的孟麗君，小生孫麗虹飾元成宗，武生朱陸豪飾皇甫少華。次場〈獻圖啟禍〉由國光豫劇隊旦腳王海玲飾元成宗，旦腳蕭揚

◎國立國光劇團，京歌豫偶大匯演《再生緣》，右起朱陸豪、王海玲、黃香蓮

玲飾孟麗君，小生朱海珊飾皇甫少華；而在獻圖中，則用戲偶扮演「畫中仙」，使人偶同台演出。三場〈裝病探病〉由朱陸豪和蕭揚玲聯合京豫演出。四場〈御院脫險〉由「黃香蓮歌仔戲團」擔綱，小生黃香蓮飾元成宗，小旦小咪飾孟麗君。五場〈金殿會審〉由四劇種接力演出，喜劇收場。

像這樣集合四種不同劇種匯演一台戲的方式，國光好似「樂此不疲」。因為他們已和「小西園」有過京偶兩劇種《巧遇姻緣》的演出，也有過京豫歌三劇種同台演出全本《花木蘭》的經驗；而今又要「踵繼前修」，擴充為四劇種，難道只因為前兩次都順利圓滿，造成轟動的緣故嗎？國光藝術總監朱芳慧教授說，國光在新春演出《再生緣》是「取義於戲劇藝術的再生，文化族群的融合，再續前緣，生生不息。」我想這才是他們此次演出的真諦。

而我在這裡要補充說明的有以下三點：

其一，劇種匯演在咱們中國已經有很長遠的歷史。起初有如西漢角觝戲、東漢六朝百戲、隋唐雜戲那樣，基本上是「廣場奏技，百藝競陳。」金元時，所謂「前截兒院本《調風月》，背後么末敷演《劉耍和》。」雖然那時的「院本」和早期的北曲雜劇「么末」已前後同台，但演出的劇目並不相同；這種情形清代以後，崑弋合流尚且如此。然而金元北曲雜劇與宋元南曲戲文經歷長年交化，至明世宗嘉靖與穆宗隆慶間，便產生了「混血兒」，其以南戲為母體者稱「傳奇」，其與北劇為母體者稱「雜劇」，在音樂上更有南北曲「合腔」與「合套」；這種情形，清代以後的所謂「複合腔種」如吹腔、梆子腔，二黃腔、西皮腔，便與之頗有「異曲同工」之妙。也因為有這樣的背景，所以近年大陸作曲家譚盾創作了將中國京劇、西方歌劇、日本人形劇與交響樂合為一爐的多媒體歌劇；福建泉州木偶劇團的黃奕缺先生以腳色分工化的懸絲傀儡為主體，結合杖頭傀儡、掌中傀儡、皮影乃至人扮的肉傀儡演出一台蜚聲海內外的《火焰山》。可見國光的三次「匯演」，絕非「胡作非為」，而是在深厚的文化根源下作前瞻性的實驗。

其二，中國戲曲所以能夠「劇種匯演」，主要是有共同的美學基礎，那就是歌舞樂的融而為一，虛擬、象徵、程式的表現方式；所不同的只在語言腔調音樂的差異，而其差異，正可以互相彌補單腔調劇種的過分樸質和少變化的弊病，從而產生豐富多趣的音樂內涵；何況國光此次呈獻的《再生緣》，更薈萃四劇種的名腳菁英同台逞技。其一新耳目、動人觀聽，自然可以預期。

其三，《再生緣》亦稱《孟麗君》，原著是長篇彈詞，為清乾隆間女作家陳端生所著，惜未終篇，由乾嘉間許宗彥、梁德繩夫婦續完。初刊於道光元年（一八二一），敘述元成宗時，都督皇甫敬之子少華和國丈劉捷之子奎璧同時向尚書孟士元之女麗君求親，因而產生彼此間之恩怨情仇、悲歡離合，麗君喬裝中狀元，官至丞相，又與皇帝產生瓜葛；其情節可說曲折迂迴而引人入勝，所以兩百年來膾炙人口，被許多劇種改編為戲曲。國光豫劇隊去年四月已在新舞台獨力演出《孟麗君》，反應極佳；則此次新獻新作，其盛況亦可想。而若推究其所以能受歡迎的緣故，則是因為此劇涵蘊著極為濃厚的民族意識思想和情感。試想：孟麗君的喬裝而躋身廟堂，實現了中國舊社會多少女性的美夢？才子佳人的堅貞情懷終歸團圓，給予了多少有情男女的嚮往？通敵的奸臣邪惡畢竟在大義凜然之下自取敗亡，是何等的痛快人心！即此而言，已足以喚起廣大群眾的共鳴了。而國光竟以青衣祭酒女扮男妝，豫劇皇后王海玲扮飾皇帝，豈不更引人好奇而興會更加淋漓？

基於國光所以匯演的企圖和我生發出來的三點說明，我相信國光此次以京歌豫偶劇種匯演《再生緣》，將會圓滿成功而且令人刮目相看。只是我更希望此次匯演果然超越《白蛇傳》、《漢明妃》那樣的京崑一體，達成京歌豫偶渾然如天衣無縫的境界，那麼在中國戲曲史上，就非大書一筆不可了。

（原載《自由時報》九十年二月二十一日）

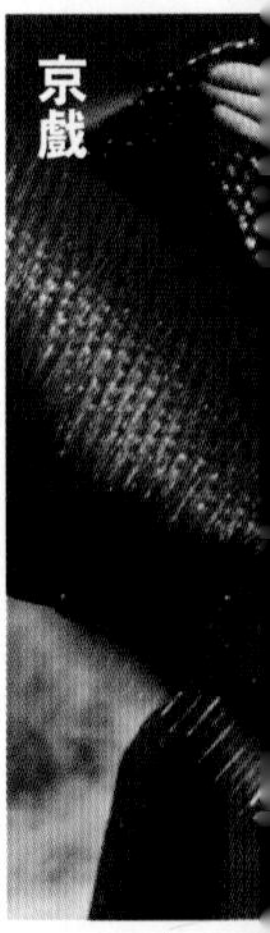


# 問世間情是何物

## 我為國光劇團編寫神話愛情京劇《牛郎織女天狼星》

我一向認為最富有、最愉快的人，不在名位、不在金錢；而是享有親情、享有愛情、享有友情、享有人情。這「四情」具備的人生，哪是名位換得來，哪是金錢買得到。其生命的豐富圓滿，豈止無價，豈止無愧無憾而已。然而就中最教人信守不移，而低迴纏綿，而熱烈奔放，而死生以之的，莫過於「愛情」。

「愛情」無論古今，有說不完的故事，有寫不完的詩篇；有難以言宣的幽微，有無法論定的是非。然而什麼才是真正的「愛情」呢？

宋代的秦觀說：「兩情若是久長時，又豈在朝朝暮暮。」

金代的元好問說：「問世間情是何物，直教生死相許。」

明代的湯顯祖說：「情不知所起，一往而深。生者可以死，死可以生。生而不可與死，死而不可復生者，皆非情之至也。夢中之情，何必非真，天下豈少夢中之人耶？必因薦枕而成親，待掛冠而為密者，皆形骸之論也。」

清代的洪昇更說：「今古情場，問誰個真心到底？但有精誠不散，終成連理。萬里何愁南共北，兩心哪論生和死。笑人間兒女悵緣慳，無情耳。」

這四位鼎鼎大名的文學家，各擅一代風華，大抵可以代表咱們中國人傳統的

◎國立國光劇團新編京劇《牛郎織女天狼星》座談會，左二王安祈、左三曾昭旭、左四著者、左五吳瑞泉、右一朱紹玉、右二朱楚善

◎國立國光劇團《牛郎織女天狼星》，唐文華（飾牛郎）、陳美蘭（飾織女）、朱陸豪（飾天狼星）與朱安麗（飾鵲女）等人主演

「愛情觀」，而其境界看來似乎是一層高似一層的；但總體來說，那就是：愛情要絕對真誠，其誠所至，可以超越空間，超越時間；也就是不因離別、不因生死而減損一分一毫。愛情的追求要絕對完成，縱使生也可以與之而死，死也可以為之而生。如果只講求肌膚之親，那就等而下之了。西方的愛情觀似乎也很講究「真誠」，所以莎士比亞說：「真誠的愛情充溢在我們的心裡，我無法估計自己享有的財富。」

把愛情的根本建立在「真誠」之上，是顛撲不破的至理。因為「情」的本義就是「真」，像「情知、情愫、情話、情實、情貌」等語詞中的「情」莫不皆然。男女愛情只要真誠就有無限的篤定和甜蜜，否則就猶疑而苦澀了。而我以為：男女之間，如果能以真誠為基礎，始於相欣相賞，繼之相激相勵，終於相顧相成，那麼愛情才會真正的圓滿。它們之間好像有漸進的程序，而其實是同時並存的。因為能「相顧相成」，無不能「相激相勵」與「相欣相賞」，進而「相攜並舉」那樣的步步蹴開身命中美麗的蓮花。人生在世，如果有此一人來相愛，則生命中尚欲何求？只是那人也許是「滿堂兮美人，忽獨與余兮目成。」那人也許在「燈火闌珊處」，要你「驀然回首」，那人也許「在水一方」，要你「溯洄從之」，要你「溯游從之」，而我相信，精誠所至，必然金石為開，那麼「所謂伊人」，也必然「宛在水中央」。

基於以上這樣的愛情理念，當國光劇團吳團長委託我編撰一齣愛情新戲時，我便想到「牛郎織女」。

「牛郎織女」是我國神話、仙話、傳說、民間故事和民俗的綜合體，涵蘊豐富的民族思想和情感，千百年來，家喻戶曉，深中人心。而若論其演進歷程，大抵是：

《詩經・大東》和《古詩十九首・迢迢牽牛星》是其神話根源；《詩經》說織女在天上終日織作，沒有織出錦繡來，牽牛所駕的牛也不能掛上車廂。其間雖有「織女」、「牽牛」之名，但不過是銀河的兩個星宿而已。而《古詩十九首》更從《詩經》「雖則七襄，不成報章」之語，引伸為「終日不成章，涕泣零如雨」；再由牽牛、織女隔河相望，「盈盈一水間，脈脈不得語」，引發人豐富的愛情聯想。於是齊梁時殷芸《小說》（明馮應京《月令廣義・七月令》引）、宋羅願《爾雅翼》便說織女為天帝之女，努力織雲錦天衣，嫁河西牛郎後，因廢織而被罰歸河東；又由「許一年一度相會」之語而衍生出七夕鵲橋相會的故事。

牛郎、織女成為仙話，見於梁吳均《續齊諧記》和舊題晉張華《博物志・雜說下》，言及「七夕織女嫁牛郎」與「浮槎訪牛宿」事，梁宗懍《荊楚歲時記》（見明陳耀文《天中記》所引）則將浮槎一事落實在張華身上，又加上「楮機石」的典故。

促使牛郎織女故事膾炙人口的動力，則是與董永傳說的合流，始見於晉干寶《搜神記》。於是董永賣身葬父、槐蔭相會、傭織償債、槐蔭生別、董永拜官、織女送子、董漢尋母等便成為孝子與仙女戀愛的重要情節。及至民間流傳之故事，則又恢復「牛郎織女」，但牛郎非天上牽牛宿，而是人間貧窮憨厚的牧夫。於是牛郎被逐、仙女浴河、牛郎竊衣、仙女成婚、生兒養女、捉回天庭、飛天追趕、王母劃河、隔河思念、喜鵲誤傳、鵲橋相會，也成為播諸人口的好關目。

像牛郎織女這樣傳播久遠的民族故事，被演為戲曲是極為自然的。所以明人已有《鵲橋記》，今之京劇、各地方戲均有《鵲橋會》，或名《天河配》、《牛郎織女》，於每年七夕演為應時戲曲。也因此，牛郎織女的形象在人們心目中早已宛然若揭。我運用這樣的舊題材來編演新戲曲，如果不能善為點染去取，甚至翻新架構，賦予更深厚的意涵，則何勞多此一舉？

我做事情一向喜歡集思廣益，對於一齣新戲的完成更認為要團隊合作才能臻於美好。對於為《牛郎織女》編劇也不例外。我先後和我的學生沈冬、洪淑苓、李惠綿、蔡欣欣，以及原任國光藝術總監朱楚善、研推組組長兼製作經理王子雍等商量。他們都贊成我以牛郎織女為載體，呈現以上所揭櫫的「愛情觀」。而這樣的「愛情觀」，其境界是層層的開展疊疊的提升；其必欲達成的執著追求，卻是不屈不撓、千折百迴、萬般艱難，甚至幾於不可能而期諸柳暗花明。

也因此我將牛女的愛情寫成不容於天上，衝破天威桎梏，逃到人間。然而人間有現實的生活，有引人入彀的陷阱，有愛情波折的嫌隙；牛女雖經磨難而其情彌篤，但人間終不容其男耕女織的恩愛，何況由愛生恨的天狼如影隨形撥弄其間。牛女不得已，逃往廣漠野水之濱、無何有之鄉外，乃能過其夫妻生活，生兒養女；及其子周歲、流民兵災接踵而來，始信人間無淨土，織女亦被天狼捉回天上，置牛郎攜幼子悲苦於人間。此時一向暗中幫助牛女的老牛、大姊、鵲女及時伸出援手，由鵲女主導合力築成通上天上的鵲橋，將織女救出，與牛郎團圓，五人於鵲橋之上協力擊退天狼。忽然漁人來到，謂「爾等現今所處，不屬於天亦不屬於地。玉帝威權不能施，人間罪惡不能及。可由古津通向桃源，我有漁舟可以搭渡，失此則後悔已遲。」眾人登舟，則桃源出迎者，盡皆有情有愛有道有德之人。

◎唐文華飾牛郎

用這樣的故事情節作為載體，我除了要傳達愛情在一層艱似一層，一境難似一境的遭遇中，鍥而不捨的努力追求，而其領悟和境界也不斷的提升外；是否尚且可有「旁見側出」或所謂「香草美人，寄託遙深」之意呢？我認為如果我們把愛情的追求務其完成看作志士仁人願景或理想的藍圖須其實現，是否也能從中發出許多感嘆呢？我雖然知這文可載道，亦可無須載道；但是「望美人兮天一方」、「懷佳人兮不能忘」，其旨趣豈是只在望「美人」、懷「佳人」而已哉！

在大學我長年講授「戲曲」，所以本劇的結構、語言，乃至「桃」的意象和《牛郎織女天狼

◎朱陸豪飾天狼星

◎陳美蘭飾織女

星》那樣的劇目都有傳統的氣息。我認為傳統之美必須保存，尤其看你如何生發。譬如就劇目而言，傳統必然樸質，樸質自有深厚。「牛郎織女」，無人不知、無人不曉，於此加上「天狼星」與之並列，則於神話、愛情、浪漫之外，更引人好奇：「牛郎織女」哪會有「天狼」呢？天狼作何角色具何身分呢？又譬如本劇以漁人桃源作起結，中間「蟠桃」三現，皆為關目所在，有如「釵鈿」之在昉思《長生殿》，有如《桃花扇》之於東塘傳奇。它們都恰似機杼之梭，便於穿針引線，便於象徵寓意。

　　而誠如上文所云，一齣戲的完成，有賴團隊的合作。本劇導演朱楚善不止與我溝通主題、安排情節、設計排場，即使字句之斟酌，亦不吝說明所見。我們或談論於紐約旅邸，或商量於舍下燈前，甚至假日青山綠水步履休閒之際，亦不忘切磋。也因此我們有基於一致的共識，我執筆編寫，自然得心應手，而稿本與演出本就能大抵吻合。朱導演又與編曲朱紹玉在國光宿舍是鄰居，朝夕「呼應」，莫不為本劇之聲情與詞情、聲情與劇情相互盡心竭力。他們都自信的說，這齣戲一定又好聽又好看。而飾演牛郎的唐文華和飾演織女的陳美蘭，都必須突破原來的行當修為；朱陸豪更要一人飾三角，於應工的武生「天狼」之外，還須飾演文丑的「道士」、小生的「書生」；他們都信心滿滿，勇於接受挑戰。而藍俊鵬教授的舞台設計，將天上、人間、桃花源分別以三種相映襯的色調呈現；王廣生教授的舞蹈創作，更揣摩仙女、軍士、傭僕、雲童、河童、烏鵲、桃花女等形式趣味各異的肢體語言，使之成為導演所欲講究的百老匯風格；而蔡毓芬的服裝設計別出心裁，突顯人物；任懷民的燈光渲染情境，如夢如詩；而朱錦榮的導演，與朱楚善互補有無，發揮傳統長才，而戲專傳統音樂科師生為彰顯朱紹玉的音樂，也見義勇為，鼎力相助。在這種情況下，我想本劇的展演，應當不會教人失望而有極具水準的表現才是。

最後要說明的是，《牛郎織女天狼星》將於四月十三日至十五日假國家劇院演出。這是我為國光繼《鄭成功與臺灣》之後的第二部大型現代京劇創作。在劇中我雖然「棄天絕地」，流露至情至愛所遭所遇和志士仁人願景理想困頓偃蹇的百般無奈；但我其實是講究並鼓吹「人間愉快、愉快人間」，要享受生命情趣的人，是頗為積極的現世主義者，並且相信人間處處有桃源；希望友朋不要以「表裡不一」來嘲弄我。

（原載《中國時報》人間副刊九十年四月九日）

京戲

# 雙渠相溉灌

## 國光、戲專兩京劇團的「珠聯璧合」

二月六日晚上國光劇團假木柵永寶餐廳辦尾牙，來賓中包括前團長柯基良、戲專校長鄭榮興、戲專京劇團長曹復永，以及戲專代表性演員葉復潤、趙復芬、朱傳敏等，筵席之前，真個觥籌交錯，互頌互禱，酒酣耳熱，歡聲滿堂。兩京劇團的演員，互相握著手說：「等這一天，已經等七年了。」這一天就是希望情似一家、互助合作的日子，這一天肇始於元月二十九日至三十一日兩團在社教館同台合演而「珠聯璧合」的日子。

兩團「珠聯璧合」的日子裡，共演出《四郎探母》、《玉堂春》兩個本戲和〈一戰成功〉、〈掃蕩群魔〉兩折子戲。只要在場的人都可以感受到，那幾於座無虛席的熱烈迴響的氣氛。因為兩團腳色互補有無作最巧妙的配搭安排，演員之間各卯足勁力發揮所長，於是相激相盪，終於相得益彰。不必說各場主演的可欣可賞逾於往常，即使是《五花洞》的龍套也齊展絕活非同凡響。

這次兩團合作演出，舉「珠聯璧合」為號召，取眾美畢集、相互

◎掃蕩群魔（國光劇團提供）

輝映之義，兩團也果然精銳盡出，達成預期的效果。而個人以為這次合作演出的意義和其成功之道，若以「雙渠相溉灌，佳木繞通川。」來形容和比喻，似乎也很貼切。

「雙渠相溉灌，佳木繞通川。」原是魏文帝曹丕在西園芙蓉池邊所看到的景色，而我們解得相灌溉的雙渠，彼此傾注了生命之流，不止交融無間、更為豐盈，而其夾岸林木之所以佳美，乃因為川流之潤澤；而川流之所以益增其姿，乃因為佳木之掩映。雙渠與佳木所構成的是相關相注、相煥相發而無愧無憾的境界。雙渠相互灌溉，既可象徵兩劇團的通力合作，而合流後的渠水與佳木之間同樣可以象徵兩劇團間的同明相照、同輝相映。

在融洽歡樂的席間，我請教鄭校長和陳兆虎團長，「珠聯璧合」的動機和目的為何。他們都說：兩團情誼原似兄弟姊妹，也各有短長；合作演出互補有無，即可指出向上之路。

我一向主張「人間愉快」，兩團合作更是大愉快的事；希望能再三為之，共同為京劇開出既廣且遠既高且尚的路途來。

（原載《民生報》文化新聞九十一年二月十日）

# 歌仔戲

# 使我欣慰

臺北市現代戲曲文教協會成立不久，但團隊精神極佳，活動力極強，為傳統戲曲辦過兩件大事，效果非常好，影響非常大。

去年五月間協會所舉辦的「兩岸歌仔戲創作學術研討會」在廈門召開，「兩岸歌仔戲歌唱和演出觀摩」也同時舉行，一時傳為盛事，彼此交融，獲益良多。我忝為領隊，倍感光榮和愉快。

而今為期八個月的「傳統戲曲編導班」在文建會委託承辦下，又要作成果演出了。這項成果是豐碩的，三十多位海峽兩岸的學者專家，講授戲曲通論、現代劇場及專題、傳統戲曲技法，學員含茹英華，其樂可知，而更能具體以《借妻》、《魯齋郎》兩齣戲將所學展現舞台，尤其教人刮目相看。傳統戲曲向來不重視導演，這次開班研習，對傳統戲曲的提昇，無疑是有極大助益的。

協會成員蔡欣欣、劉南芳、鄭黛瓊、韓仁先，是我指導的學生，沈惠如、鍾傳幸也上過我的課，她們都稱我為老師。她們畢業於不同的學校，因為我這一位老師而相識而聚在一起，又因共同旨趣而組成協會，合作無間，為傳統戲曲的維護發揚竭盡所能，而已著有良好的成績。每次我召集她們相聚，或她們邀我餐敘，我總要說：妳們令我感到很欣慰，如果年輕人都能像妳們這樣，不求名利，但求事功以造福人群，該有多好。

◎台北市現代戲曲文教協會「傳統戲曲編導班」記者會，左起蔡欣欣、著者、王安祈、劉南芳

# 楊麗花・歌仔戲的象徵

## 寫在楊麗花歌仔戲《雙槍陸文龍》演出之前

◎楊麗花歌仔戲《雙槍陸文龍》

「楊麗花」這三個字，在台灣就是「歌仔戲」的象徵，其意義比起「韓昌黎」、「柳柳州」有過之而無不及。因為韓愈、柳宗元，止或以文名、或以治績，而藉籍貫、藉任所顯於世。而楊麗花則等於歌仔戲，歌仔戲與楊麗花已渾然為一體。歌仔戲從她展現登峰造極的藝術，從她脈動民族的心靈、流露鄉土的情懷。以故婦孺莫不知有楊麗花，其聲名之噪於時、之親

◎《雙槍陸文龍》，楊麗花（右）與許秀哖

於人，豈是大官貴人、富商巨賈所能比擬。

然而楊麗花之於歌仔戲，並非一蹴可幾，實由家學淵源，廣汲博取，經數十年之聚精會神，砥礪切磋，乃至於爐火純青而無懈可擊。以故無論歌仔戲如何轉型，由舞台、廣播而電視，楊麗花一直以小生領袖群倫。尤其電視歌仔戲因她而「鴻圖大展」，因她而首度躋身金鐘獎，因她而開創以鄉土藝術作文化輸出的先河。所以民國八十二年新聞局頒給她「特別貢獻獎」來表彰她長年的整體成就。金鐘獎或者年年可得，而這個獎則是從事廣播電視者的最高榮譽，必須經所有評審委員的公決才能獲得，而且終生只能一次，可見楊麗花所受到的完全肯定和推崇。

然而楊麗花在舉世欽羨的輝煌業績裡，絲毫沒有自得與自滿，仍舊鍥而不捨的竭盡所能。今年更為了肩負歌仔戲薪傳的任務，成立了專門的傳播公司；同時應國家劇院邀請，為慶祝台灣光復五十周年，公演四場《雙槍陸文龍》。《雙槍陸文龍》是民國四十六年楊麗花在宜春園歌仔戲團的成名之作，她外型的英挺俊秀，做表的精湛傳神，歌聲的甜美圓潤，不由得不使萬眾癡迷、舉國若狂。而三十幾年來的歷練，她更要藉著陸文龍來展現少年英雄的俊逸英發，來詮釋愛情、親情、恩情糾葛如盤如結的情愫，同時又將以歌舞樂融於一身的藝術絕活來告訴觀眾：楊麗花歌仔戲是一棵奪人眼目的長青樹！楊麗花永遠是歌仔戲的象徵！

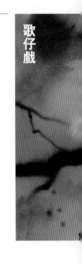

# 好戲，好票房？

## 河洛歌子戲《鳳凰蛋》觀後

「好戲好票房」，有如「好人好報應」一樣，應當是事理所必然。但現實環境太複雜，往往並非如此。昨晚在台北市社教館看河洛劇團為市戲劇季所推出的新戲《鳳凰蛋》之後，不禁感慨多端。

河洛劇團是由數位從事歌仔戲「運動」數十年、培養許多歌仔戲菁英的有識有心的劇壇前輩所主導。他們體認到歌仔戲代表台灣本土的藝術文化，必須使之由野台進入藝術殿堂，因此提出「精緻」的理念，講求內容具有令人感悟省思的哲理，情節要緊湊、流暢而生動，聲情詞情要相得益彰，排場要新穎、色藝並茂，從而展現戲曲文學和藝術整體和諧的豐美。這樣的理念，幾年來我觀賞了他們製作的《曲判記》、《天鵝宴》、《殺豬狀元》、《皇帝秀才乞食》，以及昨夜的《鳳凰蛋》，我深深感受到，他們真的身體力行，觀眾也可說有口皆碑。

而昨夜首演的《鳳凰蛋》，我更看出了主題的一氣呵成，通過得蛋、獻蛋、毀蛋、混蛋、調蛋、哭蛋、追蛋七場層層進逼、聲容意境各極其致，扣人心絃的表演，以及烏鴉蛋、王八蛋、鸚鵡蛋、鳳凰蛋等詼諧的象徵，從而嘲弄人性貪婪卑微的弱點和官場欺下瞞上的嘴臉；然而其歸趨是平正通達的，那就是篤實忠厚是人性至美，愛人者人亦愛之，若居於上位者如此，則民心恆歸。

而我甚為欽佩導演石文戶先生，能將閩劇原著完全轉化為十足的歌仔戲，擷取其菁華，充分發揮其內蘊的精神，而且新調舊調交互使用，俚語諺語錯綜生發，使得鄉土的語言與音樂融合無間，傳達了令人感動不已的鄉土情懷。

而我亦甚為激賞唐美雲、小咪、許亞芬、石惠君，乃至於李曉明、黃明惠等的演出，他們都完全融入於腳色人物

◎河洛歌仔戲《鳳凰蛋》

之中，唯妙唯肖於聲容舉止，尤其唐、許與小咪，更是宜雅宜俗、宜俊宜鄙，淋漓的顯現了她們的造詣和功底。

然而昨夜的社教館只有五成觀眾，使製作人劉鍾元先生一再感嘆「藝真人貧」。這是什麼緣故呢？是宣傳不夠嗎？是對傳統和鄉土的冷漠嗎？還是有其他原因呢？恐怕值得大家一起來深思。如果我們因為「好人」沒有「好報應」，對世道會有所感傷；那麼對於「好戲」沒有「好票房」，也自然會對藝術感到惆悵了。

（原載《聯合報》文化廣場）

# 英雄有成敗

## 寫在《逐鹿天下》之前

楚漢之際是個大時代，而轉動這個大時代的正是英雄人物項羽和劉邦。我曾經給他們作綜合的觀察，發現一個很有趣的現象，那就是在史論家的眼中，項羽嗜殺成性，所過殘滅，不君不武，簡直一無是處，因之有人甚至比諸蚩尤，論作僭盜，斥為桀紂；最多只承認他有滅秦之功，「政由羽出」，史遷把他躋入〈本紀〉不為過。而劉邦則有頌揚他具英雄本色、豁達大度的帝王氣象，也有譏其對骨肉至親殘忍、對死節忠臣少恩的，可以說毀譽參半。可是在詩人筆下，項羽逐漸被同情，有的賞其坦率粗獷，死得壯烈，始終是英雄本色；有的惜其不能忍辱包羞，以致失去轉敗為勝的機會；雖然，照樣也有語出譏刺、斥他殘暴必亡的。而劉邦在詩人筆下，不是說他殺戮功臣、刻薄寡恩，就是說他以卑鄙手段贏得天下，依然無賴行徑；已經完全被否定了。到了戲曲，項羽更占盡了上風，文人拿他比喻抒懷，「奈何以大王之英雄不得為天子」，認為是千古遺恨；對於他不能任用人才，只是給予惋惜而已；而唐英甚至於把它當作百姓的守護神，讓他和虞姬一起血食烏江，以至千秋萬世。而劉邦在《氣英布》一劇裡，至多只突顯了他的權謀與御人之術。

◎明華園戲劇團《逐鹿天下》，孫翠鳳飾演項羽

◎《逐鹿天下》

由史論家、詩人、戲劇家對劉項之是非功過的評論趨勢看來，也可見在理智而就事論事的前提下，與因同情或寄託而棄瑕錄瑜的情況下，同一個人就會產生不同的面目與評價，所謂「是非成敗轉頭空」，所謂「身後是非誰管得」，古人其實早就很感慨的看穿了。

而今，極富盛名的明華園，又要重彈劉項遺事，以舞台藝術向楚漢這個大時代挑戰，以歷史故實為主軸，以愛恨情仇為渲染，通過〈大風起兮〉、〈亂世鳳凰〉、〈沼澤伏蟒〉、〈柳林將隕〉、〈破釜沈舟〉、〈鉅塵之戰〉、〈霸王入關〉七場的敷演，結撰為骨肉均勻、勢如浪潮的歷史大戲，以《逐鹿天下》命題，欲從氣蓋山河的浩瀚壯魄中，傳達歷史的深刻省思：「五載瀝盡壯士血，一朝成就帝王功。帝王功，成敗英雄。英雄有成敗，誰是真英雄？」而留給我們的，將是無盡的低迴和惆悵。

明華園在歌仔戲界「打拚」已經六十四年，進入藝術殿堂備受矚目和推崇也有十幾年。我逐年發現，他們演出的戲，無論主題思想、結構排場、人物塑造、唱做念打都越來越精采，因此老團主和劇團都榮獲薪傳獎，自然是實至名歸。這次更以歷史大戲為年度新作，也實在是「百尺竿頭」的自我期許，我們當刮目相看。

（原載《中央日報》副刊八十一年十月一日）

# 明華園《濟公活佛》的思想與情感

如果文學和藝術沒有蘊含思想與情感，必然如枯木頑石，無可動人之姿、無可觀賞之趣。而戲曲是綜合的文學、綜合的藝術，尤其不可缺乏。可惜傳統的中國戲曲，在倫理道德的制限下，所謂思想大抵不出忠孝節義與通俗的釋道生命觀，因此已不能滿足現代人的心靈。但是明華園所演出的《濟公活佛》，雖屬台灣土生土長的歌仔戲，卻要教人刮目相看。

大家都知道明華園是陳明吉老先生所創立的家族劇團，已有六十三年的歷史。但是明華園進入國家藝術殿堂，普受重視和推崇，則是近十年的事。而《濟公活佛》正是他們的成名之作。

我看《濟公活佛》已不知多少次，在國父紀念館、在社教館、在國家劇院，乃至於在北京為亞運首演，和這次在東京與東南亞為國慶公演。我只覺得百看不厭，每次都有新的感受、新的觸發。而明華園的演員，固然越來越聚精會神、越能鎔鑄技藝於渾然忘我。即其結構排場亦越來越緊湊新穎，聲光布景則與之相得益彰。然而教我擊節嘆賞的，則是其言情迥異流俗，其寓意出人意表。

「情」在中國，無論文字意義、無論實質內涵，都是「真摯」。秦觀說：「兩情若是久長時，又豈在朝朝暮暮。」認為真摯之情可以超越時空。而元好問說：「問世間情是何物，直教人生死相許。」更認為可以超越生死。

然而明華園《濟公活佛》所講究的真摯之情，既已超越時空生死，更超越了物我。草木禽獸之情，何必不深於人！狐精胡偉冠欲致至情於閨秀葛彩霞，生剝其皮毛，去其千年道行；桃精陶九妹欲成兄長胡偉冠之至情，掘其根而

◎《濟公活佛》，陳勝在飾演濟公

伐其幹。則其離形損性之痛苦，須何等堅忍毅力；其奉獻道義之犧牲，須何等高操情懷！物類既能如此，那麼人呢？所以我認為《濟公活佛》把中國人傳統所訴求「情」的境界，有了新的詮釋和開展。

而劇中的濟公和呂洞賓這兩個人物，一位因欣賞狐精的至情，欲助其完成至情；一位因執著狐精為異類，非置之死地不可。於是濟公緣情所持之理與洞賓論法所執之理，便起了激烈的衝突。兩人由天上鬥到地府又鬥到人間，真個驚天動地、擾攘不休。而此時此際，胡偉冠與葛彩霞已經由寒窗苦讀、狀元及第而洞房花燭矣。真個干卿底事！真個天下本無事，庸人自擾之！自擾之不足，復擾盡天下！

「問世間情是何物」？而今我於《濟公活佛》，似乎更知其為何物矣！「世間唯有情難訴」，而今我於《濟公活佛》，似乎亦可以訴之矣！只是「吹縐一池春水，干卿底事？」，世間正復不少執我之理以攻人之理者，庸人何其多耶？庸人既多，天下寧有寧日乎？

**附錄：**（本報新加坡十二日電）

新加坡教育部兼新聞藝術部政務部長柯新治，昨天在維多利亞劇院觀賞臺灣明華園歌劇團演出後表示，明華園這次的演出，對新加坡傳統戲劇的啟示非常大。唯一的遺憾，是只演出一場。

明華園今晚八時在維多利亞劇院公演拿手好戲《濟公活佛》。

柯新治博士認為，《濟公活佛》的故事引人入勝，結構排場緊湊新穎，布景服飾清新美麗，音樂及演員的演技更是一流。

他對主辦單位宗鄉聯合會方百成說，像明華園這樣優秀劇團，起碼兩三年就要到新加坡演出。

（原載《聯合報》文化廣場八十一年十月十四日）

# 一首詩的心意

民國八十一年十月六日至十七日，我隨同明華園訪問東京、新加坡、馬尼拉，為雙十國慶宣慰僑胞，作五場巡迴公演，所至甚受歡迎、場面熱烈。心想明華園以歌仔戲走江湖已六十三年，盛衰起伏、艱苦備嘗。十年前崛起劇壇，普受肯定，再接再厲，鍥而不捨，終能以劇藝陶冶人心，萬眾空巷於鄉野草台，元首垂顧於國家劇院。因此以「弘揚明華園歌劇團」八字嵌入句首作七律，以呈老團主陳明吉先生並示明華園諸君子，詩云：

弘道何須作聖人，
揚揚優孟樂生民。
明光閃灼當空照，
華嶽崇高亘古新。
園囿百花成燦爛，
歌詩三奏自芳春。
劇談世界無常事，
團轉天涯不住身。

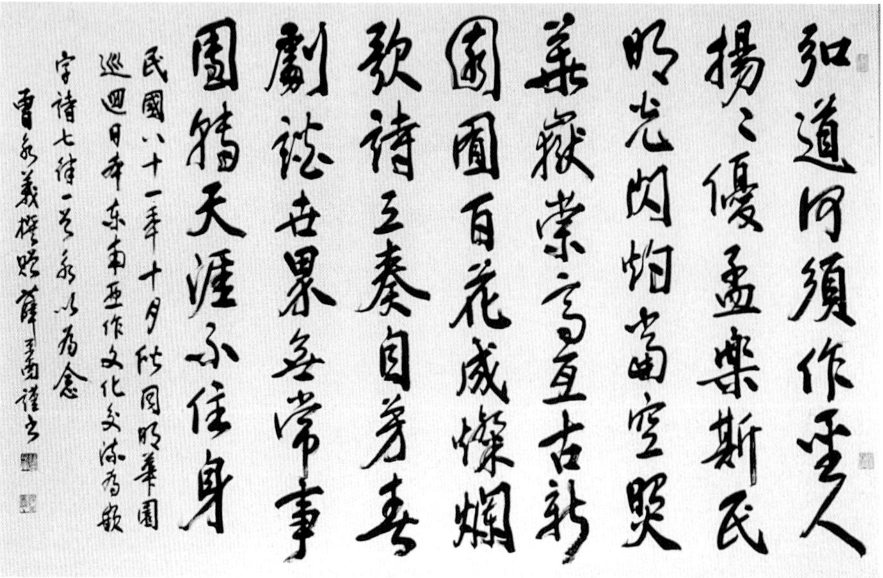

◎曾永義詩，薛平南書法

為人在世，應當盡義務和責任，才會心安理得；如果才高力強，能使人倫就序，進而博施廣濟，那麼生命就會更加有意義，可惜世人都沒有忘記作聖賢或英豪之心。在我看來，心胸坦蕩蕩有如古代的優孟，以精湛的歌舞藝術扮飾各色人物，寓教於樂，使人潛移默化，其「功業」並不下於存心作聖賢的人。一個發光發熱的生命，就應當像日月輝煌，照耀大地，德澤萬物；一個崇高偉大的人格，也應當像華嶽雄峻，萬古常新、永垂不朽。對一個團體而言，何嘗不也應當如此。我屢次聽明華園團長陳勝福先生說，明華園不培養唯我獨尊的明星，人人展現才華的機會均相等；因此使我覺得，團裡的每個成員，就好像苑囿中的百花一般，各逞其姿而盡其妍，來共同成就一個光輝燦爛的園林。也因此每次演出，無不發揮最高度的團隊精神、拼足最精彩的技藝絕活、贏得最美好的成果；這也好像百花一齊綻放的林園，自然會造就一個芬芳的春天。我們都知道，戲劇可以反映、妝點、嘲弄、批判社會人生。明華園近年所推出的新戲，像《濟公活佛》、《蓬萊大仙》、《逐鹿天下》等，都有深刻的主題思想、新穎的關目排場，好像在高談闊論裡，把大千世界的百般無常之事，揮灑於塵尾之間；而我們也知道，一個劇團是會衝州撞府、歷盡城鄉的，尤其明華園更作國際文化交流，輾轉於天涯海角，雖然不得安定，但豈不也因此無所羈絆而遊於放任逍遙的境界嗎？

嵌字詩是一種文字遊戲，民間常見的是嵌於句首的對聯。我之所以嵌此八字作成此詩，一方面是從俗，一方面也是對明華園長年的努力和成就致以崇敬，同時也致以厚望。希望老團主和諸君子能了解區區一番心意。

（原載《台灣日報》副刊八十一年十月二十九日）

# 現實生活中的堅貞情愛《荔鏡情緣》

《陳三五娘》在福建、廣東、台灣和南洋的華僑社會是個家喻戶曉的故事，寫成小說的有《磨鏡奇逢傳》和《荔鏡傳》，演為戲劇的有梨園戲、潮戲、高甲戲和歌仔戲，編作唱本的指不勝屈；晚近更有章君穀改寫成長篇小說，呂訴上演為五幕十九場話劇。電影、電視劇、唱片、錄音帶也競相取為題材。筆者於民國七十四年也編為舞劇，由許常惠教授譜曲。足見其遍布社會各階層，極其深中人心。

陳香先生的《陳三五娘研究》指出，《磨鏡奇逢傳》的原始作者應是明洪武時（一三六八～一三九八）的李景所著。梨園戲現存最早的劇本《五色潮泉荔鏡記》戲文，是明嘉靖丙寅（一五六六）年重刊，則陳三五娘故事的流傳已經六百年，其劇場搬演最起碼也有四、五百年的歷史。

## 《陳三五娘》符合現實情節

織女、孟姜、梁祝、白蛇，是我國以愛情為中心，流傳最廣最遠的四個民間故事。陳三五娘比起它們，雖然流傳的地域沒那麼廣，時間沒那麼長，但卻更富鄉土性、社會性和寫實性。陳三五娘的劇本和唱本充滿潮泉兩地的俚語和諺語，五娘向陳三傳情示意所拋贈的並蒂荔枝，不止是潮泉兩地的特產，而且其所象徵的成雙作對與甘美圓滿，也是潮泉兩地人們的共識。織女等四個故事雖然蘊涵豐富的民族情感，對於故事中的主人翁致以無限的悲憫，化不可能為可能，甚至於驚天地而泣鬼神；但那極盡浪漫的神話色彩，事實上不過是人們心靈中渺渺無依的「補償心理」所作的反映而已，在現實社會中是無法存在的。而陳三五娘的賞燈邂逅，一見鍾情，荔枝示愛，磨鏡賣身，乃至於情奔而鞫審，發配而團圓（或殉情），無一不在人世中發生。寫的雖然只是陳三五娘的悲歡離合，但俊慧之男與貞美之女則是人們嚮往的偶像。

而五娘、益春敢於衝破禮教的束縛，追求心志篤定的愛情，也著實抒發不少少女幽微的心靈。而陳三之賣身為奴，止是為情為愛，其不惜輾轉苦楚的堅忍精神，尤其教人感動和崇敬。往後唐伯虎點秋香的所謂「花航緣」中，雖然也有賣身為書庸的情節，但其嚴肅莊重，較諸陳三則大大不如。也因此，陳三、五娘、益春都是極其可敬可愛的人物，他們的故事也極具社會和寫實；人們感受的是可觸可及的親切主人翁。所以在閩南便流行這樣三則俗諺：

俊慧如陳三，貞美似五娘。
荔枯情長在，鏡破人團圓。
千里結姻緣，陳三五娘是神仙。

就因為陳三五娘故事深具我民族的鄉土性和社會寫實性，所以國家劇院再度以「歌仔戲」推出，由劉南芳小姐製作和編劇。

南芳上研究所時是我指導的學生，那時她獨排「眾議」，很不合時宜的在我支持之下，以拱樂社歌仔戲為題作碩士論文，因為她對歌仔戲早就著迷，而從此她不只繼續研究，發表有見地的論文，而且從事歌仔戲的實務工作，維護發揚兼而有之，我很欣賞她在公視製作的「包羅萬象

◎《陳三五娘》，陳美雲飾演陳三，林美香飾演五娘，廖瓊枝飾演益春

歌仔調」和在國家劇院製作的「歌仔戲講座」，在高品質之下，使她成為歌仔戲的大功臣。而今她更肩負重任，結合同好，在富麗堂皇舉世知名的國家劇院裡，要編出製作台灣土生土長的歌仔戲《陳三五娘》。

## 歌仔戲上國家劇院別具意義

南芳為這本歌仔戲《陳三五娘》編劇是煞費苦心的，她參考許多資料，擇取菁華，要使情節更緊湊更合理；她請教好些前輩，要使語言更自然、更活潑。而我們知道，歌仔戲的發展歷經歌仔陣、老歌仔戲、野台歌仔戲、內台歌仔戲、大型歌仔戲、廣播歌仔戲、電影歌仔戲、電視歌仔戲等多種類型，現在更進入最現代化的劇場——國家劇院，較諸以往的內台或大型歌仔戲亦不可同日而語，也就是說，要如何調適運用和發揮現代化劇場的功能和特色，是要特別留意的。對此，《陳三五娘》於明華園、河洛和新和興有可取資的經驗；而可喜的是，南芳能請出聶光炎這樣的舞台燈光設計大師和黃以功這樣擅於別出心裁聲譽卓著的大導演，他們對於歌仔戲鄉土性包容性等藝術特質都非常了解，如此加上當前舞台歌仔戲的傑出演員，如廖瓊枝、陳美雲、翠娥、林美香、王秋冠、陳昇琳……等，我相信這次的演出，定能將陳三五娘《荔鏡情緣》的魅力發揮極致。只是南芳選擇「投井殉情」作為結局，以「悲劇」固可動人心絃，一掬熱淚，但是否因此違背廣大群眾的「情感需求」呢！且讓南芳實驗看看吧！

◎陳美雲與廖瓊枝

（原載《中國時報》藝文八十二年三月十七日）

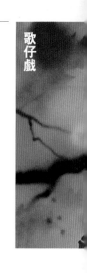

# 精緻歌仔戲：從野台到國家劇院

## 百年來歌仔戲的曲折身世

我常說，我們中華民族是個戲曲的民族，我們的國家也是個戲曲的國家。何以故呢？因為中國小戲和傀儡戲已經有兩千兩百多年的歷史，發展完成為綜合文學和藝術的大戲也有八百多年的遞嬗。即使現代傳統和鄉土文化藝術衰頹，尚且有大小戲和偶戲劇種四百有餘。而在我們中國人看來，人生就無異是戲劇，世界就無異是劇場。所以「主角、配角」，「開場、冷場、收場」，「英俊小生」，「粉墨登場」，「荒腔走板」等等戲曲術語，便成了生活用語。可見戲曲與我們的生活密不可分。

臺灣地區在明清之後，隨著漳泉移民的到來，其日常生活中的歌樂戲曲也非常繁盛。但四百多年來，在本土孕育成長的戲曲，則唯有「歌仔戲」一種。考歌仔戲形成發展的情況大抵如此：閩南的鄉土歌謠叫「歌仔」，傳入台灣，在宜蘭地區落腳生根，被稱作「本地歌仔」。而當時早已有傳自閩南的「車鼓戲」實係花鼓系統，於是取車鼓之調弄舞蹈身段而歌以本地歌仔，演出滑稽詼諧的民間故事，雖體用代言，但尚隨神轎陣頭遊行，故稱之為「歌仔陣」。歌仔陣行進之際，遇群眾聚集之場所，即以竹竿四枝圍成表演區，就地獻技，因謂之「落地掃」。此時，歌仔戲之雛型已具。歌仔陣在一次偶然機會裡登臺表演，很受歡迎，於是歌仔陣漸漸由平地轉移到舞台，劇情也由散齣而為全本，但音樂舞蹈則保持原樣，這就是現在宜蘭人所稱的「老歌仔戲」。推算「歌仔陣」的成立年代大約在民國前二十年左右，距今約百年，而「老歌仔戲」的形成年代則大約在民國初年前後，距今約八十年。「老歌仔戲」既登上舞台，於是向當時流行於宜蘭地區的四平戲和亂彈戲學習服裝和身段，據說這是出生於民國前三十年的「陳三如」率先改良的。那時約當民國初年，距今七十餘年，此際之歌仔戲，可稱之為「野臺歌仔戲」，本身已屬大戲。野台歌仔戲大約於民國十二年又向平劇學習身段台步和鑼鼓點子，向福州班學習布景和連本戲，而於民國十四年進入內台演出，成為「內台歌仔戲」，這時的歌仔戲可以說已到了成熟的階段。其後六七十年間，歌仔戲自然迭有盛衰和變遷：以民國三十八年到四十五年為黃金時代，發展為「大型歌仔戲」，又轉型蛻變為「電影歌仔戲」、「廣播歌仔戲」、「電視歌仔戲」。民國五十一年十月歌仔戲進入台視頻道，「內台歌仔戲」即逐漸衰頹，至六十三年完全絕跡。

可見歌仔戲的「型態」與時變遷，今日臺灣雖然尚有野台歌仔戲三百餘團，三臺電視亦競播歌仔戲；但是內台歌仔戲淪落野台已二十年，以致許多劇團名存實亡，偶然應邀作酬神演出，其簡陋草率也令人不忍卒睹，而電視歌仔戲，事實上已屬蛻化新生的劇種，但存「歌仔」之名，所保存的「歌仔戲」藝術特質已經很有限。所以今日歌仔戲若較諸當年家絃戶誦、「采街炫艷」的盛況，可說衰頹不堪。

## 輾轉於江湖廟口，瞭望新路

然而有識有心之士，雖然明知在長年民族自尊心卑

◎河洛歌子戲團《秋風辭》全體演職員合照

◎黃香蓮歌仔戲團演出〈青天難斷〉

微，美風日雨侵襲、往日政府忽視本土，近年功利主義大行的環境下，歌仔戲隨同傳統與鄉土藝術文化沒落是必然的趨勢；但是仍舊堅信歌仔戲的草根性非常頑強，仍有自然脈動群眾情感的力量；仍舊堅信歌仔戲的包容力很博大，可以汲取相關的文學和藝術以豐富和提升自身，藉此必能再度融入群眾生活之中。同時也體悟到，否極實係泰來的先機，「山重水複疑無路」，何嘗不豁然開朗於「柳暗花明又一村」。於是這些有識有心之士乃結合同好，莫不殫心竭慮的欲使歌仔戲「更上一層樓」。也因此，明華園和新和興兩個歌仔戲團，由「衝州撞府、沿村轉疃」、餐風飲露的「野台」生活，進入了像國父紀念館、北市社教館，乃至於國家劇院那樣迥異昔日「內台」的現代化藝術殿堂。

民國七十二年六月，明華園以野台的形式演出《父子情深》和《濟公傳》兩齣戲，震撼了被文建會邀請來觀賞的藝文工作者。姚一葦教授對其團隊精神和認真執著的態度以及編劇之出人意表感到很驚訝；吳靜吉教授認為能夠保持傳統特色又能推陳出新，做得非常圓融；李昂教授則謂其具有「神聖劇場」與「粗獷劇場」的諸多特質，表面喧嘩生動，而內在則深具沈著細膩的感人魅力。於是那年十月，明華園參加國家文藝季，在吳靜吉教授製作策畫下，於國父紀念館盛大公演，使歌仔戲走出內台淪落江湖之後十年，首度進入設備在當時最完善的藝術劇場。翌年八月，新和興也在王生善教授編劇、許婷雅女士編曲、聶光炎教授燈光設計群策群力下，在國父紀念館公演《白蛇傳》和《媽祖傳》，也獲得很高的評價。此後明華園和新和興年年都有進入社教館和國家劇院的記錄。民國八十年二月歌仔戲界前輩劉鐘元先生的河洛歌子戲團也在國家劇院演出《曲判記》，翌年二月又演出《天鵝宴》。近日從事歌仔戲研究和推動工作的劉南芳小姐，在她編劇和製作下，也在國家劇院公演一齣《陳三五娘》。他們的成績，都使劇院座無虛席。可見歌仔戲已經有再生再繁榮的契機。雖然現在大部分的歌仔戲團尚且輾轉於廟口廣場，但是有識有心之士的共同努力，事實上已經使歌仔戲「指出向上一路」，那就是歌仔戲的「精緻化」。

## 彰顯虛擬象徵流轉的美質

「精緻歌仔戲」是我提出的口號，劉鐘元先生則相為呼應，正用心用力使之體現的構想，而明華園的陳勝國先生也有許多不謀而合的理念，新和興的江清柳先生在學者指導下，也有所實踐。

我所謂的「精緻歌仔戲」是彰顯歌仔戲成熟以後所有的傳統和鄉土的美質，自然的融入當前藝術的思想理念和技法，並切實的調適於現代化劇場，與之相得益彰，能愉悅煥發台灣人民心靈的地方戲曲。這種臺灣的「地方戲曲」，也將是臺灣的代表劇種，可以作「文化輸出」，可以並立於世界劇壇而毫無愧色。然而歌仔戲畢竟是傳統的鄉土劇種，具有歷史性的利弊得失；為「精緻歌仔戲」設想，必須對此先有一番認識和了解。

個人以為中國戲曲是以詩歌為本質，密切融合音樂和舞蹈，加上雜技，而以講唱的敘述方式，通過演員妝扮，運用代言體，在狹隘的舞臺上搬演故事，所表現出來的綜合文學和藝術。因此，其表現方式乃在程式規範的基礎下，可以歸納為敘述性、虛擬性、誇張性和疏離性等四種特質，而以敘述性和虛擬性為主要。因為中國戲曲的表現不是寫實的而是虛擬的，所以要借助誇張性和疏離性來豐富和幫助觀眾的想像力和領悟力；也因此能憑藉排場的變換，呈現萬事萬物和無限時空的自由流轉。又因為中國戲曲受到講唱文學和藝術的影響頗深，所以其題材，很少跳出歷史和傳說故事的範圍，劇作者很少專為戲曲而憑空杜撰、獨運機抒，甚至於同一故事，作而又作，不惜蹈襲前人，加上明代以後，在政府禁令與嚴刑之餘，戲曲成為「寓教於樂」的工具，於是其表現的內涵，大抵不過是一些傳統的宗教信仰和儒家思想；而情節的推動既在代言敘述，自然止於延展而無法逆轉與懸宕，欲使結構謹嚴，埋伏照映，針線細密，而不流於刻板呆滯、冗煩拖沓

◎精緻歌仔戲的推手河洛歌子戲團團長劉鍾元先生

◎台灣戲專歌仔戲科演出《什細記》

者幾希。但是也由於講唱文學和藝術的特性，在語言方面就產生無所不用其極的多樣性和生動性，可以肖似各色人物的口脗；在音樂方面就形成兼容並蓄的豐富性和感染性，可以傳達諸般心境的情感。

由以上可見，中國戲曲在文學上是詩歌的一環，其高雅者可與唐詩宋詞並觀，其俚俗者亦不失漢魏樂府流亞；在藝術上雖自成體系，但不免利弊相生。其可取者首在虛擬象徵的表現方式促使時空的自由流轉，次在語言的多樣性生動性、音樂的豐富性感染性；其弊病者首在主題思想的庸俗淺陋使人了無餘味，次在結構鬆散、排場蹈襲、節奏緩慢使人不耐終場。

明白了中國戲曲的利弊得失，那麼我們對於「精緻歌仔戲」經由實驗的建立，自然要彰顯其固有「利益」一面的特質，同時要避免其原本「弊害」一面的累贅。對於「弊害」一面，務必加以改良乃至重新塑造；對於「利益」一面，也要適度強化乃至累積突顯；而其「改良」與「強化」的不二法門，則是正確的運用現代戲劇理念和妥貼的調適現代劇場設施。據我所知，河洛、明華園和新和興在這方面已經有可觀的成績。

## 《白蛇》、《濟公》、《天鵝宴》精華再現

新和興的《白蛇傳》，將原本極為冗長的情節，濃縮為兩小時，使韻律明快，排場流轉自如，更能配置豐富的曲調唱腔，使觀眾心靈絲絲緊扣；尤其主題鮮明，使人們了悟精誠所至，何分物我；人物塑造成功，使人們對於白娘子的堅貞美麗，為情為愛奮鬥犧牲，執著一往而無悔的情操，致以感嘆同情和欽敬。也因此，每次演出都能博得感動的淚水。

明華園的《濟公活佛》，雖假藉「濟公」之名，其實一關一目與思想情感，皆編導陳勝國一人所獨運。其所講究的真摯之情，既已超越古今所執著的時空生死，進而突破物我，傳達了無限的堅忍與犧牲，較諸《白蛇傳》實有過之而無不及；尤其濟公緣情所持之理與洞賓論法所執之理，於上天入地又復人間鬥爭不休之際，狐精與閨秀已經由寒窗苦讀、狀元及第而洞房花燭矣。真個干卿底事！真個天下本無事，庸人自擾之！自擾之不足，復擾盡天下人，其主題思想之耐人品味，實出流輩遠甚。又其《逐鹿天下》一劇，亦復別出心裁，以項羽為雉尾生，以劉邦為小丑，剪取歷史故實為主軸，巧設愛恨情仇為渲染，而從氣蓋山河的浩瀚壯魄中，傳達歷史的深刻省思：「五載瀝盡壯士血，一朝成就帝王功。帝王功，成敗英雄。英雄有成敗，誰是真英雄？」而其關目之警策靈動每每出人意表，結構排場之新穎緊湊往往教人賞心悅目，也都是難得的成就。

河洛《曲判記》演出之後，佳評如潮，葉慶炳、魏子雲兩位教授著文推介，極嘆賞其主題在「情理法」之際，甚為宛轉曲折，教人百般無奈，也教人費盡心思，難於論斷其間之善惡是非。林茂賢先生對於情節緊湊和演技精湛也頗為嘉許。其後的《天鵝宴》，則百尺竿頭更進了一步，無論主題思想、結構排場、人物塑造、曲詞賓白、音樂唱腔，乃至於服裝道具、燈光布景都有明顯的提升。劇中假藉唐太宗宮中醉太平，喜頌好諛而衍生的官場醜態，在滑稽詼諧中極盡諷刺之能事；而對於崇法務實卻遭遇諸多磨難的良吏，也致以無限的悲憫。全劇在上下自欺欺人的詭譎笑聲中，活現了一幅現世百官圖。劉鐘元先生在此劇中可謂卯足全力，集合一流的編導和演員製作演出，連由民歌手出身的新科立委邱垂貞也請來擔任幕後主唱。也因此，《天鵝宴》一劇最能體現劉先生「精緻歌仔戲」的面貌。

以上諸家所作的努力和所獲得的成果，儘管有的未揭櫫「精緻歌仔戲」的名號，但無論如何都在用心使歌仔戲「精緻化」。歸納他們所注意的方向，或多或少，應當有以下幾點：

其一，講求深刻不俗的主題思想。這方面諸家的成績都很可觀，這也是歌仔戲之所以「精緻化」的第一訴求，為此頗能滿足現代人觀劇的心理。只是不可諱言的是目前傑出的歌仔戲編劇家為數不多，機杼獨運的更是寥寥。如果但憑改編舊本或其他劇種的優秀劇本，恐怕也不是長久之計。對此應當要留意改善。

其二，情節安排緊湊明快。這是「精緻化」的第二訴求。往年常見的冗長的幕前過脈戲，諸家已減到最低的程度，而能血脈關連，針線細密，架構完整，可見在這方面的用心。

其三，排場醒目可觀。這方面諸家的追求顯得過分了些。從前「內台戲」機關布景的運用已經炫眼奪目，現在劇場設備日趨完善，於是聲光電化更加富麗堂皇。如此一來，必然減損演員做表虛擬象徵的藝術特質；有時也因為舞台裝置的過分繁複而影響排場時空流轉的自如，所謂「過猶不及」正是如此。倘若能夠在充分發揮劇場功能的前提下，使布景和舞台裝置虛實相濟，以簡御繁，既能妝點排場，又能不妨礙表演，而且可以省下許多製作費，豈不是一舉三得的事！

其四，語言尚似口胳機趣橫生。所謂「尚似口胳」是「生旦有生旦之曲，淨丑有淨丑之腔。」這方面諸家都努力要達成，但除河洛《天鵝宴》外，效果均未盡理想。大抵未能充分運用閩南語的俗語、諺語、成語等豐富多樣性的詞彙來描摹人情，但若較諸電視歌仔戲往往直譯國語唱詞為閩南語，那就要自然得多了。

◎新和興歌仔戲劇團演出《白蛇傳》

其五，音樂曲調的多元豐富性。這方面雖不免因推動劇情，有的尚會有白多曲少的情況發生，但大體都已注意到充分歌唱，使「歌仔戲」名副其實。只是曲調的選擇，首重聲情詞情相得益彰，而非不明曲調性格即生硬套用，這點雖然不容易，但非做得完好不可。

其六，演員技藝的精湛與學養修為。我也常說一個成功的中國戲曲演員，必須集戲曲家、舞蹈家、歌唱家於一身，如此方能深切體會曲詞的意義情境，透過肢體語言和音樂旋律的詮釋與襯托，同時淋漓盡致的表現出來。目前諸家對於演員的選拔與培育，如孫翠鳳、唐美雲、江玉梅及一些名牌老藝人雖然都有絕對崇高的成就，但是如欲使歌仔戲的「精緻化」完美無憾，實在尚有可修為的餘地。因為中國戲曲藝術演進的結果，就是演員為中心的劇場，一齣戲是否成功和演員的藝術造詣有絕對密切的關係。

## 融入現代生活，勿失鄉土性格

以上六點雖然諸家尚有未盡完到之處，但既已用心努力從事，相信必有圓滿的一天，那時所謂「精緻歌仔戲」，就真的成立了。而令我感到高興的是，諸家從事的方向，果然都能將中國戲曲的傳統特質去蕪存菁，而且有所改良和發揮。只是我在這裡要特別提醒和補充的是，不要忘記歌仔戲即使「精緻化」，也要充分展現它的鄉土性格，因此語言和音樂方面要格外充實的展現其共鳴的感染力；而如果在身段方面也能夠多從傳統戲曲如梨園戲、崑劇乃至於現代舞蹈汲取滋養，那麼必然更加細膩耐於觀賞，也更加合乎「精緻」的實質意義。當然，「踏謠調弄」也要適度的保留穿插，用來維繫它原本傳達的鄉土情懷。這中間的調適，應當是不難的。

新和興在前年曾巡迴美國演出，去年明華園也到日本、東南亞，河洛也到紐約等地並被長榮航空公司用作國際線上影片，則三團皆已將精緻歌仔戲作文化輸出，實已蜚聲海內外。倘能互相切磋，集合同志，相攜並舉，為共同的理念而努力，相信所建立的「精緻歌仔戲」必然有完全融入現代人生活的一天。我所以撰寫此文，不過欲盡己所知、效其綿薄，提供有識有心之士參考而已。而河洛近日又將再度推出《天鵝宴》，參加北市傳統藝術季公演，以及國立中正文化中心和各縣市文化中心合辦的「文化巡演」，相信必能精益求精，達到作為「精緻歌仔戲」「範本」的境地，那麼我們台灣的鄉土戲曲藝術就真的令人刮目相看，而觀眾也真的有福了。

（原載《聯合報》副刊八十二年三月十日）

# 廖瓊枝《益春留傘》

◎《陳三五娘》，廖瓊枝飾益春。廖女士獲薪傳獎、國家文藝獎，教育部聘為民族藝師，創辦「廖瓊枝歌仔戲文教基金會」

今日臺灣歌仔戲，雖然不能像民國四十年代那樣擁抱人們的整個情懷；但作為臺灣唯一土生土長的戲曲，則一直能夠呼喚和脈動許多人的心靈；尤其近年電視歌仔戲水準提昇，而精緻歌仔戲又進入國家藝術殿堂，無論戲曲文學藝術和所表達的主題思想，都超過從前許多，使得人們不禁刮目相看。而今廖瓊枝女士更將應邀在總統府音樂會上演出，相信即此榮寵，必給予歌仔戲界莫大的鼓勵。

應邀在總統府音樂會演出的廖瓊枝女士，將和陳美雲小姐配搭表演《益春留傘》。廖女士十三歲開始在歌仔戲子弟班學戲，十六歲參加職業劇團，歷經台灣歌仔戲的變遷，曾獲最佳旦腳獎和薪傳獎。

陳小姐出身名噪一時的拱樂社，以小生一腳聲著劇壇，並主持美雲歌劇團。而《益春留傘》則是一齣由梨園戲轉移到歌仔戲的折子戲，為「陳三五娘」故事中精彩的一段，在陳三對五娘的愛情感到失望，欲不告而別之際，益春為五娘「留傘」，「傘」者「散」也，留陳三之傘，即留住陳三之意，從此情感直線上升，為故事之轉捩點，長久以來廣受閩南觀眾喜愛。因為，這齣戲在身段上保存梨園細膩精巧的功夫，在唱腔上則揉和兩者之美，使之雅俗共賞、宛轉動聽。也因此，《益春留傘》既不失鄉土氣息，亦能充分表現中國傳統戲曲歌舞樂融合無間的藝術特質。

我認識廖女士已經好多年，一再邀請她到臺灣大學和藝術學院示範講演，覺得廖女士對歌仔戲的認識很正確、體悟很深，能夠使聲情詞情相得益彰，並充分運用肢體語言傳達意義情境，所以對她很欽佩。相信她這次在陳小姐的配搭下，必會有一次成功的演出。

（原載《聯合報》文化廣場八十二年三月十四日）

# 歌仔戲唱環保

## 明華園演《界牌關傳說》

**文建會「一九九三臺北世界戲劇展」的壓軸演出是明華園歌劇團的新編《界牌關傳說》，也是該劇展唯一的本土節目。《界》劇重寫流傳民間已久的羅通和屠爐公主的故事，全力塑造男女主角的正面性格，除了彰顯愛情的信諾之外，還強調注入宇宙觀及環保意識，人類撩起的戰火，將桃源毀成一片焦土，但大自然的生生不息，能否給予人類有所啓示省思。**

文建會「一九九三世界戲劇展」的「壓軸」，落在明華園的身上。這對明華園來說，是一項極大的考驗。因為「壓軸」必須好戲，因為代表地主國，必須於希臘悲劇和莎翁名劇之外，充分凸顯鄉土的特色和民族的傳統；而既立足於國際舞台，更應當要有時代性的深刻省思和世界性的共同關懷。對一個民間劇團而言，這無疑是沈重的負荷。但是對「榮譽」為全隊精神的明華園，對年年欲求突破、時時欲百尺竿頭更進一步的明華園，則很勇敢又很愉快的承當了。然而這其間實經歷了許多的掙扎和苦思。

就鄉土性而言，明華園必須將歌仔戲的藝術、語言樂曲的感人力量發揮得淋漓盡致；就民族性而言，明華園必須從家喻戶曉的故事中取材，以煥發民族的共同思想和情感；而既面對當今社會，也應該對現世人們迷亂的心靈，給予當頭棒喝；而既做為地球人，也應該提出全人類一齊注目的問題。

基於這樣的抱負和考量，明華園終於選定演過千百遍的「羅通掃北」故事，加以完全的重編和嶄新的詮釋。以羅通和屠爐公主的信守愛情誓言，欲使人們在金錢與物慾的追逐中，在聲光舞影的速食式愛情遊戲裡，重新對這古典而「簡單」的真情做一番品會和深思；同時透過界牌關的春夏秋冬興建和摧毀，來象徵愛情的滋生、發展、磨難和幻

◎明華園《界牌關傳說》，孫翠鳳飾演羅通，鄭雅卉飾演屠爐公主

滅；而宇宙萬物的生生死死，人們的恩怨情仇，豈不也都在大自然四時為常的運轉中進行？而人們因兩國和好建立了界牌關，也因兩國仇恨摧毀了界牌關。雖然界牌關的戰火之後，漫天黃沙、四野荒寂；但一陣春雨過後，一株小草在廢墟焦土中緩緩吐露新芽；好似大自然對人們的暴虐是多麼的寬容、多麼的關愛，使毀滅可以再生。然而如果人們為所欲為、肆意愚昧地掠取破壞大自然的資源、殘刻地踩躪大自然所賜予的美麗淨土，有一天大自然是否也會報以人們「四時不再來」呢？

當我從陳勝福、陳勝國兄弟倆知道他們製作和編導《界牌關傳說》年來不斷琢磨的「苦思」，真是感佩交加。我曾為「精緻歌仔戲」提出建言，認為要具備「講求深刻不俗的主題思想」是使歌仔戲由野台躋入國家劇院的第一要件。而今我欣喜的看到，明華園在為「世界戲劇大展」所推出的年度大戲，不止對現代人的愛情，提出「信守真摯」的呼喚，同時從「心靈環保」環環相扣的推衍到「自然環保」，如此加上明華園素有的藝術造詣，誰敢說這樣的戲不值一看。

（原載《聯合報》文化廣場八十二年八月十九日）

# 從電視劇場到國家劇院

## 黃香蓮演出《鄭元和與李亞仙》

在中國，只要是膾炙人口的故事，就會一再被改編為戲曲，流播人間。《鄭元和與李亞仙》的故事也不例外，自從唐代白行簡的傳奇小說《李娃傳》之後，宋元戲文有《李亞仙》，元雜劇有高文秀《鄭元和》與石君寶《曲江池》，明傳奇有薛近兗《繡襦記》，明雜劇有朱有燉改編石氏之作。近年俞大綱、胡耀恆兩先生也都敷演為國劇，現在陳寶惠小姐更創製為歌仔戲，由黃香蓮、小咪分飾鄭元和、李亞仙，於八月二十五日起，假國家劇院公演。

◎黃香蓮（左）與小咪演出《鄭元和與李亞仙》

「曲江池」故事，所以令人喜聞樂道、傳唱久遠，一方面是才子佳人，一方面也是士子與妓女，其間有真摯的迷變，也有堅貞的鼓舞，不因貧富、不因貴賤而動搖其至情；同時也充滿警世的意味：人們在安逸的境遇中，稍有不慎即會墮落；但在逆境中只要奮發，亦可否極泰來，如枯木逢春。

黃香蓮和小咪在歌仔戲界一向聲譽卓著，這次攜手演出，自是教人拭目。但是小咪擅長生行而要反串旦腳，黃香蓮以電視為名而要登入國家劇院，都要面臨相當大的考驗。所幸小咪過去有藝霞歌舞團深厚的涵養，加上精湛的舞台造詣，應當足以詮釋李亞仙嬌美的形貌和堅貞的性格。可是黃香蓮就沒那麼「幸運」了。

因為黃香蓮是要由電視螢光幕劇場走上最現代化的舞台劇場。我們知道劇場一改變，則戲劇的表現形式、藝術的原理和特質也要跟著變化，演員所要具備的修為自然跟著有所不同。以中國戲曲而言，演於螢光幕或銀幕的，必然趨向寫實，表演不佳的，可以NG重來；然而舞台演出，必須講究虛擬象徵的程式性，演員必須兼具音樂、歌唱、舞蹈的總體修為，稍有瑕疵，即眾目睽睽，難以裨補。所以能演電視歌仔戲的，未必能演舞台歌仔戲。而黃香蓮的舞台經驗微乎其微，可以想見她的戰戰兢兢。

黃香蓮的父母親是野台歌仔戲演員，生活困苦，深感這一行沒有前途，非常反對她學戲。但是出身戲曲家庭的黃香蓮，身上的每一個細胞，早就蘊涵著歌舞的基因；所以她為家計，輟學走唱餐廳或晚會；中視成立時，拜歌仔戲耆宿名導演陳聰明為師，也在劉鐘元、石文戶等前輩指導下從事歌仔戲藝術的磨礪，五六年來主演過十幾部電視歌仔戲；得過金鐘獎，口碑甚好。

而今她要登上國家劇院的舞台，飾演她慣演的小生人物，卻戰戰兢兢得比任何人都要厲害。她把原定今年二月演出的檔期延至八月，好作充分準備，她更積極努力的琢磨水袖、扇子功，以及每一個身段、每一句唱辭，務求歌舞樂融合無間而相得益彰。看過她下功夫的人，都不禁油然感動。也因此黃香蓮這次由電視劇場走入劇院，在她的演藝生涯中雖係首度，但由於她深具的基礎和敬業的精神，必有良好的表現。

而我拜讀了陳寶惠小姐的劇本，認為頗能掌握歌仔戲的語言旋律，十場的結構也頗能調劑排場的冷熱，發揮故事所要傳達的主題；導演朱克榮先生更要將寫實與幻象作巧妙安排，以調適現代化劇場。凡此對於黃香蓮和小咪的藝術，必然是一大助力。相信他們的合作，會使演出更加完好。

（原載《聯合報》副刊八十三年八月二十四日）

# 從《浮沉紗帽》說起

## 為歌仔戲理想打拼的人

《浮沉紗帽》是河洛歌子戲團新近要推出的一齣戲，將在十月十三日至十六日於臺北國際藝術節假國家劇院演出。劇情大意以子虛府烏有縣一對潘金蓮、西門慶型人物的通奸殺夫案為引子，主要情節則以辦案的知縣、知府、巡按三人的互動關係，顯現宦海浮沉的無常，而通過曲折起伏、趣味橫生的布置與做表，傳達「善惡到頭終有報」的題旨。

這齣戲，河洛的負責人劉鐘元先生說是依據福建三明地方戲《貶官記》為藍本所翻編。但是前年六月大陸稀有劇種在泉州匯演，我看到的一模一樣的《貶官記》，卻是由梅林劇團所編演。我觀賞的當時非常感動，認為以如此小縣劇團，竟能編演如此雅俗共賞，使人不覺終場的戲曲；尤其更能將極度諷世之意，出諸滑稽詼諧之中。知府鄭則清只因娶青樓女為妻，即授人以柄，遭致貶官為縣令；雖然其廉能公正，終於大白，但是其間的種種無奈與悲苦，豈止令人同情而已。團長飾演鄭則清，將之演得出神入化；其夫人不僅編劇，還飾演巡按崔雲龍，與之作有力的襯托。他們夫妻檔所率領的劇團真是不同凡響。我在感動之餘，即席以「梅林」二字嵌首，製聯相贈，聯云：「梅花欺雪，宛如技藝超

◎河洛歌子戲團演出《浮沈紗帽》，演員有小咪、王金櫻與唐美雲等人

群；林苑布芳，恰似聲容高妙。」

而今河洛所翻編的《浮沉紗帽》，更兼顧精緻歌仔戲的六大訴求，那就是：主題深刻不俗、情節緊湊明快、排場醒目可觀、語言機趣橫生、音樂多元變化、演員技藝精湛，以此調適於國家藝術殿堂，充分展現鄉土性格而融入現代生活之中。我屢次觀賞河洛的演出，從八十年《曲判記》，八十一年《天鵝宴》、《殺豬狀元》，八十一年《皇帝・秀才・乞食》，以及今年五月推出的《鳳凰蛋》，都深深體認到他們所做的努力，已經為歌仔戲走出一條廁身藝術苑囿的坦途。也因此，這次的《浮沉紗帽》，在石文戶導演，唐美雲、王金櫻、小咪、陳昇琳等擔綱的「鑽石陣容」下，其邁越梅林劇團的優秀表演，相信是可以預期的。

河洛歌子戲團成立才幾年，而成就已自不凡。曾兩度獲得金鐘獎，也曾赴美作藝術文化輸出。其故除薈萃歌仔戲界菁英外，應當特別提出的是劉鐘元、石文戶兩位為歌仔戲在打拼的人。他們雖非年登耄耋，但實為歌仔戲界的耆宿；他們從事歌仔戲數十年，許多名角都在他們的培育下崛起，近日他們更聯袂實踐「精緻歌仔戲」的理念，其影響之深遠是有目共睹的。

我很佩服石文戶先生的編導，使每齣戲可看性極高；尤能適才適任，使演員充分發揮所長。我更欣賞他在歌仔戲裡游刃有餘的展現了鄉土文學的美質，適切的運用許多閩南俗語、諺語、成語而能字正腔圓；緣情生發的曲調腔調一一注明而能與唱詞相得益彰。所以看他編導的戲，不止可以賞心悅目，而且可以作一部活生生的鄉土教材來閱讀。也因此他獲得薪傳獎，可說實至名歸。

而對於劉鐘元先生，我則抱著崇敬的心情。他為人樸質、執著、忠厚，明知歌仔戲今非昔比，猶長年為歌仔戲的表演美學和足以發人省思的主題意識孜孜不已。他成立河洛歌仔戲團，是為了在歌仔戲低迷的時空下，來實踐他心目中的理想，幾年來，雖然卓然有成，但是入不敷出，每每頓挫他「傻人做傻事」的毅力，他只好在嘉義經營牧草加工，銷售日本，以此盈餘來彌補劇團的虧損。他希望自己能夠繼續堅持下去。

對於劉鐘元、石文戶兩位先生為歌仔戲所作的努力和奉獻，我既佩服又崇敬，而他們所領導的劇團也確有極好的表現；因此敢就個人認知推介如上。深願愛好的和關懷鄉土藝術文化的朋友們，踴躍的來肯定和支持他們，那麼何止劉、石兩先生和他們的劇團有幸而已！

（原載《中央日報》副刊八十三年十月十三日）

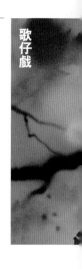

# 雛鳳新啼老鳳聲

## 復興版《什細記》歌仔戲登場

流傳在臺灣的傳統戲曲，目前多達二十六種，但土生土長、擁有廣大群眾、能感染脈動人們心靈的卻只有歌仔戲一種。

歌仔戲源起百年前的宜蘭地區，由歌仔陣而醜扮落地掃為歌仔小戲，而登上野台發展為歌仔大戲，更由此走入內台進取為大型歌仔戲，同時逐次轉型為廣播歌仔戲、電影歌仔戲、電視歌仔戲。可見歌仔戲與時推移，生命力非常豐厚。近二十年來雖因社會急遽變遷，迫使歌仔戲走出內台、走出廣播、走出電影，歌仔小戲亦止於殘存，但解嚴以後，本土意識高漲，歌仔戲在有心人士的努力下，已躋身國家藝術殿堂，走上現代化、精緻化的路途，重新融入人們的生活之中。

乘著本土意識高漲的浪潮，歌仔戲乃有幸在國立復興劇校設立唯一培養專業演藝人才的科系，迄今雖不過一年，但在廖瓊枝、唐美雲、陳昇琳等著名演員的教導下，已有可觀的成績。他們將在今年八月十八日至二十日，一連三天，假國家劇院，通過「老幹發新枝」的方式，展現他們的教學成果。也就是說，他們是師生同台，各適其任，要搬演歌仔戲的傳統經典名劇《什細記》。

然而傳統《什細記》的劇本，只存在廖瓊枝的腦海和心靈之中，由她一出一出一句一句的寫出，如果照本宣科，充分發揮生旦唱答呼應、展轉訴情的表演，那麼全本唱完，得要三四天的工夫。也因此，名導演石文戶先生透過現代精緻歌仔戲的文學和藝術手法，講求深刻不俗的主題思想、安排緊湊明快的情節，使音樂曲調多元而豐富、使語言肖似人物口服機趣橫生、使排場變化醒目可觀，從而既不失傳統美質與鄉土性格，又能滿足現代人的觀瞻和心靈，殫心竭智的加以重新設計和改編，俾能在兩三小時中演畢全本。所以這次要演出的《什細記》，可能說是「復興新版」，是可以教人刮目相看的。

而所謂「什細」，閩南語是「雜貨」的意思、尤其指的是婦女日用品。由於故事的根源起於落拓書生李連福販賣什細為活，巧遇未婚妻富豪千金沈玉倌，從而展開相思死別、託孤守貞，以及至情至義、至性至愛等感人肺腑的情節，因而題為《什細記》。

復興版的《什細記》，就是要從傳統中創新，為歌仔戲走出一條可行的路途。

今年春天，復興劇校校慶活動中，歌仔戲科曾推出陳三五娘〈看花燈〉一折並演出「扮仙戲」，其中扮陳三（小生）的曹雅嵐、扮益春（小旦）的廖玉琪，扮福仙（老生）的劉冠良，以及扮豬哥姆仔（彩旦）的簡萱榆，都有令歌仔戲界先進感到訝異和讚嘆的表現。而今他們於《什細記》裡，又將在他們老師的護翼襯托下擔綱演出，語云：「桐花萬里丹山路，雛鳳清於老鳳聲。」雖然我未必敢於企及這些在繁花似錦的苑囿裡新試啼音的雛鳳，果然其聲能清於老鳳；但是名師出高徒，「雛鳳新啼老鳳聲」，傳達他們老師的絕藝絕活，應當是可以預期的。那麼這本《什細記》在現代精緻歌仔戲的前提之下，也必是可欣賞的了。

（原載《中央日報》副刊八十四年八月十日）

◎復興歌仔戲科演出《什細記》

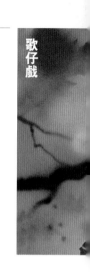

# 歌仔戲與薌劇的交流

## 為兩岸歌仔戲研討會與聯合劇展及聯副座談會而寫

◎著者與業師張敬（清徽）教授合影，右起游宗蓉、郝譽翔、沈冬、朱昆槐、張老師、林鶴宜、洪淑苓、衣若芬，後排右起林明德、著者、許子漢、徐富昌

海峽兩岸是「文化共同體」，尤其閩台更是血源有自、脈息相通。即就有清以來之戲曲而言，其梨園戲、高甲戲、亂彈戲、四平戲、福州戲、潮州戲、車鼓戲、司公戲、莆仙戲、傀儡戲、布袋戲、皮影戲等十二劇種都源起或經由福建傳入臺灣。而臺灣本地土生土長的歌仔戲也於民國七年前後逐漸傳入廈門，流播漳州薌江流域，成為今日之「薌劇」。

一九八七年臺灣開放大陸探親，從此兩岸在隔絕四十年之後，又重新展開文化交流，其中有關閩台戲曲者：台灣漢唐樂府於八九年組團赴廈門、泉州、莆田等地觀賞梨園戲、莆仙戲、薌劇、高甲戲、傀儡戲、布袋戲之演出，九二年中華民俗藝術基金會也組團赴泉州觀賞「天下第一團」十九劇種之會演，並作全程錄影。小西園布袋戲團更於九〇年赴泉州和晉江參加國際木偶戲劇節的演出活動。九三年榮興客家採茶劇團赴梅州、福州演出，一心歌仔戲團赴福州、漳州演出。亦宛然布袋戲團李天祿的兒子李傳燦赴泉州拜偶戲大師

◎「海峽兩岸傳統戲曲座談會」，左起蔣星煜、貢敏、著者、瘂弦（王慶麟）

黃奕缺為師。黃奕缺亦於九三年率團來臺演出多場。九四年廈門金蓮陞高甲劇團和福州閩劇團亦均來臺作巡迴公演。今年漳州歌仔戲團也應邀來臺作巡迴展演。可見「海禁」既開，「文化共同體」自然互切互磋，彼此尋根探源；而兩岸的交流，也必然有助於中華民族藝術文化的維護與發揚。

中華民俗藝術基金會有鑑於閩臺戲曲關係之密切，尤其其同根並源，互注相融之歌仔戲與薌劇之交流砥礪，從而指出向上路途極為重要，乃在文建會策畫主辦下，承辦「海峽兩岸歌仔戲學術研討會」，並為學術會議羽翼，求其實質展現協力合作之成果，更在臺北市政府與文建會以及教育部、陸委會資助下，承辦「海峽兩岸歌仔戲聯合實驗劇展」；同時為與此次研討會和實驗劇展相得益彰、互補有無，承聯合報副刊雅意協辦，事先舉行座談會；我們期望在兩岸氣氛低迷之際，為兩岸交流開出民族藝術文化燦爛的花果。

「海峽兩岸歌仔戲學術研討會」，兩岸學者各提論文九篇，加上筆者之主題講演〈臺灣歌仔戲之現況及其因應之道〉，共計十九篇。其所論述主題，包括歌仔戲之形成變遷、流傳情況、薪傳教育、音樂特色、文化生態，乃至於劇本比較、經營策略、社會功能學，也都在討論之列。研討會中另有兩場「重頭戲」，那是一場由吳靜吉教授主持的「歌仔戲的薪傳與現代化」座談會和一場由陳守讓校長主持的「兩岸歌仔戲交流合作之展望」座談會，這兩場座談會，我們都邀請學者和演員、導演以及劇團負責人來參加，相信集思廣益，對歌仔戲的未來會大有幫助。

而為配合研討會所舉辦的「海峽兩岸歌仔戲聯合實驗劇展」，則在劇本方面，透過兩岸名家選材和商量分場架構，由劉南芳執筆編寫《李娃傳》；在音樂方面，由極著聲譽的漳州薌劇團作曲兼指揮陳彬先生來設計和配樂，希望

◎著者與歌仔戲名角楊麗花、復興劇校陳守讓校長合影

就傳統與現代伴奏的巧妙結合來豐富歌仔戲的精神面貌；在導演方面，為兼顧幕表劇場和精緻劇場藝術的特質，汲取其菁華而融合調適於類似社教館、國家劇院等現代化藝術殿堂之中，所以特別邀請廈門歌仔戲團的資深導演黃卿偉與顏梓和兩位先生，來和本地的名導演黃以功先生合作，如此加上聶光炎先生的燈光設計，相信陳美雲與林美香所扮飾的鄭元和與李亞仙會令人刮目相看。而為了評鑑這次聯合實驗劇展的得失，在演出結束後之次日，兩廳院的《表演藝術雜誌》也將舉行一場座談會供劇界來審定其得失。

而聯副先行舉辦的座談會，連同本人和上文提到的劉南芳小姐、陳彬先生，共有五位參加，其他兩位是明華園歌仔戲團長陳勝福先生和復興劇校歌仔戲科教師也是名導演石戶文先生。我們想要先行討論的問題有以下四端：

其一，歌仔戲在臺灣尚有四種型態，即宜蘭老歌仔戲、野台歌仔戲、精緻大型歌仔戲、電視歌仔戲，它們目前的情況如何？如何使它們各得其所來展現歌仔戲藝術的多樣面貌？

其二，在福建的歌仔戲或薌劇，目前情況如何？政府和劇團本身有什麼因應之道？

其三，歌仔戲現代化、精緻化所遭遇的困難是什麼？如何選擇正確可行的路途？

其四，海峽兩岸如何通過交流合作來提升和發展歌仔戲？

參加聯副座談會的幾位先生，對歌仔戲都是長年從事和關懷，相信他們的寶貴意見都可以供業界和文化人士參考。

「海峽兩岸歌仔戲學術研討會」已於民國八十四年十月十九日至二十一日一連三天假臺灣大學思亮館國際會議廳舉行，「海峽兩岸歌仔戲聯合實驗劇展」也緊接著在十月二十日至二十二日假臺北市社教館展演，我們感謝戲劇界先進，尤其是從事歌仔戲研究和表演事務的朋友，以及熱愛鄉土藝術的人士來共襄盛舉，使首度攜手探討兩岸歌仔戲共生共榮的「壯舉」能夠圓滿成功！

（原載《聯合報》副刊八十四年十月十八日）

# 兩岸歌仔戲的「寧馨兒」

海峽兩岸是「文化共同體」，尤其是閩臺更是血源有自、脈息相通。即就滿清以來之戲曲而言，有十二種戲曲都源起或經由福建傳入臺灣。而臺灣土生土長的歌仔戲也於民國七年前後逐漸傳入廈門，流播漳泉，成為今日之「薌劇」。

民國七十六年臺灣開放大陸探親，兩岸在隔絕四十年之後，大都市展開交流，閩臺戲曲也互切互磋，彼此尋根探源。

這次的《李娃傳》：在劇本方面，先由兩岸名家選材和商量分場架構，再委請劉南芳小姐編寫《李娃傳》；在音樂方面，由極著聲譽的漳州薌劇團作曲兼指揮陳彬先生設計和配器；在導演方面，特邀廈門歌仔戲團的資深導演黃卿偉與顏梓和兩位先生來和本地名導演黃以功先生共同執行，如此加上聶光炎先生的燈光設計，相信傳統與現代伴奏必能巧妙結合以豐富歌仔戲的精神面貌，而傳統與現代劇場藝術也必能融會無間、相得益彰，從而使歌仔戲藝術兼具精緻的品味與鄉土的性格；於是陳美雲與林美香所扮飾的鄭元和與李亞仙也必能令人刮目相看。

兩岸歌仔戲雖然同根並源，但是隔絕的四十年間各自發展、各有長短。這次的《李娃傳》係屬初步的實驗性質，嘗試各取所長相互融注文化，藉此為歌仔戲產生一個為大家喜愛的「寧馨兒」，這個「寧馨兒」也許很稚嫩，但應當值得愛護和栽培；而我們也相信，欲使歌仔戲「指出向上」，這是一條可行的路途。

◎歌仔戲《李娃傳》，陳美雲飾鄭元和，林美香飾李亞仙

# 歌仔戲又綻奇葩

## 洪秀玉為北市戲劇季演出《比文招親》

歌仔戲百年來在臺灣這塊土地上，伴隨著人們的生活，「滿心而發，肆口而成」的流露廣大群眾的真聲；也隨著社會的變遷從劇藝的調適與提升，而有歌仔陣、醜扮落地掃、老歌仔戲、野台歌仔戲、內台歌仔戲、大型歌仔戲、廣播歌仔戲、電影歌仔戲、電視歌仔戲，以及新近之精緻歌仔戲等十種類型。

精緻歌仔戲是目前歌仔戲界共同努力的指標，講求深刻不俗的主題思想，安排緊湊明快的情節，使排場醒目可觀，使語言肖似口吻機趣橫生，使音樂曲調豐富多元與劇情相得益彰，如此必能使歌仔戲在滋潤國民心靈之餘，步入國家藝術殿堂，邁上世界舞臺。而今我很高興的看到在精緻歌仔戲的苑囿裡又綻開一朵奇葩。

◎《比文招親》，洪秀玉（左）、高玉珊（右）

這朵奇葩就是「洪秀玉歌劇團」。說到洪秀玉，那是與楊麗花的名字一起響亮的，他們同樣出身歌仔戲世家，同樣從小就嶄露頭角，同樣遊走內外台，經廣播而進入電視，兩人情逾手足，配搭演出，無懈可擊。然而洪秀玉在演藝生涯登峰造極之際，毅然走入家庭，洗手做羹湯，扮演賢妻良母而無怨無悔，直到丈夫事業有成，兒女長大，乃在臺北市政府力邀之下，毅然組織劇團，為歌仔戲藝術竭盡所能。「洪秀玉歌劇團」雖然成立不久，但團員皆屬菁英，譬如高玉珊為當家小旦，洪琇美、呂福祿、翠娥均為一時之選。其推出劇目《比文招親》，特請名劇作家黃英雄執筆，名導演朱克榮執導，布景、燈光、舞蹈等專業藝術亦莫不禮聘名家擔任。實欲發揮最高之團隊精神，使人耳目一新。

我很欣賞黃英雄要藉媽祖的精神整合臺灣全民的游離意識，以「天助人助」的整體表現達成最佳的結局。而全劇卻出以輕鬆幽默的對白與唱詞，刻意淡化人性的卑鄙與貪癡，在嬉笑怒罵中，使人感受到無限的光明與溫馨。

我更欣賞洪秀玉造型的俊雅，高玉珊扮相的秀麗，加上她們優美的做表和感人的唱腔，相信會令人刮目相看。因為她們的功底是素來有自，口碑已傳自遐邇。

我非常敬佩為本土藝術文化竭盡所能的工作者，尤其是鍥而不捨、鼓其餘勇為大義重新開創的人士，其人如洪秀玉者，將為民族藝術綻開碩大無朋的花朵。

（原載《聯合報》副刊八十五年六月六日）

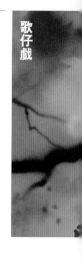

# 婚變戲的新詮釋

## 寫在黃香蓮演出《青天難斷》之前

婚變戲在中國戲曲裡是常見的題材。尤其戲文之初，正值宋室南遷，南方寒族出身的文人一舉成名，公卿為了擴張自己的勢力，喜歡在新科進士中選婿；而新科進士為了躋身權貴，往往不惜贅入豪門。於是「富易交，貴易妻」，便成了當時的社會現象和社會問題。反映這種發跡變泰的負心男子，拋棄糟糠之妻所產生的婚姻悲劇，在戲文中，起碼就可以找到《趙貞女蔡二郎》、《王魁負桂英》、《張協狀元》、《李勉》、《三負心陳叔文》、《崔君瑞江天暮雪》、《張瓊蓮》等七個劇目。

雖然戲文的作者無不原本廣大群眾的思想和情感，對於被拋棄婦女的悲慘遭遇，致以無限的同情；但實質上他們也愛莫能助，只能從戲文的結局來表達他們不平的咒詛和委屈的期望。前者是以「善惡到頭終有報」的信仰，寫蔡二郎被暴雷震死，王魁、陳叔文被妻子的鬼魂活索性命而去。後者則不忍被拋棄婦女的不幸下場，而又無法掙脫婦女「從一而終」的觀念，便造設了女主角幸遇權貴搭救和提攜，終於和負心漢團圓共享榮華的美夢。如《張協狀元》、《崔君瑞江天暮雪》、《張瓊蓮》便都如此。這種連負心漢都無需受懲治的結局，現在看來雖然可笑，但是在那婦女必得仰賴男人為活，男人隨時可以出妻的時代，恐怕連這點美夢都難以求得。

到了元末，高明的《琵琶記》極為膾炙人口。據說他是有感於陸游「死後是非誰管得，滿村聽唱蔡中郎」之句，而就戲文的《趙貞女蔡二郎》改編，「用雪伯喈之恥」。因為伯喈就是東漢末的蔡邕，是極負盛名的文史學家，根本無所謂拋父母棄妻子入贅相門之事。所以高明乃在民間戲曲的基礎上，為蔡中郎找藉口，說他考狀元、得高官、婚豪門都不是他的志願，而是出於父親、皇帝、權相逼迫的無奈，亦即以「三不從」來為他文過，使之一夫二妻榮華富貴，旌表門閭，達到所謂「有貞有烈趙貞女，全忠全孝蔡伯喈」的教化宗旨。

高明《琵琶記》為南宋以來盛行的婚變戲別開蹊徑後，降及京戲的《陳世美與秦香蓮》則又翻新面目。雖然這《鍘美案》仍不失婚變戲的傳統，但事實上已轉入包公戲的脈絡；也就是說，不過是藉「貴易妻」的婚變內涵來展現國法與權勢的鬥爭。只是古今其實無「包公」，駙馬被鍘，難道不與「活捉王魁」同樣虛幻？

而近日我讀了以黃香蓮為首的中視歌仔戲團將於光復節在國家劇院推出的新劇目《青天難斷》，覺得在婚變戲的傳統中更發新猷，編劇陳寶惠很巧妙的將歷來婚變戲，特別是《琵琶記》與《秦香蓮》的情節和旨趣熔鑄其中，而使陳世美與秦香蓮的恩愛情義展現於舞台之上，而使秦香蓮千里尋夫幾遭殺戮極其酸辛，而使公主與太后恃皇權傲臣民極其跋扈，而使包公仗義伸冤執法滅勢極其剛毅，而使陳世美咎非己出禍自奸邪死無對證百口莫辯極其無奈；而更於包公將令開鍘之際，忽報皇上駕到，全劇戛然而終，以無結束作結束，使人疑問重重、餘情裊裊。因為劇中的陳世美是無辜的，可是秦香蓮中小人之惡實深，怨懟已極，那能明白？包公以為證據確鑿，必欲執法，那能不冤枉？而自古及今，特權當道，無視國法，執法者每屈服於特權，包公縱能橫當太后、公主，是否又能力拒天子之威？然而以包公之明察，尚無以發世美之冤、直指小人之陷構，何況其他？所以我以為《青天難斷》一劇是在中國傳統婚變戲的基礎上，警醒關目、新穎排場，以不結束作為結束，以無詮釋作為新詮釋，從而使人發皇無限的省思，其實更有「曲終人不見，江上數峰青」的情味。

◎《青天難斷》，黃香蓮飾演陳世美

（原載《聯合報》副刊八十五年十月十九日）

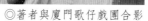

# 歌仔戲的國際化及其他

## 從廈門歌仔戲的《杜蘭朵公主》說起

◎著者與廈門歌仔戲團合影

歌仔戲是臺灣和福建廈門、漳州地區最重要具代表性的戲曲劇種。百年前，由閩南傳到臺灣的歌仔和車鼓，在宜蘭結合而形成落地掃歌仔小戲，其後吸收其他劇種的滋養，發展為歌仔大戲，於民國十年前後回流至廈門，傳入漳州薌江流域的城鄉，而有廈門歌仔戲與漳州薌劇。所以海峽兩岸的歌仔戲或薌劇，可以說同根並源、花果競茂。

但是由於海峽隔絕四十年，兩岸歌仔戲在環境影響下，自然產生不同的特色。大抵說來，臺灣當局是任由歌仔戲自生自滅，又加以其本身隨著社會的急遽變遷而多次轉型，結果差

的是美質頹喪以至不倫不類，好的是頗能善於汲取以調適現代劇場趨於精緻。而大陸則由政府扶植，設立學校以培養新秀，編劇、音樂、導演、舞台美術均有專業人才，於是如廈門歌仔戲劇團者，乃能既發揚傳統又創立新猷，於眾多劇種中脫穎而出，迭獲全國性大獎，且跨海巡迴，蜚聲國際。

「跨海巡迴」是歌仔戲離開本土作文化輸出達成國際化的不二法門。而為了使外國觀眾對如此陌生的藝術形式，經由認識了解而欣賞而共鳴終於肯定，自然對其題材內容思想乃至藝術的展現都要有所設計和因應。對此，廈門歌仔戲劇團所推出的劇目是《杜蘭朵公主》。

《杜蘭朵公主》，是根據西方歌劇普契尼的名作改編。一九六二年，歌劇《杜蘭朵公主》在義大利米蘭斯卡拉戲院首演，豐富的史詩色彩和深具哲學內涵的敘事手法，以及鮮明的人物性格塑造，曾風靡了全世界的歌劇愛好者。由於其取材原本自中國的古老傳說，所以許多西方人對於東方的第一印象，即是神秘美貌不可捉摸的杜蘭朵公主和她的龐大帝國。也因此，廈門歌仔戲劇團乃欲踵歌劇之「餘烈」，將這美麗而動人的傳說，還原為純粹中國的風貌，以歌仔戲的音樂唱腔和戲劇手法重新詮釋，使得美若天仙的杜蘭朵公主、癡情無悔的卡里王子和勇於為愛犧牲的侍女黛瑪，達到纏綿悱惻、令人可歌可泣的程度。其間如大合唱的《茉莉花》和出諸詠歎調的《公主徹夜未眠》，都將以無比的感染力震懾人心。

廈門歌仔戲劇團一向標榜「新歌仔戲」的創新改良，主張向京戲、越劇、歌劇學習相異表演體系的藝術美質，從而融會貫通。這是中國自古以來，任何劇種所以能壯大提昇終於成為劇壇盟主的必經途徑。而其以《杜蘭朵公主》作為歌仔戲藝術國際化的先聲，除了欲假原著之光彩以投合異國人士之脾胃外，實亦含有欲包容歌劇之所長於創發新劇的旨趣。就其在港澳新加坡的實驗中，所受到的好評，無疑是成功的。

而「以民族藝術作文化輸出」是我於民國七十四年國建會所建言的文化政策。十幾年來表演藝術團體在海外贏得國際友誼的相當多。就歌仔戲而言，楊麗花於美西、葉青於美東，都轟動一時，令人刮目相看。明華園亦曾於日本、東南亞、法國乃至北京，以《濟公活佛》使人目眩神迷、感慨深邃；新和興則巡迴美加，以《白蛇傳》詮釋人性，賺人眼淚；河洛更於近日遠征南美歐洲，以其招牌名劇《曲判記》等嘲弄現實、引人深思。這些團體所至之處，多能造成熱潮，為國爭光。因為他們無不竭盡所能、全力以赴，以最上選的作品展現在國際友人之前。然而其所運用的題材，無不來自中國傳統；其所講究的技法，大抵是呈現歌仔戲藝術特質。則歌仔戲的國際化，純粹的施展傳統和鄉土的面貌，也照樣可以成功。

由此可見，歌仔戲的國際化，海峽兩岸都同時在推展，取道雖不同，而其所具之意義與成功則一。倘能互相觀摩切磋，必能互補有無、相得益彰。若此，則八月十五日廈門歌仔戲劇團在國父紀念館首演《杜蘭朵公主》就值得我們一看。

而就個人在廈門、漳州觀賞歌仔戲的經驗，覺得其值得一看的，不止在其國際化一面。漳廈歌仔戲保存早期曲調腔調似乎比臺灣歌仔戲要多，又誠如上文所云，其戲曲各方面藝術都有專業人才，長年從事創作搬演而推陳出新，所以其音樂品味能與劇情映襯生發，其編導能重視主題思想、結構緊湊、排場冷熱調濟，其舞台美術亦大體能兼顧虛實，務使場景流動自如。凡此，我們應當也能從廈門歌仔戲劇團這次攜來的傳統劇目，獲得具體的印證。這些劇目是：《唐伯虎點秋香》、《楊家女將》、《五子哭墓》、《武則天與上官婉兒》、《皇帝告狀》等。相信以他們多位國家級和多位榮獲水仙花杯的優秀演員的堅強陣容，來表演這些格調風情各異的劇目，是頗值得我們觀賞和借鑑的。

去年元開藝術文化公司曾邀請漳州薌劇團來臺巡迴公演，並藉此舉辦多場學術和技藝座談會。隨後文建會也委託《聯合報》副刊舉辦「海峽兩岸歌仔戲座談會」、中華民俗藝術基金會也受文建會之託承辦海峽兩岸學術研討會，並在社教館演出三場《鄭元和與李亞仙》，作為兩岸歌仔戲藝術合作的具體實驗。可見兩岸歌仔戲已進入密切交流與攜手合作的階段，則睽隔四十六年後的兩岸歌仔戲，必能共生共榮，同開民族藝術之花。若此，這次廈門歌仔戲劇團的來臺巡迴公演，也是極具意義的。

（八十五年七月十一日爲元開而寫）

附記：廈門歌仔戲團應元開文化公司來臺演出《杜蘭朵公主》，本文本擬在《聯合報》副刊發表；因元開臨時爽約，廈門歌仔戲團終於未能成行，聯副因此抽換版面，本文因之未能見報；但就「旨趣」而言，本文亦有留存之價值。

# 《聖劍平冤》與《哈姆雷特》

我國傳統戲曲在題材上有一個特色，那就是很難跳出歷史和傳說故事的範圍，劇作者很少憑空結撰，獨運機杼。至於同一故事，作而又作，不惜蹈襲前人。於是宋元南戲沿襲宋雜劇，元雜劇蹈承宋元南戲，明清傳奇復取材元雜劇，清代皮黃與地方戲曲更從元雜劇、明清傳奇而改編。若推究其故，有以下三點原因：

其一，因為我國傳統戲曲的美學基礎在詩歌、音樂和舞蹈，劇作者最關心的是文詞的精湛，演員則講求歌聲的動聽和身段的美妙，觀眾便由此而獲得賞心樂事的目的。如果觀眾對劇中情節早已了然，就可以集中注意力於歌舞樂的聆賞之上，反之，為探索情節，便有所妨礙。所以歷來劇作家多半取材膾炙人口的歷史和傳說故事，而那幾乎都是「說話人」代代相傳下來的。

其二，我國傳統戲曲既然不重視故事的創新，那麼改編前人劇本，在關目的布置和排場的處理上，以其有所憑藉，自然可以省時省力，便於專意文詞的表現。而倘能稍用心思、馳騁才情，尤易於邁越前人。

其三，取材歷史和傳說故事，劇作者可以逃避現實、指桑罵槐。所以為了反映元代政治社會的黑暗，劇作者只好請出宋金兩代的清官包拯和錢可來代百姓申訴、主持正義。元代文網尚不繁密，猶且如此，更何況頻興文字獄的明清兩朝？更何況明清的嚴刑峻法，明文規定戲曲只能做道德教化的工具呢？

基於以上三點原因，我國傳統戲曲，固然有舉世難匹的藝術之美，但其所表現的，大抵不外儒釋道三家的信仰和思想，如果要從中發掘時代的意義和企圖尋覓人生內外在值得省思的層面，假若不涉牽強附會的話，恐怕是要教人失望的。

◎《聖劍平冤》，潘麗麗（左）、翠娥（右）

也因此，現代傳統戲曲工作者，無不欲扎根傳統以創新，重新使之融入現代人生活之中，以豐富陶冶人們的性靈。而其首要之務，莫過於主題思想的講求。

講求主題思想的深度，就當今傳統戲曲而言，仍以用古事寄託諷諭為主要；但自當代傳奇改編莎劇《馬克白》為《慾望城國》之後，踵繼相循，似乎已形成一股潮流，連河洛歌仔戲也改編俄國果戈里劇作為《欽差大臣》，而今洪秀玉歌劇團更改編了莎翁名著《哈姆雷特》為歌仔戲《聖劍平冤》，將於五月十日起在社教館演出三天。

大家都知道《哈姆雷特》是莎士比亞四大悲劇名著之一，以哈姆雷特為主軸，寫三重的報父仇之過程。哈姆雷特雖報了父仇，卻也死於別人卑鄙的陰謀和自己複雜的性格；而同樣是報父仇的大臣之子，則死於手段的不光明；只有作為邊緣的挪威王子竟為被害的父親，恢復了兼領丹麥的王土。莎士比亞似乎在告訴人們，冥冥中有命運在安排，該輪到自己的，是無法逃得了的。

而《聖劍平冤》的編劇黃英雄先生，為了讓劇情更適合歌仔戲的演出，乃將這件宮廷慘變，挪植於中國五代十國中的南漢。因為南漢劉龍天立國後，窮奢極侈，死後繼位的三子劉弘慶，依然不務政事而被四弟劉弘熙所殺。弘熙更為殘狠不仁，不但將諸王殺戮淨盡，且將諸王所生之女悉數納入後宮。這段混亂的中國歷史和《哈姆雷特》的劇情頗為脗合，所以便把它們結合在一起，而調適於中國人倫理五常的基本觀念之中。

黃英雄還特別強調：《聖劍平冤》是第一部運用時空自由化的戲劇結構和寫實的故事作寫意的表現；而在結構主義的布景展示之下，兼以前衛大膽的聲光影，將使歌仔戲呈現全新的現代風格。又因為要延續洪秀玉歌劇團的創作旨趣「快樂與希望的臺灣媽祖精神」，乃以全新的喜劇形態呈現莎翁名著，在東西方全力整合之下，藉由戲曲詮釋人生真諦，期望在喜悅的背後啟迪更多寬容的空間。

多年來我提倡「精緻歌仔戲」，也認為精緻歌仔戲是目前歌仔戲界共同努力的指標，講求深刻不俗的主題思想，安排緊湊明快的情節，使排場醒目可觀，使語言肖似口脗機趣橫生，使音樂曲調豐富多元與劇情相得益彰，如此必能使歌仔戲在滋潤國民心靈之餘，步入國家藝術殿堂，邁上世界舞台。現在我很高興的看到洪秀玉歌劇團又別出新猷，既改編莎翁名劇，又將新潮前衛的技法注入歌仔戲劇場，令人不禁要拭目以待，而我也相信，去年奪得臺北市藝術季票房冠軍的洪秀玉小姐，會賡續前修，同樣獲得廣大觀眾的熱烈喜愛，為歌仔戲創下一個新的里程碑。

（原載《中央日報》副刊八十六年五月八日）

# 共生共榮開啓藝術花

## 寫在「海峽兩岸歌仔戲創作研討會」之前

一九九五年十月間，中華民俗藝術基金會承辦「海峽兩岸歌仔戲創作研討會」；並為學術會議羽翼，求其實質展現協力合作之績效，同時由基金會承辦「海峽兩岸歌仔戲聯合實驗劇展」；又為與此次研討會和實驗劇展相得益彰、互補有無，承《聯合報》副刊雅意協辦，事先舉行「兩岸歌仔戲的共生與共榮座談會」；更在會議期間邀集重要劇團團長與著名演員如楊麗花、葉青、黃香蓮、唐美雲、孫翠鳳等參與「歌仔戲的薪傳與現代化座談會」和「兩岸歌仔戲交流合作之展望座談會」；全程真是猗歟盛哉，其成果已集結為《海峽兩岸歌仔戲學術研討會論文集》。

在那次研討會的會場——台灣大學的國際會議廳裡，我為研討會撰寫一副對聯「同根同氣論談鄉土劇，共生共榮開啟藝術花。」是的，海峽兩岸是同根並蒂的，尤其閩台更是血脈相連、氣息相通；即就藝術文化而言，其淵源承傳無不斑斑可考，而今兩岸既通，尤當砥礪切磋，共生共榮以開啟藝術文化燦爛之花朵。

記得上次研討會閉幕典禮時，我說：歌仔戲直到今天猶然植根於閩台廣大群眾的生活，最能脈動人們的心靈、啟迪人們的思想，是我民族極貴重的鄉土文化資產。一連三天裡，兩岸的專家學者對歌仔戲的形成變遷、流傳情況、薪傳教育、音樂特色、文化生態，乃至於劇本比較、經營策略、社會功能、交流方式，以及如何精緻化以調適現代劇場等等問題都有一番熱烈的討論而取得可行的共識，對今後兩岸歌仔戲的共生共榮有極大的意義和價值。但是，兩岸歌仔戲的可共同研討的問題豈止這一些，我們企盼不久就會有第二次研討會的到來。

而事隔兩年，第二次研討會果然就要於五月二十七日在廈門舉行了，這次研討會同樣一連三天，但將論題集中在「創作」之上，舉凡歌仔戲的劇本、音樂、導演、表演、舞美等事涉創作者，皆可將心得與成果公諸大會、分享同好，也因此，這次研討會是偏向於從業藝術家的論難與琢磨。而為了「華山論劍」，觀人之善而揣摩之，還安排了一次聯誼演出，一次唱腔欣賞。前者由廈門歌仔戲團演出《君子亭》、漳州薌劇團演出《十八相送》，台灣方面則分別由黃香蓮電視歌仔戲團演出《樓台會》、陳美雲歌仔戲團演《遊西湖》；而後者則集兩岸名角菁英共襄盛舉。像這樣既富學術又富趣味的菊壇大事，也難怪台北市現代戲曲文教協會、福建省閩台文化交流中心、廈門中華文化聯誼會、漳州歌仔戲藝術中心都熱烈的加入承辦，福建省藝術研究所也義不容辭的要來助一臂之力。我相信他們同心協力之餘，豈止踵繼前修，更將為歌仔戲的前途開出令人瞻顧欣喜的康莊大道。

而回想兩岸開放以來，個人即因對民族文化的關懷和熱情，足跡涉及大江南北和邊陲地區，或率領樂團夜祭黃陵、演奏交流，或率領劇團參與盛會、觀摩技藝，或率領學生訪問調查、研討學習，更率領攝影隊對稀有劇種和六大崑劇團作巡迴的錄製工作，為文化資產的保存竭盡綿薄；每一次雖不免風霜之苦，但心境則是十分的愉悅，因為所到之處無不獲得盡力的協助，使我們受益良多。同樣的，由我們中華民俗藝術基金會所承辦的各種兩岸學術研討會和大陸藝界名家學者的來台訪問交流，我們自然投桃報李，使之不虛此行。也因此，我每一次率團之時都有這樣的想法：如果兩岸的政治交流也能夠像我們所作的文化交流，那該有多好！而這次我即將又率團跨海之際，這種情懷不覺又湧上心頭來。

（原載《聯合報》副刊八十六年五月廿四日）

◎著者於「海峽兩岸歌仔戲創作研討會」聯誼演出後，與陳志明、陳美雲、林美香、黃香蓮、小咪、翠娥、莊金梅與許亞芬等演員合影

# 歌仔戲的新里程碑

歌仔戲是臺灣土生土長的戲曲劇種，一直融入群眾的生活之中，脈動人們的心靈。其中自有豐厚的民族意識、思想和情感，更有根深柢固的鄉土情懷。百年來，歌仔戲由踏謠始生的歌仔陣、落地掃歌仔戲、老歌仔戲。發展為野台、內台和大型歌仔戲，更轉型為廣播、電影、電視歌仔戲，而今更有精緻歌仔戲。可見歌仔戲一派長流，與時推移，在這塊土地上展現的是展轉豐沛的生命力。

只是中國戲曲大抵起於民間，民間窮苦卑微的百姓是其演員的主要來源，他們游走江湖、沿村轉疃，為的不過糊口謀生。因此其傳習方式不外師徒間的「口傳身授」，重在傳藝守成，不求學養創新，自然難於成為真正的戲曲藝術家。作為戲曲一環的歌仔戲，亦不能免於此；所以歌仔戲演員往往由賣身學藝而來，聽說戲師傅說解，按幕表上場，

◎國立復興劇校歌仔戲科《什細記・求情》

上場隨曲調即興編詞。這樣的演出方式，如果不是生性機靈而善於應變生發，則焉能不在台上語無倫次、隨口胡謅？所幸歌仔戲尚有像麥寮拱樂社陳澄三這樣的明達人物，高價徵求劇本，辦補習班培養演員，才使得歌仔戲在民國五〇年代走出向上之路。

而今歌仔戲已由野台進入國家藝術殿堂，少數劇團的自我努力和提升，已贏得觀眾的許多喝采。而民國八十三年九月，教育部更應社會需要，在國立復興劇校設立歌仔戲科，使之成為中等的專業教育。

四年來的歌仔戲科也不負眾望，除敦聘歌仔戲前輩如廖瓊枝、石文戶、唐美雲、王金櫻、陳昇琳等之外，又請得如柯銘峰、林顯源、劉秀庭、游素凰等具有戲曲學養的年輕人來加強教學陣營。觀其教學內容，則唱腔、身段、韻白、發聲、聽音、識譜等技藝彌不具備；其必修之課程，而以為學識基礎者，如戲曲之歷史與理論、劇本之研讀與編撰，乃至於舞蹈、北管、國術、特技、梳妝等亦皆顧及。

若此，經過六年之肄業與磨礪，所造就之新秀，當能融會傳統精神與現代理念，為歌仔戲開創康莊大道，在康莊大道之上也將為歌仔戲立下嶄新的里程碑。

而這嶄新的里程碑，我於民國八十四年八月，也就是歌仔戲科設立的周年慶，在國家劇院看他們師生聯演《什細記》時，已見其端倪；其後於民國八十五年在藝術教育館觀其學生演出《殺豬狀元》，漸覺可喜；而今更在歷兩年游走藝文場所以折子自礪之餘，又假新舞台，於六月十二、三日推出歌仔經典名劇《打金枝》與《曲判記》，相信必能令人刮目相看，為里程碑的建立更進一大步我願以此來和歌仔戲科的朋友共勉。

（原載《中央日報》副刊八十七年六月十二日）

# 歌仔戲的重要課題

自從歌仔戲登上現代劇場，尤其躋身國家劇院之後，無不努力「精緻化」，講求深刻不俗的主題思想，安排緊湊明快的情節，使排場醒目，使語言肖似口脗機趣橫生，音樂曲調也都力求多元豐富，演員更能努力修為精湛技藝。也因此每一次演出，往往能使國家劇院座無虛席，無形中再度將歌仔戲融入國民生活之中。這是令人感到可喜的現象。

往年我在倡導歌仔戲精緻化的同時，便一再強調要同時充分保持和發揚歌仔戲的鄉土性格，否則即使不誤入歧途，也難免要蛻變轉型。「鄉土性格」是作為鄉土藝術所必須具有的特質。就歌仔戲而言，既然是台灣戲曲藝術的代表，就應當流露台灣廣大群眾的心聲，展現眷顧鄉土的情懷；而這心聲和情懷，若非用純正的語言、純正的音樂以為載體則不可。可惜當前歌仔戲界在這方面的成績似乎未盡理想。

記得民國八十二年六月間，陳耀圻和我到泉州錄攝「天下第一團」，共錄大陸二十一個稀有劇種。其中像白劇、漫瀚劇、梅林戲等，都有傑出表現，但語言都改用所謂的「普通話」。訪問他們何以故，異口同聲說，只為了吸引廣大觀眾，如拘守運用蒙古語、白族語、泰寧

◎《新寶蓮燈》，王蘭花（右）飾演二郎神、黃香蓮（中）飾演劉彥昌、小咪（左）飾演三聖母

◎《新寶蓮燈》，黃香蓮與小咪

語，就很少人能看得懂。也許那是無奈的求生之道，然而如此一來，尚能名副其實的自稱白劇、漫瀚劇、梅林戲嗎？因為戲曲腔調劇種的主要分野，在於方言音樂化所產生的腔調，如果方言不純，腔調必然不正，便會大失地方戲曲的鄉土韻味和性格。

歌仔戲雖然未至於改用國語歌唱，但就其唱詞賓白來看，無論語法與詞彙，實在有明顯的「國語化」傾向；也因此其語言旋律和音樂旋律便無法完全融合，更遑論如何使聲情詞情相得益彰。而原有的俗語、諺語、歇後語，更早在變遷的社會生活中消失殆盡，又如何能使歌仔戲透過口白，以見其機趣橫生？

尤有進者，歌仔戲的樂曲，板腔與曲牌並用。板腔如【七字調】、【都馬調】。端在歌者對語言聲調平仄咬字吐音的掌控能力和就語言意象情趣體會生發的修為，從而在腔格中靈活運轉，高明者必能用聲情以詮釋詞情，達到使人盪氣迴腸的境地；也因此，一個【七字調】、一個【都馬調】，便因人因詞因板眼而有無數種情味的音聲，我國板腔體的音樂，便是如此的運用之妙存乎一心。可是歌仔戲音樂中具有曲牌的雜曲，來自作曲家為某事某詞而譜寫，儘管其規律未必如南北曲謹嚴，但亦必有相當的設限，以顯現其聲情的性格；因此，若隨意套入新詞而以原譜歌唱，縱使不拗折天下人嗓子，也要使語言和音樂發生衝突，扞格不適。當年「保衛大台灣」會被唱成「包圍打台灣」便是近似這種情形。

以上所談的語言、腔調、曲牌、音樂的融會和運用，個人認為是當前歌仔戲界所要共同努力的重要課題。我既忝為黃香蓮歌仔戲團的「藝術總監」，對黃香蓮和她的團員自然期望得更加殷切；所以在他們三登國家劇院演出《新寶蓮燈》之時，乃敢就所見，綴此短文，以相共勉。

（原載《聯合報》文化八十七年十月二十四日）

# 開展歌仔戲之路

## 寫在河洛演出《秋風辭》之前

◎《秋風辭》由許亞芬飾演漢武帝、王金櫻飾演皇后、郭春美飾演太子、石惠君飾演趙婕妤、林登發飾演江沖

民國六十三年陳澄三先生宣布麥寮拱樂社完全解散，從此歌仔戲在內台絕跡，又走入餐風宿露的黯淡路途。但無論如何，歌仔戲是台灣唯一土生土長的地方戲曲，長年脈動著廣大鄉土群眾的心靈，

儘管它在新時代環境裡遭遇挫折，總有人為它鍥而不捨的努力，奉獻一切心力財力而不後悔。就中論其開創之艱難，終於獲得肯定而影響極大的，可以說是劉鍾元和陳德利兩位先生。

## 歌仔戲精緻化的六大訴求

大約十年前，劉鍾元和陳德利成立河洛文化公司，在中視製作電視歌仔戲，也製作進入國家劇院的舞台歌仔戲，找我做掛名的藝術總監。在理念上，我們一致體認到電視歌仔戲要做有深度的歷史劇，舞台歌仔戲要精緻化。於是中視有了《西漢演義》，國家劇院有了《曲判記》。我在《聯副》也撰文提出精緻歌仔戲的六大訴求，那就是講求深刻不俗的主題思想，情節安排要緊湊明快，排場要醒目可觀，語言要純正肖似口脗機趣橫生，音樂曲調豐富多元要聲情詞情相得益彰，演員要講求技藝精湛與學養修為。像這樣的「精緻歌仔戲」才能彰顯歌仔戲成熟以後所有的傳統和鄉土的美質，自然的融入當前藝術的思想和技法，並切實的調適於現代化劇場，發揮其功能，使之成為愉悅煥發台灣人民心靈的地方戲曲，這樣的台灣「地方戲曲」也將是台灣的代表劇種，可以作「文化輸出」，可以並立於世界劇壇而毫無愧色。

劉陳二位先生所主持的「河洛」，便在這樣的理念之下傾其所有的經之營之，希望在傳統和鄉土藝術低迷的氣氛裡，為歌仔戲開展一條新的路途。由於他們求好求美，製作經費可觀，不止政府之資助無以應付，即劉先生生意所得亦難補罅漏。我深知他們的掙扎和煎熬，甚至於有時萌生像當年陳澄三先生要宣布解散的無奈念頭和痛苦心情。

然而接續《曲判記》的好評之後，《天鵝宴》、《御匾》、《殺豬狀元》、《皇帝・秀才・乞丐》、《浮沉紗帽》、《欽差大臣》、《賣身作父》等精采大戲一一出爐，河洛歌仔戲也連獲四屆金鐘獎，文建會更以之為國際扶植優秀團隊，而河洛也「以民族藝術作文化輸出」，將歌仔戲的足跡散布在南北美、歐洲和澳洲。可以說在歌仔戲的國度裡已經建立了許多豐功偉業，這固然是劉陳二位先生百忍堅持的成果，但其實也是社會、政府和藝文界給他們的肯定和回報。

## 宮廷歌仔戲別開境界

而今劉陳二位先生的河洛又要在精緻歌仔戲的基礎之上，為歌仔戲別開境界，那就是由官場戲轉上宮廷戲，由憑空杜撰改為取材歷史，由官場的嘲弄進入帝王的悲涼。為此所提的劇目是《秋風辭》。

〈秋風辭〉相傳是漢武帝劉徹到河東祭祀后土，在渡過汾河時所作的一首楚歌。我常拿這首詩來和漢高祖劉邦的〈大風歌〉比較，說它們同樣有帝王的無奈和悲涼，而劉徹的「帝王氣象」比起乃曾祖劉邦來則終差一大截，因為〈秋風辭〉首句「秋風起兮白雲飛」簡直是模擬〈大風歌〉首句「大風起兮雲飛揚」而來。可是兩者境界氣象卻大大不同。試想「秋風」只是秋天從西邊颳來的風，而「大風」則隨時隨地可以從四方八面，可以平地乍起，可以九天下垂；也就是說「秋風」有時空的限制，「大風」則可以充塞寰宇、流動古今，也因此，「秋風」所吹動的只有「白雲」；而「大風」則無雲不被飛揚，即就聲情而言，「大風」去平兩聲先抑後揚，「秋風」平平兩聲止於平舒；「大」字之響度較諸「秋」字又大得多，何況「白」字入聲短促收藏，阻礙聲情，怎能和「雲飛揚」之連用三平使聲情昂揚自如相比擬？也就是說〈秋風辭〉首句的聲情是不如〈大風歌〉之洪亮有力的，凡此也象徵著漢武雖然也不失為一代英主，但比起漢高之開基建業，其襟抱氣宇已自不如。

我之所以大費筆墨在〈秋風辭〉首句上大作文章，是因為體認到河洛以之為劇名的深意，此劇以〈秋風辭〉的合唱聲揭幕，也以〈秋風辭〉的合唱聲落幕，將全劇浸在〈秋風辭〉的雰圍裡，那是一種哀颯的悲涼，更是一種無常的感嘆。巫蠱之禍的前因後果，都在漢武的畏死之私逐漸展開來，於是讒言入耳，親情淺薄，焉能不釀成一場骨肉相殘的宮廷悲劇？漢武又焉能不在秋風的蕭瑟裡，喪失君臨天下的威儀；當他仰望漢高時，又焉能不自慚形穢？

## 《秋風辭》調和古今，融通靈妙

而劉陳二位先生的河洛要將這樣一齣宮廷歷史大戲，以傳統歌仔戲的表現方式為核心，同時融入越劇、崑劇、西洋歌劇、現代舞台劇的菁華，試圖於五月十四日一連三天使歌仔戲在國家劇院的舞台呈現上，更臻完美。

我知道劉陳二位先生歷經歌仔戲內台、廣播、電視精緻化等階段，當今歌仔戲界之明星幾無不受其栽培，其不斷的為開展歌仔戲之路所費的心血和所得的成就都令人非常感動和佩服。只是我在這裡要提醒的是，將藝術調和於古今中外，必須要出諸靈妙之手，審知其所當取，審知其所當棄，更要審知其所以融通之道之法，那麼二位所主導的河洛新猷《秋風辭》才能成為歌仔戲更上一層樓的新標的。我願以此來和劉陳二位先生及河洛諸君共勉。

（原載《聯合報》副刊八十八年五月十二日）

# 《臺灣・我的母親》

## 寫在河洛歌仔新戲演出之前

《臺灣・我的母親》是一部客語史詩，也是李喬著名代表作《寒夜三部曲》的簡要版。李喬在序中說：「《寒夜三部曲》實際上稱作『母親的故事』也無不可。……想藉著蕃仔林窮僻山野中的一群『鱒魚』，描繪生命的姿影，揭示奇妙的歷程；通過層層的苦難，跋涉迢遠的追尋，然後呈現生命的面目。」而今河洛敦請黃英雄、陳永明把它改編為歌仔戲，將於三月二十四日一連三天假國家劇院演出。李喬看了劇本後非常吃驚，因為他認為：現代文學作品跟傳統歌仔戲，就舊經驗說是何其距離遙遠的東西，而今有人把它連結在一起，而且看來這個再創作，既隱含原著深處的主題意識，也掌握到民間傳統戲劇的曼妙趣味。

歌仔戲源生於臺灣本土，迄今已百年。百年來融入臺灣廣大群眾的生活，脈動群眾的心靈，流露和迴響群眾的心聲。則歌仔戲與臺灣群眾是何等的密切。而寄居在臺灣這塊土地上的人民，生於斯、養於斯、長於斯、死於斯，則焉能不以臺灣為母親！河洛這次拋開歌仔戲題材的傳統，直以與歌仔戲本身最親近的臺灣先民奮鬥史為故事內涵，可以說獨具慧眼而得其肯綮。

我一向佩服河洛的劉鍾元和陳德利兩位先生，經由他倆製作的歌仔戲，可以說齣齣不同凡響。那就是體現精緻歌仔戲的六大訴求，彰顯歌仔戲傳統和鄉土的美質，自然的融入當前藝術的思想理念和技法，並切實的調適於現代劇場，使之相得益彰。也因此河洛普受好評，建立了「精緻歌仔戲」的典範。而「精緻歌仔戲」的首要訴求即是要有深刻不俗的主題思想，這一點是河洛所以普受好評、特出群倫的主要原因，也是我國戲曲向來最弱的一環。

◎《台灣‧我的母親》，王金櫻飾阿強嬸、許亞芬飾彭阿強、郭春美飾劉金漢、石惠君飾燈妹、林躍慶飾葉阿添、林春發飾龜田

我國戲曲在明清兩代，由於政府嚴刑峻法規定題材內容，於是充滿忠孝節義，流為教化工具。倘若要從中尋求啟迪人心、發人省思的旨趣，就極為難得。歌仔戲為我國偏處東南一隅的地方戲曲，傳統的包袱很重，而河洛自始所推出的每一齣戲，即極重視主題的深度。或反映或批判或諷刺或嘲弄現實政治社會，也探討也激揚也讚賞也表彰人性潛在的真善美。而這次所要展現的，更是土親人親的無窮生命力，那是由有如鱒魚般高潔堅忍的操守，交織著篳路藍縷的汗水和除惡抗暴的血淚而成的。我們撫今追昔，焉能不對先民肅然仰望！則河洛這齣歌仔新戲百尺竿頭更進一步，其令人刮目相看是可以預期的！

記得去年尾牙的宴席上，我誠懇的告訴劉鍾元先生，演出好戲力求天衣無縫是令人欽佩的事，但落得血本難歸，則非經營之道。河洛人才濟濟，當思如何以先進提攜後進，使後進成為新秀，則不僅薪傳綿綿，而且可以節省成本。須知高成本的製作費絕非中國戲曲之道。戲曲的根本原理，即在今日，仍究以虛擬象徵程式發揮歌舞樂之美，雖要調適現代劇場，但仍究以「經濟」為要。須知政府的大力獎掖、文化界的高度揄揚、戲曲界的普遍肯定，是河洛十年努力的成果，得來誠屬不易。希望劉先生擇善固執之餘，不可因一時挫折，輕言放棄！則不止是河洛之福，也是臺灣歌仔戲之福。我以河洛之友，特別在此獻上諍言，尚祈鑒宥是幸。

（原載《中央日報》副刊八十九年三月二十三日）

# 《蝴蝶夢》登上紐約

## 從一段往事談到黃香蓮歌仔戲團赴美演出

率領表演藝術團隊出國作文化交流，簡直成為我的「事業」之一。迄今已閱歷歐美南非澳洲日韓大陸東南亞。今年五月又要率領黃香蓮歌仔戲團赴美國巡迴演出，不禁對此「事業」的「源頭」，勾起一段往事。

記得民國七十一學年度我在美國安雅堡密西根大學，因為同學陳真愛教授推介，東蘭新州立密西根大學的中國研究中心，希望我返國後選一個民間表演藝術團體，到美國巡迴表演。翌年果然寄來邀請函，我向太平洋文化基金會請求支持。美國主其事的傑克威廉教授為我們安排十二州十三所大學以及當地的文教機構和中小學作演出的場所。我選擇小西園布袋戲團作為表演團隊，我認為他們具有國家榮譽的觀念、團隊一體的精神、高妙的藝術水準、健康愉快的身心，必能圓滿達成任務。我也請台大外文系教授彭鏡禧為副領隊，基金會副執行長賴玉人為顧問，以強化「陣容」。沒想到民國七十三年九月間臨行的前一星期，基金會所召開的協調說明會上，外交部、警備總司令部、情報局、調查局的與會人員皆持反對態度，共同理由是台灣鄉土劇團到美國一定會被台獨和中共所利用。外交部的科長甚至說，我們尚未出國就被打敗了，須知邀請單位是傾共的，如果我們

◎著者率領黃香蓮歌仔戲團赴美演出，抵休斯頓機場，歡迎之場面

◎《前世今生蝴蝶夢》主要演員有黃香蓮、小咪、翠娥與呂福祿等人

真要演出，就得扛著國旗進場。警總的官員也要求布袋戲的彩樓要漆成紅白藍三色。所幸基金會執行長李鍾桂、教育部科長陳守讓有不同的看法，才沒有被完全擋住。兩天後，國家安全局擺了一桌酒席，宴請賴玉人和我以及相關單位官員。沒等主人開口，我即簡報四十分鐘，說明此行的緣由意義和目的，以及小西園的藝術水準，我們的經驗能力足以應付任何突發情況；如果此次赴美交流臨時打住，對國家恐有不利。我話一說完，主人即回應，說已被我「統戰」，於是杯酒盡歡，我們也順利出國。

民國七十四年國建會在台北舉行，我被推為文化組召集人，因為有感於自己經驗過的「艱難」，乃將「以民族藝術作文化輸出」，列為我們對「文化政策」的重要建言，幸蒙政府採納。從此藝術團體應邀出國作文化交流，政府就有義務補助經費。也因此民間藝術團體出國表演，就頻繁起來。而我也時時以領隊身分，將自己的理念「身體力行」，若以次數算，已二十有餘。

這二十幾次的文化交流可以說都很成功，但如果沒有首次的突破性努力，恐怕難以為繼。而今又率著黃香蓮歌仔戲團於五月十九日至廿一日在紐約文化中心公演，然後巡迴芝加哥、休斯頓、舊金山三大城，乍然回首前塵往事，已過十六年，而自己行年也初度花甲，看來我真樂此不疲，終將「老於江湖」。

而我之所以樂此不疲，是我深信民族藝術由於有悠久的歷史傳承，與全民的生活息息相關，所以最具民族文化的氣息和色彩，它可以說是民族精神、思想、情感最具體的表現。我們如果從中擇菁取華，有計畫地作國際性的文化輸出，相信比起任何政治宣傳、商品推銷，乃至影歌星作秀，都要獲致更為根深柢固的情誼。這分情誼的日積月累，逐年廣布，無形中就可以美化民族形象，提高國家地位。而這也是一介書生能報效國家的方式之一。

◎《前世今生蝴蝶夢》，黃香蓮飾演梁山伯

這次文建會所派遣的黃香蓮歌仔戲團，也是我極力推薦的。黃香蓮在歌仔戲界中小生扮相最俊美，極具敬業精神，演技絕佳，妝龍是龍，妝鳳是鳳。也因此，我親眼看到廈門的觀眾在黃香蓮謝幕後，蜂擁上台，熱鬧滾滾包圍著她，兩百五十張簽名照霎時被搶光的情形。她長年在中視擔綱演出，蜚聲海內外，自是名不虛傳。而和黃香蓮搭配演出的小咪、翠娥，也是觀眾崇拜的偶像，小咪幾乎是個全能的演員，小丑、老生、小旦這三門行當，其差別是何等大，而她卻無不勝任愉快，能緊緊抓住觀眾的眼目心靈；我還欣賞她舞台下的為人，是那麼靜如處子，溫順善良，如秋桂魄影，與舞台上判若兩人。翠娥則戲裡戲外都給人一種喜感，她是甘草人物，沒有她，就失掉了導引、滑潤和愉快。

黃香蓮和她的搭檔，這次在紐文和巡迴三大城所演出的劇目，是她們在國家劇院首演時受到熱烈歡迎的《前世今生蝴蝶夢》，其實就是「梁山伯祝英台」。梁祝一個堅貞賢淑，一個篤實忠厚，他們以相同的至愛，相同的情操，彼此奉獻了完完全全的身命，雖生不能同衾，死卻能同槨，形軀雖銷亡於人間，而精魂則依偎於塵外，翩翩然如展翅駕東風的莊蝶，逍遙於廣漠之野、無何有之鄉，它給人的感受，始則哀婉悽切，終則優雅美感，而黃香蓮她們，則要使之排場更為新穎，哀婉者更為哀婉，優雅者更為優雅，其超越西方的《羅密歐與茱麗葉》是絕對可以預期的。

最後我以領隊的身分，希望黃香蓮歌仔戲團的朋友們好好發揮素來的團隊精神，呈現高妙的藝術水準，圓滿地達成此行的任務。

（原載《中國時報》人間副刊八十九年五月十四日）

# 深度、看頭兼具的歌仔大戲

## 評明華園《乘願再來》

具有七十年歷史的歌仔戲家族劇團「明華園」，最令人感佩的是兄弟合作打拚所帶動的團隊精神和力量。這種團隊精神和力量表現在一齣一齣接連的好戲和到處受成千上萬觀眾的喝采。去年他們又完成一齣大戲《乘願再來》，在澎湖首演，然後從台灣尾演到台灣頭。三月四日我在台北社教館看最後一場，滿場熱烈回應，深深感到這齣新戲之所以有口皆碑，乃因為既有深度又有看頭。

十幾年前我提出「精緻歌仔戲」的六大訴求，那就是：講求深刻不俗的主題思想、情節安排緊湊明快、排場醒目可觀、語言肖似口胳機趣橫生、音樂曲調的多元豐富性、演員技藝的精湛與學養的修為。如果以此六大訴求來衡量「明華園」，那麼除了語言和音樂尚須百尺竿頭更進一步外，「明華園」其餘堪稱眾美悉臻。台柱孫翠鳳不停努力不斷學習指出向上之路，是有目共睹的，所以她在劇中擔綱飾二角，一個是立志復仇的王子，一個是奉旨行兇的將軍，而均能恰如其分，游刃有餘。而其新秀輩出，各盡其才，則無論功力深厚的陳勝在、勝國、勝發兄弟，也不必說技藝純熟的鄭雅升、張秋蘭；但就年僅十歲的陳昭薇而言，其做表、其歌唱、其台風，豈不令人感受到「明華園」的未來依舊是百花盛放、燦爛輝煌。

而一齣戲的成功雖然是多方面的，但其主軸則是發人省思的主題思想。《乘願再來》的「願」，原本是國破家亡的「報仇雪恨」，而終於是將暴戾之心化解之後無私的悲憫之愛。在這樣的主軸之中，「乘恨而來，攜愛而歸」，便結撰了緊湊明快而扣人心弦的情節，尤其孫八達的再度取經，誤入東瀛，卻說道：「沒關係，越過這座山，總會見到佛的。」其執著與豁達的意念給人許多的啟示。而「明華園」一向的滑稽詼諧，在嚴肅的劇情中則適時的注入鮮活的機

◎明華園《乘願再來》，孫翠鳳與陳昭薇

趣，譬如開頭的狀元遊街、中幅孫九空與閩國公主的夢中戀情，收尾時誤入東瀛的取經隊伍，都教人忍俊不禁；如此再加上排場的講究變化與醒目，則焉能不步步引人入勝，場場叫好連連。

只是我尚有期之於「明華園」者，那也是當前歌仔戲界所要共同努力的，即是語言要能多汲取和運用閩南語中的俗語、諺語、歇後語、慣用語，乃至民間成語和隱語；音樂保存鄉土風格，舊調取其精華，新調尤其重視考究語言與音樂的融合；如此歌仔戲才能是道地的台灣地方戲曲。我以此來期待「明華園」，也以此來期待歌仔戲界；相信大家的努力，很快就可以達成。

（原載《自由時報》九十年三月十九日）

# 地方戲曲

# 十足的客家風味

## 寫在榮興客家採茶劇團演出《相親節》之前

◎榮興客家採茶劇團《相親節》

今年五月間，榮興客家採茶劇團為臺北市戲劇季演出《真假狀元記》，深獲好評。團長鄭榮興教授在製作該節目時，很感慨的說，客家社群遭遇歷史變遷的影響，不斷在不同的「外境」落地生根，表現強韌的生命力；可是也由於必須同化於生存的大社會中，又不得不斂藏民族特色以求發展。因此客家文化就顯得隱性而封閉，甚至被稀釋到成為一種無法自主的分支狀態。然而他又充滿信心的說，近年來「客家學」的興起，代表客家社群在現代社會的自覺意志，如果要在這個自覺的基礎上更上一層樓，就必須找到實踐的階梯。他認為這個階梯可以從戲曲的表演開始。他要從客家文學、宗親思想、空間建築、工藝美術等等之中，尋找客家戲曲的表現元素，由此來帶動客家文化，使之從隱性邁向顯性，從封閉中開展出獨特鮮明的向上之路。而我們從《真假狀元記》中已看出鄭榮興努力的端的；而我們從即將推出的《相親節》，更可以看出他是要以十足的客家風味來突出採茶戲的別致風格，使人浸潤在生動活潑的客家文化之中。

《相親節》以客家村落為背景，透過青年男女在村內鴛鴦橋畔山歌對答以擇偶的年俗，穿插和點綴縣太爺夫婦與媒婆的營私和作梗，使有情人終成眷屬的過程，因曲折而引人入勝；而在嘲弄詼諧逗趣中，逐一展現委婉曼妙的「九腔十八調」和客家社群的民情風俗。

像這樣的一齣戲，真是以鄉土戲曲傳達鄉土情懷呈現鄉土文化，可以說特質個性極為彰明較著，鄭教授所要實踐的客家「顯性美學」，無疑的將是題材得當、主題明朗，而其藝術則淋漓盡致，已經站上了極為堅實的階梯。

為此也使我想到，如果生活在同一個時空的族群，都能夠充分表現各自獨特的文化風貌，是否就像百花齊放，各以奇葩異致使整個苑囿燦爛輝煌呢！

（八十五年七月十二日爲鄭榮興而寫，八月十七日於國家劇院演出）

◎榮興客家採茶劇團《相親節》，名角曾生枝與學生新秀聯合擔綱演出

# 採茶戲的前途

## 寫在榮興客家採茶劇團演出《花燈姻緣》之前

◎榮興客家採茶劇團《花燈姻緣》

我國地方戲曲紛披雜陳，其中最足以代表客家族群文化，最能呈現客家歌樂韻調之美的，就是採茶戲。

採茶戲與秧歌戲、花鼓戲、花燈戲並為我國四大小戲系統，都充分的展示鄉土生活、傳達鄉土情懷，流露廣大而真摯的庶民心聲。

就採茶戲而言，原是以飄在茶山的茶歌為基礎所形成的地方小戲，但廣汲博取的結果，已多有成長為大戲劇種者，榮興客家採茶劇團便是其中的範例。

如眾所周知，由於社會變遷，傳統藝術文化受到衝擊而衰微，在台灣的採茶戲亦不能免於此，然而有志之士如鄭榮興博士者乃奮然而起，重整「家業」，吸收現代劇場藝術，網羅菁英，注入新血，研究再創，十二年來陸續推出《婆媳風雲》、《姻緣有錯

◎榮興客家採茶劇團《花燈姻緣》

配》、《拋採茶》、《鐵弓姻緣》等大戲，莫不以客家三腳採茶戲的喜劇風格為基礎，結合野台採茶大戲的演出特色，從而調適發揮現代劇場的理念和功能，因而使榮興劇團名聞遐邇，迭獲教育部「民族藝術薪傳獎」和全省「客家戲劇比賽首獎」，不止傳客家採茶戲之薪火，而且已成為台灣採茶戲前途之所繫。

而今榮興劇團在文建會支持輔導之下，又將於三月十二日一連三天假國家劇院推出《花燈姻緣》，企圖以民間遊藝百戲競陳的方式，呈現熱鬧平安的民間慶典。在此熱鬧慶典遊藝之間，安排男女主腳的邂逅，並藉此刻畫全劇人物，其間無所謂善惡對抗，只是以謔而不虐的手法，表現常民的生活與情感，務使故事曲折而不失邏輯，情節緊湊而流轉自然，賓白機趣而詼諧，唱腔生動而活潑。並擴大樂隊編制，不但使之襯托出客家戲曲音樂的甜美，而且充分保留客家山歌的原味。

我想榮興劇團這一次盛大的演出，不止會在客家族群中引起廣泛的迴響，同時也會使關懷我國戲曲的人士密切的注意。因為榮興劇團這次演出，是扎根傳統的進一步創新，是要為客家採茶大戲再創另一種不同的表現空間。我非常敬佩榮興劇團如此的努力，更認為那是採茶戲可以勇往邁進的前途。我謹此來預祝榮興劇團的演出成功。

（民國八十八年三月十二日至十四日在國家劇院演出）

# 採茶戲前途似錦

## 寫在榮興客家採茶劇團演出《真假狀元記》之前

◎榮興客家採茶劇團名角曾生枝主演

採茶戲和歌仔戲一樣，同是台灣地區最具代表性的鄉土劇種，長久以來同樣融入族群的生活之中，滋潤著廣大群眾的性靈；但也同樣在社會變遷中逐漸衰落，引起有識之士的憂心。因為就採茶戲而言，其「三腳採茶戲」和「相褒戲」都具有小戲「踏謠」的原始性格，其「九腔十八調」更是滿心而發、肆口而成的真聲，自有其藝術和文化尋根探源的崇高地位；而由此發展形成的「改良大戲」或「客家歌仔戲」，也具有兼容並蓄的綜合藝術性格，於地方戲曲中自有一席地位。所以如果任其凋零，豈不自我浪擲文化資產，怎能不令人感到愧對祖先。

所幸近年本土意識高漲，政府亦大力維護、發揚；而客籍人士，於自身文化之推動，尤不遺餘力。其中鄭榮興教授傳「陳氏客家八音」五代之藝術，師大音樂研究所畢業之後，又負笈巴黎取得博士學位，以此涵養而全身全力投入鄉土戲曲中，以「榮興客家採茶劇團」從事薪傳和演出，其薪傳則開班授徒、製作節目，其演出則遊走城鄉。內台外台兼具，務使此易於脈動民族心靈之表演藝術永生不息，從而重新豐富人們的生活。

而鄭榮興更要胼足所學以提昇採茶戲的文學和藝術，於是親自編修劇本，務使劇情曲折耐人尋味，務使主題新穎富於省思，而曲詞賓白則講究語言與音樂旋律的融合；同時又廣為招攬耆宿，並心協力，仔細琢磨，務使節目緊湊、排場得宜，以引人入勝、不覺終場，數年來，其努力之成績，已屢次在國家劇院和社教館展現於國人面前。

而今「榮興採茶劇團」更將在臺北市戲劇季裡，於五月十二日假社教館推出兩場《真假狀元記‧王文英認親》，希企在悲歡交錯的劇情推展裡和真假狀元離奇詭譎的判決過程中，嘗試就現代人觀念，對人性重新探討，以此來尋找一個創新的表演方式。所謂「扎根傳統的創新」，則是我所認定的藝術文化生生不息的不二法門，鄭榮興既亦有見於此，則相信必會日新月異，令人刮目相看；而採茶戲的前途，亦必如春臨大地，百花燦爛，鋪陳似錦。

（民國八十五年五月十二日至十三日在台北市社教館演出）

◎榮興客家採茶劇團《真假狀元記》

# 黃梅戲‧話梁祝

**當年凌波、樂蒂主演《梁祝》造成的轟動，**
**至今仍爲衆多影迷津津樂道。**
**不過，電影畢竟是電影，**
**眞正道地的黃梅戲《梁祝》究竟況味如何？**
**還是讓安徽省黃梅戲劇團現身說法吧！**

說到「黃梅戲」，此地的觀眾應不陌生。因為當年李翰祥導演的電影《梁山伯與祝英台》和《七仙女》，就是用黃梅調來歌唱，曾經風靡整個臺灣。

黃梅戲是安徽省的主要地方戲曲劇種，原稱黃梅調或採茶戲。起源於湖北省黃梅縣紫雲山和龔坪一帶的產茶地區，由當地的茶歌、樵歌、高蹺、道情等民間歌舞相結合，於清嘉慶年間形成以小生、小旦、小丑為主的「黃梅採茶戲」。其中一支東傳至安徽省懷寧縣為中心的安慶地區，又與當地民間藝術相結合。發展為所謂「懷腔」或「懷調」，是為今日黃梅戲之前身。

其後由小戲群的「串戲」，進而為內容藝術均臻成熟的「本戲」，由農村草台走上城市舞台。進城後，又與京劇合班，並在上海受到越劇、揚劇、淮劇和評劇的影響，在劇目和形式上起了很大的變化。但仍保持「山花芳香、泥土氣

◎左起著者、馬蘭、洪惟助攝於中華民俗藝術基金會，馬蘭為黃梅戲名角，後嫁予余秋雨

味」的特質。

一九五三年，安徽省黃梅戲劇團成立，廣攬菁英，大力改革，於是音樂不止於「三打」，而以中樂為主兼容西樂；表演除彰顯載歌載舞與鄉土氣息外，更汲取眾藝之長，提昇藝術品質。而今日之安徽省黃梅戲劇院，尤有進者，其成員之個人成就，迭獲「梅花獎」等難得之殊榮；其團體之業績，屢得「文華獎」等至高之肯定；因之多次作文化輸出，被國際友人譽為「中國的鄉村音樂」，其深具傳統與鄉土藝術之特色，從而抒發民族思想與情感，於此可見。

說到梁祝故事，更是流傳千百年，家喻戶曉。其間悲歡離合所表達的深情厚愛，最為悱惻動人、沁人肺腑。因為它是舊社會的青年男女為爭取自由的婚姻和理想的伴侶，而竭盡身心性命去奮鬥的典型，所以它仍舊憑藉著各種文學和藝術，活生生的傳播在人們的心目之中。試想：祝英台與梁山伯，一個堅貞賢淑、一個篤實忠厚，他們以相同的關愛、相同的情操，彼此奉獻了完完全全的身體性命，雖生不能同衾，死卻能同槨，形軀雖銷亡於人間，而精魂則依偎於塵外，翩翩然如展翅駕東風的莊蝶，逍遙於廣漠之野，無何有之鄉，它給人的感受，始則哀婉悽切，終則優雅美感。我曾經考察梁祝故事的淵源與發展，其濫觴雖微，而其發展完成，實擷取中國愛情故事可歌可泣者之菁華，以故其思想情感亦冶中國愛情觀念於一爐，情者真也，精誠所至，可以超越時空、超越生死。也因此梁祝故事可以歷千百年而不稍衰，不止遍及全國，而且流入鄰邦，影響民心，至深且鉅。

這次安徽黃梅戲劇團挾著黃梅戲融會傳統與現代的藝術魅力，雖然以四台大戲一台小戲呈現台灣觀眾，欲各盡其態、各逞其妍，但就中為邀請單位所最為關注，欲投本地人之所好者，實為《梁山伯與祝英台》。

我們知道梁祝故事存在於古今許多劇種，當年轟動整個臺灣，由凌波、樂蒂主演的電影《梁山伯與祝英台》，實襲自越劇，兼取川劇與民歌，而黃梅戲之傳統劇目，卻未及梁祝。黃梅戲之有梁祝，乃去年六月安徽黃梅戲劇院赴港澳演出時，始委由金芝先生編寫《英台別友》、《山伯訪友》兩折子戲，而今為赴台演出，乃足成八齣為全本戲，欲使之充分發揮黃梅戲更質樸的農民氣質、更濃郁的民間風采，更親切的鄉土氣息，和更秀麗的山光水色。同時排出了最堅強的陣容：傑出的女導演孫懷仁、老作曲家時白林、飲譽菊壇的馬蘭飾祝英台、黃新德飾梁山伯。我相信他們傾注心血的藝術創造，果然能使梁祝這對彩蝶，飛舞於黃梅戲廣闊的藝術天地裡。而我更相信，昔年李翰祥以電影梁祝唱黃梅調，既能使臺灣舉國若狂；而今素著聲譽的安徽黃梅戲劇院以道地的黃梅戲搬演梁祝，其將為萬人空巷「傾城傾國」，亦可以想見矣！

（原載《中國時報》藝文版八十三年四月十九日）

# 近代戲曲之母熱耳酸心

## 寫在秦腔來台演出之前

戲曲在明代已經非常發達，尤其萬曆以後，地方腔調蓬勃興起，促使清代花部亂彈終於取代雅部崑腔，成為劇壇的盟主。就中最早被稱作「亂彈」的就是秦腔。

秦腔因產生於山峽豫之三角地帶，為古秦地，故以地名其腔調。又稱梆子腔，乃以梆子為節奏樂器而得名。

梆子腔生命力非常強大，向外流行至京、津、冀、魯、豫、皖、浙、贛、湘、鄂、粵、桂、川、滇、青、寧、新、藏等十八行政區，所到之處必與當地方言歌謠腔調融合，或略有變化，或產生新腔。因此山西、河北、河南、山東的梆子，均尚名「梆子」；而西秦腔、甘肅腔、吹腔、樅陽腔、石牌腔、梆子秧腔、梆子亂彈腔、安慶梆子、西調等也都又名「梆子腔」，因為它們都是梆子腔衍生出來的腔調；甚至皮黃中的西皮、徽劇中的高撥子也都與之脫不了關係。所以它作為近世地方戲曲之母，絲毫不為過。

◎秦腔《頂燈台》，皮筋／孫存蝶飾

那麼「秦腔」為什麼可以作為近世地方戲曲之母呢？我想這有三個緣故。其一它起得早；其二它運用板腔體，打破傳統曲牌體的諸多束縛；其三應是最為關鍵的，就是它的腔調特質。

乾隆中葉嚴長明在《琴雲擷英小譜》中說：「至於英英鼓腹，洋洋盈耳：激流波，遶梁塵，又皆秦聲，非崑曲也。」像這樣在乾隆間以一女子所歌唱「洋洋乎盈耳」的秦聲，不只和我們今日聽到的激昂慷慨、高亢粗豪的秦腔如出一轍，也和沈德潛在《清詩別裁》所云的「車轔駟鐵」相彷彿，也和陸次雲在〈圓圓傳〉中所描寫李自成歌西調時的「繁音激楚，熱耳酸心」宛然相合。我們再把時間推向嬴秦時李斯在給秦始皇的上書，其中有云：「擊甕扣缶，彈箏搏髀，而歌嗚嗚快耳者，真秦之聲也。」這種經由「擊甕扣缶，彈箏搏髀」所伴奏而歌唱的「嗚嗚」可以快耳的「秦聲」，其獷放激越的特點是不難想像的。則「秦聲、秦腔」經歷兩千數百年，而風格特色，猶然一脈相傳，沒有任何根本性的改變。可見其傳承的堅韌性，也可見腔調在方言的基礎上，有其長遠不變易的特質。

在台灣，我們有也稱北管的「亂彈」，其中的「福路腔」屬梆子系統，「西皮腔」即梆子腔在湖北襄陽的變調。可見臺灣亂彈的根本還是秦腔梆子，那麼這次陝西省戲曲研究院秦腔團首度來臺，於七月十二日至十四日假國家劇院演出，其機會是多麼的難得！不只聽慣「吳儂軟語」的朋友，可以對比一下「秦地悲歌」；而本地觀眾，也可以藉此認知北管亂彈的源頭，其認祖歸宗，感慨蒼涼，將是何等的動人情懷！何況其一級演員馬友仙、李梅、孫存蝶、李小鋒等精銳盡出！何況其所選劇目〈殺嫂〉、〈打柴勸弟〉、〈頂燈檯〉、《竇娥冤》、〈隔門賢〉、〈悟空借扇〉、〈鬼怨．殺生〉、等，既「傳統」又「新鮮」，不只大戲、小戲兼備，滑稽、功底並具，板路、彩腔，歡音，苦音，各門腳色無不逞其妍、盡其態。相信這一支被譽為「整體藝術和個人技巧無懈可擊」的團隊，是會令人刮目相看的。

（原載《中國時報．人間副刊》九十一年七月七日）

◎秦腔《竇娥冤》，竇娥／馬友仙飾

◎秦腔《打柴勸弟》，陳勛／李小鋒飾

# 文化‧藝術‧獲獎

## 寫在湖南省湘劇院首度來台演出之前

在我心目中，湘劇是深具文化地位和價值的戲曲劇種，它是湖南省戲曲劇種的代表；而湖南省湘劇院更是其眾多劇團中的巨擘，最具藝術特色，人才輩出，獲獎連連，蜚聲海內外。也因此，在這次國立傳統藝術中心、國家兩廳院的「兩岸戲曲大展」、「地方戲曲大展」中，我便推薦該院來臺演出。而湘劇院鄭重其事，精銳盡出，希望在首度來台，於七月十八日至二十一日登上國家劇院之際，使出絕活，贏得各方的好評。我知道他們是信心滿滿的。

湘劇是多腔劇種，包含高腔、彈腔、崑腔和低牌子四種腔調，其實它是四個劇種的綜合體。這次來臺，他們選用最具文化特色和價值的高腔和彈腔。

高腔是明代與海鹽、餘姚、崑山並為「四大聲腔」的弋陽腔之嫡裔。明嘉靖三十八年（一五五九年）徐渭《南詞敘錄》說「今唱家稱弋陽，則出於江西，兩京、湖南、閩、廣用之。」足證四百五十年前湖南就有弋陽腔。清乾隆間（一七三六～一七九五）李調元《劇話》謂「弋腔始弋陽，即今高腔。」而其所以改稱高腔者，乃因為演唱時只有打擊

◎湖南省湘劇院〈白兔記〉第四場——接子

樂，臺上一人獨唱，臺後眾人幫和，音調極高亢而富有朗誦意味的緣故。像這樣的腔調音樂具有俚俗質樸的特質和直接衝擊感染的功能，所以在作為四大聲腔之時，其流播地域自然最為廣闊。到了明萬曆年間（一五七三～一六二〇）弋陽腔的變調青陽腔在其曲牌體音樂中發展出滾調，高腔也予以繼承。於是乾隆以後之高腔，音樂腔調中，除了曲牌本格外，還兼具了「幫腔」和「滾調」。「幫腔」是一些旋律性強，用人聲或器樂唱奏的腔句。有以下功能：可以減輕演員負擔，可以渲染氣氛，可以傳達人物心志，可以增加腔調的變化。「滾調」有「滾唱」、「滾白」之分，前者協韻，偏於唱；後者不協韻，偏於白；其說唱性強，長於敘事，字密腔少，每與當地方言結合。用此可以詮釋劇情，可以融合身段，強化戲劇效果。而今日之湘劇高腔，其演唱和說白均使用中州韻、長沙音，融入當地民歌小調和花鼓戲中的打鑼腔和具特殊音色的薄銅雙鈸等打擊樂器，運用特有的鑼鼓經，從而形成獨特的音樂風格。

其次彈腔又稱為「南北路」，北路指西皮，南路指二黃。西皮是陝西的梆子傳到湖北襄陽稱襄陽調，當地人土語稱曲為皮，因襄陽調傳自西方，故又稱「西皮」；而二黃實是宜黃之訛變，宜黃腔傳到江浙，當地人讀宜與二，黃與王聲音相近，因此產生訛變，文獻乃出現宜王、宜黃、二黃、二王等不同寫法，傳入安徽，湖北後以二黃為稱。二黃腔旋律平穩，節奏舒緩，宜表現淒涼沉鬱之感情，正與旋律變化較大，唱腔較為流暢，宜於表達激昂慷慨、歡快雄壯場面的西皮可以互補有無。因此西皮、二黃自然結合為皮黃腔，用於京劇、漢劇、徽劇、湘劇、祁劇、桂劇、粵劇、閩西漢劇、婺劇、贛劇、廣東漢劇、滇劇、絲弦劇、川劇、陝西漢調二黃、山西上黨二黃等。可見西皮二黃結合後之「複合腔」，是一種強勢腔調，所以流播如此之廣。

◎湖南省湘劇院〈拜月記〉第一場——搶傘

考西皮、二黃之結合為皮黃，始於乾隆間之湖北漢劇，謂之「漢調」。漢調皮黃北傳入京，於乾隆五十五年徽班進京之後，與之合流，逐漸京化，如以十三道轍為韻，講求尖圓音等，乃成為「京劇」之主要腔調。同時漢調皮黃亦向南流播，其入江西者為贛劇中之皮黃，再東傳入閩者為閩西漢劇，再入閩南漳州，皮黃因與泉州之南管對稱，乃稱為北管。

北管之皮黃隨移民入臺，合先入臺之梆子腔系曰「福路」者〈由「河洛」、「福祿」音近訛變〉並總稱北管或亂彈。因福路先入臺，故稱「舊路」；皮黃較晚，故稱「新路」。則今日臺灣北管中之皮黃，實為漢調皮黃之嫡系，與湘劇之亂彈皮黃同為未經京化之皮黃腔。

以上對於湘劇之高腔、彈腔之說明，可見其歷史地位與腔調特質，尤其彈腔與本地北管皮黃更有密切關係。因此喜愛戲曲腔調音樂之朋友，切勿錯過這可以聆賞和探究的好機會。

這次湘劇在臺演出的劇目，包括三本高腔戲《馬陵道》、《拜月記》和《白兔記》，一本彈腔戲《生死牌》，這些劇碼在舞台上演出以外，先後都拍成電影廣為流傳。其中《馬陵道》屬新編歷史劇，敘述戰國時代齊國孫臏與魏國龐涓恩怨鬥爭的故事。該劇在傳統基礎上創新，一九九七年推出後，普受高度讚揚，獲得田漢大獎和文華大獎的榮銜。編劇陳建秋與導演黃天博、王伯安分別得到文華編劇獎與導演獎，飾演孫臏的唐伯華和飾演龐涓的王永光更贏得文華表演獎，另一位飾演車前子的王陽娟也因而獲得梅花獎。由此可見《馬陵道》確是一部集合編導演為一體的好作品。其他三劇，《拜月記》、《白兔記》、《生死牌》並稱為湘劇三大傳統名劇，是該團長演不衰的代表劇目，在香港首屆「中國地方戲曲展」和聯合國教科文組織的「東方戲劇展演」中演出，同樣受到高度肯定和揄揚。《拜月記》飾演王瑞蘭的左大玢、飾演蔣瑞蓮和在《白兔記》飾劉承佑的賀小漢也都獲得梅花獎，特別值得一提的是在《生死牌》中飾演黃伯賢的劉春泉今年七十二歲，她六歲登台，藝名「六歲紅」，是湘劇界碩果僅存的大師，必有令人刮目相看的獨特風格。

總而言之，湘劇在國家劇院演出，首度來台，傾其全力，以最好的演員和劇目來呈現，可以預言的是：一定不會令觀眾失望！

（原載《中央日報・游於藝》九十一年十月十八日）

◎湖南省湘劇院〈馬陵道〉第六場——裝瘋

# 戲曲腔調「現代化」

## 寫在國立實驗國樂團「地方戲曲之夜音樂會」之前

七月六日晚上在國家音樂廳，由國立實驗國樂團承辦的「地方戲曲之夜音樂會」，將在盛大的演出中，令人別開生面、熱耳酸心。這場音樂會係屬國立傳統藝術中心主辦、國家兩廳院協辦的「兩岸戲曲大展」的節目之一，也是大展中唯一的音樂會。

何以說這場音樂會將會令人別開生面、熱耳酸心呢？因為戲曲音樂以腔調為主體，腔調是方音方言的語言旋律，有各自的特色和韻味，譬如梆子腔讓人覺得「洋洋乎盈耳」，感受到的是激昂慷慨、高亢粗豪的氣韻。西皮腔宜於歡快雄壯的場面，二黃腔宜於淒涼沈鬱的感情。以山歌小調灘簧為雛型的滬劇則樸實委婉，適合觸景生情的即興歌唱。越劇中的吟哽北調舒緩婉轉，用按腔配合演員出場；吟哽南調粗獷爽朗，宜採用多人幫腔。

像這樣各具聲情各具感染力的腔調，如果以此為基礎，重新予以編腔編曲，而用大型的國樂團演奏，將之進一步的描述、襯托、渲染、強化，同時由各劇種的第一流演員運轉其優美的唱腔，重新展現出來，是否果然能夠從中營造豐富多變的音色，展現厚實沈穩的樂風，以期在清淡雋永之間顯現精鍊絕美，在氣勢磅礡之中不失細緻靈動，而為傳統戲曲腔調音樂，在現代的劇場中開創無限的可能呢？

◎滬劇，茅善玉

◎越劇，單仰萍

◎北管，潘玉嬌

◎蒲劇，任跟心

實驗國樂團就是要嘗試這樣的可能性，乃邀請含西皮、二黃、梆子三腔之北管潘玉嬌、蒲州梆子之任跟心、越劇之單仰萍、滬劇之茅善玉等四腔調劇種的著名演員，將其代表性唱段經由景建樹、劉學軒、瞿春泉、周以謙等四位國樂作曲家重新編曲編腔之後，再由瞿春泉指揮的實驗國樂團伴奏，再由四位名演員歌唱出來。

這是嶄新的「實驗」，更是扎根傳統勇於創新的嘗試。而我一直認為，藝術文化的生生不息，與時推移而又能融入並豐富人們生活，正是因為時代的先知先覺者，既能深耕傳統，又能栽培新藝術，才能產生時代的藝術新果實。所以實驗國樂團這次「實驗性」的音樂會，是值得我們欣賞和鼓勵的！

（原載《中國時報・文人藝術》九十一年七月五日）

# 偶戲

# 偶戲大觀・大觀偶戲

## 寫在一九九九年「雲林偶戲節」之前

**世界各民族之偶戲，其源流與發展，雖然有遲速隆衰；其藝術特色，雖然融入各自的風俗文化；但終究成爲一股雄厚的世界藝術文化之流，乃因爲其間有許多人類共同的夢幻和希企追求實現的遐想……**

◎黃海岱先生百壽高齡操弄木偶

一九九九雲林國際偶戲節將於三月二十四、五兩日在臺大思亮館舉行「國際偶戲學術研討會」揭開序幕；二十六日移師雲林文化中心，一連三天展開列國偶戲藝術大會演和文物大展。研討會六場，分別以東亞傳統偶戲藝術、偶戲劇場工作者經驗談、西歐與南歐偶戲藝術、開放的偶戲世界、臺灣布袋戲、世界偶戲現況及其在藝術文化上的意義為主題。其中東亞偶戲分量較重，分兩場研討，提出論文的學者除本地外，有日本、大陸、越南、韓國、印度、委內瑞拉、奧地利、西班牙、義大利、法國等十個國家，發表十八篇論文。參加大會演的共有十九個劇團，外來劇團有八個，大陸、韓國、法國未派團，日本則別有沖繩。像這樣的

「風雲際會」，不止臺灣有史以來所未有，即在世界偶戲史上亦是一樁盛事。

## 各國偶戲藝術的起源與形式

偶戲的起源，學者一般認為和宗教儀式有關，中國和印度是偶戲的兩大古國，印度在西元前有「拉（木偶）線的人」在文獻上出現，中國則諸說中，以「源於漢，盛於唐宋」較保守而獲肯定，印度的影戲影響廣大，遍及東南亞與中亞，甚至土耳其、埃及和希臘也都有所感染。中國在宋代已經將傀儡戲分化為懸絲、杖頭、盤鈴、藥發、水、肉等六種形式；同時又有手影、紙影、皮影等三種影戲，紙影皮影不止「公忠者雕以正貌，奸邪者與之醜貌」，而且能演出魏蜀吳三分爭戰之事，顯現其藝術之創始必在宋代以前。到了明嘉靖間，應當就有「掌中弄巧」的布袋戲。凡此可見中國自古以來，偶戲甚為發達。而中國文化影響東北亞與南亞，偶戲自不例外。日本、韓國的偶戲舞台、木偶操作法，乃至木偶的名稱「郭禿」都相同，所以金在喆在一九三三年出版的《朝鮮演劇史》便說韓日兩國的偶戲是屬於中國系統；而清代以後在中國失傳的水傀儡，卻尚活躍於越南的農村中，豈不應了古人的一句話：「禮失而求諸野。」不止如此，這次來參加大會的荷蘭偶戲博物館前館長Felica van Deth說到她受中國偶戲的啟發很大，日本的桑江純子更在一九八四年隻身來臺，拜西螺新興閣掌中劇團團長鍾任壁為師，學成之後返國，便以沖繩文化為神髓，融合中國偶戲技藝，組成劇團，以「沖繩布袋戲劇團『風車』‧琉球新興閣掌中戲劇團」為名，來紀念她藝術的根源。而甫逝世的布袋戲大師李天祿，收有好些洋弟子，他自己也遠渡重洋傳藝；則我國的偶戲藝術仍是泱泱然的影響廣遠。

偶戲顧名思義，原是一種以操作偶人來演出的戲劇形式，它是以對真人演出的人戲而言的，由於偶人本身沒有生命，其所展現的言語動作思想情感，完全寄託於演師的口白和技法，也因此偶戲和說唱有極密切的關係，演師所憑藉的技法之異同，也成為偶戲的重要類別，譬如以絲線來搬演偶人的叫「懸絲傀儡」或「提線傀儡」，以棍子來運轉偶人的叫「杖頭傀儡」，以手掌來耍弄偶人的叫「掌中傀儡」，另外以紙偶或皮偶照射其影於白幕上，用棍子操作其偶來演出的叫「影戲」。現在我國尚存有這四種類型的偶戲，而它們也是世界偶戲傳統中的四大種類，儘管有所變異，也往往百變不離其宗。但是像我國古代的肉傀儡是用小孩來模仿提線傀儡的動作，藥發傀儡是用火藥來發動傀儡，水傀儡是將傀儡浮於水中而以竿中的絲線來操作，則是較為特殊的了。

但是當今的偶戲藝術，上述演師隱藏自己以操弄偶人的傳統形式之外，尚有開放式操偶與人偶同台兩種演出類型，前者演師與偶人成為一體，演師操作的位置在偶人的後方，或在偶人裡面；後者是演師從偶人的陰影中走出，站在偶人的旁邊，同時成為與偶人同等地位的演員，他不止和偶人對話，同時也在觀眾面前操作偶人，這兩種與傳統偶戲藝術大異其趣的表演形態，頗能引起本世紀二〇年代戲劇藝術家的共鳴，認為那是開拓偶戲藝術的一扇大門；但仔細想想，那就與所謂「偶戲」名實未盡相符了，至多只能稱之為「人偶戲」而已，何況它事實上已經破壞了演師透過操作技法注入偶人思想情感，達到人偶合一的基本原理和精神。

世界各民族之偶戲，其源流與發展，雖然有遲速隆衰；其藝術特色，雖然融入各自的風俗文化；但終究成為一股雄厚的世界藝術文化之流，乃因為其間有許多人類共同的夢幻和希企追求實現的遐想。透過偶人，它儘有人的表徵，而畢竟非真人。所以它既能鬚眉畢張的反映現實，也能恍兮惚兮的傳達冥漠。它一方面可以使垂髫歡樂悲啼於頃刻，一方面也可以使耄耋悔恨得意於終生。偶戲的令人迷癡，或許就在於此。

## 舉辦國際偶戲節切磋偶技

我國既為偶戲古國，又為偶戲大國，在文建會策畫之下，國際偶戲節已歷五屆，目的無非在藉助國際偶戲藝術的交流切磋與觀摩，來展示各國偶戲藝術的菁華和提升各自藝術的境地。而這次所以堪稱「偶戲大觀，大觀偶戲」，實是無論形式和內容，較諸歷屆都力求更為精緻和豐富。

就研討會而言，沈繼生將木偶的動作看作一種可見的語言，從而論述國際偶戲藝術有走上啞劇的趨勢。邱一峰從影戲傳統的演出模式，探討其未來開拓的空間，認為影偶本身的改進，劇本的創新與改編，乃至舞台燈光變換、道具應用和操作技法的革新，使之營造出新的搬演效果和欣賞趣味，是目前應當留意和努力的課題。來自越南的阮輝虹詳細介紹水傀儡的生態和藝術特色，如果我們參照孟元老《東京夢華錄》卷七〈駕幸臨水殿觀爭標錫宴〉條所記述的水傀儡演出情況，就能感受到中越偶戲藝術血脈相連。葉明生通過田野調查，以閩東梨園教的法事傀儡為例來印證古代傀儡與宗教的密切關係。來自荷蘭的羅斌對於二十世紀亞洲偶戲從地方娛樂到民族象徵的發展作了詳密的論述。其他遠道而來的貴賓，或者介紹韓國偶戲成立與傳承的過程，或者從日本竹田傀儡的研究中發現其可貴的繪畫資料，或者說明印度喀拉拉省傳統舞蹈劇場與偶戲的關係，或者以委內瑞拉庫拿劇團為例來闡釋偶戲舞台創作；也有嘗試以非傳統方式要賦予奧地利各類戲偶及道具新生命的，也有暢談西班牙野伊達偶戲中心的社會與藝術經驗的，也有敘述義大利龍偶劇團及其偶戲家族的，也有詳細條列法國偶戲歷史的，更有探討偶戲與戲偶能否表現在荷蘭偶戲博物館的環境之中的。而國內學者對布袋戲最感興趣，江武昌討論虎尾五洲園布袋戲之流播與變遷；林鋒雄以西螺新興閣為例說明臺灣布袋戲的發展；吳明德則認為當前風靡大眾的「霹靂布袋戲」，其藝術成就是開創布袋戲的新紀元；陳龍廷則從另一角度探討臺灣布袋戲與民間社團武館、曲館的關係，企圖從中尋找臺灣布袋戲存續的可能形態。這些論文，每一篇都是作者嘔心瀝血之作，有如奇葩綻放，使得偶戲大觀園百花競艷，燦爛輝煌。

◎越南水傀儡

## 各國偶技劇目爭奇鬥豔

其次再就盛大的展演而言，來自異國的有日本古稱「人形淨瑠璃」今稱「文樂」的傀儡戲，那是一種極具代表性和文學價值的日本古典技藝，將由淡路人形淨瑠璃館演出〈人形教室〉、〈本朝二十四孝——奧庭孤火段〉及〈傾城阿波鳴門——巡禮歌段〉等三個古老劇目，該館曾在二十多個國家巡迴演出；沖繩布袋戲團「風車」將推出近年極受歡迎的劇目〈樹精奇古木拉〉，那是沖繩布袋戲的代表作，富有環保教育意義；印度的那塔那凱拉里偶劇團，戲偶高約三呎，造型與佛祖神似，一眼可以看出其宗教性和古老性，演出的劇目是印度史詩中的故事，有活潑的韻律和機趣的敘述，演師操縱的技術會暴露在舞台之上；越南富多水木偶劇團將演出在中國失傳的水傀儡，它的最重要戲偶，一個面帶滑稽的表演主持人，使我們聯想到宋雜劇的參軍色，它要演出的十二段劇目《喇叭將軍開場，請吃檳榔、獻

◎印度那塔那凱拉里偶劇團

花，爬竿、插旗、放鞭炮、掛旗、抬轎、迎神、龍噴水火，水族會舞，釣田雞、捕魚，打鐵、碾穀、搗米、織布，鬥牛、游泳、爬樓梯、盪鞦韆、跳火圈、摔跤，貓追老鼠，賽船、賽馬、馬噴火、砍芭蕉，燒棚、別友，和平島》都可以看出是高難度的木偶特技；義大利的龍劇團是義大利北部孟提契里家族的第五代，孟氏從事提線傀儡和布袋戲已經有一百五十多年的歷史。其演出劇目有傳統也有創新，創新的〈小木偶皮諾丘〉將有人偶同台的場面；西班牙伊達偶劇中心，每年五月都會舉行國際偶戲博覽會，其另一個致力目標是推展兒童藝術教育，這次將為臺灣小朋友演出〈格列弗之小人國歷險記〉；奧地利的魔奇劇團也專為兒童演出偶戲，和臺灣的九歌兒童劇團保持良好的合作關係，這次帶來的劇目是〈恐龍波弟〉；委內瑞拉的拿庫劇團不止參加大會演，還要為研討會特別演出，觀眾可以看到戲偶與偶後的女藝師，她們將在〈女孩與四隻手〉幽默諷刺的劇情中和伴有拉丁美洲的音樂裡，以迷人的表演，將觀眾帶入拉丁美洲女性的世界。另外國內優秀偶戲團，如五洲團、新興閣、小西園、明世界、廖文和、五隆園、明正等布袋戲團，如復興閣皮影戲團，如九歌、鞋子、臺北偶藝等現代偶戲團也都要以絕活共襄盛舉。而台原文化藝術基金會更負責在雲林文化中心陳列館展出國內外偶戲文物，必然也教人如入瑯嬛，滿目琳瑯。

偶戲為世界共同的藝術文化，也最能展現各國的特色，傳達各族的心靈。一個人也每在偶戲天地中受感染而成長。我國偶戲以其歷史以其技藝早已蜚聲海外，這次更能透過盛會廣邀世界偶戲菁英，相信必能藉此開拓國人的偶戲視野，增進偶戲藝術的提升和發展。蓋他山之石可以攻錯，如切如磋，如琢如磨。而主其事的單位更深願國人在偶戲大觀裡大觀偶戲，勿失這難得的良機。

（原載《聯合報》副刊八十八年三月二十三日）

# 送「小西園」赴紐約

一個民間劇團能夠蜚聲海內外，在國內以不世出的絕技為同行所欽服、為觀眾所傾倒；在國外以精湛超軼的藝術，宣揚民族文化、撫慰僑胞鄉情；這樣的民間劇團沒有政府輔導，沒有企業支持，則其成功與榮耀，可說全憑真實本事與團隊精神。而我所知道的「小西園掌中劇團」，可以當之而無愧。

小西園和我的「交情」非常深。十年前我為文建會製作「民間劇場」，一連四屆，小西園無不使場上為之風靡，其間我又鼓吹「以民族藝術作文化輸出」，於是我五度率領小西園遠赴歐美亞非四大洲作一百數十場的演出，每每使異國人士起立鼓掌致意，每每使熱情觀眾「頓足」讚嘆不已。我之所以一再選擇小西園，因為小西園最具國家榮譽的觀念、團隊一體的精神、高妙絕倫的藝術、健康愉快的身心。也因此每次都以豐碩的成果完成肩負的使命。而在文建會主導下，衰頹的民族藝術逐漸的復甦，我也竭盡「綿薄」將之推展進入校園之中，於是大專院校迭有「小型民間劇場」，而小西園團主許王先生在大專的「示範講演」，就我所知，已多至二、三十場。小西園有這樣的成績，加上其薪傳不輟和對布袋戲文物的整理保存，則其一再獲得薪傳獎，自是實至名歸。

我們都知道，偶戲是世界共通的藝術文化，而若論其歷史之長短與藝術之高下，咱們中國都堪居巨擘而當仁不讓。甚至可說，偶戲乃源自中國。中國偶戲已發展到成為「大戲的縮影」，也就是說人妝扮的大戲所能搬演的，偶戲也都能夠。而在偶戲中，掌中布袋戲較諸傀儡與皮影，更為精巧玲瓏。國外演出時，洋人莫不詫異，怎的但憑三根指頭，就可使偶人栩栩如生，而且做出那麼繁難的動作。而一個完整的傳統布袋戲團，少則六人多則八人即可成班，所

◎著者首度率小西園赴美巡迴演出，於聖路易大學

◎「小西園」許王演出《童子對打》

以以之作「文化交流」，實在既經濟簡便又能醒人眼目。

小西園兩代相傳已經有八十年的歷史，許王先生和團員也已共事數十年情如兄弟，許國良又能克紹箕裘，把大學所修習的智慧用在家業的發揚，則小西園雖而今如日中天，但相信更能蒸蒸日上，這次小西園再度銜文建會之命受紐約文化中心之請，重拔「藝術征衫」以弘揚國粹，相信秉其豐富經驗與前年在「紐文」成功的餘勢，必然更令人刮目相看。只是我要以相知甚深的「交情」，不厭復為嘮叨的囑咐：莫鬆懈團隊出國作文化交流的四件講求，請注意節目展演的方式，須知在有限的時間裡，如何使不同歷史文化背景的異國觀眾，很快速的由認識了解而能欣能賞，終於共鳴感動乃至肯定，是不可輕忽的「法門」。對此，許王先生和我曾有過共識和「實驗」，希望這次雖能推陳出新，而百變不離其宗，那麼我會和你們同樣具有信心，又一次為民族藝術文化的傳揚，在美國首善之地紐約，綻開燦爛的花朵，這次我不能與你們同行，只在此祝你們一路順風，載譽歸來。

（原載《中華日報》副刊八十二年一月二十八日）

# 黃奕缺的懸絲傀儡

**他將自己的身心與絲線與偶人融而為一；也用「腳色專業化」的方法訓練學生……**

偶戲是世界的共同藝術文化，咱們中國更是偶戲的王國和古國。就中懸絲傀儡已見漢代文獻和出土文物，唐代極為盛行，宋代幾於登峰造極。福建在宋代素有「海濱鄒魯」之稱，傀儡藝術亦代代相傳，迄今則出神入化、爐火純青，薈萃而集中於黃奕缺老先生之身。因之，黃老先生不止為中國「文化財」中的「國寶」，而且是世界級的藝術大師。他的藝術不止讓國民嘆為觀止，尤使異邦人士瞠目結舌，他真是蜚聲海內外的表演藝術家。

我曾在泉州數度觀賞他所領導的傀儡劇團演出，二三十根絲線在他手中，如捻佛珠、如數家珍，將身心與絲線與偶人融而為一，於是展現眼前的小猴兒翻騰跳躍、頑皮可愛，車上雜技、花樣百出，其栩栩如生，豈止難辨真假而已。

而泉州傀儡劇團的一齣《火焰山》，早已馳名國際，可以說將中國偶戲現代化並推向了至高的境界。

傳統的中國偶戲，無論傀儡戲、皮影戲、布袋戲，一般只有主演和助演兩個演師，由主演擔任口白，因此場面難於壯觀、腳色不易掌握。而黃老先生運用「腳色專業化」的方法教導訓練他的學生，所以學生各有專攻，好像精擅某種腳色行當的大戲演員一般。

於是懸絲傀儡所可以演出的內容就和大戲不相上下，而其藝術也簡直成為大戲的「縮影」。

尤有進者，黃老先生指導下的泉州傀儡劇團在「懸絲」的基礎上，更巧妙的運用了「杖頭」、「掌中」的技法，

◎黃奕缺的懸絲傀儡《鍾馗醉酒》

甚至於皮影偶和真人扮飾的「肉傀儡」也上場了。所以他們的藝術，實是汲取了偶戲的各種菁華，將《孫悟空三調芭蕉扇》演得既琳瑯滿目又如火如荼。當我從後台看到在樂師的急管繁絃下，一二十位男女青年藝師各展絕活的神采，不禁深深感動，也深深為黃老先生高興，從此「薪傳有人」。

我也曾經多次帶領偶戲團到美日歐非東南亞去做文化交流，在與各國偶戲界切磋之餘，對於我國為世界偶戲發祥地的認知和執世界偶戲藝術牛耳的信心更加堅定不移。

而今欣喜於臺灣布袋戲大師李天祿老先生邀請大陸傀儡戲大師黃奕缺老先生來作系列公演，一飽國人眼福。兩老惺惺相惜，不止是劇壇盛事，也是藝界韻事，年前黃老先生曾以絕藝遊歷臺灣，我曾請他在臺大作示範演出，反應之熱烈，難以形容。而黃老先生即將再度蒞臨，完全的展現他不世出的藝術造詣，我在此希望國人珍重他，珍重他也就等於珍重我們令外國人刮目相看的傳統民族藝術。

（原載《民生報》文化新聞八十二年九月二十三日）

# 小西園獨樹異葩

## 記加拿大愛蒙頓國際民俗藝術節及其他

加拿大亞伯達省愛蒙頓市，每年八月間都舉辦盛大的國際民俗藝術節，今年一九九五已進入第十七屆，照例在北沙河邊的赫勒拉公園周圍布下列國「館棚」。所謂「館棚」是因為列國都號稱「館」，而其實都以帳棚為主體。旁搭表演的露天舞台。這次共有四十四個國家設棚立館，好些較生分的國家，像克羅埃西亞、衣索比亞、斐濟、迦納、奈及利亞、波里尼西亞、塞爾維亞、斯洛伐克、斯里蘭卡、烏克蘭等，也都不甘落人之後，要來「百花競放、百鳥爭鳴」。

臺灣能獨設一館，是當地同鄉會三番兩次「爭執」得來的，理由是臺灣的民俗藝術文化自有其特色，有如威爾斯、蘇格蘭之與英格蘭可以並立館棚一般。同鄉會為了加強臺灣館的陣容，函請我們中華民俗藝術基金會設法組團前往，而在文建會以及教育部、外交部、僑委會等政府機構資助下，我率領小西園布袋戲團「緊急」的趕去參加。

赫勒拉公園幅員非常廣闊，少說也有一兩百公頃，而綠林環抱、碧草成茵，眼目蒼蒼翠翠，如油欲滴；試想加上北國纖塵不染的藍天白雲和盛夏吹拂不停的清涼風；在這樣的天地裡列國人們各競爾能的展演各自的絕活，該是多麼興高采烈，多麼快意舒爽的事！

可惜老天不作美，在八月五、六、七三天的活動裡，除了次日有個把小時的斜陽外，莫不陰氣沈沈、細雨霏霏。北國只要天一陰風一吹，那管什麼春夏，必然轉冷轉寒，何況風中有雨，若非毛衣加外套就難於禁受了。

儘管老天不作美，列國的館棚照樣在公園周圍一一座落下來，大抵都是在帳棚展售各自的民俗工藝和小吃，而無論帳棚或舞台乃至就地設區的表演場，都盡量要有本國的特色。

◎八十四年八月小西園參加加拿大艾得蒙吞民間藝術節

我們也在五日下午布置臺灣館，在露台上搭起金色輝煌奪人眼目的布袋戲台，那時鄰館的平台上一群俊男美女正有節有拍的大跳西班牙舞，吸引許多人圍觀。但當我們極具中國雕繪之美的戲台出現時，就有好些觀眾向我們聚集了。由於此際天雖陰並未下雨，所以我也請樂師就位，催動鑼鼓，來一段有勁有力的「鬧台」，如此這般，好奇的人群就團團的將這美侖美奐的布袋戲台包裹住了。於是我請樂師們改鑼鼓為絲竹樂來幾段優雅柔美的曲調。因為我認為布袋戲的「後場」雖屬小型樂隊，但畢竟包含板拍、單皮鼓、堂鼓、扁鼓、小鑼、中鑼、大鑼、嗩吶等所謂「武棚」的打擊樂器和京胡、二胡、三絃、月琴、椰殼絃、大廣絃、笛子等所謂「文棚」的絲竹樂，而隨團的六名樂師幾乎都是國寶級的，所以他們的演奏本身就是一場精采的音樂會；也因此我每將「後場」斜置舞台面上，讓觀眾可以看到他們演奏的情形。而就在優美的絲竹樂之後，鑼鼓再起，許王的《關公斬顏良》緊接著就上演了，那精巧的木偶造型在許王掌中無不栩栩如生，因為許王將自己的精神體氣灌注在木偶身上，以此來塑造其性格和模擬其聲口，尤其關公跨馬橫刀肅穆中所流露的威武，怎能不教人疑似「帝君」出現呢！這時我看到台下的觀眾，無不以木偶作目光的焦點，臉上做出各種會意欽羡的表情，站在後面的，則翹首企足，瞠乎其視。而鄰館衣香鬢影、踏搖其姿的「弗朗明哥」已不知何時「消聲匿跡」了，更使得這小小布袋戲令人刮目相看，掌聲雷動。

這齣《關公斬顏良》上演一二十分鐘，雖然觀眾正在興頭上，但陰沈的天空裡已微微有雨絲飄蕩，我們只好很抱歉的拆台收場，因為舞台面上被罩的絲質彩繡固然淋不得雨，木偶和樂器更涓滴也沾不得。

次日一早我們就到達會場。天空依舊灰濛濛，四圍的林表裊娜含煙，被雨絲滋潤的青草地卻有幾分光澤，只有零零落落的人在為自己的館棚布置整理，使盛大的國際民俗藝術節顯得清曠無比。

看到這樣的天色，我當機立斷，放棄露台展演，將舞台搭在大帳棚裡，而將民藝、小吃販賣部移置小帳棚，布袋戲文物展則將就在大帳棚的周圍和台後的左角落安頓。如此一來，我們臺灣館就可以在「風雨之外」了。同鄉會的鄉親也都同意這樣的應變處置，大家一起動手，很快就緒，使得我們的節目雖在淒風寒雨中亦能準時開演。

我以「領隊」的名義和許王的「小西園」出國作「文化輸出」，這是第六次。民國七十三年九月首次巡迴美國十三州十三所大學演出時，我就向許王說：「我們既然要以布袋戲作文化輸出，藉此贏得深切的國際友誼，那麼我們就應當先使外國觀眾認識布袋戲，進而使之了解它、欣賞它、肯定它，終於相與共鳴。」本此原則，我以布袋戲藝術的菁華為基礎，運用藝術解析整合的方法，與許王設計了一套演出的節目和程序。多次出國的經驗，證明是可行而成功的，但是以往都在室內正式演出，而這次是在「廣場奏技」，又因雨而移入塞滿人也不過兩三百名觀眾的帳棚之中，主辦單位又規定一場演出以半小時為原則。為了因應這種情況和考慮觀眾流動駐足的現象，我們作了這樣的安排：每間隔一小時演一場，每場三十分鐘，前五分鐘奏樂迎賓，後五分鐘歌謠餘興，中間二十

◎著者（穿西裝者）與「小西園」全體團員合影

◎「小西園」許王精緻性演出

分鐘為品味各自不同的精采劇目，即《關公斬顏良》以見中國英雄之威武，以見紅淨、白淨、花臉之特質；《夫妻重逢》藉飲酒、寫信以見木偶操作之工緻細膩，藉夫妻之纏綿花月以見生旦之特質；《桃花山》藉趙匡胤三打擂台以見「中國功夫」之逼真；《快馬追蹤》藉英雄救美、強盜追蹤以見木偶跳窗與馬術奇技之出人意表；而《武松打虎》則融老虎身段、兵器盾牌對打、雜耍特技，以及丑腳滑稽詼諧於一爐。這些節目即出諸當年首度出國的設計，故事都很簡單、觀眾看木偶的表情動作即可了然，直個「不待言詮」。

我們以這樣的節目方式輪番上場，場場使大帳棚塞滿了人，當連帳外的幾張木桌木椅之上也擠一撮撐著傘的觀眾，而無一人中場離開，並且爆笑連連；其爆笑聲正與燈火中燦爛輝映的小舞台木偶相為呼應。我們兩天裡共演十二場，其中《武松打虎》場次較多，因為我們發現那是觀眾的最愛。

當我們的大帳棚正熱鬧的上演時，我們的小帳棚也有不少「向隅」的人在選購具臺灣品味的「玩意兒」和諸如粽子、米粉、米糕、春卷等民俗小吃。而環觀帳外，雖然也有人撐著傘來來往往，但據說比起往年風清日麗熙來攘往的景況，真有天壤之別。這些在雨中撐傘瀏覽的人，大抵會駐足在各館棚的藝品和小吃之前，而各館棚的表演區則空蕩蕩的一任寒雨飄飄灑灑的淋漓著。所以雨中的赫勒拉公園國際民俗藝術節的四十四個館棚，就只有臺灣館的小西園在那裡獨樹藝術的奇葩了。

然而也因為寒雨惱人無奈，縱然有三兩館棚不甘寂寞的播放如嘶如吼的歌樂，終究難於減低整個廣場的清寂；所以只要雨絲細到若有若無，便有些館棚冒然的上演節目了。我們鄰館的西班牙舞是如此，來自北歐三國的斯堪地土風舞也如此，日本人在草地上呼喝作勢的「劍道」更是如此；而加拿大印地安土著的原始漁獵舞尤其搶盡風頭，其「奇裝異服，毛羽雜沓，弓矛飛舞，成群作隊」的聲勢，簡直是要逼使陰霾頓開。而六日午後五時許，果然雲破天青，陽光普照大地，這一來，整個場子都動起來了，真正的國際民俗藝術節，也在此時方始展開。愛蒙頓前任市長現任市議員泰瑞先生很熱情的開他的公園工作車帶我作了一番全面的巡禮，我意猶有未盡，又自己費了個把小時重頭走一遭。而愛蒙頓市市民也很快的乘著此際猶高高在上的日頭來這裡「趕集」了。

國際民俗藝術節的四十四個館棚緣著公園周圍比鄰依次排列。看樣子民俗藝品和小吃是各館棚經費的來源，而表演也大有招徠的意味，所以像斐濟、巴基斯坦、土耳其等少數國家，我始終沒看到他們表演節目，但卻很熱絡的在販賣飲食，以特殊的口味饗人。而縱覽列國的表演節目，除了上文提到的外，韓國雜技帶有中國工夫的意味，中國大陸以舞獅見長，蘇格蘭、愛爾蘭以爵士樂，越南以鼓樂，其他幾乎可以用「踏謠」兩個字來形容，踏者土風舞，謠者民謠也。像以色列、希臘是既踏且謠，像匈牙利、義大利是踏而不謠，像威爾斯、波蘭是謠而不踏。而踏謠中，像衣索比亞、波里尼西亞比起蘇格蘭、薩爾瓦多來就顯得「野味」十足，男子上空、女子草裙的激動舞姿，充分流露了熱帶噴火的風情。儘管這許多表演都可以涵括在「踏謠」之中，但由於人種與民族不同，自然服飾有別、樂音有異，從而形成各有其致的歌韻和舞姿，逐一加以瀏覽觀賞，也就琳瑯滿目了。

當我遊走列國館棚之時，真有品嘗世界「文化大拚盤」的感覺，雖然列國各自端出來的只是一丁點的小口味，但卻是只此一家、別無分店的，所以總起來也就五味雜陳了；只是這種滋味是令人淺嘗即止的。而如果就認知而言，對列國民藝，我的感覺，也好似

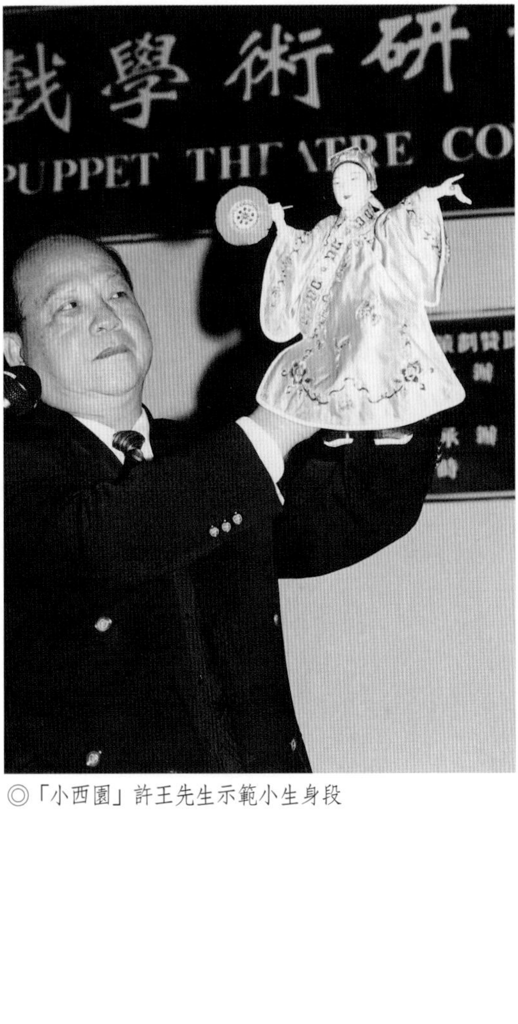


◎「小西園」許王先生示範小生身段

窺豹一斑而已。

為此使我想起民國七十一年至七十五年文建會在青年公園，於中秋前後五天五夜所舉辦的「民間劇場」，以「廣場奏技，百藝競陳」的方式，展演我國民俗技藝的菁華，內容之豐富，曾多達七大類一百零九種一百六十九團體，參演人數兩千多人，吸引觀眾近百萬人次，充分發揮「動態文化櫥窗」的意義和功能。若以此比較這次的國際民俗藝術節，則好像咱們端出的是一道中國大菜；而其展演，若就我國民藝的認知而言，也堪稱是就全豹以觀照全豹了。

愛蒙頓國際民俗藝術節結束之後，小西園於八月八日轉往加拿大東海岸的哈里法克斯，參加第九屆國際街頭藝術節。藝術節自八月三日起在七十幾條街上展演十天，有八個國家參加，節目達三十六種。由於我們停留的時間有限，無法踏遍每條街，但在隨興的觀覽裡，覺得頗有我國從前路歧人「街頭賣藝」的況味，所以其表演以歌唱雜技為多，一人可以成團，數人即可畫地自雄。也因此像小西園這樣飛越大洲大洋自備舞台行頭的演出隊伍，自然「獨樹異葩」，令人格外重視了。我們被安排在碼頭邊特殊的主要演出場所，在街頭搭起的唯一大帳棚裡，裡頭有飲料販售，有可以容納數百人的座位。我們只在九日下午演出兩場，雖然未盡座無虛席，但掌中絕藝，依舊教人如醉如癡。

哈里法克斯之後，我們於十一日轉往渥太華，十一日下午在美術館演一場給兒童看，晚上則在國家圖書館大禮堂作了一場此行唯一室內的完整演出。這場演出滿了全部四百個座位，一票難求失望而去的至少五十人。觀眾中臺灣同鄉及加拿大人士各居其半，有渥太華藝界人士、偶戲專家、社會賢達、政府顯要，他們一致嘖嘖稱讚，嘆為觀止。

回顧這次小西園的加拿大之旅，所以能在國際民俗藝術節，受到當地日報推為最受矚目的演出團體，受到當地電視台專訪廣為揄揚；在國際街頭藝術節裡受到特別待遇大受歡迎；在渥太華的完整演出得到熱烈的迴響；我想有以下兩點重要原因：

其一，偶戲是世界共同的藝術文化，也就是許多國家都有偶戲，而咱們臺灣布袋戲的掌中弄巧已堪稱為一台中國大戲的「縮影」，其絕活可以表達極為細膩的動作，其內容足以運用古今中外的故事，所以自為外國偶戲所望塵莫及；而小西園是目前國內前後場最為完整最為優秀的團體，因此所到之處均能「一鳴驚人」。

其二，節目內容和演出程序，能針對演出的劇場、觀眾和場合而設計而變化，務求最適宜的配搭。譬如在渥太華國家圖書館禮堂的演出，不止全套節目循序上演，穿插木偶示範操作，樂器介紹並演奏中外民謠，乃至於開場之前有林金鍊跳鍾馗的儀式，散場之後有觀眾上台玩木偶和發問的餘興；因此觀眾於觀賞之餘，又受益良多，自然感到非常稱心滿意。但在兩地的藝術節，由於演出在廣場在街頭的帳棚，觀眾流動性大，就只能用最精彩最有趣的片段來抓住觀眾的興會，使他們駐足到終場；而這種情況便只好犧牲上文說過的布袋戲的某些藝術特色和品味了。而在渥太華美術館專為兒童演出的一場，就無須用舞台，因為讓兒童直接看到人偶合一的演出情況，會更有趣味，而劇目自然也選擇興味盎然的〈武松打虎〉了。在這場演出裡，小兒曾大衡也拜「兒童」之賜，上場耍了幾招。他十一歲，自費隨團，耳濡目染之餘，許王愛之如徒弟，傳授他一些噱頭花招，在許國良指引下居然也敢亮相，表演遙接木偶和雙手同時翻跳木偶的技巧，使他的同儕——滿場裡的小朋友看傻了眼，猛拍著小小的雙手，散場後也爭著要拿木偶來耍耍看。

此外，小西園的團隊精神和敬業態度都令人感佩，而同鄉會鄉親的費心費力安排和熱誠接待，使我們一切順利、溫馨愉快；尤其愛蒙頓會長楊純雄、加拿大總會長陳文隆兩位先生爭取機會、勇任其事，更使我們感激。可見一件事情的成功，並不是單方面可以完成的。

多年前我就主張「以民族藝術作文化輸出」，有這樣的話語：民族藝術由於有悠久的歷史傳承，與全民的生活息息相關，所以最具民族化的氣息和色彩，它可以說是民族精神、思想、情感最具體的表現。我們如果從中擇菁取華，有計畫地作國際性文化輸出，相信比起任何政治宣傳、商品推銷，乃至影歌星作秀，都要獲致更為根深柢固的情誼。這分情誼的日積月累，逐年廣布，無形中就可以美化民族形象，提高國家地位。而我從這次小西園的加拿大之旅，再度獲得更深的感受和更多的經驗，我更要在此三復斯語。

（原載《中央日報》副刊八十四年九月廿二、廿三日）

# 相公爺《大出蘇》

## 「中華少數民族博覽會」難得一見的文化性節目

在楊梅附近的埔心農場正舉行空前盛大的「中華少數民族博覽會」，將散居大江南北和邊疆雪地高原山區的五十五個少數民族集中在一起，以展示其文物風情、居家環境和歌舞藝術。只要花一天的時間進入其中，即可將我國少數民族的文化一覽無遺，我認為那實在是一個極富學術性、教育性和娛樂性同時兼具動靜兩態的「文化大櫥窗」。

博覽會中有「文物風情展覽館」，陳列反映各民族歷史和現狀的實物、圖片和工藝品，有穿著該族服裝的少男少女現場解說，在「民俗園」裡，則展示各族住屋和室內陳設，亦有專人解說，有時還會獻演即興歌舞，另有「滿山歌舞表演區」，以各種形式的舞台，展演各民族傳統與慶典祭祀的歌舞。

而在博覽會林林總總的表演藝術中，最引人注目的是「泉州木偶劇團」，該團在黃奕缺老先生的精湛傳藝之下，已將木偶藝術發揮到登峰造極的境地，合懸絲傀儡、掌中戲、杖頭傀儡、皮影戲乃至肉傀儡於一爐，又將演師角色化，因之多采多姿、栩栩如生，蜚聲海內外，堪稱鑒世無雙。

「泉州木偶劇團」將在二月二十日，也就是博覽會結束的前一天演出《相公爺大出蘇》，這項演出含有宗教、民俗和藝術的意義，而且是五十年來未演過的節目，所以值得特別推薦和介紹。

閩中閩南風俗，新居落成喬遷之時或壽慶大典之日，必須先請懸絲傀儡（或稱提線木偶）來開場演出，以鎮凶煞而延吉慶，否則不能有任何鼓樂之聲。

傀儡戲的戲神是田都元帥，民間傳說他姓蘇，又稱他「相公爺」。所以由他上場「踏棚」驅邪便叫「出蘇」，又因為演的是「全本戲」所以更稱「大出蘇」，總起來說就是《相公爺大出蘇》。

在相公爺出場之前，要動三遍鼓，焚香燃燭，放鞭炮、燒紙箔，上供三牲果盒，斟酒彈酒，高聲喝彩，齊唱「嘮哩嗹」。然後由演員提下相公爺，作「金」字造型，唱完【萬年歡】，相公爺始出場「踏棚」。所謂「踏棚」即在戲棚上作各種身段和舞蹈。只配合歌唱賓白而沒有故事情節。但是相公爺這種獨腳戲卻不太嚴肅，倒是頗為詼諧風趣，自謙「小蘇」，他是人神的媒介，「為人解冤延吉，為人賽願叩天遭。」

大陸淪陷以前，閩南地區如果一時請不到相公爺來開場，則必須請小梨園來「提蘇」，其演出形式是：小梨園生腳扮飾相公爺，站立紅毯布前，老藝師站在紅毯布後的椅子上，模仿傀儡戲提線，以操縱下面幕布前的生腳，上提下效，合演「相公模」，亦即所有動作完全模擬「相公爺踏棚」，這種由人扮飾傀儡的演出方式，就是宋代《都城紀勝》所記載的「肉傀儡」，極具藝術文化的歷史價值。

◎「泉州木偶劇團」演出〈鍾馗醉酒〉

「中華少數民族博覽會」真是難得一見的藝術文化大活動，我等何幸，於一朝一夕即能飽覽五十五個民族的風土藝文，其內涵之豐富，豈是筆墨所能盡記。以上不過舉《相公爺大出蘇》為例，以見其所涵蘊的藝術文化之意義與價值實非等閒而已。

（原載《民生報》文化廣場八十九年二月十六日）

# 世界皮影之最
## 寫在唐山皮影劇團來台巡迴公演之前

偶戲藝術在我們中國有長遠且輝煌的歷史。就皮影戲而言，無論漢文帝宮妃的桐葉剪影，也無論漢武帝李夫人的傳說，其見於宋人孟元老《東京夢華錄》的可靠記載，迄今已有千年的歷史。現在河北稱之為「驢皮影」，廣東稱為「紙影」，陝西、四川稱為「燈影」，湖南、南京稱為「影子戲」，黑龍江叫做「照條兒」，浙江叫做「皮囝囝」。在台灣也叫做「皮猴戲」。可見這種藝術尚遍及海峽兩岸。

台灣的皮影戲流布在高雄一帶，基本上保持「宣卷」的傳統，有濃厚的說唱情味；而從明萬曆以來即著稱全國的「灤州影」，在大師迭起，與時推移，精益求精的前進下，今日更蜚聲海內外，被說成「魔術般、閃電般的藝術」，被譽作「世界皮影之最」。而居灤州影翹楚的則是唐山市皮影劇團。

考察唐山市及皮影劇團之所以有今日的特色和成就，約有下列數端：其一，灤州驢皮輕，透明度高，能刻出細緻雕花；新近更直接以賽璐珞為材質，塗施油彩，勾畫形象，使得影偶透明清晰，形象逼真；其二，影偶從七寸，一尺二、一尺五，一路放大到二尺半，其相關砌末自然追隨配搭，影窗因之幾近電影銀幕，可以吸引更多的觀眾；其三，其音樂本來借助京劇，有「簣腔」之稱，後來演員無意中掐著嗓門歌唱，聲音尖銳清脆，抑揚頓挫而能宛轉自如，反成了灤州影的一大特色；其四，以成排的日光燈，解決了皮影操控桿的陰影問題，加上影偶砌末布景雕鏤精美、彩繪鮮艷，使得影像鮮明，悅人眼目；其五，以腳色行當專人專業操偶，提高演出技術，於是影偶具有豐富的生命力，機趣盎然。有此五端，使得唐山皮影轟動歐美，飲譽東亞。

像唐山皮影這樣古老的藝術，不但不被時代湮沒，而且猶能為中外所激賞。若推究其故，實是他們在「扎根傳統

◎唐山市皮影劇團

中創新」的不二法門下，做了最佳的典範。而今他們二度來台，將在台北縣市、台中、桃園、高雄、中壢等地巡迴演出，劇目有《盜仙草》、《牛郎織女》、《孫悟空三打白骨精》等神怪故事，也有《鶴與龜》、《熊貓咪咪》等童話故事。而無論如何，其操作之栩栩如生，必使人嘖嘖稱奇；其內涵之滑稽詼諧，必使老少咸宜。而其映像之明麗、歌聲之嘹喨，尤其使人賞心悅目。我在此推薦大家踴躍前往觀賞，不止希望國人把它看作優美的傳統藝術，更希望從事民族藝術維護與發揚的朋友，能從中有所體悟和效法。

（原載《中國時報》人間副刊八十九年四月四日）

# 偶戲完人‧曠絕古今

## 為黃大師海岱期頤之慶而寫

「偶戲完人、曠絕古今」是我用來為黃大師海岱老先生百歲榮慶的賀詞，我認為自有偶戲以來，只有黃大師能當此稱美。

「完人」和「聖人」都必須具備至高無上的完全人格，在道德學行上更要毫無瑕疵，這恐怕只能在理念中達成，現世中其實並無其人。然而如果就「偶戲人格」而言，那麼黃大師可以說不作第二人想，而且不止是「前不見古人」，後亦將不見來者。

因為就偶戲藝術的修為而言，黃大師繼承父親黃馬傳授的「家學」，拜王滿源為師精研北管，與友儕切磋揣摩技藝，學習漢文詩詞，熟讀演義小說；於是在他身上，人與偶形神相親，木偶在他掌中栩栩如生。他編的劇目無不膾炙人口，情節環環相扣，懸疑百端、高潮迭起，引人入勝而不覺終場。

在黃大師精湛的藝術修為之前提下，他兼融古今、薈萃諸家，以南管音樂、籠底戲、古冊戲為基礎，而能與時推移，勇

◎台灣掌中戲界最大門派的五洲園開山祖黃海岱老先生在七十五年民間劇場中表演「兒女英雄傳」

於創發。於是由文戲而武戲而文武兼擅；由南管而北管而後場鑼鼓皆能；由鼻、唇、齒、舌、喉與丹田的音氣掌控，體會操弄小生、小旦、小花、大花、公末的分音聲口；由傳統劇目而自編公案戲、劍俠戲、金光戲，從而塑造了一個頂天立地的大英雄「史艷文」。他更在科技聲光的有利條件下，調整戲偶尺寸，變更劇場形式，從而吸引更多觀眾的眼目。黃大師於一九二五年。也是他二十五歲時創立「五洲園」。那時台灣行政區分為五州三廳，可見他欲名揚全台的心志。他開派授徒，弟子與再傳弟子達數百人之多，組成三百個班團，遍及南北，而莫不以其師承與「五洲園派」為榮。尤其其長子黃俊卿、次子黃俊雄克紹箕裘，黃俊雄更能開疆闢土，他的電視布袋戲《雲川大儒俠史艷文》，連演五百八十三集，使全台觀眾如醉如癡。而今他的孫輩黃強華、黃文擇所發展的電視布袋戲，又颳起陣陣強而有力的「霹靂旋風」，所謂「霹靂裝」在青少年中流行，其主要人物也成為青少年偶像。

面對著子孫和徒子徒孫為他所造成的浩大聲勢和開展不停的成就，黃大師說：「傳統的不能滅，現代創新的要跑給觀眾追，三分古典、七分現代最好。」由此可見他勇於創新的精神和開宗立派的不二法門。黃大師又說：「放去則通往六合，退之則奧秘深藏；其味無窮矣。」我想這正是他掌上絕技的現身說法，也是他持以薪傳萬世的「三昧真火」！

我有幸在文建會傳藝中心委託之下，主持黃大師布袋戲藝術保存計畫。他雖年逾耄耋，而耳聰目明。口齒清朗。為他錄影時，在彩樓背後、在鑼鼓聲中，我看到的是猶然矯健一似被暱稱為「紅岱仔」時的壯年身影。他那藹然的長

◎左為黃海岱老先生伉儷，右為著者。時為黃老先生錄製經典劇目

者風範，使我即之也溫；餐聚時他為我布菜夾肉，使我受寵若驚；他為徒子徒孫，尚且遊走四方。我仔細的「閱讀」他，獲得薪傳獎、民族藝師的榮銜和高齡率團赴歐美作文化輸出的勞績都是餘事；在他身上所呈現的，彷彿是一部台灣百年布袋戲史；在他手中所傳遞綿延廣遠的則是布袋戲藝術薪火，如此加上他性情的溫厚、識見的通達、胸懷的開闊，以及開創精神和掌中絕藝，總體而言，請問古今，無論兩岸，有誰堪與倫比。所以在黃大師子孫門徒，遵從民俗，於重陽節為老先生舉行百歲榮慶之餘，我除了祝福老人家步履康健、精神矍鑠外，更要獻上衷心的頌辭：黃大師是曠絕古今的偶戲完人，無論在中國偶戲史或世界偶戲史，都有他最耀眼的一章。

（原載《聯合報》文化八十九年十月五日）

# 現代歌劇及其他

# 響噹噹的一粒銅碗豆

## 寫在新編《關漢卿》演出之前

五月二十一日，「關漢卿國際學術研討會」將假臺灣大學思亮館舉行。為了共襄盛舉，復興劇校特別製作一本新編京崑劇《關漢卿》，於二十三日夜晚，假臺北市社教館演出。

我們都知道，今日臺灣經濟發達、社會繁榮，很值得慶幸；但是文化沒落、數典忘祖，也令人憂心。我們的國民多數知道有莎士比亞，卻很少人知道有關漢卿。這次復興劇校配合國際研討會，透過關漢卿劇作演出關漢卿生平，實有極深的社教意義。

◎新編京崑劇《關漢卿》，葉復潤飾演關漢卿

儘管關漢卿的生平資料止於零星片斷的記載，但是我們從他流傳下來的大量作品，不難想像其人格與風範，他說自己是「蒸不爛、煮不熟、捶不扁、炒不爆響噹噹的一粒銅碗豆」，就是很好的寫照。他一生志業都在戲曲，甚至「躬踐排場，面傅粉墨，以為我家生活，偶倡優而不辭」，所以他所編著的雜劇，論其數量，論其文學，論其藝術，尤其其題材之充分融入當時之政治、社會、經濟、文化，從而反映世道人心與一己之性情襟抱，環顧歷

朝歷代之劇作家，均無人能望其項背。也因此，說他是中國最偉大的戲曲家，毫不為過。一九五八年，中國大陸興起研究關漢卿的熱潮，關漢卿被列入世界文化名人錄，他從此便有「中國莎士比亞」的稱號，也是實至名歸。

復興劇校這次推出的年度新戲《關漢卿》，是大陸國家一級編劇陳欲航先生所創作。陳先生熟讀關漢卿雜劇，極盡揣摩之能事，以關氏《救風塵》的創作過程為主軸，以劇中戲《斬娥》的演出為端緒，以關氏親自演出《單刀會》為收煞，從而顯現關氏「銅碗豆」的精神面貌。楔子、尾聲則運用幕前劇外戲，以關氏散曲來傳達他身處亂世的百般無奈，關目布置妥貼，排場冷熱有致，造語亦極為清雅。我很欣賞陳先生的創作理念，在近乎想像的情節中，充分展現關氏的精神與情感、痛苦與歡樂，和難以言論的追求及無法超越的自我矛盾。

我也很佩服導演劉安琪先生「戲無情不感人，戲無理不動人，戲無技不驚人」的理念，欲使觀眾從《關漢卿》一劇中看出風塵難救、梨園淒苦的社會本質；然而風塵雖難救，志氣卻不滅；梨園雖淒苦，情義則如山。如此則關漢卿那粒銅豌豆，就真的「響噹噹」了。而擔綱演出《關漢卿》的葉復潤先生，其聲名素著菊壇，近日更以《升官記》徐九經一腳備受讚賞，相信在他主演之下，關漢卿必以傲骨嶙峋、氣宇軒昂、有情有義的人格面貌再現人間。

這次「關漢卿國際學術研討會」幸得復興劇校傾全力配合，必將為之生色不少。我在這裡謹以大會秘書長的身分致以萬分感謝之意，感謝他們盡心盡力為求完好，即劇本之編寫亦數易其稿，而我也相信，他們的演出必定圓滿成功，我謹此預為祝福。

（原載《中央日報》副刊八十二年五月二十一日）

# 中國現代歌劇之啓示

## 游昌發《王婆罵雞》觀後

民國七十七年六月間，我的第一個劇本《霸王虞姬》公諸聯副，那是為馬水龍教授的創作歌劇音樂而編寫的。我寫在刊出之前的一篇短文「對決的關鍵時刻」，有這樣的話語：

> 「歌劇」看似西洋所專有，而其實金元雜劇、宋元戲文、明清傳奇，乃至今日之所謂國劇，都可以說是中國傳統的歌劇。我向水龍兄說，我們要編寫的固然不是西洋式的歌劇，因為中國語言和西方語言差別太大；同時也不應當是中國傳統式的歌劇，因為我們毋須與古人爭短長；我們何妨試試「中國現代歌劇」。水龍兄同意我的看法，於是我們共同體認，要使之既是中國的，也是現代的；因此我們除了要汲取中國傳統歌劇語言旋律和分場流轉的優美特質之外，也要同時考量現代的戲劇結構和劇場理念。我們不知果然如何，但起碼是希望這麼做的。

這段話是我最初提出「中國現代歌劇」的基本想法。去年年初，許常惠教授希望譜寫《國姓爺鄭成功》歌劇，囑我編劇，以此來頌揚這位開闢台灣的偉人，並紀念馬關條約割台百年。我在八月間擬就初稿，編寫的基本理念等同《霸王虞姬》。可惜我這兩個劇本，因種種因素，迄今尚「束諸高閣」。

然而國內近年來公演不少歌劇，諸如《白蛇傳》、《西廂記》、《和氏璧》、

◎《王婆罵雞》謝幕

◎《王婆罵雞》的場景

《熱碧亞》、《雷雨之夜》、《樓蘭女》，以及試唱的《西施》等。游昌發向我說，可以按此看出國內目前樂壇的面貌：有受西洋十九世紀浪漫主義和國民樂派影響的，有受二十世紀現代主義影響的，有要從中國傳統音樂中尋根的，有要治中西音樂於一爐的；而去年十月中廣在國家音樂廳「歌劇選粹」之後，所舉辦的座談會，音樂家與戲劇家的看法，也見仁見智，莫衷一是。我問游昌發，你個人的主張如何，他說，請你看我編劇並譜曲的，就可以具體了解。

我終於在今年三月二十八日由台北漢聲合唱團假國家音樂廳所推出的喜歌劇《王婆罵雞》，看出了游昌發的「端倪」。原來他是要從中國傳統音樂中尋根，要治中西音樂於一爐。而對於劇本，他也要從傳統中創新。

《王婆罵雞》是一齣著名的地方小戲，源自古本《目連傳》戲文中的一折，清代乾隆時北京秦腔有此劇目，今日梆子腔系中諸如山東梆子，山西蒲州、中路、北路梆子，中路秦腔及宛腔、河南梆子皆見演出，同時也存在於川劇和湘劇的目連戲中。大意是王婆丟雞，找尋不著，與鄰婦對罵，旗鼓相當，不可開交。其內容則各地搬演皆有不同。

大抵說來，凡屬小戲，所演情節以鄉土瑣事為主，表現鄉土趣味，傳達鄉土情懷，而務在滑稽笑樂。由於故事簡單，所以演員或一人為「獨腳戲」，或二人小丑小旦為「二小戲」，或加小生為「三小戲」；也由於濃厚的鄉土氣息，所以妝裹為「醜扮」，歌舞為「踏謠」，劇場為「落地」。它雖是戲曲的「雛型」，但卻為廣大群眾所喜愛。

游昌發和我曾參加「戲曲之旅」，前年八月間由山西經陝西入四川，一路看戲訪問座談，在四川綿陽看過燈戲《王婆罵雞》，其語言性很強，機趣橫生，因而引起昌發再創作的動機。

昌發的再創作，劇本雖然保留川劇的輪廓和菁華，但內容增加不少現代感的詼諧，曲調運用一些本土輕快的小曲，語言摻雜閩南諺語俗語乃至歇後語，使小戲鄉土性、生活性的喜感發揮得淋漓盡致。而我也頗為欣賞導演劉亮佐先生「童心未泯」似的來處理這齣謔而不虐、充分流露小民聲容性情的歌舞小戲；而李靜美小姐以大學教授蜚聲海內外的女高音、廖雪貞小姐以業有專攻成就非凡的聲樂家，居然都放下「身段」來詮釋市井三姑六婆的舉止和嘴臉，自然而然的，使這齣由鄉土「落地掃」，進入國家藝術殿堂的民族歌舞戲曲，提升到恰如其分的水準。

然而最教我感佩的是游昌發對於語言和音樂的處理。語言和音樂如何融合無間，一直是作曲家和歌唱家最難調適的問題。就歌劇而言，往往將西方的技法移植過來，於是作曲者不論構成中國語言旋律的要素，歌唱者因之難於講究中國語言咬字吐音的方法，名雖為中國歌劇，而其實毫無有別於西方的特質和韻味，這是中國現代歌劇未能真正建立起來的基本原因。

但是游昌發知道，任何一種語言，只要發出最簡單的一個音，就包含了音長、音高、音強、音色四個構成因素；而中國語言另有所謂「聲調」，這是中國語言較諸東西洋獨有的特質，它是起於音波運行時路線的或平直或曲折或可展延或被阻塞，游昌發也知道只是單字單音不能構成文學，文學必須累字成詞，累詞成句，累句成章，累章成篇，然後才能表達豐富的思想和情趣。也因為字詞章句的累增，其間的語言旋律，在聲調組合、韻協布置、語句長度、音節形式、詞句結構、意象情趣感染諸「變數」影響之下，也就變化多端、騰挪有致起來。

就因為游昌發有這樣的認識，曾經從平劇、崑劇去涵養修為，所以在《王婆罵雞》一劇裡，他才能以維也納苦學所得作根柢，冶中西音樂於一爐，別創格調、別具情味，使觀眾無須藉助字幕，即能從優美的歌聲中，獲得完全的了然和感染。

此外，在游昌發的《王婆罵雞》裡，尚有一些值得注意的事，那就是在人物加入「眾鄰婦」作為幫腔和襯托，以此調劑場面冷熱，頗有古劇「踏謠娘」的況味；演員略具傳統角色「彩旦」造型，講究身段舞容；舞台裝置雖然簡單，已見象徵意味；音樂伴奏西洋鋼琴與中國鼓樂並用，而能描述渲染情調與氣氛。凡此皆如紅花必有綠葉，乃可相得益彰，使全劇更加的完美而飽滿。我們似乎可以說，因為游昌發這齣傳統小戲的再創作，中國現代歌劇的「雛型」於焉成立。

而由此我也獲得了更明確的啟示：中國現代歌劇，第一要重視的就是「語言」，無論編劇家、作曲家、歌唱家，乃至於導演，如果能夠掌握中國語音和語言旋律的構成要素，明其對旋律的作用原理，無論作詞、譜曲、唱曲，都能務求語言旋律與音樂旋律的融合無間，那麼起碼就會有民族的特色，就不含在「西洋歌劇」的陰影下，難見天日。而如果進一步使詞情、聲情、舞容三者融為一體，使之可觀可賞；同時做為一個演員，如果能從戲曲角色中學習其可資運用的修為以融入現代表演技法；而做為一個編劇家，如果能擇取動人的故事為題材，剪裁布置為緊湊的情節，寄託深刻嚴肅的主題思想；而做為一個導演，如果能擅於掌握「排場」自由流轉的原理，充分發揮現代劇場的功能，使之虛實相得益彰；總此五者冶於一爐，那麼鄙意以為，「中國現代歌劇」庶幾可以宣布成立了。

最後附帶要說的是，游昌發對於「中國現代歌劇」的努力是鍥而不捨的，他的另一作品《閻惜姣》於本月十二日在社教館連演三天，且讓我們一起來驗收他努力的成果。

（原載《聯合報》副刊八十四年四月十二日）

# 我編寫歌劇《霸王虞姬》

說起《霸王虞姬》，必須追溯到民國七十五年，那時馬水龍教授受文建會委託創作一部歌劇或清唱劇，找我商量劇本的題材，我們不約而同的想到「霸王虞姬」。因為楚漢之際是個大時代，而轉動這個大時代的英雄人物項羽和劉邦，他們的人格和是非功過很值得我們省思。

同時我們又很欣賞李清照說項羽「生當作人傑，死亦為鬼雄；至今思項羽，不肯過江東。」認為一個有真性情的真英雄，一定要有一位真美人來配他。恰好《史記》說項羽「有美人名虞，常幸從。」項羽四面楚歌之際，還為她唱了句「虞兮虞兮奈若何」，她也相應和。雖然《史記正義》引《楚漢春秋》說她應和的歌是「漢兵已略地，四面楚歌聲；大王意氣盡，賤妾何聊生。」但我們知道這必是小說家言，因為那時那會有近似絕句的五言詩呢？然而虞姬為此就成了貞烈女子。也因為虞姬的歷史形象很模糊，她可以加油添醋的地方就很多；而我也把她和項羽妝點成心目中「英雄美人」的樣子，甚至於教他們「烏江同殉」，因此我寫的是「霸王虞姬」而不是「霸王別姬」。

為了編寫《霸王虞姬》，我首先做了些學術的功夫，考索史事之外，還探討歷代史家如何論劉項，詩人如何詠劉項，戲曲如何演劉項，綜此為基礎，序曲之外，編為〈分我一杯羹〉、〈十面埋伏〉、〈四面楚歌〉、〈烏江同殉〉四幕歌劇。因為楚漢之際的人物和事件實在太多太紛繁了，所以我只取劉項「對決」的關鍵時刻來編寫，而把兩人一生事蹟融入其中。

對於「中國現代歌劇」，我不止從田漢、歐陽予倩考其來龍，也從兩岸三地四十年來觀其去脈，從而也有一些看法，大意是：要使之既是中國的，也是現代的；因此除了要汲取中國傳統戲曲語言音樂和分場流轉等優美的特質之外，也要同時考量現代的戲劇結構和劇場理念，使之調適自然。《霸王虞姬》是往這方面在努力的。雖然水龍兄只取劇本的二分之一內容和唱詞，也將「歌劇」改為「說唱劇」，但其輪廓精神俱在，而能付諸演出，我已經非常滿意了，只是我還是盼望果然有全本演為歌劇的一天。

（原載《聯合報》副刊八十六年五月十七日）

# 中國現代歌劇芻議

多年來，對於我國五四以後的戲劇運動及其發展情況稍事涉獵，更加覺得從戲曲之中汲取菁華以為基礎，再融入現代理念與技法，並調適發揮現代劇場的設備與功能，是為創立「中國現代歌劇」之正途，而這樣的「中國現代歌劇」也正是現代中國人所欲享有的綜合性文學和藝術。

## 從戲曲出發

民國七十五年春天，馬水龍教授受文建會委託，要為歌劇創作音樂，和我商量劇本的題材，我們不約而同的想到《霸王虞姬》，劇本於七十七年六月中公諸聯副。我寫在《霸王虞姬》刊出之前的一篇短文〈對決的關鍵時刻〉，明確表示：歌劇看似西洋所專有，而其實金元雜劇、宋元戲文、明清傳奇，乃至今日之所謂國劇，都可以說是中國傳統的歌劇。

而若就中國現代歌劇而言，則要使之既是中國的，也是現代的，除了要汲取中國傳統歌劇語言和分場流轉的優美特質之外，也要同時考量現代的戲劇結構和劇場觀念。

那是我最初提出「中國現代歌劇」的基本想法。

九年來，對於我國五四以後的戲劇運動及其發展情況稍事涉獵，更加覺得從戲曲之中汲取菁華以為基礎，再融入現代理念與技法，並調適發揮現代劇場的設備與功能，是為創立「中國現代歌劇」之正途，而這樣的「中國現代歌劇」

也正是現代中國人所欲享有的綜合性文學和藝術。在這樣的基本觀念之下，我從戲曲出發，認為「中國現代歌劇」，可從以下五個方向加以考量：其一，語言旋律與音樂旋律的融合；其二，歌舞樂合一的適然性；其三，角色運用的可行方法：其四，劇本主題思想的發人深省與情節布置的引人入勝；其五，排場處理與舞台裝置的相得益彰。

## 語言旋律與音樂旋律的融合

中國的韻文學，唐詩講平仄，宋詞分上去，元曲別陰陽，崑曲一字三聲字頭字腹字尾。這是什麼緣故呢？原來其間的演進與發展，就是語言與音樂逐次配合乃至融合的歷程。

就中國講究語言旋律的韻文學來觀察，其構成語言旋律的因素，約有六端：聲調的組合、韻協的布置、語言的長度、音節的形式、詞句的結構、意象情趣的感染。

關於這六項因素，筆者已經有〈中國詩歌的語言旋律〉一文詳加論述，大抵說來，聲調、韻協、語長、音節形式、詞句結構，有些是有律則可循的，有些雖無明確的律則，但亦可通過原理的分析而加以掌握。而「意象情趣的感染」這一項，有時固然有人同此心、心同此理的情形，感染既同，則對於韻文學的語言旋律，自然產生一致的領會；但是，由於每個人的情性、學養、遭遇有別，對於同一韻文學所表達的意象情趣，所獲得的領悟和感受，難免有高低深淺強弱等層次的不同，而由此所反射出來的語言旋律也自然有別。因為領悟感受的層次不同，則旋律的高低長短強弱也隨之而異；同是一個字，因其所處的地位和所表現意義的分量不同，同樣也自有聲音高低長短強弱的差異。所以「意象情趣的感染」所產生的旋律，恐怕是最玄妙的一環，但是如果勉強加以分析說明的話，那麼可以這麼說：意象情趣感受鮮明，則注意力集中；其豪放者，聲音自然隨之而高而重而促；其婉約者，聲音自然隨之而低而弱而長，意象感受模糊，則聲音只有自然隨之而低而短而輕，譬如我們讀杜甫「星臨萬戶動，月傍九霄多」的聲情，就不能同樣拿來讀「細雨魚兒出，微風燕子斜」，讀蘇軾「大江東去，浪淘盡、千古風流人物」也不可和「明月如霜，好風如水」等同視之，讀馬致遠「百歲光陰一夢蝶，重回首、往事堪嗟」也必然和關漢卿「碧紗窗外靜無人，跪在床前忙要親」大大不同。凡此只好有賴「靈犀一點通」了。

觀察現存數百種中國地方戲曲劇種，其分野的基礎即在方言與腔調，由此也可見語言對戲曲的重要。歌劇既然也以唱為主，自然要同樣講究。一九二一年，黎錦暉創作的第一部兒童歌舞劇《麻雀與小孩》和一九九四年六月在阿姆斯特丹舉行的荷蘭音樂節，所上演的郭文景與曾力合編的《狂人日記》，因為能講究中國語言旋律與音樂旋律的融合，所以既有民族特色，也令人刮目相看。但是一九八七年七月在中國歌劇院首演的《原野》，在其後的六年八個月間，雖然以「燎原之勢」「燃燒」過大陸、美國及台灣，金湘借鑑了西洋歌劇手法，但是其唱詞則未能表現出中國語言的音樂美，其民歌的語彙與現代派手法之間，也未能融會得很自然。而在台灣，許常惠的《白蛇傳》，首演時雖然也觀眾爆滿、掌聲雷動；但是大荒的劇詞儘管含意深刻、情境優美，卻是沒有格律、沒有韻腳；儘管許常惠用了許多民間歌樂，畢竟使觀眾普遍「聽不懂」。而這種現象也發生在屈文中作曲的《西廂記》之上，以筆者對《西廂記》之熟悉，居然無法聽懂整句唱詞。

也因此，中國現代的歌劇，第一要重視的就是「語言」。無論編劇家、作曲家、歌唱家，乃至於導演，如果能夠掌握中國語言和語言旋律的構成要素，明其對旋律的作用原理，無論作詞、譜曲、唱曲，都能務求語言旋律與音樂旋律的融合無間，那麼所謂「中國現代歌劇」起碼就會有民族的特色，就不會在「西洋歌劇」的陰影下，難見天日。

## 歌舞樂合一的適然性

就歌舞樂三者的關係而言，有歌樂、歌舞、樂舞，歌舞樂四種配合情形。一般西方歌劇只重在歌樂的配合，若就中國現代歌劇而言，除了講究語言旋律與音樂旋律的融合無間以相得益彰外，也應當講究歌舞樂合一的適然性，因為那也是中國戲曲藝術的優良傳統。

在《楚辭・九歌》中，已可以看出是運用代言的歌舞樂的結合，而一旦搬演故事，便是戲曲了。中國戲曲的雛型始見東漢張衡〈西京賦〉和葛洪《西京雜記》所記載的《東海黃公》，即所謂「小戲」，其成立的時代在漢武帝之前，迄今在二千二百餘年之上。

中國「大戲」的完成在宋金對峙時的南戲與北劇，迄今約八百年。我曾經給這發展完成的中國戲曲下定義，認為「綜合文學和藝術」的中國戲曲，包含故事、詩歌、音樂、舞蹈、雜技、講唱文學、俳優妝扮、代言體、狹隘劇場等九個構成因素。這九個因素，像故事、代言、妝扮、劇場，是戲劇不可或缺的根本；講唱文學與雜技兩項，其實成為中國戲曲結構鬆懈的包袱；而歌舞樂的密切融合，則實為中國戲曲的美學基礎，已行諸千百年而不稍衰。

所謂「歌舞樂」的密切融合，是以歌詞的意義情境為中心，通過歌聲和樂音以及肢體語言的詮釋、襯托、強化、渲染、描述，使三者達到相得益彰的境地。也就是說，詞情、聲情、舞容同時展現為渾然一體的表演。

回顧七十餘年來的「中國歌劇」，「民族化」是很被重視的一環。像一九四三年的《兄妹開荒》，即以舊秧歌中的「小場子戲」為主，再廣泛吸收當地的民歌、地方戲曲、民間歌舞，以及話劇、舞蹈等因素綜合而成。像一九五九年的《洪湖赤衛隊》，用洪湖地區的民間音樂為素材，採取川劇、越劇、京劇等綜合性戲曲音樂，以成套唱腔的速度和節奏特點，成功地表現劇中人物的神情面貌和感情世界。又如一九六〇年的《劉三姐》，其劇本唱詞，具有犀利絕妙的民間文學語言，音樂幾乎完全依照廣西民歌加工填詞而成，音樂簡單又親切通俗，受到廣大群眾的歡迎。而台灣的許常惠也說到他要創作的「台灣新歌劇」《陳三五娘》，打算以早期歌仔戲的風格為基礎，包括曲牌與唱腔、後場樂器與音樂。

可見兩岸的歌劇創作者，都知道「民族化」是應走的路途，努力從民間音樂歌舞去取材；但是戲曲中歌舞樂融為一體的原理和技法最為重要，一般劇作者和編曲者卻未完全體悟和掌握，然而這種詞情、聲情、舞容同時展現為渾然一體的表演，就「中國現代歌劇」而言，儘管無須深究戲曲表現的「程式性」，但既為戲劇，就應當注意此三者之間的調適性，否則如果只偏重聲情，忽略詞情，或是但講詞情、聲情而無視身段舞容，都會損傷「歌劇」可觀可賞的本質。至於此三者之間的調適方法，鄙意以為，可斟酌於戲曲的「程式性」，破其執著，而融入現代聲樂舞蹈的技法，其間的分際，真是運用之妙，存乎一心，有許多的創發可供發揮；若此，也就不像戲曲那樣的「循規蹈矩」了。

## 腳色運用的可行方法

中國戲曲腳色發展的結果，品目相當繁多，甚至有所分歧，其演員之性別可與劇中人物不同；但無論如何，腳色對於演員之地位與藝能，對於人物之類型與性質都具有象徵的意義；也因此中國戲曲演員對於所要充任的腳色行當，必須要有各自不同的訓練和修為，除非傑出人才外，彼此很難跨越分際。

那麼就「中國現代歌劇」而言，其演員如何對待戲曲腳色呢？鄙意以為一方面要學習其優良傳統，一方面也要融入現代技法有所創新。

戲曲各門腳色，都有其各自的藝術特質，所以戲曲演員都必須具備各自特殊的修為。歌劇演員如果也能善加觀摩汲取，破除其行當拘限，體會其菁華功底，則必能有其藝術運轉之長而無其程式刻板之弊，如此再融入現代藝術的適當技法，那麼庶幾可以稱其完善而清新警策於觀眾耳目之前了。也就是說做為一個「中國現代歌劇」的演員，較諸戲曲「文武崑亂不擋」的腳色，其修為之艱難，是有過之而無不及的。

但是像這樣完美的歌劇演員，恐怕百難求一，因此退而求其次，則可以就性之所近，擇戲曲腳色一門加以師法，同樣再去其程式刻板之弊，融入現代藝術的適當技法，雖然無法勝任於表現一個複雜人物的一生，但起碼可以詮釋一個單純人物的性格和行為。

而萬一劇團中，沒有演員足以勝任於表現一個一生中前後變易性行的人物，那麼也可以師承戲曲人物由不同腳色分任的方法。也就是說一個人物生命歷程中的不同階段，由適當的歌劇演員分別扮飾，做最好的呈現。

## 主題思想的發人深省與情節布置的引人入勝

接著談到一個極其重要的問題，那就是「主題思想的發人深省與情節布置的引人入勝」。中國戲曲的故事題材，始終跳不出歷史故事和傳說故事的範圍，作者很少專為戲曲而憑空結撰、獨運機杼。甚至於同一故事，作而又作，不惜重翻舊案，蹈襲前人。

清代李漁笠翁劇論，強調戲曲的結構先於音律和詞采，認為每個劇本應以一人一事為主腦，頭緒要少，最好要能一線到底，並無旁見側出之情，而且針線要細密，須有埋伏照應，如此才算佳構。可是中國戲曲能達到這標準的卻不多。論雜劇則往往失之於刻板，論傳奇亦每每見譏於冗繁，而崑劇、皮黃折子又有破碎片段之嘆。若究其故，則除了劇作者不甚措意於此外，戲曲謹嚴之體製規律和採用說唱文學的敘述方式，實有以致之。而無論雜劇、傳奇或皮黃，都是以詩歌為本質，其表現方式又是虛擬象徵的，所以著重意念的表達；其情節的推動，則憑藉於敘述；推動的方式，僅止於延展而沒有逆轉與懸宕。因此西洋戲劇所講求的時空條件，其嚴格的「三一律」、在中國戲曲中從不被重視與論及。也就是說，它對於時空流轉，極為自由，但也因為如此，中國戲曲便時常顯得動作遲緩、結構鬆散，內容有時也不受節制而令人感到荒唐了。

傳統戲曲在題材、主題思想和情節布置的特色和缺失如以上所述，那麼「中國現代歌劇」應當如何取向呢？鄙意以為在題材方面，無論古今虛實，總要本事動人古事應託諷諭，今事當發新奇，總以反映人生，為人們指出向上之路為要。而虛實之用，當循其實而善用其虛；斤斤於實，固然有傷引人入勝、騰挪變化之姿；去實太遠，亦必教人坐立不安、無從領受。而虛之為用，乃在明淨其實、強化其實。真正動人的劇作，絕非出以荒唐怪異，而是本乎人情物理；只當求於耳目之內，而非訴諸見聞之外。也因此「以實作虛」，當觀其剪裁點染之功；「以虛作實」，當視其揣摩人情之效。本事動人，然後主題思想才可以教人確實掌握，藝術造詣才可以教人真切感染。

其次在主題方面，當寄寓某種嚴肅的思想蘊涵，然後戲劇才有深度，同時導入以正途。這種正確的引導作用，是在主題的潛移默化中達成的，而非訴諸客觀說教與刺激。所以其主題，可寄託遙深，而卻要表達平實；可以事涉荒唐，而卻要言外見意。可以一斑窺全豹，也可以剎那而即永恆。

至於情節的布置，則笠翁所云「脫窠臼」、「立主腦」、「減頭緒」、「密針線」的主張，仍可為「中國現代歌劇」所取法，能如此，庶幾在結構上，就有了最起碼的謹嚴。

## 排場處理與舞台裝置的相得益彰

最後談到「排場處理與舞台裝置的相得益彰」，中國戲曲就結構而言，關目情節的剪裁布置固然很重要，但是更為重要的是排場的處理。所謂「排場」是指中國戲曲的腳色在「場上」所表演的一個段落，它是以關目情節的輕重為基礎，再調配適當的腳色、安排相稱的套式、穿戴合適的服飾，通過演員的唱作念打而表現出來。就關目情節的高低潮以及其對主題表現所關涉的程度而分，有大場、正場、短場、過場四種類型；就表現形式的類型而言，有文場、武場、文武全場、同場、群戲之別；就所顯現的戲劇氣氛而言，則有歡樂、游覽、悲哀、幽怨、行動、訴情等六種情調；後二者其實是依存於前者之中。

元雜劇分折、明清傳奇分齣，到了京劇則分場；京劇所分的「場」，正是等於雜劇、傳奇的一個「排場」，可見排場成為京劇結構的絕對單元。

就因為中國戲曲是以分場的方式連續演出，所以其藝術形式就成為非寫實而為虛擬象徵性和程式性的特質，也惟有這樣特質的戲劇，才能搬演宇宙間的萬事萬物而自由自在的作時空流轉。譬如《西廂記》第一本第一折扮張生的正末在場上走來走去唱著「隨喜了上方佛殿，早來到下方僧院。行過廚房近西，法堂北鐘樓前面。游了洞房，登了寶塔，將迴廊繞遍。數了羅漢；參了菩薩，拜了聖賢。」唱詞的時間不停的推移，空間一個個的轉換，假如運用寫實布景，如何應付得來?當然，這種虛擬象徵的手法是要透過腳色的上下，並配合其歌舞樂渾融無間的表演程式，以啟發觀眾的想像力，然後才能傳達出來。

可見中國戲曲的「排場」，是一種能突破時空拘限的戲曲藝術，難怪會受到西方戲劇學者的震驚和肯定。那麼「中國現代歌劇」自然應當繼承這項優良的傳統，深切了解其分場的原理，選擇音樂、分配腳色、穿戴行頭、布置劇場，務使離合悲歡，錯綜參伍，搬演者無勞逸不均之慮，觀聽者覺層出不窮之妙；而通體觀之，又有高下起伏、冷熱得宜之妙。如果能臻於此境地，那麼就堪稱為無懈可擊之佳構了。

但是就舞台裝置而言，則現代之劇場設備非常完善，無論聲光電化或供應布景道具營造場面之設施，大抵應有盡有，且多能運用自如。也就是說，現代劇場條件遠勝於傳統劇場，那麼「中國現代歌劇」就應當盡量發揮和調適其功能，以強化戲劇效果和開創新穎的藝術境界。鄙意以為，當以劇情為基準，配置與之可以相得益彰的種種設施，而以不妨礙「排場」的流轉自如為原則。也就是說，中國戲曲是完全的虛擬象徵藝術，而「中國現代歌劇」，則充分發揮現代劇場功能，調適於虛實之間。譬如燈光的運用，可以渲染氣氛，而切忌有損演員傳達肢體語言之美；譬如簡單的構圖彩繪或道具布置，可以觸發情境的豐富聯想，而切忌有損時空的自由推移；譬如服裝的適度考量以醒人眼目為宜，而無須大費貲財徒取縟麗。凡此，不難舉一隅以三隅反。其中虛實雖似兩極相反，但就現代劇場技法而言，是不難作相激相蕩相生相發的最佳調適和配搭的。

## 期待新「妙手」

筆者曾在福壽山農場看到土生土長的毛桃，接上矮枯木，再接上日本水蜜桃，成長為我們中國的水蜜桃，芳香多汁而甜美。據專家說，日本水蜜桃如果直接種在我們土地上，只有夭折而死，無一能存活。這就好像如果我們無視於自己的歷史、社會、文化背景，而硬將外來文化切入我們生活中，則必然扞格不適。而那使毛桃能夠融接水蜜桃的「矮枯木」，正是一隻調和中外的「妙手」。

就我國當前文化建設而言，我們真的亟需那許許多多在音樂、美術、舞蹈、文學、戲劇等等方面調和古今中外的「妙手」，只有這樣的「妙手」才能建設起我們現代的新文化。

而「中國現代歌劇」自然是新文化重要的一環，其為綜合文學和藝術猶然今古相承，因此就要有許多隻「妙手」共同創作，共同完成。而這樣的許多隻「妙手」，也必須要有一隻掌控其舵的「總妙手」也就是「導演」來加以整合，才能真正切實的呈現「中國現代歌劇」做為綜合文學和藝術的特質。如此的「總妙手」不是發號施令的要人依循一己的理念和做法，而是能發人潛能、集人長處的藝術大師。若此，倘使能夠以「語言」為首要，無論編劇家、作曲家、歌唱家，乃至於導演，均可以掌握中國語言和語言旋律的構成要素，明其對旋律的作用原理，無論作詞、譜曲、唱曲，都能務求語言旋律與音樂旋律的融合無間，那麼起碼就會有民族的特色，就不會在「西洋歌劇」的陰影下，難見天日。而如果進一步調適詞情、聲情、舞容三者之間的關係，使之可觀可賞；同時做為一個演員，如果能從戲曲腳色中學習其可資運用的修為以融入現代表演技法，骨肉均勻、鬚眉畢張的塑造人物；而做為一個編劇家如果能夠擇取動人的故事為題材，剪裁布置為緊湊的情節，寄託深刻嚴肅的主題思想；而做為一個導演如果能夠擅於掌握「排場」自由流轉的原理，充分發揮現代劇場的功能，使之虛實相得益彰；總此五者治於一爐，那麼鄙意以為，「中國現代歌劇」庶幾可以宣布成立了。

（原載《聯合報》副刊八十六年七月二十六、二十七日）

# 中國歌劇

## 寫在《國姓爺鄭成功》演出之前

十一月二十七日至二十九日在國家劇院將演出許常惠教授作曲、筆者編劇的中國歌劇《國姓爺鄭成功》。今年元旦假期三天國光劇團已在國家劇院公演過由筆者編劇的現代京劇《鄭成功與臺灣》；而事實上歌劇的寫作先於京劇。許常惠教授認為鄭成功是臺灣精神的象徵，很想為他譜寫歌劇，乃在文建會委託之下，於民國八十五年春天把編劇的任務交給我。我們決定兩個小時左右的演出中，以說唱藝術結合歌劇藝術來呈現鄭成功的一生。五月間我把劇本交給許教授譜曲，翌年完成。而今忽然說要演出了，雖然沒有充分的時間與導演、主演、說唱者乃至舞者切磋琢磨，但對許教授和我來說愉快之感還是多於戒慎之情。

我們之所以要將說唱藝術結合歌劇藝術，一方面是藉此可以較完整的敘述鄭成功的事蹟，一方面是其原為戲曲所固有可以從傳統創新。

說唱文學和藝術在我國源遠流長，品類繁多，說古道今，寓教於樂，有豐富的故事和音樂，因此可以一變而為我國戲曲的長江和黃河；那就是南戲和北劇。

運用說唱在戲曲中，可以省時省力，交代繁瑣的情節；可以導引、轉折、綜合重要的情節；可以游離於劇外作適度的唱嘆。

元雜劇合詞曲系與詩讚系說唱文學藝術於一爐，以北曲套數作為歌劇來演唱，以「詞云」、「詩云」作為說唱調適其間。我們這次結合說唱與歌劇，多少師法元人技法，只是將說唱地位提升，並在語言上給予較自由的變化。

◎許常惠（左）與曾永義攝於歌劇《國姓爺鄭成功》酒會之前

民國二年王國維完成《宋元戲曲考》，戲曲一詞被作為中國古典戲劇的代稱，已有八百多年的歷史，包括宋元南戲、金元北劇、明清傳奇、雜劇和近代的亂彈、皮黃、地方戲劇；至於「歌劇」一詞，普通認為是舶來品，指自一五九七年在義大利佛羅倫斯上演的音樂劇《達夫》（Dafne）和現存樂譜中最古、於一六〇〇年上演的《尤麗秋宋》（Euridice）這一系列發展下來的戲劇形式，迄今四百年。

如此看來，「戲曲」與「歌劇」分居中西各有所指。但是中西文化交流以後，弱勢的中國，每每比附西方；以戲劇而言，「喜劇」、「悲劇」是最常見的，而「歌劇」也不例外。如依作曲家的創作觀念、劇本題材和作品風格來觀察，趙琴女士認為七十餘年來的中國歌劇可分為民間歌舞劇類、戲曲風格類、話劇加唱的歌曲劇類、接近歐洲的正歌劇類、現代歌劇類等五種類型。可見國人對於所謂「中國歌劇」已盡了許多身心之力在摸索和試驗。

而筆者以為，戲曲其實就是中國傳統的歌劇。我們要創作的固然不是西洋式的歌劇，因為中國語言和西方語言差別太大；同時也不是中國傳統式的歌劇，因為我們無須與古人爭短長。我們何妨試試「中國現代歌劇」，那麼什麼才是「中國現代歌劇」呢？

這個問題是我近十年來常常思索的問題，乃在民國八十六年六月十日趁中研院文哲所舉辦「明清戲曲國際研討會」本人擔任主題講演之便，發表〈從戲曲論說「中國現代歌劇」〉一文，將個人所要倡導的「中國現代歌劇」加以闡述。其大旨是：從戲曲中汲取菁華以為基礎，再融入現代理念與技法，並調適發揮現代劇場的設備與功能，是為創立「中國現代歌劇」之正途。可以從以下五個方向加以探討；其一，語言旋律與音樂旋律的融合；其

◎歌劇《國姓爺鄭成功》演出謝幕，右為著者，左為許常惠

二，歌舞樂合一的適然性；其三，角色運用可行方法；其四，劇本主題思想的發人深省與情節布置的引人入勝；其五，排場處理與舞台裝置的相得益彰。探討的方式都是從中國戲曲傳統的現象和特色說到「中國現代歌劇」所應採取的途徑。因為「扎根傳統的創新」，是藝術文化生生不息的不二法門。如果墨守傳統，難免停滯不前；如果一味創新，也會失去根源而難於成立。而筆者對於這五個方向的探討，第一重視的是「語言」。認為無論編劇家、作曲家、歌唱家，乃至於導演，如果都能掌握中國語言和語言旋律的構成要素，明白其對旋律的作用原理，無論作詞、譜曲、唱曲，都能務求語言旋律與音樂旋律的融合無間，那麼所謂「中國現代歌劇」起碼就會有民族的特色，就不會在「西洋歌劇」的陰影下難見天日。

　　至於對「歷史劇」的編寫觀點，我在去年十二月廿九日人間副刊為京劇《鄭成功與臺灣》寫的一篇文章〈缺憾還諸天地〉中已說得很清楚，那就是以史為經，戲為緯，既要見英雄如何創造時勢，也要見英雄在時勢與遭遇下如何的百般無奈，我只是設法呈現，這次更在說唱與歌劇藝術的結合之下較完整的敷演鄭成功的生命史，雖然我有一些想法和理念，但不知演出來果然如何。在此只希博雅君子不吝賜教，以使力求改進而已。

（原載《中國時報》副刊八十八年十一月廿一、廿二日）

# 附錄：文化藝術不能當蓋房子來處理

◎宇文正

《國姓爺鄭成功》今晚演出，這一齣由曾永義編劇、許常惠作曲的中國現代歌劇，能把中國戲劇、音樂學與西方歌劇特色融合到什麼樣的程度？戲劇界、連曾永義本人都拭目以待。

「對於中國現代歌劇，我有我的理念、想法。不論語言、音樂表現，我是主張絕對中國的美學，而不是西方的咬字、美聲方式；而中國戲曲在舞台有限的空間裡，可以突破時空自由流轉，這是西方歌劇所無法比擬的，這些長處應好好應用，在虛、實之間得到很好的調適。不過我只能在編劇上儘量達成我的主張，音樂方面則是由許常惠教授來實現。」

《國姓爺鄭成功》分成四幕，在每一幕之間，以「說唱」來轉換。要以現代劇場演出、在二小時之內譜出鄭成功繁多的英雄事蹟、動盪壯烈乃至於最終挫敗悲涼的一生，是極大挑戰。對於不易演出的情節、繁瑣的部分，曾永義巧妙地以中國傳統的「說唱」方式來表現。如此既可避免各幕之間的斷裂，又可實現他融合中國傳統藝術與西方歌劇的想法，這是前所未有的嘗試。

曾永義一直希望提倡中國現代歌劇，不過從去年才演出過的《霸王虞姬》到這一次的《國姓爺鄭成功》，都令他有一些無力感。「尤其這一次的演出，非常倉促。這是政府採購法的問題，造成文建會縛手縛腳；而我們在一切未明確以前也不敢真正動起來，等到確定可演出時只剩不到一個月的時間。戲劇的演出、編劇、導演、作曲家……之間的溝通非常重要，現在我的劇本也許被宰割得很厲害，而那已不是我能掌握的了。」

這是曾永義從事編劇工作以來感到最大的無奈，「政府還是把藝術、文化當成一般行政來處理，業務太多，等處

理到這些藝術項目時都已經進入表演倒數計時的時刻！」他認為採購法對於具體工程、實際有形的物質，的確有它適用的意義；可是對於無形的藝術文化，拿採購法來處理，是行不通的。藝術文化應該有它被尊重、超乎行政的管道，否則勢必要受到斲傷，腳步也會緩慢。他說：「文化藝術對於身心的浸潤，雖不能立竿見影，卻是可長可久的，怎麼能當蓋房子來處理呢？」

宇文正於《國姓爺鄭成功》演出前所作之報導

（原載《聯合報》副刊八十八年十一月廿七日）

# 評邱著《日治時期臺灣戲劇之研究》

拜讀邱坤良教授新著《日治時期（一八九五～一九四五）《臺灣戲劇之研究》一書，甚為佩服。佩服的是，戲劇為綜合的文學和藝術，所關涉的層面非常複雜，若論研究，較諸其他文學和藝術煩難得多；而臺灣戲劇，止於庶民草野，尤其殖民統治之下，更每有束縛，因之文獻零落，鮮為人所顧及，其於研究，備感艱難。而邱坤良能用社會史的角度，對日治時期與臺灣戲劇有關的時間空間和人物作分析，並以劇團作為討論的核心，從而論述傳統戲曲的發展與變遷、歌仔戲的誕生，以及新劇的運動。全書綱舉目張、骨肉均勻，自成鮮活的有機體，生動的展現當年臺灣的政治社會與戲劇生活。這其間有邱坤良學養識見的豐厚根柢和田野蒐求的艱苦功夫；也因此能發人所未發、言人所未言，為臺灣本土藝術文化，成就一部令人刮目相看的著作。

邱坤良為臺灣本土藝術文化的維護發揚，可謂不遺餘力，奉獻良多；推動北管子弟戲、創辦民間劇場、規劃皮影傀儡戲館，目前正為東北角民俗技藝園而殫精竭慮。他的血脈和氣息，真是與本土藝術文化相連相通，他的新著也真是為本土藝術文化綻開一朵奇葩。

臺灣地處邊陲，往年更為「反共基地」，無視於藝術文化的植根與拓展，今日情隨事遷，本土研究已蔚為風氣，而邱坤良的新著，應當是一部足供參考的範例。個人更期待希望他新著連連，為本土藝術文化奉獻年年不休。

（原載《中國時報》開卷版八十一年八月十四日）

# 粉白黛綠辨忠奸

## 淺說中國戲曲臉譜的來源和衍變

中國戲曲之有臉譜是腳色化粧的一個特色，但也是一個複雜的問題。臉譜主要是淨行腳色所專有，我在〈中國戲曲腳色概論〉一文談「淨」的名義時，說過「淨」是唐參軍戲「參軍」二字的促音，起先作「靚」，後來又同音假借作「靖」或「淨」，終於因「淨」字較簡易而通行，但也因此大失本來面目。《太和正音譜》說「粉白黛綠謂之靚粧」，可見「參軍」二字促音作「靚」，原來尚含有表示其臉部化粧的特質。

段安節《樂府雜錄・蘇中郎》條，對於那位在戲中喝醉酒就毆打太太的丈夫，已經有臉上抹作「正赤」的描述；又「鉢頭」條，對於那位上山尋父屍的孝子，也說「面作啼，蓋遭喪之狀也。」崔令欽《教坊記》「大面」條，謂「北齊蘭陵王長恭，性膽勇而貌婦人，自嫌不足以威敵，乃刻木為假面，臨陣著之。」鉢頭和蘭陵王的面具，現在日本東京的博物館尚有收藏。可見唐代的「戲弄」，對於臉部的妝飾有「塗抹」和「面具」兩種，這也就是後代臉譜的根源。

《水滸全傳》第八十二回有一段說到御前搬演雜劇的情形，其敘及的腳色有裝外、戲色、末色、淨色、貼淨等五人，其描寫淨色和貼淨云：「第四個淨色的：語言動眾，顏色繁過。開呵公子笑盈腮，舉口王侯歡滿面。依院本填腔調曲，按格範打諢發科。第五個貼淨的：忙中九伯，眼目張狂。隊額角塗一道明戧，匹面門搭兩色蛤粉。裹一頂油油膩膩舊頭巾，穿一領刺刺塌塌潑戲襖。吃六棒枒板不嫌疼，打兩杖麻鞭渾是耍。」其中淨色的「顏色繁過」和貼淨的「隊額角」諸語，都和「粉白黛綠」之義相合。又《東京夢華錄》卷七〈駕登寶津樓諸軍呈百戲〉條，記載許多鬼神的扮相，如：「忽作一聲如霹靂，謂之爆仗，則蠻牌者引退，煙火大起，有假面披髮，口吐狼牙煙火，如鬼神狀者上

場，……謂之抱鑼。……又一聲鑼仗，樂部動拜月慢曲，有面塗青綠，戴面具金睛，飾以豹皮錦繡看帶之類，謂之硬鬼。……又爆仗一聲，有假面長髯，展裹綠袍鞾簡，如鍾馗像者。」可見宋雜劇的「塗抹」和「面具」，較之唐戲弄已有長足的進步；而這時的皮影戲「公忠者雕以正貌，姦邪者與之醜貌。」更見出了人物類型和臉部化妝的象徵意義。

元雜劇《雙獻功》中的李逵，自稱「煙薰的子路，黑染的金剛。」《伍員吹簫》中淨所扮的費得雄，他的上場詩：「我做將軍只會擣，兵書戰策沒半點，我家不開粉鋪行，怎麼爺兒兩個盡搽臉。」又《灰闌記》搽旦扮馬員外妻，其上場詩云：「我這嘴臉實是欠，人人讚我能嬌艷；只用一盆淨水洗下來，倒也開的胭脂花粉店。」可見有黑臉、白臉之分，這和金院本習見的「抹土搽灰」沒什麼兩樣。民國四十八年元月山西省侯馬市郊發掘兩座同是金衛紹王大安二年（一二一〇）的董氏兄弟墓，其中有磚砌舞台模型一座，台上有五個泥塑彩繪陶俑，正做表演姿態。左起第五個陶俑，白粉抹鼻作三角形狀，眼睛上用墨粗粗地從上到下勾了一筆，面頰兩側各抹一團不規則的墨。這正是「抹土搽灰」的具體寫照，面白粉抹鼻，正與今日之丑角不殊。蓋南戲初無副淨而有丑，南戲之丑其實等於宋金雜劇院本之副淨。

明人傳奇《南西廂》第六齣：「咦，你道我嘴臉不好，做不得長老，我一生虧了這花臉。」《目連救母》卷中第二十五折：「生掛鬚扮三眼馬元帥執蛇鎗上舞，立東一位。末扮黑面趙元帥執鐵鞭鎖舞上，立西一位。末扮藍面溫元帥執查槌舞上，立東二位。外扮紅面關元帥執偃月刀舞上，立西二位。」《東郭記》第十四齣：「只花斑面孔堪相諢。」第四十四齣：「這花面覺道冠裳頗為眾。」《南柯記》第十四齣：「檀蘿王赤臉引隊眾上。」《紫釵記》第三十齣：「大河西回回粉面大鼻鬍鬚上，小河西回回青面大鼻鬍鬚上。」則已有黑臉、紅臉、白臉、藍臉、青臉、花臉之別，而勾臉似乎不專主淨色，末色亦可，有如元雜劇之搽旦亦可塗抹粉墨，但這是少有的例外。

宋金雜劇院本務在滑稽，所以其主演之淨腳以黑白二色塗抹臉上，無非取其扮相詼諧，元雜劇除了不正經的成分外，已含有奸邪之義。明傳奇則增加了紅、藍、青、花四種，尤可注意者有二：一是宋雜劇的鬼神都帶面具，明傳奇則勾勒在臉上；二是「花臉」之「花」應非指單一顏色，而是勾勒複雜顏色的意思。所以臉譜的圖案化應當始自傳奇，而其孳乳衍變，臻於極至，則是清代皮黃，亦即今所謂之國劇。

大致說來，淨腳所扮飾之人物的「臉色」先是塗抹單純的色彩，而其根據是評話小說的描述，和世俗相傳的圖像。如《三國志演義》對於關羽的描述是：「身長九尺，髯長二尺，面如重棗，唇若塗脂，丹鳳眼，臥蠶眉。」於是他在舞台上便成了「紅臉大漢」，而據說這形相是以佛教的護法神「伽藍」為藍本的。包拯素有「閻羅包老」、「笑比黃河清」、「鐵面無私」之說，於是附會成了黑臉。明傳奇《曇花記》第十四齣：「淨扮盧杞藍面上」，乃因為史稱盧杞「鬼貌藍色」。他如「面如鍋底」、「面如藍靛」、「面如金紙」、「面如傅粉」，在說唱家的口中，已成為辨別人物個性的熟套，改編為戲劇，很自然的就成了臉部化妝的依據。這種勾「整臉」的色彩，對於人物的性情，其實已隱含象徵的意義。譬如紅色代表忠耿，白色代表陰鷙，黑色代表戇直，藍色代表桀驁，青色代表兇狠，但是人物性情往往不很單純，一個大奸大惡的人，有時也有一二可取之處；一個忠正善良的人，也難免有所過失；臉譜的顏色既有象徵意義，因此也由單純轉趨複雜，而有所謂「花臉」，同時在眼窩、眉毛、嘴巴等處予以誇張，甚至於將某人物的標幟也畫在臉上，如李天王的戟，張天師的卦。一般說來，色彩越繁複，扭曲越厲害，則象徵此人反覆無常、殘狠兇暴。其他或因遺傳，如張飛之子張苞亦勾黑臉，孟良之子孟強亦勾紅臉；或因模仿，如反五侯中之赫連伯，原來沒有準確勾法，因其人性情有像霸王之處，故即照霸王之臉勾為無雙譜。或因姓名字面，如有齊桓公名小白而勾白臉；或因誤解，如曹洪因「洪」音同「紅」而勾紅臉。或因沿襲，如關羽勾紅臉，姓關的也都勾紅臉；岳飛勾本臉，姓岳的也大致勾本臉。雖然隨著戲劇的演進，臉譜孳乳變化得有點紛亂，但其象徵人物的性情、寄寓褒貶的意義，則大體存在。

同一人物，由於其前後行為不同，則其臉部化妝也有很顯著的差異。譬如曹操在《義勇辭金》、《文姬歸漢中》，篡逆之心未著，故不抹臉；再如嚴顏在《西川圖》中不勾臉，取成都降敵時便勾臉，《定軍山》一戲中又不勾。又如《孫悟空偷蟠桃》時，他的猴臉上便加一顆仙桃；皈依佛門後，額頭上便易成「佛」字。這並不是說明他們的容貌有什麼變化，而是象徵著他們一時一事的精神和行為，從而寄寓著褒貶的旨趣。

同一人物，因時代劇種不同，其臉部化妝也會發生變化。齊如山先生在《國劇藝術彙考》中說他收藏有元朝臉譜一百餘種，明朝臉譜九十幾種，清初崑弋臉譜三十幾種，乾隆時崑弋皮黃臉譜一百餘種，其他名腳所繪，地方戲劇臉譜尚有多種。其所謂元明臉譜或有可疑，但時代之先後則大致不差，齊先生舉出之變化，如包拯：元朝全部黑色，只有兩道白眉；明朝比元朝眉細，又加彎曲；清朝眉亦彎曲，但與明朝不同，此種名曰撐眉，乃表現其凝重，額間又加月形，象徵他能夜審陰間事。關羽：元朝黑眉、黑眼窩，加白線；明朝細黑眉、粉眼窩，白線較寬；清朝黑眉、黑眼窩，有幾線擰眉。而包拯之為黑面，關羽之為紅臉，則未嘗變化。

洪昇《長生殿》第二十八齣樂工雷海青罵賊殉國之後，靠攏安祿山的四個偽官合唱這麼一支尾聲：「大家都是花花面，一個忠臣值甚錢。雷海青！雷海青！畢竟你未戴烏紗識見淺！」這雖然是出諸詼諧的反諷，而戲劇中的臉譜正是百姓用來肆意褒貶古今人物的利器，對百姓不利的，那怕是王侯將相，照樣給以「奸臉」；對百姓有利的，無論是瓦岡寨、梁山泊的英雄好漢，照樣給以「正臉」。「身後是非誰管得」，但是百姓共同的好惡卻是最自然、最直接的，庶民百姓就運用「臉譜」把一個人物的忠奸善惡，毫不遮攔的表現出來。

（原載《聯合報》萬象版六十九年十月廿一日）

# 序言

# 序王友蘭《談戲論曲》

認識王友蘭已快十年了，一直覺得她是個熱情明慧進取而又有所創發的女孩。她大學時，在國劇社裡演老生，又無師自通的學閩劇、越劇、漢劇、湘劇等地方戲曲，學得像模像樣，令當行的人為之訝異不已，而即此已可看出她語言音樂腔調過人的天分；於是她又從大鼓書入手，學起說唱來。她向長輩請教，她從書本認知，她以名家錄音帶為師傅，心領神悟、融會貫通，而在民國七十三年和她的妹妹友梅成立「大漢玉集」，以「大漢天聲、珠圓玉潤」為旨趣，一時「異軍突起」，在說唱藝術界中，教人刮目相看，從此友蘭、友梅推展大鼓藝術，可謂不遺餘力；在各種藝文場合表演，在廣播電視裡製作節目，甚至於到大專院校的課堂上現身說法；也因此，贏得文藝協會在民國七十五年頒授獎章。但是友蘭不以此為已足，兩年前毅然「負笈」大陸天津，向高齡已逾古稀、素有鼓后之譽的「小綵舞」拜師學藝，從而自勉自勵、精益求精，於是乎更連續兩年獲得新聞局的廣播電視金鐘獎，真是所謂「皇天不負苦心人」了。

近日友蘭把她《談戲論曲》的稿本給我，要我寫序。我是藝術的門外漢，實在不能為友蘭置上一言半語，但只因為這些年來種種因緣使我「涉足」其間，又為了對友蘭表示「無尚欣賞」之意，乃敢於勉為其難。

友蘭這本十餘萬言的書，分作三部分：「生旦淨末丑」是她對

◎王友梅（左）與王友蘭表演京韻大鼓

戲曲的見解，「說唱面面觀」是她從事說唱藝術的心得，「影視與小說」是她對某些電影的評論和她從事藝文工作的心路歷程。雖然這幾十篇文章不屬於「學術」的範圍，但篇篇都經由身體力行，可以說是苦思孤詣滴出的心血，可以說是智慧靈光綻開的花朵；對於想進入說唱和戲曲藝術的人，堪稱絕佳的「津梁」；對於同行的朋友，也不失為「他山之石」。所以我相信友蘭這本書，不止是「有趣味」，而且是「有意義」的著作。

我最欣賞友蘭的是她的「創發性」，這在書中就可看出兩點；其一是她將自編的電視腳本，改寫成小說。這就一般情況而言，算是「倒果為因」；但她卻由此而獲得在撰寫小說之前，有謀篇結構深思熟慮而付諸「實驗」的機會。其二是她嘗試將說唱藝術戲劇化，由此而引起廣大的迴響與讚揚。她起初信心不足，我說，那是說唱進入戲曲的必然途徑，徵諸中國戲曲發展的歷史，斑斑可考。我很高興她能用自己的理念，放手去做，做得那麼好，那麼成功。

十餘年來，友蘭以一個年輕的女孩，如此「奮發自勵」，於戲曲和說唱藝術既能「躬踐排場」，又能「著述案頭」，實在令人欽佩，只是「學海無涯」，於藝術何獨不然！相信以友蘭的熱情明慧進取創發的稟賦和努力，必然日新月異，其步上「竿頭」，終有可期的一天！我們樂見這一天很快的到來。

（八十年三月八日）

# 序《中國戲曲論著叢刊》

戲曲在中國文學和藝術的領域裡，雖然形成較晚，地位不高，把它當作一門學問來研究更是晚近的事；但是其構成因素最為繁複，欲全面認知最為艱難。我曾經給「中國戲曲」下過這樣的定義：

中國戲曲是在搬演故事，以詩歌為本質，密切結合音樂和舞蹈，加上雜技，而以講唱文學的敘述方式，通過俳優妝扮，運用代言體，在狹隘的劇場上所表現出來的綜合文學和藝術。

可見中國戲曲的淵源與形成就好像浩蕩萬里的長江之流，而「綜合文學和藝術」就有如長江的吳淞口之水，故事、詩歌、音樂、舞蹈、雜技、講唱文學、俳優妝扮、代言體、狹隘劇場等九個構成因素，就有如青康藏高原沱沱河以下諸水；則中國戲曲可資研究探討的問題是多麼的不勝其數。

只是中國戲曲儘管可以視之為中國文化的總體表現，但必等到百年來歐風美雨東漸，中國知識份子在希臘悲劇、在莎士比亞戲劇、易卜生戲劇的薰陶下，才逐漸覺醒戲劇在文學中的重要性，從而對於本國戲曲也做了一番反省，其中像王國維更以數年之力，著成曲學五書，將戲曲躋入學術之林。此後學者對於曲學的研究，或考校典籍，或審訂譜律，或敘述源流，或評論得失，有如榛狉方啟、苑囿新開，而奇花異果已自炫眼耀目。從此，中國戲曲進入大學課程，其文學和藝術的價值也被中外學者所認定。尤其近十年來，大陸文革之後，學術解除桎梏；臺灣經濟起飛，學術格外發達；就戲曲的研究而言，可以說邁越前修，極著成學績。學海出版社負責人李善馨先生有見及此，乃欲為臺灣出版界所未嘗為之事，輯海峽兩岸戲曲論著為叢書，定名為《中國戲曲論著叢刊》，庶幾使學者研究戲曲之成果有出版的園地，並藉此促進中國戲曲的研究和發展。對於李先生這分不忌冷門，不惜血本的用心，個人在此謹致以無上的崇敬。

李先生所推出的《中國戲曲論著業刊》第一輯共九種，其書名和著者如下：

《琵琶記研究》 王永炳著
《曲律與曲學》 葉長海著
《元雜劇的劇場藝術》 柯秀沇著
《中國古典喜劇藝術初探——以十大喜劇為例》 呂榮華著
《孟稱舜及其劇論劇作之研究》 黃富美著
《中國戲曲及其音樂》 常靜之著
《中國戲曲之淨腳研究》 鄭黛瓊著
《清初雜劇研究》 陳芳著
《元雜劇的悲劇觀》 洪素貞著

以上九種含大陸兩種，臺灣七種。常靜之女士專事戲曲音樂之採集與研究，長年主持戲曲音樂節目，其著作自是深思體悟之言；葉長海教授以《中國戲劇學史稿》一書蜚聲國際，本輯所收之《曲律與曲學》，除將其碩士論文《王驥德曲律研究》重為增訂外，並將其多年研究曲學之論文加以系統編輯，合為一書，其理論見解，自可嘉惠學者。王永炳先生和我同是張清徽老師的學生，他的碩士論文「琵琶記研究」，很受清徽師稱賞；此外六位著者，我有幸忝為她們的老師。陳芳的《清初雜劇研究》是她通過教育部副教授資格的論文，據李先生說，她的書甫單行出版，即受到很大的歡迎。鄭黛瓊正在美國進修，她有關「淨腳」的研究，就碩士論文而言，堪稱是費盡工夫的力作；其他柯秀沇、洪素貞、呂榮華、黃富美的書，也都是我所指導的碩士論文，她們都很用功，論文也都有參考價值。我雖然不很同意中國戲曲有西方「悲劇」、「喜劇」的看法，但很欣賞素貞和榮華能抒發己見，論述頗為明慧通達。對於我這些學生的著作，如果有所創發，具有學術價值，自然都是她們努力所得；如果有任何瑕疵，自然過在我之學養淺薄了。

最後我以一個研究戲曲的人，要特別感謝學海出版社李善馨先生，勇於出版這一套叢刊；更希望他一輯二輯三輯的持續不斷，那麼衷心感謝的，何止我們這些在戲曲研究中「討生活」的人。

（原載《台灣日報》副刊八十一年四月十八日）

# 序蔡孟珍《近代曲學二家研究——吳梅、王季烈》

已經整整教了二十一年書，每年接近暑假，都比平常要操勞得多。所謂「操勞」自然是「操心」和「勞力」。因為所指導的研究生要畢業了，論文接二連三的來，看得我近視眼去年就突破千度大關，則其俯首案前之勞可想；而碩士畢業生，要為他們是出國留學，還是更上層樓考博士班著想；而博士畢業生，更要為他們的「前途」謀得一枝之棲，每每賣盡「老臉皮」，則其心緒之煩可想。但是，我竟歲歲年年樂此「操勞」而不疲。這又是什麼緣故呢？只因為我喜歡學生「站在我的肩膀上前進」，所以只要學生寫一篇好文章，做一件好事情，是我所不及的，我就會很高興。而每年我都有這樣的喜悅。今年我名下有三位博士五位碩士畢業，就中蔡孟珍也給我許多愉快。

孟珍雖然就讀師大，但十五、六年前就到台大旁聽我的課，她比正式選修的同學還用功，幾乎沒有缺席過。只是後來她身邊多了一位「伴讀」，「伴讀」終於把她攜進結婚禮堂，他就是楊振良。直到今天我對他們兩口子還說：「你們選的戀愛場所真好，居然在我的課堂上。」

我雖然講授戲曲課程，但不會唱更不會演。而孟珍就不然，在校園裡，她一直是平劇、崑劇的「名角」，她的嗓音甜美圓潤，做工細膩傳神，尤其能使聲情詞情相得益彰，更見她的才華。不止如此，她還會彈琵琶唱南詞，將吳儂軟語撥弄於十指繁絃之間。她所錄製的一卷〈喫糠〉已風行國內，為中學國文老師上課時生色不少。

就因為孟珍有這樣的戲曲底子，所以她研究戲曲就不會像我「終隔一層」，她能就戲曲文學和戲曲藝術雙軌並進，深入各種層面。我之所以要她研究吳梅和王季烈，乃因為他們是近代曲學二大家，其論著影響甚大，弄清楚他們的曲學觀點，就可以增長自己在曲學方面的功力。而孟珍不止將二家的理論觀點納為體系，而且詳為剖析、論其得失，將她多年的「修為」發揮得淋漓盡致；為此使我欣喜不已，認為是難得的一本碩士論文。而這本論文，學生書局很快就要為她出版，也是一件值得高興的事。

孟珍師大國文系畢業後，在中學教書，為振良生兒養女。可喜的是進修不輟，因而能在振良取得博士學位之後，考上師大國研所碩士班。在學成績優異，被聘為助教，今年畢了業，又順利考上博士班。雖然是「雲程始軔」，但已自不凡，我忝為指導教授，焉能不為此感到欣欣然?可是學海無涯，學問的腳步不能一日停止，我一直希望我能養就一個厚實的肩膀，我也相信孟珍能踩上我的肩膀前進，那麼在學問的路途上，就會看得更高更遠，就會為自己開拓更廣大的境界。我以此期勉孟珍，孟珍當知之！

（原載《台灣日報》副刊八十一年九月二十二日）

# 序葉長海《曲律與曲學》

和葉長海教授成為好友，起先是透過「文字因緣」。我在港大與新亞教書時，長海寫信邀我參與編輯戲曲辭典和參加學術會議。去年夏天，海基會委託我主持「大陸傳統戲曲劇種、劇團和行政薪傳體系」的調查研究工作，我第一個想到的合作伙伴就是長海。因為我讀過他好幾本戲曲論著。認為他是位思辨力極強、創發性獨多的學者；而從書信中也可以感覺到他是位樸質深厚的君子。後來，我們在揚州散曲會議上見面了，我們與李殿魁、汪志勇教授一起暢遊江南；然後，長海對我們的調查研究工作，盡了很大的力量，除了安排座談與訪問劇團外，更使我們的足跡深入黔中桂中的窮鄉僻壤，彷彿目睹了「葛天氏之民，操牛尾投足以歌八闋。」與長海相處日久，越覺得他文如其人之外，更是凡事謙讓、凡事為人設想。

海內外研究戲曲的人，莫不知葉長海有《王驥德曲律研究》和《中國戲劇學史稿》，前者是他十一年前的碩士論文，可以說甫試啼聲就「清於老鳳聲」，因而獲得首屆戲曲理論著作獎；後者在觀念方法上頗有突破，在結構體系上頗有建樹，是第一部全面探討中國戲曲理論發展和實踐的專書。兩書的影響很大，為中國戲劇學的研究，提供了良好的範例。臺北駱駝出版社也印行長海的兩本書，其一為《戲劇：發生與生態》，系統的介紹了戲劇起源的各種發生學原理，並探討了戲劇成長演化的生態機制；其二為《當代戲劇啟示錄》，則對中國當代文化藝術的危機與革新所發生的複雜現象，作了宏觀環視和深入思考。兩書也都充分的展現長海對於戲劇的前瞻性和獨立性的見解。

而今年二月間，我和洪惟助到上海主持「崑劇選粹」的錄製工作，長海把一大包文稿交給我，希望我設法協助出版。這包文稿題為《曲律與曲學》，分內外兩編，內編即長海的成名之作、《王驥德曲律研究》的修訂稿；外編十六

篇論文是長海十年來在專著之外的零星成績，雖然長者不過兩萬餘言，短者止於兩三千字，但無不有如顆顆鑽石，閃耀著長海睿智的光輝；而《曲律研究》的修訂，也可以看出長海力求完好的學術精神。為此，當我推薦給學海出版社李善馨先生時，這位朋友們暱稱的「李哥」，不止滿口答應，而且在不到兩個月中就把全稿打好校樣。李哥說：「就等你一篇序，馬上可以出版。」沒想到我這篇序，足足延誤了七八個月。

我原本打算把長海的著作全部從頭仔細閱讀，然後把心得「彰明較著」一番，包括和長海作點「學術討論」，覺得這樣才對得起好友。可恨這段日子「公私兩忙」，忙於澎湖觀光資源規畫案的結束，忙於大陸地方重要劇種調查研究國際合作計畫的構思，忙於臺大國樂團、明華園歌仔戲團的巡迴文化交流，還有，忙於為休閒文化和湯顯祖國際學術會議寫論文。我之所以「表彰」我這些忙碌，只希望李哥和長海原諒，今天用這樣的序文來搪塞，實在「情非得已」；否則，又不知要再「苟且」到何時。

在年齡上，我雖然虛長長海幾歲；但在學術上，長海足以作我的前輩。我好佩服長海能那麼專心致力，學術眼光又那麼洞燭敏銳，論辯析理又那麼細密謹嚴，也因此迭有創發，每一創發即為顛撲不破的定論。難怪長海在海內外學界享有盛譽，不止同儕欽服，即使前輩亦允為不可限量的人才。我很慶幸忝為長海好友，希望有接續不斷的機會和他學術合作，在砥礪切磋中，使我學習更多、長進更快。

（原載《台灣日報》副刊八十一年十二月四日）

# 蜚聲海內外

## 新和興歌劇團成立三十六周年獻詞

歌仔戲是我們台灣唯一土生土長的戲曲，經歷歌仔陣、醜扮歌仔戲、野台歌仔戲、內台歌仔戲、大型歌仔戲的變遷，並轉型別枝為廣播歌仔戲、電影歌仔戲與電視歌仔戲，已有百餘年的歷史。晚近社會變遷急遽，娛樂媒體多元化，歌仔戲因之衰頹，從內台完全走出外台。今日台灣雖然尚有歌仔戲三百餘團，但臻於水準者已寥若晨星。就中員林新和興和屏東明華園，則不止維繫「大型歌仔戲」之規模，而且加以發揚光大，因此深受大眾的熱愛與推崇。

新和興除受地方父老邀約演出外，又時時進入各縣市文化中心、台北市社教館、國父紀念館，乃至於國家劇院等現代化藝術殿堂作盛大公演；而中央與地方歷屆文藝季或藝術季，以及金馬勞軍，也往往少不了新和興來共襄盛舉，尤有進者，更遠渡重洋，將歌仔戲作藝術輸出。所以新和興的「成績單」自然光彩奪目。即以近年犖犖大者為例，就有：

榮獲七十九年民族藝術團體薪傳獎。

台灣區地方戲劇比賽連續七年優勝。

數度應邀於國家劇院公演。

創辦歌仔戲補習班，推展薪傳工作。

民國八十年十月至十一月巡迴美國九州之大學與劇院作文化交流。

團長江清柳先生曾任台灣省地方戲劇協進會理事長，現任台灣省歌仔戲協會第一屆理事長。

這樣的成績單已足以證明新和興多年的努力和成就，則其蜚聲海內外，自是實至名歸。

自從第一代團主江接枝先生創團以來，新和興已歷三十六個年頭。現任團主江清柳先生克紹箕裘，遠謀宏規，使劇團壯大為三團，而且汲取舞台藝術新理念，使劇團嶄露頭角。個人與江團長情屬摯友，新和興公演，每每前往觀賞，於感佩之餘，認為新和興這個三代同堂的家族劇團，所以能令海內外觀眾津津樂道的原因，主要實由於團長領導有方，能充分發揮團隊和敬業精神，如此加上各擅其長，與不斷的實驗和改進，才有今天豐碩的果實。然而在此團慶的大喜之日，我本愛之深、期之高的心情，尚有兩點與團主及新和興的朋友們共勉。其一，要在保存傳統菁華的前提下，使歌仔戲更精緻化；其二，要賡續美國巡迴演出的成功經驗，將歌仔戲進一步弘揚海外。我相信在江清柳先生領導之下，新和興會與日月同新，會無止境的蒸蒸日上！

◎著者第二排左二率領「新和興歌劇團」赴美演出，
右三為副領隊彭鏡禧教授，右四為團長江清柳先生

# 序《關漢卿國際學術研討會論文集》

民國七十九年在國家兩廳院的一次評議會上，我發言道：國家劇院有一連串的「莎士比亞系列」，卻未見過一次有關「關漢卿戲曲」的演出。我們國民多數知道有莎士比亞，卻很少人知道有關漢卿。我們應當比照莎士比亞，也要有個「關漢卿系列」。與會委員莫不鼓掌表示贊同，即席推舉我為召集人，組成委員會，策畫執行。我們也很賣力的去從事，擬就梨園戲、崑劇、國劇、豫劇、歌仔戲、詩劇、中國現代歌劇等新舊七劇種改編關劇，加上以《單刀會》之「復原實驗演出」作為「系列」內容，並配合舉辦國際學術會議來彰顯關漢卿的戲劇成就和地位。後來兩廳院主任易人，兼以經費龐大，改由文建會專案處理，乃終於先行舉辦國際會議。

「關漢卿國際學術研討會」一連三天，假台灣大學思亮館舉行，於民國八十二年五月二十一日，在漢唐樂府的南管古樂導引演奏之後，揭開序幕。研討會十場，共發表論文二十九篇，關劇被當作論題的有《拜月亭》、《金線池》、《蝴蝶夢》、《緋衣夢》、《單刀會》、《西蜀夢》、《救風塵》、《竇娥冤》、《裴度還帶》、《玉鏡台》、《哭存孝》等十一本，關劇文學藝術則分別從關目結構、舞台展現、編劇手法、曲譜音樂、風格特色等五方面剖析，此外尚有論及劇本注釋、人生態度、散曲成就、身世考辨者，尚有別解「瓊筵醉客」、「初為雜劇之始」者，更有對

「關劇評價」提出檢討者，其涵蓋面相當廣闊。個人由於為大會作主題講演，所以就〈關漢卿研究及其展望〉，嘗試作較周延性的鳥瞰和論述。

參加會議的學者，除海峽兩岸之外，有來自美國、英國、韓國、日本、荷蘭、俄羅斯、新加坡、香港等其他地區和國家。會議廳上人才濟濟，氣氛非常熱烈，自始至終不稍懈，實有「奇文共欣賞，疑義相與析」之況味；而由孔達生老師法書、我為大會製撰的對聯「為古今梨園領袖生平著述成關學，會中外戲曲名家談劇論文坐春風」，也差能為會議寫照。

海峽兩岸隔絕四十餘年，近年逐步交流，但就戲曲研究而言，此次邀請七位大陸學者與會，堪稱「創舉」。為了要使他們「不虛此行」，聯合報副刊特別在會前舉辦「海峽兩岸傳統戲曲座談會」，並刊出全部內容；大會期間又刊出所有論文提要。而台灣大學文學院、清華大學中語系、中央大學戲曲研究室、藝術學院戲劇系、復興劇校等亦於會後為之舉辦接續性的座談。此外，復興國劇團、北京青年劇團更主動演出京崑劇和話劇《關漢卿》來共襄盛舉。凡此都使大會為之生色不少。

最後我要在此感謝我們工作同仁彭鏡禧、張靜二、邱錦榮、沈冬、林鶴宜等五位教授和鄭光明秘書、李惠綿同學，感謝他們通力合作，使大會順利進行；我更要感謝文建會郭為藩、申學庸兩位新舊任主委和各級長官，以及台大孫震校長、文學院黃啟方院長的完全信任和支持，使得大會獲得圓滿的成果。關漢卿在中國文學史乃至於在世界文化史上的成就和地位，將從此更加彰顯在世人的心眼之中。

（八十三年一月）

# 關漢卿研究及其展望

## 寫在「關漢卿國際學術研討會」之前

一九九〇年在國家兩廳院的一次評議會上，我發言道：國家劇院有一連串的「莎士比亞系列」，卻未見過一次有關「關漢卿戲曲」的演出。我們國民多數知道有莎士比亞，很少人知道有關漢卿。我們應當比照莎士比亞，也要有個「關漢卿系列」。與會委員莫不鼓掌表示贊同，即席推舉我為召集人，組成委員會，策畫執行。我也賣力的去從事。後來兩廳院主任易人，兼以經費龐大，改由文建會專案處理。我們所擬原來包括改編關漢卿劇作，分由八個新舊劇種系列演出，並舉辦國際學術會議。但是其間歷經周折，乃終於在年前決定，今年五月二十一日至二十三日先舉行國際學術會議，又由於與會人員有大陸學者，所以《聯合報》在會前先行舉辦「海峽兩岸傳統戲曲座談會」以共襄盛舉；會議期間復興劇校國劇團演出新編京崑劇《關漢卿》來「錦上添花」，學術會議將為之生色不少。

我們中國人是個戲曲的民族，相傳清康熙帝為戲台題的對聯是：

> 日月燈，江海油，風雷鼓板，天地間一番戲場；
> 堯舜旦，文武末，莽操丑淨，古今來許多腳色。

可見連尊貴的皇帝都認為「天地戲場，人生如戲。」也因此戲曲深入中國人的生活之中，戲曲在中國已經有兩千年以上的歷史，劇種即在今日亦不下於四百有餘，而劇作家及其劇作更燦如明星不知凡幾。而如果要舉出中國人所公認的最偉大的戲曲家，則非元代的關漢卿莫屬。因為關漢卿一生志業都在戲曲，論其數量，論其文學，論其藝術，論

關漢卿國際學術研討會
International Conference on Kuan Han-Ch'ing
為古今梨園領袖著述生平有關學
會中外戲曲名家論文談劉生春風
御前清曲
盛世元音

其題材之充分融入當時之政治、社會、經濟、文化，從而反映世道人心與一己之性情襟抱，均無人能望其項背，所以我們今日舉辦「關漢卿國際學術研討會」，以彰顯關漢卿的戲曲成就，使國人了解關漢卿在世界文化史上堪居重要地位，確實是極有意義的事。

在清代以前，談不上關漢卿研究。對關漢卿止於零星片段的記載，包括小傳、交遊、逸聞、評論和著作。其重要者見於元人貫雲石《陽春白雪・序》、周德清《中原音韻・序》、鍾嗣成《錄鬼簿》、邾經《青樓集・序》、熊自得《析津志・名宦傳》、楊維楨《鐵崖先生古樂府・元宮詞》、明人朱權《太和正音譜》、蔣一葵《堯山堂外紀》、何良俊《四友齋叢說》、成化間無名氏《西廂記十詠》、弘治間無名氏《打破西廂八嘲》、王驥德《曲律》、臧懋循《元曲選・序》、清人羅以桂《祁州志》、王季烈《螾廬曲談》等。這些記載元人已非常簡單，連關漢卿的本名都不清楚。加上版本異同和明清人別生枝節，使得關漢卿的年代、籍貫、別號、官職，以及著作歸屬都成為問題。這實在是元代雜劇作家的共同悲哀，他們聲名儘管昭著在倡優勾欄裡，他的作品儘管呼喚廣大群眾的心靈，但是在那鄙視戲曲小說的時代，他們的姓名根本無法登入史傳，則終至湮滅不彰，就很自然的了。

但是我們從蛛絲馬跡中，已經可以肯定關漢卿生前即享大名，其戲曲地位無人可以比擬。作《中原音韻》的周德清把他舉為「元曲四大家」之首，鍾嗣成在《錄鬼簿》中將他列為「前輩已死名公才人有所編傳奇行於世者」之首，元雜劇作家高文秀「都下人號小漢卿」、沈和甫「江西稱為蠻子漢卿」，楊顯之為關漢卿莫逆交，兩相切磋文辭，號「楊補丁」，也可見「關漢卿」簡直就是當時雜劇的代號。賈仲明為《錄鬼簿》補寫的〈凌波仙〉弔關漢卿更云：

珠璣語唾自然流，金玉詞源即便有。玲瓏肺腑天生就，風月情、忒慣熟。姓名香、四大神物，驅梨園領袖，總

> 編修師首，捻雜劇班頭。

則關漢卿在元代戲曲界的地位，較諸「戰文場、曲狀元，姓名香、貫滿梨園」的馬致遠，應當具領袖地位，而這種「師首」、「班頭」的地位，似乎已成定論。

至於關漢卿的散曲，則楊維楨《東維子集》在《周月湖今樂府・序》中賞其「奇巧」，貫雲石在《陽春白雪・序》中稱其「造語妖嬌」，也可見有其獨特的風格和成就。

然而明人著《太和正音譜》的朱權卻說：

> 關漢卿之詞，如瓊筵醉客。觀其詞語，乃可上可下之才，蓋所以取者，初為雜劇之始，故卓以前列。

所謂「卓以前列」，事實上已經把他貶作第十名，所云「乃可上可下之才」，更影響到明人對他的評價，譬如何良俊《四友齋叢說》謂「關之辭激厲而少蘊藉」，成就在鄭光祖之下；王驥德《新校注古本西廂記》（明萬曆四十二年香雪居刻本）更說：

> 元人稱關、鄭、白、馬，要非定論。四人漢卿稍殺一等。第之當曰：王、馬、鄭、白。有幸有不幸耳。

則關漢卿在明代第一大曲論家王驥德心目中，不能與於「元曲四大家」之列。雖然胡應麟尚以之為四家之首，但沈德符則謂之「鄭、馬、關、白」，卓珂月謂之「馬、白、關、鄭」，黃正位則舉「馬東籬、白仁甫、關漢卿、喬夢符、李壽卿、羅貫中」諸家，顯然都已動搖他在有元劇壇冠冕群倫的地位。

所幸王靜安先生於清光緒三十四年著手研究戲曲，民國元年總結研究成果，著《宋元戲曲考》一書，其第十二章〈元劇之文章〉云：

> 元代曲家，自明以來稱關馬鄭白。然以其年代及造詣論之，寧稱關白馬鄭為妥也。關漢卿一空倚傍，自鑄偉詞，而其言曲盡人情，字字本色，故當為元人第一。……以唐詩喻之，則漢卿似白樂天，……以宋詞喻之，則漢卿似柳耆卿……。雖地位不必同，而品格則略相似也。明寧獻王「曲品」，躋馬致遠於第一，而抑漢卿於第十。蓋元中葉以後，曲家多祖馬鄭而祧漢卿，故寧王之評如是。其實非篤論也。

由於靜安先生的學術地位為世人所尊敬，所以此論一出，關漢卿重新受到最崇高的肯定，幾乎看不到更有爭議的地方。

關漢卿在他所生存的元代，已在戲曲界享大名，為元曲四大家之首，是「師首」、「班頭」的「梨園領袖」，他的名字簡直就是雜劇的代號，雖然明代一時地位動搖，但自從靜安先生之後，又被舉世所推崇，論其作品之數量和質量，都堪為中國最偉大的戲曲家，為世界文化的名人。也因此，一九五八年之後，「關漢卿研究」興起熱潮，成為「顯學」，學者從各種角度和各種層面來研究關漢卿，雖然有的不免自閉於理論或主義，但總體說來，成績甚為可觀。只是比起莎士比亞和曹雪芹來，其「國際化」的研究，似乎有所未及。因此鼓起同好，以開拓關漢卿研究的範圍，並逐層作深入的探討，尚有待於努力。

而今「關漢卿國際學術研討會」的舉行，聚集海內外群英於一堂，發表論文，各抒己見，對於「關學」的建立，相信有很大的幫助。欣聞大陸河北師範學院於今年七月間，也有類似的學術會議，我們期盼「關漢卿研究」不停的加速進展，「關學」的成立，只在不久的將來。

（原載《聯合報》副刊八十二年五月十九日）

# 序《海峽兩岸歌仔戲學術研討會論文集》

## 歌仔戲與薌劇的交流

海峽兩岸是「文化共同體」，尤其閩台更是血源有自、脈息相通。即就有清以來之戲曲而言，其梨園戲、高甲戲、亂彈戲、四平戲、福州戲、潮州戲、車鼓戲、司公戲、莆仙戲、傀儡戲、布袋戲、皮影戲等十二劇種都源起或經由福建傳入台灣。而台灣本地土生土長的歌仔戲也於民國七年前後逐漸傳入廈門，流播漳州薌江流域，成為今日之「薌劇」。

一九八七年台灣開放大陸探親，從此兩岸在隔絕四十年之後，又重新展開文化交流，其中有關閩台戲曲者：台灣漢唐樂府於八九年組團赴廈門、泉州、莆田等地觀賞梨園戲、莆仙戲、薌劇、高甲戲、傀儡戲、布袋戲之演出，九二年中華民俗藝術基金會也組團赴泉州觀賞「天下第一團」十九劇種之匯演，並作全程錄影。小西園布袋戲團更於九〇年赴泉州和晉江參加國際木偶戲劇節的演出活動。九三年榮興客家採茶劇團赴梅州、福州演出，一心歌仔戲團赴福州、漳州演出。亦宛然布袋戲團李天祿的兒子李傳燦赴泉州拜偶戲大師黃奕缺為師。黃奕缺亦於九三年率團來台演出多場。九四年廈門金蓮陞高甲劇團和福州閩劇團亦均來台作巡迴公演。今年漳州歌仔戲團也應邀來台作巡迴展演。可見「海禁」既開，「文化共同體」自然互切互磋，彼此尋根探源；而兩岸的交流，也必然有助於中華民族藝術文化的維護與發揚。

中華民俗藝術基金會有鑑於閩台戲曲關係之密切，尤其同根並源，互注相融之歌仔戲與薌劇之交流砥礪，從而指出向上路途極為重要，乃在文建會策畫主辦下，承辦「海峽兩岸歌仔戲學術研討會」，並為學術會議羽翼，求其實質展現協力合作之成果，更在台北市政府與文建會以及教育部、陸委會資助下，承辦「海峽兩岸歌仔戲聯合實驗劇展」；同時為與此次研討會和實驗劇展相得益彰、互補有無，承聯合報副刊雅意協辦，事先舉行座談會；我們期望在兩岸氣氛低迷之際，為兩岸交流開出民族藝術文化燦爛的花果。

「海峽兩岸歌仔戲學術研討會」，兩岸學者各提論文九篇，加上筆者之主題講演（台灣歌仔戲之現況及其因應之道），共計十九篇。其所論述主題，包括歌仔戲之形成變遷、流傳情況、薪傳教育、音樂特色、文化生態，及至於劇本比較、經營策略、社會功能等，也都在討論之列。研討會中另有兩場「重頭戲」，那是一場由吳靜吉教授主持的「歌仔戲的薪傳與現代化」座談會，和一場由陳守讓校長主持的「兩岸歌仔戲交流合作之展望」座談會，這兩場座談會，我們都邀請學者和演員、導演以及劇團負責人來參加，相信集思廣益，對歌仔戲的未來會大有幫助。

而為配合研討會所舉辦的「兩岸歌仔戲聯合實驗劇展」，則在劇本方面，透過兩岸名家選材和商量分場架構，由劉南芳執筆編寫《李娃傳》：在音樂方面，由極著聲譽的漳州薌劇團作曲兼指揮陳彬先生來設計和配樂，希望就傳統與現代伴奏的巧妙結合來豐富歌仔戲的精神面貌；在導演方面，為兼顧幕表劇場和精緻劇場藝術的特質，汲取其菁華而融合調適於類似社教館、國家劇院等現代化藝術殿堂之中，所以特別邀請廈門歌仔戲團的資深導演黃卿偉與顏梓和兩位先生來和本地的名導演黃以功先生合作，如此加上聶光炎先生的燈光設計，相信陳美雲與林美香所扮飾的鄭元和與李亞仙會令人刮目相看。而為了評鑑這次聯合實驗劇展的得失，在演出結束後之次日，兩廳院的《表演藝術雜誌》也舉行一場座談會供劇界來審定其得失。

而聯副先行舉辦的座談會，連同本人和上文提到的劉南芳小姐、陳彬先生，共有五位參加，其他兩位是明華園歌劇團團長陳勝福先生和復興劇校歌仔戲科教師也是名導演石文戶先生。我們討論的問題有以下四端：

其一，歌仔戲在台灣尚有四種類型，即宜蘭老歌仔戲、野台歌仔戲、精緻大型歌仔戲、電視歌仔戲，它們目前的情況如何？如何使它們各得其所來展現歌仔戲藝術的多樣面貌？

其二，在福建的歌仔戲或薌劇，目前情況如何？政府和劇團本身有什麼因應之道？

其三，歌仔戲現代化、精緻化所遭遇的困難是什麼？如何選擇正確可行的路途？

其四，海峽兩岸如何通過交流合作來提升和發展歌仔戲？

參加聯副座談會的幾位先生，對歌仔戲都是長年從事和關懷，相信他們的寶貴意見都可以供業界和文化人士參考。

「海峽兩岸歌仔戲學術研討會」已於民國八十四年十月十九日至二十一日一連三天假台灣大學思亮館國際會議廳舉行，「海峽兩岸歌仔戲聯合實驗劇展」也緊接著在十月二十日至二十二日假台北市社教館展演，我們衷誠感謝戲劇界先進，尤其是從事歌仔戲研究和表演事務的朋友，以及熱愛鄉土藝術的人士來共襄盛舉，使首度攜手探討兩岸歌仔戲共生共榮的「壯舉」能夠圓滿成功。

（八十五年五月）

# 序蔡孟珍《曲韻與舞台唱念》

中國戲曲的演員要充任腳色扮飾人物，具備「唱做念打」的技藝，才能在火候到家時表現傑出。所以我常說一個傑出的中國戲曲演員，實集戲曲家、音樂家、歌唱家、舞蹈家於一身，豈是西洋歌劇演員、東洋歌舞伎演員所能望其項背。而戲曲畢竟以曲白為戲，所以演員第一重要的修為乃在於唱念。

戲曲的唱念必須掌握「字清、腔純、板正」乃能「傳聲」；進而要能反映曲文賓白喜怒哀樂的變化乃可「傳情」。正確的傳聲；除熟諳樂理外，也須明白字音和聲韻；微妙的傳情，除練就手眼身髮步的身段外，也須了解字義和情境，然後才能用口法歌舞來詮釋來傳達。所以要講述探究傳聲和傳情的道理並不容易，學者論及而深入者也不多見。

但是蔡孟珍在念大學時就學京戲和崑劇，近年又跨海拜崑劇名旦張繼青為師，更得其三昧，唱工演技精進，她所灌製的錄音帶《琵琶記・吃糠》已成為高中國文輔助教材；而她於聲韻學又有相當深的造詣；所以當她向我說要以「曲韻與舞台唱念」為題做博士論文時，我已相信她具有堅實的基礎，必可順利完成。

不過我還是要她特別注意：中國戲曲音樂是講究聲情詞情相得益彰，所以務必語言旋律與音樂旋律融合無間，字音由聲母、介音、元音、韻尾、聲調五部分構成，有時要一一考究；詞彙有其結構方式，句中音節有單式健捷激裊、雙式平穩舒徐之別，韻協也有疏密鬆緊之功，句長與語長更有曲折騰挪之致。如果也能留意這些旋律節奏的構成因素，對於論題的探討應當有所幫助。我因為不懂音樂，只能對孟珍紙上談兵。幸而她的另一位指導教授我的師兄李殿魁先生正是戲曲音樂的行家，給了她不少指導和幫助。孟珍這本論文口試委員都認為創意很多，不止可供治曲者參考，也可供唱戲的人借鑑；我也替她很高興。她為人熱心體貼，常關懷我的高血壓贈送靈芝妙藥。希望她學問長足進步之餘，「人間愉快」，永遠美滿。

（民國八十五年八月十四日曾永義序於史坦福大學客寓）

# 序《歌仔戲劇本整理計劃報告書》

記得民國七十六年夏日在台中縣認識陳澄三先生，陳先生是四〇年代台灣歌仔戲界「叱咤風雲」的人物，他為提升歌仔戲的水準，不惜重金禮聘編劇，改幕表的機智唱作為劇本的精緻演出。我在他家看到滿架滿櫃的劇本稿本和當年籠罩台灣紅編東南亞的「拱樂社」相關資料，認為這是歌仔戲的重要文獻，於是商得陳先生同意，請跟我作碩士論文的黃秀錦和劉南芳代為整理編目並作敘錄，同時將之推介給台北聯經出版事業公司，眼看著這一大批歌仔戲極珍貴的資料有公諸世人的可能，心裏頗為高興。誰知在我於九月間啟程赴德國魯爾大學為交換教授不久，聯經主其事的副總經理萬步青先生不幸逝世，這項出版計畫也因此「無疾而終」。

然而對於歌仔戲劇本的蒐集整理，我一直認為如果不及早從事，將來會更加的艱難。所幸民國八十二年七月乃獲得行政院文化建設委員會文化建設基金管理委員會委託，兩年來，除對於台灣省地方戲劇協會和台北市地方戲劇協進會所編印的劇本錄其代表作若干種外，已更另蒐集整理刊印歌仔戲劇本一百五十種，分老歌仔戲、舞臺歌仔戲、廣播歌仔戲、電視歌仔戲四大類，只是猶然未能將「拱樂社」所屬劇本納入其中，緣故是目前收藏的國家電影資料館未允外借，也因此使我們的工作未臻完好，也使我迄今仍然愧對陳澄三先生在天之靈。

但無論如何，這一百五十種歌仔戲劇本不止是歌仔戲的寶庫，也是俗文學和民間藝術的重要資料。劇團利用它們，可以搬演戲曲，可以改編或創作更好的劇本，學者運用它們，可以作出良好的研究成績。相信歌仔戲的學術和文化藝術價值，因此將更為彰明較著。

而我在這裏要感謝我們工作同人的艱辛，尤其要特別嘉勉嚴立模，為這項煩瑣的工作在基金會上班兩年，大小事宜勇任其事，如果沒有他，就無法有這樣的成績；也要感謝文建會的長官給我們這個機會，能為傳統本土藝術文化做一點事。

（中華民國八十四年十一月十八日曾永義序於台大長興街宿舍）

# 序《歌出戲曲人生》

台北市政府新聞處編輯發行的《台北畫刊》，今年元月出版三四八期，以「歌出戲曲人生」為專題，收文五篇，其後又對台北市十個重要歌仔戲團作訪問介紹，並附以台北市歌仔戲團名冊，合為一書，別出單行。我閱讀之後，覺得它不止呈現了台北市歌仔戲的種種面貌，而且也探觸了當前歌仔戲所存在的一些問題；是一本有意義有價值的書。

歌仔戲的歷史約有百年，就其發展而言，已有歌仔陣、落地掃、老歌仔戲、野台歌仔戲、內台歌仔戲、大型歌仔戲、廣播歌仔戲、電影歌仔戲、電視歌仔戲、精緻歌仔戲等十種類型。其中廣播、電影、電視三種，其實是歌仔戲的蛻變轉型，儘管今日猶存的電視歌仔戲，挾媒體之優勢深入家庭，但本身實不能算是純粹的「戲曲」；而前三種則是歌仔戲的原始型態，具有極其崇高貴重的歷史地位和文化價值，現在仍殘存於歌仔戲的故鄉宜蘭，為今之計，當積極從事薪傳工作，使之繫一線於不墜，納入於將來成立的「民俗技藝園」或「傳統藝術中心」，作經常展現的「動態文化標本」。而台灣目前登記有案的兩三百歌仔戲團，絕大多數是依存於廟會祭祀的酬神演戲之中，由於其他娛樂媒體，諸如布袋戲、歌舞團、野台電影競爭，演出機會減少、戲金微薄，導致自尊心和敬業精神喪失，顯得頹廢異常，觀眾亦流失殆盡。長年以來，惡性循環，積重難返，殆已無挽救之道；不得已當由有司聚其菁英，組織公立劇團，重新切磋技藝、努力於傳播，庶幾再現內台歌仔戲昔日的風華，而今既已成「蘭陽戲劇團」，倘富於歌仔戲的縣市，也能踵繼前修，相信有朝一日異花奇葩，必能布芳競艷。至於偶然逞技於國家藝術殿堂的少數劇團，如河洛、明華園和以楊麗花、葉青、黃香蓮為首的三家電視台所作的舞台「公演」，則正努力從事「精緻歌仔戲」的完成。雖然其路途多艱，但康莊既開，已獲得廣大的認同和迴響，倘執此以往，必有重新完全融入和豐富現代人生活的一天。

呈現在本書的台北市歌仔戲近況，雖令人惆悵者所在多有，但如楊麗花之為歌仔戲象徵人物，廖瓊枝之為歌仔戲薪傳卯足全力，劉鐘元之為精緻歌仔戲不惜血本，乃至於陳美雲之蜚聲於野台，皆可見今日台灣歌仔戲之菁華實薈萃於台北市。而市府既已留意於歌仔戲之生態，編為專書，則扶植、鼓勵、開展、向上諸措施自應接續而至，我非常盼望，歌仔戲能像往昔那樣的「歌出戲曲人生」。

（民國八十六年三月十九日曾永義謹序於台大長興街宿舍）

# 序《樂舞戲曲》篇

民國七十二年至七十五年之間，我們幾位在大學教書的朋友正大力在為台灣的傳統和鄉土藝術文化作維護和發揚的工作，為文建會製作「民間劇場」，率領學生到處調查訪問優秀的民間藝術家。我們常在田野茶山聽到隨風飄來的歌聲，也在城市的公園裡，看到懷抱「大廣絃」的老者興會淋漓的自拉自唱自譜自撰的《國姓爺開台》，更在鄉下的小亭上看到圍坐的「長青」人，拉彈吹打的伴唱《薛平貴與王寶釧》，而各地的「迎神賽會」，其盛大的場面，簡直就是「廣場奏技，百藝競陳。」

像這樣存在民間的「藝能」，長久以來無不流露著廣大群眾的真聲，傳達著民族共同的意識、思想和情感，使得人們為此血氣相連、脈息相通。雖然晚近社會變遷匆遽，在時代潮流的沖刷之下，這樣的「藝能」已不如往昔，但猶然脈動著人們的心靈。

最近我很高興的知道，友人林金悔撰述了《觀清淯・映西甲》一書，副題作「文教史料拾穗」，目的是要為他所生長的鄉土，像用彩筆那樣的把它描繪下來，就此也為鄉土保存珍貴的史料。我在佩服之餘，尤其欣喜的看到書中著有〈樂舞戲劇〉篇，金悔更為此要我在篇首點綴短文，我焉敢以忙碌為辭。

在〈樂舞戲劇〉篇裡，金悔圖文並茂、機趣橫生的勾勒了一位位西甲的表演藝術家，有令人景仰、終生奉獻桑梓音樂教育的高深池先生，他的一曲校歌，迄今猶令北中的師生心動神搖、共沐光榮。有以「黑狗川」名聞遐邇的黃萬川先生，他堪稱是北門西樂的啟蒙師，他的黑管、薩克斯風不知迷亂多少人的心靈，而林化行先生的小提琴與風雨聲鳥蟲聲演奏為最優美的魚塭交響曲；而簡上仁先生一曲「滬汪調」，則深深的擁抱了草根世界，激揚了「人不親土親」的情懷。凡此種種，莫不栩栩然的在金悔筆下展現出來。

金悔長年服務文教界，無論省教育廳、台南市教育局、國立歷史博物館、行政院文建會，無論官拜股長、局長、組長、副處長，莫不以推動藝術、提升文化為要務。記得他在台南市時，把有如餘灰殘燼的鄉土戲曲，撥動點燃得有如熊熊的烈火；記得他剛到文建會時，把一向在台北展演的「民間劇場」南移滬汪，使之如火如荼的重返鄉土。若此，則金悔以公餘之暇撰作此書，用以彰顯風土人物也就很自然的了。

我雖然只奉命為〈樂舞戲劇〉篇題辭，但卻寫了這許多，真是僭越了。還請金悔兄鑒宥是幸。

（民國八十六年七月三日曾永義序於台大長興街宿舍）

# 序《郭小莊雅音繚繞》

民國六十八年，我就知道郭小莊小姐毅然成立「雅音小集」，以「傳統中的新生」為努力從事的原則，結合同好，欲為國劇別開蹊徑，欲為現代戲曲提供新的契機。而孜孜矻矻，使我們所看到的雅音國劇，擺脫說唱文學的冗煩，顯得乾淨俐落；講求結構的緊湊和氣氛的營造，而將高潮置於矛盾與衝突的關鍵時刻；突破腳色行當的限制，使人物的塑造更為生動；在不妨礙虛擬象徵時空流轉自如的表現原理之下，適度的運用布景與燈光，以渲染舞台情境，強化演出效果；加入國樂以充實文武場陣容；因劇情帶出合唱曲以表明時空與情境的流轉；從而循循導引以激起觀眾濃厚的感染力。

像雅音這樣的國劇，誰能再說是「故步自封」？誰能說「不合乎現代劇場的理念和精神」？而國劇之所以為國劇的經濟劇場所要講求的藝術特質，豈不因此而有更美好更充分的發揮？也就是說，郭小莊的努力，是扎根於傳統的創新，因而別開境界，從而再度融入人們的藝術生活。其受到廣大的迴響和擁護，乃至迭獲大獎、蜚聲海外，絕不是平白得來的。

對於郭小莊鍥而不捨的為國劇走出一條現代的路途，我一向很欽佩。及至讀了柳教授為她寫的書，更加清楚的了解到她走過的路途和今後要努力的方向，原來是如此的犧牲奮鬥、艱苦備嘗，不禁為之致以無尚的崇敬！而我也相信，以小莊的造詣和為人，國劇的藝術必會隨著她的步履而與日燦爛輝煌！

（民國八十六年十二月二十四日曾永義序於台大長興街宿舍）

# 序《海峽兩岸梨園戲學術研討會論文集》

如果要從我國現存兩百數十種大戲劇種中，舉出歷史地位極其崇高、藝術價值極其貴重的，那麼應當是泉州的「梨園戲」，因為它簡直是「宋元南戲的活標本」。

也因此，民國八十六年八月間國立中正文化中心乃邀請有「天下第一團」之稱的「福建省梨園戲實驗劇團」來台公演。本人榮幸參預其事，既點定《節婦吟》、《李亞仙》、《陳三五娘》三種全本戲和〈士久弄〉、〈玉真行〉、〈過橋〉、〈摘花〉、〈壽昌尋母〉等五段折子作為四天的演出劇目，又建議舉辦「海峽兩岸梨園戲學術研討會」，務使國人對此「藝術文化瑰寶」能有更深切的認識和欣賞。

「海峽兩岸梨園戲學術研討會」，於八月九日至十一日，假國家劇院會議廳舉行；除於九日夜晚，由梨園戲劇團當家旦腳曾靜萍主持「梨園戲科汎大師班」作示範講座；於九日下午舉行「梨園戲的過去、現在與未來」之座談會外，學者專家共發表論文十八篇，分九場討論，情況十分熱烈。其內容涉及梨園戲之淵源形成，歷史地位、藝術成就，乃至於劇團之營運、音樂之探討、新人之培養、教育之省思、兩岸之現況等等，論述的範圍可謂遍及梨園戲的各種層面；而開幕時由漢唐樂府的南管古樂演奏與仿唐艷歌舞蹈，也給大會作了別饒興味的導引。

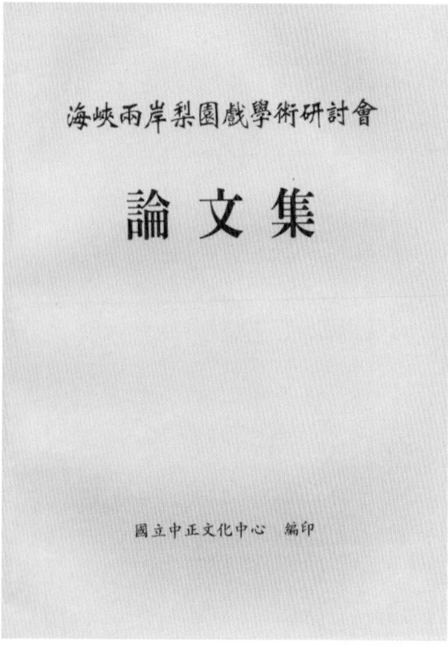
海峽兩岸梨園戲學術研討會

論文集

國立中正文化中心　編印

回顧民國七十年許常惠教授與我大力鼓吹南管及其戲曲，多方奔走的艱辛，再看這次大會的成功，正如我所撰作懸於會場的對聯：

華堂暢論春風生滿座，
藝苑新培古劇綻奇葩。

實在令人感到油然心喜。即此，我要感謝我的「徒兒」們，沈冬、林鶴宜、李惠綿、洪淑苓、張啟超、沈惠如、游宗蓉、林曉英、徐志成等，雖然他們都已經是副教授或博碩士研究生，但協助我之黽勉勤劬不減當年，因此能使大會如此圓滿，論文集如期刊行；同時更要感謝中正文化中心的李炎主任，給予我們完全的信任和委託，以及中心執事人員的全力配合，我相信這次梨園戲的來台公演和研討會的舉行必將在藝術文化史上留下不可磨滅的一頁。

（八十七年二月四日）

# 序文史哲《戲曲研究系列》——曲苑六奇葩

文史哲出版社負責人彭正雄先生，在我心目中是個「傻子」。我常說當今充滿「聰明人」要一夜成名一日致富掠勢奪權無所不用其極的社會裡，要找一個「傻子」，真比礦脈中挖顆鑽石還難。彭先生的「傻」，是長年以來不計成本選擇最冷門的文史哲全家動員的來為學界服務，所以他出的書，盡是品質高銷路差的學術著作，但也為此嘉惠了許多讀書人，他也成為大家的朋友。

某次相見，我問彭先生是否繼續「傻」下去？由我近年指導的博碩士論文，都屬戲曲研究，共六本，可成一系列，保證具水準、有創發，尤其論題新，可供學者參考，彭先生即刻答應，說：「你開口了，我會猶疑嗎？」而我深信，我這六位學生是不會辜負彭先生提攜之美意的。

被收在文史哲《戲曲研究系列》的六本論文，有兩本博士論文、四本碩士論文。其著者有李惠綿、蔡欣欣兩位現任大學副教授，其餘許子漢、游宗蓉、林宗毅、郝譽翔等四位正攻讀博士學位。

李惠綿在他們六位中年輩稍高，由臺大中文系所學士、碩士、博士一路上來。她雖然因小兒麻痺症行動不便，但治學做事教書認真負責，一如常人。她做研究生時，得過教育部學術論文獎和散文創作獎：負責編輯《關漢卿國際學術研討會論文集》，她於十個月內就使之出版；兼任講師教大一國文時，陳校長曾經特別寫信感謝她，由於她的愛心和鍥而不捨，挽救了一個要拋棄自己的學生。我稱惠綿叫「萬靈丹」，因為許多我胡塗或偷懶的事，找她幫忙，都可以獲得解決。我的老師王叔岷教授高齡八十有三，屢次向我嘉許惠綿，說她讀書、做人都非常好，她唯一的毛病是非常熱心，因此不免有失落的惆悵。

惠綿研究戲曲，主攻理論，我說一般研究戲曲理論的，多不以問題為主軸作系統性的探討，每致支離破碎，甚至不知所云。我要惠綿將環繞論題的課題一一找出，然後從縱橫兩剖面去全盤分析和歸納，融會貫通述其來龍去脈，如此對學術才有真貢獻，惠綿碩士論文《王驥德曲論研究》、博士論文《元明清戲曲搬演論研究》便因此都採取了這種主題式的研究方法。

惠綿為了做這個題目，文獻資料之外，還看了許多舞台和錄影帶中的戲曲演出，為了「度曲論」要弄通語言聲韻學，向楊秀芳教授請教，獲得了不少啟示。

記得民國七十九三夏日我首次到上海，杯酒之間和上海戲劇學院的陳多教授談到彼此所指導的研究生，沒想到李惠綿和葉長海的博碩士論文，題目幾乎相同。他們如出一轍的都以王驥德的曲學為碩士論文，緊接的博士論文，葉長海以《中國戲劇學史稿》，李惠綿也初擬《元明清劇學研究》，其題目也甚為相近。往昔海峽兩岸互相禁閉，學術訊息極難交流，所以陳多先生和我都認為我們這兩位指導教授，真是「英雄所見」。葉長海教授是戲曲學術界的菁英，所著自不同凡響；惠綿年紀雖然較輕，著作的出版也較晚，但研究方法不同，當然也有可觀。

蔡欣欣的文學士、碩士、博士都在政治大學獲得，我對於其他大學研究生找我指導論文，有個起碼的條件，即必須至少到臺大聽我一門課，因為我覺得這樣才叫「親炙」。不止老師要知道學生的讀書能力；學生更要了解老師的治學態度方法與性情襟抱為人，學生對於老師，好的方面多學習，壞的方面也要避免。

欣欣在臺大聽了我兩年的課，參加我主持的研究計畫做田野調查工作；並協助洪惟助教授和我兩度到大陸蘇州、南京、上海、杭州、郴州、北京去錄製六大崑劇團的代表劇目作為「崑劇選粹」，凡一百三十三齣。這些龐大的崑劇經典戲可作教學、觀賞、研究之用。欣欣不辭勞苦，為崑劇藝術文化的保存和傳揚，盡了很大的力氣。

欣欣的碩士論文是《臺灣地區現存雜技考述》，所以給她這樣的題目，一方面是因為那時我正用心用力從事臺灣民俗技藝的維護與發揚工作，請她加入行列，從田野的實務經驗去採擷學術的具體資料，是極有意義的事，而對此，友人吳騰達教授給她不少協助；另一方面我認為戲曲和雜技的關係非常密切，有此為基礎，可以作進一步的研究。欣欣果然以《雜技與戲曲發展之研究》作為博士論文。

記得欣欣曾向我說，醫生認為她免疫系統失調不適宜懷孕，而她懷孕了，我說，一個小生命到你身上來，你就要好好的完成他；你一年不必上課、不必做論文，全心全力去面對，一定會順利。果然，欣欣母女均安，她先生和家人以及我們都很高興，而欣欣做事是傾其所能的，包括把看戲關涉到戲劇研究，她就古今中外無所不看，我只希望她多留意身體的「老毛病」，好讓關愛她的人放心。

許子漢在中文系很特出，他之進入中文系，比起我當年更值得「稱道」，我念臺南一中，國文、歷史一向全班第一，物理有時還考全班第一，數學化學也不差，只因為英文五音不全，就毅然決然以臺大中文系為第一志願，幸運的得為榜首。許子漢則是他那年大專聯考的甲組狀元，臺大電機系的第一名，竟轉到中文系來，我不知這子漢是否和我一樣，曾被師長同學親友議論甚至嘲笑，說是「自我栽進冷門科系」。但子漢到中文系來同樣「氣勢如虹」，「第一」和他結了不解之緣，無論學期成績或入學成績，他都「第一」到底，連李惠綿所保持的博士班入學考試超過平均八十分的紀錄都被他打破了，而子漢一點驕氣也沒有，他的學姊最喜歡找他「麻煩」，不管如何費心費力，他從不推辭。他讀書也都能自給自足，毋須家裡接濟。他參加我主持的「古蹟與民藝」展演工作，北中南奔波，都能做得很完好。

子漢的碩士論文是《元雜劇聯套研究》。元雜劇的規律謹嚴，就套式而言，那些曲牌在前，那些曲牌在後，那些曲牌要連用，以及其與宮調聲情，如何配搭劇情，都有一定的規矩，隨意不得。對於聯套規律的研究，前人大抵只及於表象且未盡全體。直到鄭師因百《北曲套式彙錄詳解》，才作完整的觀察，子漢這本論文可以說是目前研究元雜劇聯套最詳密的著作，很值得學者參考。

記得去年春天，我和子漢在臺大長興街宿舍的庭院散步。那時我正寫作一篇散文，題為「宿舍的園林」，描寫前年九月被颱風摧殘前後的園林景況，我對園林中好些樹木的名字不清楚，便隨意問問子漢，沒想他幾乎無所不知的一一告訴我，我很詫異，他說室友有念植物系的，平時常向他們請教。即此可見子漢的好學，也難怪他「一路第一」，雖然研究戲曲，其他科目的造詣也都很好。

游宗蓉師專畢業，在小學教過書，插班臺大中文系，碩士班選我課時，我就看出她很用功，讀書富於心得，一直到現在，我仍給她最高分數，去年她也以第一名考取博士班。她不太說話，掛電話到史坦福大學給我，也只有三言兩語；但事情交給她做，無不做得整整齊齊，她的每篇期末報告，都可以當論文發表。

宗蓉的碩士論文《元雜劇排場研究》，和子漢的《元雜劇聯套研究》，簡直是「蓮開並蒂」，而他們正是一對新婚未久的夫妻。

宗蓉和子漢的結合，多少和我這個老師有些關係。我對他們兩位很欣賞，又覺得他們的性情和對表演藝術的喜好都頗為接近，於是我有意安排他們一起為我整理研究室，我家裡書房和學校研究室之亂都簡直成「書災」，子漢和宗蓉光為我一張書桌和它周圍所堆積的書本，就足足用了三天的功夫，方才把它遷移到新闢的戲曲研究室裡，過了些時日，我和子漢閒話，問他有沒有女朋友，他說有，再問他是誰，他有點靦腆的說是宗蓉，從此我常給他們戲劇音樂舞蹈的入場券，好讓他們可以攜手同賞，他們和欣欣一樣，因研究戲曲，無戲不看。

元雜劇排場的研究由我發其端緒，徐扶明先生亦有相同的見解，現在宗蓉的這本論文可以說鉅細靡遺完完全全的把這個問題探究了；而如果能與子漢的論文並觀，則更可以相得益彰。我很高興他夫妻倆能徹底遍讀元雜劇，現在宗蓉加入我為教育部所做的「俗文學教材編輯計畫」，並且正以「元明雜劇比較研究」作為博士論文題目，進行研究；子漢則以「明清傳奇排場研究」為題，埋頭撰寫博士論文，看他們夫妻研究學問照樣相攜並舉、亦步亦趨，我不禁油然心喜。

林宗毅也是臺大中文系所到博士班一路上來，也與子漢同年級，我想他的純樸木訥是祖傳的，理由是他和李栩鈺結婚時，用了一部遊覽車把師長同學從臺北請到臺中，可見他一家人的誠懇；但是他和家人卻不知如何接待客人，連我這個證婚人都要在雙方家長面前自我介紹一番，也因此我常在師生聚首杯酒談心時，要他如何向人表示敬意，試想社會不離人際關係，應當要懂得起碼的應對，否則彼此就難於了解和溝通。

宗毅的性情也因為純樸木訥，所以讀起書來很能聚精會神，對於很繁瑣的問題都能耐心的處理和解決，我看清這點，所以當他找我做碩士論文時，我說，《西廂記》是北雜劇最著名的作品，版本之多，問題之雜，以及相關學術論述之難計其數，真教人望而生畏；但如果勇敢的向它挑戰，用主題學的方法，釐清《西廂記》研

究的來龍去脈，逐一論其功過得失而參以己見，所謂「西廂學」必可逐步建立，我又說，你正富於春秋，前輩的成果已擺在那裡，趕緊投入，就能夠及早建立「西廂學」。

宗毅於是將《西廂記》所存在的問題逐一檢閱之後，選擇兩個問題作深入的探討，而以《西廂記二論》為碩士論文。其第一論「西廂記之淵源、改編和主題異動」，將六百年來共三十四家《西廂記》的續作和改編本，就其本事來源、情節內容、和流變歷程進行考證和分析，從而分類探討其主題異動的情形。其第二論「西廂記版本所具之深層意義」，首先觀察晚明《西廂記》傳刻本大量湧現的時代意義，其次探討晚明《西廂記》評點發展，針對王世貞、徐渭、李贄、湯顯祖、陳繼儒等人的鑑賞性評點著眼，則可以看出戲曲觀念的演進情形，及其與人性解放的時代思潮息息相關。另外又針對金聖歎的批改《西廂》探討，掌握其底本與批評的內在模式，予以較中肯的評價；並從其律詩分解說連鎖到其戲曲分節的意義，從而印證了金氏是從「文章」的角度評析《西廂記》的藝術內涵。

宗毅不止檢討了臺、港和大陸《西廂記》的研究情況，並且對「西廂學」也有所展望。其附錄還包括〈西廂記研究論著索引彙整〉、〈晚明西廂記版本一覽表〉、〈中研院史語所傅斯年圖書館所藏西廂記俗曲微卷索引〉，凡此都可以看出他從事學問所做的紮實功夫。他正孜孜矻矻的要完成「西廂學」的研究。

記得兩年前，我召集了中研院文哲所的華瑋、王瑷玲，和臺大的沈冬、林鶴宜、洪淑苓、李惠綿、許子漢、林宗毅等每星期二上午共同研讀戲曲，由我指定論題，大家發表心得和見解，最後我作總結。為了這樣的「讀曲會」，他們常熬夜準備，因此討論時每個人的意見都洋洋灑灑；而凡是涉及版本源流、字斟句酌的問題，幾乎就是宗毅的專長，因為他做學問是一頭栽進去的。

郝譽翔和游宗蓉同年級，也是臺大中文系所到博士班。她寫散文和小說已經有名氣，都得過獎；中央副刊主編梅新，常對我誇獎她，聯合副刊辦過兩岸戲曲和歌仔戲的座談會，我都推薦她記錄，瘂弦和陳義芝為此很欣賞她的文筆。有一陣子她去聯副幫忙，瘂弦來信說「譽翔表現極佳，真名師出高徒也。」使我也與有榮焉，她的英文頗佳，我為此把她介紹給魏淑珠教授，到惠特曼大學去擔任教學助理並進修一年，她閱讀英文論著的能力因此又提高不少。

譽翔所以用《民間目連戲中庶民文化之探討：以宗教、道德、小戲為核心》作為碩士論文，是因為民國八十一年的寒假，我帶領譽翔等幾位同學到廣西、貴州、上海等地去作戲曲的田野調查，譽翔蒐集了不少有關目連戲、地戲、和儺戲的資料；而我又認為譽翔才學俱佳，有跨越結合戲曲學、社會學、民俗學、宗教學的能力，所以要她從事這方面的研究。

最近文化單位委託中華民俗藝術基金會和歷史文學會好幾個規劃研究的案子，我邀請幾位具相關專長的友人來分擔主持，而以博碩士班研究生為專兼任助理，藉此訓練研究生田野調查和治學處事的能力。其中重要的一環是研究計畫的撰寫，我要譽翔寫了範本並領導以協助同學，她費了很多心力和勞力才使整個委託案完成手續，如期展開工作。我想她的學弟妹們，還有待她多提攜。

以上對惠綿等六位我近年指導完成學位的學生，其為人和他們所撰著的博碩士論文要旨作了簡介。惠綿現任臺大中文系副教授，欣欣現任政大中文系副教授，其餘四位都在臺大中研所博士班，子漢、宗毅為四年級，宗蓉、譽翔為二年級，他們都得過趙廷箴獎學金或薛明敏論文獎，在學術研究上初步獲得肯定。我希望他們趁著年富力強，從各方面打好根基，也不要忘了我強調的「人間愉快」和「多看別人好處」的道理，那麼雲程既軔，前途必然未可限量；如此也才對得起彭正雄先生「不惜血本」地出版這套書的深意。

（原載《中央日報》副刊八十八年一月三十一日～二月一日）

# 序王士儀《戲劇論文集：議題與爭議》

士儀兄和我相處總是歡笑的，他說我「唇厚中厚」，我說他「裡厚外瘦」、「表裡不如一」；他雖然長我幾歲，我卻叫他「酒徒」。「酒徒」者，飲酒之徒弟也。因為他能喝幾杯，打從他遊走西歐、中歐、南歐拜名師求洋學以來，使他懂得酒滋味，知得酒分寸的人，就是號稱「酒党党魁」的我。因為士儀兄和我都深深體會「本党尚人不尚黑」，吾党之「党」，怎能淪入彼「党」之「党」，因此在「本党」聚會講究「人間愉快」的場合，士儀兄不得不略事酒党倫理「矮我一截」。

然而就戲曲學術而言，士儀兄不止是我名符其實的「兄」，我更可以事之為師。因他精通中西戲曲，而我知中不懂西；也因此，他有西方的理論，西方的觀點，不拘不礙的發掘中西戲劇的問題，言人所不敢言，論人所未能論，使同道為之感佩，為之嘆服。如予不信，請讀其《戲劇論文集・議論與爭議》一書，便知端的。而士儀兄之所以以「議論與爭議」為總題標示全書旨趣，亦盡在於此。因為士儀兄對戲劇中的問題，尤其是眾咻未準者，偏好刨剖根底，以創發的精神，使之體現本貌本色。而亦於此，每為學者所揄揚，如〈試論《衣狄浦斯王》與《哈姆雷特》情節結構形式一文〉，為大陸資深戲劇評論家曹明先生所推崇；〈試析布萊特與中國傳統戲曲劇場〉一文，大陸學者認為超越幾十年研

究的範圍與方法；〈就《天仙配》與《沙家濱》試析大陸政治劇場的傳統戲曲創作〉一文，不止被中央戲劇學院《戲劇學報》一九九八年第四期全文轉載，而且論者謂其「分析批評令人信服」，「否定了該否定的，肯定了該肯定的。這確實是一個文藝批評家的胸襟。」而士儀兄早在民國六十二年就發表〈台灣地方戲劇〉一文。呼籲保存台灣南北管、偶戲和歌仔戲，並胼手胝足的深入全台各地作田野調查，其為台灣本土藝術的認知和維護，可謂「先知先覺」、「勇於創發」，也因此獲得當時國民黨文工會主任吳俊才先生的讚賞。至於士儀兄對西方戲劇研究的成績，非我所能知，已有耀恆兄的推介和肯定，我也無須在此饒舌。總而言之，士儀兄引證東西戲劇相互比較，以進行正本清源的工作，雖不無爭議，但其勇於創發以求真求實的精神真是學者的典範。

士儀兄主持文化大學國劇組、戲劇系、藝術研究所乃至藝術學院，在繁瑣之行政事務中造就學子無數，學術亦大大有成，而今新書出爐，命我作序，我榮寵之餘，敢再希望吾兄有關亞氏《詩學》之論著及早面世，則學子必將有福而再有福矣！

弟　曾永義　謹序於飲酒之後（民國八十八年五月廿五月於台大長興街宿舍）

# 歷史人物的民間造型

## 為「三國演義博覽會」之「關公座談會」而寫

多年來我常以「歷史人物的民間造型」為所指導的研究生設定博碩士論文題目，譬如台大洪淑苓以《關公民間造型之研究》、輔大丁肇琴以《包公民間造型之研究》都獲得了博士學位。因為被民間所喜愛或所厭惡的歷史人物，一旦流傳民間，隨著時空的推衍，便會像大家前後堆雪人一般，終於堆出共同認定的形貌和神態來。這種被民間塑造出來的形態，自然與歷史人物的本來面目大不相同。譬如關公的臉那會那麼火紅，包公的臉那會那麼漆黑。然而這其間實在有它的道理，而這道理可不簡單，關涉的層面相當的多。在這道理之中，歷史人物的性情襟抱、為人處事、忠奸善惡，乃至是非功過，便也被觸發聯想，從而渲染誇大來和所造的「型」相搭相配相映相襯相生相發。

我曾對歷史人物在民間被如何造型的道理略加分析探討，認為有兩個來源和四條線索。

### 庶民的說唱誇飾，文人的議論賦詠

兩個來源是指造型者的兩種身分所作的不同造型法。其一出自庶民的是以說唱誇飾，這裡的「說唱」還包括戲曲小說等文學藝術，他們喜歡想當然耳的「加料添椒」，自由隨意的「畫手裝腳」，於是史傳中三言兩語的「虞舜之父」、「杞梁之妻」便千言萬語而生龍活現的刁頑、節烈起來。其二出自文人的議論賦詠，高文如經史，下俚如歌曲，都是他們的「工具」。他們往往具有「權威性」，對庶民的「誇飾」，擅長作「坐實」的功夫。於是見諸史傳的「影子人物」，如「西施」、如「貂蟬」、如「周倉」、如「梅妃」，便使人不疑有他的各具典型，而且神采煥發，其實西施是先秦諸子的美人符號，是《國語》中越人所飾「美女」的具象，而貂蟬是董卓身邊「婢女」的美化，周倉是關羽

◎【風雲再現——三國演義博會】週邊活動「掌中四大天王戲劇大展」中的各種三國戲偶

屬下將士的「產物」，梅妃是唐明皇「上陽宮人」的「化身」。

至於四條線索指的是庶民說唱誇飾和文人議論賦詠無形中所採取的四種基本取向。

## 民族意識、思想和情感形成了民族的共同性

這四種基本取向，第一，也是最重要的一環，是民族的共同性，包括民族意識、思想和情感，這其間實可「囊括」人們的整個心靈。

民族意識是自覺於同屬一族類，因而對其族類產生愛護的精神狀態，自從孔子作《春秋》，舉出「尊王攘夷」的標幟，便深中人心。那麼以大漢美女出嫁戎狄鄙夫，人們自然是不齒而以為恥的。於是在匈奴明明一婚再嫁的王昭君，人們卻非教她未嫁而死不可，而且要她為國捐軀，死得轟轟烈烈，甚至投「黑龍江」而死。

民族思想是指人們所共同遵循的理念，譬如對士大夫要求「忠義」，那麼關公何幸，便彙集於一身；譬如「褒姒亡國」的觀念，楊貴妃以一女子就必須扛上造成安史之亂的罪名，而「貞節烈女」，幾乎是人們塑造完美婦女典型所必須具備的第一要件，所以王昭君在《漢宮秋》以後，既與漢元帝有過愛情，就一定要為保持貞操而自殺；杞梁妻的「後世」孟姜女萬里尋夫，含辛茹苦，哭倒長城，滴血認骨，抗拒秦皇淫威，自了心願而死，則豈止「九烈三貞」而已！

民族情感是指人們潛在心靈的自然抒發，由於同情，可以棄瑕錄瑜，可以感嘆寄託；由於悲憫，可以化不可能為可能。可以驚天地而泣鬼神。譬如歷史上的美人，多數受人崇拜，所謂「豔色天下重」，人們自有憐香惜玉之情，所以「興滅國、繼絕世」的西施，「亡吳國後，復歸范蠡，同泛五湖而去。」便給她美麗的結局，清代洪昇作《長生殿》，最懂得憐香惜玉，獨具慧眼的「盡洗太真穢事」，極力敷演帝妃間的真情厚愛，使楊妃成為可敬可愛可念的美人，可是西施和楊妃，如果在「衛道」者眼中，由於他們心中深植著「美女國之咎」的觀念，那麼西施只好被刀殺、被縊殺，或被淹死。楊妃死在馬嵬兵變，杜甫給她的評論是：「不聞夏殷衰，中自誅褒妲。」元人詠太真遺事，篇章中更充斥著「馬踐楊妃」。由此也可知，逼君殺后的曹操，何以會被畫上沒有血性的白臉而為權奸，而為罪惡之淵藪了。

而人情總是善善惡惡的，惡人豈能任他當道而趾高氣揚；善人豈能任他遭難而悲慘下場，所以在《一日閻羅》裡，殺戮功臣的漢祖和呂后便被輪迴作獻帝與伏后，被慘殺的韓信、彭越、英布反而成了三分天下的曹操、劉備、孫權，也因此孟姜女可以教她哭崩「杞城」，哭崩「莒城」，哭崩「梁山」，以至於哭崩「萬里長城」；用此來宣泄中國有史以來那數千年的邊塞之苦與生民之痛；而即使梁祝的渺渺「貞魂」，也要教他們突破莊周的大夢，化為栩栩然的蝴蝶，兩翅駕著東風，成雙成對的逍遙於廣漠之野、無何有之鄉；然後，人們才有帶淚的微笑。

## 小說、宗教、戲曲與傳說爲歷史人物造型

由以上可見民族的共同性，民族意識、思想、情感是歷史人物民間造型的重要內容和主要取向，其他三條線索：時代的影響、地域的色彩、文學間的感染與合流，雖然也不可忽視，但終究不能與之相提並論，所以為省篇幅，在此略而不說。

這次由文建會主辦、聯合報系協辦、沈春池文教基金會承辦的「三國演義博覽會」，其中一場座談會就是以「關公的民間造型」為主題，邀請李殿魁、李豐楙、王安祈、洪淑苓四位教授，分別從小說、宗教、戲曲、傳說作為引言，相信各抒所見，一定十分精彩，而本人既忝為座談會主持人，用敢將一己之得寫出，以便提供與會者和讀者參考，藉此也希望博雅君子不吝批評和賜教。

（原載《聯合報》副刊八十九年一月一日）

# 序陳芳《乾隆時期北京劇壇研究》

教過陳芳的老師沒有一個不說陳芳是好學生，而且是很出色的學生。陳芳的好和出色，在於她的性情為人讀書治學。她以榜首考上台大中文系所和輔大中文博士班，而且都以第一名畢業。她的碩士論文、升副教授論文、博士論文坊間都樂意給她出版。她對師長極為尊敬、對同學極為友愛，更有一個甜蜜的家庭。她做事傾心傾力，鍥而不捨，無不幾於完好。她真是我非常喜歡的一個學生。

在大學陳芳作詩已見其才氣，研究所讀書報告已見其治學能力。得到碩士學位後在警專教書，因婚姻家庭未接續進修博士，但很快就獲取教育部的副教授證書，迄今已八年。陳芳好學，不因教學顧家忙碌而一日鬆懈。曾一再向我表達報考博士班的意願，我總是回答：「已經副教授了，沒必要了。」一直到民國八十五年我赴美國史丹佛大學的前夕，我才找她來，鼓勵她報考。她很訝異，我說：「是時候了，以前妳會很累，現在妳會專心的再受教再學習。」於是她稍事準備，就考取輔大。

陳芳肄業輔大博士班時，我給她「乾隆時期北京劇壇研究」作為論文題目。這是難度很高的論題，因為「劇壇」所涵括的周延很廣、層面很多，其間又縱橫交錯、上下相關，舉凡戲曲成分和現象

都要探討，所以迄今未有一本以「劇壇」為題的好論文；何況乾隆時期是中國戲曲史上的大時代，當時的北京城又是中國戲曲薈萃的中心，其難度尤甚。但也因此更可以給陳芳從中獲得最好的訓練，她遍閱曲籍資料，由文獻而田野；參考前輩時賢論著，兩岸靡不蒐羅；由此更堅實她的戲曲功底。而對於論題的立綱建目，她尤其深思熟慮、煞費苦心，務使之無不稱無不穩，務使之無不周無不全，因為那有如華廈建構圖，絲毫馬虎不得。而即此，她便開創了「劇壇」研究的範例。這點是令我感到極為可喜的。

四年來，陳芳每星期四都坐在課堂上，參加我開設的「戲曲專題」課程，她沒有缺過一堂課，比選課的同學還勤勉；每兩星期就到我家借書還書討論問題，使我充分感受到像個指導教授。現在她已經畢業了，仍然如此，可見她是把讀書做學問當作一輩子的事。我也相信她必然會執此以往。

而今陳芳的博士論文即將出版了，師徒倆固然都感到高興，而我更認為這本書會被學界重視，陳芳應當繼續奮力直前，以蘇州劇壇、清代傳奇、清代雜劇、晚清劇壇為題，逐步完成，然後結撰一部《清代戲曲史》，那時也許我已七十多，再一次呈獻給我吧！

（民國八十九年三月一日曾永義序於台大長興街宿舍）

# 序汪詩珮《乾嘉時期崑劇藝人在表演藝術上因應之探討》

想起當年台大要成立戲劇研究所是我「極力」的主張，我也竭盡所能使它實現。所以不稱作「戲曲」而稱作「戲劇」是希望中西兼顧，「勢均力敵」、「融會並通」。我雖然未在戲研所開課，但該所研究生也到中研所來選修或旁聽我的「戲曲專題」。其中汪詩珮、陳凱莘、韓昌雲還找我指導她們的碩士論文。

汪詩珮是我三十年好友高師大汪志勇教授的掌上明珠，志勇治學範圍與我相近，時相切磋，詩珮也在我眼裡看著長大。詩珮台大外文系畢業，有志發揚家學，考上戲研所，要我和林鶴宜教授指導她論文，我義不容辭。

由於家學，詩珮根柢深厚，不止喜愛京戲、崑劇，參加研習，粉墨登場；還學她父親編劇。上我課時，我評她最高分，緣故是她勇於探討艱難的問題，能自圓其說。她的碩士論文《乾嘉時期崑劇藝人在表演藝術上因應之探討》，也是一個不容易的題目。因為清代乾嘉時期，花雅

爭衡，劣勢的雅部崑腔，如果不調適現實，不力求上進，恐怕崑腔曲劇早就被花部亂彈的洪流所湮滅。詩珮能抽絲剝繭的從各種層面去探究，所得的結論頗能言人所未言，發人所未發。因此論文未出版，即已被學者一再引用。而今學海出版社在她畢業未及一年之時，就將她這本論文出版，我和詩珮一樣感謝而高興。

然而當詩珮撰寫這本書時，她的母親正與病魔搏鬥，她「抓緊照顧的空檔日夜趕工」，其辛苦可想。雖然她未能挽回母親的生命，但她優異的畢業成績和順利的考上博士班，畢竟使她母親含笑九泉。

現在詩珮肄業於清大中語所博士班，繼續跟隨王安祈教授治戲曲。安祈和鶴宜也都是我指導過的學生。我始終堅信一個理念，那就是學生一定要站在老師的肩膀上，學術才能一代高似一代。也因此詩珮在秉持家學之餘，更要像蜜蜂一樣廣汲師門乃至前輩時賢之「花粉」，釀成一家之「蜜汁」，如此乃能青出於藍而青於藍，豈止是學術的新銳而已。我欲以此期詩珮於未來。

曾永義　序於長興街台大宿舍（民國八十九年三月十八日總統大選之晨）

# 序張世錚《我是崑劇之「末」》

民國八十一年的早春，我與張世錚先生第一次見面，他略長我幾歲，從此我稱他為世錚兄。那是中華民俗藝術基金會所主持的錄影計劃，由我帶隊到杭州和上海錄製保存崑劇經典劇目。在當時，浙崑推出許多精彩的劇目，其中世錚兄演出各種不同腳色，有《寫本》中剛正不阿的楊繼盛，《望鄉》中大義凜然的蘇武，甚至有〈寫狀〉中為富不仁的劉君玉這種反面人物，使我在二月天即使抱著重感冒，也捨不得離開劇場一步。自此我認識了世錚兄，和他精湛的演出。在崑曲史上最有名的一件事，就是以「一齣戲救活一個劇種」而聞名的《十五貫》。世錚兄繼承乃師周傳瑛，演活了況鍾一角，成功地塑造了一個嚴正、沈穩而審慎的出色人物，可說居功厥偉。

而後世錚兄於一九九四年來台演出，我與他更為熟稔。由於深知其為人性情與能力，便敦促崑曲傳習計劃聘請他來台教學。因為世錚兄平易近人，處事圓融練達，又樂於傳授自己的絕活，他的認真、熱情與耐性，贏得學生的尊重與喜愛。

世錚兄所任腳色為「末」。「末」在宋金雜劇、院本中為「副末」，與「副淨」為對口之主演腳色，具有打諢諷諫的任務；到了元雜劇中，「正末」更為第一男主腳，劇本由正末主唱即稱「末本」。但元雜劇中亦有所謂「外末」，所扮飾之人物有趨向老漢或官員的意味；明傳奇中，末行退居次要腳色，包括末、外，而所扮飾的人物在身分上、年齡上均跨度甚大，《新樂府人物誌》有「老生分外、生、末」之語，在實際崑劇演出中，以外扮白髯老生，黑髯老生則以老生、末來扮演，而老生為主，末為老生之副。在崑劇中末行雖已退居次要腳色，但亦成為戲曲中不可或缺的「綠葉」型人物。更難得的是，由於末行所扮飾的人物包羅萬象，演員必須具備掌握各種男性人物的年齡、性格、身分的功力。世錚兄其人心思縝密，因此在藝術上的思考和要求也更為細膩深入。他將末行的各種人物特徵作深刻的揣摩，而每個人物間細微的區別，也都能適切地運用準確的身段及表演加以展現，恰如其分地塑造各種鮮活的人物形象，達到最成功的戲劇效果。而末行人物性格中普遍具有的忠義、善良與厚道，也正如世錚兄的為人。

他的為人與性情，體現在他的工作中：在表演上，他結合現實生活的經驗，也借鑒各種不同人物的特徵，將動作化為具有抽象性和藝術性的戲曲程式，但又不脫離現實，可以說對戲曲身段的傳統，既有所繼承，也有所創新；而在顧及場上的戲劇效果方面，他不拘泥於傳統，卻也不揚棄傳統，他站在傳統的基礎上，又能照顧現代劇場與觀眾的要求。世錚兄在與傳字輩師長研究討論之後，根據自己具備的條件和表演方式，去掉老本子中的某些枝蔓，使戲劇結構更趨緊密。從這點上來看，他對崑曲藝術的用心與執著投入，使他具備獨立性思考與反省的能力。這正是他的藝術更臻成熟與精緻的重要條件。

近年來崑曲在大陸已漸趨沒落，然而在台灣，由於樊曼儂、賈馨園小姐的努力，曲友的支持，而後有洪惟助教授和我的促成，如今，崑曲傳習計劃已生生不息地辦了六屆，將近十年的時間，培育了數百名崑曲愛好者；而二次遠赴大陸錄下珍貴的崑曲劇目，共有一百三十三齣，再加上其後傳藝中心、雅韻公司所錄製的戲齣，可以說在台灣保存的崑劇經典劇目已經相當完整。而傳習計劃的學生中，也培育了相當出類拔萃的演員，並成立了台灣崑劇團，再加上原有的水磨曲集劇團年年都有輝煌的演出成績來看，在台灣，崑曲已呈現了中興的氣象。

世錚兄為繼「傳」字輩之後「世」字輩的第二代演員，肩負著崑曲薪火相傳的重要使命。如今他不僅在傳習上不遺餘力，帶出一批成績斐然的學生，更可貴的是，他將自己數十年來學習、研究、體會的表演心得記錄成書，這不止對崑曲藝術的精進有重要的貢獻，同時也為崑曲的表演藝術保存了重要文獻。我以敬佩的心情祝福世錚兄，並望他能夠鍥而不舍，將崑曲藝術繼續孳孳不息地傳承下去。

二〇〇〇年九月六日　於台灣大學長興街宿舍

後記：這篇是我的學生謝俐瑩根據我口述的內容寫成的。那時我因白內障眼睛開刀，尚在休養中。

# 序柯潤璞（J. I. Crump）《元雜劇的戲場藝術》

十年前認識淑珠，喜歡她明朗聰慧，就情如兄妹。往後淑珠每次回國總要探望我這個老哥，我還把譽翔徒兒推薦給她做助教。今年淑珠回國，說她了卻多年心願，已將柯潤璞（J. I. Crump）教授的傳世名著《忽必略汗時期的中國戲曲》（Chinese Theater in the Days of Kublai Khan）譯成中文，改題作《元雜劇的戲場藝術》，希望我為這本書寫篇序文。

說到柯潤璞教授，時空馬上將我跌回一九八二年七月至翌年六月的安雅堡密西根大學，那一年我以訪問教授的身分在陪「嬌妻」讀書修學位，柯教授行年「七十尚不足，六十頗有餘。」我敬他如師長，還為他寫了一篇〈柯迂儒教授〉的文章在報上發表。

我想他的名字，「柯潤璞」是他英文名字的諧音，其見義則是呈現他道家的修為；而他二十年前所取的「柯迂儒」固然也以「柯」譯其姓，但也可以看出他儒者的謙虛中透露著幾分詼諧。總起來說，正標誌了他由儒入道的中國學問。

在我為他寫的文章中有以下這些話語：

如果說每個人身上都掛有一個「招牌」，那麼那把山羊鬍子應當就是他的「招牌」吧！它雖然臨風不飄不拂，但修飾得很雅致，配合他高高的個子，顯得既兀岸又俊逸。

當我第一次進入他的研究室，看到滿室滿架重重疊疊的書時，不禁嘖嘖稱賞，他說：「這是累積了三十有六年的

成果。」三十六年來，柯教授鍥而不捨的攻治中國文學，從先秦古文到明清小說；他讀過的每一本書都加注加批，對於版本異同的資料都做整理比對的工夫；他的書一本一本的問世，其中《戰國策》的翻譯、研究和《忽必略時代的中國戲劇》三書，更獲得學術界很高的評價，林順夫教授很推崇他的譯筆，說將雜劇的精神面貌傳達得栩栩如生。他最近要出版的一本新書叫《上都樂府》，是他研究元人散曲的著作，林教授說：「他翻譯的元人散曲就像一首首優美的英文詩。」我曾把前年出版的《元人散曲》一書送給他做見面禮，他很快的就細讀一遍，而且還指出我抄錄資料時筆誤的地方。他不厭其煩的將我的書納入他正排版的新著中，還很客氣的要我為他的新著題端，要我參加他在博士班開設的討論課，並希望我協助博士班學生專題的指導。他說：「趁著你在這裡一年，可以從你腦中挖出些東西。」

前些日子，柯教授請林教授伉儷和我們去晚餐，我發現了教我不敢相信的「稀奇事」。柯教授家裡的櫥櫃和客廳的一架鋼琴，居然都是他一手製成的，其「功夫」之精湛，即使是第一流木匠都不能比擬；不止如此，在地下室的工作間裡，更有一架即將完成的滑翔機，機上尾翼題著「翔空老翁」，柯教授說：「我這個『翔空老翁』為了它，已進入第八個年頭。」他顯得很高興又很得意，我們趕緊請他坐在「翔空老翁」裡，和他攝影留念。我知道工作間裡大大小小的工具都是他的「興趣」，他「工欲善其事，必先利其器。」它們和他研究室裡「充棟」的書本並沒有兩樣。他自製釣竿，釣起十來斤的大魚；他愛滑翔，就自作滑翔機，也同樣「鍥而不捨」的進入第八個年頭。他不止深愛學問的趣味，更熱愛生活的趣味，所以他是位十足有「趣味」的人。

由這些當年我筆下的話語，可見柯教授在我心目中是位教人景仰而可親近的師長。我最近一次拜望柯教授是一九九六年四月在檀香山，那是為了祝賀他生日，我參加他的門弟子所召開的學術會議，我提出的論文是〈論說「戲曲劇種」〉。那時他依舊神采矍鑠，舉座風生。現在又好幾年沒見到他了，不禁很想念他。他現在應當可以尊之為「柯老」了。

而今拜讀了淑珠所譯的《元雜劇的戲場藝術》，對於柯老的治學精神和功力，更油然的感到佩服。他的精神在鍥而不捨，他的功力在廣博切實。譬如他對「虛下」這一辭，先舉出胡忌和周貽白這兩位大師的說法，一般人總認為這已夠清楚了；但柯老如數家珍般的將元人雜劇中的原典例證，一一的舉出來，逐次的說明和修訂補充他們的說法，使人覺得做學問要如此這般才夠味。而柯老在這般謹嚴的學術論著中仍不失他機趣橫生的本色，這點也許是他從元曲的神髓中感應得來。而淑珠的譯筆也能將這種風格適切的傳達出來；即此也可見她中英文的造詣不同凡響。

我在這裡想提出一個柯老書中未予說明的小問題，請柯老參考。那就是什麼叫作「穿關」。我認為「穿」字是「五花爨弄」的「爨」字演變過來的。也就是說「爨」字之於文獻中「打攛」的「攛」、「拽串」的「串」，乃至於和「穿關」的「穿」，都應當是音同或音近的訛變。「打攛」見《水滸全傳》第八十二回所云「搬演雜劇，裝孤打攛」，即搬演院本的意思，「攛」在這裡很明顯是借為「爨」，為戲曲之體類。「拽串」見孟元老《東京夢華錄》卷九「宰執親王宗室百官入內上壽」條所云「內殿雜戲，為有使人預宴，不敢深作諧謔，惟用群隊裝其似像，市語謂之『拽串』。」由字裡行間可見，有外國使臣在場的「內殿雜戲」，已經變異原以「諧謔」為主的「正雜劇」演出，而改用隊舞來應付，所以市井口語說那是「拽串」，意思指其為扭曲不正的「爨體」，可見「串」是由「爨」音同訛變所致成。又由於「弄參軍」、「弄假婦人」、「弄婆羅門」等唐戲語言之「弄」字皆作動詞為「搬演」之意，於是「爨弄」之「爨」借為「串」字後，亦漸有動詞的意味。「拽串」已是如此，至今所云之「客串」、「串演」尤為明顯。而《孤本元明雜劇》中有十五種於卷末詳列劇中人物之裝飾及所用各物，名之曰「穿關」。「穿關」當是「串演關目」之義，亦即「搬演戲曲」，由此而將搬演戲曲時所用之服飾道具稱作「穿關」。其「穿」字亦當由「爨」、「串」字之音近一再訛變而來。

未知上邊這段有關「穿關」來龍去脈之「鄙說」，柯老以為然否？請柯老一笑置之可也！

本書譯本題作《元雜劇的戲場藝術》，一九九〇年徐扶明先生亦有《元代雜劇藝術》一書。徐先生與柯老兩書之作約為同時，雖未能互相參考發明，但可以互補有無，而且皆不失為名世並存之作。相信讀者從中可以獲得許多啟發和益處，而費時費力為柯老翻譯此書的魏淑珠教授一定感受最深。

最近因為個人為國立國光劇團所新編的大型京劇《牛郎織女天狼星》，將要在國家劇院首演，頗為忙碌；所以未能好好的為柯老和淑珠寫這篇序文，希望不以「搪塞」來苛責於我才好。

民國九十年三月廿八日曾永義序於長興街台大宿舍

# 序新聞局《小西園巡迴中南美成果報告書》

自民國七十三年九月我率領以「小西園」為主體的中華民國布袋戲訪問團，巡迴美國十二州十三所大學作藝術文化交流之後，我就積極倡導「以民族藝術作文化輸出」，而且藉助七十四年國建會，使之成為文化政策。因為民族藝術有悠久的歷史傳承，與全民生活息息相關，最具民族文化的氣息和色彩，可以說是民族精神、思想、情感最具體的表現；所以我們如果從中擇菁取華，有計畫地作國際性的文化輸出，相信比起任何政治宣傳、商品推銷，乃至影歌星作秀，都要獲致更為根深柢固的情誼。這分情誼的日積月累，逐年廣布，無形中就可以美化民族形象，提高國家地位。也因此，十七年來我樂此不疲。

今年六月二十八日至七月十四日在行政院新聞局策畫下，以「小西園」巡迴訪問中美洲巴拿馬、哥斯達黎加、尼加拉瓜三國，目的在增進邦交國的國民友誼，我又榮幸忝為領隊。我們所到之處都極受重視和歡迎，好些經驗是以往所沒有的。譬如各國政要和我國大使均出席觀賞，相互致詞相互贈送紀念品；電視新聞媒體競相製作專題報導和特別節目；觀眾耳目一新，人數之多，反應之熱烈，往往教我們有不忍之感。試想：掌中木偶在

◎蘇局長授旗，預祝「小西園」劇團此次文化之旅開出豐盛的外交果實

◎巴拿馬第一夫人（中）與駐巴拿馬胡正堯大使（右三）、華商代表 Jose Chong Hong（左二）、團員們合影留念，右二為著者，左一為許王

狹小的表演區裡要呈現一台大戲的縮影，向隅或落後的觀眾又如何能安適而清楚的欣賞呢？然而劇場中愉快的互動氣氛，似乎彌補了這分缺憾。

我想這次中美三國的巡迴訪問，是很成功的；而若推究其故，則主要是「小西園」具有國家榮譽的觀念、團隊一體的精神、高妙的藝術水準和健康愉快的身心。新聞局正確的選擇這樣的好團體，再加上事前縝密的規畫，駐外大使館新聞組的妥善安排和大力宣傳，則焉有不成功之理？

最後我要代表小西園感謝新聞局給我們這個好機會，能為國家文化做一件有意義的事；也要藉此祝賀「小西園」園主許王先生榮獲國家文藝獎，這不止是許王先生個人實至名歸，更是「小西園」全體的榮譽。

民國九十年十月八日曾永義序於台大長興街宿舍

# 序《賞心樂事學崑曲》

在中國戲曲音樂史上，明嘉靖三十七年（一五五八）前後發生一件大事，那就是以魏良輔為首的曲家們在崑山腔的基礎之上，互相切磋琢磨、廣汲博取，並在樂器上有所改革和增益，一方面強化音樂功能，二方面解決了北曲崑唱的扞格，三方面應和了當時南戲雅化的趨勢，終於創發了「聲則平上去入之婉協，字則頭腹尾音之畢勻，功深鎔琢，氣無煙火，啟口輕圓，收音純細」，而傳衍迄今的中國音樂之瑰寶「水磨調」；其後梁辰魚以《浣紗記》入水磨調，汪廷訥、張鳳翼、高濂等為羽翼，從而使戲文蛻變為傳奇，於腔調劇種而言則為「崑劇」。

從此崑腔曲劇成為我國最優雅的文學與最精緻藝術的結合；崑劇為百戲之母，崑劇演員無不將歌舞樂唱做念打融於一身，必須兼具歌唱家、舞蹈家、音樂家、戲劇家、文學家的修為，豈是西方歌劇和東方歌舞伎演員所能望其項背。

現在崑山水磨調尚且與高腔、梆子腔、皮黃腔並立為我國四大腔系，存在許多劇種之中；大陸六大崑劇團衣缽也已渡海東傳，在台灣扎根播種成立「水磨劇團」與「台灣崑劇團」，聯合國教科文組織更於去年認定崑腔曲劇為「人類口述和非物質遺產代表作」之一，使之成為人類必須保存的共同文化遺產，則凡我國人焉能不予以重視而努力薪傳。

國立中正文化中心有鑒於此，因有《賞心樂事學崑曲》網路光碟教材之製作，希望藉此使國人深入認識和了解崑腔曲劇，進而學習和薪傳，使之與我優美之藝術文化緜緜永垂。本人既忝為顧問，參預其事，在此網路光碟教材完成之日，自然感到高興；更希望我們對網友的這分獻禮，果然會使大家獲益許多，我們的心血沒有白費。

民國九十年十一月一日凌晨曾永義序於台灣大學長興街宿舍

# 序楊馥菱《臺閩歌仔戲比較研究》

記得民國八十四年夏天我到臺中東海中文研究所講演，席間有位女生衣著容貌頗為亮麗。沒想講完之後，她趨前問我：「老師！請您指導我論文好嗎？」我說：「妳能到臺大聽我課兩年嗎？」「能夠！」「那就可以。」因為我指導研究生有個不成文法的規定，碩士班要在我課堂上兩年，博士班要三年，只能多不能少，理由是這樣才算「親炙」。我指導的研究生也都能履行，其中像陳芳、林立仁、謝俐瑩都由碩士而博士班，恐怕已超過七八年，陳芳去年擔任師大國文系副教授而尚持續如此。

這位容貌亮麗求我為師的研究生就是楊馥菱，她在碩士班期間，果然每星期來往台中台北之間。她是宜蘭人，喜歡歌仔戲，我就給她《楊麗花及其歌仔戲藝術之研究》作為碩士論文題目。楊麗花是台灣歌仔戲的代表人物，自有為她立傳和探討其藝術的意義和價值。

馥菱碩士班畢業後，順利考上東海和輔大博士班，她選擇輔大以便繼續在我課堂上。我請同樣在我課堂上的台灣藝大施德玉教授訓練她田野調查和為人處事的能力，加入施教授所主持的新營竹馬戲和六甲車鼓戲兩項調查研究計畫。我同時以《臺閩歌仔

戲比較研究》作為她的博士論文題目，推薦她獲得陸委會資助到福建訪問藝人劇團和蒐集資料，並請友人廈門大學陳世雄教授就近照顧指導。於是馥菱學問脾胃大開，肆業中發表論文十餘篇，其〈竹馬戲探源〉，更被上海戲劇學院《戲劇學報》第六期轉載。其博士論文論題堪稱開創，自能言人所未能言，發人所未能發。而其體例周詳嚴密，資料來自田野，又能旁徵博引，可見其治學之黽勉勤劬；也因此深獲論文口試委員的肯定。我也相信她這本書在學海出版社公諸學界之後，必受到相當的重視，尤其是喜愛或研究歌仔戲的朋友。

馥菱獲得博士學位後，好幾所大學要聘任她。我希望她選擇一所可以發揮所長的學校，教學相長，無論治學處世都更加開展視野，提高境界。我常說美女和美人不一樣，美女往往徒具形貌，美人則必以品德學養使表裡如一、形神相親。而在我心目中，馥菱是使人如沐春風的美人！

民國九十年十二月一日曾永義序於台大長興街宿舍（是日立委大選投票）

# 序《崑曲辭典》

和惟助「稱兄道弟」已經二十五年，彼此相知，好的壞的都很深。雖然平時相聚，你一言我一語，儘挑對方毛病調侃，機鋒相向，趣味淋漓，每弄得舉座前翻後仰，但是朋友之中，惟助和我在學術上的合作最多：一起製作「民間劇場」，維護發揚傳統和鄉土藝術，一起在中華民俗藝術基金會掛名董事當「義工」。十年來更同心協力策畫和執行崑曲傳習計畫和崑劇錄影計畫，培養許多優秀演員，成立「臺灣崑劇團」，屢次公演，有口皆碑，尤其二〇〇〇年赴蘇州參加首屆崑劇藝術節會演，更獲得行家「原汁原味」的讚賞；所錄製的兩輯《崑劇選輯》共一百三十三齣，學界藝界都奉為觀賞、教學、研究的經典。這兩項合作事業，名義上我領銜，而促使完成的則在惟助。所以我敦請他非擔任崑劇團團長不可。而惟助自從投入崑曲工作之後，血脈中流動的都是崑曲的血，於是他「私下裡」又幫助樊曼儂規畫大陸六大崑劇團來臺演出，為國民端出崑劇大餐，從而培養崑劇人口；在文建會傳藝中心支持下，於傳習、錄影之外，更進一步蒐集崑曲文物和學術資料，在中央大學成立「戲曲研究室」；不止如此，他還以無比的毅力和極堅忍的精神，挑起主編《崑曲辭典》的重責大任。

編輯《崑曲辭典》談何容易，而惟助能結合兩岸學者建綱布目，以總類、作品作家與論著、音樂、表演藝術、舞台美術、組織、演出場所舉要、演出習俗、軼聞傳說、俗語行話等八大類建構所屬子目和條目，舉凡崑曲之文事藝業盡蒐羅其中，即就其附錄十一種而言，亦篇篇精彩，為學術重要之參考資料。在編輯過程中，雖然設有審議委員：李殿魁、王安祈、林鶴宜和我都列名其中，我尚且忝為召集人；但實質上真正的責任都扛在惟助一人身上。至此，我對這位平時在我心目中動作慢半拍的朋友，不禁刮目相看。試想面對這樣一部兩百幾十萬言、五千七百餘條目的大辭典，獨力的帶領幾位助理，經年累月，孜孜矻矻的，除了堅忍毅力之外，如果沒有廣大的包容力和果斷的判識力，如何能克竟其功？

也因此，我們這些委員為了向惟助表達敬意，都自願「戴大罪效微勞」，就每個大類分寫緒論，我分到的是〈總類〉，因以〈從崑腔說到崑劇〉為題，將學界在崑腔曲劇尚有爭議的十一個問題，試圖加以解決和澄清，希望藉此就正方家之餘，也能算是為吾友惟助「效微勞」。

回顧臺灣這十年來的「崑曲事業」，首先應當感念徐炎之、張善薌伉儷校園的播種與水磨曲集的薪傳。而一九九〇年賈馨園的一趟「崑曲之旅」，則點燃了「崑曲運動」的火花，於是中華民俗藝術基金會在文建會支持之下，崑曲傳習計畫、崑劇錄影計畫、崑曲校園巡迴講座接連舉行，新象文教基金會更不惜鉅資虧損，陸續邀請大陸崑劇團來臺盛大公演，其盛大之情況有至於「全球跨世紀」者；雅韻傳播公司亦踵繼其後，共襄盛舉；而今更有吾友洪惟助教授於「戲曲研究室」、「臺灣崑劇團」之外的《崑曲大辭典》公之於世，則崑腔曲劇在臺灣，至此豈止於「扎根」而已！庶幾可以正式宣布「成立」矣！而若總結此十年來之「崑曲事業」而言，其成就固然在於眾人，但若論用心之殷、用力之勤，居功最多者，則吾友洪惟助教授可以當仁不讓。歌仔戲界皆知有「歌仔助」，或謂以其為「歌仔戲之鼻祖」；料想他日吾友洪惟助亦將有「崑曲助」之稱，而其「臺灣崑劇團」亦將薪火永傳，逐年累月不停的為崑劇而發揚光大。

民國九十年十二月十一日曾永義序於台灣大學長興街宿舍。

# 序王維真《漢唐大曲研究》

《漢唐大曲研究》是王維真就讀文化大學藝術研究所所提出的碩士論文，深獲考試委員許常惠教授和黃啟方教授的嘉許；新聞局獎助優良著作出版，維真的論文亦在受獎的五種之中；本人忝為指導教授，與有榮焉。

對於「大曲」的研究，首見王靜安先生的《唐宋大曲考》，大曲在民族音樂史上的地位因此被肯定。但靜安先生之書究屬草創，自然有可商榷和補正的地方，於是學者迭有論述；維真更綜合諸家著作，發抒所見，著為專書，從沈約《宋書》所錄十五大曲以追溯漢大曲，從胡樂的輸入，社會風氣的歸趨、宮廷的制度以論唐大曲形成的因素，從史籍與考古資料之參互考證以深入探討大曲之結構與樂舞，最後更從台灣南管樂、日本雅樂、西安古樂、潮州音樂、北印度音樂等以考察大曲之遺響，從而說明大曲之為民族音樂，有如盤根錯節之大樹，幹偉枝橫，蔽蔭廣闊。維真雖非中文系科班出身，但運用古籍相當得體，她廣蒐資料遍及海內外，又同時向韓國璸、梁銘越兩位教授諸多請益，因此才能寫出這樣一本頗具學術參考價值的書。

維真畢業後，即被許常惠教授延攬為中華民俗藝術基金會秘書，襄助許教授承辦許多維護和發揚民俗技藝的工作；去年也幫我製作由行政院文化建設委員會所主辦的「第五屆民間劇場」和主持高雄市「民俗技藝園規畫案」；維真都做得很好，可以說如果沒有她，所有事情都不能

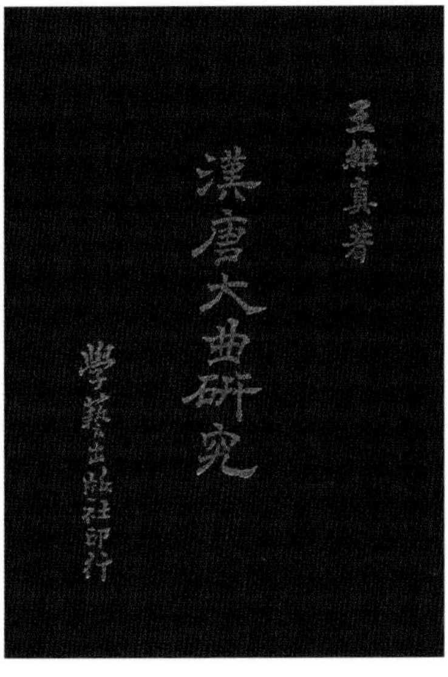

那麼順利達成。也因此，當國家劇院和音樂廳成立，她被聘請擔任企劃，必須離開基金會時，大家都很傷感；只是我覺得，以維真的學養和能力，國家劇院和音樂廳更能發揮她的長才。為基金會做事和為政府做事，同樣都是為國家做事；我深盼她在現職上能有更好的表現。

最後我有另一個期望，那就是：維真是明慧而好學的，在工作上歷練自己的見識能力之外，也應當在所學的範園內更上一層樓，以學養來助長工作的效能，以工作來體現自己的學養。如果能這樣，那麼眼前未來，都會是很愉快的。

民國七十六年九月一日曾永義序於台灣大學長興街宿舍

# 序施德玉《中國地方小戲之研究》

「學不厭、教不倦。」孔子用這兩句話來勉勵以教書為志業的人，看似老生常談，但卻是千古顛撲不破的至理。我開始教書就在台大，一教就三十年出頭，也時時用這兩句話來要求自己，可是也不免有疲憊不能夠的時候。而我所熟知的施德玉教授，則執此以往，不稍懈怠、不稍怨尤。也因此她在長輩老師眼中，永遠是一位力學不輟的好學生；在年輕子弟心中，永遠是一位可親可敬的好老師。

施教授畢業於人才輩出的台灣藝術專科學校國樂科，又到文化大學音樂系國樂組取得學士學位，被藝專聘為助教。藝專改制為學院，她很順利的升為講師、升為副教授、升為教授。這期間因為她體悟到學無止境的知識渴望，認為要做一位好老師必須要不斷的進修不停的學習；於是她問業於學界耆宿魏子雲教授、問業於碩學彥士李殿魁教授；兩岸交通後，更跨海到北京拜傅雪漪教授為師，利用寒暑假，前往受教。雪漪先生精通戲曲音樂，對德玉在學校所開的課程，幫助頗大。

民國八十四年，德玉到台大來旁聽我講授的「戲曲專題」，由於內容每年不同，她持續聽講。她希望我給她一個題目好有研究範圍和方向。我給她的題目是「中國地方小戲之研究」。那時學界對「小戲」概念尚未十分清楚，論題便於開發。而《中國戲曲志》、《中國戲曲音樂集成》、《中國民間歌曲集成》正陸續出版，如此加上六〇年代出版的《中國地方戲曲集成》和兩岸前輩時賢的著述，基本資料就算不缺乏。德玉果然「執此以往，不稍懈怠。」數年間勤勉閱讀探討，與我商量架構分綱布目，努力寫作，於民國八十八年春天完成初稿。而我以為「戲曲音樂」是德玉的本行，其全書所佔分量頗重，何妨別出單行，另題作《中國地方小戲音樂之探討》，而其結論與探討歷程之一二例證則保留於原書作為一章；如此一來，德玉「一下子」就有兩本著作了。這年秋天，德玉隨同「戲曲訪問團」到東北沿途看戲遊覽，在瀋陽參加由文建會傳統藝術中心與北京藝術研究院聯合主辦「兩岸戲曲回顧與展望研討會」，我也以大會顧問隨行。她在會上發表〈簡論地方小戲之特色及其現代之意義〉一文，為她講評的廣東省藝術研究所一級編劇謝彬籌先生說她資料豐富、態度認真，採取宏觀歸納與微觀剖析的方法，適切的闡明地方小戲的菁華所在。與張庚共同撰著《中國戲曲通史》的郭漢城老先生說大陸學者不知費盡多少力氣才編出《戲曲志》，但大陸青年卻不知利用；為此特別誇獎德玉善於運用新材料、開發新論題。是的，德玉數年晨昏鍥而不舍自見其毅力，能言人所未言、發人未發自有其識見。

德玉這本書堪稱綱舉目張、論述周延而具見地。她不止在「小戲形成的基礎」的論述上修正我的看法而且超出我的看法；其第三章〈小戲發展之徑路與類型〉，更不止我無暇顧及，並世學者亦未嘗致力於此。因為那是她就《戲曲志》二十七卷中之小戲和或由小戲形成發展的劇種共兩百六十種中詳細加以考察而獲得的結論。我非常的欣賞，所以把她所說的「六基礎、四徑路、五類型」引入拙作〈也談戲曲的淵源、形成與發展〉一文之中。而我相信德玉這兩本書是目前研究小戲最完備的著作，其「音樂」之外的論述起碼可以和張紫晨《中國民間小戲》一書並觀，互補有無。

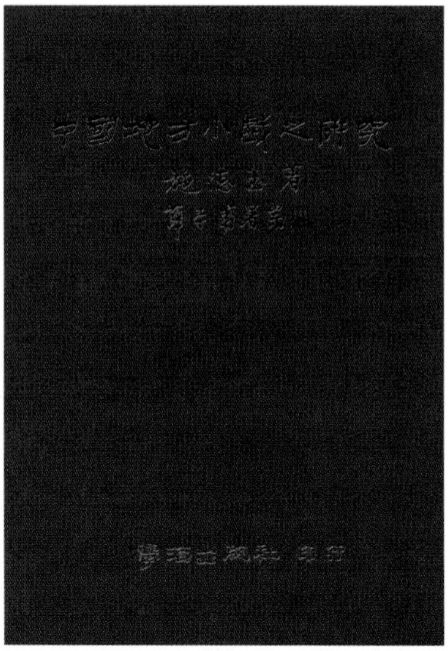


民國八十五年八月德玉擔任台灣藝術學院中國音樂學系主任，公務忙碌可以想見。而她還要教學上課，要研究小戲，為人妻為人母操持家務如舊。到台大旁聽上課勤勉敬業如舊。我真不知道她的時間是如何安排的、精神體力是如何支撐的。只見她國科會甲種補助接連獲得，學術研討會時常發表論文；而系裡同仁和睦，她所創立的講論會能使之熱烈切磋；系裡學生奮發，在她的課堂裡特別興味盎然。她以無私之心服務，在即將任滿之時，將全系設備整飭一新，更不禁令人刮目相看。她說她的愉快在課堂上，只要她走進教室，一張張年輕熱情的臉聚精會神的交集在她身上，她馬上領會到做為一個老師授業傳道解惑的道理，心中的暖意也油油然而起。我想這正是她所以「教不倦」的緣故吧！

德玉能如此的學不厭教不倦，加上稟性善良，處處為人著想，難怪大家都喜歡她。她一卸下系主任職務，王銘顯校長即留職留薪送她到美國林登沃德大學（Lindenwood University）進修，她也不負所望，除了閱歷美國大城小鎮、名山勝水，使心眼更加開闊外，更以優異成績獲得音樂教育碩士學位，她的碩士論文，指導教授很欣賞，為她推薦在美國出版。

今年寒假過後，德玉又返校上課任教，也照樣來台大繼續旁聽我的課。當她知道台灣戲專和台大音研所聯合為文建會傳藝中心承辦的「兩岸小戲大展暨學術會議」已在去年十二月間舉行，她以身在美國未能參加為憾；也為此想到她的兩本著作，雖然《中國地方小戲音樂之探討》，在文建會審查通過補助下已於去年夏天出版，而此書還為她贏得教授頭銜；但《中國地方小戲之研究》一書，仍然擱置未刊行。我建議她將其中音樂一章完全抽出，在〈緒論〉中稍事說明緣故，使兩書完全並立，內容不相涉。德玉既已同意，又已修訂完成，我乃推薦給我們大家暱稱的「李哥」所經營的學海出版社出版。德玉要我寫篇序，我自是義不容辭。在此我希望以「學不厭、教不倦」來和德玉共勉，因為那是我們教書的人應守的共同志業，德玉已做得很好，但要一輩子行之，永無懈怠。我當然也要如此才是。

曾永義序於台大長興街宿舍（民國九十年五月一日夜）

# 序《兩岸少數民族文學研討會論文集》

歷史文學學會成立雖不及兩年，但在秘書長林佩芬盡心盡力和全體成員攜手合作之下，成績真是斐然可觀。僅就其犖犖者而言：與聯合報系出版之《歷史月刊》「共襄盛舉」，推出「歷史文學」，佔月刊篇幅三分之一，廣受各方好評；為國家兩廳院承辦「海峽兩岸梨園戲學術研討會」，將福建梨園戲與台灣南管戲證據了緊密的關係。而緊接其後的另一場兩岸學術研討會，是今年八月二十三日至二十五日，與納蘭性德研究學會共同舉辦，以「少數民族文學」為論題的學術會議，則更進一步的促進了兩岸文學的交流。

納蘭性德研究會和歷史文學學會都體認到，少數民族文學莫不各具豐富的內容和優秀的品質以及獨特的形式技法，經過研究探討，不止可以發其潛德幽光，而且可以滋潤並提供我中華現代文學豐沛的資源，於民族之團結與文化之提升，皆有重大的意義。因此乃在金風送爽之際，假山明水秀歷史文化之重鎮承德市，廣邀少數民族學者與相關之研究專家，同聚一堂，切磋琢磨，全程發言討論，甚為熱烈，而彬彬君子，無不如坐春風。

這次研討會出席的少數民族學者和作家有：

蒙古族：朝戈金、斯熱歌、白鶴齡。

藏族：梅卓。

滿族：路地、鄧偉、關紀新。

彝族：巴莫曲布嫫。

壯族：梁廷望。

◎著者在承德主持「海峽兩岸少數民族文學承德研討會」

回族：白冰、張秉戍。

西域：薩兆為（薩都刺後裔）。

這次所提出的論文，有談渤海族的文采風流，有論遼朝十香詞的悲劇，有對薩滿信仰與滿族文學的關係提出新的看法，有對耶律楚材、寶廷、溥心畬等少數民族先賢的文學藝術和事功作專題性的論述，也有就彝族的三段詩、黔東北少數民族儺願中神話傳統、台灣原住民之散文，以及新疆伊犁維吾爾族民歌音樂作深入之探討者。雖然與會的少數民族學者和作家所代表的族群不算多，所發表的論文在數量上也稍以少為嫌；但是會場上隨時有數十百人，每篇論文皆擲地有聲；相信這已經是良好的開始，下次必能百尺竿頭，更進一步。

我們歷史文學學會對於這次研討會能如此圓滿成功，最要感激的是納蘭性德研究會的通力合作妥善安排和北京社會科學院滿學研究所所長閻崇年先生的協助照顧任勞任怨，而對於內政部、教育部、蒙藏委員會、陸委員、新聞局、省文化處、海基會的資助，使我們能夠成行順利將事，也要特別在此深深致謝。

而我們相信，有了這次研討會，有了這本結集的論文，我們的成績已為我中華少數民族文學的關懷和研究綻開了一朵奇葩！希望往後再接再厲，有一天能夠苑囿燦爛，百花盛開。

歷史文學學會理事長曾永義謹序　一九九七年九月二十九日

# 序張育華《戲曲表演假定性品格之探討》

「學不厭，教不倦。」雖然是孔子的話語，但我認為一個教書的人都應當如此，未必非聖人不可。我是不停的在學習，可是對「教」來說，卻有點逾分的「好為人師」。育華迄今未上過我的課，只因口頭上拜我為師，拿論文給我看，我就「當仁不讓」。

育華出身復興劇校，扮相秀麗，以刀馬旦蜚聲菊壇；而好學不輟，進修文化大學戲劇系，民國八十四年取得美國奧克拉河馬大學表演藝術碩士學位，進入國光劇團為助理研究員；公餘為電台主持戲曲節目，以寫作觀劇短評自娛。

我欣賞育華的是，在戲曲的苑囿裡，不停的在灌溉自己，開出清姿逸韻的花朵。去年她獲文建會專案補助，赴紐約研究戲劇表演學，回來後就寫了一本書，題目是《戲曲表演假定性品格之探討》，我拜讀後很佩服，肯定她能融會中西，以自己對中國戲曲的認知和學養，運用西方的戲劇理論來詮釋戲曲的藝術特質。我常向學生說，中國戲曲的基本原理，只在「虛擬象徵程式」六字，從而使場與場流轉自如，突破時空的制限。育華這本書立論的切入點雖然與我不同，但殊途同歸，可以互相發明。為此我邀請育華在我台大的「戲曲史專題」課上為博碩士生講演三小時。而我也相信，這本書對一般人了解戲曲藝術會有很大的幫助。

最近育華又交給我一篇文章〈當代戲曲的台灣精神〉，我一看就想替她推薦發表，因為她是那麼的明慧，見解是那麼的不俗。於是我要說：育華是能做學問能寫文章的！繼續努力吧！

民國八十九年五月十日曾永義序於台大長街宿舍

# 可憐一曲長生殿

## 寫在許倬雲、白先勇兩先生對談《長生殿》之前

今年元月十九日在台北市新舞台有一件藝文盛事，前半場演出《長生殿》折子〈小宴〉和〈哭像〉，由上崑團長蔡正仁飾唐明皇，國光名角陳美蘭飾楊貴妃。後半場兩位名家，一位是學術泰斗許倬雲先生，一位是文壇領袖白先勇先生，「對談長生殿」。目的是為了彰顯洪昇《長生殿》在崑劇上的文學和藝術之美。

據董陽孜說，許白二位先生每次觀賞《長生殿》就讚不絕口，一見面就說「我們來對談《長生殿》！」可惜因事蹉跎，現在總算由賈馨園和她來玉成其事，還要我寫篇文章拋磚引玉，敲敲邊鼓。我就斗膽的在二公之前先說說自己的看法。

我國戲曲發展到明清傳奇，可說登峰造極，而就中場上案頭兩兼其美，也就是文學和藝術相得益彰的，可說絕無僅有，唯獨《長生殿》被公認為集戲曲文學藝術的大成，非此曲不奏，纏頭為之增價，絕非平白能夠。後來因國喪演出，興起大獄，牽連五十餘人，以致名士趙執信廢置終身，晚年有詩云：「可憐一曲長生

◎許倬雲先生（左）、白先勇先生（右）在台北新舞台對談《長生殿》

殿，斷送功名到白頭。」趙氏中雖然流露許多惆悵，但就文學藝術而言，《長生殿》的「可憐」其實是可欣可賞可惜可愛的。而其可欣可賞可惜可愛，我舉其犖犖大者，有以下四端：

其一就題材的運用而言，明皇楊妃故事多彩多姿，洪昇又能去取得宜。歷史上的楊玉環由壽王妃度為女道士，入侍明皇，冊為貴妃，從而三千寵愛在一身。她的死，又和使大唐由盛轉衰的「安史之亂」有關。她三十八年的生命，已富有相當濃厚的傳奇色彩，何況天寶以後的文人，更把她當作為文作詩的好題目，有意無意的加以附會和增飾，於是楊妃成了蓬萊仙子，成了月宮素娥；甚至莫須有的將她和安祿山穢亂後宮說得繪聲繪影，甚至塑造了梅妃江采蘋來彰顯她的妒嫉用以疏導上陽宮人的幽怨。而儘管故事中的楊妃瑕瑜，而能去蕪存菁，巧妙剪裁，用心妝點，用力渲染，以此承載主題脈絡，以此彰顯主題思想。

其二就主題的宣示而言，洪昇其實有顯隱二面。他明白的說出「惜太真外傳譜新詞，情而已」，「情」的本義就是真誠。宋代的秦觀說「兩情若是久長時，又豈在朝朝暮暮。」他要人能超越時空。金代的元好問說：「問世間情是何物，直教生死相許。」他要人能超越生死。明代的湯顯祖寫《牡丹亭》，他要人死生追求必使達成。清代的洪昇作《長生殿》，說「今古情場，問誰個真心到底。但果有精誠不散，終成連理。萬里何愁南共北，兩心那論生和死。笑人間兒女悵緣慳，無情耳。」他不止提出情的根本，而且總括諸家以成情的圓滿境界。他就將這分理念落實在劇場中的李楊身上，所以能感人至深。而在隱的一面，他要避忌時諱，只能以旁見側出之策來傳達；他假雷海青之口以叱清虜與貳臣，假郭子儀之眼以見南明必亡，假郭從謹之言以明忠義但在野老，假李龜年之琵琶以唱歎一己江湖潦落之悲。而無論其所顯隱者所主從者，皆可見其寄意之遙深。

其三就戲曲的文學藝術而言，戲曲的文學包括曲文，賓白和科諢，戲曲的藝術則在排場的處理。而排場是以關目布置的輕重為主，融合腳色人物的主從、套數聲情的配搭，科介表演的繁簡和穿關砌末的運用所構成的

◎上崑蔡正仁與陳美蘭演出《長生殿》

有機體。《長生殿》的文學，論者謂「描摹風致，曲曲寫來，雖仇十洲妙筆，不能得其髣髴。」謂「鐵撥銅琶，悲涼慷慨，字字傾珠玉而出，雖鐵石人不能不為之斷腸，為之下淚，筆墨之妙，甚感人一至於此，真觀止矣。」謂「生旦有生旦之曲，淨丑有淨丑之腔，肖似口吻，機趣橫生。」《長生殿》的藝術，王季烈最為欣賞，說「《長生殿》傳奇共五十折，不特曲牌通體不重複，而前一折之宮調與後一折之宮調，前一折之主要角色，決不重複。其選擇宮調、分配角色，布置劇情，務使離合悲歡，錯綜參伍；搬演者無勞逸不均之慮，觀聽者層出不窮之妙。自來傳奇之勝，無過於此。」吳梅也說「《長生殿》集古今耐做之曲於一傳中，不獨生旦諸曲齣齣可聽，即淨丑過脈各小曲，亦絲絲入扣，恰如分際。」由此可見，《長生殿》的文學可欣可賞，藝術可聽可觀，也因此古今戲曲未有其匹。

其四就體製劇種而言，《長生殿》屬傳奇；就腔調劇種而言為崑劇。傳奇是以南戲為母體以北劇為父體的混血兒，雖體製規律非常謹嚴，但已兼具南戲的特色與菁華，而就中實以《長生殿》最為典範，最為無懈可擊。崑劇則以崑山水磨調來歌唱的戲曲。崑山腔本為南戲腔調之一，明中葉嘉靖間魏良輔改革為「水磨調」，以反切分析字音為咬字吐聲的方法，將語言旋律與音樂旋律完全融合，同時也解決了「北曲南唱」的扞格，成就了「聲則平上去入之婉協，字則頭腹尾音之畢勻；功深鎔琢，氣無煙火，啟口輕圓，收音純細」的藝術歌曲。不止如此，在表演時，更將歌舞樂渾融為一，於是演員唱出曲文，就要準確而不露痕迹的傳達聲情同時詮釋詞情，而其隨著歌聲呈現的身段舞蹈，所謂肢體語言，也要同時詮釋詞情。所以高明的崑劇演員就必須集歌唱家、舞蹈家、戲曲家於一身。而《長生殿》既然是傳奇崑劇巔峯時期的巨擘，其最大的成就就是將我國最優雅的韻文學和最精緻的表現藝術集於一身合而為一。

總合以上四端，可知《長生殿》較一般戲曲，不為鑿空之談，不為教忠教孝。不為陋巷言懷，人人青紫；不為閒閨寄怨，字字桑濮。他勇於寫大時代大人物而寄託遙深，講究戲曲文學和藝術，又遭逢際會，以體製規律完備的傳奇為載體而以高妙的崑山水磨調歌舞，乃能既為戲曲指出向上之路，也同時將其自身推向完美的境地。

像這樣的《長生殿》難道不能令人欣之賞之惜之愛之？難道不能令人百觀百聽而不厭？我不知何以許白二公每觀賞《長生殿》於相顧之際就要說「我們來對談《長生殿》」，也不知二公要對談的話題是什麼，但從常理揣摩，總不外如本文所云，因為《長生殿》的文學和藝術令人欣之賞之惜之愛之百觀百聽而不厭吧！如果吾言大抵不差，那麼也差可為二公拋磚引玉了。只是最後我要借用趙氏和杜甫的話，說：「可憐一曲長生殿，不廢江河萬古流。」不知二公與讀者諸君以為然否？

（原載《中國時報》人間副刊九十一年元月十九日）

# 序「菊島人文之美」

## 澎湖傳統藝術研討會論文集

中華民俗藝術基金會非常榮幸能夠承辦這次「澎湖傳統藝術研討會」。我們知道澎湖有望不盡的藍天，吹不寒的清風，看不膩的岩石，自然景觀令人留連忘返，是觀光的勝地。澎湖將來的發展，觀光事業自然成為重要的一環。但是觀光事業最好人文與自然並重，才能相得益彰。只是自然景觀容易看得到，人文景觀必須透過發掘、研究、整理才能彰顯出來。也因此文建會傳統藝術中心乃策劃主辦這次盛會，目的就是為澎湖的觀光事業尋找並提供人文資源。

我們基金會既承雅命，因此從表演藝術、手工藝術、文化資產三方面設計論題，進行五場研討會，發表十三篇論文，另有南管之夜的表演和重要文化設施、私人博物館、工作室的參訪，藉此紅花綠葉，以揚溢輝光。

這次研討會的成果真是琳瑯滿目，簡述如下：莊伯和〈註生娘娘源流考〉，為我們找到了娘娘信仰中的邏輯關係；游慧文〈澎湖南管館閣集慶堂抄本中的曲〉，闡發了南管集慶堂抄本中的豐富多元性和釐清曲調的重要性；吳永猛〈澎湖小法探索〉，既敘澎湖各村落公廟小法團之現況，亦憂其何去何從；陳清香〈澎湖佛寺的觀音造像〉，就十四所觀音寺論造像之藝術風格，並就法會內容敘觀音信仰之流布；王嵩山〈澎湖王船的人類學研究〉，由「燒王船」的宗教活動，探討「作王船」工藝所蘊涵的文化意義；洪敏聰〈澎湖褒歌的音韻〉，說明褒歌的聲韻之美與娛樂功能，也感嘆褒

◎著者（居中者）在澎湖主持「澎湖傳統藝術研討會」

◎澎湖居民建築

歌的逐漸凋零；李豐楙〈澎湖「祀酒大典」中的禮生與祭儀〉，通過澎湖禮生團體的職掌禮儀實踐，來思考在地文化傳統的遺跡與普世化的價值和意義；辛晚教〈澎湖南管人在高雄〉，記述移居高屏而素著聲譽的澎湖南管人，彌補南管文獻之不足；王文良〈澎湖的宮廟鑿花木雕〉，介紹了曾經璀璨一時的宮廟鑿花木雕的藝術作品；李乾朗〈澎湖傳統建築的裝飾〉，從田野調查資料，分別就住宅與寺廟，探討其各部位之裝飾美；林明德〈澎湖工藝之美〉，透過田野調查與研究，揭開澎湖民間工藝之內涵與魅力，從而詮釋了澎湖的文化性格和豐富的人文資源；林文隆〈望安島民居建築〉，記錄望安島民間建築的類型，探討其空間形式的變遷歷程，從而說明其與源自金門建築的差別和特色；鄭昭民〈澎湖打石業與傳統建築關係〉，說明澎湖人所靈活運用玄武岩的工藝體系，實來自打石業師傅形成的產業，他們的知識與技藝也反映當時的社會生活。

就因為發表論文的學者專家，無不本於宿學專精，而或基於愛護鄉土，乃能深切的彰顯本鄉本土傳統藝術的意義與價值；而或基於對澎湖觀光事業的關注，也竭盡所知所能抒發所見，以供參考。所以總起來說，我們這次研討會是成功的，是有價值的。

最後我以研討會主持人和承辦單位中華民俗藝術基金會董事長的身份，要感謝文建會傳統藝術中心給我們這個機會，也要感謝文建會副主委劉萬航先生、中心主任柯基良先生的蒞臨指導，更要感謝觀光局澎管處歐處長、澎湖縣文化局胡局長、馬公高中陳校長、澎湖采風文化學會林會長的諸多協助。我們希望這次活動，果然對澎湖有明顯的助益。

民國九十年十二月卅一日夜於台大長興街宿舍

◎吳永猛教授示範「小法」

◎石雕家呂石養

# 序楊明《氍毹夢痕》

一九九○年我在港大和新亞研究所教書，認識楊明先生，論戲談曲，頗相過從。返臺後，我所主持的「中華民俗藝術基金會崑曲研習班」曾致函邀請他前來教學；他每次到臺北都會和我見面，在報上發表的劇評或菊壇憶往之類的文字總會影印寄來；使我逐漸感受到他真是「菊部全才」，對他非常佩服。

楊明先生的戲藝功底、劇學涵養，固然得自家學，但也是他數十年鍥而不捨的成果。他是小楊月樓之子楊玉華的弟子。上世紀二十年代小楊月樓為江南旦行首席，與梅蘭芳並稱為「南楊北梅」。楊明追隨厥師楊玉華近三十年，盡得真傳。楊玉華旦腳小生兩門抱，尤其青衣、花衫、刀馬文武兼擅。楊明先生傳承這樣的藝術修為，雖然遭世不偶，埋沒所學，未能光耀菊壇。但他一方面客居香江，用力於薪傳；一方面探討劇學，用心於著述。其於薪傳，則弟子已登氍毹；其於著述，則兩岸每見篇章，備受推崇。因為他根於學，源於藝，兼以稟性穎悟，融會貫通，於是發為文字，則〈菊壇雜憶〉如數家珍、真切感人；則〈漢皋塵影〉，一針見血、平正通達。而今薈萃為《氍毹夢痕》一書，於港臺同步出版，可見所受的重視，個人認為：治京劇史者，焉能不從中擷取掌故逸聞？講究劇藝者，焉能不從中揣摩淬礪之道？樂於觀賞者，焉能不從中體會看戲門徑？則此書之功用，實為大矣哉！

個人在臺大講授戲曲雖然已三十年，但止於「紙上談兵」，如就京劇藝術而言，實尚屬門外漢，於楊明先生大著出版之際焉敢置一詞！只是礙於盛意與交情，爰就所感所知勉綴數語如上，尚祈鑒宥是幸。

二○○一年四月廿三日曾永義年序臺大長興街宿舍

◎《斷橋》，這是崑曲小生的必工戲！攝於一九八一年仲夏演出後台

◎《雙槍陸文龍》，這是武小生的硬功夫戲！攝於一九六二年仲夏演出時現場

# 序《傅雪漪古典詩詞配樂吟唱曲選》

我國語言涵蘊很豐富的旋律音樂美，所以自古以來的詩經、楚辭、漢魏樂府、西曲吳歌、唐詩宋詞元曲，乃至明清傳奇等韻文學，無不講究歌樂的配合；而由於語音分析，音樂技法的逐漸精密和進步，無論「倚聲以填詞」或「按詞以訂譜」，也都愈來愈謹嚴。所以唐詩講平仄、宋詞分上去、元曲別陰陽，至崑曲而有頭腹尾之分，正說明語言、音樂間由配合而終至融合的歷程。

韻文的音樂化，我認為有誦、吟、歌、唱四部曲。

第一部曲「誦」，就是朗讀。通過讀者對於字音四聲的掌握，音節韻腳的拿捏和意象情趣的感染，然後運轉聲音的高低、長短、強弱而表現出來。

其表現手法的優劣，已可見個人對韻文學修養的深淺。也就是說，朗讀的「誦」，其實已是自己用聲音在詮釋韻文學的情味。但因為每個人修養的程度不同，加上天生音色有別，所以對同一首詩，一千個人就有一千種朗讀的聲音。這種朗讀的聲音，本身就具有初步音樂的成分。

第二部曲「吟」，就是曼引出聲。通過聲音的曼引，把誦讀所具備的條件、所表現的情味，更加的強化出來，其與音樂的結合又向前推進一步。雖然有時亦有「吟調」介入，但其動人程度高下不同，亦有如朗讀端賴於個人修為。

第三部曲「歌」，則指徒歌，也就是不用樂器伴奏的山歌里謠，它有由方言音樂化所形成的「腔調」。通過對於「腔調」的運轉，將詞情展現在聲情之中。由於運轉的空間相當大、方式頗為自由，所以仍能突顯個人修養和特色。

而若將運轉「腔調」的山歌里謠配上器樂，則器樂大抵隨人聲伴奏用以襯托和強化聲情。

最後一部曲「唱」，則是先有作曲家用音符詮釋詞家歌詞之意義情境，同時激揚歌詞語言本身所潛藏之旋律節奏；歌唱家則用自已的聲音去體現作曲家的音符和自已所感染的詞情；而演奏家則用自己的技法一方面去呈現音符，一方面去陪襯和渲染歌聲。這其間有歌詞、音符、歌聲和伴奏間的配搭與互動關係。

由以上可見，誦吟歌唱四部曲，是語言與音樂配合之間的四種深淺和繁簡的關係；其配合愈淺愈簡而修為愈高者，愈能發揮個人掌控詞情與聲情之長；同樣的，修為愈淺者也愈能顯露一己所短，其中尤以「吟詠」為然。孔子說詩可以「興觀群怨」，最能「吟咏性情」。也因此「詩歌吟咏」成為我國優美的文化傳統，國人也以此為風雅之事，教育部更鼓勵各級學校從事「詩歌吟詠」的教學，地方縣市政府教育局每年照例要舉辦一次「詩詞吟詠歌唱比賽」。

我曾在臺北市的「詩歌吟詠比賽」裡擔任過好幾年的評審委員，其表現優異的學生固然不乏其人，但有所缺失甚至於根本不得其法的人則更多。

依我之見，吟咏歌唱韻文或將韻文製譜配樂，都應當注意以下諸事：

首先要弄清楚每個字音、每個字義，對於整首詩、整闋詞、整支曲的意義情境、思想情感要有深切的領會。

詩詞要留意入聲，入聲短促急收藏的特質，對於聲情影響頗大；聲調的配搭也要留意其平舒、抑揚、下墜的平上去三聲運行的效果。

韻文語長之中，必有其音步停頓的方式，單式音節健捷激裊、雙式音節平穩舒徐。音節之間又有停頓久暫之別。譬如七言單式音節可析作2221，計四個音步，其停頓最長者在最後之句末或韻腳，其次在第四字即第二音步，又其次在第二字即第一音步，其停頓最短者在第六字即第三音步。必須執此規則，又能辨別音節形式與意義形式的分野，方能正確掌握語句中的語言旋律之美。

另外複詞的結構和語句間的連綴效應，也要留意其特殊情況所產生的別緻音響。

最後也是最重要的，是要能把自己對韻文中意象情趣的感染力化於音聲的高低、長短與強弱的交互運作之中，務使聲情與詞情相得益彰。

以上這些觀點，筆者多年前已有〈中國詩歌的語言旋律〉一文詳加論述，認為詩歌的吟詠，作曲家的舊詞新譜，乃至歌唱家的依譜按詞歌唱，如果能注意聲調的組合、韻協的布置、語言的長度、音節的形式、詞句的結構、意象情趣的感染等六項構成語言旋律的因素，必然可以使歌樂的融合達到最完美的境地；那麼吟詠必能動人的流露情性感慨，譜曲必能以音符發其潛德幽光，歌唱必能以聲音流露其思想情感。可惜知音難求，長久以來引為遺憾。

及至一九九六年二月間，因率領崑劇錄影隊赴北京，有幸得能拜望傅雪漪先生。先生高德碩望，氣宇軒昂，儀態瀟灑，以詩詞戲曲音樂，聲聞海內外。我雖屬晚輩末學，而飲酒暢談，差可追隨左右。因緣機會，乃敢向先生請教詩詞與配樂歌唱之道，而在下之說竟多有與先生不謀而合者。後來又得拜讀先生〈中國古典詩詞的吟與唱〉一文，更油然心喜，因為先生之論說儘管方式與我不同，而旨趣則相為映發。實可謂「英雄所見」也。

返臺之後，先生高足板橋國立藝術學院中國音樂系主任施德玉教授，向我出示《傅雪漪古典詩配樂吟唱曲選》，我觀其積稿盈尺，而展閱再三，則拜服無限，認為實是「詩詞配樂吟唱」的典範之作，應當公諸社會，造福學子。

先生之書有「吟調」九首；有整理改編宋人姜夔《白石道人歌曲》、元人陳元靚《事林廣記》〈願成雙令〉、明末《魏氏樂譜》、清初《太古傳宗琵琶調》、清康熙莊親王《九宮大成譜》，以及琴歌、道情之「歌調」凡二十八首；而最豐富者，則為自詩經楚辭漢魏樂府以降之舊詩詞曲的「創作曲譜」，凡五十一首；總三者共為八十八首。凡此可以概見先生如何的實踐其語言與音樂配搭乃至融合的方法，從而使聲情、詞情煥然相發。先生更視其必要與否，對所譜的詩詞作各種層面的解說，以便利讀者的運用和學習。

像這樣的著作對喜愛韻文學的人是多麼的難得，而對於教導詩詞吟唱的老師和學習詩詞吟唱的學生更是多麼的重要！倘人人有此一書，則詩詞之吟唱必不至如今日之中小學生每誤入歧途；蓋其法門在前、典範可睹，必可使人家絃戶誦，任性達情於吟詠。也因此，我鄭重的向臺灣書店推薦，多承慷慨應允，而終於以校譜謹嚴、印刷精美呈現此書於讀者之前。而我們知道有此一書必可嘉惠莘莘學子，而雪漪先生亦將欣然一笑矣。

曾永義謹序於台灣大學長興街宿舍一九九八年三月

# 序劉慧芬《古今戲臺藝術與戲曲表演美學》

## 戲曲行家說行話

讀了慧芬即將出版的書《古今戲臺藝術與戲曲表演美學》，我總體的感受是戲曲行家在說言之有物的行話。雖然在臺灣大學已講授了三十年的戲曲課程，但止於「紙上談兵」，對於戲曲表演，所知甚為淺薄；因此讀了慧芬的書，受益匪淺。

慧芬對「戲臺藝術」的研究，一方面結合文獻與文物考察宋元明清四代之廟宇戲臺，一方面就舞台之三度空間探討其造景藝術。大家都知道，劇場形製、演出場合、觀眾成分是影響表演藝術內容和方式的三大要素。就劇場形製而言，廣場、舞基、戲亭、戲樓、廟臺、船舫、勾欄、酒樓、茶樓、家樂氍毹、宮廷戲臺，乃至現代化劇場，都因為形製不同，而與戲曲之題材內容、表現方式、演出功能、觀眾階層、藝術文學特色等皆有不相同的互動關連。慧芬能在這方面留意探討，實在頗具慧眼。只是如果能參考廖奔《中國古代劇場史》和車文明《廿十世紀戲曲文物的發現與曲學研究》二書，似乎會更好些。

對於「戲曲表演藝術」，慧芬以武生泰斗蓋叫天為例證，剖析了京劇的動作美學、演劇原理和創造觀點，從而說明了生旦淨末丑各種腳色行當可以奉為金科玉律的理論範疇；同時又以京劇《曹操與楊修》的導演馬科為例，探討其從中西兩大表演體系所獲

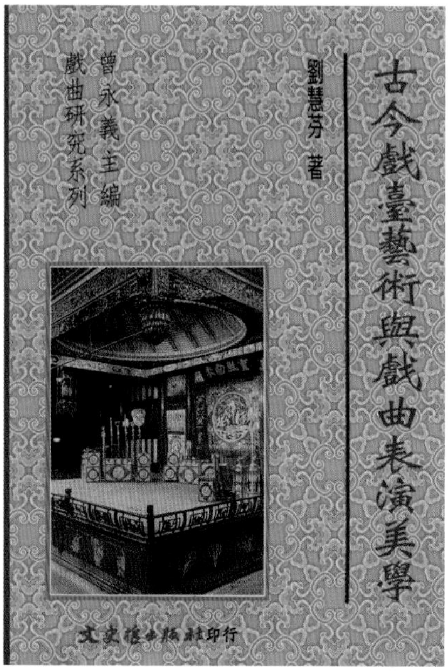

得的反省與啟示，以建構自已執導的理念與方法，由此不止說明該劇成功的關鍵所在，而且也印證了現代新編京劇導演二度創作的重要性與必要性。就此二例證的深入闡述，已可看出慧芬對於京劇表演藝術經由身體力行所造就的功力是何等的深厚，也因此她對於近年兩岸名劇演出的評論，篇篇莫不中其肯綮，擲地鏗鏘，讀者於此可以培養觀賞戲曲的眼界和能力。

慧芬出身空軍大鵬戲劇學校，曾在大鵬國劇隊擔任小生演員和編劇，而生性好學敏求，考入文化大學，由學士而碩士，更負笈遠渡重洋，於紐約市立大學布魯克林學院戲劇研究所又獲碩士學位。民國七十四年慧芬肄業文大藝研所時，曾到臺大上過我開設的「戲曲專題」課程，我對她的資質和努力已經很欣賞；而十五年來她無論教學和研究都離不開戲曲，已有專書兩本，論文和評論二三十篇，可見她孜矻不輟，斐然有成；現在更有新書出爐，令我尤其高興；所以不揣譾陋，說些我的讀後感。我相信讀者讀了她的書會和我一樣，認為從一位戲曲行家的行話中，確實可以得到許多好處。

民國九十年二月八日曾永義序於長興街臺大宿舍

# 序陳芳《清代戲曲研究五題》

近日陳芳在大學日本料理設宴，請來李哥、許進雄、薛平南作陪，說是紀念我們師生二十年。

在我指導的學生中，像陳芳那樣坐在我課堂上超過十年，幾乎閱遍我戲曲藏書的絕無僅有。人生能有幾個二十年，也難怪陳芳要特別提出來紀念。

陳芳在碩士班肄業時，我要她以「晚清古典戲劇的歷史意義」作碩士論文，一九八八年畢業，學生書局就為她出版。九一年學海出版社為她出版《清初雜劇研究》，以此獲得教育部副教授資格。九六年我鼓勵她報考博士班，她以榜首錄取。於是我給她一個艱難的題目「乾隆時期北京劇壇研究」，希望能建構戲曲有機體研究的典範，她二〇〇〇年完成，學海即出版她這本博士學位論文，師大國文系也聘她為副教授。

一部綜合性、立體性、全方位的《清代戲曲史》是我要陳芳努力撰論的著作，她也鍥而不捨的「由點而線，由線而面，由平面而立體」針對清代戲曲演進過程中所涉及的難題，分階段、分重點、分地域逐一辨證探究，從乾嘉年間而同光之交而清末民初，從劇種聲腔而表演藝術而劇場活動，從北京而揚州而上海，以進行一系列的有機性探討。目的正是希望厚植學力，以為日後結撰一部劇壇式的《清代戲曲史》扎根」。為此她在五年之間，除博士論文外，更有論文八篇，乃將不與博士論文有所重覆的五篇集結成書，題作《清代戲曲研究五題》，這五題是：〈論清代「花雅之爭」的三個歷史階段〉、〈論「梆子腔」的名義〉、〈論「戲曲程式」〉、〈論乾隆時期揚州鹽商的「內班」〉、〈論清末上海的京劇演出活動〉。

這五題在陳芳的論述下，都有不同凡響的見解：譬如「花雅之爭」，近代名家均但見其一隅未及全貌，陳芳則能

從劇壇角度切入，由時間、地域、腔調、劇種、表演藝術等方面綜觀其全局探討其現象與特色，從而建立其三個歷史階段的定位，並提出花雅之爭實為良性互動，其於戲曲發展史上最大的貢獻是促進劇種之間思想與藝術的交流。

其次我在課堂上常說，我國戲曲和俗文學常有異名同實或同名異實的現象，如果不分辨清楚，便會迷亂其中，產生許多似是而非的推論和看法；陳芳因此寫了一篇〈論「梆子腔」的名義〉，將清中葉以來在梆子腔、秦腔、西秦腔、甘肅調、琴腔、亂彈、西調、吹腔、梆子秧腔、梆子亂彈腔等腔調名稱的糾葛考論辨析得有條不紊。我很欣賞她的看法，一再的引用在拙作〈論說「腔調」〉一文之中。

在課堂上我也常說，戲曲藝術的基本原理可以簡約為六個字，那就是「虛擬、象徵、程式」，而「虛擬、象徵是程式的基礎，程式是虛擬、象徵的完成」。元雜劇中的「科泛」，其實是「格範」的訛變，指的是表演的規範，也就是我們現在說的表演程式。於是陳芳乃藉助西方符號論美學的某些理念，將「戲曲程式」視為一個表演整體，並析論其記號界義、統攝範疇、審美特性及運用方式；也因此，她探究的範疇包括劇本程式體系、塑形程式體系、表演程式體系、語言程式體系、音樂程式體系、舞台程式體系等六大體系。她不止將「程式」藝術作了最完整的論述，而且認為它是戲曲現代化所必須重新思考的重要問題。

其他兩個問題也都可以看出陳芳治學的精勤和發掘問題的敏銳度，以及解決問題的卓越力。一則從清中葉揚州演劇活動的規模，彰顯了花雅二部的生態，也看出了雅部逐漸形成了各家門之師承流派與促成折子戲劇目演藝之定型化；一則以清末上海的京劇演出活動為主題，探討各劇種交流之借鑑、表演藝術特色、傳世之典型劇目及專業之演出劇場等，以知晚清上海劇壇演劇的概況，也從而認知南派京劇集京徽崑梆漢等劇種冶於一爐之大成，在上海建立了獨特的藝術風格，更因此結束了長達百年的「花雅之爭」。類此也都是言人所未及言，發人所未及發的重要見解。

我希望學生都能「站在我肩膀上」，因此每讀到學生一篇好論文好文章，認為已超乎我之上的，我便以此為愉快之事。而陳芳真是使我愉快連連，我也相信她的《清代戲曲史》稍假時日，即可完成。

記得那天在大學日本料理酒酣之際，我口占五絕一首以示陳芳，詩云：「師生二十年，相顧盡欣然；桃李容華艷，杯中我亦仙。」我既為酒党党魁已二十五年，杯中自足以為仙，但要使學生如陳芳者「相顧盡欣然」，亦當自我養成厚實之肩膀才是。

（原載《中央日報》副刊九十一年三月五日）

# 序黃英雄《編劇實務》

## 編劇的津梁

戲劇是一門綜合的文學和藝術，在表演藝術中牽涉最廣，必須要有好的團隊才會有好的表現。團隊的成員大抵包括：編劇、演員、導演、作曲、舞美。「舞美」是大陸的用語，指的是舞台美術，包括燈光、音響和舞台設計。就戲曲而言，金元北劇宋元南劇是編劇中心劇場，明清傳奇是編劇、演員平分秋色，清乾隆以後的皮黃京戲則為演員中心劇場。近世則導演大行其道，但編劇的地位已在逐漸提升，因為大家共同體認「劇本是一劇之本」，是戲劇的軀體，也是戲劇的靈魂。

吾友黃英雄先生長年從事劇本創作，遊走在電影、舞台劇、廣播劇、電視劇、歌仔戲、客家戲，以至兒童劇與阿美語劇之間，範圍之廣，就本地劇作家而言，堪稱無與倫比；而且獲獎連連，舉凡新聞局電影劇本獎、教育部文藝創作獎、文建會舞台劇本獎、耕莘文學獎、廣播劇本獎、高雄縣兒童舞台劇本獎、佛光山文學獎，無不榜上有名；可見他在台灣的戲劇界已卓然名家，策動台灣各類型戲劇的演出，關係台灣各類型戲的起伏。

近日黃先生將他編劇累積的經驗，用深入淺出的文字，分網布目，理論與實證並舉，循循善誘的要教人「廿四小時學會寫劇本」，書名題作《編劇實務》。我將他的書讀過一遍，覺得受益良多。他的書不像一般戲曲創作理論，往往故弄玄虛，使人味同嚼蠟；他就所知的好劇本分析其所以引人入勝的緣故；他也現身說法，將自己創作的佳篇，敘述其運思布局的過程。加上他散文般優美的筆調和小說般絲絲入扣的段落，所以可讀性很高，趣味性很足。我認為既使不想學編劇，本書也可以提供讀者不少珍貴的知識和見解。

我雖然也編過兩本中國現代歌劇劇本，由馬水龍教授譜曲的《霸王虞姬》和由許常惠教授譜曲的《國姓爺鄭成功》；也編過兩本現代劇場大型京劇劇本《鄭成功與台灣》、《牛郎織女天狼星》，都由國立國光劇團在國家劇院演出；但是所發表的理論性文學有限，見解也不過高明。現在讀了黃先生的大著之後，茅塞頓開，有識荊恨晚之嘆。因已將本書特為舉出，以供後學津梁。相信青年學子執此一書，必有心領神會的愉快。

民國九十一年七月八日曾永義序於台大長興街宿舍

# 自序《長生殿研究》

談到有清一代的戲曲文學，沒有不推崇南洪北孔的。洪孔即洪昇（昉思）的《長生殿》和孔尚任（東塘）的《桃花扇》。他們就好像詩中的李杜，文中的韓柳，風調各殊，是很難判別優劣的。大抵論文者崇孔，言律者尊洪。吳梅（瞿庵）先生《中國戲曲概說》云：

南洪北孔，名震一時；而律以詞範，則稗畦能集大成，非東塘所及也。

青木正兒《中國近世戲曲史》云：

《長生殿》葉堂評之為「性靈遠遜臨川」者，確當不易之論也。其不及湯顯祖也無論矣！即於才氣一端，亦當遜孔尚任之《桃花扇》一席。

吳先生、青木氏的論點，正說明了洪孔文辭與曲律的短長。洪昇文辭雖說遜於孔尚任一籌，但還是相當的典麗整潔，而東塘雖有佳詞，卻無佳調，且句讀錯誤，所在皆是。因此，若就戲曲文學的觀點來品評，《長生殿》的價值應當超過《桃花扇》。梁廷柟（應來）《籐花亭曲話》卷三云：

> 《長生殿》為千百年來曲中巨擘，以絕好題目，作絕好文章，學人才人，一齊俯首。自有此曲，毋論驚鴻、彩毫空慚形穢，即白仁甫《秋夜梧桐雨》亦不能穩占元人詞壇一席矣！

可見梁氏對於《長生殿》是何等的激賞與推崇，但未若王季烈（君九）先生將《長生殿》的好處說的更具體。王著《螾廬曲談曲談》卷二云：

> 余謂古今傳奇，詞采、結構、排場並勝，而又宮調合律，賓白工整，眾美悉具，一無可議者，莫過於《長生殿》。故學作曲者，宜先讀《長生殿》。

詞采、結構、排場、音律、賓白，無一不美妙工整，像這樣的作品，在我國戲曲文學史上，真是像吳瞿安先生所說的「集大成」了。而「千百年來曲中巨擘」，梁氏之論，當非溢美之辭。

王氏因為《長生殿》「眾美悉具」，所以說「學作曲者，宜先讀《長生殿》」。筆者雖未諳譜曲，但卻有志從事於戲曲之學，那麼若先拿《長生殿》來研究，藉此以窺個中門徑，相信可以得到事半功倍的效果。何況《長生殿》在我國戲曲史上所佔的地位那麼重要，本身已很值得作為研究的對象了呢！

研究作品當然附帶要研究作者的生平，關於洪昇生平事跡的研究，筆者已經在《中山集刊》第三集發表過一篇〈洪昉思年譜〉，年譜專重考證洪昇的家世和一生行事的年月和地點。這裡〈作者洪昇的生平事跡〉一章則旨在敘述說明洪昇的家世、生平、思想、交遊和著作，它們之間是相依相成的。至於《長生殿》本身的研究，計分作戲曲文學上的成就、排場研究和斠律三章。排場研究和斠律其實都應該包括在文學成就章中，但因為它們的份量相當多，又重在斠證考據，並非純論文字，所以特地把它們獨立出來，而將斠證考據所得的結論，扼要的在文學成就章中敘述。也就是說：文學成就章中的「排場妥貼」和「音律精審」二節，是以「排場研究」和「斠律」為基礎寫成的。

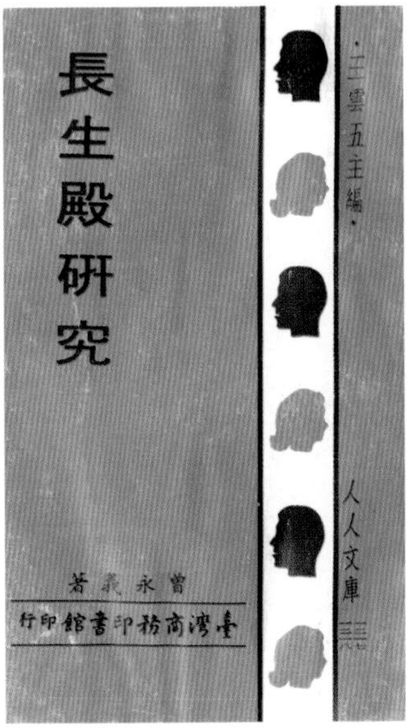

對於洪昇生平及其《長生殿》，筆者曾下過一番考述的功夫，探討所得，除了試圖將前輩時賢的觀點，作更加深入明確的剖析之外，但願還能有一些新的見解和發現。只是學步之初，囿於才識，取材仍有未周，論證難免謬誤，有待指正之處甚多。希博雅君子不吝賜教。

（此書出版於民國五十八年十月）

後記：民國五十三年秋我服完兵役，從馬祖歸來，就讀臺大中國文學研究所一年級。指導教授張清徽（敬）師向我說：「《長生殿》是我國古典戲曲中一部十全十美的作品，你既然有志於這方面的研究，那麼可以從《長生殿》入手」。於是清徽師每星期抽出一個上午的時間，專門為我講解《長生殿》，而「洪昇及其《長生殿》研究」也就成為我碩士論文的題目。五十六年夏畢業，舉行論文口試時，研究所主任臺靜農師以為論文中「洪昉思年譜」一章可以獨立成書，如此全文在結構上比較謹嚴。恰好那時研究所成立博士班，我很僥倖的得被錄取；因為緊接著忙於新的課業，所以直到去年暑假才又略加整理，遵照靜農師的指示將「年譜」提出單行，而把其餘的部份題名作「長生殿研究」。

研究所三年中，和清徽師同在第九研究室，朝夕恭聆教誨，有疑難的問題隨時就可以獲得解決。五十六年秋，清徽師赴美講學；鄭因百（騫）師指導我的博士論文。因百師平日屢次指示我治學的方法，修改本時，又蒙審閱。對於兩位老師的教導，我將永生難忘。

撰寫本文期間，常到中央研究院傅斯年圖書館看書，承藍乾章、李定國兩位先生給我很大的方便和幫忙。內人陳瑞玉女士於家務繁忙之際，還擔任抄寫工作，現在商務印書館又答應把這本書印出來。這都是我在這裡要特別感謝的。

著者謹記　五十八年四月

# 自序《明雜劇概論》

我國戲劇文學的演變，以元雜劇與明清傳奇為主流，這是人所共認的事實。但是，在主流之外，尚有一股不可忽視的旁支，那就是明代的雜劇。它一方面繼承元人的衣缽，一方面又逐漸從興盛中的南戲傳奇汲取滋養，從而融合南北曲的長處，產生更精緻、更合理的新劇種。初期的明雜劇至少能保存元人自然真摯的優點，而後期的明雜劇更在藝術上獲得改進。也就是說，雜劇在明代並非衰亡，而是另有發展，另有革新；所以，無論從事明代戲劇或中國戲劇史的研究，絕不能捨明雜劇不論。

著者有見及此，謹就涉獵所及，將所知見的二百九十三種明代雜劇加以探討，從而理出明代雜劇發展的脈絡和各階段表現的特色，以供戲劇史家和文學史家的參考。

本論文共分五章：第一章總論，第二章初期雜劇，第三章周憲王及其誠齋雜劇，第四章中期雜劇，第五章後期雜劇，茲扼要簡述各章內容如後：

第一章總論：本章分六節，第一節探討明代戲劇發達的原因並說明其興盛的情況。第二節考述明代宮廷、私人家樂以及演劇為生的「寫班子」、「路歧人」等的戲劇搬演情形，從而說明內府本的特色和短劇流行的原因。第三節考述明代雜劇作家有名氏者共有一百二十五人，並由其籍貫、履歷說明明代雜劇作家的特色。第四節條述研究明代雜劇的重要資料，並說明由版本不同而引起的問題。第五節將現存二百九十三本，散佚一百三十六本，共計四百二十九本的明雜劇，扼要述其體製，以明瞭明雜劇因受南戲傳奇的影響，在體製上所產生的種種變化。第六節對於明代雜劇演進的情勢作一鳥瞰，說明明代雜劇各階段的主要特色，並剖析明初百年戲劇沈寂的原因，本節可以說是整個明代雜劇的縮影。第七節從劇作家、內容思想、體製、音律、關目與排場、文學造詣等六方面比較元明雜劇所表現的特質，並從作家、內容、體製等方面說明明代雜劇對清代雜劇的影響。

第二章初期雜劇：本章評述憲宗成化以前（一三六八～一四八七）一百二十年間的雜劇作家和作品。分明初十六子、寧獻王及其他諸家、教坊劇、無名氏雜劇等四節，計作家二十一人，雜劇一百三十七本。

第三章周憲王及其《誠齋雜劇》：周憲王朱有燉本應屬初期雜劇範圍，但因其所著《誠齋雜劇》多達三十一種，成就甚高，其地位更居於雜劇轉變的樞紐，譬之為有明雜劇第一大家，豪無愧色。因此特闢一章詳論其生平和劇作。計分周憲王的家世與生平、《誠齋雜劇》的總目及所改正的舊本、《誠齋雜劇》的內容和思想、《誠齋雜劇》結構排場的特色、《誠齋雜劇》的文章、餘論（《誠齋雜劇》的音律及其在戲劇史上的地位）等六節。

第四章中期雜劇：本章評述孝宗弘治以迄世宗嘉靖（一四八八～一五六六）約八十年間的雜劇作家及其作品。分康海與王九思、馮惟敏及其他北雜劇作家、徐渭、李開先及其他短劇作家等四節，計作家十人，雜劇二十八本。

第五章後期雜劇：本章評述穆宗隆慶以至明亡（一五六七～一六四四）約八十年間的雜劇作家及其作品。分陳與郊與徐復祚、沈璟及吳江派諸家、葉憲祖、王衡與凌濛初、孟稱舜及其他雜劇諸家、傅一臣及其他南雜劇諸家等六節。計作家三十五人，雜劇九十本。

以上總論一章可以說是本論文的結論；而初期雜劇、中期雜劇及後期雜劇三章，係依照明代雜劇發展的情勢劃分，繫作品於作家，分別論述，可以說是研究的過程。關於作家生平，則著重其與劇作的內容思想有關的事跡；對於劇作本身，則從關目排場和曲辭、賓白、體製、音律以及所涵蘊的思想情感來論述；對於重要作家，則更說明其在劇壇的地位和影響。關於明代各雜劇的本事，黃文暘《曲海總目提要》、青木正兒《中國近世戲曲史》以及羅錦堂《現存元人雜劇本事考》（元末明初部分）諸書言之已詳。因此，如無必要，但注明其來源，以省篇幅。

本書附錄的「明代雜劇年表」，則在使讀者對於作家的生卒年，重要行事以及雜劇刊行的年代一目了然。

著者於就讀國立台灣大學中國文學研究所碩士班時，在鄭因百師和張清徽師指導下，曾選就《洪昇及其長生殿研究》，今復蒙兩位老師指導，完成茲編，謹在此致最深厚的謝意。

民國六十九年九月　曾永義謹識

# 自序《中國古典戲劇論集》

這本《中國古典戲劇論集》共收論文九篇，篇幅短的只有四千餘字，長的達九萬餘言；是我最近幾年來研讀中國古典戲劇的心得報告。除了我的碩士論文和博士論文另列為專著外，這算是我有關中國古典戲劇的第一部論集。書名本來題作「致遠集」，取義是「澹泊以明志，寧靜以致遠。」因為那不止是心性涵養的功夫，同時也是學問磨礪的基石。我希望自己能夠甘其澹泊，守其寧靜，倘能百尺竿頭，更進一步；那麼即使這本論集識見譾陋，貽笑大方，對於自己來說，就是良好的開始。可是由於「致遠」的意義不能見出書的性質和內容，所以改題今名。

對於中國古典戲劇的研究，個人還在學步之初，許多見解難免謬誤；但關於其形成和本質等問題，以及評論劇作的方法，則頗為用心。在這本論集裡，多少可以看出個人這方面的努力。但願藉此能獲得博雅君子的指正，使我能免於學問的歧途。

十餘年來鄭因百（騫）師和張清徽（敬）師一直指導我從事中國古典戲劇的研究，如是個人還略有所成，那都是兩位老師的賜予；在這本書裡，兩位老師又為我作序。我只有不幸負他們的教導和期望，才能報答於萬一。現在聯經出版事業公司惠允印行這本論集，在此並致我深厚的謝意。

民國六十四年十月　曾永義序於臺大中文系

# 自序《說戲曲》

去年十月，承聯經出版事業公司出版拙著《中國古典戲劇論集》，凡二十萬言。今夏，又承聯經出版事業公司雅意，索取拙稿，作為《聯經文化叢刊》之一。因將年來所為篇章，裒輯成冊，擬以「誼遠」題端，取「其誼行遠」之義。蓋誼者，人所宜也；又情意相合亦曰誼。為文著述，旨在表情達意，倘致其博大精深，必可垂世行遠。著者雖則資質駑鈍，識見謭陋，尤其在學問的路途上，尚屬學步之初，所論所述，自不免於覆瓿之譏；但為人處世，立志不可不高，學問之道亦然；故敢以「誼遠」自期。但是「誼遠」二字無以表達本書的性質和內容，所以改題《說戲曲》。《說戲曲》共收論文十篇，其中兩篇還論及詩文和詞，內容雖然不十分純粹，但大抵以戲曲為主體。其中〈評騭中國古典戲劇的態度和方法〉一文，是著者醞釀已久的構想，茲事體大，本不宜率爾操觚，但每每如鯁在喉，故不揣愚昧，以一吐為快，希冀藉此拋磚引玉；倘承博雅之士，惠而教我，得以建立一套評騭中國古典戲劇的共同標準，則是區區莫大的期望。

著者濫竽臺大中文系，講授戲劇選課程，於今三年。本書所收論文十篇，除〈元代的文論、詩論和詞曲論〉一文，用力稍勤外，其餘都是課餘的偶然心得，往往隨手筆記，本不欲謀撰成篇；也因此在仔細校閱本書之後，忽然有寒傖之感，不禁惶恐起來。然敝帚自珍，一得之愚竟不忍遽爾割捨，敢存此以為悔過惕勵之資；尚祈讀者鑒宥。

最後對於幫我印行這本書的聯經出版事業公司，為我題端的孔達生（德成）師和為我作序的摯友黃啟方兄，謹致最深厚的謝意。

民國六十五年七月　曾永義序於臺大中文系

說戲曲
曾永義著
孔德成署

# 自序《說俗文學》

這本集子共收論文二十有一篇，其中關於俗文學體類和民間故事的各有七篇，合計十四篇，關於戲曲的有六篇，另一篇是漢高祖的〈大風歌〉。〈大風歌〉是漢高祖定天下後，回到故鄉，和故人父老子弟縱酒時，擊筑為節、滿心而發的「楚歌」；戲曲向來難於和詩文並列，前人也有「不登大雅」之說；那麼將「楚歌」與「戲曲」同入「俗文學」之中，雖不十分貼切，也不算頂牽強。因此，本書總題曰《說俗文學》。

中央研究院歷史語言研究所所藏的俗文學資料共有一萬多種，是目前世界上收藏中國近代俗文學資料最豐富的地方。對於這一大批「寶藏」，我奉了先師屈故所長翼鵬先生之命，成立小組，負起分類整理和編目的工作。這項工作費去我們數年的時間，而由於其「浩大煩瑣」，迄今未能盡善盡美，但是我們從中也獲得不少心得和助益，我們的工作人員，陳錦釗以《子弟書研究》得博士學位，陳芳英以《目連故事及目連戲劇》、曾子良以《寶卷研究》各得碩士學位；我個人也因此走入了俗文學研究的範圍。本書中〈中央研究院俗文學資料的分類整理和編目〉，便是我們對於這一大批「寶藏」工作後的「報告書」。我認為這批「寶藏」有公之於世的必要，為此我曾帶領臺大中文系的同學們，於六十七年四月二十六日的夜晚在臺大活動中心的大禮堂舉辦了一場「俗曲演唱會」，試圖唱出我們民族的心聲，引起從事民族音樂諸先進的注意，從而去利用這批「寶藏」。多承《中國

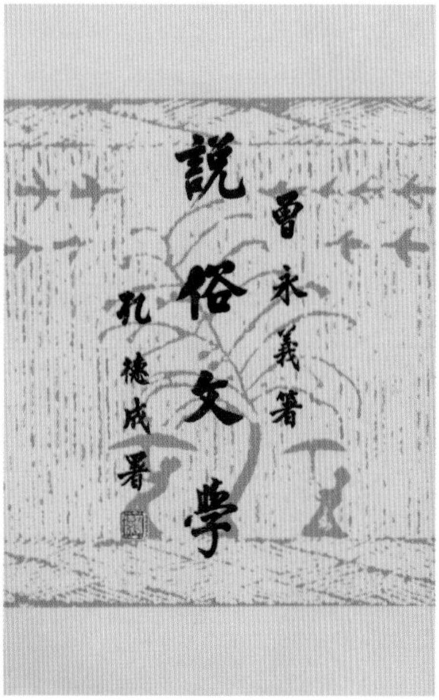

時報・人間副刊》的編者為我們闢了一個「俗文學」專欄，由我們的工作人員輪流執筆，我想或許由於這個專欄，可以將這批「寶藏」的《潛德幽光》陸續展露出來，本書〈不登大雅的文學之母〉、〈馬頭調〉、〈說群曲〉、〈梁祝故事的淵源與發展〉、〈潘江東的白蛇故事之研究——俗文學研究的一個例子〉等五篇便是見諸專欄的文字。

對於民間故事的研究，我頗有興趣，早在我讀臺大中文研究所碩士班時就注意到西施和楊妃，〈西施故事志疑〉和〈楊妃故事的發展〉便是那時寫成的。六十九年元月五日中華文化復興運動推行委員會、國家文藝基金管理委員會，合辦「文藝講座」，主持人魏子雲先生希望我講一個比較通俗的題目，我便將涉獵過的西施、楊妃、梁祝、白蛇加上學者研究過的昭君、孟姜故事融會起來，以探討民間故事基型觸發的現象和孳乳展延的線索，本書的〈從西施說到梁祝〉便是這次講演的「講稿」，為了配合人間副刊的篇幅，已經略事刪節。

〈關於變文的題名、淵源和結構〉，是我在臺大中文系研究所博士班時，臺靜農師所開的一門課「文學專題討論」的〈讀書報告〉；〈董說的鯖魚世界〉，是我去年在美國哈佛大學訪問時，有次坐在韓安教授的課堂上討論「西遊補」後有感而寫的；〈明成化說唱詞話十六種〉，是我在哈佛燕京圖書館看到的近年所發現的最古的詩讚系說唱文學刊本，因其可貴，所以閱畢後即草成的。

有關中國古典戲劇的研究，除了我的碩士論文《長生殿研究》和博士論文《明雜劇概論》外，聯經出版事業公司也已為出了兩本書：《中國古典戲劇論集》和《說戲曲》。現在這本集子所收的六篇是：〈曲學淺說〉，這是為周何先生所主編的《國學導讀》而寫的，旨在引導初學進入曲學的門徑；〈曲苑中的花果〉，這是為幼獅文化事業公司編選《中國古典戲劇論文集》所寫的序言，旨在說明選集的內容和三十年來自由中國曲學研究的概況；〈中國古典戲劇腳色概說〉和〈前賢腳色論述評〉是對於中國古典戲劇中腳色的綜合研究，由腳色的名義論到其分化的原則和所具備的技藝；〈北曲格式變化的因素〉是我在中華民國第一屆「古典文學會議」上所提出的論文，旨在分析促使北曲格式發生變化多端、以致迷人眼目的因素，由此而有助於誦讀和欣賞；〈元人雜劇的搬演〉則從縱橫二剖面來探討問題，橫剖面說明雜劇演出的背景，縱剖面敘述雜劇演出的過程。

非常感謝孔達生師為我題端，臺靜農師和摯友章景明兄為我作序。我深知我的學力有限，罅漏必多，希望讀者不吝賜正。

中華民國六十九年元月十日　曾永義序於臺灣大學中文系

# 自序《中國古典戲劇的認識與欣賞》

只要懂一點中國文學史的人都知道，中國戲劇向來被視為小道末技，不止歷朝歷代《藝文志》不予著錄，《四庫全書》在摒除之列，就是作者也往往自隱其名，即使裒集平生著作，最多也只置於集外集，而直棄之不顧者，更不知凡幾。元人像關漢卿、明人像王驥德、清人像李漁，那樣的把戲劇當作一生事業的，真是少之又少。我們只要翻閱一下今人所編輯的《元明清三代禁毀小說戲曲史料》，不禁要驚異，當政者是如何的假藉權勢在摧殘那被我們現代人視為文學瑰寶的戲劇和小說（註一），而由此我們也不難了解小說和戲劇的作者，何以無心於以之作為名山事業。

但是，誠如美國傳教士史密斯（Arthur H. Smith）所說的，中國民族是一個富於戲劇本能的民族，在中國人看來，人生就無異是戲劇，世界就無異是劇場（註二）。所以「主角、配角」、「開場、冷場、收場」、「英俊小生」、「粉墨登場」、「荒腔走板」等等戲劇術語，便成為生活用語了，而在「萬般皆下品，惟有讀書高」的觀念下，也有人發出「讀書即是看戲、看戲即是讀書」的議論了（註三）。也因此，無論權勢壓迫得如何厲害，始終無法真正遏抑戲劇自然蓬勃的發展。

若論中國戲劇的發展，則西漢角觝已見芽甲，唐人雜戲完成小戲規模，中國戲劇之成立，可斷於此時。其後經兩宋之醞釀，於金元而有北劇，於宋元而有南戲，此即所謂「大戲」。北劇盛於胡元，南戲至明代蛻變為傳奇。於是雜劇、傳奇成為中國戲劇之主流，作家輩出，佳作如林（註四），文學藝術，兩臻其美。清代皮黃，雖文學不如往昔，而藝術獨能捨短取長，熔鑄精工，以故能普及全民；此外，地方戲劇在傳統的基礎上，更衍生不下數百餘種（註五）；則中國之戲劇，其基礎是多麼的深厚，其內容是多麼的豐富，毫無疑問的，它是中華璀璨文化中，極其重要的一環。

晚近歐風美雨東漸，中國知識份子在希臘悲劇、莎士比亞戲劇、易卜生戲劇的薰陶下，也逐漸覺醒戲劇在文學中的重要性，從而對於本國戲劇也做了一番反省，其中像王國維更以數年之力，著成曲學五書（註六），將戲劇躋入學術之林。此後學者對於曲學的研究，或考校曲籍，或審訂譜律，或敘述源流，或評論得失，有如榛狉方啟、苑囿新開，而奇花異果已自炫眼耀目。從此，中國古典戲劇進入大學課程，其文學和藝術的價值也被中外學者所認定。民國十九年春，梅蘭芳率領劇團赴美演出，在美期間，波摩那學院（Pomona College）、南加州大學（Southern Carlifornia University）頒予名譽博士學位。梅氏的這分崇高榮譽，證明了中國的戲劇藝術，有其極為優秀的品質。也因此，從事話劇運動的歐陽予倩，終於提出「話劇向傳統學習」的呼籲（註七）；電影名導演胡金銓也承認他「涵泳在古典劇場的血脈中」，從傳統戲曲中學到不少電影的技巧（註八）。

如此說來，我們中國的古典戲劇是應當認識的，是值得欣賞的。從認識裡，我們了解了民族文化的博大精深；從欣賞裡，我們品味了民族文化的芳醇厚實；而如果戲劇文學藝術的工作者，從中扎根、從中汲取，也必能綻開結成現代戲劇文學藝術的花果，這樣的花果，才是真正屬於現代中國的花果。

本書的目的正是希望讀者認識中國古典戲劇、欣賞中國古典戲劇。認識是欣賞的基礎，有了正確的認識，才能有深切的欣賞。所以本書也就分作認識與欣賞兩大部分：在「認識」之中，首先綜合、系統而又綱領性的論述中國古典戲劇的形成與發展，將紛披雜陳、亂人眼目的「中國戲劇史」，有如大禹治水，江河各依其所歸，務期條貫有秩，順流暢然。以戲劇之九大因素論其形成，從元雜劇到明清短劇、從宋元南戲到明清傳奇、從亂彈到皮黃等三條目論其發展。其次就語言旋律、音樂旋律、南北曲格式的變化、聯套與排場等四方面論中國古典戲劇的體製與規律；就劇場與演出場合、劇團與腳色、穿關與妝扮、樂曲與科白四節以見舞臺藝術的要素，就搬演前、搬演形式、收場與打散三節以見舞臺藝術的展現，而總此要素與展現，以論中國古典戲劇的舞臺藝術。最後納為結論，舉出存在於中國古典戲劇中一些可注

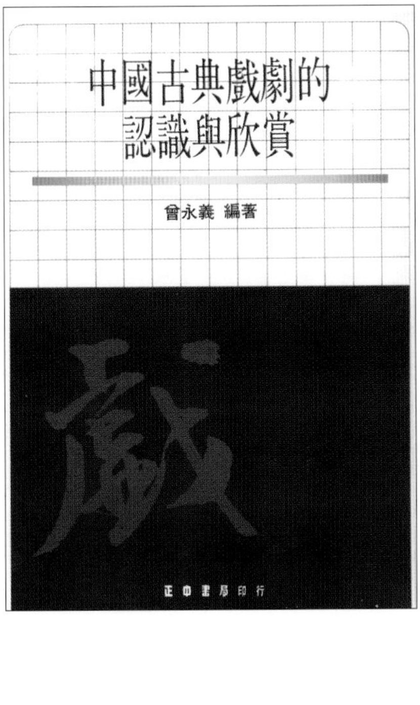

意的現象，即：劇場與演出場合對戲劇所產生的影響、表現方式的基礎和特質、故事題材的歷史性和傳說性、關目結構的刻板與冗煩、曲辭賓白的講唱化和多樣性、音樂成分的紛披雜陳，而即此亦可以見出中國古典戲劇的特質。在「欣賞」之中，由於欣賞必涉及評論，而且若無法度可循，必然漫無依歸，終致走火入魔，所以首立〈評論欣賞中國古典戲劇的態度與方法〉：其態度即謹嚴而不拘泥，在消極方面要顧及不偏執一隅與不牽強附會，在積極方面要發掘或注入新的文學生命力；其方法乃揭櫫「八端」，所謂「八端」即是：本事動人、主題嚴肅、結構謹嚴、曲文高妙、音律諧美、賓白醒豁、人物鮮明、科諢自然。持此八端以評論欣賞之依據，庶幾可以品其情趣、辨其優劣、論其價值、定其地位。其次選取各劇種之作品為例，以為欣賞評論之資：院本取李開先《園林午夢》、短劇取楊潮觀《賀蘭山》、元雜劇取關漢卿《救風塵》、明雜劇取康海《中山狼》，凡此皆取全本，除注釋外，並皆附欣賞評論，如〈李開先和他的院本〉、〈與李白相關的戲劇〉、〈關漢卿和他的《救風塵》雜劇〉、〈康海和他的《中山狼》雜劇〉等；由於南戲傳奇篇幅甚長，故止能選取高明《琵琶記》之〈開場〉、〈中秋賞月〉二齣，孔尚任《桃花扇》〈餘韻〉一齣，洪昇《長生殿》〈禊遊〉、〈驚變〉二齣，詳予注釋，皆附說明，以之為欣賞評論之資，而其主要目的乃在藉此顯現南戲傳奇開場、收場、大場、正場、過場之範例。此外，對於各劇種之作家及其總體劇作之欣賞與評論尤屬重要，故於短劇舉〈楊潮觀和他的《吟風閣雜劇》〉，於元雜劇舉〈馬致遠雜劇述評〉，於明雜劇舉〈周憲王和他的《誠齋雜劇》〉，於清傳奇舉〈洪昇及其《長生殿》〉，凡此用以具體呈現著者欣賞評論中國古典戲劇的態度與方法，卷末並附「戲曲要籍解題」，提供參考。

最後要說明的是，本書頗有見諸著者其他著作的論點，而本書為一新體系之下的著作則無可置疑；又由於成書倉促，罅漏必多，尚祈博雅君子有以教之。

民國七十一年五月二十日 曾永義謹識

【附注】

註一：如《元史．刑法志四》：「諸民間子弟，不務生產，輒於城市坊鎮演唱詞話、教習雜戲、聚眾淫謔，並禁治之。」《大明律．講解》卷二十六「刑律雜犯」：「凡樂人搬做雜劇戲文，不許粧扮歷代帝王后妃忠臣烈士先聖先賢神像，違者杖一百；官民之家，容令粧扮者與同罪；其神仙道扮及義夫節婦孝子順孫勸人為善者，不在禁限。」《大明律》此條為《大清律例》卷三十四所沿襲，《大清律例》此卷又云：「一、城市鄉村，如有當街搭臺懸燈唱夜戲者，將為首之人，照違制律杖一百，枷號一個月；不行查拏之地方保甲，照不應重律杖八十；不實力奉行之文武各官，交部議處；若鄉保人等有借端勒索者，照索詐例治罪。」

註二：見史密斯所著《中國人的特性》（The Characteristics of Chinese）一書，其中有云：「我們真要明白中國人所以愛面子的理由，我們先得了解中國民族，是一個富於戲劇本能的民族。戲劇可以說是中國獨一無二的娛樂，戲劇之於中國人，猶如運動之於英國人，或鬥牛之於西班牙人。一個中國人，遇到什麼問題而不能加以應付的時候，他就立刻把自己當作一折戲裡的一個角色。假如這個問題居然解決了，他就自然以為『下場』或『落場』得很有面子。假若不能解決，他就覺得不好『下台』。再若未能解決，並且越弄越糟，他就不免有十分『坍台』的感覺。再若問題之不易解決，是由於旁人的干涉或搗亂，他就說那人在『拆他的台』。總之，在中國人看來，人生就無異是戲劇，世界就無異是劇場。」此段譯文見《錦堂論曲》〈中國人的戲劇觀〉。

註三：見梁章鉅《浪跡續談》，其「看戲」一則云：「吾鄉龔海峰先生，官平涼時，其哲嗣四人，皆隨侍署齋讀書。一日，偶以音觴召客。齋中四人者，皆躍躍作看戲之想。先生試之曰：『試問讀書好乎？看戲好乎？可各以意對！』其少子文季觀察瑞穀，遽答曰：『看戲好！』先生艴然斥之退。長子端伯郡丞式穀，對曰：『自然是讀書好！』先生笑曰：『此老生常談也，誰不會說！』次子益仲孝受穀，對曰：『書也須讀，戲也須看。』先生曰：『此調停兩可之說，恰似汝之為人。』三子小峰邑候，對曰：『讀書即是看戲，看戲即是讀書。』先生掀髯大笑曰：『得之矣！』」

註四：元雜劇據傅惜華《元代雜劇全目》有作家八十餘人，作品七百餘種，現存一百六七十種；明雜劇著者統計，有作家一百二十五人，作品五百餘種，現存二百九十五種；清雜劇著者統計有作家一百二十人，作品五百七十六種；明傳奇據傅惜華《明代傳奇全目》，有作家二百七十七人，作品九百五十種；清傳奇迄無全目，蓋不下數百家、千餘種。而宋元南戲散件殆盡，現存僅《永樂大典戲文三種》，即：張協狀元、宦門子弟錯立身、小孫屠；錢南揚《宋元南戲百一錄》僅著錄一百零二本，馮沅君《南戲拾遺》亦僅著錄一百十六本。

註五：全國地方戲，據民國五十一年調查得知的，有四百六十餘種。

註六：曲學五書即《宋元戲曲考》、《曲錄》、《唐宋大曲考》、《古劇腳色考》、《優語錄》。

註七：歐陽予倩有〈話劇向傳統學的問題〉一文，發表於民國四十八年，結論是：甲、繼承傳統不能毫無批判，毫無選擇。乙、話劇和戲曲，各有其不同的藝術形式、特點和規律，可以互相影響、互相浸透、互相學習，但彼此不能代替，學習傳統不能硬搬。丙、向傳統學習要讀中國戲劇史，研究中國戲劇發展的規律。丁、中國的戲劇藝術傳統我們必須繼承，並不斷使其豐富，發揚光大，在傳統的基礎上，創造出民族戲劇藝術新的傳統。

註八：胡文見民國六十九年七月三十日《中國時報．人間副刊》，胡氏說到他在電影中受到傳統戲曲的影響如下：甲、出場：傳統戲曲，尤其是京戲，對於人物出場非常注意，如果比較重要的人物，先上龍套，再上四將，上中軍，配以音響效果，然後主要角色出來；有的為了增加氣氛，還用水袖遮著臉出來，作為一種驚訝與震撼的效果。這種方法加以化解之後再吸收，就成為電影中的所謂「實出」。又如〈三顧茅廬〉，劇中人一再談論諸葛亮，但諸葛亮遲遲不出場，而等一出場時就顯得特別強烈。這是因為孔明不能上龍套、四將等，這種醞釀出來的懸宕，在電影裡運用起來，就是「虛出」。乙、結構：一個電影編導要注意三件事：（一）好的內容、有創意。（二）好的技巧。（三）描述作品人物、情節的認真態度。嚴羽《滄浪詩話》所謂「語忌直，意忌淺，脉忌露，味忌短，音韻忌散緩、亦忌迫促。」這是說表現手法要「不直」，「合乎情理，出乎意料。」從國劇〈群英會〉中就可以學到這些道理。丙、動作：所拍的動作片完全是從國劇中借來的，因之武打動作是舞蹈、音樂、戲劇三者合一的。如果把平劇動作分解，運用心思，便可在電影中達到最驚人、最突出的效果。胡氏最後說到：「我學習、涵泳於中國藝術的無限傳統之內，自知戲劇世界中許多高度的象徵技巧，多有其悠久深厚的民族根柢，這些『應用之妙乎一心』的歷與程，很難用理論或言辯加以詮譯，但是沒有人能夠抹煞中國古老劇藝的沈潛高明，它使現代的電影工作者能夠擁有更寬廣的視境。」

# 自序《清洪昉思先生昇年譜》

《洪昉思年譜》是我碩士論文的一部分，寫成迄今已經十四年了。

民國五十三年九月，我進入台灣大學中國文學研究所碩士班，指導教授張清徽（敬）先生希望我以〈洪昇及其《長生殿》研究〉作為論文的題目，因為《長生殿》是集戲曲文學大成的鉅著，由此入手，可以得窺戲曲研究的門徑。

得了題目，我開始構思，心想有正確的學術方法才會有良好的學術成果，而當我讀了王靜安先生的曲學五書後，獲致了莫大的啟示。靜安先生為了寫作《宋元戲曲考》，先編輯《曲錄》，將歷代劇作目錄了然於胸中；而樂曲、俳優、腳色，為構成戲曲之要素，於是又有《唐宋大曲考》、《優語錄》、《古劇腳色考》三書之作；也就是《宋元戲曲考》一書是以《曲錄》等四書為基礎所寫成的，因此能條理縝密、簡練精要，為戲劇史開山之作。

於是我師靜安先生之法，編撰洪昉思年譜，據此寫成〈洪昇的生平事跡〉一章；考述楊妃故事的發展及與之相關的文學，以見長生殿之「胎息淵厚」，並由此結合洪昇之生平，得知長生殿之「寄托遙深」；同時透過《長生殿》之斠律，得知其「音律精審」；透過長生殿排場研

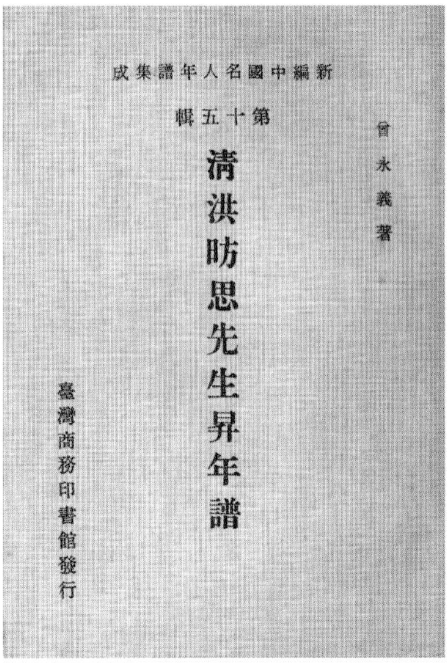

究，得知其「結構謹嚴」；因此綜輯而成《長生殿研究》一書。而《洪昉思年譜》、〈楊妃故事的發展及其相關的文學〉、〈《長生殿》斠律〉、〈《長生殿》排場研究〉也成為我碩士論文之外的副產品。

《長生殿研究》一書，在民國五十八年已由臺灣商務印書館出版，書後並附〈斠律〉和〈排場〉二篇；〈楊妃故事〉一文見五十六年《現代學宛》四卷六期，現已收入《說俗文學》一書中。

《洪昉思年譜》原載於民國五十八年的《中山學術集刊》第三集，現在承臺灣商務印書館收入《年譜集成》之中，易名為《洪昉思先生昇年譜》，在這裡除了感謝臺灣商務印書館的美意外，更要感謝我的老師張清徽教授，當年殷切的督促、指導和期望。

民國七十年十一月二日　曾永義序於台大中文系

# 自序《中國古典戲劇選注》

「戲劇選」是部訂大學中文系必選課程之一，我在臺灣大學講授這門課程已經十年。雖然坊間出有數種戲劇選本，但是若不偏於元雜劇就偏於明清傳奇，只有學海出版社的《元明清戲劇選》算是較為完整，因此我一直採用這個本子當教材。不過它仍有些缺點，不很適合做教本。其一是選材止於元明雜劇和明清傳奇，傳奇又但選散出，無法見出中國古典戲劇發展的面貌，以及傳奇的體製規律和排場。其二是曲文不分正襯，標點不按音律，以致句式每有訛誤，聲情因之乖舛。其三是注釋有該注而未注者，亦有未盡精審者。其四是體例過簡，既無題解，作者亦併入注釋中。其五是不重視版本異同，執其一而未經參酌，或逕刪改而未及注出。因此編注一本較適合大學「戲劇選」課程的用書，是我多年的「宿願」；但由於選注的工作非常煩瑣，以致年年蹉跎。恰好去年七月，得蒙國科會資助，前往美國密西根大學研究一年，研究主題之餘，乃從事編注工作，終於得以完成。

本書元雜劇選十種，其中關漢卿《單刀會》、《竇娥冤》、《蝴蝶夢》三種，馬致遠《漢宮秋》、《薦福碑》二種，白樸《牆頭馬上》、康進之《李逵負荊》、鄭光祖《倩女離魂》、無名氏《貨郎旦》各一種，王實甫《西廂記》錄其二折；明院本選李開先《打啞禪》一種；明清雜劇選王九思《中山狼》、沈璟《乜縣佐》、陳與郊《文姬入塞》、楊潮觀《偷桃》各一種，計四種；明清傳奇選四種，其中洪昇《長生殿》全本，高明《琵琶記》，湯顯祖《牡丹亭》各錄二出，孔尚任《桃花扇》止錄一出；清皮黃則選無名氏《霸王別姬》一種。

元人雜劇和明清傳奇是「南戲北劇」的代表，故選劇獨多。元人雜劇體製規律雖然謹嚴刻板，但文學成就則有口

皆碑，其內容思想尤足以反映元代之政治社會，故選取十種；而十種中，元曲四大家關馬鄭白並見，更有英雄劇、公案劇、歷史劇、文士劇、才子佳人劇、水滸劇、家庭倫理劇，元雜劇內容之重要類別概見於此。明清傳奇以《琵琶》為祖，《牡丹亭》、《長生殿》、《桃花扇》為不朽鉅著；而《長生殿》之文詞曲律、關目排場，俱臻佳美，幾於無懈可擊，堪稱集戲劇文學之大成，故全本注釋，藉此以見傳奇之體製規律及其戲劇藝術；又因傳奇篇幅冗長，故《琵琶記》、《牡丹亭》止選二出，《桃花扇》止選一出，庶幾嘗一臠以知全鼎。此外，宋金雜劇院本為「小戲」之極致，其於南戲北劇之滋養與影響頗多，可惜無一完整劇本留存；有「南雜劇」與「短劇」之稱，「短劇」尤為明清雜劇之特色，文人以此抒懷寫志，最宜案頭清供，故選取四種；至於清皮黃，則使中國戲劇由詞曲系轉入詩讚系，由曲牌系轉入腔板系，雖然其文學成就不能與南戲北劇同日而語，但同光以後，實為劇壇盟主，今日更以「國劇」為名，故選錄一種，以備舉例。若此，則中國歷代劇種之遞嬗，概見於本書。

對於編注體例，本書注意到以下數點：

其一，版本的選取注意到古老與通行，故於《單刀會》則據脈望館鈔本而校以元刊本，於《竇娥冤》、《蝴蝶夢》、《漢宮秋》、《薦福碑》、《牆頭馬上》、《倩女離魂》、《貨郎旦》諸劇則附鄭因百先生之《異本比較》；於《長生殿》則據稗畦草堂原刻本；於《竇娥冤》更附錄《元曲》選本，以見劇本因遭受竄改而變化之甚。

其二，曲文的標點注意到正襯與句式的明析，這是本書的重要特色之一。一般戲曲刊本不止正襯不分，即句讀亦不明；一般戲劇選本雖標點句讀，但因標點時但取意義而忽視格律，所以往往訛亂句法；而分析正襯則尤為艱難煩瑣，乃予以省略；為此二端，以致於曲調之旋律特質無從顯現。本書有鑑於此，於每一曲調之句讀，正襯皆按格律詳予考訂，即曲中之帶白、滾白、增句亦予以析出，務使調正律明，誦讀時得抑揚頓挫之致。

其三，注釋注意到詳明精審，於典故之出處必為徵引，雖因此有礙簡明，但總為讀者設想，可省翻檢之勞。

其四，對於劇本之認識注意到解說與分析，為此與每劇之前有「題解」欄以說明本事根源、諸家評論、版本取擇，有「作者」欄以介紹作者生平履歷，而尤注意其與劇作思想內容之關聯；於每折之後有「說明」欄以說明該折之關目排場，聯套格律與曲辭賓白，藉此而使學者對於中國古典戲劇有較具體而深刻之認識。

在此要請讀者注意的是，本書的注釋和說明除了少數情況外，大抵見諸前文的，下文就予以省略；譬如對於仙呂、正宮、中呂、雙調聯套規律的說明已見《單刀會》之中，其後的劇本就不再提示。所以讀者閱讀，最好順序而下。

編者對於本書的選注雖然力求完好，但由於中國古典劇作浩如煙海，篇幅所限，難免遺珠之恨，加上個人學力淺薄，時間匆促，不盡理想的地方自然很多，凡此都希望日後逐次修訂；而海內博雅君子倘能不吝賜正，則更是期盼之至。

民國七十二年九月

# 自序《中國古典戲劇》

中國戲劇一向被視為小道末技，歷代文人也無心於以之作為名山事業。但是，誠如美國傳教士史密斯（Arthur H. Smith）所說的，中國民族是一個富於戲劇本能的民族，在中國人看來，人生就無異是戲劇，世界就無異是劇場。所以「主角、配角」、「開場、冷場、收場」、「英俊小生」、「粉墨登場」、「荒腔走板」等等戲劇術語，便成為中國人日常生活用語，而康熙皇帝更直說「天地間一番戲場，古今來許多腳色。」

晚近歐風美雨東漸，中國知識分子在希臘悲劇、莎士比亞戲劇、易卜生戲劇薰陶下，也逐漸覺醒戲劇在文學中的重要性，從而對於本國戲劇也做了一番反省，其中像王國維更以數年之力，著成曲學五書，將戲劇躋入學術之林。此後學者或考校曲籍，或審訂音律，或敘述源流，或評論得失，有如榛狉方啟、苑囿新開，而奇花異果已自炫眼耀目。從此，中國古典戲劇進入大學課程，其文學和藝術價值也被中外學者所認定。民國十九年春，梅蘭芳率領劇團赴美演出，波摩那學院和南加州大學都頒予名譽博士學位；民國七十三年九月和七十四年七月，著者兩度率領中華民國布袋戲團赴美日訪問，受到非常的歡迎和激賞；凡此都可證明中國戲劇的藝術，有其極為優秀的品質。也因此，從事話劇運動的歐陽予倩，終於提出「話劇向傳統學習」的呼籲；電影名導演胡金銓也承認他「涵泳在古典劇場的血脈中」，從傳統戲曲中學到不少電影的技巧。

如此說來，我們中國的古典戲劇是極具文化地位和藝術價值的。本書因此以極有限的篇幅，就其發展脈絡和藝術特質，作綱領性的介紹，希望讀者藉此對中國古典戲劇有概括性的認識。

出版於民國七十五年六月

# 自序《說民藝》

本書所收集的二十三篇文章，除後五篇是為中國時報《人間副刊》的年節應景而作以外，其餘十八篇是我近四年來從事民俗技藝推展工作和參預表演藝術演出活動的一點成績和紀錄。

從民國七十二年起，我為行政院文化建設委員會一連製作四屆「民間劇場」；其間還為國家文藝季製作舞劇《陳三五娘》，為臺北市藝術季製作「藝術講座」，為高雄市主持規畫蓮池潭風景區「民俗技藝園」，兩度率領中華民國布袋戲團巡迴訪問美日兩國大學與文化機構，協助南管音樂戲劇、舞劇《桃花姑娘》和紅虹粵劇的演出活動，偕同友人學生作民俗技藝的田野調查；此外還為文建會製作兩個錄影帶：一個是《布袋戲藝術》、一個是《七十四年民間劇場》，還為公視節目「粉墨乾坤」、「說唱藝術」擔任編審和顧問；同時還審查與民俗技藝相關的電視劇本和節目。

常有人問我，何以從學院的「象牙塔」裡走出來，投身於社會群眾的藝文活動。我仔細想想，除了本身所學所悟外，主要還是因緣際會。

我的碩士和博士論文都屬中國戲曲的範圍，我在臺大也開有中國戲曲的課程，所以我對中國戲曲自然比較熟悉；而中國戲曲可以說是一門綜合的文學和藝術，所關涉的問題非常多，民國六十二年，先師屈翼鵬（萬里）教授正擔任中央研究院歷史語言研究所所長，命我主持研究所傅斯年圖書館所藏俗文學資料的分類和編目工作，我們費了四年工夫，將這一大批原本雜亂無章的資料，分作六部屬、一百三十七類、一萬零八百零一種、一萬四千八百六十目。從此我又使自己進入了俗文學研究的範圍。民國六十七年度和七十一年度我分別赴美哈佛大學和密西根大學各研究一年，

也都以戲曲和俗文學作為研究的範圍。民國七十二年六月我從密西根大學返國，文建會委託我擔任國家文藝季「民間劇場」製作人，我一方面認為與所學不無關係，一方面覺得我既是文建會表演藝術委員會的委員，自是義不容辭；沒想這一來卻使自己在從事「民俗技藝」的維護與發揚工作上「越陷越深」。

我所以「越陷越深」的緣故，還因為一件難以忘懷的往事。民國六十八年元月，一個大雪紛飛的日子裡，我參加哈佛大學「現代中國文學」的課程，那天被任課教授請來講演的是一位曾來我國留學數年的博士候選人，他的講題是「臺灣現代文學」。他評介一些他心目中的名家之後，接著說：「各位知道臺灣現代文化是什麼樣的文化嗎？就是咱們美國文化！電影院演的是咱們美國片子，電視臺播的是咱們美國影集，好些節目的製作模仿咱們美國，大大小小都在補習咱們美語，還有，兒童看的，也是咱們美國卡通！」說罷，臺上臺下一陣陣得意的哄笑，只有我一個人笑不出來，而心靈就像窗外的雪那麼的白。

一個國民如果對自己的本土文化和傳統文化毫無覺醒，便很容易因漠視而終至棄絕而不自知；於是這樣的國民便成為無根的國民，這樣的社會便成了無根的社會，大家都知道，百年來的臺灣，美風日雨，澎湃而下，東洋化西洋化已到教人驚心動魄的程度；哈佛校園的那一幕，只不過直指事實而已。

然而只要是一位堂堂正正的中國人，對於民族文化的日趨衰微，焉能不憂心忡忡！我既從事戲曲和俗文學的研究，又深切體悟民俗技藝乃民族藝術文化的根源，所蘊涵的民族意識思想情感最為豐厚，與全民的生活最為息息相關，因此若能就「民俗技藝的維護與發揚」上著手，必能喚起國民對本土文化和傳統文化的覺醒。於是我熱切的從校園走出來，抱著「書生報國」的心情，本著「學術通俗化反哺社會」的理念，竭盡棉薄，乃至於茲。

四年來，我在這方面的工作，不敢說有成效，但身心甚感愉快。文建會陳主委奇祿教授給我這麼多機會體現我的想法，磨礪我的處事和工作能力，他與我誼同師生，我因此更加戰戰兢兢；每次民間劇場展演，他都一再蒞臨，向藝人致謝和鼓勵，向觀眾問好並說話，使人感到無限的溫馨。而第三處前後任的申處長學庸教授、陳處長康順教授，對我也都完全的信任和付託，使我深深領受被尊重的感覺。而表演藝術科周科長維屏教授，他的人格使我由衷景仰，自然情同師友，也因此幫他做事，最是愉快不過。而第一二處的好些長官也不時交付我與民俗技藝相關的工作，尤其莊專門委員芳榮教授更使我能因規畫高雄市「民俗技藝園」而具現陳主委維護與發揚民俗技藝的一貫主張。

我一直認為個人的能力極為有限，必須通過同心協力的集體合作，才能完成較大的事功，因此無論「民間劇場」的製作、「民俗技藝園」的規畫乃至於舞劇《陳三五娘》的搬演，我都結合學有專長而志同道合的友人和學生來「共襄盛舉」，我們都能竭心盡力，不計酬勞，只是為了實現我們共同的理想。我的這些友人有亦師亦友的徐瀛洲先生、許常惠教授、王建柱教授，有情同手足的莊伯和、林明德、李豐楙、吳騰達、薛平南、林鋒雄、李乾朗諸教授和郭振昌先生；我的這些學生輩，有王安祈教授和張啟超、江武昌、林茂賢三位先生和蕭惠卿、吳亞梅、何秉昀、王維真四位小姐。我們固然同任其勞苦，我們也同享其成果。尤其當我們同享來自全臺各地的藝人盛情時，更是無限的歡愉和欣慰，他們的盛情是那麼的質樸真摯而自然，也因此我們同時擁有散佈在各個角落的許多友人。而我在這裡要特別感謝的是邱坤良教授和由施合鄭老先生所主持的施合鄭民俗文化基金會，以及由立委丑輝英女士所主持的中華民俗藝術基金會；如果沒有邱教授開創「民間劇場」，我們就不能繼任這項工作，如果沒有兩個基金會的完全支持，我們的工作就無法順利進行。

而今當我行將遠赴德國魯爾大學擔任交換教授之際，點檢四年來所發表的文字，居然可以結集為三本書：其一題為《詩歌與戲曲》，為學術論文集，凡二十四萬言，交付聯經出版事業公司出版；其二題為《清風明月春陽》，為散文雜文集，凡十餘萬言，交付光復書局出版；而這本《說民藝》凡十三萬言，配圖七十張，多承幼獅文化事業公司總編輯何兄寄澎教授敦促出版，及門陳婉容小姐、王維真小姐為我整理圖說，使本書的「寒傖態」頓增許多光采。我希望我的學術研究和對民俗技藝的維護與發揚工作，能有一個新的開始；這個新的開始應當「百尺竿頭，更進一步」才是。

中華民國七十六年六月十九日曾永義序於臺大長興街宿舍

# 自序《台灣歌仔戲的發展與變遷》

民國七十二年至七十五年四年間，我為行政院文化建設委員會一連製作四屆「民間劇場」，民國七十五年還為高雄市主持「民俗技藝園規劃案」，並擔任宜蘭縣「臺灣戲劇中心」規劃案的編審和顧問。為此我每偕同友人或率領學生作民俗技藝的田野調查，並指導研究生作與民俗技藝相關的論文，自己也因此多少進入與民俗技藝相關的研究，四年來的一點成績和記錄已結集為《說民藝》一書，由臺北幼獅文化公司出版。

近日我又覺得歌仔戲是臺灣土生土長的地方戲劇，有關它形成發展與轉型變遷的過程，尚未有人作比較深入而全面的論述。恰好我們工作人員和我指導的研究生近年對歌仔戲的調查和分類研究作得比較多，於是我就將四年來所見所聞參酌他們所作的調查和研究成果並證據文獻資料，薈萃貫串成這篇文章，從閩南的歌樂戲曲和臺灣歌樂戲曲的關係與狀況談起，然後說到臺灣歌仔戲的形成、發展、轉型、現況，以及今日應有的因應之道。其他有關歌仔戲的經營管理、舞臺藝術、文學特質、社會意義等問題，則尚無暇顧及。

感謝陳健銘先生、張月娥女士、邱寶珠小姐和我的學生黃秀錦、林瑋儀、陳秀娟、徐麗紗、江武昌、蔡曼容，如果沒有他們辛苦的調查和研究作基礎，我這篇文章就不能寫得這麼輕易。當

然，有關臺灣歌仔戲的歷史，文中所未及或未能解決的尚有很多，凡此都希望大家不吝指正。

在這裡要附帶說明的尚有兩件事：其一是今年八月十七日至二十一日香港中文大學主辦「第四屆香港國際比較文學會議」，邀請我參加並提出論文，正好本屆的主題是「中西戲劇」，於是我把本文當作論文提出。其二是本文原收入《詩歌與戲曲》一書，承聯經出版公司雅意惠予出版，後來因為總編輯林載爵先生得知本文長達六萬餘言，建議從中別出，並緣文配圖，自成一書；感謝林總編輯美意，使我無形中多了一本著作。

感謝我的學生王維真、江武昌、林瑋儀、黃秀錦，幫我選出兩百多張相片，並一一作圖說，感謝聯經出版公司鄭秀蓮小姐又從中精選六十三幅附入本書，使本書因此增加內容，增加光彩，遮掩了不少寒傖感。

中華民國七十六年八月八日曾永義序於臺灣大學長興街宿舍

# 自序《詩歌與戲曲》

民國七十二年夏，我自美國密西根大學返國，即投入民俗技藝的維護與發揚工作，至今日為止，四年之間，主持和參與的活動相當的多。雖然我堅信自己是「書生報國」：走出學院的象牙塔，投入群眾之中，使學術通俗化，用以反哺社會；但是衷心不免忐忑不安。因為我深知我是用學養來教導我的學生，如果只顧勞心勞力於各種藝文活動，而停頓學術的腳步，就要問心有愧了。也因此我不時在惕勵自己：不要辜負教導我的師長，不要辜負我服務的學校，不要辜負關愛我的親友，不要辜負以我為師的學生；於是課餘酒後，或活動結束、規畫案完成之際，總要鞭策自己努力「本行」。

今夏因為行將遠赴西德魯爾大學擔任交換教授，乃將雜亂無章的書房稍加整頓，並將近幾年所發表的文字分類整理。沒想到所發表的文字可以結集為三本書：其一題為《說民藝》，凡十三萬言，配圖七十餘張，記錄我這些年來參與表演藝術活動和維護發揚民俗技藝工作的理念和情況，已由幼獅文化事業公司出版；其二題為《清風・明月・春陽》，凡十餘萬言，是為散文雜文與淺近文學論述的合集，交付光復書局出版；其三題為《詩歌與戲曲》，亦即本書，是為有關詩歌和戲曲的學術論集。

《詩歌與戲曲》一書，本來收文十有三篇，凡三十三萬言。聯

經出版事業公司總編輯林載爵先生，得知其中《臺灣歌仔戲的發展與變遷》一篇長達六萬餘言。建議從中別出，並緣文配圖，自成一書，感謝林總編輯美意，使我無形中多出一本著作。因此本書乃收文十有二篇，凡二十七萬言。

本書所收十二篇論文，有三篇是為祝賀臺師靜農、鄭師因百、毛師子水壽慶的論文而寫，有六篇是為參加各種學術會議而寫。可見這些年來，我的學術工作，幾乎都是有所為而為，也幸而這些「有所為」而使自己在「不務正業」之餘，尚有如此的成績。

〈有關元人雜劇搬演的四個問題〉、〈中國詩歌中的語言旋律〉、〈馬致遠雜劇的四種類型〉、〈唐戲踏謠娘及其相關問題〉等四篇是近四年來獲得國家科學委員會一年一度獎助的論文，在此謹識感謝之意。

感謝臺師靜農為本書題端，感謝孔師達生和摯友黃啟方為本書作序。我深知自己不足和謬誤的地方一定很多，希望博雅君子有以教我。

中華民國七十六年八月八日曾永義序於臺灣大學長興街宿舍

# 自序《鄉土的民族藝術》

近年政府、學者、傳播界一致體認民族文化在現代社會中的重要，民俗藝術因此受到前所未有的重視。因為民俗技藝最具群眾性、實用性與生活性，所涵蘊的民族意識、思想、情感最為豐厚，可以說是民族文化的根源。

自民國七十二年我們工作同仁為行政院文化建設委員會一連製作四屆「民間劇場」，將散落在鄉土的百藝，經過鑑定和選擇，匯聚在一起，提供我國民做一年一度的「民藝大饗」，希望我國民能從中再認識即將消失或衰落的民俗技藝，並藉此省察民俗技藝在現代社會的意義和價值，因而達到維護與發揚的目的。

從歷史追溯我國漢魏六朝角牴百戲、隋唐雜戲、宋金雜劇，並參考近代社火賽會的內涵和特質，從而訂定「廣場奏技、百藝競陳」和「動態文化櫥窗」為「民間劇場」的製作方針。而為了確實展現「百藝競陳」的面貌，去（七十五）年的「民間劇場」更擴大至一百零九類一百六十九團體二千餘人參加演出；而為了發揮「動態文化櫥窗」的效能，又將此五花八門、紛披雜陳的民俗技藝作別其部屬、析其層次的工夫。論其部屬，則可分為藝能和工藝兩大部。前者分為民樂、歌謠、說唱、雜技、國術、舞蹈、小戲、偶戲、大戲等九屬，每屬之下皆包含若干種類。如歌謠之屬即有閩南歌謠、客家歌謠、山地歌謠等，偶戲即有傀儡戲、皮影戲、布袋戲等，凡此皆屬表演藝術範圍。後者又分為雕藝、編藝、塑藝、畫藝、染藝、製藝、裁藝、織藝等八屬，每屬之下亦包含若干種類，和「雕藝」，即有紙雕、皮雕、木雕、石雕、玉雕、瓢雕、冰雕、毫芒雕、果菜雕等。「畫藝」，即有木書畫、民俗彩繪、國劇臉譜、畫糖、畫佛像等。論其層次，則大約有三：

其一是極具原始性或傳統性而非刻意維護則即將瀕臨沒落甚至滅絕的，

其二是具有涵容與開展性而從傳統中創新的，

其三是保留傳統的某些因素而在形式技巧乃至於內容精神上已屬蛻變轉型的。

以布袋戲為例，則李天祿先生的亦宛然和許王先生的小西園，尚以北管古樂伴奏，掌中絕技操演，近年極受重視，為第一層次；黃海岱先生的五洲園及其子弟群，在木偶的形製和音樂布景上皆有創意革新，頗為觀眾歡迎，為第二層次；至於黃俊雄先生等黃家班的電視布袋戲為第三層次；誰都知道它和傳統布袋戲大相逕庭，幾於脫胎換骨，因為它的戲場由小彩樓走上螢光幕，以致表現方式大異其趣，雖擁有廣大的觀眾，而事實上已經不能再稱作「掌中戲」了。

「民間劇場」就透過這樣別其部屬、析其層次的安排，希望我國民置身其中，能有條不紊的作全面性的巡禮，從中重睹往日的生活，領略文化的軌道；如果像故宮博物院可以稱作「靜態文化櫥窗」的話，那麼「民間劇場」就可以算是「動態文化櫥窗」了。

作為「動態文化櫥窗」，應另具備三種其本功能，那就是娛樂、觀光與教育。然而「民間劇場」畢竟只有五天五夜，其功能至多只有「暫時性」的。為了彌補這樣的缺失，早在民國七十一年，行政院文建會主任委員陳奇祿博士就有籌設「民俗技藝園」的構想，希望民俗技藝有一個永久性策展演場所。現在已擇定高雄市左營春秋閣蓮池潭邊半屏山下的一塊十六公頃的土地作為預定地，在去年五月委託中華民俗藝術基金會規畫，由本人主其事，而今規畫工作已經完成。我們熱切的期望這一個「永久性動態文化櫥窗」在不久的將來就可以實現在全民的面前。

多年來，我們工作同仁為了維護與發揚民俗技藝，無不竭盡棉薄，兢兢業業於調查研究與鑑定，除奉獻各人所學所得於「民間劇場」的展演和「民俗技藝園」的規畫外，更將所學所得著為文字，撰為報告。多承行政院文化建設委員會雅意，給我們有機會將這些成果彙集而撰為專書，題名「鄉土的民族藝術」。書中緒論及結論部份，為筆者所撰述，其他部份之撰寫人分別為：

民樂歌謠部份——王維真
雜技小戲部份——吳騰達
大戲偶戲部份——江武昌
民間工藝部份——莊伯和、劉愷俐、徐鳳慈

我們依其部屬就其類別，逐一而系統的為讀者諸君介紹臺灣地區民俗技藝的來龍去脈和所面臨的種種問題。我們希望藉此能喚起讀者諸君對鄉土藝術的關懷，從而參與維護與發揚工作，使作為民族文化根源的民俗技藝能再度融入我們現代生活，進而提昇國民生活的品質，此為我們衷心所熱切期盼！

民國七十七年四月出版

# 自序《臺灣的民俗技藝》

四十年來由於舉國上下的努力，使得經濟發達，國民生活水準提高，這是有目共睹的事；但也由於歐風美雨交相侵襲，使得傳統文化和本土文化逐漸衰颯逐漸消沉。所幸近年政府、學者、傳播界一致體認民族文化在現代社會中的重要，積極從事維護與發揚工作，民俗技藝因此受到前所未有的重視。因為民俗技藝最具群眾性、實用性與生活性，所涵蘊的民族意識、思想、情感最為豐厚，可以說是民族文化的根源。

自民國七十二年至民國七十五年，我們工作同仁為行政院文化建設委員會一連製作四屆「民間劇場」，本著「廣場奏技、百藝競陳」和「動態文化櫥窗」的製作方針，將散落在鄉土的百藝，經過鑑定和選擇，滙聚在一起，提供我國民做一年一度的「民藝大饗」，希望我國民能從中再認識即將消失或衰落的民俗技藝，並藉此省察民俗技藝在現代社會的意義和價值，因而達到維護與發揚的目的。

每一屆「民間劇場」都相當的盛大，民國七十五年更擴大至一百零九類一百六十九團體二千餘人參加演出，在展演的五天五夜裡，觀眾高達八十餘萬人次，將臺北市的青年公園擠得摩肩接踵。

作為「動態文化櫥窗」的「民間劇場」除了文化的意義之外，還具備三種基本功能，那就是娛樂、觀光與教育。然而其展演時間畢竟只有五天五夜，因此所具的功能至多只是「暫時性」的。為了彌補這樣的缺失，早在民國七十一年，行政院文建會前主任委員陳奇祿教授就有籌設「民俗技藝園」的構想，希望民俗技藝有一個永久性的展演場所，及積極推動其事，經高雄市政府同意擇定左營春秋閣蓮池潭邊作為園址，於民國七十五年五月委託中華民俗藝術基金

會進行規劃，由本人主持其事。

擔任「民俗技藝園」規劃的人員，大部分是「民間劇場」的製作同仁。我們本著「民間劇場」已有的良好基礎，更進一步做全面性的田野調查，將五花八門，紛披雜陳的民俗技藝作別其部屬、析其層次的工夫。論其部屬，則可分為藝能和工藝兩大部。前者又分為民樂、歌謠、說唱、雜技、國術、舞蹈、小戲、偶戲、大戲等九屬，每屬之下皆包含若干種類。如歌謠之屬即有閩南歌謠、客家歌謠、山地歌謠等；偶戲即有傀儡戲、皮影戲、布袋戲等；凡此皆屬表演藝術範圍。後者又分為雕藝、編藝、塑藝、畫藝、染藝、製藝、裁藝、織藝等八屬，每屬之下亦包含若干種類，如「雕藝」，即有紙雕、皮雕、木雕、石雕、玉雕、瓢雕、冰雕、毫芒雕、果菜雕等；「畫藝」，即有木書畫、民俗彩繪、國劇臉譜、畫糖、畫佛像等；凡此皆屬手工藝的範圍。論其層次，則大約有三：

其一是極具原始性或傳統性而如非刻意維護則即將瀕臨沒落甚至滅絕的；

其二是具有涵容力與開展性而從傳統中創新的；

其三是保留傳統的某些因素而在形式技巧乃至於內容精神上已屬蛻變轉型的。

以布袋戲為例，則李天祿先生的亦宛然和許王先生的小西園，尚以北管古樂伴奏，掌中絕技操演，近年極受重視，為第一層次；黃海岱先生的五洲園及其子弟群，在木偶的形製和音樂布景上皆有創意革新，頗受觀眾歡迎，為第二層次；至於黃俊雄先生等黃家班的電視布袋戲則為第三層次；誰都知道它和傳統布袋戲大相逕庭，幾於脫胎換骨，因為它的劇場由小彩樓走上螢光幕，以致表現方式大異其趣，雖有廣大的觀眾，而事實上已經不能再稱作「掌中戲」，所以黃俊雄先生也主動的改稱作「電視木偶戲」了。

民俗技藝之層次既明，我們乃將第一層次而於社會風俗不致產生不良影響者，皆規劃納入民俗技藝園中展演，並使之一脈相傳，永恆不墜，以作為動態文化的「標本」；凡屬第二層次者，則擇優展演，以使園區顯現新鮮的活力；

至於第三層次，以其傳統成分不多，則暫不納入園中，但如逢年過節、園區舉辦類似嘉年華會的活動，則亦可使之展演於園中，使之與第一、第二兩種層次相映成趣，從而顯現整個民俗技藝發展的歷程。

我們規劃小組的工作同仁，憑藉著各人的專業知識和經驗，在契約期限的一年之內，竭盡所能，終於有了具體的工作成果。我們的規劃報告書凡三十五萬餘言，實質環境設計圖共六十餘張，另附藝人資料卡一千餘張，相片四百餘張、幻燈片一千三百餘張。規劃報告書分總論、活動內容規劃、實質環境規劃、經營方式規劃四章。其中活動內容規劃又分民樂歌謠說唱、雜技小戲、偶戲大戲、工藝、民俗小吃與土產五部分，每部分均先就學術作導論，然後再作調查、分類介紹和鑑定。而根據活動內容設計所作的實質環境規劃，我們將技藝園分為藝能表演區、工藝製作展示區、街市區、鄉村地區、景園區、庭園區等六個情味不同的區域，其中主要區域及建築設施則包括：入口有南北及西岸龍舟碼頭三處、小吃土產採閣樓形式，工藝區採街市形態、劇場分室內（大小各一）、半室內（大小各一）、室外、亭臺四種類型；民俗技藝資料館用以展示民俗技藝資料以供參觀和研究，民俗技藝傳習所則供藝師傳習技藝、住宿區供藝人住宿，及其他行政和公共設施。

我們的報告書由於對當前臺灣地區的民俗技藝作比較完整的調查和研究，因此深為文化建設委員會所重視，乃從中擇要，題作「鄉土的民族藝術」，先行出版，為文化建設叢書第十種。而本書更承學生書局雅意，以報告書為藍本，配圖三百餘張，希企保存調查和研究成果較為完整的面目，乃以「臺灣的民俗技藝」為題更行出版；倘熱愛民俗技藝的朋友，能以本書為因緣，共同為維護與發揚民俗技藝而努力，則是我們工作同仁所最熱切期望的。

最後要說明的是：「民間劇場」自民國七十六年以後開始「回歸鄉土」，幾年來受到各縣市的熱烈歡迎，民俗技藝重新扎根鄉土的希望展現良好的契機。只是「民俗技藝園」雖然已規劃完成，而高雄市政府又有變更園址的計畫，因此迄未付諸實現。我們希望執其權柄的袞袞諸公能仔細考量其利弊得失，否則如果苟延時日，一旦時過境遷，那麼不但費盡心血的規劃將形同紙上談兵，而整個民俗技藝也將因為沒有正確的導向和適宜的展演場所而更形衰頹甚至於滅絕，那時再徒喚奈何，再痛切後悔，則為時已晚了。

中華民國七十八年五月二日　曾永義序於臺大長興街宿舍

（原載《臺灣日報》副刊七十八年五月十六日）

# 自序《參軍戲與元雜劇》

本書收論文十篇，算是我三四年來的一點研究成績，內容都和戲曲有關。其中寫作時間稍早的〈參軍戲及其演化之探討〉和〈元雜劇體製規律的淵源與形成〉兩篇，分別於七十九年和八十年獲國科會甲種和優良獎助，為了表示感謝之意，乃將本書題作「參軍戲與元雜劇」。

其他八篇中，〈宋代福建的樂舞雜技和戲劇〉是參加台灣大學所舉辦「宋代學術思想研討會」的論文，〈所謂元曲四大家〉是河北石家莊「國際元曲關王馬白研討會」提出的論文，〈從項王祠記的劉項論說起〉是參加漢城「第三屆域外漢學會議」的論文，〈九宮大成北詞宮譜的又一體〉是參加「揚州國際散曲會議」的論文，〈國劇的過去現在與未來〉是應二十一世紀基金會之請為文建會所作的文化評估，〈也談蘇軾《念奴嬌》赤壁詞的格式〉則是應香港中文大學之請的論評。可見我的「學術研究」，多半停留在「有所為而為」，比較長遠而整體的計畫，迄未有顯著的成績。

中國戲曲和俗文學是我從事研究的主要課題，內人陳媛和好友麥堅城都敦促我寫出像樣的書，甚至以「中國戲曲史」和「俗文學概論」責成。我深感美意，也深知要使之略有突出和創發的艱難。為此除在台大中文系所開設相關課程外，也利用寒暑假到大陸作戲曲田野調查和資料蒐集，近日又行將參預聯經公司出版中研院史語

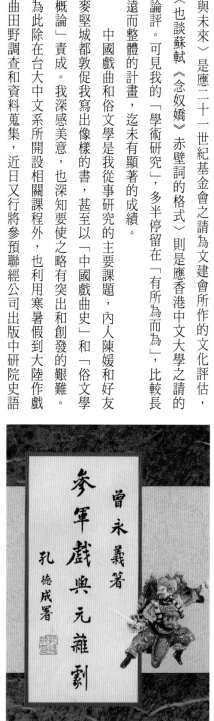

所所藏俗文學資料工作撰寫敘論；希望藉此使自己鍥而不捨，兩書果然有完成的一天。而《台灣布袋戲及其藝術》一書的資料，堆積書房角落已歷半年，也希望與許王先生的合作諾言能早日實現。我把這些尚屬「空中樓閣」的學術事業寫出來，就是要使自己非做到不可。

感謝王師叔岷賜詩鼓勵，感謝孔師達生五度題端，感謝摯友洪惟助教授作序；也感謝及門林鶴宜、李惠綿仔細校對；更感謝聯經公司為我出版這本銷路不看好的書。而海內外博雅君子，如有以教我，更是感謝無盡。

中華民國八十一年三月一日曾永義序於台大長興街宿舍

# 自序《論說戲曲》

民國六十五年九月聯經出版事業公司為我出版《說戲曲》一書，收入《文化叢刊》之中。二十年來，拙著雖經數版而存書已售罄，叢刊亦早不再發行，於是《說戲曲》一書竟成絕版，學生與同道欲作參考，頗為不便。

《說戲曲》收錄論文十篇，其中〈評騭中國古典戲劇的態度與方法〉一篇，已作為拙著《中國古典戲劇的認識與欣賞》（正中書局民國八十年出版）一書中的一章；〈元代的文論、詩論和詞曲論〉一篇，原是拙編《元代文學批評資料彙編》（成文出版社民國六十七年出版）一書中的〈緒論〉；〈影響詩詞曲節奏的要素〉一篇，經改寫後易題為〈中國詩歌的語言旋律〉，已收入拙著《詩歌與戲曲》（聯經民國七十七年出版）一書。另兩篇〈《太和正音譜》的曲詞〉和〈王驥德曲學述評〉，時賢後進，包括我的學生李惠綿的碩士論文，其所論所述，已超過我的見解，可以摒棄不存。除此四篇，所餘的五篇：〈戲劇的虛與實〉、〈男扮女妝與女扮男妝〉、〈雜劇中鬼神世界的意識形態〉、〈元雜劇分折的問題〉、〈《太和正音譜》的作者問題〉，以及〈元代的文論、詩論和詞曲論〉中的〈詞曲論〉部分，覺得皆尚有供學者參考的價值，所以敝帚自珍的想要把它們保留下來；乃將此六篇與近三年所寫的八篇論文結集為一書，凡二十萬言，而為了《說戲曲》一書的「往日情懷」，本書因署名作《論說戲曲》。

《論說戲曲》新收的八篇論文，除〈兩岸傳統戲曲交流之現況與展望〉和〈天下第一團南方片〉二篇外，有五篇在國際學術會議，有一篇在兩岸學術會議上發表。其中〈論說「拗折天下人嗓子」〉和〈論說「五花爨弄」〉二文，還蒙國家科學發展委員會分別評為八十二年度與八十四年度的傑出研究，雖愧不敢當，亦應謹此誌謝。

個人在中國戲曲方面的研究不覺已三十二年，在鄭騫（因百）、張敬（清徽）兩位老師的教誨之下，總希望略有寸進，以博老師欣喜，而因百師於民國八十年辭世，清徽師亦於近日仙去，使我頓感學術失去憑依，悼念之情與惆悵之懷，實難付諸筆墨。雖然，仔細深思，謹記老師的教言，發揚老師的學術，完成老師的期望，似更能告慰老師在天之靈。為此也使我想到：持續的在戲曲的領域之中創發一己之得和終於能寫成一部別開生面和見解的中國戲曲史，應當是我努力的目標吧！

民國八十六年元月廿八日曾永義序於台大長興街宿舍

# 自序《我國的傳統戲曲》

觀賞傳統戲曲有許多不同的角度，繁複臉譜的視覺衝擊絕對是令人震撼的經驗；虛擬象徵的表演方式讓人沈吟品味：遇到曲折婉轉的長篇唱段，不乏按拍沈醉之人，而困頓欲眠的也不在少數；翻滾騰越的錯綜身影中時時采聲雷動：有時冗長陳腐的情節又叫人為之氣結不耐。傳統戲曲就是這樣包羅萬象，俗話說：「內行看門道，外行看熱鬧。」足可供觀眾各取所需。

我國的傳統戲曲，論歷史，已有兩千年以上；論劇種，不下數百種之多：而在這綿長廣遠的發展過程中，它始終與群眾的生活緊密結合，成為民族文化中極為重要的一環。對於這珍貴的文化資產，僅僅做個看熱鬧的「門外漢」自然不夠；因之本書將簡要說明戲曲的發展歷史、舞台藝術、表演特質、鑑賞方式，並且介紹與大家關係最為密切的台灣地方戲曲，目的即是希望透過對傳統戲曲的基本認識，提供一條進階看門道的途徑。以正確的認識為基礎，進而能深切的欣賞，細品傳統戲曲的韻味與芬芳。

也因此，本書講求深入淺出，平易近人，不等同學術著作，尚祈讀者鑒之！

出版於民國八十七年

# 自序《蒙元的新詩——元人散曲》

親愛的朋友們：

在這裡要獻給您的一本書是《元人散曲》。

曲在傳統文學和詩詞並稱，而散曲可以說是元人的新詩。這種元人新詩的幅員比唐詩宋詞更為廣闊，情味更為活潑，而格律更為精緻。以韻文學來說，它是運用中國語言文字達到最超妙的作品。

本書的題目原作「元人散曲的認識和欣賞」，目的是希望您認識元人散曲，欣賞元人散曲。認識是欣賞的基礎，有了正確的認識，才能有深切的欣賞。所以本書也就分作「認識」和「欣賞」兩大部分。而在「認識」元人散曲之前，則首先介紹元代的政治社會與文學環境，希望您能了解元曲是在什麼樣的「溫床」中孕育成長；其次考訂元人散曲作家和他們的作品，列表記其姓名、籍貫、身分、作品數，從而觀察元人散曲的地位和作家的特色。

認識元人散曲則從淵源形成、體製規律、語言結構、內容思想、風格流派等方面論述，最後納為元人散曲的特質作為結論。由於曲所講究的是語言旋律與音樂旋律的融合無間，必須對它有精細的認識，然後才能品嘗出曲的真正神髓。為此，本書在這一方面佔了相當多的篇幅，從語言長度、聲調韻協、音節形式說明語言旋律，從宮調曲牌、腔板組織說明音樂旋律，同時對於格式的變化莫測，也追尋了它的原理。凡此，目的是希望您誦讀時無棘喉澀舌之苦，寫作時不貽失格舛律之譏。

欣賞元人散曲則按派別選名家名作，對作家簡介，對作品注解，然後或每首分敘、或數首合敘，作為「曲話」。

曲話中評論作家的成就、作品的風格，有時也記記逸聞瑣事和對作品詳加分析。由於曲是比較顯豁的文學，表現的方式往往是「滿心而發，肆口而成。」也就是說它惟恐不說盡，並不以凝鍊含蓄為美。因此，「曲話」中也就沒有首首加以「賞析」的必要。

張小山是元人散曲作品最多的作家，他的一首題目叫〈懷古〉的「水仙子」，開頭兩句是「秋風遠塞皁鵰旗，明月高臺金鳳杯。」前面一句寫的是昭君，後面一句寫的是西施。這兩句的境界正好可以用來象徵元人散曲的兩種風格；亦即前者是莽爽、豪辣、灝爛的，後者是清麗、優雅、瀟灑的。後者雖然在詩詞中猶能習見，但多半少了它那分清剛之氣；而前者則是曲的獨特品質了。我們讀多了詩詞，就好像吃膩了山珍海味；那麼朗誦朗誦曲子，就好像換上果蔬蒜酪風味，齒牙間必定拂拂然。本書在文學的美饌佳餚之間，要獻給您的正是一道教你齒牙間拂拂然的「果蔬蒜酪」。

寫到這裡，西山朝來爽氣，使我望風懷想，想起了遠方心中敬愛的人，也就把這本書同時獻上吧！最後，祝您健康！愉快！

曾永義　謹上

民國六十九年十一月二日（此書民國七十年六月出版）

# 自序《戲曲源流新論》

民國七十九年學年度我在香港大學和新亞研究所教書，昔日老同窗麥堅城於酒酣之際親執我手，說：「兄許我十年著成中國戲曲史，望勿忘此語。書成之日，當跨海賀吾兄花甲之壽。」沒想十年光陰等閒已過，花甲初度也即將來臨，書竟隻字未成，不知何以面對吾友。

寫一部可以傳世，甚至於自認「庶幾經典之作」的「中國戲曲史」是我這輩子最大的願望。打從民國五十三年進入台大中文研究所碩士班以後，戲曲便成為我的專業，而為了羽翼戲曲研究，我也涉獵俗文學的探討和民間藝能的維護與發揚。

由於戲曲是綜合的文學和藝術，存在其間的問題尚有很多，因之撰著「中國戲曲史」，必須始於單元性的研究，而歸結於綜合性、一體性、有機性的考察與論證，才能兼具宏觀與微觀的完整。而十年來，我的戲曲論著，《參軍戲與元雜劇》收論文十篇，《論說戲曲》收論文八篇，這本《戲曲源流新論》收論文五篇，總計二十三篇；雖然都尚屬單元性的研究，就撰著「中國戲曲史」而言，不過是「前奏」而已，但是從本書所收

◎此為北京文化藝術本

◎此為台北立緒本

的論文已可看出，其所探究的實為戲曲史的根本問題，而且在緒論裡，也已將研究和撰著「中國戲曲史」的態度和方法寫出。若此，吾友於海涵鑒宥之餘，希望也能了解我撰著的心願絲毫未減而稍感欣慰。

而稱我為大哥的立緒文化事業公司負責人郝碧蓮和鍾惠民，早就預約要出版我尚是空中樓閣的《中國戲曲史》，本書既堪稱其「前奏曲」，就順理成章的交給她倆。她倆居然在三個月之內予以出版，為的是要趕在賤降之前。我不知如何感謝她倆的盛情。

花甲之年，使我這一向「順天任性」的人也不由心驚。年屆半百時，已經有「忽然五十鬢霜風，莫道華年志氣雄」的感嘆，而稼軒所謂「今已不如昔，後定不如今。」更教我悚然警惕。只是《中國戲曲史》一書未成，怎能教我鬆懈？我雖然文不能治國，武不能安邦，無以比擬志士仁人，但一介書生的小小心願，焉能使之不底於成！敢以此自勵自期！

民國八十九年二月二十五日序於台大長興街宿舍

附記：在這裡要特別感謝張以仁教授，張教授是我非常敬佩的師長，他為人的熱誠公正，處事的認真積極，治學的謹嚴創發，都是我的典範。他在序文中所賜的肯定和揄揚，我愧不敢當。我只有加倍努力完成《中國戲曲史》，才能不辜負他和堅城兄的期望。

又及：此書二〇〇一年八月又在北京文化藝術出版社出版。

# 自序《戲曲選粹》

民國六十二年我在臺大開始講授「戲曲選」課程，當時一般所用的課本是大陸學者編注的《元雜劇選注》和《中國歷代戲曲選注》。這兩種選本由於曲文不分正襯，依義斷句，難免格律不明，其注釋又頗為簡略，以致講授時需要修正和補充的地方很多，往往一本關漢卿《竇娥冤》，一個學期尚未能講授完畢，對學生的學習影響很大。有見於此，民國七十一學年度我趁在美國密西根大學為訪問學人之際編注《中國古典戲劇選注》，包括元明清雜劇、明院本、明清傳奇、京劇，各選若干種，或為散齣或為全本。傳奇中以集戲曲文學藝術之大成的洪昇《長生殿》為全本範例，據以明其體製規律與藝術章法。全書除分清曲文正襯格律與詳注章句以省讀者翻檢之勞外，篇前有作者生平與劇目題解，篇後有「說明」，而亦皆以詳明為務，不忌其篇幅之煩。其目的在使讀者自修即可無師自通，用作教材可免資料費時抄寫，而其諸多提示與說明則可作課堂引申與討論之資。因之多年來已有多所大學用作課本，教學省時省力，學生獲益自然更多。

但是拙編已經歷二十年，書中發現的錯失不因二版三版有所改正，我所指導的研究生，畢業後在各大學講授戲曲課程的越來越多。其中在清華的王安祈，在台大的李惠綿、在政大的蔡欣欣，都認為有重編重注的必要，以求其更完整更加切合學生的學習和老師的講授。我非常同意她們的看法，也一向認為學生站在我的肩膀上，成就一定更多。於是她們一起會商，分工合作，選注元明清雜劇、明院本、宋元南戲、明清傳奇和京劇，補我所不及之南戲，藉此以明歷代戲曲體製劇種之規律，並從而以見戲曲史發展之概況。而其所選注之劇目，一則重其經典性，一則考量其於劇場

之演出，使學生方便於臨場觀摩，或利用視聽資料之輔佐；則其於戲曲之學習，案頭場上兩顧，不僅止於紙上談兵矣。至於其編注體例雖然刪去拙編中的「說明」，但其相關內容已納入「題解」之中。我相信我的好處她們都有，我的毛病她們都已改正，如此再加上她們的發明，這本題為《戲曲選粹》的新書較諸已為陳舊的拙編，更加方便和有益於戲曲的自習和教學是絕對可以肯定。

我很高興這本《戲曲選粹》保留部分拙編的內容，使之名正言順的成為我們師徒四人的合作，這應當也算得是一件人間美事。我雖無暇校閱這本書，但對我這三位徒兒的能力是有信心的。我們也知道一本書沒有錯誤是不可能的，應當隨時發現隨時改正；而我們更希望海內博雅君子，有所教正，以匡不逮，則將感激不盡。最後我有一點要期望三位徒兒的是：下次再版，曲文務分正襯，辨其增減，以明格律句讀，不可以其艱難而捨棄；倘能如此，必可增加本書之特色與價值。

二〇〇一年七月廿日晨曾永義序於湖北宜昌旅次

# 自序《從腔調說到崑劇》

這本書代表這些年來我從事崑腔曲劇推展和研究的一些成績。其中〈崑腔曲劇在台灣〉收錄我在報紙上發表的十三篇文章，說明我如何和摯友洪惟助教授在中華民俗藝術基金會成立崑曲研習班，如何將崑曲向校園扎根，如何跨海展開六大崑劇團錄影計畫，如何協助樊曼儂、賈馨園引渡崑劇到國家劇院和新舞台演出，如何成立「台灣崑劇團」並率領到蘇州參加會演。凡此計有十年時間，而惟助更主編了一部大書《崑曲辭典》，由傳統藝術中心出版，這是我望塵莫及的。

近兩年來我比較用心留意崑腔曲劇的問題，首先發現「腔調」一詞，學者常掛在嘴邊，大陸學者甚至以此來作為戲曲劇種分野的基礎，而且腔調也成為熱門研究的論題；但是「腔調」的命義究竟如何，卻未有人能說得周延而清楚，遑論其他！因此乃著為〈論說「腔調」〉一文，對腔調作全面性之探討：考釋腔調之基礎命義為「語言旋律」。前人對「腔調」的體會和認知的歷程是從自然語言旋律到人工語言旋律。對於作為有機體「腔調」本身的考察，從其內在構成要素，外在用以依存的載體，所以呈現的人為運轉三方面著手。得知字音要素、聲調組合、韻協布置、語言長度、音節形式、詞句結構、意象情趣感染力七方面為腔調內在構成要素，也是同時或隱或顯以影響腔調的關鍵。而其外在載體則取號子、山歌、小調、曲牌、套數討論，號子山歌小調大抵為自然語言旋律，而曲牌套數則講究人工語言旋律。越偏向人工，則對歌者制約越大；越偏向自然，則歌者可發揮的空間越多。而其呈現人為的運轉即是「唱腔」，主要是藉前人理論說明其修為，而認為受到載體語言意象情趣的感染力影響最大。其次有關腔調變化和流播也是極重要的問題，乃以一章五節八點論「促使腔調變化的緣故」，以一章九節舉例說明「腔調流播所產生的現象」。凡此多為一己所見，希望藉此引發學者的共鳴和討論。

有了〈論說「腔調」〉一文作基礎，進一步對崑腔曲劇所存在的十一個問題加以探討，乃撰著〈從崑腔說到崑劇〉一文，得知作為「腔調」而言，只要崑山有居民有語言就會產生具有一方特色的「腔調」，但一般只稱作「土音」或「土腔」，必等到具有流播他方之能力，才會被冠上源生地作為稱呼；至若見諸記載者，則其聲名與影響力必已相當可觀。而腔調之載體又必須通過口腔傳達其語言旋律，則腔調之提昇也必須經由某聲樂家「唱腔」之琢磨。因此，就崑山腔而言，其源生必與當地人群相源起。記載中的「顧堅」乃元末之聲樂家，曾以其「唱腔」改良過崑山腔；而「周壽誼」所歌之「月子彎彎照九州」，正以歌謠為載體所呈現的崑山土腔，所以明太祖視之為「村老兒」，而他既生於宋代，則可視此「土腔」於宋代即已如此。明正德之前，祝允明和陸采都改革崑腔「度新聲」，嘉靖晚葉魏良輔和梁辰魚更衣缽相承，領導崑腔曲劇進一步改革，創為「水磨調」；我們現在所謂的「崑曲」、「崑劇」，其實指的就是以「水磨調」為腔調的嫡裔。而魏氏功在曲，梁氏功在劇。梁氏之「崑劇」，就戲曲體製劇種而言，至此已完成「北曲化」、「文士化」、「水磨調化」等三化，乃由南戲蛻變而為「傳奇」。所以我們須弄清楚「崑山土腔」、「崑山腔」、「水磨調」、「崑曲」、「崑劇」、「傳奇」等學術名詞的命義和內涵，然後才能明確的探討「從崑腔到崑劇」的發展過程；尤其要弄清楚所謂「崑腔」，就其廣義而言，實包括「崑山土腔」、「崑山腔」、「水磨調」三個演進階段，即就「崑山腔」歌唱的「南戲」和其後用「水磨調」歌唱的戲曲；其狹義自是今日專指用「水磨調」歌唱的戲曲。

現在崑腔能與高腔、梆子、皮黃三腔並立為中國近現代四大腔系。而大陸六大崑劇團衣缽已渡海東傳，崑劇在臺灣已扎根播種成立劇團，有「水磨劇團」、「台灣崑劇團」。聯合國教科文組織於二〇〇一年五月十八日公布「人類口述和非物質遺產代表作」十九項中，崑曲亦被列其中，則崑腔曲劇已被人類視為必須保存的共同文化遺產，我們既為炎黃子孫，焉能不予以重視而努力薪傳！

民國九十一年七月五日曾永義序於長興街台大宿舍

# 民俗技藝・燈會

# 中秋的民藝盛會

中秋的民藝盛會，原是文建會一年一度提供國民民俗藝術的盛大饗宴，文建會為推動文化資產之維護與民俗藝術之弘揚，自民國七十一年起至七十五年止，一連五年於中秋前後的五天五夜裡，假台北市青年公園舉辦「民間劇場」，委託學者專家策劃製作，邀請民間藝術人士參加表演傳統藝能，傳授手工藝術，規模相當龐大。

其參與活動之藝術類別與團體，逐年增加：七十一年二十四類二十六團體，七十二年二十七類五十一團體，七十三年四十三類六十團體，七十四年九十七類一百三十七團體，七十五年一百零九類一百六十九團體。種類之多、涵括之廣，足以概見台灣地區民俗藝術之情況。筆者有幸結合諸同好，擔任民國七十二年至七十五年的策畫和製作。我們秉持的理念是以「廣場奏技，百藝競陳」的方式，展現全台的民藝菁華，使我國民在自由開放的空間裡，扶老攜幼、呼朋引伴來共同參與，從中體驗先民的生活，激起濃郁的民族意識、思想和情感，以收到「動態文化櫥窗」的意義和功能。

對於這樣的「民間劇場活動」，當時文建會主任委員陳奇祿教授在為拙著《說民藝》一書賜序時，有這樣的話語：「每日參與的民眾，摩肩接踵，

◎跳鼓，因活動時有一人揹著鼓，且以此人為活動中心，隊形千變萬化，花樣百出，故而稱之

◎宋江陣來自福建，一說由戚繼光的鴛鴦陣而來，也有宋江軍事陣形而來的說法，今日則為國術團體的一種表演

紛至沓來，日達十數萬之眾，盛況可見。」「使多項受時代變遷影響瀕臨沒落失傳之民俗藝術，得以薪火相傳，繼續發揚光大，而民間藝人亦因此獲得社會之尊重。」「五年來民間劇場引起各界相當關注。迴響熱烈，公私團體，及各級學校，頗多配合；或自行規畫各種活動，或邀請民間藝人展演教學，已收到推廣之實效。」

雖然五年的「民間劇場」已收到維護和發揚民藝的實效，但畢竟已事寢九年，九年來我們國民不能再像往昔那樣沐著清風，浴著明月去過一個民藝的中秋，而社會的「民藝熱」因此也有逐漸冷淡的態勢；為此中華民俗藝術基金會乃在內政部委託之下，今年九月九日特製「中正堂的中秋」來饗宴我國民，一方面賡續「民間劇場」之前修，在清風明月的中正紀念堂廣場展現民俗藝術，營造佳節歡樂的高潮；一方面還作全台古蹟相片資料的導覽，希望藉此使國民了解古蹟的文化意義和價值。

這次盛會由民俗藝術基金會董事長許常惠教授和執行長林明德教授費心費力策畫和製作，他們所提供的「饗宴」，包括手工藝術雕刻、編織、繪畫、塑造、剪裁糊貼、女紅、童玩、藝作等九類八十多個藝棚，表演藝術則有歌仔戲、布袋戲、說唱、舞蹈、車鼓、踩蹺、牛犁陣、布馬陣、家將、舞獅、老歌演唱等十餘種，此外更有來自各地具特殊風味之民俗小吃，現場並有月餅展示與品嚐。

「中正堂的中秋」的活動時間，因為限於當天下午和夜晚，所以其「廣場奏技，百藝競陳」的場面，雖然不及「民間劇場」，但就內容品質而言，則其「民俗小吃」是創舉，且被邀請來的手工藝術家和表演藝術家更是精挑細選，不少是薪傳獎的得主和技藝領袖群倫的人士，所以中秋來中正紀念堂「赴會」一定不失望。試想看民藝展演、聽古蹟導覽，增長見聞之餘，豈不更可賞心悅目、陶冶心靈？何況良辰美景當前，尚有民俗小吃以飽口腹之福呢！

於此也使我想到，我國民俗逢年過節和寺廟社火賽會，民藝活動是產生歡樂熱鬧的不二法門，從中也蘊涵了民族文化的豐富內容；而這種節慶盛會也正是我國民藝滋生和成長的溫床。近代由於社會變遷匆遽，外力沖激強烈，民間自我性的節慶盛會較諸往昔顯然頗為淡薄，民藝也因之失其所憑依而逐漸式微。但誠如上文所云，政府所曾舉辦五年的「民間劇場」，於民藝之維護發揚既見其績效，則何妨就今日社會環境中，有計畫有理念的於節慶中，重塑民藝之溫床，政府或主動舉辦有如往昔之文建會與今年之內政部，或鼓勵鄉土社團自發施行有如鹿港青商會和學甲慈濟宮，而一旦蔚為風氣，則不止我國民於盛會歡樂之際，養成愛鄉愛國之情懷，而我民族藝術亦必因此不待維護而自然維護，不待發揚而自然發揚矣！

（原載《聯合報》副刊民國八十四年九月九日）

# 臺北燈會

農曆正月十五日稱上元，是夜稱元夜或元宵，因為有張燈的習俗，又稱燈節，真是「九陌連燈影，千門共月華。」人間的千燈萬燈和天上的一輪皎月，共成了燦爛奪目的世界。

我觀察歷朝歷代元宵燈節，如果太平盛世，無不「金吾不禁，火樹銀花。」譬如唐玄宗開元元年，正月十五、十六、十七夜於京師安福門外作燈輪，高二十丈，用錦綺為衣、金銀為飾，點染五萬盞燈，豎立而望，有如銀樹。同時傳令宮女數千，皆穿羅綺、戴珠翠，在燈輪下踏歌三日。此時寺觀、街巷、燈棚也高百餘尺，光明如晝，士女無不夜遊，車馬塞路，人潮洶湧，甚至有足不躡地而浮行數十步的情況。

晚近社會變遷急遽，傳統習俗逐漸式微，元宵燈節也只在寺廟虛應故事。沒想幾年來交通部觀光局，居然假中正紀念堂廣場及其周圍步道，以「觀光節」為名，倡導「臺北燈會」，彙集各方力量，馳騁各自巧思，製作形形色色。盡態極妍的「燈台」，依序羅列，將偌大的臺北首善之區、煥發得五光燦爛，金碧輝煌。而且一年比一年精緻，尤其廣場中心主燈，依值年生肖規劃，表現主題，譬如這兩年屬猴屬雞，即以「洪福齊天」、「一鳴天下白」命名，而無不巍然聳立、氣象昂揚。我想比起開元燈輪，應當不遜色，如此加上民間手工藝展示，以及陣頭雜技表演，鑼鼓喧天價響，節慶熱鬧的氣氛就完全被渲染出來了。

我很榮幸能以「顧問」名義參與「臺北燈會」的策畫，對於觀光局執事人員的敬業精神甚為感佩。遺憾的是往年

◎民國八十三年臺北燈會「忠義定乾坤」

每逢元宵，我不是在大陸就在國外，沒有一次躬逢盛會。今年特別趕在元宵之前回來，不只參加彩排、而且參加開燈儀式，並投身觀燈的人潮裡。

彩排那天，主其事的鐘組長，陪我們對燈區作全面的巡禮，他不厭其煩的介紹每一座「燈臺」的來歷和情況，令我欣慰的是年年別出心裁，處處新穎可喜，而且主動爭取參展的越來越多，當我們走到大忠門側觀看翠竹簇擁的觀音燈時，我說這位置選得巧也擺得妙，鐘組長微笑的說，那也是他的一番心思。而我們看到的燈，真是千奇百狀，難以用筆墨一一形容，光那雞的樣子，就有許多忍唆不禁的，而聲光的搭配無不以營造獨特格調自高。總起來說，中外各行各界竭盡所能共襄盛舉。此際我們已經與人摩肩接踵，明日正式燈會，不想可知。

懷著熱切的心情，元宵那天下午，我就攜家帶眷在觀禮台上看李雅樵縣長所率領的台南縣國小學生的民藝表演和媽祖起駕儀式；以此來守候六時三十分那點燈的時刻。廣場上逐漸塞滿了人，終於達到簡直間不容髮，萬頭鑽動、鱗次櫛比、成山成海的情況。而令我感到詫異的是，在場的千千萬萬人和我一樣，都那麼安靜的在等候，只有周宗賢教授的廣播聲在主導表演節目的進行，他要大家鼓掌，大家就鼓掌、而朱宗慶打擊樂將吉日良辰揭開序幕，在錯綜複雜的高亢樂聲裡，萬眾幾乎屏氣凝神；而發號、擊鼓、鳴鑼之後，立法院劉院長一按鈕，中心主燈被點亮了，四周燈臺也隨即燦爛起來，此其時萬眾歡呼雷動，主燈的光彩在樂音和雷射的襯托下，順時鐘迴旋，展現變化奪目的姿韻，而這隻象徵有「鳳集岐山，一鳴天下白」的藝術化大公雞，也果然推動了足下的「寰宇」似的。

在觀賞主燈聲光展演之後，萬眾逐漸走向圍牆外的燈區，我也扶老攜幼的跟隨人潮洶湧，洶湧的人潮是佔據著四周大馬路的。雖然未到「躡地浮行」的地步，但擠擠挨挨難於舉足則是事實。這樣的人潮使廣播中常出現有人走失孩童的訊息。我緊緊的摟住小兒大衡，他常要騎在我肩膀上看清楚每一種花燈，對於以民間故事為內容的，他能指其中人物。他最喜歡以公雞母雞帶小雞為題材的，說就像我們這樣。

這次「臺北燈會」，從貢獻意見到為主燈命名、為牌樓作對聯乃至作為一位觀眾，我算真正參與了。我不禁有些感想：

其一、節慶習俗最能表現民族文化的特色，像元宵燈節，自漢武帝以來已歷兩千餘年，在「月上柳稍頭，花市燈如晝」之下，全民歡樂，自是國泰民安的現象。我們臺灣傳統和鄉土文化衰落，有目共睹，有人甚至已數典忘祖，在這種情況下，觀光局將元宵標舉為觀光節，並盛大舉辦燈會，實在非常有意義。一方面發揚傳統的民俗文化，一方面也展現臺灣社會的富裕。

其二、燈節在今日大陸似乎已顯得很稀微，有名的「自貢燈會」今年在廣州展出，我從車窗觀望，已可斷定論規模論堂皇，比起咱們「臺北燈會」只是「小巫」而已，也就是說，「臺北燈會」堪稱舉世巨擘，如今更是海內外聞名，對提昇我國形象大有幫助，我國年年有此盛會，不只國民盼望，而且也可以吸引許多外國觀光客，無論如何，這項活動是極可肯定的。

其三、「臺北燈會」一連三天，每天表演節目不同，更加吸引人，電視新聞說，兒童一時走失的有千餘名，不難想見其「興高采烈」、「水泄不通」的情況，據估計，觀眾有數百萬人次。在這樣的盛會裡，我們的國民都很歡樂平安，坐在廣場上各據其地，行動時雖擁擠而彼此不失禮。我為此很感動，心想：高高在上的政局雖然不很穩定，但有這絕大多數知足安分的下民，我們社會還是很祥和的。

我這三點感想，其實都是用來說明「臺北燈會」是極成功極有意義的活動，應當年年一度，永遠持續下去。雖然我也深知其中的艱苦，但苦得有目的有價值，這苦就不算什麼了。觀光局的朋友們以及辛勞值勤的警察先生們，在一連幾天的日裡夜裡，看到「萬民歡樂」的樣子，相信都會笑逐顏開的。

後記：這篇文章原載於民國八十二年二月十四日中央日報副刊，那一年是雞年，寫的是雞年「臺北燈會」的情況。「臺北燈會」從民國七十九年的馬年開始，依次以生肖為主燈造型，並以其象徵為主題。馬年「飛龍在天」、羊年「三羊開泰」、猴年「洪福齊天」、雞年「一鳴天下白」、狗年「忠義定乾坤」、豬年「富而好禮」、鼠年「同心開大業」、牛年「併肩耕富強」、虎年「浩氣展鴻圖」，今年兔年「寰宇祥和」，歲次己卯民國八十八年，「臺北燈會」已屆十周年。

十年來的「臺北燈會」，年年為國家社會祈福納吉，國民莫不興高采烈，扶老攜幼的參與，盛況勝似一年，不只已成為全國年節盛會，而且早已聲聞國際，媲美巴西「嘉年華」。

今年兔年我為燈會擬就主題「寰宇祥和」，為主題燈展示擬就六步驟：東昇桂魄、光影婆娑、玉兔搗藥、卿雲賡歌、社會安樂、寰宇祥和，為牌樓擬就對聯：「玉兔當空光影明世界，卿雲獻瑞祥和滿人間。」而燈會十年了，更是「燈高旺遠，十載揚輝。」這也是觀光局要獻給全體國民的。

# 臺北燈會三思

觀光局所主辦的「臺北燈會」，從主燈的「飛龍在天」、「三陽開泰」、「洪福齊天」、「一鳴天下白」，到今年的「忠義定乾坤」，已經有好幾年。一年比一年盛大，一年比一年受到海內外的熱烈歡迎和肯定。今年燈會未開始之前，學者、立委、市民，紛紛給觀光局「壓力」，要求延長燈會時間，好讓

◎民國八十六年台北燈會「併肩耕富強」

◎民國八十二年臺北燈會「一鳴天下白」

全民能看得過癮，即是國人的「反應」；而日本朝日電視台轉播燈會盛況，以致當地民眾自費組團來臺參與演出，則是鄰邦的回響。今年雖然「雨打上元燈」，寒氣逼人；但是觀眾熱情不減，中正紀念堂廣場的「傘海」，反成了一番「奇景」。

自漢武帝以後，越是太平盛世的元宵，越是金吾不禁，越是火樹銀花。多年來的「臺北燈會」，已充分顯現我國民是生活在安和樂利的社會裡。但是，我仍有三點想法提供觀光局參考。

其一，燈會的規模雖已不小，但我建議更擴大舉行，包括將範圍開展至七號公園、時間延長為五天；理由是要成為國際節日，「盛大」是第一先決要件。氣勢強大無出其右，才能真正引起舉世的觀瞻。當然，觀光局要善於結合民間專業社團來共襄盛舉，才易於克竟其功。

其二，既為國際性節目，就要具有國際水準的品質。因此，花燈製作除了傳統老師傅外，也要有現代技法的美術人士參與其事，總要達到爭奇鬥勝、多彩多姿、琳瑯滿目的程度。而交通管制疏導、環境清潔，則有賴國民的自我醒覺。

其三，進一步配合相關活動，使燈會形成整體民俗藝文盛會。在廟會的民藝展演外，可以由媒體主導觀眾評選花燈，可以將燈謎猜射納入現場，分區同時舉行。

以上三點，如果能設法實現，相信明年燈會必將更上層樓。而如果這樣的「盛會」能如「區運會」，雖有主辦縣市，卻是全國參與，各自別出心裁、極盡巧思以相互「競技」，那麼「臺北燈會」將成為「中華民國上元燈會」，可以享受燈會歡樂的，就不止臺北一地的國民了。

（原載《聯合報》文化廣場八十三年三月二日）

# 高市燈會「鰲躍龍翔」

觀光局在臺北市所舉辦的元宵燈會，十年來我忝為顧問之一。我的主要任務是以值年生肖為對象，為燈會擬就主題；為主題燈展示擬就六步驟；為中正紀念堂牌樓擬就對聯。主題燈造型即就燈會主題設計，音樂創作以六步驟為依歸。譬如民國八十八年歲次己卯，生肖屬兔，我所擬的是：

主　題：寰宇祥和

六步驟：東昇桂魄、光影婆娑，玉兔搗藥、卿雲賡歌，社會安樂、寰宇祥和。

對　聯：玉兔當空光影明世界

　　　　卿雲獻瑞祥和滿人間

今年屬蛇，我照樣據以草擬。後來觀光局說燈會奉命轉移高雄市。不再以生肖為對象，希望我為高雄市設想擬就適合的內容。我在去年九月間即遵囑草就，交給王春寶先生。到了十一月間，高雄市政府姚副秘書長召集我們在觀光局開會，我才知道這次燈會是高市府在主導，也才明白尚未有主張和定見。王春寶先生乃將我為高雄市所擬的文稿公諸會議之上。我擬的是：

主　題：鰲躍龍翔

六步驟：港都氣象、燦爛輝煌，吞吐無量、包容萬方，蒸蒸日上、鰲躍龍翔。

對　聯：燈月無邊港都燦元夜

　　　　陽春有腳德澤布蒼生

◎民國九十年高雄燈會「鰲躍龍翔」

沒想姚副座將此攔回，就成了今年高市燈會的「共識」，個人甚感與有榮焉。

只是或訴諸耳聞、或見諸報導、或來自行政管道，頗知高市各界、甚至吾友簡錦松教授，皆恐怕燈會因主題「鰲」字所塑之主燈造型係屬「海大鱉」或「海大龜」，有損高市形象，期期以為不可。

對此，請容我說明如下：

「鰲」和「鱉」這兩字字書可以相通，也可以各具意義。其相通者「鰲」為「鼇」之俗字。意思是海中大龜或大鱉，《論衡．談天》更以為是「古大獸也」。《列子．湯問》所說的巨鼇十五舉首負載五山，《淮南子．覽冥》所說的「女媧氏煉五色石以補蒼天，斷鼇足以立四極。」以及唐末間宮廷大殿陛石正中鐫升龍與巨鼇，殿試狀元立中陛石上正值鼇頭以迎殿試榜的所謂「獨占鼇頭」，其造型應當都是大龜或大鱉。但按此也可見它本是靈物，可與升龍並列，其實無須予以排斥。

至於其各具意義者，「鼇」如上所述；而「鰲」則據《玉篇》和《集韻》都說是魚名，《玉芝堂談薈》引明人陸容《菽園雜記》所載「龍生十三子」中，有一子名「鰲魚」；台北故宮博物院就藏有稀世珍寶，明人用白玉雕的「鰲魚花插」和清人用碧玉雕的「寶魚花插」。友人李善馨先生和許進雄教授都說在西安碑林中見過魁星立鰲頭的所謂

◎高雄愛河邊的燈會

「獨占鰲頭」雕像。莊伯和教授更說年畫中的「獨占鰲頭」魁星所立之「鰲」作龍首魚身。可見「鰲」是魚名而具魚形，與龜鱉有別，應當沒有問題。而故宮「鰲魚花插」的造型，其魚形頭部有小龍角，年畫中的「鰲」作龍首魚身，也都可證明習俗認為「鰲魚」是龍的十三子之一，起碼在明代已是如此。

就因為有這樣的前提，所以我為高雄市所設想的燈會主題便擬作「鰲躍龍翔」。一方面以「鰲」為海中大魚象徵高雄市之為海都，一方面也以「獨占鰲頭」的吉利聯想來恭維高雄市的不同凡響。而一旦巨鰲騰躍，出於滄海，則必化身而為翔龍，所謂「飛龍在天」，其前景無限美好。也因此我擬的六步驟便也「一步一步」在詮釋這個主題。

不知我這樣的說明適當否？能祛諸君之疑否？尚請批評指教。

（原載《聯合報》聯合副刊九十年二月六日）

# 中秋曲會月分明

## 從虎丘千人石到兩廳院廣場

這幾年算算到蘇州，已經有四次。每次到蘇州總要重訪名園，重上虎丘。一上虎丘，便想起生公說法，頑石點頭；一站上虎丘千人石，便想起中秋月夜，綿亘明清兩代數百年的曲會盛況。

明武宗正德年間某個中秋夜晚，名滿天下的康狀元（海）、王文選（九思），曾在千人石上，語參秦音，曼聲婉折的以一曲琵琶，教吳人嘆服絕技。袁宏道在他的遊記〈虎丘〉裡，張岱在他的筆記〈虎丘中秋夜〉裡，都因為描述虎丘中秋夜的唱曲盛會而成為小品名篇。在他們筆下，蘇州人每到這天便傾城而出，無論貴賤賢愚、男女老少，都登上虎丘來。人人衣著鮮麗，從千人石上至山門，「重茵累席，置酒交衢，櫛比如鱗」；而且「席席徵歌，人人獻技，南北雜之，管絃迭奏。」可以想見萬眾同樂、熱鬧喧囂的樣子。可是到了夜深人靜，只剩洞簫一縷，與歌聲相引；終於月孤氣肅，「一夫登場，高坐石上，不簫不拍，聲出如絲，裂石穿雲，串度抑揚，一字一刻；聽者尋入針芥。心血為枯，不敢擊節，唯有點頭。」這時在場點頭的尚有百十人。

像這樣的虎丘中秋曲會，論場面論時間都可以說空前絕後，絕無僅有。這其間雖有大吹大擂的下里巴人，但更有引商刻羽的陽春白雪。試想月到中秋分外明，虎丘山上，金風送爽，人人懷抱中分得一分明月，天上人間兩團圓，此時此際，下里巴人也好，陽春白雪也好，雅俗同賞，豈不賞心樂事！

而今年的中秋佳節，國家戲劇音樂兩廳院想要利用其廣場使國民同樂，乃委託中華民俗藝術基金會企畫承辦。我們想到延續三百餘年又已斷絕兩百多年的虎丘中秋曲會，何不使之再現於中正紀念堂廣場。廣場上觀光局十年的元宵

◎歌仔戲民族藝師廖瓊枝在中秋曲會高唱

燈會，年年使得百萬人同歡。而良辰美景，中秋適於元宵，倘能師法虎丘遺意，音樂無論古今中外，歌聲不拘精粗高低，招朋引伴、扶老攜幼，親友列坐一席，布置於廣場上、池水邊、林木下、迴廊裡，十番鐃鈸，漁陽摻撾，遏駐白雲，雷轟鼎沸，動地翻天都無所謂，只要大家高興、大家歡樂就好。

然而基金會也要在兩廳院之間，搭起妝點節慶的舞台。請來京劇名腳唐文華、陳美蘭，豫劇皇后王海玲，北管國寶級的「亂彈嬌」，歌仔戲界享盛名的廖瓊枝、黃香蓮、張孟逸，高甲戲碩果猶存的陳秀鳳，以及韻味秀出的福佬歌謠楊秀卿和客家歌謠賴碧霞等各展絕活，而由女包公王海波和河洛台柱許亞芬主持串場。我們希望台上台下打成一片，將民族音樂、鄉土心聲響徹雲霄。那麼中秋夜晚的兩廳院演場，不止可以媲美元宵，而且可以賡續虎丘的風雅，凡我國人，何樂而不共襄盛舉呢？

（原載《聯合報》聯合副刊九十年十月一日）

# 馳騖寰宇

## 二〇〇二高雄燈會主燈、副燈及開燈六步驟釋義

今年高雄燈會主燈命名為「馳騖寰宇」，其義以今年生肖屬馬，馬善「馳騖」，而其施展之境界為「寰宇」，象徵國家開運壯闊，如馬之馳騖於寰宇，快速進展，無所阻攔。

開燈之六步驟，用以導引、襯托並完成主燈之旨趣。開首「鰲魚出海」接續去年「鰲躍龍翔」，以鰲象徵高雄之為國際海港，鰲魚出海謂其蜚聲國際，大有施展。其次「海碧天青」，為鰲魚可跳擲縱橫之境界，前景既美好又無量。其三「馳騖寰宇」則彰顯今年主題，呼應去年主題，謂高雄既鰲躍而龍翔，逢馬年而化為天馬，則象徵高雄之成就導引國家大展鴻圖於國際社會，有如天馬奔騰於浩瀚之宇宙中。其四「天馬奔騰」為對主題更具象之複沓強化。其五「龍飛鳳舞」象徵國家既大展鴻圖，則高才捷足者各盡所能，勇於奉獻，社會充滿安和樂利。最後「簫韶九成」作為總結，謂如此則國家有如堯天舜日，百姓歡欣鼓舞，安享太平。

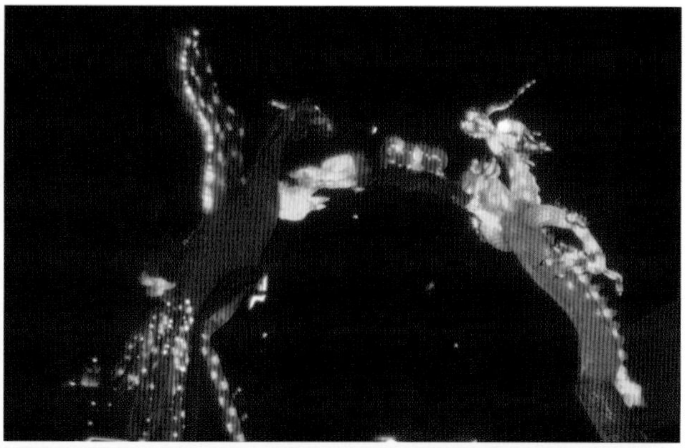

六步驟結合四副燈構思，亦即四副燈「鰲魚出海」、「天馬奔騰」、「龍飛鳳舞」、「簫韶九成」之旨趣已併入六步驟之中。

九十一年元月二十六日

# 傳藝中心入厝之禧

## 「民俗技藝園」的回顧和前瞻

最近傳統藝術文化界有一件大事，這件大事也是一件「禧」事。那就是文建會傳統藝術中心籌備處於元月二十八日在宜蘭揭牌入厝正式成立中心。

我之所以說那是一件大事，是因為政府自民國七十一年公佈「文化資產保存法」以來，迄今整整二十年，我們的傳統和鄉土藝術文化，才真正有一個主管機構，起維護與發揚的工作。而我之所以說那也是一件「禧」事，因為「禧」既是吉祥有福，則焉能不令人喜悅高興。請看入厝那天，雖是寒雨飄蕭，但是來自各地的藝人學者和民族藝術工作者數百人無不滿懷愉快興奮的心情參與盛會，而噶瑪蘭舞、跳鼓舞，乃至戲台上扮仙的鑼鼓，仍舊將喜慶營造得喧天價響。在這樣的喜慶場合裡，人人都禱祝著傳統藝術中心從此吉祥有福，傳統和鄉土藝術文化更是從此大大的吉祥有福。

這「吉祥有福」自今伊始，而若回顧既往，實在得來不易。

民國七十年政府成立文建會，首任主委陳奇祿教授非常重視傳統和

◎傳藝中心之行政大樓

鄉土藝術，連續五年在國家文藝季裡舉辦「民間劇場」，並主張設立「民俗技藝園」。我的朋友和我非常榮幸，既主持製作四屆「民間劇場」，又負責規畫「高雄民俗技藝園」。我們分組負責，帶領學生從事田野調查，發掘藝人並評鑑藝術類型。我們共同採取「廣場奏技、百藝競陳」和「暫時性動態文化櫥窗」的理念製作「民間劇場」，而以「永久性動態文化櫥窗」的理念規畫「高雄民俗技藝園」。

所謂「動態文化櫥窗」的理念是：一般稍具規模的商店都有「櫥窗」用來展示各種成品；在故宮博物院和歷史博物館也有許多「櫥窗」用來展示先民的器皿和藝品。我們從前者可以了解商品的式樣和品質，因之可以名之為「商品櫥窗」；我們從後者可以了解文化發展的軌跡，因之可以名之為「文化櫥窗」。櫥窗中的東西都是精過精心安排的，都可以教人一覽無遺的。若此，則「民間劇場」的百藝競陳，也具有「文化櫥窗」的意義和功能。因為只要進入民間劇場，就可以對我民俗技藝作一全面的巡禮，從中再認識、再了解、再反省我們的藝術文化。因此，如果說它和故宮或歷史博物館有什麼不同，那麼一個是靜態而永久的，一個是動態而暫時的；也就是說像故宮或歷史博物館，可以稱之為「永久性靜態文化櫥窗」，而民間劇場則可以稱之為「暫時性動態文化櫥窗」。

一年一度的「民間劇場」五天五夜的展演，無論如何是暫時性而效能有限的，因此規畫設立「民俗技藝園」是刻不容緩的事。而在「永久性動態文化櫥窗」的基本理念下，「民俗技藝園」對於觀眾，我們希望達到給予娛樂、觀光和教育的目的。觀眾一進入園區就感到無比的安適和悠閒，在安適悠閒的心境下很愉快的觀覽各色各樣、引人入勝的民藝大展，而由認識、了解、欣賞所引發的共鳴中，激揚起豐厚深邃的民族意識、思想和情感，從而將民族藝術文化扎入每個人的心靈之中；對於外國觀光客，我們提供的恰是一個可以真正認識了解中華傳統藝術文化的場所，使他們在琳瑯滿目的驚嘆之中，也襲滿了一身中華藝術文化的華

采。而對於民俗技藝的維護保存與研究發現，除了憑藉園區裡長年不斷的展演，使民俗技藝永遠活生生、精益求精外，更要使「民俗技藝園」成為具有民俗技藝資料蒐集整理展示和研究的任務，同時具有民俗技藝研習訓練和傳承的功能。

像這樣的「民俗技藝園」，我們採取江南園林的規模，自有配套的軟硬體和展演方式，我們的規畫報告三十五萬字配圖數百張，彩色印刷，後來改題作《台灣的民俗技藝》，由學生書局出版，霎時銷售一空。然而最教人遺憾的是，高雄市歷四任市長，至今已被改名的「南部民俗技藝園」猶未見蹤影，如果十五年來的預定地尚存「遺跡」的話，定然會使人有「何昔日之芳草兮，今直為為此蕭艾也」的浩歎。也因此今天看到含「東北部民俗技藝園」在內的「傳統藝術中心」之成立，我們工作同仁感慨之餘，也特別感到高興，畢竟「民俗技藝園」已經付諸實現。

這些年來我旅遊國外，特別注意各國對自家傳統藝術的具體維護措施，有如傳統藝術中心之周備而具多功能效用者，可以說絕無僅有，若以韓國、荷蘭之類似機構相較，亦難望其項背；也就是說，傳統藝術中心的成立，宣示著我國對民族藝術維護發揚的重視，比起先進國家來，是有過之而無不及的。也因此，中心所包含的「民俗技藝園」，將來的營運便非常重要，倘若得法，則民俗技藝有幸，否則便等同虛設了。

我們曾經考量過四種可能的營運方式，即：純由官方、純由民間、官民合營、財團法人，其間利弊得失，限於篇幅，難以析論；而無論那一種方式，總以維持高水準的品質與環境為不二法門。須知如純以營利為目的而過分的包裝，以致斫傷傳統藝術的美質、扭曲鄉土藝術的性格，絕非營運應有之道；須知作為傳統與鄉土的民俗技藝是民族文化最具體的表徵，是民族意識思想情感之所依存，使之維護發揚是我全民共同的義務和責任。

（原載《聯合報》聯合副刊九十一年二月十一日）

# 開風氣之先

## 為「創辦人許常惠教授紀念室」揭幕而寫

一九九九年「財團法人中華民俗藝術基金會」屆滿二十周年，編輯《開風氣之先》一書，呈現基金會長年為鄉土和傳統藝術打拼的業績。執行長林明德教授在〈卷頭語〉說：七〇年代的台灣社會正處於急遽轉型的時期，民俗文化與現代生活逐漸脫節，文化資產瀕臨滅絕的情境。有鑑於此，一群來自不同領域的文化工作者與社會先進，在許常惠教授號召下，集思廣益，呼籲搶救，於一九七九年成立基金會，並揭示其宗旨為「維護民俗藝術，傳承民間藝人之精湛技藝，提高民俗文化的學術價值，以充實國民的精神生活」。筆者在〈弱冠之慶〉中也說：如果當年沒有許常惠教授的熱誠和毅力就沒有今天的基金會。他愛鄉土愛國家的熱誠，使他及時倡導民俗藝術調查研究與維護發揚的工作，他篳路藍縷的精神，使我們感到無限的欽佩。也就是說基金會之能夠「開風氣之先」為民俗藝術打拼，實緣於許常惠教授之倡導與領導。所以如果說他是「民俗藝術之父」應不為過。

許常惠以董事長身分慶祝基金會二十周年紀念之後約半年，即辭職而專任國家文藝基金會董事長，沒想竟意外以腦瘤迸裂，於新世紀元旦凌晨辭世。民俗藝術基金會同仁哀痛之餘，一方面努力發展基金會業務，一方面也

◎從左著者、陳主委郁秀女士、林明德教授

謀劃如何長久紀念他。於是共同決議購買基金會辦公室隔壁樓層，裝潢布置為「創辦人許常惠教授紀念室」，紀念室除懸掛許教授遺照、安置其塑像、陳列其著作創作和田野調查資料外，並將其空間闢為會議室與文化講座教室兩用，同時將基金會藏書一萬餘冊和為數頗多的錄音帶、錄影帶、CD安置櫥架，開放供社會各界使用，使之具有民俗藝術專業圖書館的功能。而來此參與講座或閱覽圖書的朋友，於瞻仰浸潤之際，相信也將興起緬懷一代風範的油然之情。

許常惠教授的風範，不止在開民俗藝術風氣之先，其他如民族音樂、作曲家國際交流、著作權法等，莫不如此；也因此贏得許多榮譽和名銜；他同時從事教學研究，著作創作等身；弟子嶄露頭角，斐然有成者不乏其人；所以他也是一代宗師。雖然有人說「但開風氣不為師」，但那是謙虛的話，因為既能開風氣，焉有不領導許多人前進的道理；所以也必然是一代宗師。

今天（三月十四日）我們基金會將恭請文建會主委陳郁秀教授和副主委劉萬航先生為紀念室共同揭幕，並舉行茶會，希望藝文界朋友能撥空參加。而我們相信，許常惠教授的精神和他的紀念室一樣，會永存人間；他的志業更會在景仰他踵繼他的後人身上永遠開展下去。

（本文作者現任台大講座教授．中華民俗藝術基金會董事長　九十一年三月十日）

# 太一神鼓動天地

## 傳藝開園大慶的高潮：〈獅鼓〉與〈黃河激浪〉

在南台灣有幾位留法的音樂家，帶領一群音樂系和國樂系的學生組成「高雄打擊樂團」。近日他們力求開創，自製超型大鼓、自作震撼鼓譜，改名為「太一打擊樂團」，推出《太一鼓樂》，要在國立傳統藝術中心開園大慶裏，以新作〈獅鼓〉和〈黃河激浪〉，將儀式推向最高潮。

所謂《太一鼓樂》，《呂氏春秋．仲夏紀》云：「音樂之所由來者遠矣！生於度量，本於太一。太一出二儀，二儀生陰陽；陰陽變化，一上一下，合而成章。」如此說來，音樂的原始與混沌一般，足以充塞蒼溟，動天地而泣鬼神。我想「太一」團長施德華先生亦有取義於此。所以他所推出的「獅鼓」，便運用與武術結合的中國南獅為基礎，針對舞台的需求而融入傳統大曲結構和三通鼓的概念，分鼓樂為睡獅、起獅、高獅、三拋獅等四段，於如繁星乍落的鼓杖運作中，展現獅王不可一世的雄風。而安志順先生則想起了孕育中華民族的滾滾大河，他要用鼓聲描寫風浪，描寫滾滾的激流，描寫大河的萬里氣勢有如萬馬奔騰；他也要採用花奏法，講究手勢和身段，以造成觀眾視覺的美感，同時展現黃河船夫曲的情韻；而最後回復主題又變化主題，終於在急槌大鈸的高亢情緒中結束全曲。

據說當年唐明皇曾以羯鼓催令御園桃杏盡開，杜子美聽到「五更鼓角聲悲壯」就感受「三峽星河影動搖」，而數部鼓吹，林谷傳響，便欲令人飛揚跋扈。可見鼓樂之能撼自然動天地振人心一至如此！

而「太一」的朋友們，春秋鼎盛，學有專長，乃致力鼓樂之創製與創作，並且還專程前來共襄盛舉，不取分文酬勞，但將創發所得奉獻於文化盛典足矣！則其感人，何下於其「太一神鼓」！在此我謹以「兩岸戲曲大展」活動主持人的身分，向太一的朋友們致以萬分的謝意；我也相信，「太一」的朋友們一定能將開園大慶的儀式推向最高潮。

（原載《中國時報・文人藝術》九十一年七月十三日）

# 民族樂舞團在匈牙利

二〇〇二年匈牙利國際民俗藝術節自八月十二日至八月二十二日在首都布達佩斯南方的三個城鎮 Tököl，Ráckeve，Sźazhalombatta 輪番巡迴演出。參與國家有來自西歐的法國、西班牙、葡萄牙，南歐的義大利、波斯尼亞、羅馬尼亞、賽浦路斯，北歐的愛爾蘭，北美的加拿大，中美的波多黎各，南美的哥倫比亞、委內瑞拉、巴西，亞洲原有臺灣、南韓、印尼，南韓、印尼因故取消，如此加上中歐的地主國匈牙利，總共包括四大洲十五個國家，就藝術活動而言，可說相當盛大。

大會在十四日正式開幕之前有些「暖身」活動，譬如十二日的歡迎晚宴；十三日上午的匈牙利舞蹈歡迎所有的團隊，下午的野餐舞會和夜晚的布達佩斯觀光水上音樂舞會。凡此除了盡地主之誼外，更在使各團隊彼此觀摩所長，促進情誼交融。

那兩日中歐氣候異常，匈牙利凍雨飄瀟，捷克洪水氾濫。我們的所謂「野餐舞會」只好改在室內舉行，由各國團隊舞蹈五分鐘，展現各自絕活，然後現場邀約舞群。形式雖然一再重複，但內容變化新奇，所以氣氛相當的高昂。而夜晚多瑙河上的音樂舞會，由於「擠擠一船」，就更顯得興高采烈了。不同的音樂、不同的語言、不同的舞步，而都調適在同一的節奏、同一的歡樂裡。來自葡萄牙的團隊，清一色的老先生老太太，那位個子最小的老先生歌聲最為嘹亮，一曲接一曲，幾於無止無休，擅盡當場。我五音不全、足下不靈，只能與莊伯和對舉伏特加，「冷眼旁觀」，但伯和終於也忍不住陷入「舞池」，「摩肩接踵」去了。我不禁口占七絕一首：

寒風八月雨寒天，多瑙河中競管絃。
鼓節聲聲喧踏舞，跳波燈火不須眠。

那晚回到宿處已是午夜。

大會對於開幕儀式相當重視。十四日下午四時團隊集合S城文化中心廣場，先行綵街活動，作定點表演。七點儀式開始，斜陽在望，空中偶然飄些寒雨。每一個團隊登上舞臺，即演奏該國國歌，由領隊簡短致詞，表演五分鐘後下臺。整個儀式進行約兩個半小時，雖然在室外，天氣冷冽，但不減滿場呼應的熱情。

參加國際場合被懸掛國旗、被演奏國歌，本來是理所當然的事；可是以我國今日之處境，卻有分外的喜悅和感動。主辦單位特別為我們尋找國旗懸掛，介紹我團隊名稱時，刻意用中文發音；演奏我國國歌時，覺得格外莊嚴。凡此都使我們忍不住要在飄揚的國旗之前合影留念。

匈牙利國際民俗藝術節的展演活動，在上述三個城鎮同時舉行，每城每天分由三五團隊擔綱。我們十六日在R鎮，十七日在T鎮，十九日在S城。前兩場在室外臨時搭建的廣場式舞臺演出，後一場在文化中心的室內劇場演出。平心而論，我們的團隊表現得最為優異，內容最為豐富，最有變化，最多品味，最具民族特色；也因此受到最大的歡迎，掌聲最多，場面反應最為熱烈。我可以感受到匈牙利的觀眾對我們的樂舞團是由衷的激賞。

我常向學生說，表演藝術的根源，簡單的說就是「踏」、就是「謠」；「踏」即是踏地為節的土風舞，「謠」即是鄉土自然語言的歌聲。表演藝術的最初結合也是「踏謠」，亦即「且歌且舞」。參加藝術節的其他國家團隊，其歌舞既出乎民俗，縱使配合管絃音樂，也無一能超越「踏謠」的本質，他們至多服飾殊異、簡繁快慢有別而已。他們雖然有一股直接誘人的力量，引發人產生群體的意識；但由於過於複沓、過於簡單，面對不同的族群就會令人有不耐久觀的感覺。法國隊以踩高蹺稍作特技變化，隊伍高高在上，令人醒目，但同樣多看幾眼就味同嚼蠟。

而我們由中華民俗藝術基金會組成的「民族樂舞團」，是從蔡麗華教授的「臺北民族舞團」和黃春興的「草山樂坊」搭配而成的。他們都具有嚴格的專業訓練。樂團以國樂為基礎，演奏鄉土味濃厚的樂歌；舞團從賽會中汲取八家將、跳鼓陣、十二婆姐的雜技菁華，從歌謠中吸收白牡丹的情境，從小戲中變化桃花過渡的機趣，從少數民族舞蹈模擬孔雀舞的柔美，從武術技法聚會健身的操練，而無不融入藝術的精神呈現自然抒發的思想情感。其間有獨舞、對舞、群舞，參差錯落；有輕快、嬌媚、剛勁，倚伏相生。而絲竹更相和，或急管繁絃，或緩絲慢竹，或熱耳酸心，或神清氣朗，而無不直接沁入肺腑，所以能夠受到最高評價。

此外，尚有幾件事情值得記述。

其一，我們中華隊和葡萄牙、法國兩隊被安頓在T城一所小學的教室裡住宿，一個國家一層樓。每間教室住七人到九人，我們全團三十二人，共住四間教室，每人一張行軍床、一張桌子。起居雖簡陋，但互動情誼因此深厚。夜晚總有人到伯和和我住的房間喝杯小酒，說說笑笑。每場演出的前一天，總抽空在走廊上再三排練。我很佩服這些年輕團員自動自發的敬業精神，為了鼓勵並感謝他們，特別選在一個輕鬆而明月高照的夜晚，包下一個小館子的層樓，讓他們盡情的享用匈牙利口味，盡量的喝酒，盡興的歡笑。

其二，大會規定每一個國家的團隊，要附帶一位手工藝術家，在表演的舞臺周圍設攤展示教學。我們的紙雕名家洪新富先生伉儷，總被一層又一層的包圍著，老老少少都興會盎然的在他倆誘導下習作。他倆創意很高，不必說煩難的鳥獸花卉，即一隻極簡單的遊走老鼠，就可令人笑逐顏開。和我們住同一棟樓的四位法國女孩，白天被迷住了，晚上還來找他夫妻倆。他倆童心未泯，陪她們「玩」到半夜，伯和還可樂、點心的侍候

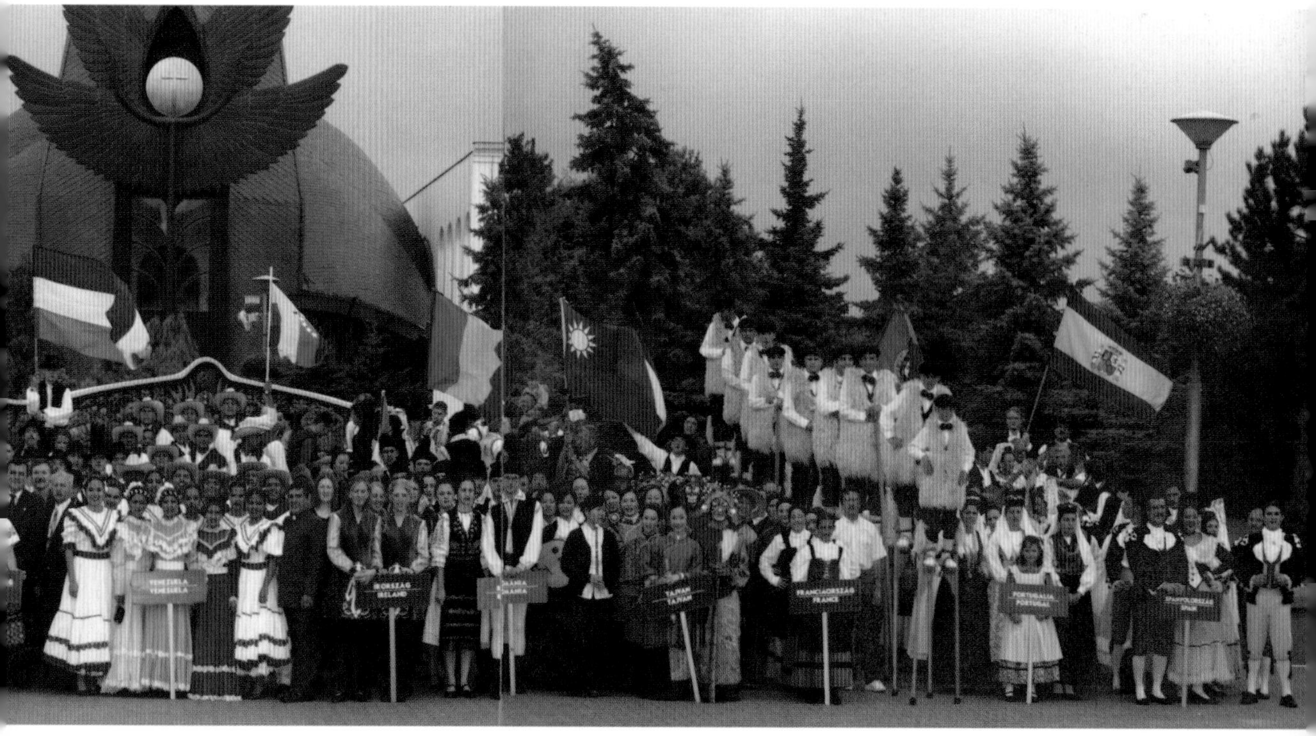

她們，使她們更加開心更加可愛。次日法國團的領隊和她們的長輩還特地備了好些小禮物來當面道謝，彼此也談得歡笑融融。而互相道別那一天，彼此依依不捨，四位法國小女生都成了淚人兒。

其三，匈牙利的餐飲，如果有一道湯，一盤帶肉的主食，外加甜食、水果和兩瓶紅白葡萄酒，就算是豐盛的了。有次我們同住的三團一起用餐，紅白酒下肚後，耳一熱，興致就高起來。葡萄牙團忽然歡聲高唱，接著法國團也唱了。我們輸人不輸陣，也大唱我們的歌來。我們一曲才畢，一曲又起，弄得葡法兩團興致更加高漲，也接二連三的，簡直就在u鬥陣v。我們樂團成員八人，個個滿腹滿嘴都是歌，其餘舞團成員雖止應和，但由於起音合歌快速，所以搶了許多風采。三國不免有u競歌v的意味，可是在別人歌唱時卻都能大方的拍手合節，倒也把歡樂推向了最高潮。

其四，在R鎮演出的那個下午，伯和和我發現R鎮是被一大片明湖分隔兩旁的，中間有一橋交通。許許多多高高大大綠綠青青的垂楊掩映依傍著人家的屋宇，而湖邊則槭樹成林，林下間隔序列似的坐著垂釣的人。清風徐徐的吹動湖面的漣漪，泛泛漾漾的搖晃斜陽的光影，有野鴨戲水，有白鳥翩翩，有風帆輕滑。我和伯和漫步湖邊，流眸湖上，迎風休憩，手持伏特加酒，頓有羲皇中人之感。不禁口占七絕以寫眼前景物：

湖上清風漾碧紗，綠楊深處有人家。
翩翩白鳥藍空下，小鎮悠悠沐彩霞。

而我身旁的老翁凝視著他抛向煙波中的竿綸，直到餘霞斂盡，湖面跳躍著岸邊的燈火。

像這樣的「國際民俗藝術節」，歐洲列國的一些城鎮都會舉行，由地方文化機構結合民間力量，無論業務和經費都容易承擔。這次匈牙利更由三個城鎮「同心協力」，不止規模因之擴大，時間也因之加長，成為三個城鎮連鎖性的盛會，而城鎮的居民也像我們這裡迎神賽會那樣的來參與，所以熱鬧滾滾，演出時滿座，綵街時夾道呼應，令所有國家團隊感受無比的榮寵。不知我們是否也能以這樣的「國際民俗藝術節」來豐富我們國民的生活？個人認為宜蘭每年都有「國際童玩節」，辦得很成功，如果以此為基礎，加以規劃擴充，庶幾可以達成了。

（原載《中央日報》副刊九十一年九月五日）

# 文化評論

# 文化難題與當務之急

文化包羅萬象，存在的問題也極為繁多。譬如：文化是大家的事，成功的企業家更應回饋；而國人有此共識否？文化不能立竿見影，必須遠圖宏謀，步履踏實、點滴匯聚為巨流；而國人有此識見否？百數十年來，國人喪失自尊，傳統文化摧殘殆盡之餘，如何恢復並保有其優良美質，使民族不墜其根源，實為刻不容緩之事；而國人有此省悟否？

立足於變化急遽之今日世界，如何調適本國與外來文化，使之成為提升國人生活品質之現代文化，亦是刻不容緩之事；而國人積極從事否？國人在大家樂、六合彩、炒股票以及政治脫序之下所引發的人心變質，不擇手段以希企一日致富一夜成名的「惡潮」，當如何力挽狂瀾、痛下針砭，更是刻不容緩之事；而有司有具體方案否？

以上「五問」，我一直以為是我國「當前文化之難題」；而這兩天，我參加「文化建設長期展望研討會」，在分組討論時，南投文化中心黃宗輝主任，更以多年從事經驗，引發了當前文化

◎學甲上白礁王爺祭典活動中的陣頭表演——宋江陣

的「兩大當務之急」，如果不能及時解決，則諸多文化建設必窒礙難行。我們共同的結論是：其一，文化經費短絀；其二，行政體系不明、人事管道不通。

大家都知道，我國憲法明文規定，文化、教育、科技之預算不得少於總預算百分之十五，而事實上用於文化者只百分之零點五；即地方政府之用於文化者，亦微乎其微，絲毫不成比例。語云：「巧婦難為無米之炊」，文化經費如此寒傖，焉能有彰明較著的文化建設成果？而文化建設委員會與文化中心，為近十年來成立之文化行政機構，而迄今文化業務尚分散於各部會中，多頭馬車分轡並馳，文建會焉能統御執行？而文化中心妾身未盡分明，於鄉鎮文化業務殊難督導與推展；尤其員工職等卑微、升遷無望，如此焉能留住人才？沒有人才從事文化工作，就必然空談文化建設。

我們雖然很慶幸李總統是位「文化總統」，郝院長國家六年建設也以「文化建設」為首要；但是當前存在的文化癥結如果不能解除，文化難題如果不能突破，則我國固然無法與於已開發之林，更遑論成為「文化大國」。

而事有輕重緩急，則請從合理的分配政府經費資源開始，使文化建設不致捉襟見肘；請從「有責者有權」開始，使行政體系趕上文化建設的腳步；請從留住人才開始，使文化建設的人事管道暢通。

（原載《聯合報》文化廣場八十一年十一月二十二日）

# 妙手建設新文化

文化與時推移，每個時代都必須建設新文化，這是不爭的事實。而今我們面臨的課題是，如何以創新的方法從傳統中調和古今中外。對此，筆者有「文化輸血論」。大意說：如果一個人需要輸血，他的病才會消除，他的身體才會更強壯，而他的血是A型，他固然可以輸入健康的A型血，也可以輸入健康的O型血。因為A型血是相同族類，自然一體；而O型血雖然是異族別類，卻可渾然融通，終歸一體。

但是若不慎而誤輸B型血或AB型血，則其為禍，豈止沈疴加重而已。所以創造新文化之道，當在傳統文化的基礎上維護發揚美質，有如輸入A型的血；當從外來文化中擇取可以生發融通的滋養，有如輸入O型的血。

如果迷信外來文化為救命萬靈丹，毫不考慮是否與傳統文化相衝突，一味吸收，全盤移植，則必然會發生有如誤輸B型或AB型血的情況；如此所產生的新文化，對國家民族不止沒有益處，反而有荼毒之害了。然而如何正確判斷選擇血型並且輸入，則有賴於醫師那隻靈妙的手，沒有這隻「妙手」就無法完成。

筆者也曾在福壽山農場看到我們土生土長的毛桃，接上矮枯木，再接上日本水蜜桃，成長為我們中國的水蜜桃，芳香多汁而甜美。據專家說，日本水蜜桃如果直接種在我們土地上，只有夭折而死，無一能存活。這就好像如果我們無視於自己的歷史、社會、文化背景，而硬將外來文化切入我們生活中，則必然扞格不適。而那使毛桃能夠融接水蜜桃的「矮枯木」，豈不也象徵著那隻調和中外的「妙手」嗎?

就我國當前的文化建設而言，我們真的亟需那許許多多在音樂、美術、舞蹈、文學、戲劇等等方面調和古今中外的「妙手」，只有這樣的「妙手」才能建設起我們現代的新文化。

（原載《聯合報》文化廣場八十二年一月六日）

# 文化義工
## 中華民俗藝術基金會成立十四周年

中華民俗藝術基金會民國六十八年成立，今年七月廿三日滿十四周年。

回顧當年，許常惠教授和一群熱愛民俗藝術的人士，深感近百數十年來，民族喪失自尊與自信，美風日雨交相侵漸，兼以社會急遽變化，傳統和鄉土文化為之快速凋零，民族有迷失根源的危機，乃奮然而起，欲盡書生報國之意，成立基金會，從民族文化最具體表現的民俗藝術入手。深信唯有透過基金會，努力蒐集散失殆盡的民俗藝術資料，結合碩果僅存的民間藝人才智，並聯合民俗藝術工作者積極展開整理、研究、傳授、出版、演出與交流等全面工作，始能尋回民族文化的根源，民俗藝術才能獲致維護、薪傳與發揚，而現代藝術也才有建立的基礎和光明的未來。因為民俗藝術是從泥土中產生出來的文化，與民眾的生活息息相關，蘊涵最深厚的民族思想與情感，如果一旦消失，則民族不知將伊於胡底。

◎中華民俗藝術基金會的董事們，中排右起朱鍾宏、林明德（執行長）、許常惠（董事長）、徐瀛洲（副董事長）、著者（副董事長）、蔡顯宗，上排右起莊伯和、黃振祥（法律顧問）、林經甫、蔡麗華、趙文杰（內政部專門委員）、陳勝福，下排中間柯錫杰、樊潔兮伉儷

本著對民俗文化、藝術的熱誠和理念，至目前為止，基金會的「工作績效」已達成：民俗藝術之調查與規畫案三十件，民俗藝術之編輯與出版含叢書十一輯、唱片廿張、樂譜三冊、崑曲錄影帶六十三齣、地方戲稀有劇種錄影資料廿一種、年刊報告書十五本，民俗藝術之演出與展覽等活動則多達百餘項。這份成績單的「細目」見於新近增補出版的〈中華民俗藝術基金會簡介〉中。其範圍不止遍及各種民間表演藝術和手工藝術，即原住民藝術、傳統建築藝術、

民俗小吃和宗教民俗亦在範圍之中。我們除了不計酬勞、奉獻所長之外，更帶領學生參與工作，使學生由認識、了解而熱愛，終於也成為民俗藝術的「文化義工」，這批新生代的加入，自然壯大了我們推展工作的力量。而今我們基金會，因此已成為「民間藝人之家」，可以讓他們流露心聲，可以幫助他們發揮長才並解決困難；對社會而言，也成為「民俗藝術諮詢所」，我們對各方的質疑問難或資訊的提供，莫不誠懇的伸出援手。而我們更欣喜的看到，許多青年學子出入基金會，把基金會看成是學習的好地方。

然而儘管我們基金會已經成就了如此的地位和效能。但是在工作推展之際，最現實和最無奈的，莫過於基金微薄和會址無定。長年以來，雖然大部分的工作是在政府和團體的委託資助之下所完成，但是基金會的日常開銷，由於孳息寒儉，每每捉襟見肘、左支右絀。當初基金的募集，端賴許常惠的親友關係，基金會乃得以勉強成立。

在歐美，工商企業出力支持文化推展，早已蔚成風氣，因為他們會賺錢也很會用錢。可惜國內企業界似乎有此認識的還不多，所以同仁雖多方奔走，但所獲得的不過「杯水車薪」。因此想到，我等既為肯出力的「文化義工」，則一般社會人士豈少肯出錢的「文化義工」？此等「義工」雖不富於貲財，但效一己所能，即可聚沙成塔、集腋成裘，於是而有「募款餐會」之舉。

「募款餐會」將於七月廿五日午後六時假台北市議會餐廳舉行，廣邀熱心民俗藝術人士略施捐助。席間則佐以漢唐樂府、陳家八音、明華園之表演以共清歡。我們希望這樣的餐會不止可以使基金的「燃眉之急」稍作紓解，而且希望藉此使同好共聚一堂，如能從而凝聚各方面的「文化義工」為一股強大的力量，那將是我們最感高興的事。

數年來，個人由於兼任基金會職務，雖然飽嘗基金微薄之苦，但也由於更能身體力行，因而深切了解：文化是每一個國民的事，必須人人參與、肩負責任，才能蔚然有成；文化事業不能立竿見影，必須遠猷宏謀，步履堅實，鍥而不捨，才能著有成效；民俗藝術的維護發揚，當設置具有「動態文化櫥窗」意義和功能的「民俗技藝園」才能真正的落實；「以民族藝術作文化輸出」，可獲致國際根深柢固的情誼，從而美化民族形象，提高國家地位；而現代藝術文化的開創和建立，則非靈妙的調適古今中外為渾融的一體不可，個人也因此悟出了「文化輸血」的理論和「毛桃接水蜜桃」的比喻。這些理念和認識，都是從實際工作中獲得的，則文化工作雖然苦辛不易有具體的成果，但卻也由此琢磨出了不少油油然的喜悅；也因為這不少的油然之喜，我才無視於任何的苦辛而有無限的執著，憑著這分執著，我想我永遠會做一個文化的義工！

（原載《聯合報》副刊八十二年七月二十三日）

# 戲曲新視野

## 寫在戲曲之旅系列之前

中國傳統戲劇，由於以樂曲為主體，所以稱作「戲曲」。

中華戲劇學會利用暑假舉辦「大陸戲曲之旅」，八月十九日出發，九月六日返台。十九天裡，由山西太原經臨汾、運城兩地區西入陝西西安市，南下四川成都市與綿陽市。所至除遊覽山川風物、登臨名勝古跡外，則訪察戲曲文物、觀賞戲曲演出，並與當地學者舉行座談，以交換心得、解答疑難。

所訪察之戲曲文物，有臨汾魏村牛王廟「樂廳」、洪洞明應王殿忠都秀作場元代雜劇壁畫、洪洞蘇三監獄、侯馬董墓金代戲臺模型與戲俑、永濟普救寺、西安曲江寒窯等六項。所觀賞戲曲有臨汾和運城的蒲劇和臨汾眉戶劇；西安秦腔、碗碗腔、木偶戲、皮影戲、中國歌劇；綿陽川劇、目連戲；成都話劇計有十個劇種，另有臨汾「天下第一鼓」。所舉行的座談，其對象有山西師範大學戲曲文物研究所、西安市戲曲界、綿陽市戲曲界；另與臨汾蒲劇院、臨汾眉戶劇團、四川人民藝術劇院、成都市蔓莎梨園劇團於演出後亦舉行座談，自由敘說編導旨趣、表演甘苦、觀後感受。

「戲曲之旅」由中華戲劇學會理事長王士儀教授領隊、牛川海教授擔任秘書長，成員主要為國內各大學戲曲教授和研究生，其他為戲劇專業工作者。全團五十二人中包括姚一葦、洪濤、陳萬鼐、貢敏、黃美序、李殿魁等知名人士在內。像這樣一個兼具專業性、學術性的旅遊觀摩團體，據說是大陸開放交流以來最龐大的。而其所從事之旅遊，自然與一般觀光團體不同，應當就是所謂「深度旅遊」吧！

在台灣，由於種種的局限，往年戲曲的研究，止於「紙上談兵」，不是戲曲文獻的考索校訂，就是古劇劇本的評騭探討。近年海峽交流之後，雖然個人已多次從事大陸地方戲曲的調查和錄影工作，但通過此次「戲曲之旅」，越發了解田野考古印證戲曲文獻的重要；而戲曲劇種的藝術特質，如果不親眼目睹搬演，是無法真切領會的。又由於與劇團和學界接觸，加上曾為海基會主持「大陸傳統戲曲劇種、劇團及行政體系之調查研究」，也越發了解大陸傳統戲曲的維護之道與開展之道。即此際會因緣，個人對於戲曲自然有了一些新的視野。

（原載《聯合報》文化廣場八十二年九月十四日）

# 玉堂春與蘇三監獄

「蘇三離了洪洞縣……」，不知多少年前從唱片聽到這樣的唱詞，就為那甜美溫潤的音色所吸引。原來那是一齣梅蘭芳的絕活《蘇三起解》。梅蘭芳在《舞台生涯》中說到《玉堂春》是青衣唱工戲，學會以後，大凡西皮中的散板、慢板、原板、二六、快板幾種唱法便都有了底子，他是從伯父梅雨田和王大爺瑤卿那裡學來這「最早的青衣新腔」的，而這本戲也因他的藝術造詣而傳唱不絕。

◎蘇三監獄

「戲曲之旅」在洪洞縣時，縣長說，這小縣就因為《玉堂春》出了名，縣裡還有明代留下來的監獄，一般相信正是玉堂春蘇三坐過的，所以也叫「蘇三監獄」。

我們參觀了「蘇三監獄」，是石砌的古建築，高牆之內，一道長巷，陰暗狹隘的牢房「櫛比鱗次」地分置兩旁；而「虎頭牢」內的「斗室」，形如窯洞，據說蘇三曾被拘留其中。牢中天井，也有蘇三用過的水井和洗過衣服的石槽。井口很小，只容得汲桶，為的是怕犯人投井自殉。我撫摸著井緣那因繩索磨勒而成凹形的勾痕，眼看鑲嵌在石牆上的「獄神廟」和牆腳下狀如灶口的「死囚洞」，不禁想像蘇三當年所遭遇種種的苦。

玉堂春故事始見萬曆刊本《海剛峰居官公案傳》中之〈妬奸成獄〉，稍後有〈王公子奮志記〉（已佚）和眾所習知的馮夢龍《警世通言》中的〈玉堂春落難尋夫〉，馮氏所編《情史》也有〈玉堂春〉一則。明人之好事者已撰為《金釧記》，演為戲曲。清代以後，傳奇《破鏡圓》，以及鼓書、彈詞、地方戲曲藉為題材者更層出不窮，簡直成為眾人耳熟能詳的民間故事。但是縱使「玉堂春」有民間故事的「孳乳展延」，有如阿英〈玉堂春故事的演變〉一文所考述的那樣，但是其為明萬曆間的「真人真事」，則是經過學者考據的。

◎左起張樸先、王麗嘉、楊惠如攝於蘇三監獄

《戲劇月刊》三卷四期邵振華〈玉堂春考證〉，謂「玉堂春本事非妄，張文襄撫晉時，曾向洪洞縣調閱此案全卷，與世傳無大出入。」所云張文襄即張之洞。我訪問當地人，也如此說故事絕非子虛烏有。民國廿六年四月底《武漢日報》無名氏〈王金龍身世考〉，謂王金龍河南永城人，金龍為小名，三善為本名，即《明史》所云「王忠勇公」。三善平反蘇三冤獄，即納蘇三為妾。同僚彈劾，乃絕意仕進。蘇三為之毀容激勵，未幾病死。三善後官至貴州巡撫，因征苗而陣亡。則蘇三故事，乃從明人「社會新聞」演為戲曲小說者。只因為蘇三之悲苦，王金龍之情義，而有情人又終成眷屬，所以才能歷數百年傳頌不絕。然則必須有如馮夢龍、梅蘭芳等不世出之文學家與劇藝家，乃更能使之家喻戶曉，一唱三嘆，歷千古不稍衰。

# 宋元神廟戲台

## 由山西臨汾魏村牛王廟樂廳說起

「戲曲之旅」八月廿二日下午到山西省臨汾市郊的魏村考察。魏村雖不至破落荒塞，但已屬窮鄉僻壤。在魏村羊舍的一個高地上，有座「牛王廟」，廟存正殿和獻殿。獻殿之前為廣場，廣場上有座戲台，由前檐兩旁石柱銘文，得知元至元二十年（一二八三）建築，至治元年（一三二一）重修，頂蓋為單檐歇山式建築，面寬七點四七公尺，進深七點五五公尺，面積五六點四平方公尺，後部有牆，後兩側有短山牆，前台敞開，基本上可以三面對觀眾，如於山牆前緣施掛帷幕，則有前台後台之別。廣場上又有清光緒廿四年重刻〈元廣禪侯碑〉，「廣禪侯」就是「牛王」的封號，其正殿匾額正題「廣禪侯」。碑文謂此戲台為「樂廳」。這「樂廳」可以說是元代神廟戲臺的典型。

山西晉南包括今臨汾和運城兩區域，為古平陽地帶，是我國最早的戲曲發祥地之一，唐參軍戲、踏謠娘、宋金雜劇院本、元雜劇，乃至於今日蒲劇，莫不於此斑斑可考。也因此，光就宋元神廟戲臺遺跡，學者已發現四十處之多，其中宋代三處、金代八處、元代二十九處，全存者十五處。由碑記，時代最早的是宋景德二年（一〇〇五）萬榮縣橋上村后土廟之「舞亭」；其戲臺保存完好者，最早的是金正隆二年（一一五七）晉城市冶底村東岳天齊廟之「舞樓」。

由遺跡碑文，可知宋元神廟戲臺名稱，有露臺、舞亭、樂亭、舞廳、樂廳、舞樓等；基本上有三種類型，即臺、亭、廳樓。如此再加上「宛丘」和「場」兩個類型，已可以概見中國表演舞臺的演進。《詩經・陳風》有「坎其擊鼓，宛丘之下」之語，記載西元前七世紀陳國的民間歌舞；「宛丘」是一種四方高、中央下或中央高、四方下的地

◎山西臨汾魏村牛王廟對面之元代戲台

形，宜於人們圍觀歌舞表演。其後張衡〈西京賦〉記漢武帝於「平樂觀」，有「臨迴望之廣場，程角觝之妙戲」的記載，可見漢代角觝百戲在「廣場」上展演，而武帝則居高臨下觀賞。

至於所謂「露臺」，是一種上無頂蓋的高臺，漢代用作降神之所，宋代以後於神廟之前用作表演；而於露臺之上加頂蓋避日曬雨淋，則為「舞亭」或「樂亭」，仍保持四面對觀眾；而於舞亭築牆蔽其後面、後兩側又加短山牆以帷幕屏風分前後臺（有如魏村牛王廟者），即為「舞廳」、「舞樓」或「樂廳」，為三面對觀眾。這種三面對觀眾的「廳樓」類型，在西方一面對觀眾的「鏡框式」舞臺傳進之前，一直是中國戲曲劇場的主要形式。

但是現存元代戲臺，至治二年的永濟縣董村三郎廟、至正七年的石樓縣殿山寺村聖母廟、至正間的翼城縣曹公村四聖宮、運城市三路里村三官廟等四座戲臺，卻都三面築牆只保留正面對觀眾，它們兩側的牆壁不像翼城縣武池村喬澤廟「舞樓」那樣，有歷代改變建築格局，將兩側山牆逐步向前方延伸的痕跡。因此如果不能證明其兩側牆壁為後人所添加，那麼事實上我國在元代已經有「鏡框式」舞臺，只是這種形式似乎不普遍流行。

中國戲曲舞臺以「場」為基礎，表演空間頗為狹隘。元代神廟戲臺寬深一般在七點八米之間，面積在五十、六十平方米左右。若此，其藝術原理焉能不往虛擬象徵之程式上發展。

（原載《聯合報》文化廣場八十二年九月二十五日）

# 最具體寫實的元雜劇壁畫

八月廿二日，「戲曲之旅」到達山西省洪洞縣的廣勝寺。其「上寺」的琉璃「飛虹塔」為明代重建，塔高十三級，極壯麗顯眼。

其「下寺」為水神廟，主要建築為「明應王殿」，殿之南壁東次間牆面繪有「堯都見愛大行散樂忠都秀在此作場」的壁畫，有「泰定元年」（一三二四）的題記，這是舉世公認最具體寫實的「元雜劇演出場面」，也因此學者費了許多筆墨加以探索。

對於這幅畫，學者共同的見解是：居中扮官員的就是「忠都秀」，顯然是女扮男裝，她是劇團的主角，所以「帳額」以她作號召。堯都，相傳堯建都平陽，古平陽府即今臨汾、運城兩地區。見愛，應是為群眾所喜愛的意思。「作場」，猶言「公演」。此外，像「大行散樂」的名義及畫面展

◎山西洪洞廣勝寺明應王殿元雜劇壁畫

◎著者與牛川海教授攝於壁畫所在之廣勝禪寺之前

演的內容，便眾說紛紜，莫衷一是。

個人以為，如欲據此畫面以考究其搬演劇目，難免捕風捉影、牽強附會，不如置之不論。但是「大行散樂」，應當指的是「太山地區的民間戲班」。因為古文「大、太」通義，金、元人常兩字互為通用。譬如金宇文昭《大金國志》即時將「太行」寫「大行」。又萬榮縣孤山風伯兩師廟戲臺石柱刻文也有「堯都大行散樂人張德好在此作場」之語，可見「大行」與用作妓女行中魁首的「大行首」無關，因為「張德好」顯然是男演員的名字。

而「散樂」是與宮廷「雅樂」對舉的，是泛指散布民間的「俳優歌舞雜湊」而言，在這裡自以指「民間戲班」為合宜；而「散樂人」自是「民間戲班藝人」的意思。

筆者在民國七十三年的一次學術會議，根據這一幅元雜劇壁畫和文獻資料，提出元雜劇伴奏樂器只用「鼓笛板」的看法，周貽白戲劇史所舉的多種管絃樂器是有問題的，元雜劇加入絃樂器當遲至元末明初。雖然當時我所敬愛的兩位師長不以為然，但是如果證以出土文物，如稷山馬村金代三墓雜劇雕磚，也和此壁畫一樣，都只用鼓笛板。而宋吳曾《能改齋漫錄》卷一〈事始〉謂政和初有用鼓板改作北曲者，而宋周密《武林舊事》卷四所記乾淳教坊樂部中的「鼓板」，其樂器即由鼓笛板組成。可見用鼓笛板唱北曲，是北宋末年以來的傳統。但是新絳縣吳嶺莊元墓雜劇磚雕，但用鼓板；運城市西里莊元墓西壁雜劇壁畫，但用拍板；則北曲歌唱有時只用鼓板或單用拍板節奏也就可以了。（按運城元墓東壁另有五人依次執杖、琵琶、橫笛、板鼓、拍板，顯然為一樂隊組織，與西壁雜劇無關。）

（原載《聯合報》文化廣場八十二年十月四日）

# 侯馬金墓舞臺戲俑

「戲曲之旅」八月廿三日由臨汾往運城途中，考察了侯馬金代董玘堅墓中的戲臺模型和戲俑。有金大安二年的紀年（一二一○）。此墓已由牛村遷至山西省文物管理委員會侯馬工作站復原，將墓室升至平地上，所以參觀時頗為方便。

董墓舞臺模型可以說是神廟戲臺的縮影，屬於「舞樓」、「樂廳」的形式。其中有戲俑五個，著色鮮豔、姿態生動，並排立於戲臺之上，作「亮場」之狀。戲俑高度在二十厘米上下，左一人裹黑幞頭，著黃色衫裙，右手似執一黃紙卷，面部似繪蝴蝶狀臉譜，裸胸袒背；左二人裹黑幞頭，著皂衣，作衙役打扮；左三人裹黑漆展腳幞頭，著圓領大袖紅袍，足乘靴，雙手秉笏扮為官員；左四人頭梳高髻，上插紅色髮梳，髻後裹黑幞頭，著團花窄袖紅襖、白褲，右手執黃色紈扇揮於左肩，左手握腰帶，正曲身扭步作舞態，此為女子所裝扮；左五人頭上紅色軟巾諢裹，著黃色虎紋黑緣短袍、紅褲，臉塗三角形白粉塊，以墨跡貫雙眼，雙頰及雙嘴角亦各有一團

◎金代侯馬金墓舞台戲俑

墨跡，右手拇、食指置於口中打，左袖捋至腋，懷抱一黃色大棒。

根據文獻，宋雜劇金院本只是因代易名，其實並無二致，但金院本已另有發展。其腳色主要有四，即末泥、引戲、副末、副淨，另外可以加上一位扮飾官員的「裝孤」，或加上一位裝扮婦女的「裝旦」。

近年出土文物和傳世繪畫，其有關宋金雜劇院本，屬北宋的有河南偃師、白沙、溫縣、滎陽等四縣宋墓之雕磚；屬南宋的有畫頁兩幅與所謂〈蘇漢臣五瑞圖〉，屬金代的除侯馬外，有山西稷山三墓雕磚；屬元初的有山西芮城宋德方墓雕磚。對於這些文物和繪畫中的人物，其所表徵的「腳色」，學者雖然努力考證，各有賦與和說法，但由於對腳色名義的認識有所分歧和偏失，所以所得結論，自然難於確定。而若就其腳色數目來說，則偃師四人，白沙四人，溫縣五人，滎陽四人，稷山四人，侯馬五人，芮城四人，正與文獻所云雜劇「每一場四人或五人」之語相合。

侯馬這五個戲俑，學者認為其排列與表演形式與洪洞〈忠都秀作者〉之元雜劇壁畫頗為接近。民國六十四年筆者在〈有關元雜劇的三個問題〉一文中，即據此謂侯馬戲俑應是「院么」的演出形式，而「院」么實為由金院本過渡元雜劇的劇種。後來在大陸一九八三年出版的《中國大百科全書・戲曲曲藝卷》中也看到類似的說法。而今可以親睹戲俑真貌，實在快慰平生。

另外，值得一提的是，戲俑左五人之臉塗三角形白粉塊，可見丑腳的化妝特徵其來有自，起碼已經接近八百年了。

（原載《聯合報》文化廣場八十二年十月十二日）

# 《西廂記》裡的普救寺活生生矗立於山西永濟

中國士大夫所創作的戀愛故事，最膾炙人口的是唐代元稹的〈鶯鶯傳〉，其中男主角張拱應當就是作者的化身。此傳故事深合民間口味，宋代以後被改編作歌舞、說唱和戲曲的為數甚多；其中以元雜劇《西廂記》最為優美，將人物塑造得最為生動。《西廂記》對明清戲曲的影響固然很大，而就現代中國地方戲曲而言，起碼也有廿五個劇種仍然根據它的原本或經由改編本在繼續搬演，可見其流傳之廣遠。

「戲曲之旅」第三站由山西運城到永濟參觀普救寺，普救寺因為是《西廂記》裡張生和鶯鶯愛情故事發生的地點，故而名聞遐邇。

普救寺位於永濟縣蒲州舊城東邊，南依中條山，西臨黃河，始建於隋文帝開皇元年（五八一），明世宗嘉靖三十四年史稱「天塌蒲州」的地震發生，寺與塔俱毀。至嘉靖四十三年（一五六四），張佳胤任蒲州知州，捐俸重修，傳為美談（現在「鶯鶯塔」前有一石碑，刻有張佳胤的〈再

◎牛川海教授攝於普救寺鶯鶯塔之前，騎駱駝者為貢敏先生

建普救寺浮圖詩〉，和負責修寺建塔的王太石題的跋〉。然而民國八年又因香火大會發生火災，其後復遭日寇破壞，普救寺除鶯鶯塔外，幾於全毀。而今普救寺金碧輝煌的大殿高閣和迴廊曲檻，是一九八四年以後重建的。

重建的普救寺有一個特色，即和《西廂記》故事密切配合，因之有所謂「張西軒」、「梨花深院」、「書齋」等建築；尤其「梨花深院」坐落在大佛殿和藏經閣之間，是一座古樸典雅的北方三合院，故事中的相國夫人、鶯鶯、紅娘和歡郎都住這裡，而《西廂記》中「驚艷」、「請宴」、「賴婚」、「踰垣」、「拷紅」等情節也都發生在這裡。「戲曲之旅」的好些「男生」，都在「張生踰垣處」留影，那裡碧瓦紅牆、翠竹掩映，太湖石确犖而立。我說，張生如果沒有一些「功夫」，爬這樣的牆，恐怕就會跌得頭破血流。

《西廂記》首折寫張生遊覽普救寺，唱道：「隨喜了上方佛殿，又來到下方僧院。廚房近西法堂北，鐘樓前面。遊洞房，登寶塔，將迴廊遶遍。我數畢羅漢，參過菩薩，拜罷聖賢，驀然見五百年風流業冤。」那天接待我們的普救寺執事人員，興味盎然的導引我們踏著張生「入寺瞻仰」的足跡，並且連張生乍見鶯鶯即認定是「五百年風流業冤」的「驚艷處」也能指示我們。而今以石扣石就會發出蛤蟆叫聲的「寶塔」更改名作「鶯鶯塔」。則整個普救寺，就真的是屬於《西廂記》的了。戲曲名著中人之深，於此可見一斑。

（原載《聯合報》文化廣場八十二年十月二十六日）

# 曲江王寶釧寒窯

「戲曲之旅」走訪西安，安排的節目包括參觀歷史博物館、寒窯和大雁塔。由於博物館在大陸數一數二，內容豐富，導覽人員又「克盡厥職」；當我們往「寒窯」時已超過預定時間許多，也因此我們大家敬愛的姚一葦教授認為「寒窯」十分「虛構」，有什麼值得看的，何如逕往大雁塔，多流連些「歷史」。但是大陸「地陪」安排好的，是難以更改的。即此我們竟意外的憑弔了唐明皇、楊貴妃當年繁華無比、亭台樓閣、笙歌終日、而今卻餘平疇綠野、紫陌紅塵的「曲江」，以及具有「平貴降馬」、「平貴別窯」、「王寶釧提籃挖菜」、「薛平貴、王寶釧登大殿」等塑像的「寒窯」。

「寒窯」之所以深入人心，是因為它流傳著薛平貴與王寶釧的故事，故事中的〈彩樓配〉、〈三擊掌〉、〈別窯〉、〈探寒窯〉、〈鴻雁傳書〉、〈趕三關〉、〈武家坡〉、〈算糧〉、〈銀空山〉、〈大登殿〉等戲齣，至今仍有京劇、漢劇、川劇等起碼十七個劇種在搬演流傳，所以它也是一個家喻戶曉的戲曲故事。甚至於已遠及東南亞、日本和西歐等國。

這個故事在明代已有無名氏的〈寶釧〉曲詞、〈彩樓配傳〉、〈龍鳳金釵傳〉彈詞等民間傳說的作品。今年二月間我在自貢市清乾隆元年所建的「西秦會館」戲樓上，看到有秦腔〈算糧〉的木雕，足證它在乾隆之前已演為戲曲。

「寒窯」故事，基本上假藉薛平貴以發抒元雜劇以降，中國文人「發跡變泰」、「衣錦榮歸」的「冥想」；但是故事中所塑造的王寶釧，誓守情義，因能反抗嫌貧愛富，貞靜不移，以野菜苦度寒窯十八年，乃成為舊禮教所歌頌的婦

◎牛川海教授攝於「寒窯」前

女典型，其影響之深遠，不讓集邊塞之苦與貞節之烈於一身的孟姜女。而若考此故事之形成，實彙集了春秋魯國秋胡、唐代薛仁貴、五代漢劉知遠、宋代呂蒙正等的形象與事跡於一爐，從中反映中國人長遠累積的意識形態和思想情感。

相傳「寒窯」有兩處，一處在西安城東南杜陵原下五典坡村南，謂王寶釧與薛平貴成婚於此；一處即我們駐足之處，在曲江鴻溝，相傳為薛平貴降服紅鬃烈馬之所，亦即「寒窯故事」之根本。兩處「寒窯」，前者已毀，後者民國十五年被破壞。民國廿三年後陸續增修，一九八四年曲江鄉政府更修築為風景區，除原「寒窯」加固維修外，更增置各種塑像，於是「風景區」的種種，便處處與「薛平貴、王寶釧」故事結合為一了。當我們「穿梭寒窯」時，一方面固然領略了北方「窯洞」的情味，一方面也深深感受到「子虛烏有」的人物，照樣可以活入人們心中，則「稗官戲曲」中人，是何等深遠啊！

（原載《聯合報》文化廣場年八十二年十一月八日）

# 臨汾中華第一鼓

中國「鼓文化」非常發達，《周禮》已有「六鼓」之名，近年田野考古出土不少實物，傳世銅鼓尤為繁多，目前全國鼓類多達千餘種。而山西更是「鼓的故鄉」，從周圍丈餘的「帥鼓」到數寸不盈握的「手鼓」，應有盡有，不知凡幾。而臨汾的「威風鑼鼓」自從一九九〇年在北京第十一屆亞運會開幕式展演之後，真是威振寰宇、揚名海內外，贏得了「中華第一鼓」的美譽。

「擊鼓進軍，鳴金收兵」，是大家熟知的成語。臨汾的「威風鑼鼓」，數百人一律古士卒裝束，顏色鮮明奪目，場面展開，儼然戰陣行列。據說西元六一九年，李世民在霍州大戰劉武周，擊鼓迎戰，鳴鑼退兵，軍容整然有秩，取得勝利，就世世代代傳下這「威風鑼鼓」。

「戲曲之旅」在臨汾郊外參觀牛王廟元代戲臺之後，即轉往魏村的「人民廣場」，幾乎全村的人都出來歡迎我們，而表演「威風鑼鼓」的男女「壯士」，早就「嚴陣以待」。

我們坐在舞臺之上，「居高臨下」，恍然有韓信點兵的威嚴，而鑼鼓一動，隊伍展開，場上儘管只有六七十人，但已充分感受其音響的「威風」，節奏的「威風」，場面的「威風」了。「威風」從每個驃悍、剛勁、倔強的身軀散發出來，從而形成整體性的英武雄壯、慷慨激昂的偉大氣勢。

那如雷貫耳的聲響，來自鼓、鑼、鐃、鈸四種打擊樂器。傳統的配置比例是鼓二、鑼八、鐃四、鈸二，農民玩弄，已足以增添節慶氣氛。往後人數越來越擴大，成為上百面鼓，幾百面鑼，近百副鐃鈸，齊鳴齊奏，響徹雲霄的大場面；也因此能從臨汾「打」到北京，從農運會「打」到亞運會，充分顯現「不可一世」的雄豪。

「威風鑼鼓」的演奏方法是鼓指揮、鑼主奏，鐃和鈸分成兩個聲部交替對奏。由於源出戰陣，曲式、句式、節奏多為行進式，曲牌名稱也多與軍事有關，譬如〈單刀赴會〉、〈三戰呂布〉、〈四面埋伏〉、〈五馬破曹〉、〈六出祁山〉、〈七擒孟獲〉等；所以置身鼓聲之中，彷彿千軍萬馬，呼嘯沙場；彷彿鐵騎突起，刀槍齊鳴。我固然欣賞「壯丁」的威武，但卻更讚嘆「嬌娃」的矯捷，看他們進退開合，游移閃動自如，頓如孔明八陣圖，頓如泰山崩北海，頓如大風捲殘雲。我們不禁看得瞠目結舌、呆若木雞了。

為此使我想到，像這樣的「民族體育」是多麼的「舉世無雙」！我們台灣的「大鼓陣」如果也能對之有所借鑑和取法，相信也會「不同凡響」。

（原載《聯合報》文化廣場八十三年一月二十八日）

◎威風鑼鼓

# 灌溉藝團，不宜過度澆急

我國在經濟發達之後，要躋登先進之林，自非講究文化品質不可；而文化最具體、精緻的呈現，則是表演藝術。世界先進國家，無不擁有蜚聲寰宇的樂團、舞團和劇團。

文建會為了協助具有國際水準和潛力的藝術團隊，訂有扶植條例，要求接受補助的團隊：必須設有固定辦公地點、排練場所；必須聘請若干專職的團員和行政人員；必須要有專業的藝術指導；必須要擬定長期可行的培訓及演出計畫；必須每年要有新作發表。並請專家進行訪視評鑑，以決定是否繼續扶植。

本人忝為訪視人員，深深覺得這是很有意義和極具前瞻的文化措施。不容諱言，我國的文化水準和品質亟須提升，在大企業尚未普遍回饋藝術文化之前，由主管文化的最高當局，有計畫的編列預算，像父母撫養、教育兒女，期其成長獨立那樣的來扶植在國內已素著聲譽的團隊，使之有朝一日能自如的縱橫於國際藝壇，仍然是必要的。何況就我所訪視的團隊，均能配合文建會的要求，努力以赴，而且成績有目共睹，相信假以時日，當可不負所望。

只是文建會的「要求」和評分「標準」是否完全合適，恐怕尚有待斟酌。譬如「每年要有新作發表」，雖然具有督促美意，但是表演藝術作品的真正完成，實有賴不斷的實驗和切磋琢磨，往往非一年可竟其功；如果每年都忙於新作的發表，縱然年年都有新作，而若欲求一藝壇公認之「經典作品」，反而終不可得。又如以每年在國內外演出之場數為評分之重要標準，舉明華園為例，在國內演出達兩百餘場，國外演出則因經費無著而無法成行，以致此項得分因國外部份零分而成績不佳。諸如此類，或者尚須集思廣益，才能使之更切合實際。

（原載《聯合晚報》運動版八十三年一月十六日）

# 南管與書畫

## 記文化藝術訪問團琉球那霸之行

雖然二十年前琉球從美軍手中「回歸」日本，但是琉球人心目中未必把日本當作祖國。這次琉球之行，我曾經對著多位試圖復原琉球「御座樂」的教授和琉球縣政府「文化振興課」的官員說，傳統藝術是民族文化最具體的表徵，喪失傳統文化藝術就等於斷絕民族的根源，這樣的民族往往被無形的滅亡而不自知。因此維護發揚民族文化藝術是有志之士的共識，必須刻不容緩的身體力行。當場即獲得極為熱烈的掌聲。

中琉關係六百多年來向稱密切，明清兩代於琉球新年即位，每有冊封使，雖有福州海船出發，而儀衛甚為壯麗；琉球王城「守禮之門」面朝正西，其貢使亦由福州登陸，然後步行晉京。近年琉球人對這樣的「使路」，尚作「仿古之旅」。而在現階段的政治環境下，為了加強中琉關係，乃各設有「中琉文經協會」和「中琉協會」。這次「中華民國文化藝術訪問團」所以赴琉球那霸市，作南管與書畫的展演活動，就是為了回應琉球大由昌秀知事和西銘順治會長的呼籲：多作文化藝術的交流。

我們訪問團一行十三人在張希哲、劉立民兩位先生率領下，於五月廿六日下午抵那霸市。次日下午書畫組布置展覽會場，南管組赴沖繩藝術大學作示範講演。廿八日上午書畫展開幕酒會，以南管為迎賓之曲；下午國立藝術教育館張俊傑館長以〈美感人生〉作專題演講。南管正式演奏會則在廿八、九日兩個夜晚。

所以選擇南管和書畫作為交流展演的內容，一方面因為南管是千年古樂、書畫是歷久不衰的藝文，兩者最足以代表中國藝術文化；另方面則因為中琉長久的歷史關係，琉球人也喜愛書畫，他們正努力要復原的御座樂和南管亦有可相觀摩的地方。

也因此在藝術大學的南管示範講演，吸引了所有音樂系的師生。配合漢唐樂府的演奏和歌唱，我從樂器體製、樂隊組織、樂曲結構、咬字吐音等方面說明南管樂曲的歷史地位和音樂特色。在座的老師與我們討論問題，意猶有未盡，又邀請我們晚餐，在「土餚土酒」聯歡之餘，我們暢意的大談古樂。漢唐團長陳美娥更發揮她的實務經驗和研究心得，引得比嘉悅子教授要利用暑假到臺北來跟她學習，比嘉是御座樂復原計畫的主持人。

兩場南管演奏會在那霸市最好的鄉土劇場舉行，首場適逢豪雨，還有聽眾兩百餘名，偌大的劇場尚不甚空疏，而次日天氣放晴，就接近四百人了。

南管非常的優雅，加上仿唐服飾、儀杖排場，更加容易使人發思古幽情，所以聽眾無不屏氣凝神，沉醉在樂音與歌聲裡。

比起南管，則書畫動靜兼而有之。在鄉土劇場的百餘坪展覽室裡，牆上懸掛著國內名家的書畫作品，書法備具楷隸行草與篆體，繪畫兼有山水花草與鳥獸，風格雖異而各盡其致，為此置身其中，就顯得琳瑯滿目了。

然而書畫展覽的最高潮在室中並置的三張長桌，來自中華民國的三位著名畫家，一連兩日的上午在此即席揮毫。張俊傑先生水墨瀟灑，氣韻流動的將滿山秋色傾入悠遊的扁舟；趙松筠小姐點染了牡丹的風華、勾勒了蒼松的挺拔，好個「富貴長春」；熊宜中先生則以靜物展開了「歲寒三友」

◎右三為著者，中間掛花者為劉立民先生、張希哲先生，右四為陳美娥小姐

的逸韻手姿。在場的琉球政府各級官員和來賓，團團的圍著他們，目光隨著他們的筆觸轉移，莫不嘖嘖稱奇，何以胸中丘壑、胸中花鳥、胸中梅竹，如此「輕易」的流轉筆端。駐琉代表吳嘉雄先生建議將即席畫作贈送現場貴賓，貴賓莫不如獲至寶般的喜笑顏開。於是趙小姐又來幅「喜上眉梢」、熊先生更作楷隸書法，他們手下敏捷，也樂在心頭。

據劇場的人員說，這次南管和書畫的展演，是他們自開館以來觀眾最多的一次。所以訪問交流可說是成功的。而這樣的成功，其實有賴於駐外單位的妥善安排和琉球相關機構的充分配合。

我們甫下飛機即受到熱烈的歡迎，官員、華僑與協會人員之外，更有具「琉球小姐」頭銜的兩位女郎獻花。我們也隨即拜會了市長親泊康靖、縣知事大主昌秀。於是知事親自晚宴款待，市府官員自始至終協助我們。次日一早，我們馬不停蹄的拜會了《琉球新報》社長親泊一郎、「沖繩電視台」董事長宮城普滋、《沖繩時報》專務董事新垣精久、「琉球電視台」專務董事仲地清、縣議會副議長琦濱。也因此，我們的開幕式和展演現場才能「冠蓋雲集」；而我們成功的展演，兩家報紙和兩家電視一再的報導，《琉球新報》更以頭版登載南管演奏的畫面，《沖繩時報》也圖文並茂的描寫畫家揮毫的情況。如此一來，就充分的擴大了我們訪問交流的功能。

而我們也抽空遊覽了「首里城」，那是從戰後廢墟中經研究考證後力求復原的古琉球王城，彷彿漢家衣冠、海外扶餘。面對著這樣深具文化傳統的「新城」，我非常感佩琉球人的精密與積極，他們為了不斷絕民族的根源，他們真是傾注了全力；也因此，我相信，他們的「御座樂」不久也將從這城裡，悠悠揚揚的飄進每個琉球人的心靈中。

（原載《中央日報》副刊八十三年六月十七日）

# 恰如旭日東昇

## 中華民俗藝術基金會成立二十周年

◎許常惠（右）與著者攝於中華民俗藝術基金會

中華民俗藝術基金會於民國六十八年成立，今年屆滿二十周年。古人廿歲行冠禮，意謂已經度過總角的幼年和束髮的少年，進入成年就要有模有樣的戴起帽子來。但也因為廿歲的青年身體尚未強壯，所以那時便叫「弱冠之年」。如果將基金會比附為人，那麼基金會正好年及弱冠，雖然體氣有待加強，但其蓬勃在望，其實恰如旭日東昇，溫煦中有燦爛有光芒。

說到基金會就不能不說許常惠。如果當年沒有許教授的熱情和毅力就沒有今天的基金會。他愛鄉土愛國家的熱誠，使他及時呼籲民俗藝術調查研究與維護發揚的重要，他排除困難務使實現的毅力，使得基金會在當時的環境下能夠成立。對於參與創立的諸位前輩如藍蔭鼎、辜偉甫先生等，他們「篳路藍縷」的精神，也同樣令我們感到欽佩。

許教授擔任基金會的執行秘書、執行長十餘年，為基金會贏得社會聲譽，奠下雄厚基礎；就其所長，特別注意原住民音樂、本土歌謠之系列調查展演與唱片、圖書之出版。尤其舉辦數十場之「民間藝人音樂會」，發掘不少人才，如陳達之恆春民謠、廖瓊枝之歌仔戲哭調、賴碧霞之客家茶歌；又舉辦「國際南管學術會議」，首先確立南管音樂戲曲的文化地位和藝術價值，認為含藏南宋大曲的遺響和具有宋元戲文的面貌。只是基金會尚且短絀，「以租賃為家」，會址因之屢次遷徙。

筆者有幸，民國七十年得識許教授，一見如故，相顧莫逆，從此我稱他為許大哥。那年許大哥即推薦我為基金會董事，引導我參與已經起步的「民俗藝術運動」。於是我由於為文建會連續製作四屆「民間劇場」、規劃「高雄市民俗技藝園」，乃結合友朋林明德、洪惟助、莊伯和、李乾朗、李豐楙、林鋒雄、吳騰達以及弟子輩王安祈、王維真、林茂賢、江武昌等做臺灣民俗藝術之全面調查與鑑定，撰為四十餘萬字之報告，配圖百餘十幅，由學生書局出版。而許大哥亦參與其事，多所顧問和指導。民國七十九年，許大哥把基金會執行長的職務交付與我，我只有一個想法「不負所託」。我一方面把民俗藝術分作「藝能」與「工藝」，前者為表演藝術，有民樂、歌謠、說唱、雜技、小戲、大戲、偶戲七大類，各有所屬，品類繁多；後者為手工藝術，以製作手法分，有雕塑繪製裁燒編染織等類別，如再副之材質，則「雕藝」，即有紙皮木石金玉冰竹瓠果蔬毫芒等多種。將如此林林總總的民俗藝術做全面的關懷和從事，更從而主張「以民俗藝術做文化輸出」，「現身說法」多次率領團隊赴歐、亞、美、非、澳列國巡迴展演。另一方面發動熱心人士捐獻基金，曾以「背水為陣」的心情，貿然購買基金會現址，使基金為之枯竭，但也因此同心協力，別開生面，不再有「流浪之苦」。

民國八十四年我央求林明德教授接任執行長，許大哥被推為董事長，我為副董事長。明德點子多、幹勁足，首先建立制度，重新安排工作人員，將會址佈置得煥然燦然，使人刮目相看。他積極推展業務，主動探索資訊，提出計畫，執行期間親自監督，成果務使充實，尤其出版品更講究精美。而展演活動則以學術理念為基礎，配合媒體宣導，必使參與者感到「豐收」的愉快。也因此基金會更加受到有關單位的信賴和藝文界的肯定。於是基金累積逐年增多，圖書、錄音、錄影帶琳琅滿目，有如瑯嬛福地。於是租賃隔壁樓房，闢為會議室與演講廳；研究助理埋首案頭，成行成列。你只要到基金會，一定感受到欣欣然蓬蓬然勃勃然的氣象。

而今基金會集合了不少著有專長的學者為董事，如徐瀛洲之山地藝術文化、莊伯和之手工藝術、李乾朗之傳統建築藝術、李豐楙之宗教藝術文化、蔡麗華之民族舞蹈、江青柳與陳勝福之地方戲劇、呂錘寬之南北管，以及柯錫杰之攝影、洪惟助之崑曲、周理悧之音樂、吳騰達之雜技、林經甫之偶戲等。大抵都能各盡所長，主持調查研究計畫，並藉此訓練培養後生晚輩。也因此使得基金會幾乎成為「全方位」的民俗藝術中心。

回顧民國七十年代的臺灣社會，正處於急遽轉型的時期，民俗藝術與現代生活逐漸脫節，文化資產也瀕臨滅絕的危機。有識之士如許常惠者，乃奔走搶救，以「維護民俗藝術，傳承民間藝人之精湛技藝，以提高民俗文化的學術價值，充實精神生活」為宗旨，成立「中華民俗藝術基金會」。二十年來雖然執此而往，努力以赴，但實際上則不停在拓展內涵，促進效能。尤其對於社區人文資源的整合，透過講座、展演、教學、導覽等活動，將民俗藝術融入生活，使民眾領略多采多姿的民俗世界，以充實社會大眾心靈，提升國民素質，則是我們新近所從事和必欲達成的目標。

一個進入弱冠之年的人，必有許多嚮往的前景，而其奮發努力，也正如東昇之旭日，非不停的發出更多的光、散布更多的熱不可，其功其能，有如陽春廣施德澤一般。而以基金會今日之氣象，何嘗不彷彿如此！我願與基金會同仁共勉！

（原載《中央日報》副刊八十八年十二月二十五日）

# 空前的文化大展

## 「中華少數民族博覽會」觀後

古人說「讀萬卷書，行萬里路。」意思是寒窗苦讀，從書本上汲取知識固然重要；而閱歷多方，從天地間觀覽自然人文以豐富經驗也同樣重要。我國幅員廣大、歷史悠久，古人要像司馬遷那樣讀五車書、涉歷山川五湖的幾乎絕無僅有；今人更要認知世界，也同樣不容易。但是如果善於運用博物館，樂於參觀博覽會，則庶幾可以事半功倍。因為進入其中，可以透過靜態或動態的知性與感性展示，將長遠廣大的時空所呈現的自然景象與人類文明，在短時間裡盡入眼底。這樣的博物館與博覽會，我稱之為「文化櫥窗」。

最近我到埔心牧場參觀「中華少數民族博覽會」，對如此盛大的「文化櫥窗」，動靜兩態兼顧的藝術大展，讚嘆之餘，不禁要致以無尚的欽佩。因為五十五個中華少數民族，散居大江南北和邊疆的雪地高原與山區，其少者二千餘人，多者數百萬人，如果一一訪察，則我們何止要費盡一生，要行走萬里路途?而今在這數十公頃的牧場裡，五十五族的風土人情，經過文化的、藝術的處理之後，竟快速的可以令人愉快的一覽無遺。也因此當我走出園區時，那種豐富的感覺，是從來所沒有的。

在「文物風情展覽館」內，陳列了反映各民族歷史和現狀的實物、圖片和工藝品，各族都有穿著該族服裝的少男少女為你殷切的說明。置身其間，或者會使人恍惚返歸於葛天氏的原野，操持著牛尾，踏歌而舞；或者會使人想像瀕臨於白山黑水，雄視著大地的壯闊；但有時也會使人有水傣春澗裸浴的遐想、撒哈尼石林跳月的綺思和奇諾山篝火晚

◎著者與少數民族攝於博覽會

會的熱情。我還看到了麼些文的真跡，看到了巫儺面具的猙獰；我也從絢爛錦繡中摩挲了彝族傣族的神話，也從赫哲族的魚皮衣靴中看到了他們在黑龍江上的生活。

而在「民俗園」裡，則聚集了各族的住屋，標示著族名的旗幟隨風招展。蒙古包、藏傳寺廟、窯洞、木屋、竹樓、畜棚、羊圈、豬舍、馬房，真個五花八門，巢居、穴處、山顛、水涯各有其式，加上其室內陳設之繁簡，即可以看出其生活的情況。如果你進屋拜訪，總有人會為你展示解說，有時還會獻上即興的歌舞！這也使我想起民國八十年我到過雲南西雙版納，寫了一篇〈傣寨的黃昏〉，那時我好像回到了台灣四五十年前的鄉里。

博覽會中，最吸引人的恐怕是「滿山歌舞表演區」，在此有各色各樣的舞臺，展演各民族傳統與祭祀慶典的歌舞。每天五場，其色彩之繽紛，令人炫眼奪目。我觀賞了赫哲族少女的魚皮鞋舞，矯捷中不失優雅的身段；京族少女的單絃琴居然能撥弄出無奇不有的音響與感傷；瓦納族青年的山歌可以空谷迴響；傣族的象腳鼓舞熱鬧異常；而維吾爾族的都他爾琴則使我念起木卡姆，那合歌舞樂於一爐的古老大曲。但是贏得最多掌聲的，卻是泉州的木偶絕技。

在短短幾個小時裡，我飽嘗了如此多采多姿的藝術文化之饗宴。而他們原本散落在中國的大地上，各具不同的風俗習慣和藝術情味，只以相通的血脈維繫千萬年共屬的大中華；而今他們更空前的，或許也是絕後的聚首在這美麗的寶島之上，我們何等榮幸，於一朝一夕之間，即能沾溉其林林總總的英華。也因此，我要呼朋引伴、扶老攜幼，再度浸淫其中，更加仔細的品會我中華藝術文化的博大。

（原載《聯合報》副刊八十九年二月十九日）

◎雲南傣族

◎基諾族扛「太陽鼓」的青年

# 藝術的團隊精神

團隊精神就是互助合作、同屬一體之感的精神；也就是為共同目標努力不懈、共歷艱辛、同享成果的精神。為此必能各竭其力、各盡所能，互相砥礪、互補有無，從而凝聚為一股偉大的力量，完成出人意表的事功。

一個機關、一個團體、一個部隊，具有團隊精神，則其對社會、國家、民族的貢獻，必定既遠且大。

民國七十二年我即在報刊著文呼籲學術團隊精神的重要，往後進而參與推動民俗藝術的維護發揚，為文建會製作「民間劇場」、規劃「民俗技藝園」，並主持「中華民俗藝術基金會」，也莫不本此理念，努力以赴。也因此頗能得心應手。

但是去年底在國家劇院演出的說唱歌劇《國姓爺鄭成功》，如果也能發揮團隊精神，當會有更好的表現。此劇由許常惠作曲、鴻鴻導演、我編劇，三個人的出身背景和藝術理念不盡相同，倘能事先作充分的溝通和切磋琢磨，就能集各自之所長，使之成為完美的藝術有機體；否則難免扞格不適，於繁簡去取之掌握、筋節脈絡之調理，乃至意趣情味之傳達，都可能未盡得體。因為說唱歌劇是綜合的藝術，無法獨力完成。希望下次再演出時能多注意一點「團隊精神」。

（原載《活水藝術》第二〇八期八十九年十二月二十日）

# 精緻的「民間劇場」

文建會曾於民國七十一年開始，連續五年，中秋前五天五夜在台北市青年公園舉辦「民間劇場」。首屆由邱坤良製作，其後四屆由林明德、莊伯和、李豐楙、洪惟助、李殿魁、林鋒雄等友人和我共同執行，我師法自漢魏以下角觝百戲的傳統，提出「動態文化櫥窗」的理念，以「廣場奏技、百藝雜陳」的方式，經田野調查鑑定，將民間的手工藝術和表演藝術集中作全面的展現。我將表演藝術分作民樂、歌謠、說唱、雜技、偶戲、小戲、大戲等七大類，將手工藝術分作雕塑編織繪製燒等類別，類別之下又有若干項目，而以工藝棚環繞劇場周圍，以藝能團體在大小舞台和廣場輪番上演。民國七十五年最後一屆的「民間劇場」計展出民藝一百零九項，參演人數超過兩千人，觀眾高達百萬人次，其盛況可想。

「民間劇場」使國民對民間藝術重新認識和省思，從而予以維護，影響頗為廣大。因此當中華民俗藝術基金會倉促中接獲文建會委託，為今年國慶製作民間遊藝活動，以助長喜慶歡樂，我們便想到了久違國人的「民間劇場」，而以「全民鬥鬧熱」為旨趣。

「全民鬥鬧熱」仍以工藝展示為活動背景，地點在中正紀念堂前大道兩旁，時間為十月八日至十日三天上午十時至晚上九時，有五十項工藝品。藝能表演則止於國慶日下午二時三十分至四時共九十分鐘，在兩廳院之間廣場舉行。

由於展演空間、時間和目的都與青年公園「民間劇場」不同，所以我們將之精緻化，使展演內容更加兼顧族群，更加重視其文化藝術的意義和地位；展演方式則講究貫串性、機體性，務使排場變化，節奏明快，首尾呼應而環環相

◎中正紀念堂廣場的「全民鬥熱鬧」

扣。

為此，我們請來朱雲嵩製譜，陳德利、張健作詞，創作一首歌曲〈我們的家園〉，作為引場和全體合唱的收場曲，設計動線自如，舞臺明顯，觀眾舒適的露天劇場；安置「張燈結綵」、「普天同慶」、「客家風情」、「歡欣鼓舞」、「風神藝陣」、「蓬萊祥和」、「豐年祭禮讚」等七項絕活品味各殊的表演。其中有花燈踏舞、有南北會獅、有大鼓腰鼓、有高蹺特技、有神將逞藝、有歌仔京劇會串、有山地祭典、有鄉土歌樂，必使人感到如天花散落，琳瑯滿目，應接不暇；而在河洛歌子戲團張健先生的「導演」之下，相信更加節節引人入勝。

至於工藝棚方面，則薈萃台北陶瓷、鶯歌陶瓷、新竹玻璃、鹿港民藝、南投工藝、澎湖文石、民俗小吃、原住民工藝及其他各地重要工藝，參展者或為薪傳獎、民族工藝獎之得主，或為地方名家，無不各懷絕技。凡此亦皆可以展現各地方藝術文化的特色。

我們這次將民間藝術作「精緻化」的展演，希望大家來觀賞來關懷，「全民鬥鬧熱」，為國慶增長熱烈的文化氣氛。

（原載《聯合報》聯合副刊八十九年十月十日）

# 附錄

# 談酒、論詩、說戲

## 曾永義展現文人真性情

◎周昭翡

### 中副下午茶服務南部讀者，在高雄舉辦

從臺北一路下來，南臺灣的炎炎驕陽給予我們溫暖熱情的擁抱。這個周末的中副下午茶，是多麼地不同啊！其實，到中南部舉辦下午茶的計畫，早早就有了。然而迫於時間、經費及人力不足等因素，始終難以成行。一次又一次，在臺北，我們接到了中南部讀者的反應：

「中副下午茶會不會到南部來辦呢？」

我們的心躍動著。無論如何，我們不願意讓支持、鼓勵我們的中南部讀者失望。之前，幾經聯絡、協調、工作人員實地到高雄了解場地狀況，我們「中副下午茶移師南臺灣」的心願，得以逐漸實現。再加上高雄分社以及社教館的大力協助配合，這場中副下午茶，終於順利開演。

三點整，我們和我們的讀者，彼此相互期待。來到會場的貴賓有的十分年輕，也有兩鬢斑白的老者；有家庭主婦，也有一襲T恤牛仔褲的學生。

首先，中副梅新主編向與會貴賓致歡迎之意。並希望讀者一本愛護中副的心意，繼續提供我們寶貴的意見。雖然在人力物力上，到高雄一趟，比之臺北場次，成本高出甚多，但我們也願意盡力給予讀者最好的服務。希望這只是一個開端，將來，中副會有更多的活動在中南部舉辦，與此間讀者共享。

主講人選，幾經思考，邀請目前執教臺大中文系的曾永義教授。曾獲國家文藝獎的曾授教，著作甚豐，既是尖端的、學術領域裡的知名教授，又從事民間劇種，特別是歌仔戲的研究；可說是既是專業的，又是大眾的。在文化圈，曾教授被封為「酒党党魁」，對於酒與文學有獨到見解，他為人豪邁灑脫，文如其人。

對此，梅新先生有一番描述：

「曾教授喜歡喝酒但不酗酒，每次文友聚會，他都會來一段酒党党歌，氣氛融洽，大家也都十分盡興。」

## 無酒不成禮，酒又可滋補、與友人言歡

在讀者熱烈的掌聲期待中，曾教授從酒談起。

「酒可以說是人類共同的文化，到底是哪個民族先發明的，誰也不敢說。中國的酒從考古來看，從龍山文化時期就有，應有六千年以上歷史。和其他民族不同的是，不用水果釀酒，而用穀物。我喜歡喝酒，一喝，建立了相當有體系的理論基礎。」

「傳說，紂王因為喝酒而亡國，酒就沒有了好名聲。又有一些政客文人，藉酒澆愁『逃於酒』，比如戰國四大公子之一信陵君，知道哥哥魏王有意打壓他，因此酗酒，終不能得享天年；漢惠帝看到母親呂后那麼殘忍，就沈淪於酒，只活了二十六歲。還有詩仙李白，說古來聖賢皆寂寞，唯有飲者留其名。以酒放縱自己、抒發對現世的不滿，把他滿懷才情，藉著酒發洩出來。酒因此成了失意者的麻醉工具。即使最能品味酒的境界的陶淵明，他的飲酒詩，也呈現了濃濃的孤獨寂寞。」

說到這些，曾教授認為古人恐怕不太了解酒，對酒的好處未能充分領略。

「酒有三種功德，我們的祖先對酒其實有正面的肯定。第一是滋補，《禮記》中提到酒的營養，生病時才可飲酒食肉。第二是所謂：『無酒不成禮』，任何禮儀都拿酒做為憑藉來完成。第三是合歡。人與人之間有一道無形的牆，藉著三盃兩盞，把酒言歡，大家自然地融合在一起。這是酒的三種功德。」

## 「酒党」尚人不尚黑，酒德是喝酒最高的境界

對酒，曾教授的結論是「酒給予了我們人間的愉快」。

「『人間』有兩層意義。一是人與人之間，二是生活的時間和行動的空間。也就是生命的時空，都要愉快。從胸中

悠然引發的愉快，不必名利權勢來妝點，是無愧無憾的感覺，人與人相遇相合的舒坦愉悅。酒，確實可以達到這種境地。」

有一天，曾教授又想到，「党」本是具有共同的生命旨趣或理想目的的，朋友聚在一起的意思，那麼，憑藉酒享受人間愉快，當然也可以有酒党。

「從拆字來看，黨這個字是『尚黑』，以黑為尚，什麼黑心、黑心、黑道、黑幕、黑金、黑權等等。其實，黨的古體字作『党』，是『尚人』，講究人品、人格、人性、人情、人趣、人味。」

國父有三民主義，酒党有四酒主義：酒興、酒膽、酒量、酒德。

「有酒興喜歡喝酒的朋友，聚在一起，就要有喝酒的膽量，沒有酒量，三兩盃就躺下也不行，因此酒量要培養。有了酒量，喝多了胡鬧也不行，酒德更要培養。所以，酒興，是喝酒的原動力，酒膽和酒量則是助長喝酒愉快的氣氛，酒德則是喝酒的最高境界。」

因為人的性格不同，表現不同的酒德。酒党又有所謂「酒品中正」。

「第一品是酒仙，再來依序是酒聖、酒賢、酒霸、酒俠。從第六品以後，算是酒德稍微差一點的：酒棍、酒丐、酒鬼、酒徒。」

「還有『飲酒八要』。除了人、事、身、心，四個要件，還必須喝好酒、配菜餚，講究時間，講究地點。不好的酒易傷身，菜餚不一定要大魚大肉，幾道可口的小菜即可；時間上，千萬不要一大早喝，要趁著花好月圓、清風明月，如果地點是在山光水色的湖邊，就更好了。」

人與人之間難免有爭執，在酒党中有爭執時，就行「五拳憲法」，彼此猜五拳來定勝負。因此，當酒逢知己、棋逢對手時，可以嘶殺半天，熱鬧滾滾……。

## 詩講求聲情詞情的相得益彰

曾教授說，詩與酒不可分，說完酒，接著談詩。

「中國語言有豐富的旋律，詩如果不講究音樂美、語言的旋律美，情趣就整個減損了。不管新舊詩，都應講求聲情和詞情的相得益彰。『聲情』就是反映在語言的旋律，一種音樂美，『詞情』則是詩的意義情境。聲情可以強化、渲染意義情境；詞情也可以喚發潛在的音樂之美，二者相得益彰。」

曾教授舉了三個例子，來說明聲情和詞情的關係。

初唐四大詩人之一，王勃的〈滕王閣序〉，其中兩句名句：「落霞與孤鶩齊飛，秋水共長天一色。」有人認為，作文講求簡潔，不必多用的字，一個字也不要多用。所以只要「落霞孤鶩齊飛，秋水長天一色」就可以，不需要「與」和「共」。

究竟要不要有『與』和『共』呢？大家都說：還是王勃的原詩來得好，這是有道理的。首先從意義和情境來看，用『與』把落霞和孤鶩完全結合在一起，二者形神相親，達到真正的美滿。曾教授說他曾見過一位臺大的老教授，八十多歲了，牽著太太的手，走在新生南路的紅磚道上，夕陽溫柔的光輝照耀他們的身影，夫妻的恩愛，流露在『牽手』的這個動作中，王勃的詩句裡，『與』這個字就像『牽手』的意義，將夫妻的形神合而為一了；所以，少了『與』字，就沒那麼美滿。接著從畫面觀察。秋水共長天一色，是孤鶩飛翔的大背景，水天渾然合一的境界，因為『共』字連接而水天之形與碧藍之神完全融合。落霞的光彩由西天無盡蔓延，非常舒徐、無止無盡，孤鶩在秋水長天，這麼美的空間裡飛翔，動靜皆美。」

「再看聲情。從旋律上，六個字一波三折。三折之間，平穩但是沈重。加了『與』、『共』連綴這一波三折，讓語言的旋律綿長騰挪。因此，有『與』和『共』，這兩個句子顯得更生動。」

## 現代人喜歡從意義上解析詩，少顧及旋律美

第二個例子是晚唐杜牧的〈清明〉：清明時節雨紛紛，路上行人欲斷魂，借問酒家何處有？牧童遙指杏花村。

「中國語言有豐富的旋律感。這首七絕還可以唸成『清明時節雨，紛紛路上行人，欲斷魂。借問酒家何處？有牧童、遙指杏花村。』一個字沒改，但是長短、韻腳和音節形式都起了變化，語言的旋律就不同了。有人說首詩犯題，題目就叫清明，詩中再出現清明，顯得累贅。行人一定在路上，『路上』二字也可省去；『酒家何處有？』已經是問句，不必要『借問』。有人指出杏花村就可以了，也不一定要『牧童』。因此，這首詩可以是『時節雨紛紛，行人欲斷魂；酒家何處有？遙指杏花村。』如此更為簡潔。」

二者比較起來，曾教授提出，仍然是原詩較佳。

「刪去的字，不是真的沒有意義了呢？詩中再把『清明』重覆了一次，強化了中國人對清明的感懷；『路上』二字，對詩人的離鄉背景，落拓天涯，引發了更鮮明的意象；從『借問』之中，我們看出了人與人之間的溫暖情意；而『牧童』的角色，也不同於其他人，會讓我們聯想到牛背上的短笛，唱著山歌，一片純真，田野風光的宜人等等。因此，所有的字，都有意義。」

「從音節來看，五言比較短，變化幅度較小；七言絕句有四個音節，更為纏綿轉折，和詞情可以相得益彰。」

詩詞上，即使一個虛字，也往往有其意義。曾教授的第三個例子是〈季札掛劍〉的故事。

「春秋時代，嚴陵君季札周遊列國，經過徐國，當時徐國國君很喜歡他的佩劍，他心裡也默許回來的路上以劍相贈。沒想到再回到徐國時，徐國國君已經死了。於是季札到他的墓前，把配劍掛在墳前的柏樹上。徐國人民對於他的行徑，用兩句話來恭維他：『嚴陵季子兮不忘故，脫千金之劍兮帶秋木。』中間的兮字是楚歌的虛詞，如果去掉了兮字，就沒有了原來那種唱歎之情。『兮』字把對嚴陵季子的讚嘆，用聲音渲染、激揚出來。」

中國詩歌的創作與欣賞，講究「聲情」、「詞情」兼顧。曾教授接著感嘆的說：

「現代人讀詩，喜歡解析，多在意義情境上解析，少顧及詩的旋律美，喪失了許多情味。」

這些精彩的詩的例證，讓在座讀者深深的沈醉在中國詩歌的美感之中。

## 率歌仔戲團赴美，西方藝評家讚嘆於我們演員的藝術修爲

「中國戲曲和詩，也可以聯手。戲曲發展以後，成為一種綜合的文學和綜合的藝術。所謂綜合文學，指的是中國歷代，無論哪一種文學：詩詞歌賦、古文、民間文學、俏皮話……，沒有不被戲曲吸收進來的。所謂綜合藝術，指的是中國戲曲，融合了歌舞樂三者，因此一個戲曲演員，唱出一句唱詞，莫不用歌聲來詮釋所蘊含的意義、情境、思想、情感。不同的演員，不同的功力，就有不同的詮釋。我們聽了演員的歌唱，不止感覺上的欣賞，甚至是聽覺、視覺的。音聲之美和情境之美結合了，同時再運用肢體語言，舉手投足、神情眉目，以虛擬的舞蹈身段來表達，把歌詞的意義情境也詮釋出來。這樣的藝術，同時集合在一個演員身上。」

也因此，中國戲曲的發展，慢慢以演員為劇場中心，編劇家、音樂家都在為演員服務。

也因此，真正一流中國戲曲演員，是集音樂家、歌唱家，舞蹈家、戲劇家於一身的。這樣的藝術，是世界任何一

種藝術所難於比擬的。」

曾教授提及他曾率領歌仔戲團到美國波士頓演出《白蛇傳》的經驗。

「那次演出，如果在國內，算不上一流的演出，可是，波士頓的藝評家，看到我們演白蛇的民間藝人，十分驚嘆，認為我們女主角的藝術修為，比起他們西方許多著名的歌唱家、演藝人員，超出甚多。西方歌劇，男高音女高音的獨唱者，雙手一攤就開始唱了，不必將歌詞的情境透過肢體語言傳達。他們所表現的，最多只有歌和樂。藝術的展現，歌樂二者同時已經不容易，我們的戲曲演員，則必須歌舞樂三位一體，乃至加上戲劇而四位一體，則誠屬更難。中國戲曲在世界上的地位，往往由於我們自己不了解，以及長期以來民族自尊所受的挫折而被忽略了。」

## 「虛擬」與「象徵」是中國藝術基本原理

接著，曾教授講到中國藝術所產生的基本原理，是「虛擬」與「象徵」，由這樣的原理再產生程式性的表演方式。

「虛擬指在舞蹈上的身段動作，模擬現實生活，將之美化、舞蹈化。所以，只要有一支槳，三個人在舞台上做出划槳的舞蹈動作，就令人感覺在船上，有風平浪靜的時候，也有波濤洶湧的時候。同樣，以一支馬鞭，可以虛擬出馬上的各種英姿。象徵則出現在演員身上的道具行頭。演員一出場，從穿戴的服裝、臉上的化妝，即可看出男女、貴賤、貧富、忠奸、善惡以及番漢之別。什麼樣的性格戴什麼樣的鬍子，什麼身分穿什麼衣服，都有其象徵意義，紅臉是忠肝義膽、黑臉是耿直莽撞。包公的形象，因為『鐵面無私』，所以黑臉，可以睡陰陽枕，所以額頭上有月亮。儘管現在，科技、媒體十分發達進步，包公的形象仍然不敢改變，可見戲曲對我們的影響很大。」

中國人喜歡戲曲。最後，曾教授以康熙皇帝說的幾句話做為結論：日月燈，江海遊，風雷鼓板，天地間一番戲場；堯舜旦，文武末，莽曹丑淨，古今來許多角色！

「所以，我們中國人說：人生如戲。」

## 官話和方言並不衝突，可以並行

這一番詩酒、戲曲的饗宴，令在場的來賓意猶未盡，紛紛提出了看法，和曾教授討論，會場一時喧騰熱絡起來。

◎著者六十初度，與友人學生合影。著者左為夫人陳媛女士，右為張以仁教授。
左一王安祈，左二李善謦先生，左三周富美教授，右一沈冬，右二洪國梁

有讀者提到：中國文字筆劃太多，美則美矣，可是太浪費時間了。是否改為簡體字方便些？

曾教授說：

「每件事都有利與弊。大陸實行文字簡化的結果，固然寫字的速度快些，但是文字造型的美卻損傷了，也使得很多大陸的人沒辦法讀古書。原來要求速度快，現在走向電腦化，簡字也不見得比繁體字快，文字簡化以前可能有需要，但現在就不然了。」

又有讀者聊到官話和方言的問題。

「中國幅員廣大，有五十六個民族，地域廣大，交通不便，必須憑藉共同的語言相互溝通。自古以來就有官話。民國以後，以北京話做為溝通的媒介，無形中對方言產生壓抑。其實方言也是一種很重要的文化資產，拿臺灣講的閩南語來說，聲音、辭彙都保留古語。全國有一共通的語言，和我們保有原來的方言，並不衝突，是可以並行不悖的。」

## 提倡精緻歌仔戲，保留鄉土文化的活潑，並在國際藝術殿堂演出

又有讀者希望曾教授談一談臺灣歌仔戲的過去與未來發展。

「歌仔戲是臺灣真正唯一土生土長的地方戲曲，是臺灣的代表劇種。我在文建會的支持下，辦了兩個大活動，『海峽兩岸歌仔戲學術研討會』及『海峽兩岸歌仔戲聯合實驗劇展』，因為隔絕四十年，各自有特色。在臺灣，歌仔戲大概一百年前就生根、慢慢成形了。演變的歷程，最早是在神轎前的歌仔陣，再來是落地掃，就是醜扮歌仔戲，衣飾很簡單，演員只有兩三個人，然後是現在宜蘭還看得到的老歌仔戲，形式沒有轉變，內容豐富些。接著是野台歌仔戲、內台歌仔戲，大型歌仔戲發展了起來，之後轉型到廣播歌仔戲、電影歌仔戲以及現在的電視歌仔戲。」

曾教授近年來提倡精緻歌仔戲，頗受到重視。

「一種藝術文化不停演進，任何人阻擋不了。因此必須配合當時的生活環境和需求，來加以調適。如果不能調適，在時代洪流中會被淹沒。歌仔戲曾經風行一時，是臺灣唯一的娛樂，家家戶戶都在看。後來沒落了下來，若不是本土意識抬頭，透過政府、學者和傳播媒體的重視，恐怕今天更衰落了。」

「宜蘭的老歌仔戲，是歌仔戲的原始面貌，有歷史價值與地位，文化機構有責任加以保存。而歌仔戲，可以運用現代劇場理念，加以提昇。我所提倡的精緻歌仔戲，就充分運用了現代劇場的優良條件，並改進其缺點，比如不重視主題思想、節奏太緩慢等，而要特別強調的是保留其傳統的優點，譬如語言的音樂美和排場時空的自由流轉，同時演員要唱出聲情和詞情。讓我們的歌仔戲保留鄉土文化的活潑，並且可以在國家、國際的藝術殿堂演出。」

聊到這裡，短短兩個小時，匆匆的過去了。天地間一番戲場，精采的戲，總是長留在人們心中，散戲時，觀眾們還久久不捨離去。

（原載《中央日報》副刊八十五年四月二十日）

# 亦儒亦俠亦老莊

## 專訪曾永義教授

◎胡衍南

台大中文系教授曾永義，在台灣戲曲界早已是大家公認的「大師級」人物。一來是因為他在台大授課超過二十五年，除了發表豐厚的學術研究成果，也培育出一代又一代傑出的傳人子弟；二來則是他長年投入民間藝術活動，不但將野臺戲推向國家劇院，也多次率領藝術表演團體出國公演，因此在藝文界享有很高的尊崇。今年元旦，他所撰寫的京劇劇本《鄭成功與臺灣》由國光劇團首演成功，新被賦予的「劇作家」身分，更為曾永義的「大師」風采增添幾分亮麗的顏色。

### 學術通俗化反哺社會

從碩士論文、博士論文研究開始，曾永義的學術關懷便集中在中國戲劇；其後由於體認到中國戲劇是一門綜合性的文學藝術，為求徹底貫通，他擴充至中國俗文學的研究上。二、三十年來，無論是在台大開課，還是作為美國哈佛大學、密西根大學、史丹福大學的訪問教授，或是德國魯爾大學、香港大學的客座學者，他的工作都離不開中國戲劇與俗文學。因此到目前為止，他的學術專著多達十餘種，從中國古典戲劇的歷史溯源和文本剖析，到台灣歌仔戲的發展與變遷，乃至於崑曲的傳統及創新，都有他創發性的見解。當然，從王安祈、林鶴宜、郝譽翔這些傑出門生那裡，也可以看到當初耕耘所產下的學術果實。

不過曾永義最為人所樂道的，反倒是他長期推動的民間表演藝術活動。關於這一點，有些不明事理的人說他是不務正業、喜歡熱鬧，然而在他而言卻是嚴肅的學術實踐。他篤定地說：

「戲曲根源於民間，如果不研究民間文學，戲曲研究就沒有根。我之所以投入民間藝術活動，就是書本知識、學術理念的付諸實踐，而不是跑江湖。」

既然要研究民間文藝，就要從民間技藝的全面普查開始，於是曾永義先是帶著學生作田野調查。有了初步的掌握，便結合官方和民間的力量，積極推動民間表演藝術。從民國七十年代為文建會製作「民間劇場」、為國家文藝季製作舞劇《陳三五娘》、為台北市藝術季規劃「藝術講座」、為高雄市主持「民俗技藝園」、率領布袋戲團出訪、協助民間表演團體演出活動等等，到八十年代的接掌「中華民俗藝術基金會」，將精緻化的歌仔戲推上國家劇院，更頻繁地帶領傳統戲曲團體跨海交流，其中付出的心血，絕對是一般學者難望項背的。曾永義的目標，是要讓民間技藝以「動態的文化標本」方式保存發揚，民間劇場就是「動態的藝術文化博物館」。讓業已消失良久的宋代瓦舍勾欄，可以在現代台灣重現。

曾永義也強調，參與民間的藝術活動除了講求步驟、方法，尚且要本著集思廣益的信念，因為「單打獨鬥只能成就個人，分工合作、集思廣益才能完成較大的事功」。為人豪爽的他，顯然更能拉攏到志同道合的友人，於是在每一個由他策劃製作的活動裡，我們都可以看到這些人的心力和足跡，包括他師友輩的許常惠教授、同輩的吳騰達、林明德、李豐楙、莊伯和、李乾朗、林鋒雄、學生輩的王安祈、林茂賢……等人。當然，講到這些師友學生的支持，曾永義的臉上流露出一抹得意的表情。

## 京劇《鄭成功與臺灣》

今年元旦才在國家劇院首演的京劇新作《鄭成功與臺灣》，便是在這個模式下誕生的。在曾永義的號召下，藝界名人貢敏、聶光炎，名角唐文華、高蕙蘭，以及大陸知名作曲家朱紹玉和導演盧昂，都是在共襄盛舉的心情下參與了這一場演出。

面對鄭成功這位家喻戶曉的民族英雄，曾永義為他編寫京劇劇本自是理所當然，不過面對這門海峽兩岸的主流劇種，他認為京劇本身仍有需要加以改良之處——亦即它的「現代化」問題。他說：

「談到京劇的現代化，必須對它先有深入的研究，認知它有哪些成分是極優美的、在世界文化中是極高尚的、是別人所不及的。若沒有更好的，就不要輕易捨棄。中國戲曲的主要特色是歌、舞、樂的融合，如果只是看到別人的好

◎著者率團訪問福建漳州，右一為施德玉教授，右二為漳州木偶劇團團長，左一為歌仔戲音樂家陳彬

處，自己的好處都不知道，那就是可悲，而且數典忘祖。」

於是乎，曾永義這齣新戲便有很強的實驗意味。關於京劇優美的質素，特別是歌、舞、樂融合的部分，他不但保留而且特別留心於此。至於京劇中象徵、虛擬、程式等特性，能強化的便強化，該代換的便代換。例如中國戲曲由於受講唱文學影響很深，相當強調敘述性，因此自報家門和上下場程式往往使情節沓繁；不過現代化的幻燈字幕，可以很容易地標明人物姓名身分，藉由這層輔助便能使節奏明快許多。又例如現代劇場擅用的舞臺燈光美術，可以輕易地表現虛實效果，十分適台交代時空的轉移。這些都是曾永義認為值得吸收的。他說：「保留傳統美質，調適現代劇場，這樣做並不曾妨害原來的藝術性，卻更能夠增加效果，豐美傳統戲劇的美質。」

## 地方戲的「劇場化」

在京劇之外，曾永義對於中國的地方戲劇，尤其是台灣的歌仔戲、布袋戲、皮影戲更是盡了很大的心力。從早期協助民間劇團演出、介紹藝人赴大專院校散播藝術種籽，到近年來卓有成效的「劇場化」運動，都反映出他對地方戲劇的熱情。

在民國七十六年出版的《說民藝》這本書裡，曾永義於自序中說到：「一個國民如果對自己的本土文化和傳統文化毫無覺醒，便很容易因漠視而終至棄絕而不自知。由於民俗技藝乃民族藝術文化的根源，因此他認為若能從此著手，「必能喚起國民對本土文化和傳統文化的覺醒。」不過隨著時代的變化，他清楚知道這些傳統地方戲劇的盛時已過，為了讓它們美的特質能夠維護發揚，他提出「精緻化」的主張。所謂的「精緻化」，並不是指改頭換面迎合更高雅的觀眾，而是和京劇一樣，引進現代化劇場的戲劇元素，重新塑造它們的時代適應力。所以，「將野台戲搬上國家劇院」的革命意義，並不在於企求高尚的欣賞人口，而是在於藉此延續地方戲劇、鄉土戲劇美的特質。河洛等歌子戲團在這幾年的「精緻化」走向，就是貫徹他這個主張。

有了新的生命，台灣的劇團在對外交流時也就更有自信，更懂得取人所長、避人之短。例如在和大陸，特別是廈門一帶的歌仔戲團交流的時候，便可以發現別人的短處。曾永義說，大陸的劇團有專業人才負責音樂、舞臺等等，這是我們所不及的；但是他們在演唱部分，卻是用聲樂發聲法，雖然精緻，卻失去了鄉土性格，失去了鄉土群眾。他特別強調，維持傳統、調適劇場、融合鄉土是一樣重要的，「鄉土性格要抓住，否則就沒有根了！」

在京劇和臺灣地方戲劇之外，同樣含有濃厚地域特色的崑劇，也是曾永義鍾情的劇種。或許有人會問，在推動臺灣劇運之餘，為什麼還要在別處費功夫呢？關於這一點，除了個人喜好，倒也有嚴肅地考量。他說：

「中國的地方劇種很多，崑劇就是其中著名的一種。它可以說是把中國最高雅的文學，和最精緻的音樂結合在一起，這兩者的結合形成中國戲劇的典範。別人不懂，所以我更要推廣。中國的藝術文化是一個整體。坐井觀天，怎能了解蒼天之博大呢？如果只研究歌仔戲，關照必然不足，視野怎麼能開闊呢？我們要走的路，是從寬廣中擷取菁華。」

從寬廣中擷取菁華，這自然是一項高度的期許。不過既然談到寬廣，曾永義對於現代戲劇及流行的小劇場表演，又是抱持什麼看法呢？他說：

「一種文學體式，不可能短短三、五年間就完成。例如詩歌體式中的『平平仄仄平』，發展了一千年，而新詩到今天也不過才八、九十年，能開創出多少成績呢？戲劇形式也是一樣，小劇場也是一樣。現在流行的小劇場，有些固然不錯，但是受歡迎的大部分還是描繪社會現象、嘲諷時政的劇本。我是相當反對藝術被工具化的，雖然說拿來嘲諷時政無妨，可是長遠看來意義不大。其實這些東西在晚清就有了，最普遍的就是革命劇，可是哪一齣戲有流傳下來？所以，任何一種藝術形式都是需要長時間發展的，現代戲劇也是一樣。」

在先後有現代歌劇《霸王虞姬》、《國姓爺鄭成功》，以及最近的京劇劇本《鄭成功與臺灣》之後，曾永義會不會把更多的心思投注於劇本創作呢？關於這一點，他的答案是保守的。他認為，劇本創作對他而言，乃是教學理念的付諸實現；更何況大型創作必須經過縝密的研究和思考，因此絕不是想寫就可以寫的。倒是一本《俗文學概論》，是他想要儘快完成的計畫。談到這裡他特別強調，作為一名大學教授，他的責任是教出好學生，讓他們有正確的治學態度和方法。此外，他最常掛在嘴邊的「人間愉快」，則是他的生活哲學。基於這般的責任和信念，他會鞭策自己不斷努力研究，也會繼續喝酒、爬山、寫文章。這是他現在的生活，未來也是如此。

許多初識曾永義的人，首先感受到的往往是他的「江湖」味，甚且覺得與學者氣質迥然不同。唯有深交，或是藉著閱讀他的散文，才能辨識那股氣味其實帶有更多的俠義與豪爽。不過作為中文系出身的學者，他同時又是儒家又是老莊。他當初之所以投入民俗技藝的推動與發揚，抱持的是「書生報國」的心情，秉持的是「學術通俗化反哺社會」的理念，這種期許自然是很儒家的。至於強調生命力量、生命情趣——也就是他所謂「人間愉快」的生活哲學，顯然又是莊子〈逍遙遊〉思想的實踐。

因此，如果想要真正瞭解曾永義，非得掌握他那亦儒、亦俠、亦老、亦莊的特點，才不至於有失焦的可能。

（原載《文訊》第一六一期八十八年三月）

# 青春

◎郝譽翔

站在而立之年，回憶過往，若論及影響我至深的人，那便是我的老師曾永義教授。

在進入研究所正式成為曾老師的學生之前，我的個性和現在是很兩樣的，是一個封閉而沉悶的人。當然不是說這樣的性格今日就絕對沒有，只是那時更加明顯，甚至主宰了我觀看這個世界的目光——不拘什麼事物都帶著沉沉的暮氣似的。

念大學時，我若不是翹課，在公館街頭無所事事晃蕩，要不就是上課鐘響了半小時，才低頭溜進教室，進了教室專揀最後一排靠窗的位子坐，然後大剌剌地拍桌子轉向窗口，從書包裡拿出隨身聽口香糖泡沫紅茶之類的，排滿小小的桌面。大學時期的我，因此有一大半課程都是面對文學院中庭的那棵印度黃桐度過的，而任憑講臺上的老師口沫橫飛，都走不進我那乾漠的心裡。

回想起來，其實很為當年的大膽無禮詫異，尤其當自己也站上講臺為人師表之後，才發覺所謂教育這一回事，結果經常是使雙方得益得少，而浪費得多。當年絕非老師講得不好，只是我不知為了什麼把心緊閉起來，雖然是正值青春的美好年紀。這使我如今後悔自己錯過了許多，在那個年紀該付出的該學習的，我全都沒有做，我只是終日瞪視著窗外的老樹，樹上跳躍的黃鶯，攀爬在老舊建築物磚縫中的青苔，還有文學院中庭上空所圈出來的一小塊正方形的藍天白雲。

不過，我並非沈從文，這樣的觀看沒能帶來多大的啟發，我慣常昏昏欲睡的趴著。在木頭桌面刻些極其無聊的傷春悲秋的字句罷了，但在那幾年之間，卻是臺大校園最具活力的時期，臺灣甫解嚴，校內幾乎每星期都舉辦政治辯論，謝長廷、陳水扁、李勝峰、朱高正不知在臺大的演講廳對峙過多少回。學運熾熱燃燒，許多同學忙著走上街頭，但也有的人忙著學樂器、練跳舞，或者上山下海進行社會服務等等，我卻都沒有加入他們的行列。我默默坐在陽光下，望著這個忙碌而蒼白的世界，風一吹來彷彿就要全部碎裂。

我便這樣無可無不可的過完大學四年。大二也曾上過曾老師的「詩選」課，系裡方瑜教授亦開設同樣的課程，同學們總喜歡比較二者的不同。方老師講起詩來情味淋漓，旁徵博引，語鋒常帶感情，自是吸引了爆滿的聽眾，而曾老師則多著重在詩律的分析，我最記得「拗救」，平平仄仄相生相剋，如同理則學的邏輯推演，讓我十分訝異中國古典詩詞竟也講究科學。不過，那時的我仍沒把心思放在這些事物上面，只顧瞪著窗外，做自己的白日夢罷了。

有次「詩選」下課，班上一位與我完全不熟的男同學突然轉過頭來，對我說，曾老師教得真是好極了，格律才是論詩的根本。我聽了嚇一大跳，因為當時自己雖一事無成，對班上的男生卻抱有莫名的敵意，以為他們只會打屁、喝酒、混學位，沒想到對於學問竟也這樣認真。相形之下，我不免感到慚愧。不過慚愧無濟於事，因為學期已經快到末了，也沒機會再讓我振作。

混歸混，「詩選」課要交絕句和律詩的習作，我倒是很用心的多做了兩首，總之是不得志漁隱江湖之類的老調，交給曾老師，發回來時得了九十幾分，評語多加讚賞。說來日必有所成，對於那時的我而言，前途過於遙遠，但老師細心的評語如同預言似的私密祝福，我至今總還不能忘卻。直到大四，我雖一心想出國，托福沒考，成績平平，出國渺無希望，一念之間，便鐵下心來考研究所，同學們都很吃驚，因為怎麼看我都不像是個讀書人。但幸虧當年考上了，否則我的人生恐怕要全盤改寫，而我與曾老師的緣分也可能僅止於一段沒有結果的預言。

進入研究所，修了戲曲的課程，是真正與曾老師親近的開始。這門課程對於我的改變，是修課之初萬萬未曾料及的。那時曾老師恰正進行一項中國地方戲曲劇種的調查計畫，須赴大陸南方考察十多天，他在課堂上詢問學生有無意願隨行。我的個性向來極渴望遠行，聽說可以深入中國大陸的西南邊陲，更是開心得不得了，下課後馬上偕同學報名。回想起來，曾老師那時對我們並不熟悉，卻願意帶領兩個初出茅廬的學子，甚至不厭其煩，幫我們安排香港之旅，托港大黃德偉教授照顧。所以今日的我，若對自己的學生有分寬容與體貼的心情，那麼都是從曾老師的身上得來，我於這點受惠實多。

那次大陸行是我第一次離開家人，走入一個陌生的新世界。姑且不論大陸當年落後的經濟，那十多天的生活其實處處充滿了嶄新的體驗。我們首先到上海戲劇學院訪問五天，舉行多次座談交流。在會議中曾老師和大陸學者激烈爭辯關於「南戲」的問題，而彼時的我卻連什麼是「南戲」都搞不清楚，往往兩個小時下來，聽得一頭霧水，加上大陸學者嗜好抽菸，關在密閉空間內受煙薰陶，彷彿臨刑一般。當然，我們也見識到大陸物資貧乏的一面，開會時學者們拿著醃醬菜的玻璃罐當茶杯，餐桌上的宮保雞丁其實只有雞皮，而印象最深的，便是戲劇學院的教授請我們到他家吃飯，餐桌擺在客廳裡，桌旁就是他和妻子的雙人床，我們只得坐在他們的床上吃飯，更不用說廁所沒有門這些司空見慣了的事情。但是在如此寒傖的現實條件下，那些學者卻不曾放棄學問的追求，與曾老師熱情討論一些聽起來玄之又玄的課題，這對於初入碩士班的我而言，內心確實受到不小的衝擊。

而這也是我從學院跨入社會的第一步。跟隨曾老師出國，經常有學術交流訪問，也有第一流的好戲可看，有各地的美食可吃，有山水可以賞玩。在此之前，生長在人丁單薄家庭的我，閉鎖在學院之中，沒有什麼機會與外界的人事接觸，所以那次大陸行可說大大打開了我的眼界。曾老師是戲曲研究的泰斗，走到哪裡，觀賞的幾乎都是一級劇團和演員的精采戲碼，數也數說不完。但我，至今猶不能忘記的，還是夜戲落幕之後，我們從戲院步行回住處，眼前耳邊似乎依然可見舞臺上燦爛的光影，在沿路瀰漫起的白茫茫霧氣之中，昏黃的街燈恍惚如夢，而路旁光禿的法國梧桐後面便是寂寂的屋簷。那時的上海雖是悲傷的，但卻是老去的紅顏回憶過往繁華，悲傷中也含有難以言喻的快樂，而那樣的上海竟是我日後再也未曾感受過的。

我彷彿就是從那時開始，才張開雙眼，用充滿興味的灼灼目光去看這世界。作為曾老師的學生，不只在課堂上學習，在戲院裡學習，在餐桌上更是一種學習。曾老師酒名遠播，曾經有人謠傳，不喝酒就不能當曾老師的學生，這是子虛烏有的事，只是當了他的學生以後，大概很難不被那種飲酒時快樂的氣氛所感染。曾老師不只愛喝酒，還成立酒党（請注意此「党」非「黨」，尚人不尚黑也），出任党魁，連党歌党章都瞭然完備，走到哪裡都要殷勤招募党員，而大家也都樂於加入，他經常戲稱酒党早就統一中國了。不過這可是一個最有人情味的党，只要舉起酒杯，就是當然党員，而且人皆平等，均有官銜，以「人間愉快」為最高宗旨。我對於酒、甚至是對於人的態度，便因此有了一百八十度的大轉變。

起初，曾老師教訓我們要學習敬酒、布菜，這對我來說簡直困難至極，從小我就怕見長輩，家中亦少親戚往來，常常一頓飯吃下來，舉杯怯怯，還要師母出面相救。當然，我們有時也曾略施詭計，以清水充當白酒，以茶水充當黃酒，頻頻與老師乾杯，老師訝異我們的酒量怎麼突飛猛進，還反叮嚀不要喝醉了，我們遂躲在一旁偷偷竊笑。但跟隨老師在臺灣、大陸等地東奔西跑久了，就知道他喜好朋友，結交四方豪傑，往往是才吃過晚飯，又有人拉著去消夜。而餐桌其實是人間的小幅縮影，我經常見到初次相識的人，在餐桌上由原來的陌生，到後來逐漸酒酣耳熱，相互間拉手取笑的暢快真誠，然後才終於懂得曾老師對於酒的喜好，實建立在人我之間融洽和諧的美好情誼上。

至今我尚未見過有誰如曾老師般，於人事具有如此強大的包容心。對於朋友甚至學生晚輩，曾老師從不吝惜讚美，他總是見著他人的好處，要學生站在他的肩膀上前進。然而老師有時也對人過分寬容了，我們作為旁觀者，難免要替他打抱不平，覺得對方在利用他，但是他卻總以一貫渾厚的嗓門，嘆道：「哎呀，徒兒啊，你以為我不知道嗎？」明白歸明白，他始終堅持不以心機對人，認為只要於己無損，又能有益他人的話，那又有何不可？所以初見面的人，多半看到他霸氣的一面，但其實他心腸極軟，思慮又極細密，體貼父母師長、照顧友儕，再也沒人比他周到，而對學生，更給予多方的鼓勵與機會。我便是在曾老師的推薦下，才得以赴美一年，擔任魏淑珠教授的助理，在異鄉獲得許多鍛鍊與粹礪，更因為曾老師的推薦，才得以受到詩人梅新和瘂弦的獎掖，從此在寫作上走出一條道路，而幸運的願以此為終生職志。

◎著者與李圖南率團教授至二水明世界布袋戲團錄影，與工作人員合影。後排右起施德玉、陳芳、李佳蓮、李相美、葉嘉中、楊馥菱

如果今日的我，在寫作或學業上忝有些微成績，大半都要歸功於曾老師這些年來不斷的鼓舞打氣。他經常對別人稱讚我們這些學生的能力，而我們在旁心虛的聽著，感受更深的卻是他對於我們的殷切期望。有時我在外與他人接觸，自我介紹之時，也多半都會加上這麼一句：「我的老師是曾永義教授。」此時便會看見對方立刻

露出歡喜親熱的神氣，說：「那不就是党魁的學生嗎？」如果在餐桌上，他們必定會叫我多喝兩杯酒，然後輪流說起酒党的趣事，詢問在座的諸位入党了沒有。甚至揶揄起党魁的酒量，慫恿對方篡位。不過，歡喜歸歡喜，卻很少有人知道，我在說這句話時親愛的心情。

曾老師生於兒童節，他一如這個節日的意象，充滿了豐沛的生命活力、熱力與一顆樂觀活潑的赤子心。他每日早起，寫作比誰都勤，經常遠行回來，大家疲累得還在休養生息時，他就已經完成一篇論文或遊記了。他賞玩好山好水，比誰都興致盎然，喝起酒來更不消說，比誰都歡愉痛快。每當思及老師，我便會想起自己那段由懵懂而啟蒙的青春，那些歲月雖然已經不再，但若不是老師，我恐怕將會完全交了白卷，任憑它在灰暗中流失。

（原載《自由時報》自由副刊八十九年四月五日）

國家圖書館出版品預行編目資料

戲曲經眼錄：曾永義 著 /
台北市：財團法人中華民俗藝術基金會，民91
面；　公分
ISBN 957-01-0477-5 （平裝）
1. 戲劇 -

# 戲曲經眼錄

作　　者◆曾永義
總 編 輯◆林明德
編　　輯◆李佳蓮・李相美
出 版 者◆財團法人中華民俗藝術基會
地　　址◆台北市基隆路二段一三一之三號六樓
電　　話◆(02) 2377-0794
傳　　真◆(02) 2738-7871
視覺指導◆翁　翁
美術設計◆不倒翁視覺創意工作室
印　　刷◆造形攝影設計有限公司
發行日期◆中華民國九十一年九月一日
定　　價◆新台幣一八〇〇元
I S B N◆957-28086-0-5
版權所有・翻印必究

●感謝
本書內文所配相片，多數為友人或團體提供，在此要感謝的是：中華民俗藝術基金會、國立台灣戲曲專科學校、漢唐樂府、國立中正文化中心、江之翠劇場、國立傳統藝術中心、新象藝術傳播公司、傳大藝術傳播公司、水磨曲集、中央大學崑曲研究室、國立國光劇團、大雅雜誌、楊麗花歌仔戲團、河洛歌子戲團、明華園歌仔戲團、新傳歌仔戲團、黃香蓮歌仔戲團、洪秀玉歌仔戲團、榮興客家採茶劇團、國立實驗國樂團、小西園布袋戲團、新和興歌仔戲團、沈春池文教基金會、新聞局、觀光局、太一神鼓打擊樂團、游昌發教授、王友蘭小姐、牛川海教授。